La Conspiration de l'Or Noir

Steve ALTEN

Roman traduit de l'anglais (américain)
par Evelyne Châtelain

City Editions
THRILLER

Je dédie ce roman à tous ceux qui ont souffert le 11 septembre 2001...

Aux hommes et aux femmes des forces armées qui, au péril de leur vie, ont courageusement défendu ces idéaux que sont les libertés individuelles et collectives.

À tous les Américains qui sont déterminés à protéger ces libertés en revendiquant le droit à l'information et à une société où règne la transparence, puisque nous savons que c'est la résistance, et non la servilité, qui est la plus grande preuve de patriotisme qui soit.

Note de l'auteur

Après avoir lu le manuscrit de *La conspiration de l'or noir*, un éditeur en qui j'ai toute confiance et avec lequel j'ai déjà publié sept romans, dont la plupart mettent en scène des créatures monstrueuses, m'a déclaré qu'aucune grande maison d'édition n'accepterait de publier ce livre. « Ce n'est pas une fiction au sens propre du terme ; il faudrait que le protagoniste ait l'étoffe d'un héros, qu'il sauve le monde... et puis, le sujet porte bien trop à controverse. Je ne me résigne pas à croire qu'un président des États-Unis reste les bras croisés en sachant qu'une telle atrocité va se produire. »

Ma réponse fut simple : « Si, en août 2001, j'avais écrit un livre à propos de ressortissants saoudiens s'entraînant dans des écoles d'aviation américaines afin de détourner des avions avec de simples cutters pour aller volontairement percuter les tours du World Trade Center, tu aurais cru à mon histoire ? »

Mon ami éditeur réfléchit un instant et répondit : « D'accord, mais tu n'aurais pas non plus réussi à vendre ce livre-là. »

Il a probablement raison.

Effectivement, *La conspiration de l'or noir* n'est ni une œuvre de fiction pure ni une histoire vraie. Ce récit, dont la vocation première est de mettre le lectorat en garde, s'appuie sur des faits troublants et des vérités qui dérangent, charpentant un scénario autrement plus fidèle à la réalité que celui qu'on nous a habilement fait avaler.

Il m'aura fallu deux longues années de recherches pour mener à bien ce projet ; tout au long de ce travail d'exploration, j'ai recueilli des bribes d'informations d'une importance capitale auprès de personnes qui s'intéressaient à mon projet dans les milieux de l'armée, de l'industrie pétrolière ou de la politique, ainsi qu'auprès de gens qui n'ont que trop souffert. Certains de leurs témoignages cauchemardesques ont mis mes nerfs à si rude épreuve que je ne sais pas si je m'en remettrai un jour. (Quatre mois avant la publication de ce présent livre, le médecin m'a annoncé que je souffrais de la maladie de Parkinson.)

Quand, dans l'histoire, c'est nous qui jouons le rôle des monstres, le récit devient un peu trop réel.

Les experts politiques de droite m'accuseront d'être un théoricien du complot, de faire partie de ces « cinglés de gauchistes ». En réalité, j'ai une carte de membre au parti démocrate, mais je n'ai rien d'un gauchiste et, dans ce livre, je ne ménage ni les démocrates ni les républicains. À ma grande satisfaction, il a été publié par un groupe conservateur, dans un État qui est traditionnellement un État « rouge ».

Des États rouges, des États bleus. C'est complètement absurde. Nous sommes tous fiers d'être américains. Alors laissez-moi vous donner deux couleurs qui traduisent de façon bien plus significative le clivage qui existe aux États-Unis comme dans le reste du monde : le noir et le vert.

Noir, c'est la couleur du pétrole, du charbon et du dioxyde de carbone que ces combustibles rejettent dans l'atmosphère, à raison de soixante-dix millions de tonnes par jour. Noir, c'est la couleur des livres comptables des compagnies pétrolières, créées à coup de milliards de dollars de bénéfices qui remplissent les poches de certains gouvernements du Moyen-Orient qui oppriment leurs peuples et financent des groupes extrémistes. Ces mêmes milliards de dollars permettent aux industriels des énergies fossiles de faire pression sur nos hommes politiques pour qu'on les laisse polluer en toute impunité. Noir, c'est la couleur du cancer ; c'est la couleur de la peau des minorités qui ont péri à la Nouvelle-Orléans, parce que la mise en œuvre des moyens de secours adéquats aurait coûté trop cher ; noir, c'est la couleur du sang qui coule d'une plaie où s'est logée une balle, ou qui inonde les rues après un tir de mortier. Noir, c'est aussi la couleur du cœur de celui qui a perdu un être cher dans une guerre qu'il sait parfaitement injuste. Noir, c'est surtout la couleur de la date à jamais marquée sur les calendriers des témoins qui auront assisté au jour le plus sombre de notre Histoire... au jour où un engin nucléaire explosera dans une de nos villes, massacrant des dizaines de milliers de personnes, irradiant des millions d'hommes et de femmes et entachant à jamais ce qui restera de notre civilisation.

Vert, c'est la couleur de l'espoir, la couleur de la solution qui peut sauver le monde. C'est la couleur d'une énergie propre et de la nouvelle économie qui l'accompagne. Ce sera la couleur de notre environnement dès que nous aurons inversé les effets du changement climatique, réduit les émissions de CO2 dans l'atmosphère et adouci les températures de la planète.

Vert, c'est aussi la couleur de nos billets, et c'est pourquoi le vert ne pourra jamais avoir un impact positif sur notre civilisation tant qu'on aura besoin de pétrole noir.

Pour ceux d'entre vous qui deviendraient tout rouges (ou tout bleus) et qui argueraient que le changement climatique est un canular, que l'or noir coule à flots et que nos responsables politiques sont bien trop intègres pour tremper dans des affaires louches ou dissimuler leurs erreurs à l'opinion publique, j'ai exposé dans les dernières pages du livre les informations véridiques sur lesquelles je me suis appuyé dans *La conspiration de l'or noir*. Lisez d'abord le roman pour être en mesure d'analyser les faits dans leur contexte, puis demandez au politicien qui quémandera vos voix aux prochaines élections de vous dire s'il se considère plutôt comme un candidat « vert » ou comme un candidat « des énergies fossiles »...

Parce qu'il faut voir où ce clivage entre rouge et bleu nous a menés...

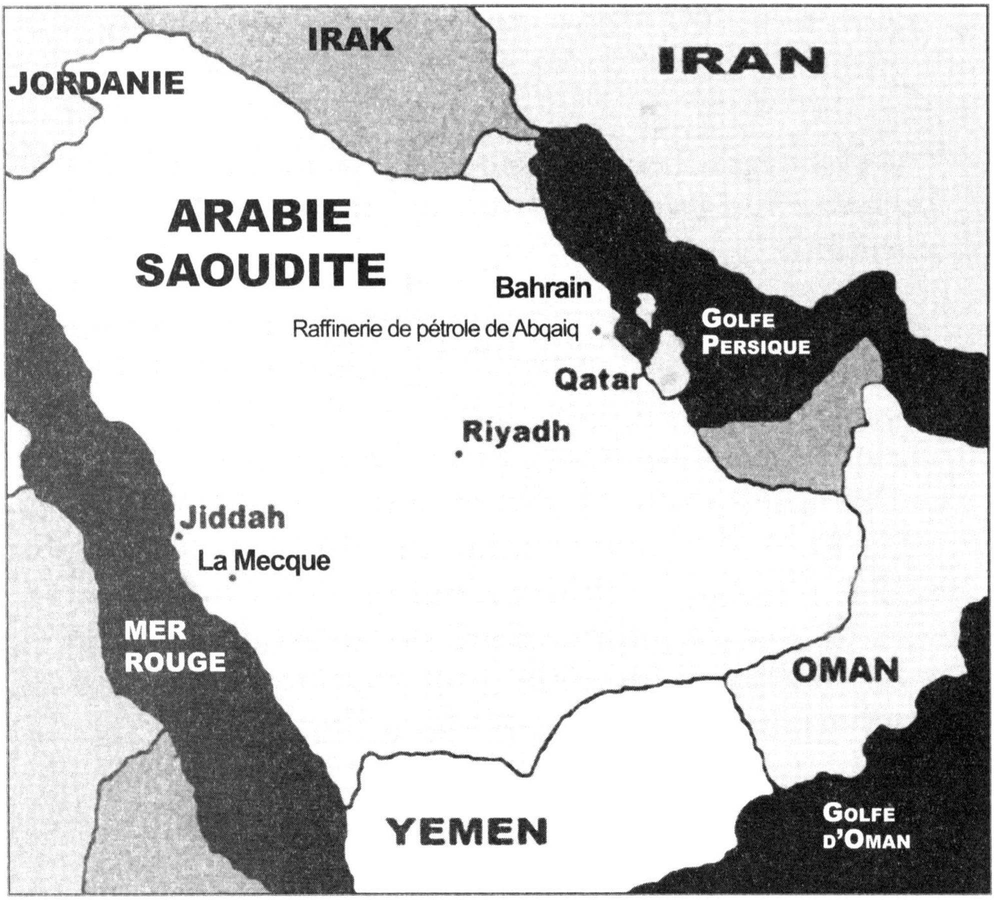

Carte du Moyen-Orient

*

Le mensonge était mort. Et la vérité se dressa pour le remplacer.

Robert Browning

Pour triompher, le mal n'a besoin que de l'immobilisme des gens de bien.

Attribué à Edmund Burke

Et les sept anges qui avaient les sept trompettes se préparèrent à en sonner.

Apocalypse 8, 6[1]

Pour qu'un humain fasse le mal, il faut tout d'abord qu'il soit convaincu de faire le bien.

Alexandre Soljenitsyne

Se faire tuer est la mort la plus noble qui soit. Et il n'y a pas mort plus noble et plus glorieuse que de mourir en martyre pour Allah.

Hassan Nasrallah, Secrétaire général du Hezbollah

Dans les mois qui ont suivi les attentats du 11 septembre, j'ai clairement établi les grands principes qui nous guideraient dans cette nouvelle guerre contre le terrorisme : les États-Unis n'attendront pas d'être la cible d'une nouvelle attaque. Nous affronterons les menaces avant même qu'elles ne se matérialisent. Nous continuerons à lutter contre les terroristes, à les poursuivre à l'étranger afin de ne pas avoir à le faire ici, sur notre territoire.

Président George W. Bush, 27 mai 2006

Après cela, je vis descendre du ciel un autre ange, qui avait une grande autorité ; et la terre fut éclairée de sa gloire. Il cria d'une voix forte, disant : Elle est tombée, elle est tombée, Babylone la grande ! Elle est devenue une habitation de démons, un repaire de tout esprit impur, un repaire de tout oiseau impur et odieux, parce que toutes les nations ont bu du vin de la fureur de son impudicité, et que les rois de la terre se sont livrés avec elle à l'impudicité, et que les marchands de la terre se sont enrichis par la puissance de son luxe.

Apocalypse **18**, *1-3*

*

---

1. Toutes les citations de la Bible sont tirées de la Nouvelle Bible Louis Second, 2000 ; les autres citations étrangères sont traduites par nos soins, sauf mention contraire (NdT).

Prologue

Washington, 23 novembre 2007

Dans la suite de l'hôtel richement décorée de tissus ivoire, avec moquette assortie, les rideaux turquoise tirés obstruent la vue sur la ville. Sous les couvercles d'aluminium, les plats posés sur des tables chauffantes diffusent des arômes d'œufs brouillés, de bacon et de galettes de pommes de terre.

Faisant fi de la faim qui lui noue l'estomac, le colonel Graeme Turnbull de l'US Army, dit le Taureau, au regard d'un bleu d'acier, observe les deux civils installés face à lui, à la petite table de réunion. Ryan Gessaman, un homme frustre d'une quarantaine d'années, en costume sombre et nœud papillon assorti, est l'assistant de Richard Perle, l'ancien président du Defense Policy Board, plus connu dans les cercles politiques sous le nom de « Prince des Ténèbres », qui a été le plus proche conseiller de Donald Rumsfeld, l'ancien secrétaire à la Défense. Rumsfeld possède également de gros intérêts dans des entreprises liées à l'industrie militaire. Perle, lui, est le cofondateur du PNAC, Projet pour un nouveau siècle américain, groupe de réflexion créé en 1997, prônant la domination américaine dans les affaires mondiales.

Turnbull ne reconnaît pas la femme à l'épaisse chevelure blonde ondulée qui lui descend jusqu'aux épaules, au profond regard noisette, vêtue d'un tailleur marine qui dissimule partiellement un physique athlétique.

— Colonel, vous êtes sûr de ne pas vouloir de petit-déjeuner ?
— Non, merci, monsieur.
— Bien, si vous changez d'avis...
Gessaman ouvre un dossier scellé.
— Je crois savoir que vous êtes actuellement basé à Camp Anaconda. Depuis combien de temps êtes-vous en Irak ?
— Depuis le début. J'ai commencé en Afghanistan, avec le 187e régiment aéroporté, le Rakkasan. Nous avons été les premiers à débarquer. Même chose en Irak. *Ne desit virtus...*
— Ne trahissons pas nos valeurs, traduit la femme. Quand avez-vous été recruté par les services de contre-espionnage ?
— Le jour où le psy s'est aperçu que je parlais couramment arabe.
— Donc vous êtes passé des services de renseignements au contre-espionnage. On dirait que vous n'avez pas chômé... plus de cent interrogatoires...
La femme plisse les yeux.
— Dites-moi, colonel, qu'avez-vous appris d'intéressant au cours de ces « séances » ?
Turnbull fronce les sourcils.
— Vous n'avez pas envie de le savoir.
— Dites toujours.
— En 2005, j'avais signalé que Ben Laden s'était réfugié dans l'Hadramaout, au Yémen et qu'il bénéficiait désormais de la protection des tribus sayyids. L'info a remonté toute la chaîne, mais il ne s'est rien passé. Il semblerait que les Sayyids de l'Hadramaout soient alliés avec des membres de la famille royale saoudienne... S'en prendre à lui, cela aurait été comme insulter nos amis saoudiens. Mieux valait faire croire que l'ennemi public numéro un se cachait dans une grotte en Afghanistan plutôt que d'affronter la réalité.
La femme hoche la tête.
— Je comprends votre frustration, colonel. Entre nous, la CIA a rédigé une note sur le retour de bâton qu'aurait provoqué la capture de Ben Laden. Parfois, mieux vaut laisser la vie sauve à nos ennemis.
— C'est pour ça que nous finançons les insurgés sunnites liés à Al-Qaida ?

Turnbull les voit pâlir.

— Oui, je suis au courant... la plupart des types des services spéciaux le savent. En fait, 45 % de ces combattants étrangers sont saoudiens, et la moitié d'entre eux sont impliqués dans des attentats suicides. Inutile d'être grand clerc pour deviner qui paie les armes.

— C'est une situation complexe, colonel, répond Gessaman.

— Pas quand on se prend une balle dans la peau.

— Nous devons maîtriser les extrémistes chiites.

— Écoutez-moi bien, les amis. Je ne fais pas de politique, et dire que les ennemis de mon ennemi sont mes amis, ça ne marche pas avec moi, à moins que, pour vous, l'histoire se résume à une période de moins de cinq ans. On a soutenu Ben Laden pour canaliser les Soviétiques, on a soutenu Saddam pour canaliser les Iraniens. Et maintenant, on soutient Al-Qaida pour éviter que l'Irak tombe aux mains des chiites ? Et vous vous étonnez que personne ne nous saute au cou en ce moment ?

La femme regarde droit devant elle, sans rien dire, mais son silence est éloquent.

— Revenons à l'Irak, dit Gessaman. Le président a décidé d'augmenter le contingent. Qu'en pensez-vous ?

Une expression glaciale voile le regard de Turnbull.

— Vous n'avez aucune envie de savoir ce que je pense.

— Officieusement...

— Officieusement... dit Turnbull avec une moue méprisante. Le commandant en chef a allumé un incendie de forêt et il pense l'éteindre avec des bidons d'essence ! Bagdad est une véritable jungle. Il y a tant de factions différentes qu'il vous faut tenir une fiche pour savoir sur qui tirer. Augmenter le contingent ? Et où il va les trouver, ses hommes, le président ? Chez les scouts ? Je combats avec des soldats qui ont fait si souvent le voyage qu'ils commencent à exiger des miles ! Les engagés sont tellement grillés qu'un tiers d'entre eux ne veut même plus manier une arme, sans parler de les envoyer dans un combat où ils ne feraient que mettre en danger toute la patrouille. Les réservistes et la garde nationale ? Surprise, surprise, on ne leur a pas dit que la mission ne commençait qu'au moment où ils posaient les pieds dans le sable c'est-à-dire que les six mois passés en garnison comptaient pour du beurre !

Gessaman l'interrompt.

— Morale mise à part, colonel, nous vous demandons d'évaluer la...

— Morale mise à part ? La désillusion et la morale ne font pas bon ménage sur le champ de bataille. Nos gars ont envie de finir leur mission, même s'ils ne savent plus très bien en quoi elle consiste. Le mois dernier, mes hommes ont tué un type qui installait une bombe sur le bord de la route. Il s'est avéré que c'était un sergent irakien, un des types censés nous remplacer. Pour qui se bat-on ? Au cours des trois derniers mois, trois de mes premières classes se sont suicidés. C'étaient de bons soldats, courageux... lorsqu'ils sont arrivés, trois missions plus tôt. Deux étaient sous antidépresseurs, le troisième avait déjà fait une TS dix semaines avant. Son toubib et moi, on avait signé un papelard pour qu'il ne soit pas remis en service actif. Mon supérieur a répondu qu'il manquait de troupes, demande rejetée.

— C'est noté, colonel, dit la blonde. Nous comprenons la gravité de la situation, c'est d'ailleurs la raison de votre présence ici. À présent, si vous pouviez vous concentrer sur les activités ennemies.

— Excusez-moi, madame, mais je n'ai pas bien retenu votre nom.

— Qu'importe. Les insurgés, colonel.

— Les insurgés, ce ne sont qu'une petite pièce du puzzle. L'an dernier, nous étions au beau milieu d'une guerre civile entre sunnites et chiites ; aujourd'hui, de plus en plus de signes nous montrent que le mouvement chiite est prêt à déclencher un bain de sang à l'échelon national pour s'opposer aux troupes américaines. Les militaires ont pour objectif de nous attirer hors de la zone verte pour nous coincer dans des banlieues hostiles en utilisant des lanceurs de grenades de fabrication iranienne. Nous avons donc cessé tout déploiement militaire. Pendant ce temps, la population sunnite se fait lentement exterminer ou expulser. En envahissant l'Irak, nous avons radicalisé toute la communauté musulmane et transformé une société laïque en nation chiite.

— À votre avis, colonel, quel groupe cause le plus de dommages ?

Turnbull lance un regard sévère à Gessaman. Ils me tendent un piège, ils veulent m'entraîner quelque part...

— Quel groupe est le pire ? Les escadrons de la mort chiites ? L'armée du Mahdi, l'organisation Badr ? Faites votre choix. Tous ces groupes sont entraînés en Iran. Bien sûr, si vous êtes un chiite du Sud, ce sont les extrémistes sunnites, soutenus par les Saoudiens et les Jordaniens. Ces groupes se déplacent à leur guise, ils contrôlent les banlieues, des villes entières parfois, et la police militaire irakienne leur laisse une entière liberté d'action. Les civils ont peur de s'aventurer hors de leur maison et les quartiers autrefois mixtes sont aujourd'hui séparés en quartiers chiites ou sunnites, pour des raisons de sécurité. Ajoutez à cela les perpétuelles coupures d'eau et d'électricité, dix mille Irakiens déplacés par jour, et vous obtenez une situation intolérable. Mais vous savez déjà tout cela, monsieur Gessaman ?

Gessaman ne répond pas.

— Parlons plutôt de vous, colonel, dit la blonde, en feuilletant son dossier. Vos parents ont tous deux des racines écossaises, votre famille a émigré aux États-Unis juste après la Seconde Guerre mondiale. Votre grand-père était un héros...

— Oui madame. Il a combattu Rommel en Afrique du Nord.

— D'après votre biographie, vous êtes le descendant d'une longue lignée de guerriers. Le clan Turnbull a pris part à tous les combats depuis que Longshanks a envahi l'Écosse.

— Nous sommes des durs. Le seul clan à avoir une prime placée sur toutes ses têtes !

— Parlez-moi un peu de John Turnbull, lança la blonde, avec un sourire encourageant.

— John Turnbull... lui, c'est le plus fougueux de mes ancêtres. Selon la tradition écossaise, il aurait tué plus d'Anglais pendant les expéditions de William Wallace que tous les autres porteurs de kilt. Dans les batailles, il était accompagné d'un mastiff de cent kilos. Il a décapité quatre chevaliers anglais pendant que son chien leur lacérait le bras. C'est une histoire vraie. Quelque temps plus tard, un petit fayot du nom de Kerr a coupé la tête du chien, et John a perdu la sienne. Il a oublié tout son entraînement, s'est fait couper le bras et trancher la tête. Littéralement. La guerre, c'est l'enfer.

La blonde s'applique à consulter ses notes.

— D'après l'histoire écossaise, après cela, pendant deux siècles les Turnbull ont semé la terreur sur les terres des Kerr ?

— Exact. Vous voyez, nous les Highlanders, on n'oublie jamais une dette...

— Ils ont tué pas mal de gens, j'imagine.

— Je n'en suis pas particulièrement fier, mais il faut faire ce qui doit être fait.

— Les femmes et les enfants aussi ?

Soudain, le colonel est sur ses gardes. C'est une espionne ! CIA, sans doute. Fais gaffe, cette femme est un loup sous une peau de mouton.

Ryan Gessaman intervient avant que Turnbull puisse répondre.

— Colonel, vous avez raison à propos de l'Irak, c'est la chienlit. Était-ce une erreur d'y aller ? Laissons l'Histoire en décider. Le problème qui empêche la démocratie de s'enraciner en Irak est le même que celui qui menace l'Amérique : le fanatisme islamique. Et tout vient d'Iran.

— Vous connaissez le terme « Wagf » ? demande la blonde. Il se réfère à un vieux précepte islamique selon lequel les musulmans ont le droit de revendiquer tous les territoires qu'ils ont conquis par la force, même si cela remonte à plus d'un millénaire.

— C'est une interprétation très controversée, rétorque le colonel. Wagf, c'est le fait de donner une terre aux chefs de l'islam pour qu'ils puissent aider les pauvres.

— Ce sont les extrémistes qui nous préoccupent, colonel. L'Amérique a trébuché en Irak, et l'islam fondamentaliste en a profité pour étendre ses tentacules dans tout le monde musulman. L'an dernier, le Hezbollah a assassiné Pierre Gemayel, un ministre chrétien du Liban, un des rares à avoir oser s'opposer à l'influence syrienne. Nous avons affaire à une idéologie dangereuse, alimentée par la haine religieuse qui n'hésite pas à tuer musulmans comme non musulmans pour parvenir à ses fins. Les extrémistes ont infiltré au moins cinquante-cinq pays différents, et ils n'auront de cesse tant qu'ils n'auront pas reconquis la dernière parcelle de terre, de Madrid au Moyen-Orient. Leur influence se propage dans tout le monde arabe, et plus la violence se radicalise, plus leur pouvoir augmente.

Gessaman hoche la tête.

— C'est l'histoire du nazisme qui recommence, mais cette fois, on tue au nom d'Allah, c'est une cause bien plus puissante que celle du Führer. L'islam fondamentaliste est en train de remporter la guerre des esprits grâce à un gigantesque programme de propagande. En Palestine, en Jordanie, en Iran et en Arabie Saoudite, les enfants apprennent à mépriser l'Occident dès leur plus jeune âge. Les manuels et les vidéos dépeignent les juifs et les chrétiens comme des animaux assoiffés de sang, les Occidentaux comme des adorateurs de Satan. Nous possédons des vidéos d'enfants du préparatoire qui chantent à la gloire du djihad et des martyrs qui meurent au nom d'Allah. Si grave que la situation paraisse aujourd'hui, elle va encore empirer. Dans les cinq ans à venir, nous risquons d'assister à de véritables Armageddon qui conduiront à la destruction de la société telle que nous la connaissons.

— Cinq ans, colonel, répète la blonde. Dans cinq ans, l'Iran produira de l'uranium enrichi. Réfléchissez un peu à la manière dont un Iran doté de l'arme nucléaire changerait le Moyen-Orient. Les Saoudiens exigeraient l'arme nucléaire, puis l'Égypte, la Jordanie, la Syrie… Ce n'est pas le pire. Comment empêcher l'Iran de fournir des armes nucléaires aux groupes terroristes ? Vous croyez que les extrémistes hésiteraient à s'en servir ? Souvenez-vous à quel point nous étions désemparés le 11 septembre ? Imaginez que vous vous réveilliez un jour en apprenant qu'une bombe sale a rayé New York de la carte, Chicago, Philadelphie ou Miami…

— Ou les quatre à la fois, complète Gessaman. Détourner un avion demande une longue préparation et certains talents, et nous n'avons pas su l'empêcher ; introduire une dizaine de bombinettes d'une puissance de quinze kilotonnes serait un jeu d'enfant. Une dizaine d'Hiroshima, colonel. Vous croyez que la Sécurité du territoire pourrait arrêter ça ? Et l'immigration ? On n'est même pas capables d'empêcher un millier de Mexicains de traverser la frontière tous les jours ! Six ans après le 11 septembre, nos ports ne font l'objet d'aucune mesure de protection. Vous connaissez l'attitude de Washington face aux menaces terroristes, les hommes politiques attendent toujours qu'il soit trop tard avant de réagir. Vous croyez que les démocrates feront mieux ? Les mesures non contraignantes ne changent rien.

— Des armes de destruction massive... notre population sous la menace d'un danger imminent, dit le colonel, en soupirant, exaspéré. Avec tout le respect que je vous dois, c'est la même tactique de recours à la peur que les néoconservateurs comme Cheney et Rumsfeld avaient déjà utilisée en 2002.

— Vous voulez dire que l'Iran n'est pas une menace ?

— Madame, laissez-moi vous dire quelque chose que vous savez sans doute déjà. Dans notre combat contre les talibans, nos alliés les plus efficaces étaient les Iraniens. Ils ont toujours considéré Ben Laden comme un terroriste et ils combattaient les tribus pachtounes en Afghanistan. Les Iraniens nous ont fourni un appui militaire en secret, ainsi que des renseignements, pour nous aider à lutter contre les talibans jusqu'à ce que George Bush fasse brusquement volte-face et déclare que leur nation faisait partie de l'axe du mal, même s'ils n'avaient rien à voir avec les attentats du 11 septembre.

— Et les menaces d'Ahmadinejad ?

— Ahmadinejad n'est qu'un chien qui aboie... L'équivalent iranien de notre Ann Coulter[1]. C'est notre réaction et l'invasion de l'Irak qui ont fait son succès dans la population chiite. Nous lui avons donné ce qu'il cherchait : de quoi justifier sa présence. On a fait la même chose il y a quarante ans avec Castro, et voyez où cela nous a menés !

— Mais lorsque Castro s'est procuré l'arme nucléaire auprès des Soviétiques, nous n'avons pas hésité à agir, ajouta Gessaman. Les missiles d'Ahmadinejad, ce sont les extrémistes munis d'une bombe sale. Imaginez un scénario catastrophe. Des villes américaines détruites sans avertissement, des dizaines de millions de morts, des millions d'autres, malades et mourants. Notre économie réduite à néant, la panique dans les rues...

---

1. Commentatrice politique polémiste, connue pour ses idées républicaines, et romancière née aux États-Unis en 1961 (*NdT*).

— C'est le cauchemar absolu, et l'Iran en est la pierre angulaire. Rumsfeld a merdé en Irak, inutile de le nier, mais les néoconservateurs avaient raison sur un point : on doit mettre fin aux menaces avant qu'elles ne soient exécutées. On ne peut pas se permettre de laisser le mauvais génie du nucléaire sortir de sa lampe dans le golfe Persique.

— Pourquoi suis-je ici ? demande le colonel, le cœur battant.

— Vous êtes ici parce que vous connaissez l'ennemi, parce que vous savez de quoi il est capable. Vous êtes ici parce que vous avez accès à des sources qui peuvent nous être utiles.

Ryan Gessaman ferme son dossier.

— Colonel, je voudrais que vous vous imaginiez un instant dans la peau du futur secrétaire à la Défense. Mieux, dans la peau du futur président. Vos plus proches conseillers viennent de vous avertir, en termes vagues, que dans cinq ans, l'Iran aura assez d'uranium enrichi pour fournir des bombes sales aux extrémistes. Comment empêcheriez-vous les terroristes d'utiliser ces armes, de décimer votre nation et toute la société occidentale ?

— Une invasion préventive, je suppose.

— Exactement, répond Gessaman. Mais avec quelles forces de combat ? Vous le constatez vous-même, l'Irak est un désastre. Nos troupes sont torpillées, l'armée manque cruellement de bras et le peuple américain veut que nous quittions le Golfe. Même si vous vouliez aller de l'avant, il vous faudrait cinq cent mille hommes pour envahir l'Iran, plus peut-être pour contrôler la situation, et nous savons tous les trois que c'est impossible. Où lèveriez-vous vos troupes ?

— Vous pourriez enrôler des appelés, suggère la blonde, se faisant l'avocat du diable.

Gessaman hoche la tête.

— Les Américains s'y opposeraient.

— OK, dit le colonel. Donc, on n'envahit pas, on détruit les objectifs nucléaires, comme les Israéliens avec le réacteur irakien en 1981.

— Idée intéressante, dit Gessaman, mais il y a des dizaines de lieux potentiels, inconnus pour la plupart, et probablement souterrains. Parce qu'en s'y prenant ainsi, c'est tout ou rien. Et n'oubliez pas ce que vous venez de nous dire. En déclarant la guerre à l'Irak, on a radicalisé toute la communauté musulmane. L'époque où on pouvait attaquer préventivement un pays, c'est bien fini... à moins d'avoir une juste cause.

— S'ils nous attaquaient les premiers ?

— Exactement, dit la blonde en baissant les yeux vers Turnbull. Le monde ne s'est pas offusqué de nous voir envahir l'Afghanistan après le 11 septembre. En mai dernier, j'ai assisté à une réunion confidentielle avec le président Bush et ses conseillers en sécurité sur les nouvelles règles de la guerre froide. Les vieilles méthodes de dissuasion ne s'appliquent plus lorsque l'on parle de bombes sales. À un moment donné, avant la fin de son mandat présidentiel, Bush annoncera que, si jamais une bombe sale explosait sur notre sol ou sur celui de nos alliés, les États-Unis tiendraient le pays qui aurait fourni le matériel comme « entièrement responsable des conséquences ».

Le colonel Turnbull essuie une perle de sueur sur son front.

— Qu'est-ce qu'il entend par « entièrement responsable des conséquences », exactement ?

— L'expression est volontairement assez vague pour laisser place à une riposte, atomique ou non. Si on prouvait qu'une telle attaque était liée à l'Iran, notre réaction changerait le paysage géopolitique à jamais.

— Attendez, attendez, vous voulez qu'ils s'attaquent à nos...

— Bien sûr que non ! dit Gessaman, faisant marche arrière. Mais au cas où... Le monde comprendrait et notre riposte serait justifiée.

— Pensez-y, ajouta la blonde. Éliminez ce cinglé de président iranien et les mollahs fondamentalistes, et la démocratie aura une chance de s'implanter. Plus de menace nucléaire, plus d'insurgés iraniens en Irak et on porte un coup fatal aux extrémistes. Nous parlons de sauver la société occidentale, tout en permettant au monde arabe de sortir de l'Âge de pierre, une fois pour toutes.

Le colonel Turnbull s'adosse à sa chaise, soudain mal à l'aise.

— Bon, que je comprenne bien. Vous voulez laisser une ville américaine être victime d'une bombe sale afin d'avoir un bon prétexte pour transformer l'Iran en parking ?

— Non. Seulement pour raser des cibles précises. Les installations nucléaires, les bases militaires, les camps d'entraînement terroristes. Une attaque préventive pour empêcher une dizaine d'attaques nucléaires sur nos villes.

— Et éliminer un million d'Américains par la même occasion ? demande le colonel en s'épongeant le front.

— Votre grand-père a combattu pendant la Seconde Guerre mondiale, lui rappelle la blonde. Imaginez ce qui se serait passé si Roosevelt avait attendu six mois de plus avant d'entrer en guerre ? L'Angleterre aurait été perdue, le projet Manhattan[1] aurait été retardé, les expériences d'Hitler sur l'eau lourde auraient été presque terminées... L'Allemagne aurait gagné la guerre.

— Néanmoins, permettre une attaque nucléaire sur le sol... américain ?

— Je vais vous confier un scoop, colonel. Roosevelt savait pertinemment que les Japonais préparaient une attaque sur Pearl Harbor, et devinez quoi... il a laissé faire !

— Je l'avais entendu dire, je refusais de le croire.

— Croyez-le. Le chiffrement avait cassé les codes ennemis depuis des mois, on contrôlait leurs communications bien avant le 7 décembre. La Seconde Guerre mondiale, c'était l'Irak de Roosevelt. Il savait que le Congrès et le peuple ne le laisseraient jamais s'engager dans une nouvelle bataille en Europe, à moins qu'il ne se produise des événements dramatiques. Quelque chose de terrible qui déclencherait une telle émotion, qu'il pourrait faire un appel massif aux armes. Lorsqu'il a appris que les Japonais arrivaient, il a donné aux porte-avions l'ordre d'appareiller, laissant se dérouler l'attaque dévastatrice sur Pearl Harbor. Le président a sacrifié des milliers de vies innocentes pour que notre pays entre en guerre, une guerre déclenchée en secret à la Maison Blanche pour donner à notre nation une chance de vaincre la peste qui menaçait le monde entier.

Le regard du colonel se durcit.

1. Projet de recherche initié en 1942 qui devait aboutir à la création de l'arme nucléaire.

— Et Bush ? Vous me dites qu'il a laissé les événements du 11 septembre se dérouler pour la même raison ?

Ryan Gessaman esquisse un sourire en coin.

— Honnêtement, colonel, je ne pensais pas qu'un homme de votre trempe serait un théoricien du complot !

La blonde se penche en avant, avec un sourire de chat hypocrite, destiné à balayer la question.

— Colonel, c'est une simple réflexion à blanc. Le Pentagone s'exerce à ce genre de rhétorique, huit jours par semaine. Mais regardons les choses en face : les extrémistes islamistes veulent à tout prix mettre la main sur une bombe sale et si l'Iran entre dans la danse, la menace n'est plus hypothétique. Je pense que vous serez d'accord pour dire que nous avons eu pas mal de chance depuis le 11 septembre, pourtant nos ports restent fragiles et les patrouilles qui surveillent les frontières échouent à tous les exercices de sécurité qu'on leur propose. Bien sûr, on pourrait se contenter d'attendre en priant pour que nos réseaux de contre-espionnage arrêtent la prochaine vague d'attentats, seulement, il n'y a pas besoin de toute une équipe de terroristes pour éliminer une ville. Il suffit d'un seul homme, avec une bombe sale dans une petite valise. En revanche, si on contrôle les autres variables, on peut venir à bout de la menace.

— Quelles sont les variables que vous contrôlez ? demande Turnbull. Les républicains ont perdu les deux chambres, les néoconservateurs ont perdu Rumsfeld. En 2008, un autre démocrate pourrait se retrouver à la Maison Blanche.

La blonde sourit, mais ses yeux noisette restent glacials.

— Vous dépeignez mal le paysage, colonel. Les scandales financiers ont fait basculer le pendule en défaveur des républicains au milieu du semestre. Le mouvement sera corrigé au cours des deux prochaines années. Les démocrates auront une partie difficile à jouer. Ils menaceront de couper les crédits militaires, mais à la fin, ils seront si occupés avec les élections de 2008 qu'ils feront marche arrière, si bien que Bush fera ce qu'il voudra jusqu'au bout.

D'un geste, elle change de sujet de conversation.

— De toute façon, ce ne sont que des mots. Avant qu'une

action puisse être envisagée, il nous faut un plan, et personne ne connaît cette partie du monde mieux que vous.

Turnbull s'éclaircit la gorge.

— N'y voyez rien de personnel, madame, mais j'ai une famille qui ne m'a pratiquement pas vu depuis cinq ans. J'ai fait mon temps en enfer, alors, si cela ne vous dérange pas, vous feriez mieux de chercher quelqu'un d'autre.

La blonde se rassoit, son visage s'empourpre.

— Vous croyez avoir connu l'enfer ? Vous ne savez pas ce que c'est que l'enfer, colonel ! J'ai un grand-oncle qui est décédé il y a quelques années. Lorsqu'il avait dix ans, les nazis ont rassemblé ses parents, avec ses sœurs, ses tantes, ses oncles, ses cousins et tous les juifs du village, et les ont embarqués dans des wagons à bestiaux. Les plus chanceux sont morts étouffés pendant le voyage. Les autres ont été conduits dans les camps de la mort à Auschwitz. Là, les femmes ont été séparées des hommes et directement conduites dans les chambres à gaz. C'était avant que les nazis s'aperçoivent qu'ils pouvaient faire fonctionner les fours jour et nuit en se servant de la graisse humaine comme combustible.

« Je vous parais sans doute froide, colonel, et je le suis peut-être. Mais quand je rentre à la maison, j'ai un mari qui m'aime et j'embrasse mes deux enfants que j'adore. Et si je dois vendre mon âme pour m'assurer qu'ils ne se feront pas incinérer par un cinglé en turban persuadé qu'il aura droit au paradis en massacrant les infidèles… eh bien, soit. »

Elle marque une pause et contemple Washington par la baie vitrée.

— La semaine dernière, je regardais CNN. Glenn Beck interviewait Benyamin Netanyahou, l'ancien Premier ministre israélien, et lui demandait quelle leçon les juifs avaient tirée de l'Holocauste. Vous savez ce qu'il a répondu ? « Quand quelqu'un vous dit qu'il va vous anéantir, il faut le croire. »

Elle s'efforce de sourire, retrouve sa posture.

— Je sais que vous êtes attaché à la famille, colonel, c'est pour cela que vous êtes ici. J'aimerais que vous vous imaginiez un instant, vivant dans les Highlands, avec votre famille, à l'époque ou Longshanks préparait l'invasion de l'Écosse. Si vous aviez su que vous étiez capable de sauver votre pays et vos compatriotes et d'éliminer définitivement la menace anglaise… au prix du sacrifice de quelques clans, qu'auriez-vous fait ?

Le colonel Turnbull grince des dents, les nerfs de son quadriceps droit font tressauter sa jambe.

— Bon, d'accord, madame, je suis votre homme.

*

Si vous voulez que les gens se battent, il faut leur faire croire qu'une menace pèse sur eux et qu'ils sont en danger. Cette idéologie fait partie intégrante de la propagande islamique.

Itmar Marcus, Palestinian Media Watch

Bush et Cheney multiplient les arguments en faveur d'une attaque militaire contre l'Iran, tout comme ils l'ont fait avant d'envahir l'Irak.

Robert Fox, The First Post, *1er juillet 2007*

Quand on combat des monstres, il faut prendre garde à ne pas se transformer soi-même en monstre.

Nietzsche

Le mode de vie américain n'est pas négociable.

Vice-président Dick Cheney

Le négociateur iranien responsable du dossier nucléaire, décrit par les Occidentaux comme un modérateur à Téhéran, a démissionné avant les négociations prévues cette semaine avec l'Europe sur le programme nucléaire iranien, ce qui laisse penser que les autorités iraniennes ont peut-être déjà fermé la porte à tout accord dans son face à face avec l'Occident.

Nazila Fathi and Mickael Slackman, New York Times,
21 octobre 2007

*

Hiver 2011

Le premier ange sonna de la trompette. Et il y eut de la grêle et du feu mêlés de sang qui furent jetés sur la terre et le tiers de la terre fut brûlé. Le tiers des arbres fut brûlé, et toute l'herbe verte fut brûlée.

Apocalypse **8**, *7*

« Bien sûr que j'y suis allé dans le vieux Executive Building pour ces réunions, on y est tous allés, à un moment ou à un autre. BP, Chevron, Conoco-Phillips, Shell, Exxon-Mobil, U. S. Oil and Gas... mais seules les huiles étaient conviées, pas les simples directeurs. On y agitait le chiffon rouge, on nous parlait de versions officielles en béton... On savait tous ce qui était en jeu, on avait tous lu les rapports en provenance de la mer Caspienne, qui prouvaient qu'il était urgent de mettre en œuvre le plan Cheney. Rumsfeld nous montrait les images satellites des gisements pétroliers et Wolfowitz tentait de nous faire avaler la pilule en débitant des conneries – nos employés seraient en sécurité, ils seraient accueillis à bras ouverts... Il voulait qu'on lui dise combien de temps ça prendrait pour que le pétrole coule de nouveau à flots, comme si on avait des boules de cristal ! Les types de Brown & Root avaient des cartes détaillées sur les infrastructures énergétiques de l'Irak, mais on voyait bien qu'ils étaient de mèche avec la nana de la CIA depuis le début. C'était une belle brochette d'abrutis et je hochais bêtement la tête en me demandant ce qu'on fichait là. Enfin, les « Bushies » venaient juste d'arriver au pouvoir et personne n'y croyait, à leur scénario à la noix. Cinq mois plus tard, les avions percutaient les Twin Towers et là, tout le monde a compris. Les auditions devant le Sénat qui ont suivi… quelle farce ! Les personnes interrogées n'ont même pas prêté serment. »

Haut cadre de l'industrie du pétrole, anonyme.
Réunions secrètes du Groupe de travail sur le développement de la politique énergétique nationale (NEPD), présidées par le vice-président Dick Cheney

Le 13 août 2002, la CIA termina la rédaction d'une analyse confidentielle de six pages (baptisée « The Perfect Storm ») décrivant les pires scénarios catastrophes imaginables après un renversement éventuel du régime de Saddam Hussein par les États-Unis. Selon, George Tenet, alors directeur de la CIA, le dossier a été relégué sous une énorme pile de paperasse remise aux conseillers en sécurité nationale du président Bush avant la réunion du 7 septembre 2002, dont l'ordre du jour était consacré à la guerre en Irak.

Walter Pincus, The Washington Post, *juin 2007*

Chapitre I

L'Iran affirme pouvoir construire une douzaine de missiles nucléaires.

Associated Press, 11 décembre 2011

Téhéran – Le président Mahmoud Ahmadinejad a annoncé aujourd'hui que son pays avait enrichi assez d'uranium pour fabriquer une douzaine de bombes atomiques. « Depuis plus de dix ans, l'Occident et le régime sioniste ont tout fait pour nous empêcher de devenir un pays libre. En dotant notre peuple de la force nucléaire, nous avons franchi une nouvelle étape sur le chemin de l'indépendance. Le programme d'enrichissement nous a permis d'obtenir la quantité d'uranium nécessaire à la fabrication de missiles nucléaires en assez grand nombre pour anéantir tous ceux qui menaceraient nos frontières. La grande nation de l'islam ne se laissera plus piétiner par l'Occident. Le mouvement sioniste sera éradiqué dans une violente tornade, et les forces occidentales qui oppriment l'Irak dans une autre. »
Le gouvernement McKuin a réagi en affirmant qu'Ahmadinejad avait simplement réussi à entraîner son peuple un peu plus loin sur le dangereux sentier de l'autodestruction.
Alimenté par les violences en Irak, le récent regain de popularité du président Ahmadinejad lui a permis de modifier la constitution afin d'élargir les pouvoirs qui lui sont dévolus.

Bureaux du Sénat de Dirksen, Salle SD 366
11 décembre 2011 – 9 h 06 (GMT – 5)

Audience devant la Commission pour l'énergie et les ressources naturelles
– Sénat des États-Unis –
110e Congrès

— Silence, s'il vous plaît, les auditions vont commencer.

David Keller, président de la Commission et sénateur de Californie, balaye du regard la salle bondée, tout en prenant garde à ne pas fixer directement l'objectif de la caméra panoramique.

— Tout d'abord, je tiens à remercier tous les présents, en particulier les sénateurs qui ont accepté de nous rejoindre aujourd'hui pour cette série d'audiences, lesquelles, je l'espère, modifieront en profondeur le rôle que l'énergie joue sur l'économie mondiale, l'environnement et la sécurité de notre nation. À la lumière des derniers développements en Iran, je pense que ce problème passe désormais au tout premier plan.

« Nous allons nous concentrer aujourd'hui sur les besoins énergétiques, actuels et à venir, des États-Unis et du reste du monde, en particulier en ce qui concerne le pétrole et le gaz naturel. Si nos témoins veulent bien partager leurs points de vue sur ces questions avec nous, nous leur en serons très reconnaissants. Sénateur Poschner, je crois que vous avez quelques remarques préliminaires à nous faire ?

— Merci, monsieur le président. Et je remercie également tous nos panélistes qui se sont libérés pour nous ce matin.

Le sénateur de Virginie marque une pause pour les applaudissements tout en faisant un petit signe en direction de l'unique femme et des quatre hommes installés à la table des témoins sous le dais principal. Ajustant ses lunettes cerclées de métal, il lit sa déclaration.

— Mesdames, messieurs, nous vivons une époque sans précédent. La population mondiale s'accroît d'un quart de million d'individus par jour. Notre capacité à nourrir, vêtir, éduquer et venir en aide à notre population dépendra de notre capacité à répondre aux besoins énergétiques mondiaux. Peu de choses ont changé depuis vingt ans. Les énergies fossiles, le pétrole en premier lieu, fournissent toujours près de 85 % de notre consommation. Chaque jour, les États-Unis consomment environ vingt-deux millions de barils de brut, ce qui représente près du quart de la consommation mondiale. Ces quantités vertigineuses augmentent à un taux annuel de 2 %, ce qui donnera une consommation mondiale journalière de cent sept millions en 2020, si la croissance économique de la Chine, de l'Inde et des autres pays asiatiques, se poursuit…

Ashley Brown Futrell III, affectueusement surnommé « Ace » par ses amis et sa famille, allonge sa jambe gauche sous la table des témoins. Avec son mètre quatre-vingt-douze et ses cent deux kilos, le géologue spécialiste du pétrole âgé de quarante-quatre ans, ancienne star du football à l'université de Géorgie, a du mal à rester longtemps dans la même position. Son genou gauche craque sous un tendon patellaire opéré à deux reprises, et une arthrite chronique rend ses articulations douloureuses. Les bons jours, il se souvient de toutes les passes réussies au cours d'une carrière fulgurante, les mauvais, il ne lui reste que la douleur.

Ace penche la tête à droite, puis à gauche, pour remettre ses cervicales en place. Puis, méthodiquement, il fait craquer tous ses doigts, tout en jetant un furtif coup d'œil à sa montre.

Neuf heures dix. Encore six heures avant de partir pour l'aéroport de Dulles. Une heure de vol, une heure pour les bagages et pour trouver un taxi. Huit heures, huit heures avant de prendre Kelli dans ses bras. Plus de voyages, Futrell, quoi qu'elle en dise. Et on n'en parle plus. Ace fait défiler les images stockées dans son Blackberry. Kelli et leurs deux enfants lui sourient et lui arrachent un pincement au cœur. Il a pensé à sa femme tous les jours pendant son voyage à l'étranger ; le plus dur, c'était le soir, seul dans son lit, dans sa chambre d'hôtel, à regarder le ventilateur au plafond, inquiet pour elle, rongé par la culpabilité de l'avoir abandonnée ainsi. Vingt-trois jours… une bonne dizaine de fois, il avait pensé reprendre l'avion, mais sa femme avait insisté pour qu'il aille jusqu'au bout. Ce soir enfin, ils partageraient le même lit, dans une suite donnant sur Central Park avant de rentrer chez eux à Long Island et de rejoindre les enfants.

De nouveau, il regarde sa montre.

Ace a rencontré Kelli lors de leur première année d'université – lui le quaterback de troisième zone, soudain projeté sous les feux de la rampe, elle la splendide blonde avec un sourire de brave fille et le tempérament d'un lutteur de salle clandestine. Sélectionnée dans les équipes amateurs et universitaires de hockey, c'était une compétitrice acharnée, qui aimait humilier physiquement ses adversaires. La liaison d'Ace et de Kelli avait duré jusqu'à l'obtention de leur diplôme, moment où Ace avait traversé sa période « grise ». Kelli, toujours prête à décrocher le pompon, avait continué son chemin sans lui. Six ans plus tard, ils s'étaient retrouvés par hasard, lors d'une collecte de fonds à Orlando. Deux mois plus tard, ils étaient mariés.

Quinze ans de mariage, presque quinze ans de bonheur. Une maison, des voitures, deux merveilleux enfants, deux magnifiques carrières… le rêve américain… et voilà que tout était compromis par cette fichue boule dans son sein gauche. Chirurgie, chimio, deux ans de rémission avant la récidive. La seconde chimio avait remporté le combat, pour combien de temps ? Il aurait voulu annuler ce voyage, mais elle avait insisté, lui promettant de bonnes nouvelles à son retour.

Trois longues semaines… plus jamais ça ! PetroConsultants peut bien me ficher à la porte si ça les amuse. Il se tourne vers les autres membres de l'assemblée. À sa droite, se trouve Ellen Wulf, directrice associée de l'Energy Information Administration, à sa gauche, Michael Bach-Marklund, un membre éminent du Center for Strategic and International Studies. À côté de lui, Rodney Lemeni, un économiste qui représente Chevron, Texaco et Caltex, et Christopher Santoro, consultant à la Cambridge Energy Research Association (CERA). Le CERA est une organisation jumelle de PetroConsultants, l'employeur d'Ace, toutes deux placées sous l'ombrelle du tentaculaire IHS Energy Group. *Je me demande si eux aussi doivent voyager six mois par an.*

Le sénateur Poschner continue…

— Prenez note de ces statistiques. Tous les deux ans, l'augmentation des besoins de la Chine correspond à la consommation d'un pays de taille moyenne. L'an dernier, elle a augmenté de quarante-quatre mille mégawatts, soit plus que la production de la plus grande compagnie énergétique, et elle subit toujours des coupures sur 60 % de son territoire. En outre, l'Inde...

De nouveau, Ace se tortille sur sa chaise en attendant que le sénateur ait usé son temps de parole. Il travaille pour PetroConsultants depuis quinze ans et connaît par cœur les statistiques, les avertissements, les recommandations, les débats interminables. Il n'a jamais mis en doute la sincérité des sénateurs présents, ni maintenant, ni six ans plus tôt, lorsqu'il avait témoigné devant le tout nouveau Congrès, à majorité démocrate. Mais convaincre une commission, c'était beaucoup plus facile que de faire passer des lois, surtout lorsque la Maison Blanche flirte avec l'industrie pétrolière.

Je devrais peut-être démissionner. Ce n'est pas comme si je n'y avais pas réfléchi. Je suis certain de retrouver un poste dans n'importe quelle grande compagnie pétrolière... à moins que je fasse sauter le pont maintenant, que je tire le rideau et dise au Congrès tout ce que je sais... Ouais, comme si ça allait changer quoi que ce soit. La plupart de ces zozos reçoivent des donations des sept sœurs du pétrole, et ceux qui refusent se feront évincer à la prochaine élection. À toi de choisir, Ace. Ou tu nourris ta famille, ou tu dégringoles, dans un dernier accès de gloire.

— Merci, sénateur. Cela nous amène directement à notre premier rapporteur de la journée. Ace Futrell est un administrateur éminent de PetroConsultants, à Genève, qui fait partie du IHS Energy Group. Son équipe a collecté des données qui seront présentées dans le prochain rapport de son organisation sur les réserves mondiales...

Et une grande université ? Je trouverais probablement un poste d'enseignant. Bien sûr, il faudra se modérer. Renoncer aux voitures, oublier la croisière Disney. Je pourrais peut-être faire des petits boulots de nuit chez McDonald. Ce serait amusant. Ils viennent juste de passer le salaire minimum à 8,25 dollars. Et si nous ne pouvons plus payer l'assurance-maladie, les frais scolaires et la colonie de vacances...

— Monsieur Futrell, je sais que vous avez beaucoup voyagé ces dernières semaines. La Commission vous remercie d'avoir retardé votre retour pour passer nous voir ce matin. Monsieur Futrell ?

... ni l'essence, ni la nourriture...

— Hé, Ace ! C'est à toi !

Ellen Wulf lui donne un petit coup dans l'épaule, le ramenant à la réalité.

— À moi ? Euh, oui, excusez-moi. Et ça se prononce « fu-trol », comme dans pétrole !

Ace règle son micro et lit ses notes.

— Monsieur le président, sénateurs, c'est un honneur pour moi de me retrouver parmi vous ce matin. On m'a demandé de parler de la production mondiale de pétrole et surtout des réserves disponibles. Comme je reviens d'un long périple au Moyen-Orient, j'ai avec moi les analyses préliminaires des dernières données, néanmoins, avant de présenter ces informations devant la Commission, il me semble nécessaire que nous comprenions tous les grandes règles du jeu. La première est une règle fondamentale dans le domaine de l'énergie : la loi des rendements décroissants. Lors du premier forage d'exploration, on ne sait pas grand-chose sur la quantité de pétrole que l'on va trouver, mais une fois le dernier puits construit, on en connaît tous les secrets. Le schéma est simple et permanent. Comme l'a découvert M. King Hubbert, le père de la géologie pétrolière, toutes les exploitations connaissent un pic suivi d'une déplétion, selon un schéma de courbe en cloche. Le premier pétrole qui jaillit est le plus facile d'accès, c'est le petit-lait, en quelque sorte. Ensuite, l'exploitation atteint son apogée, puis la production diminue, et moins le flux est important, plus il est difficile et coûteux de pomper. C'est vrai, la technique continue à progresser et allonge la durée de vie des gisements, néanmoins la technique a ses limites, elle aussi.

Tu les emmerdes, Futrell. Ils ne sont pas là pour résoudre la crise du pétrole, mais pour l'interpréter !

— Le pic pétrolier, c'est le sommet de la courbe de Hubbert, c'est le moment où le fruit est encore facile à cueillir sur les branches à portée de main. Ensuite, il y a les réserves exploitables, le mot-clé étant « exploitables ». Il faut de l'énergie pour récupérer l'énergie et dans notre cas précis, du pétrole pour trouver du pétrole. S'il faut deux barils pour en récupérer trois, on pompe. Toutefois, si le champ est en déplétion et qu'on ne récupère que deux barils ou moins, on ne peut pas continuer à pomper, pas avec un retour négatif sur investissement. Notez bien ce dernier point, sénateurs. Cela signifie que nous serons à court de pétrole bien avant que la dernière goutte ne soit extraite du sol.

« Hubbert avait prévu que la production de pétrole brut atteindrait son pic aux États-Unis entre 1966 et 1972. Le véritable pic s'est produit en 1970, mais il a fallu plus d'un an pour que l'information soit confirmée. Depuis, les États-Unis qui étaient les plus gros producteurs de pétrole sont devenus les plus gros importateurs, rôle actuellement brigué par la Chine. Même si nous avons toujours des réserves en cours d'exploitation dans le golfe du Mexique, les réserves domestiques sont épuisées, pour l'essentiel.

« Et le reste du monde, me direz-vous ? Hubbert avait prévu que le pic mondial se situerait entre 2000 et 2005. S'est-il vraiment produit ? La question ne se pose guère. Depuis 2003, nous n'avons découvert aucun gisement dont les réserves dépassent cinq cents millions de barils. Alors, combien en reste-t-il ? C'est un peu plus difficile à déterminer, étant donné que les compagnies ont tendance à opérer en secret et à mentir. Le Koweït, par exemple, a menti sur ses réserves réelles pour protéger les quotas de production de l'OPEP, pratique trop commune au sein des gouvernements. Les compagnies pétrolières ne valent pas mieux. Comme elles doivent payer des taxes sur les réserves, elles ont tendance à signaler de nouvelles découvertes dans des vieux champs, pratique qui maintient le prix de leurs actions, mais reste sans effets sur les besoins énergétiques. Il y a six ans, les cadres de Shell ont dû démissionner après avoir présenté des rapports erronés sur leurs réserves aux actionnaires... une toute petite erreur de quatre milliards de barils... d'une valeur estimée à cent trente-six millions de dollars. »

Ace feuillette ses notes.

— Voici quelques chiffres qui complètent l'équation. Nous

consommons un milliard de barils tous les dix jours, et les États-Unis entrent pour 25 % dans cette consommation mondiale. Au lieu de mettre en œuvre une politique d'économies d'énergie, nous en consommons de plus en plus. La demande américaine de pétrole, de gaz naturel et de charbon devrait augmenter de 40 % au cours des vingt prochaines années, et nous ne sommes pas la seule nation dans ce cas. Comme le sénateur Poschner l'a déjà mentionné, la demande d'énergie des pays d'Asie, de la Chine en particulier, est énorme. Avant 1990, les besoins énergétiques de la Chine augmentaient deux fois moins vite que son produit intérieur brut mais, au cours des cinq dernières années, sa croissance économique fulgurante a multiplié par quatre sa consommation. Nous avons également contribué à cette augmentation, nos importations automobiles jouant un rôle clé dans le développement de leur industrie. Nous sommes particulièrement inquiets de voir que la Chine abandonne le charbon au profit du pétrole, afin de lutter contre les émissions de dioxyde de carbone qui détériorent la qualité de l'air de toutes les grandes villes. En conséquence, la demande chinoise est passée de quatorze millions de barils par jour en 2004 à dix-neuf millions de barils aujourd'hui, rejoignant ainsi les États-Unis. Lorsqu'on sait que la population chinoise de 1,4 milliard d'individus est quatre fois supérieure à la nôtre, on est pris de vertige en pensant où cela peut nous mener. Comme aux États-Unis, l'essentiel des importations chinoises vient, dans l'ordre, d'Arabie Saoudite, d'Iran, du Venezuela et du Soudan.

Le président Keller l'interrompt.

— Ce n'est un secret pour personne que nous sommes en concurrence directe avec la Chine, monsieur Futrell. Ce que cette Commission aimerait savoir, c'est la quantité de pétrole restante, en particulier en Arabie Saoudite, seule nation qui semble être capable de satisfaire l'augmentation générale de la demande.

— Effectivement, l'Arabie Saoudite est la clé de tout, répond Ace en hochant la tête. Elle possède cinq gisements considérés comme super géants, dont plusieurs sont exploités depuis près de six ans. Ghawar est un méga géant, composé de plusieurs super géants. Le champ mesure deux cent quatre-vingts kilomètres de long sur une largeur de trente à trente-cinq kilomètres, et il est exploité depuis 1951. Les Saoudiens, et c'est tout à leur crédit, mettent un point d'honneur à entretenir leurs puits et obtiennent un taux de récupération de 75 %, ce qui est, de loin, un des plus hauts de toute l'industrie.

Le président l'interrompt de nouveau.

— Hier, la Commission a entendu M. Nansen Saleri, le responsable du gisement chez Saudi Aramco. D'après lui, les Saoudiens ont exploité et fermé des champs qui pourraient satisfaire la demande bien au-delà de 2054. À en juger à votre expression, je vois que vous n'êtes pas convaincu.

— Effectivement. Pas du tout, et je ne suis pas le seul. Malgré ses déclarations publiques, la famille royale a bloqué toutes les inspections internationales des puits et des réservoirs. Nos données ne sont donc que d'anciennes estimations très optimistes. Quant aux champs abandonnés... c'est une chanson qu'on nous serine depuis des années. Aujourd'hui, si la maison des Saoud me disait que la sécheresse règne dans le désert, j'apporterais mon imperméable !

Quelques visages démocrates s'illuminent d'un sourire.

Bien joué ! L'industrie de la restauration rapide aurait bien besoin d'un clown comme toi !

Le sénateur républicain, Bob Prichard, un loyal défenseur de l'industrie pétrolière du Texas, ne se déride pas.

— Pour votre gouverne, monsieur Futrell, la maison des Saoud est un de nos amis et de nos alliés depuis plus de soixante ans. En plus de nous fournir un pétrole bon marché, elle a une influence stabilisante sur les autres membres de l'OPEP, ainsi que sur quelques pays du Moyen-Orient qui soutiennent notre lutte contre le terrorisme.

Elle finance également l'islamisme radical et nourrit la haine de l'Occident, et quinze de ses ressortissants ont détourné nos avions. Mais qu'est-ce que quelques milliers de civils morts entre amis...

— Je vous demande maintenant, monsieur, si vous avez en votre possession des preuves concrètes qui réfutent les informations fournies par Saudi Aramco ?

— Des preuves concrètes ? Non, sénateur, néanmoins…

— Merci, monsieur Futrell.

Ace grince des dents, pourtant, il refuse de céder.

— Sénateur, vous m'avez invité pour témoigner, pas pour parler politique. PetroConsultants estime que les nations du tiers-monde exagèrent systématiquement leurs réserves. L'an dernier seulement, le Venezuela, Dubaï, l'Iran et l'Irak ont été pris en flagrant délit de mensonges. Je ne suis pas sûr que nous soyons en reste. Après tout, sur les dix milliards d'aide accordés à la Nouvelle-Orléans, combien ont été secrètement détournés pour reconstruire les puits de pétrole endommagés par Katrina ?

Ouille ! Est-ce que cela m'aurait échappé ! Ace rend son regard glacial au sénateur.

Des murmures se soulèvent tandis que le visage du sénateur Prichard s'empourpre.

— Monsieur le président, je vous demande de rayer ces commentaires, ils n'ont aucune influence sur…

— Sénateur, je voulais simplement dire…

— Je crois que nous avons compris, monsieur Futrell. Si vous pouviez conclure votre intervention avec vos dernières statistiques ?

Ace reprend son souffle, mais sa tension artérielle refuse de baisser.

— Un dernier point, si vous le permettez. Même si la Commission finit par prendre des mesures pour remplacer 40 % du pétrole par du gaz naturel, du charbon, du nucléaire ou une autre forme d'énergie, il n'existe aujourd'hui aucune solution à court ou à long terme pour répondre à nos besoins dans le domaine du transport et de l'agriculture. Que je sois bien clair, sans le pétrole que nous utilisons dans les engrais et les pesticides, le rendement de la culture du blé, de deux cent soixante boisseaux à l'hectare actuellement, tombera à trente. Il en ira de même pour les autres céréales. C'est le pétrole qui fait fonctionner les tracteurs si bien que 2 % de notre population peuvent aujourd'hui nourrir trois cents millions de personnes. C'est le pétrole qui nous permet de transporter les céréales sur les marchés. Lorsque le pétrole cessera de couler, les masses seront affamées, et c'est un fait, sénateur. Le seul moyen de remédier à ce cauchemar, c'est d'investir dès aujourd'hui dans les énergies renouvelables et d'engager des réformes majeures qui transformeront en profondeur nos infrastructures. Des mesures qui nécessiteront une dizaine d'années, et exigeront une planification et un investissement à long terme. De nombreux experts estiment que nous sommes déjà très en retard.

Le président Keller attend que les applaudissements s'estompent.

— Nous prenons bonne note de vos recommandations. Vos estimations ?

Ace sort une enveloppe jaune de son attaché-case.

— Monsieur le président, sénateurs, en s'appuyant sur les indicateurs valides, PetroConsultants estime que le pic pétrolier mondial a eu lieu en 2003, en partie à cause des pertes imprévues dans les puits irakiens et des attaques des insurgés sur les pipelines dans le sillage de la Seconde Guerre du Golfe. En tenant compte de la demande actuelle, des prévisions de croissance, de la guerre qui se poursuit au Moyen-Orient et des ouragans qui menacent les grands pipelines, nous pensons que le monde souffrira d'une grave déplétion dès 2017.

Soudain, le silence s'installe sur la salle, aussitôt suivi de chuchotements et de conversations privées.

— Dans six ans, monsieur Futrell ?

Ace hoche la tête.

— Peut-être même plus tôt, monsieur le président.

*

Le secrétaire à la Défense, Donald Rumsfeld, a également déclaré que, le matin du 11 septembre, il s'exprimait justement devant les membres du Congrès au Pentagone leur disant de s'attendre au pire, en matière d'attentats terroristes. Peu de temps après, on lui remettait une note lui annonçant l'attentat contre la tour Nord. Puis, on l'avertit que la deuxième tour avait été percutée par un avion. Il prétend avoir continué comme si de rien n'était jusqu'à ce que le Pentagone soit touché à 9 h 38. Cela ne tient pas debout. Si le secrétaire à la Défense s'exprimait effectivement devant les membres du Congrès à propos d'actes terroristes lorsqu'on lui a appris que deux avions venaient de percuter les tours du World Trade Center, on imagine mal qu'il ait poursuivi sa présentation sans autre réaction. Que pas un des membres de la Commission d'enquête sur le 11 septembre n'ait cherché à vérifier plus en profondeur cette déclaration en dit long.

Michael Kane, « Elephants in the Barracks : The Complete Failure of the 9/11 Commission », Centre de recherches sur la mondialisation

Le plus important, c'est de trouver Oussama Ben Laden. C'est une priorité absolue et nous remuerons ciel et terre tant que nous n'aurons pas réussi.

Président George W. Bush, 13 septembre 2001

Je ne sais pas où il est. Je n'en ai pas la moindre idée, et je m'en moque. Ce n'est pas très important. Ce n'est pas notre priorité.

Président George W. Bush, 13 mars 2002

*

Chapitre 2

AURORA, ILLINOIS, 12 DÉCEMBRE 2011
– 8 H 06 (GMT – 6)

Mary Chris ! Je suis déjà en retard. Où est l'aspartame ? demande Doug Dvorak, le commandant de police d'Aurora qui fouille dans tous les tiroirs et les placards en les laissant dans un désordre invraisemblable.

— J'ai oublié d'en acheter, dit sa femme, toujours dans la chambre. Prends du sucre normal.

— Impossible, je viens juste de commencer mon régime !

— Du miel alors.

— C'est toujours du sucre.

— Alors, bois-le noir !

Elle entre dans la cuisine, un fer à friser toujours accroché dans ses cheveux auburn.

— Depuis quand tu es au régime ? Tu deviens complètement maboule avec ça.

— Je me prépare pour le marathon de printemps.

— Parfait. Alors, tu peux courir au supermarché après le boulot et m'acheter un nouveau réveil.

— Je t'ai dit que j'allais le réparer.

Il remplit sa tasse à l'effigie des Chicago Bears et fait la grimace en avalant le liquide amer.

— Alors, répare-le ce soir. Je ne peux pas me permettre d'arriver à nouveau en retard.

Elle essuie une goutte de café sur sa barbichette et l'embrasse.

— Fais attention à toi.

— Comme toujours.

***

À soixante-cinq kilomètres de Chicago, Aurora est une ville de banlieue de cent soixante-cinq mille habitants qui s'étend sur quatre comtés, six districts scolaires et sept quartiers. Les rives de la Fox partagent le centre-ville entre les quartiers est et ouest. La ville abrite un complexe cinématographique tout neuf, plusieurs églises et des ponts qui datent de la fin du XIXe siècle.

Le commandant Dvorak est responsable de la Zone Un, qui regroupe l'Ouest d'Aurora et le centre-ville. Il dirige également le programme de la patrouille cycliste et le groupe d'intervention rapide.

Il se trouve à moins de dix minutes du commissariat lorsqu'il reçoit l'appel du central.

***

Après avoir accompli deux missions en Irak, Ray Henry est devenu propriétaire et directeur de l'agence de location de camions d'Aurora. Dvorak retrouve l'ancien sergent qui téléphone dans son bureau en faisant les cent pas.

Henry lui fait signe d'attendre une seconde et griffonne des numéros sur un bloc-notes déjà couvert de hiéroglyphes.

— Impec. Dis à Jerry que je veux revoir ce camion ici dans une heure avec les nouvelles plaquettes de freins, sinon, je passe chez Kendall !

Henry raccroche.

— Excuse-moi, Doug, je te remercie d'être passé. Comment va Mary Chris ?

— Bien. Alors, qu'est-ce qui se passe ?

— Sans doute rien, mais c'est mon sixième sens du soldat qui me titille. J'ai deux clients qui sont passés hier pour acheter un camion. Type oriental, ils se disaient étudiants, ils avaient la même adresse. La première sonnette d'alarme, ça a été leur permis de Caroline du Sud, pour les deux. Aujourd'hui, Ben Laden en personne arriverait à obtenir ses papiers dans ce filet à papillons. Bon, de toute façon, ils ont eu l'air bien nerveux quand je leur ai dit qu'il fallait que j'en fasse une copie pour mes dossiers. Et la deuxième alerte, c'est quand ils m'ont payé en liquide. Dix-sept mille cinq cents dollars, pour être précis.

— Quel genre de camion ?

— Un trois tonnes. Un camion frigorifique, pour les marchandises périssables.

— Ils ont dit pourquoi ils en avaient besoin ?

— Oui, des primeurs, mais ils mentaient. Tiens, voilà la copie de leurs permis.

Dvorak lit les noms.

— Jamal al Yussuf, vingt-sept ans. Omar Kamel Radi, vingt-neuf. Bon, je vérifierai. Dis à tes filles que je les verrai samedi, à l'entraînement de foot ! ajoute-t-il en se levant.

— Bien sûr. Attends, ce n'est pas fini. Ces saligauds portaient le t-shirt des Chicago Cubs. Qui enfile des maillots de baseball en décembre, surtout quand ce sont les Bears qui jouent ! J'ai raison ou je ne me trompe pas ?

***

L'appartement est situé dans un immeuble en brique de deux étages à six kilomètres de l'université de Waubonsee. Après avoir vérifié que le camion n'est pas dans les parages, le commandant Dvorak trouve la propriétaire, Dawn Darconte, une femme de la région âgée d'une bonne trentaine.

— Ils ont loué l'appartement en octobre. Ils ont affirmé être étudiants.

— Ils vous ont créé des ennuis ?

— Non, pas du tout. Ils restaient entre eux. Et ils avaient payé un an d'avance.

— Ce n'est pas un peu inhabituel pour des étudiants ?

— C'est inhabituel pour tout le monde.

— Vous les avez vus avec des manuels ?

— Je travaille à temps plein dans une boutique de vidéo. Ils auraient pu emménager et déménager toute une bibliothèque sans que je m'en aperçoive.

Elle le conduit à l'appartement 2-D. Il frappe à plusieurs reprises. Pas de réponse.

— Quand les avez-vous vus pour la dernière fois ?

— La semaine dernière, peut-être. Le grand, Omar, il fait du jogging tous les matins. J'ai la clé. Vous voulez entrer ?

— Sans mandat, il me faut le consentement de l'occupant, ou une preuve de l'abandon des lieux. Leur voiture ? Elle est toujours là ?

Elle regarde par-dessus la rambarde.

— Non, elle est partie.

Dvorak fouille dans sa poche et en sort une carte de visite.

— Appelez-moi s'ils reviennent.

***

Le commandant Dvorak est de retour à son bureau à onze heures et quart. À midi, il sait que Jamal et Omar ne sont inscrits ni l'un ni l'autre à l'université de Waubonsee. À quatorze heures, le même jour, il apprend que les deux suspects ont clôturé leur compte à la Citicorp après avoir retiré plus de soixante-cinq mille dollars. L'ouverture de leur compte ne remonte pas à plus de quatre mois et tous les fonds proviennent d'une banque des îles Caïmans.

À dix-huit heures trente, le commandant Doug Dvorak a obtenu sa commission rogatoire en bonne et due forme.

*

Fatiguée des nombreuses pannes d'électricité, la Chine a aménagé le plus grand réseau électrique au monde, ce qui lui a permis de largement doubler sa capacité de production par rapport à 1995. Elle a également construit, en 2003, dans la banlieue de Shanghai un train à sustentation magnétique atteignant une vitesse de pointe de 450 kilomètres-heure, alors que notre propre système ferroviaire est dans un piteux état.

U. S. News and World Report, 19 février 2007

Ce programme permet aux utilisateurs de découvrir les véhicules à haut rendement énergétique de GM, dans une gamme intermédiaire.

Dave Borchelt, directeur de General Motors à propos du nouveau programme plafonnant le prix de l'essence à 1,99 dollar le gallon pendant un an. Les véhicules concernés sont les Chevrolet Tahoe et Suburban (le modèle d'une demi-tonne uniquement) et le Hummer H2, qui parcourent neuf miles au gallon en moyenne [soit près de 24 litres au cent, NdT].
Mai 2006

La chambre des représentants a adopté une loi sur l'énergie qui va contraindre la plupart des services publics à produire 15 % de leur électricité à partir d'énergies renouvelables telles que l'énergie éolienne ou solaire. Le président George W. Bush a avoué avoir appliqué son droit de veto parce que cette loi ne favorise en rien l'augmentation de la production domestique de pétrole ou de gaz.

John M. Broder, International Herald Tribune, *5 août 2007*

*

Chapitre 3

BÂTIMENT DU SÉNAT DE DIRKSEN, SALLE SD-366
12 DÉCEMBRE 2011 – 10 H 27 (GMT – 5)

AUDIENCE DEVANT LA COMMISSION POUR LA SAUVEGARDE DE L'ÉNERGIE ET DES RESSOURCES NATURELLES
110e Congrès des États-Unis

Silence ! Silence ! s'écrie le président Keller en donnant un petit coup de marteau sur la table. Six ans, monsieur Futrell ? De multiples sources nous ont assuré à plusieurs reprises que les réserves suffiraient à satisfaire la demande jusqu'en 2029. Ce que confirme le rapport annuel de l'EIA.

— Avec tout le respect que je vous dois, monsieur le président, les estimations de l'EIA, l'Agence d'information de l'énergie, s'appuient sur des considérations sans aucun fondement technique. Si les données du ministère de l'Énergie sur les réserves passées et actuelles sont relativement fiables, les projections futures ont été calculées en fonction de l'augmentation de la demande intérieure. Ce sont des projections politiques, sénateur, rien de plus. Autant poser la question à un économiste. Tout ce qu'on obtiendrait, ce serait des estimations intangibles et toujours optimistes.

De nouvelles conversations en aparté éclatent dans la salle. Keller joue du marteau pour couvrir le brouhaha.

— Poursuivons. Nous appelons le sénateur Ashton.

Le représentant de l'Alabama semble bien agité pour un homme cloué sur un fauteuil roulant.

— Monsieur le président, il est indéniable que le monde finira par manquer de pétrole, toutefois fixer l'échéance dans six ans, sans la moindre preuve, c'est totalement irresponsable. L'an dernier, j'ai assisté à une conférence sur l'énergie à Washington, animée par le CSIS, le Centre d'études stratégiques et internationales. Nous avons entendu les témoignages de nombreux experts, ceux des directeurs d'Aramco en particulier, qui nous ont présenté des cartes des champs pétrolifères. Les projections des Saoudiens confirment les études menées par l'US Geological Survey et contredisent totalement les opinions de M. Futrell. Les réserves sont estimées à six cents milliards de barils, sans tenir compte d'une grande partie du gisement de Rub' al-Khali, qui n'est pas encore exploitée. C'est pourquoi je demande que les estimations de M. Futrell ne figurent pas dans le rapport final.

— Accepté.

Ace se rassied, abasourdi, tandis que républicains et démocrates se disputent pour savoir s'il faut ou non rayer cette remarque du rapport.

Le président Keller reprend l'audience en main.

— Nous organiserons un vote sur toutes les motions lorsque la Commission aura entendu les autres intervenants. Monsieur Santoro, j'aimerais connaître votre opinion quant aux réserves saoudiennes.

— Merci, monsieur le président.

Christopher Santoro règle son micro avant de regarder Ace assis à sa table.

— Nous avons commandé une étude au CERA, le Centre d'études et de recherches appliquées à l'environnement, sur le champ pétrolifère en question. Comme le sénateur Ashton, nous estimons que les réserves se montent à plus de six cents milliards de barils, plus deux cents milliards supplémentaires dans des ressources encore à découvrir et peut-être cent milliards de plus dans des champs qui ont déjà connu leur pic, mais qui ont toujours des réserves exploitables grâce aux progrès techniques. Ce qui nous donne neuf cents milliards de barils, de quoi répondre à la demande jusqu'en 2035. Nous pensons aussi qu'avec les progrès techniques, les compagnies pétrolières foreront de plus en plus profond et de manière plus précise. Je sais, et ce n'est pas M. Futrell qui me contredira, que les Saoudiens sont les meilleurs dans ce domaine. Grâce à une production lente et régulière, Aramco a augmenté le cycle de vie de ses grands gisements, avec un taux de déplétion ne dépassant pas 1 à 2 % par an. Bien sûr, nous aimerions que les Saoudiens ouvrent les valves et doublent leur production, pourtant, inonder le marché de pétrole à bas coût risquerait de déstabiliser l'industrie. Les Saoudiens l'ont bien compris, c'est pourquoi ils utilisent le gigantisme de leurs réserves pour stabiliser les prix. Néanmoins, comme l'histoire l'a maintes fois montré, à chaque crise, qu'il s'agisse d'un ouragan dans le Golfe ou d'un hiver particulièrement rude au Japon, la production a toujours suivi l'augmentation de la demande. D'après les études du CERA, qui tiennent compte des nouvelles techniques d'extraction et de l'émergence de nouvelles sources d'énergie, nous pensons, avec un excellent degré de confiance, que les réserves dureront jusqu'en 2043 et peut-être même 2050.

Plusieurs membres de la Commission applaudissent chaleureusement.

Rodney Lemeni, un économiste de Chevron/Texaco lève la main.

— Je suis d'accord avec M. Santoro, à condition que les compagnies pétrolières continuent à bénéficier du soutien du gouvernement des États-Unis.

Oui, parce que les compagnies ont besoin de quelques milliards de nos impôts afin de garder les lumières allumées... Ace lève la main.

— Monsieur le président, il n'y a aucune confusion possible, nos analyses des données intègrent tous les facteurs, progrès techniques compris. Effectivement, nous n'avons pas pris en compte les champs non exploités du Quartier vide, faute de données géologiques ou sismiques nous permettant d'estimer ce qu'ils recèlent.

— Oui, mais étant donné l'immensité des champs et leur proximité avec le gisement de Ghawar, on pourrait imaginer qu'ils sont de même nature ?

— Monsieur, au cours des quinze années passées dans ce métier, j'ai constaté que, si quelque chose ne paraissait pas clair, c'est que cela ne l'était pas.

— Sénateur Thornton, vous souhaitez apporter une réponse ?

Robert Thornton, sénateur républicain de l'Alaska, se penche vers son micro.

— Je voudrais remercier nos éminents invités qui ont accepté de venir témoigner devant cette Commission. Après avoir entendu les commentaires de M. Futrell, j'espère que nos amis démocrates sont à présent convaincus que les forages dans le parc national arctique sont désormais une nécessité absolue, le seul moyen de répondre aux besoins actuels et futurs de la nation.

— D'autres commentaires ? Oui… M. Futrell.

Ace attrape le micro, l'esprit totalement engagé dans la bataille à présent.

— Avec tout le respect que je dois au sénateur Thornton, même si certains « experts » brandissent le chiffre de seize milliards de barils dans l'Arctique, l'US Geological Survey avance des chiffres plus modestes, qui reflètent la quantité de pétrole récupérable. Il y a moins d'un an de pétrole récupérable en Arctique, et il faudrait dix ans avant de pouvoir amener ce pétrole sur le marché. Les réserves de l'Arctique, ce n'est qu'un vulgaire emplâtre, aussi minuscule que coûteux, qui ne satisfait que des considérations politiques.

Alors maintenant, qui est le plus fort, sénateur, moi ou BP ?

— Comment osez-vous ! aboie le sénateur Thornton. C'est une audition bipartite ! Nous sommes là pour trouver des solutions, pas pour voter, et je ne permettrai pas qu'un…

Un quoi ? Futur cuisinier ? Des gouttelettes de sueur ruissellent sous les aisselles d'Ace, bien qu'il continue à fixer le sénateur dont toute la campagne électorale s'articule sur la perspective de forages dans l'Arctique.

Le président Keller le laisse fulminer encore une minute.

— Sénateur Henk ?

Mme Danelle Henk, sénateur démocrate de Louisiane, adresse un sourire maternel à l'assemblée.

— Merci, monsieur le président. J'aimerais que nous parlions des ressources non conventionnelles, en particulier des huiles lourdes et du sable bitumeux. Je crois savoir qu'on peut trouver là des quantités de pétrole significatives.

Ellen Wulf est la première à réagir.

— Sénateur, l'EIA estime qu'on a l'équivalent de deux cents milliards de barils exploitables dans les sables asphaltiques de l'Alberta. Même si l'exploitation est coûteuse, nous pensons que cela en vaut la peine. On parle également d'exploiter un nouveau champ au Venezuela.

Ace, qui se sent rougir, demande la parole.

— Bon, mais soyez bref.

— Je ne voudrais pas jouer les rabat-joie, monsieur le président, mais il est primordial que la Commission soit informée de tous les détails de l'affaire. Malgré les pressions américaines, le Canada hésite à encourager l'exploitation des sables, à cause de la nature même du travail. Les sables bitumeux ne jaillissent pas comme le pétrole. Il faut chauffer la roche, injecter de l'air chaud pour extraire les fines couches de pétrole du sable, et utiliser du gaz naturel pour dissoudre l'huile recueillie. Pour l'essentiel, il s'agit d'opérations à ciel ouvert, toutefois le procédé rejette des quantités monstrueuses d'eau polluée. C'est également très coûteux en termes d'énergie, car cette exploitation consomme à elle seule 20 % de la production de gaz canadienne. On comprend donc facilement les réticences. Quant au Venezuela, même si la ceinture de l'Orénoque renferme la plus grande accumulation de sables bitumeux au monde, avec les techniques actuelles, son exploitation n'a qu'un rendement de 5 à 10 %. Une fois de plus, on en revient à l'économie.

— Et le pétrole synthétique, M. Futrell ? demande le sénateur Bill Rawlins, un vétéran de la Première Guerre du Golfe. Le sénat discute de l'opportunité de subventionner le pétrole de synthèse depuis la nuit des temps.

C'est une question piège, excellente de surcroît.

— Sénateur, le pétrole synthétique n'est rien d'autre qu'une niche inventée par une poignée de compagnies cupides ayant trouvé là le moyen de profiter des incitations fiscales votées par le Congrès dans les années 1980. On le fabrique à partir de charbon et de bromures, mais la cinquantaine d'usines de Syn-Fuel dans tous les États-Unis, et j'utilise le terme « usine » au sens large, se contente d'asperger le charbon de diesel ou de résine de pin pour bénéficier des crédits d'impôts provenant d'un vide juridique que le Sénat refuse de combler. Les subventions dispendieuses prévues à l'article 559 du Code des impôts, et le lobby du Syn-Fuel, ironiquement nommé Council for Energy Independance, nous coûtent environ deux millions de dollars par an, rien que pour maintenir cette disposition en vigueur.

Le sénateur Rawlins sourit de plaisir.

— Merci, M. Futrell. Nos amis de l'autre côté de la table prendront note de vos commentaires.

Le sénateur Keller jauge la réaction de la salle.

— C'est une question que nous aborderons plus tard. Néanmoins, puisque nous parlons des énergies alternatives, j'aimerais savoir ce que vous pensez des énergies renouvelables : solaires, éoliennes ou autre... M. Bach-Marklund ?

— Merci, monsieur le président, merci, sénateur Ashton de nous avoir rejoint lors de la conférence de l'an passé. Le CSIS a présenté son rapport sur les prévisions actuelles, en tenant compte des solutions apportées par les énergies nouvelles. Le gaz naturel est le premier concurrent du pétrole ; il fournit actuellement près du quart de nos besoins domestiques et presque autant pour le reste du monde. Il brûle sans polluer dans les moteurs à combustion interne, mais nous n'avons pas encore trouvé de méthode de stockage qui permettrait de l'utiliser dans les véhicules. La portée du gaz comprimé ne peut rivaliser avec le rendement de l'essence ; quant au gaz liquide, il doit être conservé à température très basse. Quoi qu'il en soit, comme le pétrole, le gaz naturel est une ressource limitée. Si l'EIA estime que les réserves dureront jusqu'en 2050, certains analystes affirment qu'elles risquent de s'épuiser dès 2035 car les nouveaux gisements, plus difficiles à trouver et généralement moins prolifiques que les anciens, connaissent une déplétion plus rapide. Il est possible d'importer le gaz naturel sous forme liquide à une température de moins de 163 degrés, mais il faudra alors des bateaux et des ports spécialement adaptés. Pour l'instant, il n'en existe que trois aux États-Unis.

« Le vent est peut-être le moyen de production d'électricité le plus prometteur, et la technique ne cesse de progresser, si bien que les dernières turbines sont capables de produire jusqu'à trois mégawatts. Pour l'instant, l'éolien ne répond qu'à 2 % de nos besoins, cependant des pays comme le Danemark en sont déjà à 10 %. Cette industrie a besoin de fonds pour relever certains défis technologiques avant d'être efficace, et il faudra adapter notre réseau de distribution pour apporter cette nouvelle énergie aux particuliers. Comme M. Futrell l'a souligné, cela entend une refonte en profondeur des infrastructures de la nation.

« L'énergie solaire couvre moins de 1 % des besoins domestiques. Comme l'éolien, le solaire est une énergie propre et renouvelable, et la technologie continue de se perfectionner, avec des panneaux fins et des peintures photovoltaïques, prometteurs de réduction des coûts. Les Suisses sont sur le point de sortir un panneau peint au dioxyde de titane, qui serait le plus économique du marché.

« L'énergie hydroélectrique fournit 3 % des besoins mondiaux, 9 % aux États-Unis, mais son augmentation est limitée, car tous les barrages potentiellement possibles ont déjà été réalisés. Les micros projets, destinés aux petites rivières et aux ruisseaux restent prometteurs pour les petites communautés.

« L'énergie géothermique est au point mort. Il en est de même pour l'énergie nucléaire, beaucoup trop chère, source de déchets radioactifs et cible de choix pour les terroristes. Le nucléaire fournit actuellement 20 % de notre électricité et à peine 4 % des besoins domestiques.

« De toutes les sources d'énergies disponibles, seules deux peuvent compléter ou remplacer les carburants. L'hydrogène, en premier lieu. Si les véhicules hybrides se vendent bien, passer au tout hydrogène demanderait un investissement d'un trillion de dollars en infrastructures. C'est un produit hautement inflammable, et les grandes industries ne sont pas en mesure de faire des investissements substantiels dans la recherche si elles ne se sentent pas totalement soutenues par l'État.

« L'énergie la plus prometteuse reste l'éthanol, ou E85, le superéthanol, composé de 85 % d'éthanol et 15 % d'essence. Au Brésil, il a déjà remplacé l'essence pure dans les stations-services. La plupart des Américains l'ignorent, mais tous les véhicules neufs possèdent des réservoirs adaptés qui peuvent passer d'un carburant à l'autre sans modification. Que l'éthanol soit fabriqué à partir du maïs ou de la canne à sucre, c'est un carburant propre, utile aux agriculteurs et favorable à l'environnement. Néanmoins, pour passer au tout éthanol, il faudrait que les pouvoirs publics s'engagent à modifier en profondeur les infrastructures, agricoles, cette fois.

— Merci, monsieur Bach-Marklund. Et je suis d'accord avec vous, cette Commission doit s'intéresser à l'éthanol et aux autres énergies que vous avez mentionnées.

S'intéresser ? On vient juste de te dire que le Brésil est énergétiquement autonome depuis des années. Un peu d'honnêteté… en tant qu'homme politique, tu n'as aucun intérêt à ce que nous nous libérions du joug du Moyen-Orient, pas tant que ces salauds financent tes campagnes, du moins.

— Le président appelle la sénatrice Clinton.

L'ancienne première dame et candidate à la présidence fait un signe de tête. Son intervention sera l'une des seules à être retransmises aux informations du soir.

— Merci, monsieur le président. Merci à tous ceux qui nous ont rejoints ce matin. Alors que nous ouvrons un nouveau débat sur notre politique énergétique à long terme, le pronostic à court terme semble toujours bien sombre pour la majorité des Américains. Comment pouvons-nous continuer à offrir des milliards de dollars d'exonérations fiscales lorsque l'homme de la rue doit payer cinq dollars le gallon d'essence ? Comment pouvons-nous continuer à subventionner des compagnies d'électricité lorsque les citoyens n'ont pas les moyens de se chauffer en hiver ? Comment pouvons-nous continuer à dépenser cinquante-huit milliards de dollars par mois en Irak lorsque quarante millions d'Américains n'ont pas de salaire correct, sont incapables de nourrir leur famille, de payer leur assurance-maladie ou de recevoir une éducation digne de ce nom ? Comment pouvons-nous poursuivre la politique de réduction d'impôts qui profite aux plus riches tout en refusant de combler les lacunes législatives qui permettent que les fonds de pensions soient pillés lors des fusions d'entreprises ? En tant qu'hommes politiques, nous avons une responsabilité en matière d'énergie, mais nous devons également nous assurer que notre législation ouvre la voie du bien-être à tous les travailleurs.

Ace gribouille, tout en repensant à la suite de son voyage. Comme d'habitude, la Commission était passée de l'exercice du décryptage des faits à la prise de position et aux discours partisans. Le Congrès ferait encore un pas en avant et un pas en arrière pendant des mois et reporterait les décisions majeures à 2012, après l'élection présidentielle. L'opinion publique continuerait de se plaindre des coûts de l'énergie et des carburants, et le problème serait à nouveau soulevé à l'automne, tandis qu'en coulisses les grandes entreprises, avec de gros contrats en jeu, se serviraient de leurs donations à huit chiffres pour promouvoir les candidats partageant leurs « intérêts mutuels ». Finalement, le Congrès voterait une loi débordant de projets pilotes et d'incitations fiscales, destinées à encourager Big Pétrole à forer et forer encore. Avec un peu de chance, un nouveau port ou une infrastructure serait « attribuée » aux magouilleurs habituels. En fin de compte, il n'y aurait aucune solution à long terme, aucun engagement profond… rien qui puisse éviter le « Grand Chambardement ».

— Avant la pause déjeuner, nous avons le temps d'entendre un autre témoin. Le président appelle le sénateur du Delaware.

Ace jette un nouveau coup d'œil sur sa montre. Bientôt midi. Je pourrais peut-être m'excuser pour la séance de l'après-midi… prendre le vol de 13 h 50 à La Guardia… Avec un peu de chance…

Le sénateur Joseph B. Mulligan, qui cherche à obtenir l'investiture de son parti, attend le silence.

— Merci, monsieur le président. Je n'ai pas préparé de discours, mais j'ai, malgré tout, quelques commentaires à faire. Vous savez, mon père a toujours eu son franc-parler et, s'il était dans cette salle, je suis sûr qu'il dirait que toutes ces histoires de forage et d'analyses de données, c'est du passé… une politique tombée dans une impasse. Les Américains en ont marre... Moi, j'en ai marre de ces politiques énergétiques qui comptent sur les pays du tiers-monde, dont la moitié préférerait nous voir crever ! Que le pétrole dure encore un jour ou un siècle, peu importe, tant que nous avons besoin d'en importer, cela compromet la sécurité de la nation. Il est grand temps que nous cessions de parler et que nous commencions à prendre des décisions qui nous libèrent enfin de cette saleté d'énergie fossile, sans s'occuper des lobbies qu'on risquerait de froisser. À mon humble avis, si on avait investi la moitié de ce que nous a coûté la guerre en Irak en termes d'impôts, nous aurions déjà de nombreux ports prêts à recevoir du gaz naturel liquide, ce dont nous discutons dans cette assemblée depuis l'époque où j'étais encore un jeune sénateur tout frais émoulu et chevelu !

Ace cette de gribouiller, son attention soudain retenue par l'orateur.

— Et si le gaz liquide ne peut servir de carburant dans nos avions et nos véhicules, comme M. Futrell l'a si éloquemment expliqué, cela nous permettrait quand même d'économiser ce qui reste de pétrole jusqu'à ce que nous puissions trouver une solution. « Économiser. » C'est un mot que je n'ai pas entendu de toute la matinée. Le président Carter l'avait prononcé en 1973, lorsque l'OPEP avait décidé de nous prendre par la peau des fesses et de nous couper les vivres afin de nous imposer sa politique étrangère. Le président Carter avait eu la bonne idée d'investir dans un moyen de transformer le charbon en pétrole synthétique de haute qualité et en carburant. Mes amis républicains rétorqueraient, à juste titre, qu'on pourrait remonter jusqu'au gouvernement Ford, car le vice-président Rockefeller avait mis au point un programme de développement de nouvelles ressources d'énergie. Bien entendu, Dick Cheney a piétiné toutes ces politiques, il y a trente-cinq ans, et depuis, il en a bien profité avec sa clique. Personnellement, je suis d'accord avec M. Futrell. Il est grand temps d'investir dans la recherche d'énergies alternatives... malgré notre déficit actuel, sénatrice Clinton. Parce que si nous investissons bien, en choisissant les meilleures technologies, dans un mode bipartite, alors nous serons capables de stimuler l'économie américaine en créant de nouvelles industries. Il faut absolument agir maintenant, sinon, nous ne serons jamais prêts lorsque les lumières s'éteindront et que les épiceries seront vides.

Ace Futrell ne peut réprimer un sourire admiratif. Finalement, il existe un sénateur... un candidat à la présidence, pas moins, qui a assez de couilles pour affronter les gros.

Le pauvre, il n'a pas la moindre chance !

*

La vie, c'est le temps qui passe, pendant qu'on perd le sien à faire des projets.

John Lennon

Le centre de contrôle du trafic aérien de Washington savait que le premier avion avait été détourné avant qu'il ne percute le World Trade Center. Pourtant, le troisième avion a pu s'amuser à survoler Washington DC une heure et quarante-cinq minutes après les détournements. Après avoir effectué plusieurs boucles dans un espace aérien contrôlé par les services secrets qui pouvaient faire intervenir directement la Federal Aviation Administration, comment cet avion a-t-il pu s'écraser sur le Pentagone ? Pourquoi le Pentagone n'a-t-il pas été évacué ?

Témoignage de Kristen Breitweister, qui a perdu son mari dans les attaques du 11 septembre, devant le Joint Senate/House Intelligence Committee, 18 septembre 2001

Puis le deuxième ange sonna de la trompette. Une masse semblable à une grande montagne enflammée fut précipitée dans la mer. Le tiers de la mer se changea en sang. Le tiers de toutes les créatures vivant dans la mer mourut et le tiers de tous les bateaux fut détruit.

Apocalypse **8**, *8*

*

Chapitre 4

AURORA, ILLINOIS
12 DÉCEMBRE 2011 – 20 H 03 (GMT – 6)

Unité un, en position.

— Unité deux, en position.

— Reçu. On entre.

Le commandant Dvorak fait un signe de tête à ses hommes. Un policier ouvre l'appartement 2-D avec la clé ; il est suivi de deux hommes, accroupis, lampes de poches et arme de poing braquées vers l'avant.

Une recherche succincte confirme que les occupants ont quitté les lieux. Dvorak entre, suivi d'un policier équipé d'une mallette. Il regarde tout autour de lui.

La salle à manger-salon en forme de L est assez petite. Un écran plasma de quatre-vingts centimètres est installé sur un mur nu, face au divan fatigué. Au plafond, la lampe pendouille au-dessus d'un sol nu. Les doubles rideaux marron dissimulent le petit balcon qui donne sur le parking. La cuisine est jonchée de détritus provenant de diverses boutiques de restauration rapide.

— Commandant ! On a trouvé quelque chose !

Dvorak fait demi-tour et entre dans la chambre. Un de ses hommes soulève le grand matelas éventré qui dévoile ses ressorts… et un ordinateur portable.

Le restaurant Tavern on the Green
New York, 20 h 03 (GMT – 5)

Dans la grande salle très animée décorée de toiles de maître et de lustres de cristal, où l'air climatisé porte des arômes de bisque de langoustine et de filet mignon, les convives, encombrés de paquets et de gros manteaux, s'agglutinent autour des tables nappées. Les fenêtres givrées scintillent dans les illuminations de Noël qui se multiplient à l'infini dans une profusion de vitres et de miroirs taillés.

Ace se fraye un chemin parmi les clients et les serveurs dans une galerie des glaces sinueuse pour rejoindre la Chestnut Room, la salle à manger lambrissée, l'une des trois qui donnent sur le jardin intérieur.

Seule à une table de deux, Kelli Doyle l'attend tout en contemplant son reflet dans un immense sablier. La belle chevelure blonde épaisse qui lui tombait jusqu'aux épaules s'est réduite à quelques mèches filasse dissimulées sous sa perruque, coiffée en queue-de-cheval. Son corps affaibli, affaissé sur la chaise rembourrée, cherche à résister à la douleur provoquée par le pâle élixir de sa dernière chimio, encore présent dans ses tissus, qui détruit toutes les cellules sur son passage, cancéreuses ou non. Elle jette un coup d'œil sur la marque brunâtre à l'intérieur de son coude, cicatrice laissée par le dernier cycle d'intraveineuses. La chimiothérapie est une course d'endurance contre la mort qui se joue à quitte ou double, tandis que le corps est rongé de l'intérieur pendant que l'esprit passe d'une crise de démence à l'autre, parfois interrompue par une séance de vomissements. Seule la nouvelle mission qu'elle vient de s'imposer lui permet de tenir ; ce combat moral lui insuffle une nouvelle force.

Tout ce qui ne vous tue pas…

— Eh ! belle inconnue… s'exclame Ace en souriant à sa femme, sans obtenir de réponse. Kel ?

La frêle silhouette lève les yeux, le visage émacié esquisse un sourire.

— Ah, c'est toi !
Elle se lève et tombe à demi dans les bras de son mari.
— Tu t'es absenté si longtemps...
— Maintenant, je suis là, pour de bon. Alors ? Qu'a dit le Dr Eastburn ?
Ses yeux brillent.
— La numération sanguine est normale. Je suis en rémission.
Ace la serre à nouveau dans ses bras, mais desserre son étreinte en sentant ses côtes pointer. Cette bataille de deux ans a pesé lourd sur son moral, en le forçant à vivre chaque jour dans une incertitude qui assombrissait tous les moments de bonheur. La rémission, c'est un simple sursis, avant la peine de mort.
— Ace, mon chéri, tu vas bien ?
Il s'écarte. Le gros pull de laine de Kelli a laissé quelques moutons dans sa barbe naissante.
— Si je vais bien ? Tu viens de m'offrir le plus beau cadeau de Noël qu'on puisse espérer.
— Assieds-toi. J'ai quelque chose à te dire.
Elle fouille dans son sac et sort une enveloppe qu'elle pose sur la table.
— Joyeux Noël.
Essuyant une larme égarée, il ôte son manteau et rapproche sa chaise de la sienne.
— Qu'est-ce que c'est ?
— Ouvre.
Ace déplie le rabat et regarde les billets.
— Une croisière ?
— Aux Bahamas. Pour nous deux. Ma mère m'a promis de garder les enfants.
— Tu es assez solide pour voyager ?
— Je me débrouillerai. J'ai vraiment besoin de m'éloigner.
— On en a besoin tous les deux.
Elle observe son visage.
— Comment ça s'est passé à Washington ?
— Toujours les mêmes vieilles histoires, dit-il en regardant le menu.

— Tu ne vas pas t'en tirer si facilement. Qu'est-ce que tu leur as dit ?

— Rien.

— Menteur ! Tu leur as tout balancé, non ? J'en étais sûre. Ça a dû te soulager.

— Cela ne sert à rien. La plupart de mes commentaires seront retirés du rapport final, et le reste sera réfuté par les sénateurs vendus au lobby du pétrole.

— Je peux peut-être t'aider à faire passer le message, dit-elle en serrant la main de son mari. Ace, j'écris un livre.

— Un livre ? Quel genre de livre ?

— Des confessions-mémoires.

Son cœur tambourine.

— L'époque CIA ou la Maison Blanche ?

— Les deux. En me concentrant sur la période passée à la SSB.

— Tu ne m'en as jamais beaucoup parlé.

— C'est la branche d'espionnage clandestine du Pentagone créée par Rumsfeld après le 11 septembre. C'était une initiative des néoconservateurs, sous l'influence de Dick Cheney, qui croyait que l'affaire de l'Iran-Contra avait échoué parce que la CIA et le Pentagone étaient impliqués et ne savaient pas garder leur langue.

— Ces types se fichent complètement de la Constitution et des lois, non ?

— Ils ont une idée de la manière dont le Moyen-Orient devrait être réaligné, l'Irak, ce n'était qu'un début. La SSB a laissé les néoconservateurs opérer en secret, en dehors de la CIA. Juste avant que Rumsfeld décide de démissionner, on m'a demandé d'aider à préparer… disons un plan de prévention des risques liés au Moyen-Orient.

— Le pétrole ?

— Et les islamistes. Je ne peux pas te donner de détails, pas pour l'instant, mais c'était une sale histoire.

— À quel point ?

— Pire que ce que tu peux imaginer, dit-elle en le regardant dans les yeux.

— Et c'est ce que tu veux rendre public ?

— Au début, non. C'était plutôt des sortes de réflexions intimes, un exercice de réflexion cabalistique, ensuite… ensuite, je suis tombée malade. Ma vision était différente. J'ai voulu dénoncer le complot avant qu'on le mette à exécution, pour éviter que le pire ne se produise.

— Quel complot ?

— Je ne peux pas en dire plus.

— Tu ne peux pas en dire plus et tu vas publier l'information ?

— Oui… euh, non… pas la publier. La poster, sur l'Internet. Pas pour l'instant, je revois les derniers détails. J'ai été un peu en dehors du coup, ces dernières années.

— Alors, comment sais-tu que c'est toujours à l'ordre du jour ?

— Pour les mêmes raisons que tu sais qu'on va manquer de pétrole. Tu as les mains dans le cambouis, tu entends les gens parler. Mais cette fois, j'ai besoin de ton aide.

— Mon aide ? Contre la SSB et les néoconservateurs ? Contre l'industrie du pétrole ?

Ace masse ses sinus qui lui font de plus en plus mal.

— Kelli, je ne suis pas Superman, je suis juste un gentil Clark Kent, un type normal qui essaie de faire vivre sa famille.

— Tous les Clark Kent ont un Superman en eux.

— Ta cabale personnelle ?

— Cela me permet de ne pas devenir folle, et ne change pas de sujet. Je te connais, Ace. Tu en as aussi marre que moi de tous ces hypocrites. Combien de fois as-tu témoigné devant le Congrès ? Combien de fois les as-tu vus rester les bras croisés ? Le système est fichu et il va nous entraîner dans sa chute… à moins que nous prenions les choses en main…

— Et comment ? Les Fédéraux lèchent le cul du lobby du Pétrole, les néoconservateurs sont à la botte des marchands d'armes, la Maison Blanche et le reste du monde font la queue pour s'attirer les bonnes grâces du roi Sultan. Élimine le roi, et il y a cinq cents crétins de princes, épée à la ceinture, qui n'attendent que cela pour prendre sa place, avec l'aide de milliards de dollars de liquidités et du quart du pétrole restant sur la planète. Tiens, j'allais oublier la Maison Blanche ! À moins que tu n'aies envie de réécrire soixante ans d'histoire politique dans ton mémoire ?

— Je dois avouer que c'est un sacré défi.

— Non, marcher sur la lune, c'était un défi. Là, c'est du massacre.

— Un peu comme lors de ta première partie ? La Géorgie contre le Tennessee ?

— Oh, je t'en prie !

— Ta première partie dans le saint des saints. D'abord Gary Archer se casse la jambe, ensuite son remplaçant se casse la figure, obligeant le coach à se tourner vers le quaterback de troisième ordre, Clark Kent.

— Non, non, pitié...

— À 17-3 contre vous, à la fin du jeu, la défense des Vols qui fonçait sur toi à chaque mise en jeu. Ace, tu avais tellement de types sur le dos qu'on aurait cru que tu venais de t'échapper de prison, je te jure. Mais à la fin de la partie, tout le stade avait compris... vive le coach Dooley et mon Ace à moi ! À chaque fois qu'on te plaquait, tu te relevais et tu criais, pour encourager l'équipe.

— Bon, si tu cherches à te faire baiser ce soir, tu as gagné la partie.

— Et tout s'est retourné. Toute la poche s'effondre sur toi et soudain, comme sorti de nulle part... tu te mets à courir, cinquante-deux yards... Et un *firstdown* ! Ils n'avaient rien vu venir, et voilà que le petit Blanc maigrichon de Virginie...

— Je n'étais pas maigrichon.

— Une autre course, un autre *firstdown*, et là, la défense du Tennessee se met à réfléchir. Ils relâchent la pression sur le receveur, Mark se déchaîne dans la zone d'en-but, tu le plaques en courant comme l'éclair sur trente yards, et *touchdown* ! Tout le monde devient dingue, mais toi, tu gardes ton calme au milieu de la tempête, comme si tu l'avais senti venir. Et dans les vingt secondes restantes, tu remontes le score, tu nous fais sortir de l'enfer !

— On a perdu dans les prolongations.

— Ce que je voulais dire, c'est que les efforts d'un seul homme contre l'impossible, cela n'a pas seulement changé la partie, cela a bouleversé la saison. L'équipe s'est remise à y croire, et vous êtes allés à l'Orange Bowl ! Pas trop minable pour un fantôme. Tu n'avais peur de rien. C'est ce que j'aimais chez toi.

— Que tu aimais ?

— Que j'aime. Je voulais dire : aime.

— On sait tous les deux ce que tu voulais dire.

Il regarde ses manches et la rangée de trois minces cicatrices blanches à l'intérieur de chaque poignet. De six centimètres de long. Vingt-trois ans… sa lettre écarlate.

— Je suppose que tous les Superman ont leur kryptonite, pas vrai, Lois ?

— Ace, je ne voulais pas…

— Bien sûr que si… Tu as dit tout ce qui a traversé ton esprit calculateur et tu le pensais vraiment.

Ils s'écartent l'un de l'autre, car le serveur arrive.

— Bonjour. Vous désirez boire quelque chose ?

— Un coca.

— Madame ?

— Un autre verre d'eau minérale, s'il vous plaît.

Il s'éloigne.

— Ace…

— C'était il y a longtemps, Kelli, toute une vie. Les choses changent. Je ne suis plus le même homme. Ce n'est pas une partie de football, et je n'ai pas de « S » sur la poitrine. Si tu parles aux mauvaises personnes, les balles vont commencer à fuser… et celles-là, elles viendront du côté américain de l'équation.

— J'ai quelque chose en tête…

— Je t'ai dit que cela ne m'intéressait pas. (Il baisse les paupières.) Écoute, je suis fatigué, nous sommes fatigués tous les deux. Pour l'instant, la seule chose dont j'ai envie, c'est d'être avec toi.

— Cela ne marche pas comme ça. J'ai accès à des informations qui pourraient changer la vie de millions d'individus. Nous avons une responsabilité.

— Ma première responsabilité est envers ma famille.

— Raison de plus pour…

— Enfin, Kelli, j'ai dit non !

Des têtes se tournent vers eux. Ace baisse les yeux.

Kelli observe son mari. J'avais peut-être tort, il y a des cicatrices qui ne guérissent jamais. Elle tend la main vers lui.

— Ace, je suis désolée.

— Tu ne sais pas t'arrêter.

— Je t'ai dit que j'étais désolée. Tu vas faire la tête toute la soirée ?

— C'est dangereux. Dès demain, je vais voler bien au-dessus des radars et, techniquement, tu fais toujours partie de l'équation.

— Exactement, je sais où sont posées les mines et où les corps sont enterrés.

— Ce n'est plus la peine d'en discuter. Point final.

Elle lui adresse un regard dur.

— Non, Ashley Futrell, laisse-moi te raconter la fin de l'histoire. Il va se produire des choses. Des choses terribles. Un peu comme le 11 septembre, mais sur une tout autre échelle. Cheney avait l'intention de faire entrer les Bush dans sa machination, dès le début. L'agression américaine a renforcé la popularité d'Ahmadinejad, et ce sont ses menaces qui permettent aux néoconservateurs de rester en place. Le monde est une poudrière, et il y a des gens des deux côtés qui n'ont qu'une envie, y mettre le feu.

— Des personnes que vous avez mises en place, toi et ta cousine.

— Je plaide coupable et, à présent, j'ai envie d'y remédier. De manière radicale. Le temps m'est compté, Ace, alors la question, c'est : es-tu prêt à entrer dans la partie ?

***

Une heure plus tard, ils respirent l'air frais de l'hiver. Leur conversation à l'apéritif a transformé leur dîner en véritable calvaire, et ils n'ont pratiquement plus échangé un mot.

Ace lève le bras pour héler un taxi.

— Non, marchons un peu, s'il te plaît.

Ils prennent la direction du nord, avec Central Park sur la droite, sous les lumières festives d'un Manhattan très animé.

— Ace, je suis désolée, j'ai gâché la soirée. C'est juste que… J'ai beaucoup réfléchi.

— Je vois ça. Dommage que tu n'y aies jamais pensé pendant que tu travaillais pour les Bush.

— Arrête.

Elle lui barre la route.

— Plus de coups bas, d'accord ? Profitons de la soirée. On verra demain pour le reste.

Ace lit le sentiment d'urgence dans son regard.

— OK. On fait la paix.

Elle montre l'immeuble Dakota, à l'angle nord-ouest de la 72e rue.

— C'est là que John Lennon s'est fait assassiner. Allons dans le parc, j'aimerais voir le mémorial Strawberry Fields.

Avant qu'il puisse protester, elle le conduit vers Central Park. Ils suivent un étroit sentier qui ouvre sur une clairière et un jardin, dénudé par l'hiver. Une mosaïque de pierres incrustées venues du monde entier s'étend à leurs pieds, hommage au défunt chanteur et militant pacifiste. Sous le clair de lune, on lit le mot « Imagine ».

Deux femmes déposent des bouquets parmi ceux qui se sont accumulés depuis le dernier anniversaire de la mort de Lennon, une semaine plus tôt. Les deux femmes leur font un signe de tête et disparaissent dans le sentier.

Ace contemple le mémorial.

— Je me souviens encore du jour de sa mort.

Kelli hoche la tête.

— C'est lui qui avait raison. Que crois-tu qu'il ferait aujourd'hui s'il était encore en vie ? Qu'il resterait là sans bouger ? Qu'il se réfugierait dans le Montana ?

— Il donnerait sans doute un concert, pour sensibiliser le public. Il organiserait un meeting ou je ne sais quoi.

— Tu crois que cela changerait quelque chose ?

— Je ne sais pas. Contre Nixon, cela aurait pu marcher. Mais contre ces types… Leurs racines sont trop profondes.

— Je suis d'accord. La seule solution, c'est de faire un grand ménage. Dans les deux chambres. Le système judiciaire. Il faut trouver des hommes politiques des deux bords qui aient assez de cran pour opérer les changements nécessaires.

Elle s'approche de lui, et, à sa grande surprise, elle l'embrasse passionnément.

Elle finit par s'écarter et le serre dans ses bras, les larmes aux yeux.

— Je t'aime, Ace. Je sais que tu souffres intérieurement, je sais que ce qui s'est passé il y a des années t'a beaucoup marqué, mais la force qui te rend si particulier... elle est en toi, elle ne demande qu'à s'exprimer. Je sais que cela paraît idiot, je crois qu'il est temps que tu trouves enfin ta voie, non ?

Il est sur le point de répondre lorsqu'une ombre mouvante accroche son regard.

L'homme est très grand, un mètre quatre-vingt-dix, au minimum. Le teint mat. En imperméable sombre, les mains enfoncées dans les poches. Les yeux noirs et les sourcils épais sont à peine visibles sous le bonnet de ski des Giants de New York. Rasé de près. Européen.

Ace se sent frissonner à son approche. Une bouffée d'after-shave précède une rafale de mots teintés d'une légère trace d'accent russe.

— Je n'ai jamais été fan des Beatles. Moi, c'était les Rolling Stones mes préférés.

Un sourire sournois...

Un éclair de lumière...

... Deux petits souffles dans l'air vif de décembre, puis le silence.

La main frêle de Kelli s'échappe de celle de son mari. Il la rattrape tandis que sa femme glisse vers le sol. Affolé, il essaie de comprendre ce qui se passe, tout semble si irréel... son cœur qui tambourine dans ses oreilles, l'expression douloureuse de Kelli qui se fige soudain... Instinctivement, il cherche l'étranger du regard... Disparu... Un filet de sang coule entre ses doigts, réchauffant la main qui soutient à présent la tête de son épouse agonisante. Il presse son visage contre sa joue, tandis que le sang gicle de son larynx et qu'elle prononce ses derniers mots.

Un dernier battement de cœur... et c'est la fin.

Ace suffoque... incapable de comprendre ce qui vient d'arriver, ce qui est en train d'arriver. La réalité lui explose à la figure. Il pousse un cri guttural dans la nuit, incapable de s'arracher du corps brisé de sa femme. Il hurle sa haine contre l'assassin en fuite ; l'âme en perdition, il maudit le meurtrier. Son cœur plonge dans un maelström de folie, un abysse si profond qu'il ne parviendra jamais plus à s'en extirper.

Car Ashley « Ace » Futrell vient d'être frappé par un tsunami. Le monde qu'il a connu vient de s'effondrer…

… et rien ne sera plus jamais comme avant.

*

Notre société est dirigée par des fous qui cherchent à atteindre des objectifs démentiels. Je pense que nous sommes gouvernés par des fous, qui caressent des ambitions folles et qu'il y a de grandes chances pour que l'on m'enferme pour avoir dit tout ça. C'est encore ce qu'il y a de plus fou, dans toute cette histoire.

John Lennon

La Nation iranienne maîtrise toutes les étapes du cycle de la combustion nucléaire, et, en termes de diplomatie, le temps joue pour nous.

Président Mahmoud Ahmadinejad, à propos du programme d'enrichissement de l'uranium de l'Iran, qui devait être finalisé en mars 2007

Un rapport (Reconstruire la défense des États-Unis) a été rédigé en septembre 2000 par le PNAC, un groupe de réflexion néoconservateur, composé, entre autres, de Dick Cheney, Donald Rumsfeld, Paul Wolfowitz, Jeb Bush et Lewis Libby. Ce document montre que le cabinet ministériel du président Bush avait l'intention de prendre le contrôle militaire de la région du Golfe, que Saddam Hussein ait été au pouvoir ou non.

Michael Meacher, membre du Parlement, ministre de l'Environnement britannique (1997-2003), The Guardian, *6 septembre 2003.*

*

Chapitre 5

FBI, Chicago, 610 S Canal Street
15 décembre 2011 – 13 h 37 (GMT – 6)

Situé au centre-ville de Chicago, dans l'immeuble des douanes, la division du FBI est constituée de trente-six brigades spécialisées dans le contre-espionnage, le terrorisme, les stupéfiants, le crime organisé et les crimes en col blanc. Dans leurs locaux équipés d'un matériel de pointe, elle dispose d'un laboratoire spécialisé dans l'informatique, capable de faire parler les ordinateurs et tous les systèmes d'information dans les affaires de terrorisme, de pédopornographie et de tous les autres crimes liés à l'Internet.

Ce laboratoire est chargé de collecter, conserver, extraire et interpréter toutes les données criminelles qui ont fait l'objet d'un traitement électronique. Avec des ordinateurs personnels qui ont une capacité de stockage moyenne de trente à soixante gigaoctets (imprimées, ces données donneraient une pile de papiers d'une hauteur de soixante étages !), les nouvelles formations devaient intégrer la technologie, pour que les policiers sachent détecter rapidement les fichiers critiques, tout en respectant les délais légaux et autres contraintes judiciaires.

Steven Klemz est le dernier des sept enquêteurs à avoir intégré le laboratoire informatique. Il a beaucoup souffert pendant ses six semaines de formation théorique et les deux longs mois passés à ne s'occuper que de salons de discussion et de pornographie cybernétique. Pourtant, trois jours plus tôt, son directeur, Adrian Neary, lui a confié l'ordinateur saisi dans l'appartement des suspects irakiens. Soudain, la vie de la jeune recrue avait pris un sens. On lui donnait sa chance et elle avait un nom : l'antiterrorisme.

L'agent Klemz avait d'abord copié les fichiers sur une unité de stockage du réseau, mesure conservatoire qui permettait de sauvegarder de gros volumes de données. Le facteur temps était crucial. Le directeur Neary tenait à remettre le plus vite possible l'ordinateur dans l'appartement des suspects, qui était sous surveillance constante de la police locale.

Une fois les données sauvegardées, Klemz avait trié les fichiers, et sélectionné les courriels grâce à un programme de traduction automatique arabe-anglais de NetCase. Refusant de quitter les lieux, il mangeait sur place, en faisant de petites siestes lorsqu'il se sentait trop épuisé. Pourtant, il ne renonçait pas et établissait peu à peu le profil des suspects en s'appuyant sur les sites qu'ils avaient visités et leur correspondance électronique.

Ils étaient tous deux nés en Irak. Chiite originaire de Bagdad, Jamal al Yussuf avait suivi une formation de graphiste. Il était également photographe : son album photo sur le Net regorgeait de clichés de corps horriblement mutilés gisant dans des rues recouvertes de poussière, de policiers en tenue, armés de fusils-mitrailleurs, de quartiers civils bombardés, de maisons délabrées aux stucs arrachés par les balles. À travers les blogs et les courriels interceptés, Klemz apprit que Jamal avait perdu son père et sa grand-mère lors des tout premiers raids. Un de ses frères âgé de onze ans, Kudair, avait été blessé par les éclats de bombe d'une voiture piégée. Jamal disait avoir porté l'enfant sur les trois kilomètres qui les séparait de l'hôpital, décrivant avec force détails épouvantables comment il avait essayé de retenir le foie de son frère qui s'échappait de l'abdomen perforé et glissait entre ses doigts. Le garçonnet était mort dans la salle d'attente.

Grand, avec son mètre quatre-vingt-dix, Omar Kamel Radi était sunnite. Ancien gardien de but dans l'équipe d'Haditha, petite ville agricole au bord de l'Euphrate, il espérait sa sélection dans l'équipe nationale. Après l'invasion, la banlieue dans laquelle il vivait avait été transformée en champ de bataille où s'opposaient les troupes américaines et les insurgés iraniens. Une explosion avait détruit la maison familiale, et deux enfants figuraient parmi les victimes. L'armée ne donnait pas plus de détail sur l'incident.

Deux civils…

Deux hommes dont les motivations étaient la conséquence de l'invasion américaine. L'enthousiasme de l'agent Klemz était vite retombé. Il cessa de lire les courriels et laissa le programme trier seul la correspondance à l'aide de mots-clés. Ce soir, il rentrerait chez lui, mangerait enfin un repas chaud et dormirait dans son lit. *J'en profiterai pour appeler maman…*

Soudain, le clignotant rouge de l'alarme capte son attention. Un fichier vidéo encrypté vient d'être détecté. L'agent Klemz envoie une alerte à son directeur tandis que l'ordinateur casse le code et ouvre le fichier.

Rasé de près, couvert de cicatrices de la tête aux pieds, Paul Neary, directeur de la branche de Chicago, a passé ses dix-sept premières années au sein du FBI en tant qu'agent de terrain, en collaboration avec la Drug Enforcement Agency. Obligé d'accepter un poste administratif après avoir été attaqué par trois suspects à coup de fil barbelé, Neary garde encore les marques de l'agression, dont une longue cicatrice qui va du menton aux lèvres.

Neary rejoint l'agent Klemz à son poste, et les deux hommes regardent la vidéo.

La scène d'ouverture, filmée par une caméra tenue à l'épaule, montre une salle de classe d'enfants Arabes âgés de cinq à sept ans en train de chanter. Neary écoute attentivement et traduit les paroles. « Les Arabes sont les bien-aimés, et les Juifs sont des chiens. »

— C'est ça qu'ils apprennent à leurs gosses ?

— Ils les endoctrinent dès leur plus jeune âge.

La scène passe à une remise de diplômes. On voit des martyrs volontaires, aux visages couverts de cagoules noires, ceinturés d'explosifs, qui scandent : « À bas l'Amérique, à bas Israël. »

Neary hoche la tête.

— La psychose de la haine.

La scène suivante est plus troublante encore. Une jeune

palestinienne armée d'un Glock 9 mm entre en transe en scandant devant une petite assemblée : « Je veux mourir Shahid, je veux mourir Shahid, je veux mourir Shahid ! »

L'agent Klemz soupire.

— Elle n'est pas plus vieille que ma petite-nièce de sept ans. Qu'est-ce qu'ils apprennent à ces mômes !

— À mourir au nom d'Allah.

Un des suspects, Jamal al Yussuf, apparaît ensuite. Seul dans une pièce aux murs nus, avec une paillasse dans un coin, il est vêtu d'une tenue de camouflage. Face à la caméra, il s'agenouille en prières, un objet dans les mains. C'est un crâne d'enfant.

L'agent Klemz frissonne. Al-Yussuf prononce une litanie en arabe devant la caméra.

— Nous frappons à la porte du paradis avec les crânes des juifs, avec les crânes des Américains, traduit Neary.

— Charmant.

Neary lui donne une petite tape sur l'épaule.

— Lance un avis de recherche. Je veux qu'on retrouve ces cinglés.

*

> Le changement nous tombe sur la tête avec la force d'une avalanche, et il est grotesque que la plupart des gens ne soient pas prêts à y faire face.
>
> *Le Choc du futur, Alvin Toffler*

> Ce n'est pas l'armée qui déclenche les guerres, ce sont les politiciens.
>
> *Général William Westmoreland*

> Rendons grâce à Allah, qui nous permet d'élever les nouvelles générations dans l'amour de la mort, tout comme nos ennemis sont élevés dans l'amour de la vie.
>
> *Raed Said Hussein Saad, commandant des brigades Al-Qassam, nord de Gaza.*

*

Extrait
À la porte de l'enfer : mes excuses aux survivants

Par Kelli Doyle
Conseiller à la sécurité
de la Maison Blanche (2006-2010)

Pour tout vous dire, mon but est de vous donner une peur bleue.

Je me souviens encore du jour où j'ai tout compris, où j'ai vu dans quelle folie nous nous précipitions. À un instant, tout va bien, on se laisse envahir par des petits riens et, une seconde plus tard… Ce sont les instants les plus durs, ceux où votre propre mortalité vous explose à la figure avec la force d'un ouragan. « Le cancer ? On peut opérer ? Et la chimio ? Alors, docteur, qu'est-ce qu'on peut y faire ? »

À travers les larmes, la poitrine serrée, on crache les mots qu'on n'aurait jamais imaginé prononcer. « Combien de temps ? »

La réponse du médecin est difficile à accepter, plus sévère encore que la peine de mort, car, même s'il se trompe, d'une semaine, d'un mois ou d'un an, peu importe, on a compris que son temps est compté. Bien sûr, il en a toujours été ainsi, il en est ainsi depuis le jour de sa naissance. Nous naissons et nous mourons, nos vies ne sont que les précieux moments entre les deux, et, que cela nous plaise ou non, personne ne s'en tire vivant.

Face à la mort, c'est à la fois une bénédiction et une malédiction d'être un être humain. Conscients des limites de la vie, on est obligés de gérer un phénomène que l'on n'arrive pas totalement à appréhender. Le premier stade, c'est le déni, mais cela ne dure pas. On passe vite aux reproches, à la colère. On donnerait des coups de poings dans les murs, on s'en prend au chien et on maudit Dieu en lui demandant : « Pourquoi moi ? » Finalement, on négocie et on essaie de faire la paix avec son créateur car, plus que jamais, on a besoin de lui. Et si on a l'âme d'un combattant, on se bat jusqu'au dernier moment de gloire.

C'est ce que je veux que vous fassiez. Je veux que vous vous battiez. Je veux que vous agissiez. Car le temps est compté, et le glas a sonné. Mais c'est pour vous qu'il sonne. Il sonne pour vos enfants, vos parents, vos amis et tous ceux que vous aimez… tous les êtres humains que vous connaissez, que vous avez connus ou que vous auriez pu connaître. Nous sommes six milliards à partager cette planète et, bientôt, très bientôt, nous tous, autant que nous sommes, à l'exception de quelques privilégiés, nous allons périr.

C'est ça, l'enjeu, un massacre planétaire. Pour la plupart d'entre nous, le mal apparaîtra graduellement, comme si on s'immergeait dans une grande bassine d'eau froide et qu'on la chauffait à petit feu. Au début, on ne s'aperçoit de rien, puis, peu à peu… lentement, douloureusement, comme le goutte à goutte de la chimiothérapie qui vous brûle les veines… on comprend qu'il n'y a aucun moyen d'échapper à la condamnation à mort, que le chaos universel ne se dissipera pas, que les provisions du réfrigérateur et des placards ne dureront pas longtemps, qu'on va mourir de faim, avec toute sa famille.

Ou de froid.

Ou que l'on sera carbonisé par une arme dont on n'entendra pas même l'impact. Qu'on succombera à un virus qu'on ne connaissait pas. On se retrouvera aussi désemparés que les victimes du tsunami, qui a frappé l'Indonésie le lendemain de Noël en 2004, ou que les pauvres hères de la Nouvelle-Orléans après le passage de l'ouragan Katrina, abandonnés sans eau ni nourriture… Mais cette fois, il n'y aura aucun sauveteur, et CNN ne couvrira pas l'événement, car il n'y aura plus d'électricité pour actionner les caméras. Rien ne sert de tirer sur le messager. Traitez-moi de menteuse, ne tenez pas compte de mes avertissements, maudissez mon existence, cela ne changera pas la situation d'un iota. Les freins ont lâché, et la civilisation est détournée de son objectif, on lui demande de regarder dans le rétroviseur alors que nous, nous fonçons droit vers le précipice. Pourtant, nous sommes trop occupés par nos petites vies pour comprendre ce qui se passe.

Ouvrez les yeux. Lisez les panneaux. Tout a déjà

commencé, les premiers coups ont été joués sur le grand échiquier politique.

La crise du pétrole de 1973 n'était qu'un avant-goût de ce qui nous attend. Les années Reagan-Bush n'ont été que corruption, derrière des sourires hypocrites.

L'Iran et l'Irak… une guerre destinée à contrôler le centre de l'échiquier. L'invasion du Koweït par Saddam… la manipulation d'un simple pion. La montée de l'islamisme radical… un cancer qui se propageait dans le monde musulman.

Les réunions secrètes sur l'énergie… notre sentier sur le chemin de l'autodestruction, pavé par la cupidité.

Les mensonges derrière le 11 septembre… le sacrifice d'un noble cavalier. L'invasion de l'Afghanistan… une feinte dans la conquête de l'Irak… un plongeon fatal dans l'abîme.

L'élection du Hamas, les trahisons du Hezbollah… les tentacules de l'Iran.

Nos charmants ennemis d'Arabie Saoudite.

Des tentatives de coups d'État. Des élections truquées. Des lois pour « protéger la société civile », tout droit sorties d'un roman de George Orwell.

La partie n'est pas terminée, toutefois l'issue en a été décidée il y a bien longtemps et, bientôt, la dernière pièce va tomber, mais pas de la manière dont les autocrates l'avaient prévu. Quand le château de cartes s'écroule, tout le monde perd, des faiseurs de pluie aux briseurs de règnes, et les pauvres hériteront vraiment de la Terre, du moins de ce qu'il en restera. Quant à moi, je serai partie depuis longtemps, et pourtant, le cancer qui ronge mon corps est une bénédiction qui s'ignore, car il m'a donné une nouvelle force… La force de mettre en mots les petits événements de ma vie, pour tenter d'éviter l'apocalypse imminente et de racheter mon âme, par la même occasion. Pour moi, il est trop tard. Pour mes enfants, pour toi, mon bien-aimé, je sonne ce dernier glas : la fin de la civilisation, telle que nous la connaissons, pointe à l'horizon, le tsunami de la mort est en marche. Et vous vous dorez la pilule sur la plage !

*

Tous les écrivains qui se sont occupés de politique (et l'histoire est remplie d'exemples qui les appuient) s'accordent à dire que quiconque veut fonder un État et lui donner des lois doit supposer d'avance les hommes méchants, et toujours prêts à montrer leur méchanceté toutes les fois qu'ils en trouveront l'occasion. Si ce penchant demeure caché pour un temps, il faut l'attribuer à quelque raison qu'on ne connaît point, et croire qu'il n'a pas eu l'occasion de se montrer ; mais le temps qui, comme on dit, est le père de toute vérité, le met ensuite au grand jour.

Nicolas Machiavel, Discours sur la première décade de Tite-Live, traduction de Toussain Guiraudet

J'ai donc demandé au vice-président Dick Cheney de veiller à ce qu'un effort de coordination soit fait à l'échelon national, afin de tout mettre en œuvre pour protéger nos concitoyens de toute catastrophe irrémédiable.

Président George W. Bush
(En confiant au vice-président la charge des programmes fédéraux et la lutte antiterroriste, le président modifie un protocole en place depuis longtemps.) 8 mai 2001, quatre mois avant les événements du 11 septembre.

Puis le troisième ange sonna de la trompette. Une grande étoile, qui brûlait comme un flambeau, tomba du ciel. Elle tomba sur le tiers des fleuves et sur les sources d'eau. (Le nom de cette étoile est Amertume.) Le tiers des eaux devint amer et beaucoup de ceux qui en burent moururent, parce qu'elles étaient empoisonnées.

Apocalypse **8**, *10-11*

*

Chapitre 6

Mémorial de la chapelle de Gramercy Park,
New York
16 décembre 2011 – 10 h 22 (GMT – 5)

Le cercueil de noyer poli repose dans la chapelle ; à sa vue Ace se sent violemment happé dans un trou noir d'émotions qui le mettent au supplice. Tout tremblant, il tente de lutter contre cette fatalité, il ne supporte plus l'idée de rester là, à contempler la tombe alors qu'on va placer son épouse dans le lieu de son dernier repos. Trop faible pour bouger, il reste néanmoins assis à la place d'honneur, un bras protecteur autour des épaules de son fils de huit ans, Sam, la main droite enlacée dans celle de sa fille de treize ans, Leigh. Les parents de Kelli, Sharon et Bruce, sont assis derrière lui, avec le grand-père de Kelli, Fitch. Ace est conscient de la force que lui apporte leur présence, pourtant, intérieurement, il n'est qu'une boule de rage en combustion.

De sa place, il observe Jennifer Wienner, la cousine de Kelli, qui prend en charge la cérémonie. Pendant des années, on les a surnommées « Butch et Sundance », comme Cassidy et le Kid, un surnom que leur avait attribué le grand stratège politique des républicains, Karl Rove, lui-même surnommé Turd Blossom, « fleur de gadoue », par le second Bush dont il avait favorisé l'élection. Kelli était Butch, bien sûr. Ancienne analyste de la CIA, elle était désormais consultante au Conseil de sécurité national et s'occupait de la région du Golfe. Jennifer était Sundance, stratège de campagne, chargée, sous la direction de Rove, de s'occuper des « points chauds », qu'il était vital de contrôler pour que les républicains conservent les deux chambres. Elle avait quitté la politique après les élections de mi-mandat et accepté un poste de lobbiiste, grassement rémunéré, dans une entreprise pharmaceutique spécialisée dans les vaccins contre la grippe. Comme sa cousine, Jennifer savait où se trouvaient les mines et où étaient enterrés les corps... avec leurs trésors.

Ace la regarde accueillir les participants, acceptant leurs condoléances. Divorcée, la petite quarantaine, Jennifer a le même âge que sa défunte cousine, et elle est faite du même tonneau. Elle salue les invités comme si elle venait de boucler un contrat.

— Jen, je travaille à la fondation Delay. Il vous adresse toutes ses condoléances et tenait à vous demander si la police avait arrêté l'assassin. Si nous pouvons faire quelque chose...

— Jennifer, tu tiens le coup ? Katherine t'envoie toute son amitié. Avec le procès en cours, elle n'a pas pu venir en personne, mais elle a promis de t'appeler la semaine prochaine à propos du financement de la campagne des sénatoriales, en Floride.

— Madame Wienner, je suis vraiment désolée. Vous vous souvenez de moi ? Laura Whisenant. Nous avons travaillé ensemble sur la campagne de Saxby Chambliss, en 2002. Max Cleland n'a jamais compris ce qui l'avait fait dégringoler !

Costumes noirs, visages anonymes, larmes de crocodiles et sourires hypocrites... tout le monde tissait son réseau.

Ace emmagasine tout, aucun détail ne lui échappe, ce qui ne fait qu'accentuer sa fureur.

— Vous êtes le mari, n'est-ce pas ?

Il lève les yeux et toise le délégué de la Maison Blanche qui a réussi à franchir le barrage de Jennifer pour venir envahir son univers de chagrin, avec sa gueule de premier de la classe qui aspire à entrer dans les cercles du pouvoir.

— Richard Perle m'a chargé de vous transmettre ses condoléances. Il aurait aimé venir, mais avec la guerre...

— Espèce de sale vermine.

L'homme esquisse un demi-sourire nerveux.

— Pardon ?

— Vous êtes sourd ? Je vous ai traité de sale vermine. C'est bien ce que vous êtes, non ?

Du regard, Ace transperce le demi-sourire, et des perles de sueur roulent sur le front de l'homme.

Percevant un trouble dans son petit univers, Jennifer s'approche.

— Monsieur, si j'ai dit quelque chose qui...

— Sourd et stupide. Ah, vous ferez un excellent politicien !

— Ace, laisse-moi m'occuper de...

— Non, Jen. C'est moi que ça regarde.

Ace se lève et fait un signe à l'homme des pompes funèbres.

— Monsieur Goldstein. Cette cérémonie est officiellement interdite à toute personne qui entretient des liens avec le Capitole.

— Ace, voyons...

— Lâche-moi !

Il se tourne vers la foule rassemblée au fond de la chapelle.

— Bon, si je peux avoir l'attention des sacs à merde qui échangent leurs cartes de visites... Oui, vous, vous tous...

Le silence s'installe.

— Merci pour vos condoléances. Maintenant, si toutes les vipères voulaient bien retourner dans leurs limousines ou sous leur rocher, la famille et les amis de Kelli pourraient lui faire ses adieux en paix.

Tous sont abasourdis. Personne ne bouge.

Jennifer lance un regard assassin vers Ace avant de conduire le groupe à l'extérieur.

Ace retourne à sa place, salué par le signe de tête soulagé de Bruce Doyle, et attire les enfants près de lui.

***

Une pluie glaciale tombe d'un ciel plus marron que gris. La foule en deuil se blottit sous une armée de parapluies, écoutant à peine les prières du rabbin, tandis qu'on place le cercueil en terre.

Le chagrin est un néant que seul le temps peut combler. Dans les pires moments, il vous engloutit tout entier, dans les moments de répit, il menace toujours de vous piéger à nouveau dans des souvenirs depuis longtemps oubliés au moment où vous vous y attendez le moins. La mort d'un parent incite à la réflexion, la mort d'un enfant brise la foi la plus solide, avec la mort d'une épouse vous n'êtes plus jamais le même.

Ace tremble de tout son corps tandis que le cercueil disparaît.

Que faire lorsque votre existence se brise en un instant, lorsque la douleur est si intense que vous ne supportez plus de vivre dans votre peau, lorsque chaque moment de veille est consumé par un vide infini ? Comment continuer à vivre lorsque la vie vous rend si malade que vous n'avez qu'un désir, disparaître… Votre envie de vous noyer dans l'alcool n'est contrecarrée que par votre nouvelle responsabilité de parent unique, la douleur de vos enfants passant avant la vôtre, leur innocence servant d'ancre émotionnelle qui vous force à boire votre enfer jusqu'à la lie.

Pendant des jours, Ace a pleuré en solitaire. Avec les policiers, les médecins, la famille et les amis, il est resté de marbre. Mais, en disant un dernier adieu à son âme sœur et en prenant ses enfants dans ses bras, il sait qu'il ne versera plus d'autres larmes. Tandis qu'il monte dans la limousine, une nouvelle émotion s'infiltre lentement dans son être… une émotion si glaciale qu'elle lui figera le cœur, une émotion si profonde qu'elle prendra la place de son cœur.

Comment étouffer un feu qui brûle en vous avec la force d'un brasier, qui nourrit une colère si violente qu'elle consume les autres pensées, qu'elle dévore la raison et sèche les larmes. Il n'y a qu'un remède…

La vengeance.

Aujourd'hui, la fureur d'Ace Futrell va cimenter la nouvelle mission de sa vie : trouver l'assassin de son épouse, le tuer et punir ceux qui ont détruit sa famille.

*

Ce à quoi nous aspirons réellement, ce n'est pas à une Arabie unie mais, bien au contraire, à une Arabie désunie et divisée en principautés sur lesquelles nous exercerons notre souveraineté.

Lord Crewe, homme d'État britannique

Le pétrole a trop d'importance pour être laissé aux Arabes.

Henry Kissinger

En vérité, les États-Unis veulent détruire ce qui constitue notre identité : l'Islam et la culture islamique.

Nagi Al-Shihabi,
rédacteur en chef d'un journal égyptien, 2004

*

Chapitre 7

Washington, aéroport international de Dulles
16 décembre 2011 – 02 h 35 (GMT – 5)

Le Boeing 747 atterrit avec un petit rebond. Les aérofreins situés sur la partie supérieure de l'aile battent dans le vent, permettant à l'énorme avion de rester plaqué au sol. Passant devant le terminal principal, le pilote dirige lentement l'avion vers un hangar privé… ambassade temporaire pour le VIP et sa suite qui se trouvent à bord.

Le roi Sultan Abdul Aziz d'Arabie Saoudite, qui règne en monarque absolu sur la première nation productrice de pétrole et gardienne des deux plus grands lieux saints de l'islam, se détend dans le sauna de l'avion avec deux de la dizaine d'hôtesses venues de Riyad. Tandis que le 747 s'arrête, le roi sort de la pièce chaude et se douche ; les jeunes femmes nues le lavent et l'essuient.

Se sentant plus frais, il enfile un peignoir de soie et entre dans la suite du maître : une chambre avec un lit gigantesque, un immense écran plat avec liaison satellite et un lustre de cristal. Il appuie sur une touche de l'interphone et parle en arabe à son fils, le prince Bandar Ben Sultan, ambassadeur aux États-Unis.

— Il est là ?

— Oui, il attend qu'on lui accorde une entrevue dans le hangar.

— Dis-lui que je conclus un contrat important. Réveille-moi dans deux heures.

***

Scott Swan termine la lecture de ses courriels sur son Blackberry et regarde sa montre. Le PDG de Tech-Well Industries, fabriquant de matériel militaire récemment racheté par le groupe Carlyle, attend dans le hangar de l'aéroport depuis presque trois heures, et sa patience est à bout.

Connards de Saoudiens, aucun respect pour ceux qui travaillent !

***

Le groupe Carlyle est une société d'investissement dont la valeur du capital, estimée entre trente et cinquante milliards, n'a d'égale que la capacité de ses membres à influer directement ou indirectement sur la politique mondiale. Fondé en 1987 par David Rubenstein, un conseiller politique du président Carter, avec E. Conway, Daniel A. D'Aniello et Stephen L. Norris, le groupe a une liste d'actionnaires, de conseillers et d'associés qui ressemble à un *Who's Who* des riches et des puissants. Parmi les places de choix, on trouve les anciens présidents George H. W. Bush et son fils George, l'ancien secrétaire d'État, James Baker III, Colin Powell, l'ancien Premier ministre britannique John Major, ainsi que l'ancien Premier ministre de la Corée du Sud, Park Tae-Joon, l'ancien secrétaire à la Défense, Donald Rumsfeld, et Franc Carlucci, ancien vice-directeur de la CIA, ainsi qu'une série impressionnante d'ambassadeurs, de chefs d'État et de représentants d'agences gouvernementales du monde entier.

Si ces connexions politiques avaient permis de lancer la compagnie, c'était l'argent de la Maison des Saoud qui avait porté le groupe Carlyle aux sommets actuels.

La première transaction avec la famille royale remontait à 1991, moment où le prince Al-Waleed Ben Talal, le plus gros actionnaire individuel de Citicorp, avait acheté près de six cents millions d'actions de Carlyle. Cet investissement avait ouvert grand les portes aux Saoudiens, qui furent introduits par le premier président Bush, James Baker et John Major, trois dirigeants qui avaient soutenu l'Arabie Saoudite au cours de leurs mandats respectifs. À partir de là, le groupe Carlyle fut bientôt en mesure de vendre tout et n'importe quoi, des systèmes de reconnaissance avancée aux armes les plus perfectionnées, ce qui lui permit d'investir dans la défense et d'acheter LTV, Harsco, et BDM International, dont il a apuré les comptes avant de les revendre ensuite à TRW, Boeing et Lockheed Martin. Dans le sillage de la Première Guerre du Golfe, les sous-traitants de Carlyle remportèrent des contrats majeurs avec l'armée de l'air d'Arabie Saoudite, tandis que Vinnell Corporation, à deux doigts de la faillite, obtint un énorme contrat de modernisation de la garde nationale royale saoudienne (après un voyage de Carlucci...).

En recrutant ses acteurs majeurs parmi les anciens de la Maison Blanche, du Pentagone et de la CIA, Carlyle ne s'était pas contenté de devenir une grande société d'investissement, elle s'était mise à jouer un rôle d'arbitrage politique : c'était une entité commerciale capable de s'appuyer sur des informations d'initiés et possédant la force de persuasion de « celui qui détient le savoir » pour peser sur la stabilité politique des activités étrangères.

Pour que le commerce « normal » soit légal, il doit s'appuyer sur des informations disponibles et publiques. Néanmoins, lorsqu'on parle d'anciens présidents et secrétaires d'État, cette zone en noir et blanc tourne souvent au gris. Carlyle se sert de cette zone floue pour se protéger contre les aléas des investissements dans des obligations émises par un État et des contrats liés à des domaines sensibles, comme la défense ou le pétrole. Avec un accès direct à la Maison Blanche, les conseillers de Carlyle ne bénéficiaient pas seulement des secrets d'initiés, ils avaient la possibilité de peser sur les politiques intérieures et étrangères. Grâce à ce « conseil d'administration judicieusement monté », Carlyle minimisait les risques lors des achats d'entreprises en difficultés dont il inversait la politique avant de les revendre avec de gros profits.

***

Scott Swan range son Blackberry et prend un exemplaire de la revue *Time*, datant de deux mois avec, en couverture, un gros titre sur la grippe aviaire, qui menace de nouveau de se transformer en pandémie. Sourire aux lèvres, il feuillette l'article qui parle des nouvelles industries pharmaceutiques travaillant sur le vaccin.

L'action, qui a encore monté d'un dollar, devrait être divisée par deux en avril…

Il rejette le magazine car le prince Bandar Ben Sultan entre dans le bureau.

— Monsieur Swan, mon père va vous recevoir. Je suis sincèrement désolé de vous avoir fait attendre.

Swan esquisse un sourire forcé.

— Les affaires sont les affaires.

Swan embrasse l'épaule de la tunique de soie du prince, attrape son attaché-case, et monte l'escalier mobile qui mène au 747.

Sultan Ben Abdul Aziz, vêtu de la djellaba blanche et du kieffeh traditionnels, accueille son invité dans son bureau.

— Monsieur Swan. *Masaa al-Khair.*

— *Masaa an-noor.*

— Comment va votre président ?

— Il vous adresse ses amitiés.

— Pourtant, votre président a préféré ne pas venir en personne saluer son plus important investisseur.

— Étant donné la nature de ce rendez-vous, il a jugé préférable que je vienne seul. Officiellement, ce n'est qu'une rencontre privée qui n'a rien à voir avec Tech-Well ou Carlyle.

— Je comprends.

Sultan fait signe à son fils et à son invité de s'asseoir.

— Néanmoins, je suis très gêné par certains éléments de cette transaction. J'ai besoin d'être rassuré sur quelques points, si nous devons conclure.

— N'oubliez pas que c'est vous qui êtes venus vers nous.

— C'est le moment qui me semble mal choisi.

— Préféreriez-vous attendre que votre pays ait été envahi par l'Iran ou soit l'objet d'une révolution islamiste ?

— Je me sentirais moins mal à l'aise si le président McKuin n'était pas au bureau Ovale.

— Il y aura bientôt une nouvelle élection.

— Vous vous sentez d'humeur à plaisanter ?

Swan regarde le roi Sultan droit dans ses petits yeux de cochon.

— McKuin ne sera pas un problème.

Le roi Sultan lève les sourcils.

— Le vice-président ?

— Votre altesse, je ne suis qu'un messager de ceux qui tirent vraiment les ficelles. Je n'ai pas besoin de tout savoir, et je n'en ai pas envie. Ce que je sais, c'est que le monde est à un carrefour, et que votre pays a besoin de stabilité. Nous vivons des temps difficiles, et la situation s'aggravera si nous n'agissons pas dès maintenant. On nous a imposé des décisions délicates, des décisions effroyables, pourtant, nous continuons à faire notre devoir. Les historiens encore à naître salueront notre courage.

— La maison des Saoud ne peut pas être impliquée...

— Tout sera parfaitement contrôlé.

— Et si quelque chose tourne mal ?

— Cela n'arrivera pas.

— Vous vous prenez pour Allah ?

Scott rougit.

— Comme je crois l'avoir fait comprendre, je suis un agent de liaison, rien de plus. Pourtant, on m'a assuré qu'il y avait des garanties... des solutions de secours au cas où des événements imprévus se produiraient. Je ne suis pas autorisé à vous en dire plus.

Il se lève pour partir.

— La limousine des services secrets qui vous escortera à la Maison Blanche viendra vous chercher à neuf heures. Votre rencontre avec le président est prévue à dix heures.

— Monsieur Swan, moi aussi, j'ai des garanties... l'économie américaine me sert de garantie. Si quoi que ce soit tourne mal... un blogueur qui étale ses théories du complot, un ancien de la CIA qui écrit des confessions, dit le roi Sultan, le regard en feu. Alors la famille des Saoud coupera le flux des investissements en aussi peu de temps qu'il en faut pour passer une transaction électronique.

Le visage de chérubin du roi se fige en un sourire glacial.

Baltimore, Maryland

Allongé sur un étrange lit dans une pièce étrange, les yeux rivés au plafond, Jamal al Yussuf ressent un étrange malaise qui lui rappelle son enfance en Irak. D'aussi loin qu'il s'en souvienne, son père lui ordonnait de toujours coucher sous son lit, lui disant que c'était l'endroit le plus sûr si la maison s'écroulait ou si les Américains brisaient le mur du son. Sous son lit, Jamal serait à l'abri des éclats de verre. Sous son lit, il serait en sécurité.

C'était en 1991, Jamal avait alors sept ans. Sous son lit, nuit après nuit, il essayait de réfléchir à ce qu'il avait fait de mal pour mériter un tel châtiment. Lorsque les avions américains volaient en rase-mottes et que les sirènes retentissaient, il mettait les doigts dans ses oreilles et chantait sa chanson favorite aussi fort que possible, comme le lui avait conseillé sa maman. Un jour, il lui avait demandé quand il devrait s'arrêter de chanter. « Quand je reviendrai te chercher », lui avait-elle répondu.

L'hiver, c'était pire encore, car la nuit tombait plus vite et qu'il faisait très froid. Saddam faisait couper l'électricité pour ne pas donner de repères à l'ennemi, et Jamal n'avait même pas la permission de lire à la lampe de poche. Tous les soirs, la famille se blottissait pour écouter la BBC, afin d'avoir les dernières nouvelles de la guerre. À un moment, l'eau fut rationnée et, après que les tuyaux eurent explosé sous les bombes, la mère de Jamal devait faire bouillir l'eau pour la rendre potable… sans électricité.

Et puis, il fallait faire les courses… La famille entière s'entassait dans une seule voiture et s'allongeait sur la banquette arrière pendant que le père de Jamal roulait dans les rues délabrées à la recherche de provisions. Un jour, Jamal avait regardé par la fenêtre et contemplé le carnage : des corps emballés dans des draps blancs ensanglantés le long des routes, avec des gens qui hurlaient et pleuraient. De nouveau allongé, le garçonnet s'était mis à chanter en souhaitant être en sécurité, en lieu sûr, sous son lit. Vingt ans plus tard, la même peur continue à lui torturer les tripes. Il attrape son oreiller et ses couvertures, s'y enroule et se glisse sous le lit métallique en chantonnant sa chanson préférée jusqu'à ce qu'il s'endorme.

*

Il existe toujours un moyen d'amener le peuple à obéir aux ordres des dirigeants. Rien de plus facile. Il suffit de lui faire croire qu'il est attaqué, puis d'accuser les pacifistes de manquer de patriotisme et de mettre le pays en danger. Cela vaut pour tous les pays.

Hermann Göring, lors du procès de Nuremberg

Cela peut arriver n'importe quand : demain, dans une semaine, dans un an… Ils n'auront de cesse que de n'être parvenus à leurs fins. Et à ce moment-là, il nous faudra être prêts.

Vice-président Dick Cheney

L'Iran fait partie d'une mouvance qui a déjà fait voir de quelles atrocités elle était capable en venant tuer nos concitoyens jusqu'ici…

Rudy Giuliani, ancien maire de New York et candidat républicain à l'élection présidentielle

Une coalition regroupant les chiites, les sunnites, le Hezbollah, le Hamas, les Frères musulmans et Al-Qaida cherche à anéantir l'Occident.

Mitt Romney, candidat républicain à l'élection présidentielle

Oussama nous poursuivra jusqu'en Amérique [depuis l'Irak].

John Mc Cain, candidat républicain à l'élection présidentielle

*

Chapitre 8

MONTAUK, NEW YORK,
16 DÉCEMBRE 2011 – 17 H 25 (GMT – 5)

Le hameau de la plage de Montauk est situé sur un petit terrain de quatre mille hectares, bordé par l'océan Atlantique, au sud, et Long Island Sound, au nord. La maison des Doyle-Futrell est une bâtisse moderne de deux étages, dans le quartier de Hither Hills à quelques minutes de la plage. À l'intérieur, les murs lambrissés d'érable et les sols de bambou lui donnent un aspect cabanon de plage, tandis que les deux grandes cheminées de pierre rappellent un chalet de montagne, esthétique pratique fort sollicitée, pendant les durs mois d'hiver.

Rassemblés dans la grande pièce, les membres de la famille en deuil se réchauffent auprès du feu et se réconfortent les uns les autres devant le buffet en évoquant des souvenirs de la défunte. De temps à autre, on prononce le nom d'Ace à voix basse.

— Il voyage si souvent... Qui va s'occuper des enfants ? La femme de ménage ?

— Et la jeune femme qui vit ici ? L'infirmière de Kelli ?

— Non, elle était détachée par les services médicaux. Il va falloir qu'il trouve une gouvernante.

— Ils devraient déménager. Une ville balnéaire, ce n'est pas un endroit pour élever des enfants.

Ace est à l'étage, seul dans son bureau, à écouter le vent qui hurle à la fenêtre. Les murs sont couverts de bibliothèques. Il n'est que cinq heures, mais il fait déjà sombre.

S'adossant à sa chaise de cuir, il a les yeux fixés sur une photo de famille prise à Noël quelques années plus tôt. Tout le monde sourit, tout le monde est en bonne santé. *Ai-je apprécié ces années comme je l'aurais dû ? Si seulement je pouvais reculer les aiguilles du temps…*

Un petit coup à la porte. Jennifer ouvre la porte.

— Je peux entrer ?

Il indique le divan. Elle ferme la porte derrière elle et s'assoit.

— Tu te caches ?

— Les amis des enfants sont là. J'ai besoin de calme.

— C'est compréhensible. Tu veux que je t'apporte quelque chose ?

— Plus tard, peut-être.

— Ace, je suis là pour toi, si tu as besoin de moi. Tu sais, pour les enfants.

— Merci.

— Qu'est-ce que tu vas faire ? Je sais que tu en as parlé avec Kelli. Je suis sûre que vous avez prévu quelque chose.

— On en a parlé.

— Et ?

— Les choses ont changé, dit-il les yeux fixés dans les siens, pour qu'elle comprenne bien le message.

— Ace, tu es en colère, et tu en as le droit, mais laisse la police s'occuper de ça.

— La police ne s'occupe de rien. C'est le FBI qui s'en charge. L'affaire est close.

— Qu'est-ce que cela signifie ?

— Tu veux que je te fasse un dessin ?

Ace se lève et va fermer la porte à clé.

— Elle a été sanctionnée, Jennifer. Ses anciens copains à Washington, sans aucun doute. Peut-être même un des rapaces qui rôdaient aux funérailles.

— C'est pour ça que tu as pété les plombs ? Ace, c'est ridicule. Pourquoi s'en serait-on pris à Kelli ?

— C'est à toi de me le dire.

— C'est insensé.

— Alors, c'est moi qui suis fou.

— Non, tu as subi beaucoup de pressions, c'est tout. Et si je m'installais ici, pour quelques semaines ? Je pourrais t'aider avec les enfants. Tu pourrais retourner au travail.

— J'ai été viré.

— Quoi ?

— Ils ont appelé ce matin. Ils ont laissé un message sur le répondeur. Apparemment, j'ai hérissé les poils de certaines personnes à Washington. C'est gentil de leur part d'avoir attendu le jour de l'enterrement, ils savaient que je ne serais pas là.

— Qu'est-ce que tu vas faire ? Tu as besoin d'argent ?

— Non, ça va. Ta cousine gagnait bien sa vie. Elle l'a payé cher.

— Ça suffit ! Il n'y a pas de règlement de comptes.

On frappe. La poignée bascule.

— Ace ? Tu es là ?

Ace va ouvrir à Bruce Doyle. Son beau-père est livide.

— Fiston, je crois que tu ferais mieux de descendre.

***

Les quatre camionnettes sont garées devant la pelouse. Les occupants, en vestes noires marquées FBI en lettres jaunes fluorescentes, déchargent le matériel. Le chef d'équipe attend impatiemment devant la porte.

— Monsieur Futrell, je suis l'agent spécial Geordie McGillivray, du FBI. J'ai ordre de perquisitionner chez vous.

— Un ordre de qui ?

— De la Sécurité du territoire.

— La Sécurité du territoire ? Qu'est-ce que c'est que cette mascarade ?

— Je n'ai pas la liberté de le dire.

— Alors, dites-moi ce que vous cherchez !

— Je n'ai pas la liberté de le dire.

— Dans ce cas, vous feriez mieux de me montrer votre saloperie de commission rogatoire !

— La Sécurité du territoire n'a plus besoin de mandat de perquisition, dans les affaires où l'on cherche à intimider ou à opprimer des populations civiles.

Jen hoche la tête.

— La loi antiterroriste de 2001.

— Parce que vous croyez que ma famille exerce des pressions sur une population civile ?

— Je suis désolé, monsieur, je n'ai pas la liberté de le dire.

Ace sent sa pression sanguine monter.

— Vous ne cessez de prononcer le mot « liberté », je me demande si vous savez ce que ça veut dire.

Jennifer se mêle à la conversation.

— Cela a-t-il un rapport avec la mort de ma cousine ?

— Je suis désolé, madame, je ne peux pas répondre à vos questions pour l'instant. Si vous voulez bien reculer et nous laisser entrer…

Il fait un signe à deux agents armés, qui se précipitent à l'intérieur, avec leur grosse valise.

— Un instant ! J'ai des invités à la maison. On a enterré ma femme aujourd'hui.

— Mes sincères condoléances. Mais je dois vous dire que tous les invités présents seront soumis à la fouille. Si vous coopérez, nous essayerons de nous montrer aussi discrets que possible.

— Coopérer ? Vous envahissez ma maison, vous refusez de me dire pourquoi vous êtes ici et ce que vous cherchez, et vous voudriez que je coopère ? Vous avez déjà entendu parler de la Constitution, les mecs ? Elle n'a pas été écrite pour servir de paillasson !

L'agent McGillivray appuie sur le bouton de son talkie-walkie, accroché à son épaule droite.

— Sécurité. On a un problème. Entrée nord.

Avant qu'Ace ait le temps de réagir, un autre agent arrive en trombe, Taser à la main. Il pointe l'arme vers Ace et tire.

Zoup ! L'arc électrique pénètre instantanément les vêtements et la peau et submerge son système nerveux, comme si on lui avait jeté un seau d'eau glacée. Des lumières violettes passent devant ses yeux, son corps se transforme en une marmelade d'électricité et s'effondre sur le sol.

L'agent spécial McGillivray regarde le cercle d'invités qui s'approchent.

— Quelqu'un d'autre a une objection ? Parfait. Bien, j'aimerais que vous vous aligniez tous contre le mur du fond, bras écartés. Il n'y a rien à craindre. C'est un problème de sécurité qui ne vous concerne pas, pour la plupart d'entre vous.

Recouvrant ses sensations, Ace s'assoit sur le sol, les doigts encore pleins de fourmis brûlantes. Les yeux embués de larmes, il voit sa fille qui dégringole l'escalier.

— Papa ! Pourquoi on t'a fait ça ? Papa, ça va ?

Ace hoche la tête, incapable de prononcer un mot.

— Mademoiselle, allez vous placer contre le mur avec les autres.

— Papa, ils emportent tout ! Mon ordinateur… Tous mes CD et mes DVD… Pourquoi ils font ça ?

— Tout vous sera rendu après examen. À présent, allez rejoindre les autres.

L'agent du FBI attrape la jeune fille de treize ans par le bras. Leigh se libère.

— Enlevez vos sales pattes !

L'homme de la sécurité se retourne, braque son arme vers l'adolescente.

Non ! Une vague d'adrénaline lui donne la force de se relever. Ses mains engourdies attrapent l'arme juste au moment de la décharge… l'arc bleu frappe l'agent McGillivray qui s'écroule, pris de spasmes.

Un coude vient frapper Ace au visage. L'ancien quaterback l'écarte, envoyant l'agent du FBI contre le miroir du couloir, leurs deux images se brisant sous le contact.

Puis, Ace Futrell plonge dans l'obscurité, piégé dans une mer de velours plus noir que la nuit.

*

Entre septembre 2000 et juin 2001, les procédures habituelles de la FAA avaient toujours été suivies à la lettre dès la moindre infraction aux règles de circulation aérienne, et ce sans le moindre problème, avant que le Pentagone n'émette une nouvelle directive bien complexe, le 1er juin 2001. Le secrétaire à la Défense a été inclus dans un processus de prise de décision et un protocole qui était auparavant du seul ressort du commandement supérieur des forces armées. Pourquoi ? Il n'avait fallu que quelques minutes pour que des pilotes de chasse n'interviennent lors de l'accident d'avion du golfeur Payne Stewart qui s'était dérouté et n'avait pas répondu aux appels radio pendant quelques minutes (25 octobre 1999). Comment expliquer que la réponse ait été plus longue en 2001, alors que la situation s'avérait manifestement bien plus grave qu'en 1999 ? Ceci s'explique en partie par le fait que plusieurs agences gouvernementales avaient organisé, simultanément, ce même 11 septembre, des exercices de simulation d'attentats assez proches des événements réels qui se déroulaient au même moment. Certaines des simulations consistaient à émettre de faux signaux radars indiquant la présence d'avions, en réalité virtuels, sur les écrans de contrôle de la NEADS (Secteur de défense aérienne du nord-est) ; d'autres faisaient jouer à des avions de ligne le rôle d'avions détournés. Cette confusion a empêché toute initiative des pilotes de chasse en service, dont la loyauté n'est pas à mettre en doute, et qui n'auraient pas hésité à intervenir, s'ils avaient pu faire une analyse claire de la situation, quel que soit le code de procédure en vigueur.

Crossing the Rubicon : The Decline of the American Empire at the End of the Age of Oil, Michael C. Ruppert

*

Extrait
À la porte de l'enfer : mes excuses aux survivants

Par Kelli Doyle
Conseiller à la sécurité
de la Maison Blanche (2006-2010)

Avant de travailler à la Maison Blanche, bien avant d'entrer à la CIA, j'hésitais encore entre des études d'histoire et les relations internationales. Je me souviens de mon premier professeur d'université qui nous serinait cet adage éculé : « L'histoire est écrite par les vainqueurs. » Jeune et influençable, je le croyais, à l'époque.

Je n'y crois plus. Dans la guerre qui menace d'éclater, il n'y aura pas de vainqueurs, seulement quelques survivants.

C'est pour vous que j'écris ces mémoires. Si vous savez comment tout a commencé, vous serez peut-être moins prompts à reproduire les mêmes erreurs.

Ma longue participation aux centres de décision me donne un éclairage unique sur les événements, tels qu'ils se sont vraiment déroulés.

Cela ne m'exonère en rien.

La politique ne m'a jamais intéressée, mais le pouvoir… c'était différent. Faire partie de l'élite, ça, c'était un but auquel j'aspirais. J'avais la compétition dans le sang. J'étais biathlète à l'université, nos équipes de hockeys et nos équipes universitaires figuraient toujours parmi les vingt premières. Pendant quatre années de gloire, mon univers se limitait aux entraînements, aux matchs, aux déplacements… aux entraînements, aux matchs… et je m'arrangeais pour avoir la moyenne afin de rester dans la course.

Allez les Dawgs !

À la fin de ma dernière année à l'université de Géorgie, j'ai été prise d'une grave crise d'« adultite »… la peur bleue d'obtenir son diplôme et de devoir entrer dans la vie active. Qu'allais-je devenir ?

Le mariage offrait bien une possibilité. Mon fiancé était une étoile montante de l'équipe de football, et, si je l'aimais tendrement, il traversait ses propres épreuves, si bien que notre relation passait au second plan. J'aurais pu faire mon droit, mais mon ego, toujours pétri d'esprit de compétition, exigeait quelque chose de moins banal. Face au choix de carrière, j'allai butiner de-ci de-là et, finalement, une réponse s'imposa, une réponse à laquelle je n'avais jamais songé : la CIA.

La CIA était, et reste, l'organisation la plus puissante et la plus secrète au monde. Son budget est inconnu, même des membres du Congrès, et rares sont ceux qui saisissent toute l'étendue de ses pouvoirs. Elle possède sa propre armée de mercenaires ainsi que des entreprises qui influencent les guerres et les cours de Wall Street. Séduit par mon futur diplôme en relations internationales (et mes trois semestres d'arabe), l'officier de recrutement m'a promis un régiment qui exploiterait mes qualités physiques, me permettrait de voyager dans des pays exotiques, tout en m'offrant la possibilité de servir ma patrie.

Ce dernier argument emporta l'affaire. J'avais participé aux Jeux olympiques juniors et aux Championnats du monde, et mon âme était enveloppée du drapeau américain.

Deux semaines après avoir obtenu mon diplôme, je me retrouvai donc à Washington, à passer les tests nécessaires pour obtenir mon visa de sécurité d'officier de terrain. À l'automne, j'étais entrée à l'école et, au printemps, j'étais à la Ferme.

La Ferme, c'est Camp Peary, une base militaire du comté de York, en Virginie. La CIA et les Forces spéciales utilisent cette réserve de chasse très boisée comme terrain d'entraînement. Pour libérer le site de quatre mille hectares, les Feds avaient dû déplacer deux villes entières, Bigler's Mill et Magruder. Sécurisée au plus haut point, la Ferme possède son propre aérodrome et, à l'exception des petites sorties nocturnes au bar et au restaurant de Buck's Strip, les activités de Camp Peary se déroulent à l'abri des regards indiscrets.

Il y a de bonnes raisons à cela. La Ferme, c'est

là que la CIA prépare ses assassins, entre autres. La formation associe maniement des armes, enseignement théorique et apprentissage de la vie en clandestinité, et, pour les recrues féminines, un traitement de faveur qui permet de différencier les dures à cuire des midinettes. Faisant partie de la première catégorie, je me retrouvai bientôt propulsée dans un conflit qui allait exploser au Moyen-Orient.

C'était en 1990.

Ce n'est pas la CIA qui détermine la politique. Notre travail consistait à fournir des renseignements au président des États-Unis et à ses conseillers, et, une fois les décisions prises, nous avions pour mission de les exécuter.

Oui, ce sont les vainqueurs qui écrivent l'histoire, mais l'histoire et la vérité sont deux choses différentes. Je me suis engagée à la CIA parce que je croyais aux valeurs que défendait l'Amérique, je croyais à l'éthique de la vérité. Je pouvais justifier les coups d'État à l'étranger et les tactiques que nous utilisions, parce nous étions du côté des bons, pas vrai ? La fin justifie les moyens… La démocratie est en marche. Vive la liberté !

Il n'est pas facile d'accepter la vérité. Les mensonges ne brisent pas la réalité et les rêves, seule la vérité en est capable. Et la vérité, c'est que le président mentait. Tous les présidents mentent. Roosevelt avait menti à propos de Pearl Harbor. Lyndon Johnson avait menti à propos de l'incident du golfe du Tonkin. Reagan avait menti à propos de l'Iran-Contra. Clinton avait menti sur ses relations amoureuses, dans le bureau Ovale. Je suppose que même George Washington avait menti (il n'avait sans doute jamais eu de cerisier !).

Ce sont pourtant les mensonges de l'administration Bush-Cheney après le 11 septembre 2001 qui ont conduit à l'invasion de l'Irak et ont mené la civilisation occidentale sur une voie qui aura des conséquences dramatiques pour vous, les vôtres et des milliards d'innocents.

Les services du contre-espionnage savaient-ils qu'une attaque d'Al-Qaida était imminente ?

Oui.

Ont-ils essayé de l'empêcher ?

Oui, mais on ne les a pas laissé faire. Les agents du FBI de Minneapolis et de Phoenix, qui étaient sur le point de démasquer le complot, se virent mettre des bâtons dans les roues par un seul supérieur, Dave Frasca, qui fut promu un peu plus tard pour ses actions. Puis, le jour des attentats, sous la direction du vice-président Cheney, les militaires décidèrent de mener cinq exercices séparés qui allaient volontairement éloigner les chasseurs du corridor aérien, tout en insérant délibérément de fausses alertes sur les écrans radars afin de simuler… devinez quoi… des détournements d'avion ! Les chasseurs militaires, d'ordinaire capables d'intercepter des avions de ligne en quelques minutes, furent retardés de quatre-vingts minutes fatales. La plupart n'entrèrent même pas en jeu. Pendant que les pilotes et les aiguilleurs du ciel essayaient vainement de trier les informations réelles des données de l'exercice, un agent des services fédéraux de l'aviation détruisit « fortuitement » tous les enregistrements de cette tragique journée… Il eut droit à sa promotion, lui aussi.

Tous ces faits cachent la partie immergée d'un vilain iceberg. Bien entendu, aucune de ces informations ne fut jamais évoquée lors des audiences qui ont suivi les attentats.

Les services de renseignements du monde entier savaient quand et comment les attentats se dérouleraient, mais on refusa de tenir compte de leurs avertissements. Les investisseurs de Wall Street ont certainement été mis au courant – la veille des attentats, de nombreux investisseurs nationaux et étrangers ont placé des puts (des options à la baisse) sur les compagnies aériennes et les industries qui allaient subir des pertes dramatiques, les transactions atteignant parfois quatre-vingt-dix fois le trafic d'un jour ordinaire. Elles se montèrent à plus de quinze milliards de dollars de délit d'initiés, qui firent l'objet d'une vague enquête, vite abandonnée, tant par les investigateurs que par les médias, manipulés, quant à eux, par le gouvernement Bush qui choisissait quelles étaient les affaires à creuser et celles à étouffer. Pendant ce temps, les membres-clés du Congrès qui s'opposaient aux projets de l'administration recevaient des lettres saupoudrées d'anthrax, poudre qui, comme on le découvrit plus tard, ne provenait pas d'outre-Atlantique mais de laboratoires de la CIA.

Une voix cependant refusait de se laisser intimider :

celle du sénateur Paul Wellstone… qui mourut opportunément dans un accident d'avion.

Ces « heureuses » coïncidences se réitérèrent lors des événements qui précédèrent et suivirent le 11 septembre. Aucune ne donna lieu à une enquête approfondie ; toutes les investigations furent contrecarrées par des mesures de rétorsion ou mises sous un gros couvercle. Des passages révélateurs du rapport sur le 11 septembre furent effacés, et, malgré la plus grande faille de toute l'histoire du contre-espionnage, personne ne fut jamais ni réprimandé ni sanctionné.

Qu'on préfère croire aux théories des « coïncidences » ou à celles du « complot », des milliers de vies innocentes furent sacrifiées dans les tours jumelles. Pourtant, le véritable ennemi n'était pas seulement Oussama Ben Laden et les islamistes extrémistes.

C'était notre dépendance vis-à-vis du pétrole.

Énergie bon marché qui a permis l'essor de l'âge industriel, un boum technologique sans pareil et une explosion démographique, le pétrole est vite devenu un produit indispensable, qui détermine notre politique étrangère, et, par là même, le sort de millions d'individus. Pourtant, c'est une ressource qui s'épuise, et ce problème a affecté le mandat de tous les présidents depuis Jimmy Carter.

Alors, pourquoi ne pas remplacer le pétrole ? Les énergies renouvelables n'ont droit qu'à un intérêt limité et des investissements chiches, tandis que des trillions de dollars d'impôts sont investis dans les énergies fossiles et des politiques militaires destinées à assurer la sécurité de nos forages, jusqu'à ce que la dernière goutte d'or noir soit extraite.

Lorsqu'on touche au pétrole et aux pays producteurs, nos politiques étrangères sont aussi tordues que des bretzels. Lors de son premier discours, après les attentats, George Bush a déclaré : « Vous êtes avec nous ou avec les terroristes. » Néanmoins, cette image en noir et blanc a révélé de nombreuses zones grises lorsque les chiites ont conquis le pouvoir en Irak et que le Hezbollah a pris de l'ampleur au Liban, menaçant notre plus gros fournisseur de pétrole, l'Arabie Saoudite (pays d'origine des terroristes du 11 septembre, au cas où vous l'auriez oublié !). Afin de contrecarrer les chiites en Irak comme au Liban, dans le plus grand secret, l'administration Bush a commencé à inonder de milliards de dollars les groupes de résistants sunnites, plus connus sous le nom d'Al-Qaida, sous prétexte de participer à la « reconstruction » du pays.

Et voilà, cinq ans après avoir attaqué les États-Unis, l'organisation terroriste que nous voulions éradiquer a été « embauchée » pour réprimer une révolte chiite déclenchée par notre propre invasion de l'Irak.

Ce mémoire n'a pas été écrit pour faire une déclaration politique ou s'en prendre à un parti particulier. Il est destiné à mettre à jour les vérités qui entourent notre dépendance vis-à-vis du pétrole, une dépendance qui finance nos ennemis, détruit nos villes et conduira à l'annihilation de millions d'innocents.

*

Si nous pensons qu'il est souhaitable de changer la vie de tout un peuple, existe-t-il meilleur moyen que la guerre ?

Fondation Carnegie pour la paix internationale, 1909.

Cette religion [l'islam] anéantira toutes les autres grâce aux combattants du djihad islamique.

Extrait d'un manuel scolaire jordanien et palestinien.

*

Chapitre 9

Des insurgés attaquent un aéroport saoudien

Associated Press : 16 décembre 2011

Riyad, Arabie Saoudite. Des rebelles armés d'explosifs ont détruit un escadron d'avions de chasse F-15 et deux escadrons d'hélicoptères de combat Agusta Bell 205-S et 212 S, basés à l'aéroport de Riyad. L'attaque a été revendiquée par Ashraf, un nouveau groupe révolutionnaire, qui prétend représenter le peuple opprimé d'Arabie Saoudite.
Dans une déclaration publiée par le journal clandestin ***Rai al-Nas***, un des dirigeants s'explique en ces termes : « Ashraf lutte contre l'hypocrisie de la famille royale qui prive les citoyens des ressources qu'Allah leur a données. Notre mouvement lutte contre les États-Unis et les autres nations occidentales qui maintiennent la famille royale au pouvoir afin de garder la mainmise sur les ressources du pays. Ashraf s'oppose également à l'islamisme wahhabite, dont la brutalité a imposé le règne de la terreur. Ashraf est prêt à négocier la vente des ressources aux nations occidentales, lorsque les graines de la démocratie seront enfin plantées en Arabie Saoudite, mais cela ne pourra se faire qu'en destituant la famille royale qui exerce un pouvoir absolu. »
Un commandant de l'armée de l'air a déclaré que la sécurité serait renforcée dans toutes les bases militaires. Il estime que l'arrestation des coupables est imminente.

Washington, aéroport international de Dulles, Virginie 16 décembre 2011 – 20 h 25 (GMT -5)

Le camion réfrigéré est peint en bleu marine, avec des enjolivures jaune canari. Les lettres capitales de soixante centimètres de haut identifient le véhicule comme appartenant à un traiteur oriental. On lit un numéro de téléphone gratuit et une liste de menus. La plaque minéralogique volée est immatriculée dans le Maryland.

Omar Kamel Radi, au volant, et Jamal al Yussuf, à la place du passager, portent un uniforme d'employé. Tous deux possèdent un badge avec leur photo. Jamal tient une planchette avec un bon de commande conséquent, signé par le chef cuisinier du roi Sultan. Malgré l'air glacial qui entre par la vitre entrouverte, les deux hommes sont en sueur.

Omar s'arrête au portail de contrôle. Il essuie une perle de sueur de son sourcil épais avant de baisser sa fenêtre.

— Une livraison, hangar 12-D.

Le garde braque sa lampe à l'intérieur de la cabine.

— Coupez le moteur et descendez. Je dois inspecter la cargaison.

***

À une cinquantaine de mètres à l'est, un homme à la peau olivâtre, vêtu d'un uniforme de garde de l'aéroport, observe la scène sur son chariot motorisé. Shane Torrence, ancien agent de terrain de la SSB, allume une cigarette et prononce quelques mots dans son talkie-walkie.

— Le traiteur arrive.

***

Jamal al Yussuf tend son clipboard au garde et fait le tour du camion pendant qu'Omar déverrouille l'arrière, ouvre la porte à bascule et abaisse le marchepied. Une forte senteur de curry se dégage du camion. Le grand sunnite monte à l'intérieur, suivi par le garde.

Il y a deux compartiments réfrigérés, fixés au sol, de deux mètres cinquante de long, sur deux mètres de large et un mètre vingt de haut, montés sur roulettes. Omar ouvre les quatre attaches du premier, soulève le couvercle, exposant assez de nourriture pour une trentaine de personnes : brochettes de bœuf et de poulet, pastillas à la viande, assortiment de mises en bouche, de sauces et de desserts, le tout emballé sous film plastique.

Le garde en a l'eau à la bouche.

— Ouvrez l'autre.

L'Irakien obéit. Il contient deux moutons entiers, dépecés et assaisonnés, sous plastique eux aussi.

— Quelle horreur ! Fermez-moi ça !

Omar referme le coffre, tandis que le garde sort sa radio et appelle la voiture de sécurité.

— C'est Becker, porte 12. Il faut que tu escortes un camion de livraison jusqu'au hangar D.

Les deux employés remontent dans le camion. Le portail d'acier s'ouvre, les laissant pénétrer sur le territoire de l'aéroport. Une voiture de police marquée « sécurité » les guide sur le tarmac et les accompagne devant les rangées de hangars jusqu'au 12-D.

***

Marco Fatiga, agent de la SSB, observe les véhicules qui approchent du hangar où se trouve le 747 saoudien. Comme son collègue Shane Torrence, le natif du Bronx, a pour mission d'assurer la surveillance des deux Irakiens.

Un membre des services secrets rejoint Marco devant le hangar.

— Encore une livraison ?

Marco hoche la tête.

— Avec ces Arabes, c'est les femmes ou la bouffe.

Le camion obtient l'autorisation d'entrer par la baie. Quelques minutes plus tard, une équipe de six Arabes descend du 747. Ils déchargent le camion et emportent les deux coffres réfrigérés, tandis que le chef de la sécurité signe le bon de commande et paye le chauffeur.

— Attendez ici. L'équipe des cuisines videra les coffres et vous les rapportera.

Vingt minutes plus tard, les six Saoudiens descendent les coffres, « vides » à présent, par la rampe du jet. Les deux hommes vont les aider à ranger les coffres dans le camion réfrigéré.

Personne ne se donne la peine de fouiller les coffres « vides ». Marco Fatiga se penche vers Omar qui tente de verrouiller les portes arrière du véhicule. L'ancien footballeur a les mains qui tremblent tant qu'il n'y parvient pas.

L'officier de la SSB avance et ferme la porte pour lui.

— Faudrait y aller mollo sur la caféine, jeune homme. Vous pourriez avoir un accident.

Les deux hommes se regardent dans les yeux un instant. Le chauffeur esquisse un petit signe de tête nerveux et monte dans son camion. Les services de sécurité de l'aéroport accompagnent le véhicule jusqu'à la sortie.

Quarante minutes plus tard, le camion file sur la nationale 66, en direction de l'ouest.

Tiverton, Ontario, 20 h 12 (GMT – 5)

Le camion de bière Steelback poursuit sa route le long de King Street, en direction de Kincardine. Le chauffeur jette un coup d'œil à la Huron Wind Farm, sur sa gauche. Cinq énormes éoliennes d'une puissance de 1,8 mégawatt parsèment le paysage, tels de gigantesques tourniquets. L'ancien officier de l'armée de l'air et agent de la CIA, à présent muté à la SSB, hoche la tête.

— Clair, net et précis. On leur a pas laissé la moindre chance.

***

Michael Tursi, dit « le Turc », est né à Hinton, en Virginie occidentale, une vieille ville ferroviaire des Appalaches, où la Bluestone et la Greenbriar se jettent dans la New River. Sa mère, Marie, travaillait comme sous-directrice et professeur d'anglais à l'école locale. Son père, Patrick était agent de police, lorsqu'il n'était pas en train de remplir son devoir auprès des gardes nationaux. Pour Michael, fils unique, la vie était parfaitement réglée :

travail de classe et études constituaient la première priorité, juste devant l'église et les sports collectifs. Ce style de vie de la petite bourgeoisie américaine, dans l'Amérique profonde, satisfaisait parfaitement les parents mais laissait le fils sur sa faim.

Le 12 juin 1977, tout allait changer.

C'était le dernier jour d'école, et Mary Tursi effectuait une ronde dans les couloirs, essayant de mettre un semblant d'ordre dans le chaos, lorsqu'elle croisa George Nathanial, un garçon qu'elle avait renvoyé un mois plus tôt car il avait apporté un couteau de chasse en classe, dans l'intention d'épater une quelconque petite amie. Cette fois, c'était quelque chose de plus dangereux, un pistolet calibre.25, subtilisé dans l'armoire de son grand-père. George dirait plus tard qu'il n'avait jamais eu l'intention de tuer Mary, qu'il voulait simplement montrer l'arme à ses potes, et, tandis qu'ils se battaient tous pour la tenir, le coup était parti, blessant mortellement la sous-directrice.

Lorsqu'un enseignant est tué, l'onde de choc se propage bien au-delà de l'école, créant un sentiment de vulnérabilité qui met parfois des années à se dissiper. Les effets sont plus profonds encore sur les proches de la victime. Pour Michael, âgé de quinze ans, élevé dans le respect de la loi, le monde n'avait plus de sens. Les braves gens n'étaient pas censés être victimes du mal. Ce n'étaient pas les règles de vie qu'on lui avait enseignées. Pendant les deux années qui suivirent, Michael sombra dans la dépression, l'élève modèle manqua soudain les cours, quittant l'équipe de baseball, si bien que son père finit par le faire travailler à la maison pour qu'il passe son bac. On appela des psychiatres à la rescousse, on lui prescrivit des médicaments, mais rien ne semblait y faire.

Ne sachant comment remettre son fils sur le droit chemin, Patrick le convainquit de s'engager dans l'Air Force. Trois semaines plus tard, Michael Tursi se retrouva dans un bus en direction de la base de Lackand, à San Antonio, au Texas.

Sa première journée commença dès son arrivée à la base, tôt le matin, pour se terminer vingt-trois heures plus tard la nuit suivante. L'entraînement de base est destiné à séparer les faibles des forts en poussant les nouvelles recrues jusqu'à leurs derniers retranchements. L'activité physique punitive en elle-même est encore alourdie par une intransigeance psychologique. Les engagés qui ne résistent pas sont aussitôt renvoyés chez eux. De temps en temps, certains préfèrent se suicider plutôt qu'affronter la honte d'un retour à la maison. Pendant les huit semaines de classes de Tursi, il y eut une tentative de suicide dans son escadron et un suicide réussi, car, un matin, une jeune recrue se jeta de la fenêtre du troisième étage, tête la première.

Cet entraînement de base apprend aux hommes à se battre et à tuer. Les épreuves psychologiques sont mêlées à des exercices physiques éprouvants, y ajoutant un nouveau type de stress. Chez Michael Tursi, cette formation avait ranimé son désir d'excellence et lui avait fait comprendre que l'Air Force lui ouvrirait des portes, des portes qui l'éloigneraient de la médiocrité qu'il avait toujours redoutée.

Un jour, on l'envoya dans un bâtiment administratif où il fut confiné dans une pièce avec une chaise, un bureau, et un magnétophone. Le major lui donna l'ordre d'écouter des bandes, parlées dans des langues différentes et de retranscrire ce qu'il pensait avoir entendu. C'était un test d'aptitude aux langues, et les performances de Tursi étaient exceptionnelles, ce qui lui garantissait un poste d'interprète à Washington.

Il préféra se lancer dans l'électronique.

Après l'obtention de son diplôme à la sortie des classes (où on l'avait surnommé le Turc), il fut transféré à la base de Sheppard, à Witchita Falls, au Texas, où il suivrait une formation d'analyse balistique de missiles nucléaires de quatorze mois.

***

Tursi quitte la nationale pour prendre un chemin privé menant à la centrale nucléaire, s'arrête au contrôle de sécurité, et fait un signe au garde.

— Paulie ? Et cette fête, c'était comment ?

— Comment veux-tu que je le sache ? C'était strictement réservé aux costards cravates !

— Bon, on s'en fiche de toute façon. Tiens, pour toi et les potes.

Tursi prend la boîte de cigares sur le siège du passager et la tend au garde reconnaissant.

— Des Cubains. Le nec plus ultra. Un de mes potes a un contact à l'ambassade. Moi, j'ai dû arrêter il y a des années.

— Merci pour nous.

— De rien. Écoute, je suis à la bourre. Il faut que j'aille chercher les tonneaux vides.

— Ouais, ouais, vas-y.

Tursi fait un petit signe, entre dans l'enceinte et se dirige vers la baie de chargement.

***

La Bruce Power Station, première centrale nucléaire privée du Canada, est composée de deux unités de fabrication, équipées chacune de quatre réacteurs nucléaires CANDU (abréviation de Canada Deuterium Uranium). Les réacteurs CANDU utilisent de l'uranium naturel non enrichi, c'est pourquoi ils ont besoin d'oxyde de deutérium, ou « eau lourde », à la fois comme refroidisseur et modérateur de neutrons.

L'uranium est un métal de haute densité qui s'est sans doute formé lors de l'apparition d'une supernova, il y a plus de six milliards d'années, lorsqu'une étoile en fin de vie a implosé, générant des débris radioactifs qui ont atteint la Terre. On trouve de l'uranium dans les roches et les eaux marines, et c'est lui qui fournit toute la chaleur, sous la croûte terrestre.

On trouve différents types d'isotopes, définis par le nombre de neutrons du noyau. Lorsque le noyau d'un atome d'uranium se divise, il dégage une énorme quantité d'énergie. Il projette également des neutrons qui bombardent les noyaux des atomes d'uranium tout proches, relâchant encore plus d'énergie dans une réaction en chaîne, la fission nucléaire. On utilise l'isotope U-235 (92 protons + 143 neutrons), car il dégage énormément d'énergie sous forme de chaleur, lors de la fission. Cette chaleur permet de générer la vapeur qui fait tourner les turbines des réacteurs nucléaires. Des trois types d'isotopes qu'on trouve à l'état naturel, c'est l'U-235 qui sert à fabriquer les bombes nucléaires. L'uranium naturel contient moins de 1 % d'U-235. Pour qu'il soit utilisable dans une bombe nucléaire, il faut l'enrichir pour obtenir 90 % d'U-235 et seulement 10 % d'U-238. Les autres matériaux fissibles utilisés sont le plutonium 239, obtenu en bombardant l'uranium 238 de neutrons dans un réacteur nucléaire. Le plutonium, qui n'existe quasiment pas à l'état naturel, est l'une des substances les plus toxiques qui soit. Inhaler ne serait-ce qu'un millième de gramme provoquerait une fibrose massive des poumons. Quatre cents grammes d'U-235, ou un peu moins de plutonium, suffisent pour atteindre la masse critique permettant de fabriquer une bombe nucléaire.

Dans les réacteurs CANDU qui opèrent avec de l'uranium non enrichi, l'eau lourde sert de catalyseur. L'eau lourde est une eau dans laquelle les deux atomes d'hydrogène sont remplacés par du deutérium. La production d'un seul kilo d'eau lourde demande 340 000 kg d'eau. Comme l'eau lourde peut également être utilisée pour enrichir l'uranium 235 et le rendre utilisable dans les bombes atomiques, la production et la distribution d'eau lourde est contrôlée de manière draconienne.

Quel est le plus gros producteur d'eau lourde ? L'usine Bruce Heavy Water de Tiverton, dans la province de l'Ontario, au Canada.

***

Tursi passe devant le surplus et aligne le gros diesel sur la baie de chargement. Richard Weldon Small, le contremaître, qui l'attend avec impatience, soulève le hayon.

— Nous… nous avons eu des problèmes. Mes gars n'ont pu remplir que dix-sept tonneaux.

— Ce n'est pas ce qui était prévu.

Small transpire, malgré le froid.

— On a fait de notre mieux. On n'avait qu'une fenêtre de vingt minutes.

Tursi regarde les tonnelets de bière, disposés à la hâte sur cinq palettes. Il s'approche de la quatrième et choisit un tonneau au hasard.

— Ouvre-le.

— On n'a pas le temps. Mes supérieurs…

Tursi décroche une sorte de cliquet de sa ceinture et s'en sert pour ouvrir le tonneau. De sa veste de ski, il sort un instrument d'analyse chimique de vingt centimètres de long et plonge la partie métallique dans le liquide clair. Il regarde le résultat : du deutérium.

— Ça fait six ans que l'on se connaît, et tu ne me fais pas confiance ?

— Je ne fais confiance à personne s'il est en position de me rouler.

Tursi sort une grosse enveloppe de sa poche.

— Vingt mille. Et assure-toi que ton type de l'intérieur ait sa part, sinon, tu n'as plus qu'à regarder derrière ton épaule pendant le reste de ta vie.

Small feuillette la liasse de billets. Il fait un signe de tête nerveux et les deux hommes font rouler les tonneaux pour les charger dans le camion, en les dissimulant parmi les autres tonneaux de bière.

Six heures et deux pauses plus tard, au volant de son camion de bière, Michael Tursi traverse l'Ambassador Bridge, à Detroit.

*

Ceux qui sont prêts à sacrifier leurs libertés fondamentales pour une sécurité éphémère ne méritent ni l'un ni l'autre.

Benjamin Franklin

Le directeur du FBI Mueller a décerné la Presidential Unit Citation ainsi qu'une récompense financière correspondant à un quart de son salaire à Marion Spike Bowman. C'est pourtant cette responsable de la Security Law Unit qui avait refusé de demander un mandat l'autorisant à fouiller les effets personnels de Zacarias Moussaoui avant les attentats du 11 septembre. Cette distinction lui est décernée très peu de temps après la publication du rapport de la Commission d'enquête sur les attentats du 11 septembre, selon lequel l'unité de Bowman aurait transmis des « informations confuses et inexactes » et « manifestement erronées » aux agents du FBI de Minneapolis.

Doug Grow, extrait de « FBI performs a Nasty Little Sequel to Whistle-Blower Saga, The Minneapolis Star Tribune, *22 décembre 2002*

*

Chapitre 10

Long Island, New York
17 décembre 2011 – 7 h 12 (GMT – 5)

Ace se lève lentement, conscient de sa migraine. Il a l'estomac vide, et il est un peu groggy après avoir été jeté dans la voiture de police. La chaleur des décharges d'électricité commence à s'estomper, mais elles lui ont laissé un goût métallique amer dans la bouche.

Deux hommes sont en cellule avec lui. Le grand baraqué d'une cinquantaine d'années, allongé sur un banc, se sert de sa veste de sport froissée comme d'un oreiller ; le lycéen semble évanoui sur le sol. Ace se redresse en entendant un bruit de pas. En s'aidant des barres de fer, il se soulève du sol au moment où la porte de la cellule s'ouvre, laissant apparaître un homme maigre d'une bonne quarantaine d'années, dont les cheveux bouclés brun gris semblent assortis au costume.

Jeffrey Gordon, un des associés du cabinet d'avocats Cubit, Gordon et Furman, salue son ami d'enfance avec un regard inquiet et l'enlace brièvement.

— Tu es libéré sous caution. Je te ramène à la maison.

— Et…

— Pas ici, répond Jeff en secouant la tête.

***

Dix minutes plus tard, dans la voiture, ils se retrouvent dans les embouteillages de l'heure de pointe.

— Comment peuvent-ils perquisitionner chez moi sans mandat ?

— Loi antiterroriste, article 213 : « Tout agent fédéral peut entrer dans votre domicile votre lieu de travail en votre présence ou non, que vous en soyez informés ou non, et saisir tous les indices qui pourraient vous inculper... » C'est parfaitement légal.

— C'est du fascisme ! Voilà ce que c'est ! Qu'est-il advenu du quatrième amendement ?

— Il a été laminé en 2001. L'article 202 autorise les agents fédéraux à lire les courriels ; l'article 216 leur permet d'intercepter les conversations téléphoniques.

— Dingue ! Comment le Congrès a laissé passer une énormité pareille ?

— Cheney et Ashcroft ont poussé à la roue. Le texte n'était même pas définitif quand il a été voté. En fin de compte, les Feds peuvent faire ce qu'ils veulent, à condition de dire que le suspect fait partie d'une enquête antiterroriste.

— Terroriste ? Jeff !

— Je sais, je sais. Mais Kelli ? Elle travaillait sur un dossier qui risquait de menacer le pouvoir en place ?

Ace repense à la nuit de l'assassinat.

— Je ne sais pas, dit-il, mentant délibérément. Kelli ne me parlait jamais beaucoup de son travail. Jeff, je vais vraiment avoir des ennuis ?

— Le FBI a renoncé aux charges d'agression lorsque j'ai menacé de balancer l'affaire de l'enterrement à la presse. Il faudra tout de même être très prudent. J'ai déjà défendu d'autres clients visés par les Feds, et le mot « paranoïaque » ne me semble pas hors de propos. Dis-toi que tu es surveillé vingt-quatre heures sur vingt-quatre, que ton téléphone est sur écoute et qu'on lit tes courriels. En fait, essaie de ne pas te connecter à l'Internet tant que l'affaire n'est pas terminée. Et pas de transaction financière qui pourrait sortir de l'ordinaire. Ils ont accès à tes comptes en banque, tes cartes de crédit, tout... Par chance, on a peut-être affaire à un représentant de la Maison Blanche parano qui a croisé Kelli il y a quelques années. Tu les as pris à rebrousse-poil à l'enterrement !

Jeffrey s'engage sur la voie express et se tourne vers son ami.

— J'ai entendu dire que tu avais perdu ton boulot.

— Oui, j'ai pris les gens à rebrousse-poil là-bas aussi.

— Tu as besoin d'argent ?

— Non... non, c'est bon. Mais je les accumule, en ce moment. En fait, je m'inquiète surtout pour les enfants.

— Je passerai plus tard avec Gay. On amènera Jesse et Rayna. En attendant, laisse-moi fouiner un peu, on verra si on trouve quelque chose.

La Maison Blanche, Washington
17 décembre 2011 – 14 h 20 (GMT – 5)

Impatient, David McKuin, le quarante-quatrième président des États-Unis, attend derrière le massif bureau de bois fabriqué il y a bien longtemps avec l'épave d'un bateau britannique, le *HMS Resolute.* Seul dans le bureau Ovale, les yeux dans le vide, il contemple la baie vitrée qui ouvre sur la roseraie en terrasse. La quatrième tempête de neige de l'hiver est annoncée pour l'après-midi, et il est déjà tombé cinq bons centimètres de flocons. Le jardin est couvert d'un manteau blanc sous un ciel bas et lourd, alors qu'on annonce des chutes allant jusqu'à quinze centimètres et des températures inférieures à moins dix degrés.

Des gens vont mourir... Comme lors de chaque tempête. Quelques accidents de voitures et une dizaine de personnes âgées qui n'ont pas les moyens de se chauffer vont mourir de froid.

Deux heures plus tôt, McKuin a rencontré le roi Sultan Ben Abdul Aziz, et il sent encore l'odeur puissante de l'after-shave de l'homme. Mais il a laissé autre chose flotter dans le bureau Ovale. *Que se passera-t-il lorsque les lumières s'éteindront pour toujours ? Lorsque la chaleur aura disparu ? Lorsqu'il n'y aura plus une miette de nourriture dans tout l'État de Washington ? Combien de temps faudra-t-il avant que le peuple se révolte ?*

McKuin est républicain, pourtant, il est très éloigné des néoconservateurs. Il croit en Dieu, mais refuse de servir de béni-oui-oui aux fanatiques qui voudraient contrôler le parti. Il a servi son pays pendant la guerre, et a été médaillé, néanmoins, la politique du conflit et le pillage des ressources le révulsent. Il a remporté l'élection de 2008 parce qu'il était considéré comme un conservateur centriste. Il a réussi à s'attirer la confiance des Américains au-delà des clivages de partis, car il ne s'est jamais laissé transformer en marionnette par le monde des affaires. De plus, le public était persuadé qu'il parviendrait à mettre fin au conflit irakien et réussirait à rétablir la réputation de l'Amérique dans les affaires mondiales.

Malgré ses efforts, les problèmes ne cessent de se multiplier dans le monde, attisés par le brûlot du Moyen-Orient. En Irak, McKuin a hérité d'une situation explosive, engendrée par la violence sectaire qui déchire les communautés sunnites et chiites et alimentée par les mollahs et les islamistes fondamentalistes iraniens. Ce cancer qui ronge le pays a continué à se propager, si bien que la présence américaine ne fait que maintenir en place un régime fantôme. C'est un misérable doigt qui tente de colmater la brèche dans le barrage qui menace de céder et d'engloutir l'Irak, l'Arabie Saoudite, la Syrie et Israël.

La situation aggrave l'ulcère du président de jour en jour. La guerre qui se poursuit en Irak a imposé des changements dans la politique moyen-orientale des États-Unis, obligés de soutenir à présent des régimes dictatoriaux « modérés » en Égypte, en Jordanie et en Arabie Saoudite, alors que ces derniers utilisent sciemment les fondamentalistes salafistes afin qu'ils étendent le conflit entre sunnites et chiites jusqu'au Liban, pour déstabiliser la Syrie. Pendant ce temps, le fondamentalisme continue à se propager dans tout le Moyen-Orient, et la popularité du président Mahmoud Ahmadinejad ne cesse de faire des bonds fulgurants. Malgré les protestations de l'Occident, le dirigeant iranien a augmenté les capacités nucléaires de son pays, tout en fournissant des armes conventionnelles au Hamas et au Hezbollah et en resserrant ses liens avec la Chine et l'Inde, grâce à des exportations de pétrole massives.

Dans cette équation, la grande inconnue reste l'Arabie Saoudite et la famille royale, qui continue à mener double jeu, afin d'étouffer les tensions à l'intérieur comme à l'extérieur de ses frontières. Si le nucléaire iranien menace ouvertement les frontières du royaume, la Maison des Saoud est pourrie de l'intérieur, décadence due à des décennies de cupidité et de violations des droits de l'homme. Les promesses d'élections libres se sont transformées en exhibitions pour la galerie sans apporter aucune avancée démocratique. Pourtant déterminé à participer à la direction du pays, le peuple saoudien a rongé son frein dans la servitude, ayant perdu tout espoir de briser la toute-puissance de la famille royale, du moins tant que cette dernière bénéficierait du soutien des nations industrialisées importatrices de pétrole. L'écart entre les maîtres du pays et les masses populaires qui s'appauvrissent croît de jour en jour. L'islamisme fondamentaliste se propage et s'engouffre dans ce mécontentement, alimenté par le massacre de la population sunnite d'Irak par les Iraniens.

Refusant de « dilapider » les bénéfices de la nation pour des services de base nécessaires au développement d'une économie moderne, la Maison des Saoud a préféré écraser la volonté de son peuple. Pour contrer la menace fondamentaliste, la famille royale a arrosé de pots-de-vin les dirigeants islamistes qui, à leur tour, ont utilisé cette manne financière pour attaquer l'Occident.

Le président sait pertinemment, qu'au sein de son propre parti, appuyé par son propre vice-président, Ellis Prescott, un groupe de plus en plus important veut en finir avec les extrémistes. En secret, ils ont élaboré des scénarios d'invasion de l'Iran, pourtant le président refuse toujours de se laisser entraîner dans un affrontement coûteux, motivé par le désir de garder le contrôle sur les réserves en voie d'épuisement du Moyen-Orient, comme le voudraient les néoconservateurs.

Contrairement à la plupart des faucons, le président sait parfaitement ce que signifie s'engager dans un conflit mal préparé par des politiciens. Son expérience militaire lui a donné une perception tout autre de la guérilla, et il est disposé à recourir à tous les moyens possibles avant de s'engager dans un nouveau conflit, d'autant que les troupes américaines sont toujours déployées en Irak. L'islamisme radical s'enracine dans les inégalités économiques, l'occupation militaire et l'autoritarisme, et McKuin ne sait que trop qu'une invasion de l'Iran ne ferait qu'exacerber les tensions. Ce qu'il doit faire à présent, c'est assainir la situation, en retirant les troupes d'Irak en premier lieu, et en libérant les États-Unis de leur dépendance vis-à-vis des énergies fossiles, ensuite. L'un ne marcherait pas sans l'autre, mais le président républicain est pris dans un jeu malsain car il ne peut pas divulguer ses intentions avant l'élection sans risquer de perdre ses soutiens financiers, alors que la crise s'aggrave de jour en jour.

Toute la question est de savoir si le monde peut attendre jusqu'en novembre.

Ses pensées sont interrompues par la voix de sa secrétaire dans l'interphone.

— Il est deux heures et demie, monsieur le président.

— Merci, Sophia.

Il ajuste sa cravate, traverse le bureau de sa secrétaire et entre dans la salle du cabinet.

Le chef de cabinet, les directeurs de la CIA et de la Sécurité du territoire, les secrétaires de l'Énergie et de la Défense, et le vice-président Ellis Prescott sont déjà là. Tous se lèvent, tandis qu'il va prendre place au milieu de la table, le dos à la vitre pare-balles.

— Bonjour. J'espère que vous n'avez pas froid. Comme vous le savez, j'ai passé quelques heures en compagnie du roi Sultan pour discuter de la situation dans le golfe Persique. Il m'a assuré que les révoltes de Riyad n'étaient que des incidents isolés et que tout est rentré dans l'ordre. Malheureusement pour lui, il n'est pas très bon menteur.

Le vice-président s'efforce de sourire.

— Monsieur le président, quelle a été la réponse du roi Sultan à notre proposition ?

— Les Saoudiens ont accepté d'augmenter la production de pétrole d'un milliard de barils par jour, à partir du 1er mars.

Sourires et applaudissements à la table.

Le président se contente d'un petit signe de tête.

— Cela donnera un nouvel élan à notre économie, et cela fera sans doute monter les sondages, mais, comme d'habitude, il y a un prix à payer. D'un côté, Sultan affirme que les rébellions sont sans gravité, de l'autre, il veut utiliser nos ressources pour maîtriser le nouveau mouvement rebelle, l'Ashraf. Le roi estime qu'Al-Qaida se cache derrière ce groupe et demande l'aide de la NSA pour identifier et poursuivre ses dirigeants.

David Schall, le directeur de la CIA, esquisse une moue méprisante.

— Si Sultan s'inquiète autant, pourquoi continue-t-il à financer Al-Qaida par l'intermédiaire de son système bancaire ? Quant aux Ashrafs, nous avons étudié les activités du groupe lors d'une réunion, il y a six semaines. Il ne s'agit pas d'un mouvement islamiste. En fait, c'est un mouvement démocratique de civils très éloigné des djihadistes, qui devient de plus en plus populaire parmi les travailleurs étrangers sur les champs de pétrole saoudiens. Pour l'instant, ils concentrent leurs attaques sur les sites d'Aramco.

— Si bien qu'ils constituent une menace directe pour nos intérêts, déclare Howard Lowe, le directeur de la Sécurité du territoire.

— Effectivement, dit Schall, mais ce n'est pas Al-Qaida et ils ne sont pas non plus sous l'influence des Bédouins. Nous avons affaire à un groupe qui fait remonter ses aïeux directement à Mahomet. Ce sont des penseurs modernes qui s'opposent au traditionalisme wahhabite tout autant qu'à la monarchie saoudienne. Le mouvement bénéficie du soutien financier du Prince Al-Waleed Ben Talal, qui critique ouvertement la Maison des Saoud et Aramco depuis des années. Le prince est relativement pro-américain, bien qu'il se soit fait des ennemis dans le passé en défendant les Palestiniens. Il a un diplôme de l'université de Menlo, il a passé son master à Syracuse. Autrefois, il ne s'intéressait pas à la politique et a consacré son énergie à construire un empire international, appelé le Kingdom Holding Company. L'entreprise a beaucoup investi dans Apple, AOL et Motorola et possède des parts dans une dizaine de grands hôtels. Récemment, Forbes a classé la fortune de Ben Talal à la quatrième place mondiale… juste derrière celle du roi Sultan. Bien sûr, le maire Giuliani avait refusé sa donation après le 11 septembre, mais il a subventionné de nombreuses institutions américaines. Si c'est un radical, il l'est seulement dans son opposition à la Maison des Saoud.

— Ben Talal a aussi beaucoup investi dans l'industrie des

loisirs et dans les entreprises de presse de Rupert Murdoch, réplique le directeur Lowe. Cela lui donne un moyen de faire publier ses messages dans le monde entier.

— Quels messages ? La défense des droits de l'homme ? demande le président, en parcourant l'assemblée du regard. Il me semble qu'on devrait trouver un moyen de soutenir ce mouvement.

— Avec tout le respect que je vous dois, monsieur le président, rétorque le vice-président Prescott, ce serait terriblement risqué. L'Iran favorise déjà la Chine. Si Sultan apprend que l'on soutient ses ennemis...

— Sultan soutient nos ennemis, répond Benjamin Simon. (Le chef de cabinet philippo-américain regarde le président Prescott.) Vous avez lu le PV de la semaine dernière ? La majorité du financement d'Al-Qaida et des régimes islamistes vient directement d'entreprises contrôlées par la Maison des Saoud ou de comptes bancaires de leurs banques centrales.

— Oui, répond le vice-président, pour contrebalancer les politiques favorables aux États-Unis. Les Saoudiens redoutent des mesures de rétorsion. Mais si Sultan nous sollicite pour le débarrasser du mouvement ashraf, nous pouvons peut-être nous servir de cette occasion pour placer des têtes nucléaires sur nos bases saoudiennes... pour contrebalancer la menace iranienne ? Vous n'êtes pas d'accord, monsieur le secrétaire Kendle ?

— Tout à fait d'accord. (Joseph Kendle, le secrétaire à la Défense passe sa main épaisse dans ses cheveux roux coupés en brosse.) Nous ne pouvons pas attendre les bras croisés pendant que les Iraniens braquent leurs missiles nucléaires vers nos bases militaires. Si se débarrasser de quelques dirigeants ashrafs nous permet de riposter, il ne faut pas tergiverser.

— Non.

Le président grimace en sentant le reflux acide dans ses entrailles.

— Placer des missiles balistiques en Arabie Saoudite est extrêmement dangereux. Les musulmans interpréteront ça comme un prélude au djihad. Quant à aider Sultan à se débarrasser de ses ennemis, nous avons enfin là un groupe qui pourrait initier un changement majeur dans la morale de l'Arabie Saoudite et notre première réaction consisterait à l'écraser ? Quelles sont les valeurs que nous défendons ici ? S'il y a vraiment du pétrole, quelqu'un finira bien par nous le vendre. Pourquoi pas un groupe qui pourrait enfin faire quelques réformes ? N'est-ce pas dans ce but que nous avons fait la guerre en Irak ?

Un instant plus tard, Patricia Moreau, la secrétaire à l'Énergie prend la parole.

— Cela mérite sans doute réflexion, monsieur le président. En même temps, la révolution, c'est le changement, et le changement demande du temps. Le mouvement Ashraf occupe la partie occidentale du pays, mais ce sont les islamistes qui contrôlent les régions Est, où se trouvent les gisements de pétrole. Avec l'évolution de la situation en Irak et en Iran et les équilibres fragiles au Venezuela et au Nigeria, pouvons-nous nous permettre des tensions avec le royaume saoudien en ce moment ? La Maison des Saoud est en place depuis longtemps et elle est soutenue par les islamistes. Cela m'étonnerait qu'Ashraf prenne un jour le contrôle des ports de la mer Rouge, et encore moins de tout le pays. Et s'il y a une véritable révolution, de toute façon, c'est à double tranchant. L'anarchie offrirait aux Iraniens l'opportunité de renforcer leur position dans la région. Renverser la famille royale aujourd'hui, ce serait ouvrir la voie à une percée islamiste.

— Ben Talal appartient à la famille royale, secrétaire Moreau.

— Eh bien, il n'est pas le seul. D'autres princes seraient peut-être prêts à le rejoindre, si les circonstances les y incitaient, mais c'est peu vraisemblable. Regardons les choses en face, nous avons affaire à des milliardaires trop gâtés qui n'hésitent pas à massacrer leurs proches. Ben Talal soutient peut-être la révolution de loin, cependant, rien ne nous dit qu'il a envie de reprendre la couronne.

Quelques signes de tête approbateurs.

Le président n'est pas prêt à renoncer pour autant.

— Dites-moi, que devraient faire les États-Unis si les rues d'Arabie Saoudite étaient pleines de manifestants qui réclamaient la démocratie ? Comment réagirions-nous si l'Ashraf prenait La Mecque et Médine ? N'oubliez pas que la haine des musulmans pour la Maison des Saoud n'a d'égale que leur haine de l'Occident. Combien de temps pourrons-nous nous offrir le luxe de soutenir la famille royale ?

— Avec tout le respect que je vous dois, répond le vice-président, la Maison des Saoud ne tombera pas, pas avec notre soutien indéfectible.

— Oui, Ellis. C'est aussi ce que Nixon et Carter disaient à propos du Shah d'Iran.

McKuin regarde sa montre.

— J'ai rendez-vous avec le Premier ministre, alors, restons-en là pour l'instant.

Les membres du cabinet se lèvent et sortent. La pièce se vide, mais le président retient le directeur de la CIA.

— David, je peux vous voir un instant ?

— Oui, monsieur le président.

Une fois seul avec le président, Schall ferme la porte.

— C'était une réunion très intéressante, monsieur le président. Vous lancez vos hameçons. Il se passe visiblement quelque chose.

— Des projets à l'intérieur d'autres projets. Le roi Sultan s'était préparé.

— Qu'attendez-vous de moi ?

— Pat Moreau a raison. La dernière chose dont nous avons besoin en ce moment, c'est que l'Arabie Saoudite soit confrontée à un vide de pouvoir. Mais la mesure de cette menace est contrebalancée par la quantité de réserves de pétrole disponibles. Ce qu'il me faut, ce sont des informations. Des données tangibles, pas les âneries de la Défense.

— Parfaitement d'accord. Les clés, ce sont le gisement de Ghawar et le Quartier Vide inexploité.

— Comment savoir ce qu'ils renferment vraiment ? Qui pourrait être au courant ?

— Personne pour l'instant… Mais je connais quelqu'un qui pourrait nous aider.

— Qui ?

— Je l'ai rencontré il y a quelques années, à un cocktail. Sa femme me l'a présenté. Il s'appelle Ace Futrell. Il travaille pour

PetroConsultants. Du moins, il y travaillait jusqu'à ce qu'il aille un peu trop loin lors des auditions sur l'énergie.

— Vos gens l'ont déjà contacté ?

— Monsieur, c'est... un peu compliqué. Sa femme, c'était Kelli Doyle.

— Aïe !

— Pour empirer les choses, la Sécurité du territoire a ouvert un dossier sur lui, quelques heures après l'assassinat de sa femme. Si je les écarte...

— Cela mettra la puce à l'oreille à nos amis néoconservateurs.

— Oui, monsieur.

Le président réfléchit.

— Occupez-vous-en. En personne !

*

Un homme qui se noie ne dit pas : « Je serais absolument enchanté que quelqu'un ait la merveilleuse idée de remarquer que je me noie et de venir à mon secours. » Il hurle, tout simplement.

John Lennon

Il est clair que les autorités américaines ont fait bien peu de choses, si tant est qu'ils aient fait quelque chose, pour anticiper les événements du 11 septembre. On sait que onze pays au moins avaient, longtemps à l'avance, averti les États-Unis qu'ils seraient la cible d'attentats. En août 2001, deux experts du Mossad avaient été envoyés à Washington pour alerter la CIA et le FBI. Ils avaient fourni une liste qui comportait les noms de quatre des pirates de l'air du 11 septembre, pourtant aucun n'a été arrêté.

Michael Meacher, ministre de l'Environnement britannique, extrait de « The War on Terrorism is Bogus », The Guardian, *6 septembre 2003*

*

Chapitre 11

Gary Lee Schafer, directeur
Unité antiterroriste et section du Moyen-Orient du FBI
29 décembre 2011

Le directeur Schafer lit son courrier électronique :
Ce courriel fait suite à des communications émanant de la section du FBI de Chicago, qui nous sont parvenues entre le 14 et le 27 novembre. Chicago a confirmé que le suspect Jamal al Yussuf a reçu des fonds atteignant cent douze mille dollars en provenance d'une banque des îles Caïmans. Omar Kamel Radi a reçu, lui, cent dix-sept mille dollars. Au cours des trois dernières semaines, les suspects ont vidé leurs comptes. On ne les a pas revus depuis.
La SSB a également confirmé qu'ils pouvaient avoir été recrutés chez les gardes révolutionnaires islamistes entre décembre 2007 et avril 2008. Une surveillance photo prouve que Jamal al Yussuf a fréquenté la base d'entraînement de l'imam Ali, au nord de Téhéran, entre avril 2007 et décembre 2009. Un informateur de la SSB a repéré Omar Kamel Radi à la base de Bahonar, près du barrage de Karaj à Téhéran, entre juin 2007 et décembre 2009.
Les services de l'Immigration pensent que Jamal al Yussuf est entré aux États-Unis en février 2011. Omar Kamel Radi l'aurait suivi deux mois plus tard (avril 2011). Les deux

hommes se sont rencontrés à la fin septembre à Aurora, dans l'Illinois.
Fort de ces nouvelles informations, nous demandons :
- une surveillance électronique pour relocaliser les suspects ;
- une surveillance de leurs activités par le FBI ;
- une surveillance des téléphones cellulaires par la NSA.

Respectueusement,
Adrian Paul Neary, Directeur du FBI, Chicago

Schafer relit le courriel une troisième fois, le cœur battant.

***

Ingénieur informatique de formation, Gary Lee Schafer a été recruté par le FBI dès sa sortie de l'université et a été nommé au quartier général du FBI, détaché à la Sécurité nationale. Après ses classes à Quantico, en Virginie, il est allé à New York, pour se spécialiser dans le renseignement, où il a conçu des programmes destinés à démasquer le terrorisme domestique et à prévenir l'usage d'armes de destruction massive contre la population et les infrastructures critiques.

Cette carrière apparemment prometteuse fut mise à mal en 1993. Le 26 février, une bombe de cinq cents kilos explosa dans le garage souterrain du World Trade Center. Il y eut six morts et plus d'un millier de blessés. Si la camionnette piégée avait été garée un mètre plus près d'un pilier de soutènement, toute la tour aurait pu s'effondrer.

Le FBI ne tarda pas à arrêter le suspect, Mohammad Salameh, qui avait bêtement essayé de récupérer la caution de quatre cents dollars versée pour la camionnette de location. D'autres conspirateurs furent arrêtés dans ce qui apparut être un coup de maître des agents du FBI.

En réalité, ils ne s'étaient pas donné la peine de suivre la piste d'une ancienne affaire, ce qui aurait permis de déjouer l'attentat. Et c'était le jeune bleu, Gary Schafer qui avait tiré la sonnette d'alarme.

Le 5 novembre 1990, le rabbin Meir Kahane, fondateur de la Jewish Defense League, mouvement juif fondamentaliste, faisait un discours anti-arabe dans un hôtel de New York, lorsque El Sayyid Nosair, un immigré égyptien de trente-six ans, tua le rabbin d'une balle dans la carotide. Nosair faisait partie d'un groupe musulman qui méprisait tout autant Israël que le président égyptien, Hosni Moubarak. Lors de la perquisition chez Nosair, la police avait découvert des manuels paramilitaires, des cartes, des plans de bâtiments, dont ceux du World Trade Center.

L'agent Schafer estimait que ces indices prouvaient l'implication d'une cellule terroriste islamiste et pensait que d'autres attentats se préparaient. Malheureusement, les supérieurs de Schafer refusèrent d'approfondir l'enquête, préférant pratiquer des arrestations immédiates.

Lors de l'ouverture du procès de Nosair, des manifestants rassemblés devant le tribunal proférèrent des menaces contre les juges et les avocats. Pour mieux comprendre le monde musulman, le FBI engagea alors un informateur, Emad Salem, un ancien officiel égyptien âgé de quarante-trois ans, pour qu'il infiltre le milieu. Salem devint le garde du corps du cheik Abdul Rahman, un musulman fondamentaliste à qui la CIA avait accordé de généreux subsides à la fin des années 1980, pour qu'il recrute des musulmans au Pakistan afin de combattre les Soviétiques en Afghanistan.

Chose à peine croyable, le jury innocenta Nosair du meurtre, le déclarant seulement coupable de détention d'arme (celle qui avait permis d'assassiner Kahane !).

Salem, qui poursuivait son travail de taupe, pour lequel il était payé cinq cents dollars par semaine, était toujours en communication directe avec Schafer. Durant l'été 1992, il signala que le groupe musulman préparait un attentat de grande envergure à New York. L'agent Schafer transmit cette information à ses supérieurs, qui, persuadés que leur indic mentait pour conserver son poste, décidèrent de se passer de ses services dispendieux.

Six mois plus tard, la bombe explosait.

Après l'attentat, le FBI réembaucha Salem et lui promit un million de dollars s'il démasquait un autre complot terroriste. Finalement, ce dernier enregistra secrètement ses conversations avec les agents du FBI, au cours desquelles les supérieurs de Schafer reconnaissaient avoir négligé les pistes précédentes. Beaucoup accusèrent Schafer d'être à l'origine de ce traquenard.

Le FBI fut encore plus embarrassé lorsqu'on sut que la perquisition chez Nosair avait mis au jour des indices qui auraient permis de déjouer l'attentat.

Pourtant, bien que la bombe ait failli tuer des milliers d'Américains, le Congrès n'ordonna aucune enquête sur les défaillances du FBI. Le directeur, Louis Freech, fut même applaudi et plusieurs agents furent promus.

L'agent Schafer, lui, subit le sort habituel réservé aux mouchards, et sa carrière prometteuse connut un coup d'arrêt.

Depuis près de seize ans, on l'oubliait systématiquement pour les promotions pendant que des agents moins expérimentés et moins compétents grimpaient les échelons. Six mois plus tôt, Schafer était « tombé » sur Jeff Anders, son ancien camarade de chambre à Quantico. Anders l'avait invité à faire de la plongée dans les îles Caïmans, et bientôt les deux hommes parlèrent boutique.

Comme Shane Torrence et Marco Fatiga, Anders avait intégré la SSB après avoir accompli trois missions au Moyen-Orient. Anders raconta à Schafer qu'il avait aidé cet organisme à établir un réseau de renseignements en Iran. Une opération de surveillance domestique en cours nécessitait une personne de confiance au quartier général du FBI. Si Schafer était intéressé, on pourrait trouver un arrangement.

Anders organisa une rencontre entre Schafer et Graeme Turnbull, un colonel en retraite qui avait servi en Irak. Deux mois plus tard, le directeur de l'unité antiterroriste décida brusquement de prendre sa retraite, et on offrit le poste à Gary Lee Schafer, ainsi qu'une augmentation substantielle.

***

Essayant de retrouver sa sérénité, Schafer répond au courriel.

Directeur Neary,

La CIA et les services de renseignements militaires estiment que les gardes révolutionnaires recrutent plus de trente étrangers par an, venant d'Arabie Saoudite, du Bahreïn, d'Afghanistan, de Jordanie, d'Irak et de nombreux pays euro-

péens. Pour l'instant, les informations que votre département a communiquées au quartier général du FBI ne nécessitent pas la mise en place d'une surveillance coûteuse.
La surveillance des transactions financières et de l'utilisation de leurs pièces d'identité devrait permettre de relocaliser les suspects. Informez-moi directement des progrès de l'enquête.

G. L. Schafer, Directeur

Schafer relit sa réponse à plusieurs reprises avant de l'envoyer. Il éteint son ordinateur, sort de son bureau, prévient son assistant qu'il va faire une petite pause déjeuner, et prend l'ascenseur pour rejoindre le hall.

Après avoir roulé pendant quinze minutes, il entre dans la cabine téléphonique de la bibliothèque, compose le numéro appris par cœur, laisse sonner trois fois, raccroche et attend soixante secondes avant de rappeler.

— J'écoute.

— Chicago est sur la piste.

— Pigé.

La ligne se coupe.

*

Un homme restera prisonnier dans une pièce dont la porte n'est pas fermée à clé mais s'ouvre vers l'intérieur, tant qu'il ne lui viendra pas à l'esprit de tirer au lieu de pousser.

Ludwig Wittgenstein

Nous ne devrions jamais accepter de passer des marchés. Le seul marché qu'on puisse passer avec nous, c'est d'être assigné à comparaître !

Max Cleland, sénateur de Géorgie et membre de la Commission nationale sur les attentats du 11 septembre ; il fait référence à un accord conclu avec la Maison Blanche, qui autorisait certains des membres de la Commission triés sur le volet à avoir des informations sur le document confidentiel remis quotidiennement au président (Presidential Daily Brief). Cleland a démissionné de la Commission par la suite.

*

Chapitre 12

MONTAUK, NEW YORK
3 JANVIER 2012 – 14 H 25 (GMT – 5)

Un brouillard blanc plane sur la plage de Montauk, conséquence de la rencontre d'un front chaud inhabituel à cette saison et de l'océan froid. Pieds nus, en short et gros sweater à l'effigie des Dogs, Ace joue au football avec son fils, Sam. L'enfant de huit ans, vêtu du même équipement, insiste pour faire des passes en courant. À chaque fois, le genou de l'ancien quaterback, rafistolé par la chirurgie, se dérobe. Ne tenant pas compte de la douleur, Ace s'amuse à faire des passes.

Vingt minutes plus tard, fatigué, le garçon rentre jouer avec sa console vidéo.

Ace rejoint sa fille Leigh sur la dune, d'où elle les prenait en photo avec son appareil numérique.

— Tu en as des réussies ?

— Pas vraiment. La lumière est affreuse.

Elle indique le genou gauche de son père, marqué par une cicatrice de plus de dix centimètres sur l'articulation.

— Tu as mal ?

— Non.

— Tu faisais la grimace.

— Il est un peu raide. Ça va.

— Ça a dû te faire mal quand tu t'es blessé.

— M'en parle pas ! Le tacle du gros défenseur de cent trente-cinq kilos m'avait aveuglé, et mes chaussures s'étaient prises dans la boue. Mon genou s'est retourné, et on m'a dit qu'on l'avait entendu craquer jusqu'au dernier rang du stade.

— Tu aurais aimé remonter le temps... pour rejouer ?

— Pas vraiment.

— Voyons papa. Revivre tes années d'université... être le héros du campus.

— Ce n'était pas moi.

— Maman m'a tout raconté. Elle m'a dit que t'étais génial, que tu serais devenu professionnel si tu ne t'étais pas blessé.

— Elle exagère. Je n'étais qu'un feu de paille.

— Qu'est-ce que ça veut dire ?

— Que j'ai eu un moment de gloire et que je me suis effondré.

Il regarde l'expression de Leigh, qui n'a pas l'air de s'en contenter.

— Au lycée, je n'étais que remplaçant et quand je suis entré à l'université de Géorgie, je savais que je n'avais aucune chance d'être dans l'équipe, quant à être titulaire ! J'ai quand même continué à m'entraîner dans mon coin et, pendant les deux années suivantes, mon corps s'est développé. Le jeune lycéen de quatre-vingts kilos s'est transformé en un athlète de cent cinq kilos. En première année, j'étais en pleine forme, j'avais une force exceptionnelle dans les bras, si bien que le sélectionneur m'a remarqué pendant les entraînements de printemps. Bon, quand le premier match est arrivé, j'étais en troisième position sur la liste des joueurs. Pas trop usé pour le grand jeu. Premier quart temps et bam... notre quaterback se blesse. Troisième quart temps... on perd le remplaçant ! Je vois le coach qui me cherche des yeux et je me retrouve sur le terrain. Nos receveurs n'arrivaient pas à trouver l'ouverture, alors, je me suis mis à courir. J'ai couru si vite que j'ai failli en perdre mes crampons... je devais avoir une peur bleue. Mais les choses ont commencé à se débloquer, et j'ai servi quelques passes habiles qui ont abouti à des *touchdowns*. On a fini par rattraper notre retard, et tout d'un coup, je me suis retrouvé sur le même plan que Kurt Warner.

— Qui c'est ?

— Il jouait dans l'équipe des Rams de Saint-Louis. Il avait commencé par tenir une petite épicerie et il s'est retrouvé quaterback dans le Super Bowl.

— Waouh ! On pourrait faire un film sur toi.

— Désolé, ma fille. Les films, il faut que ça finisse bien. Ma carrière… elle est juste terminée.

Leigh indique les longues cicatrices blanches qui courent sur les poignets de son père.

— Avec ça ?

— Oui, dit Ace, avec un sourire forcé.

— Pourquoi ?

Il regarde l'Atlantique, dont la sombre surface est toujours couverte d'un manteau de brume. Il n'a jamais parlé à sa fille de sa tentative de suicide, il n'a jamais cru que c'était le bon moment.

— C'est difficile à expliquer. C'était une période confuse… tout s'était passé si vite. Il faut que tu comprennes, je n'étais pas si doué que cela… non, c'est faux, j'étais doué, mais je manquais d'expérience. Quand le coach m'a fait entrer, personne n'attendait rien de moi, n'empêche, comme on gagnait tout le temps, la pression ne faisait qu'augmenter et soudain, l'équipe s'est retrouvée à l'Orange Bowl, pour le titre de champion. C'était un grand moment. Une équipe d'une université du Sud… c'était dingue. Des sites web comme le Dawgvent se mettaient à parler de nous… et ce n'est pas un loisir pour ces fans, c'est une religion… Je ne pouvais plus faire un pas sans être assailli. Je ne pouvais plus étudier, je ne mangeais plus, je ne pouvais plus réfléchir, tant il y avait d'étudiants, de supporters et de journalistes qui me harcelaient jour et nuit. Tout le monde voulait un morceau de ma tenue, m'offrait des cadeaux, de l'argent, des femmes… c'était dingue. Au moment du coup d'envoi, j'étais un paquet de nerfs. J'avais les mains qui tremblaient tellement sous la poussée d'adrénaline que j'arrivais à peine à tenir le ballon. J'ai failli rater ma première passe. J'ai provoqué une interception sur la deuxième. Le coach m'a laissé sur le terrain jusqu'à la mi-temps puis il m'a cloué sur le banc. Et le jeu était terminé.

Ace frotte les cicatrices de ses poignets.

— Les athlètes qui ont des bourses ont tendance à mépriser ceux qui viennent de l'extérieur. Et moi, j'avais remplacé deux athlètes reconnus, et j'avais fait perdre la première partie du match. Il m'avait fallu toute la saison pour gagner le respect de mes coéquipiers, et j'ai tout perdu en deux quart temps. Les mois suivants ont été abominables. Je recevais des coups de téléphone anonymes au milieu de la nuit, des menaces de mort, parfois. Un jour, quelqu'un a planté des clous dans mes pneus. Quand les entraînements de printemps ont repris, j'étais toujours titulaire. Et pendant un jeu de gagne terrain - normalement, il n'y a pas de contact pour les quaterbacks - c'est mon défenseur qui m'a plaqué...

— C'est comme ça que tu t'es blessé ?

— Oui, je suppose qu'on voulait faire passer un message.

— C'est horrible !

— Le coach a viré le type et les entraîneurs m'ont aidé à me rétablir, mais ça m'a pesé sur le moral. J'ai commencé à avoir des crises de panique. Lorsque je me couchais, je n'arrivais pas à m'endormir et soudain, je ne pouvais plus respirer. Le médecin sportif m'a donné des somnifères. Mais ensuite, les crises se sont produites aussi dans la journée.

— Et maman, qu'est-ce qu'elle faisait pendant ce temps ?

— Elle jouait en équipe universitaire. Lorsque je lui parlais de mes crises de panique, elle me donnait une petite tape sur la tête et me disait de ne pas m'en faire. Tu connais ta mère. Nous étions jeunes, invincibles... Les choses qui me demandaient des efforts incroyables... c'était naturel chez elle. Les athlètes n'ont pas de crise d'anxiété. Elle ne pouvait pas comprendre.

— Alors, qu'est-ce qui s'est passé ? Tu as rejoué au football en dernière année ?

— J'ai essayé. Les crises de panique étaient de plus en plus fortes. C'était comme... comme si j'étais piégé dans mon propre corps. Je pense que c'était la peur. La peur de l'échec. La peur de décevoir à nouveau. J'ai mal géré la situation. Je le sais maintenant. J'aurais dû en parler. Prendre des antidépresseurs. Un jour, c'était tellement insupportable que j'ai décidé de m'ouvrir les veines et de prendre un bain chaud.

Des larmes perlent dans les yeux de sa fille.

— Qui t'a trouvé ?

— Tet. Mark Tetreault. C'était mon meilleur ami. Il m'a sauvé la vie.

— Tet ? C'est lui qui est mort ?

— Oui, il travaillait dans l'une des tours, pour une compagnie d'assurances. Ils ont perdu beaucoup de monde. La chaleur du carburant. On a dit que c'était tellement chaud que les chairs ont fondu. Les gens se jetaient par la fenêtre, mais pas Tet. Il est resté, sans aucun doute pour aider ses collègues à s'en sortir. Hélas, pour eux, il n'y avait aucune issue.

Ace s'éclaircit la voix pour chasser son émotion.

— Papa…

— C'était il y a longtemps, tu n'as pas à t'inquiéter.

Elle se colle contre lui. Il lui passe le bras autour des épaules et la serre très fort. Pendant plusieurs minutes, ils écoutent le grondement des vagues. Ace se tourne sur sa droite, un peu tendu en voyant un homme sur la plage, à une trentaine de mètres.

— Leigh, rentre à la maison. Je te rejoins tout de suite.

Elle se tourne et voit l'inconnu.

— Qui est-ce ?

— Personne d'important. Vas-y, rentre.

Elle escalade la dune et suit un chemin de planche qui coupe à travers l'herbe.

Ace enfile son sweat-shirt et s'approche de la silhouette, vêtue d'un coupe-vent noir, comme son pantalon et ses chaussures.

— Bonjour Ace. On va se promener ? dit David Schall en longeant la côte en direction de l'est. Je veux que vous sachiez que je suis sincèrement désolé, pour la mort de Kelli. C'était plus qu'une collègue, c'était une amie.

— Qui l'a tuée ?

— Franchement ? Je ne sais pas.

— Vous êtes le chef de la CIA. Arrangez-vous pour le savoir.

— Si on parlait de vous ? Qu'est-ce qui vous a pris de raconter des trucs pareils lors des auditions du Sénat ?

— Je ne sais pas. J'en avais peut-être marre de rabâcher toujours les mêmes âneries.

— Le président pense que vous en savez plus que vous ne voulez bien le dire.

— C'est pour ça que vous êtes venu ? Moi qui croyais que vous alliez m'expliquer pourquoi les types de la Sécurité du territoire me collaient au cul.

— Je peux vous remettre dans la course.

— Quelle course ?

David continue à marcher.

— Le président a besoin de savoir quelles sont les véritables réserves de l'Arabie Saoudite. Si vous aviez des moyens illimités, vous pourriez le découvrir ?

— Par moyens illimités, vous entendez…

— Illimités.

— Qu'est-ce que j'y gagnerais ?

— Vous retrouveriez votre poste à PetroConsultants. Avec une augmentation, bien sûr. Deux échelons.

— Laissez tomber.

— Et la sécurité vous ficherait la paix.

Ace s'arrête.

— C'est à vous que je dois ça ?

— Non. Mais votre épouse rendait les gens nerveux. Vous devinez pourquoi ?

Une vague se brise sur la plage, mouillant les pieds nus d'Ace ainsi que les belles chaussures et le pantalon du directeur.

— Merde !

— Bon, David, si vous voulez les infos, je peux vous les obtenir, mais selon mes conditions et ce n'est pas négociable. Je veux l'assassin de Kelli. Je veux son nom et savoir comment le retrouver. Obtenez-moi l'info, et je travaille pour vous.

— C'est parfaitement possible.

— Bien sûr que c'est possible. Vous faites partie de la CIA, nom d'un chien ! Et puis, David, la prochaine fois que vous demandez à mon avocat de vous organiser une rencontre sur la plage, mettez un jean et des sandales, hein ? Vous êtes grotesque !

*

Non seulement Dave Frasca [agent spécial superviseur] n'a pas communiqué les éléments qu'il détenait au sujet de Moussaoui aux forces de l'ordre et aux services de renseignements compétents, mais il n'a pas non plus signalé aux agents de Minneapolis que, trois semaines auparavant, il avait reçu des informations de la division de Phoenix, selon lesquelles des agents d'Al-Qaida s'étaient inscrits dans des écoles d'aviation et s'entraînaient en vue d'attentats terroristes ! On a vraiment du mal à croire que Dave Frasca ait pu agir seul : jamais il n'aurait gardé cette information secrète, ni n'aurait manqué de prendre les mesures qui s'imposaient, si personne ne lui en avait intimé l'ordre. Les agents du FBI de Minneapolis ont même essayé de recourir à un moyen détourné en alertant le centre antiterroriste de la CIA à l'insu de Dave Frasca, si bien que les employés des quartiers généraux du FBI (Frasca, ainsi que des supérieurs hiérarchiques anonymes) « ont fustigé les agents de Minneapolis pour avoir contacté la CIA sans respecter la voie hiérarchique ». Frasca a même été plus loin, puisqu'il a considérablement réduit la portée du mandat d'arrêt en ne précisant pas, comme il l'avait pourtant promis aux agents de Minneapolis, les liens que Moussaoui entretenait avec l'étranger. Il a également opéré des changements préjudiciables dans le texte fourni par ces mêmes agents, de sorte que, selon l'un d'eux, « il a tout fait pour que l'affaire tombe à l'eau ».

Steve Moore, extrait de « 9/11 Foreknowledge or deception ? », Global Outlook, *No. 2. (Dave Frasca fut ensuite promu Chef de section des opérations de lutte contre le terrorisme international, Section I.)*

Ils [les islamiques radicaux] font en sorte que nos lois et notre démocratie se retournent contre nous. Ils ne laissent rien au hasard.

Brigitte Gabriel, fondatrice de :
www.AmericanCongressForTruth.com

*

Chapitre 13

CARBONDALE, ILLINOIS,
3 JANVIER 2012 – 8 H 47 (GMT – 6)

La camionnette blanche roule juste en dessous de la limite de vitesse en direction de l'est, sur Main Street, avant de tourner vers le sud et d'entrer dans un quartier résidentiel. Les logos magnétiques identifient le véhicule comme appartenant à une entreprise de décoration intérieure de Decatur.

Mike Tursi vérifie son emploi du temps. Il a quarante minutes d'avance, ce qui lui permet d'observer les lieux avant la livraison.

Michael Tursi avait vingt et un ans lorsqu'il est arrivé à la base de l'Air Force de Sheppard, à Witchita Falls, au Texas, pour sa formation de technicien expert en analyse balistique (BMAT). Au bout de quatorze mois de cours intensifs, les ICBM n'avaient plus de secrets pour lui. Après l'obtention de son diplôme, on lui accorda une permission de trente jours avant de l'envoyer à Vandenburg, la base de Santa Maria, en Californie, pour le former sur les têtes nucléaires.

Dès le cours d'introduction, on projeta des films top-secret sur les effets des radiations thermonucléaires. Comme ses camarades, le Turc fut horrifié par la mort des soldats américains qui avaient servi de « souris de laboratoires » et avaient été postés trop près des explosions expérimentales. Les plus chanceux avaient été pulvérisés par la détonation, les autres avaient eu droit à une mort lente, dans des souffrances épouvantables causées par les radiations.

Une fois l'esprit des nouvelles recrues bien préparé, l'entraînement avait commencé. Des simulations reproduisaient tous les accidents possibles et imaginables, comme le lancement et la récupération d'un véritable missile au-dessus du Pacifique.

Après Vandenberg, Tursi reçut sa première affectation : la base de Little Rock, dans l'Arkansas. Nous étions en 1983, à la fin de la guerre froide, et les tensions étaient très fortes.

Little Rock était l'endroit de prédilection, avec des dizaines d'ICBM et de missiles nucléaires Titan II. Dès son arrivée, Tursi se vit attribuer une chambre et une équipe responsable d'un silo. Chacun devait connaître le boulot de tous les autres, au cas où un homme se blesse, meure ou se mette à « flipper » à l'idée de lancer une arme susceptible de tuer des millions d'individus. À l'aide de simulateurs, on évaluait la performance des équipes et celle du Turc était toujours notée HQ, hautement qualifiée.

Les alertes pesaient énormément sur les nerfs. Il fallait se lever à quatre heures, arriver sur place à cinq heures et demie, et assister à la réunion de crise avant de prendre son poste. Chaque silo disposait de tout un site souterrain, où logeaient les hommes. Pour entrer, ils devaient appeler l'équipe en place, donner le mot de passe et le code d'urgence (au cas où quelque chose tournerait mal). Lorsqu'ils étaient de garde, ils étaient lourdement armés. Même la police n'avait aucune autorité sur un BMAT de garde.

Une fois à l'intérieur, l'équipe devait effectuer une vérification complète, qui impliquait de pénétrer dans le silo afin d'examiner tous les éléments critiques de l'ICBM, tête nucléaire comprise. En travaillant ainsi, Tursi sentait la chaleur des radiations, et, plus il s'enfonçait dans le ventre du silo, plus l'odeur du carburant et du comburant devenait épouvantable.

Pendant les alertes, l'équipe était confinée à l'intérieur pour un minimum de vingt-quatre heures. Un jour, les tours de refroidissement du silo de Tursi tombèrent en panne, si bien que la température atteignit des niveaux critiques, obligeant son équipe à rester sur place pendant quatre-vingt-seize heures d'affilée pour réparer le matériel. Ce jour-là, l'accident fut évité de justesse.

L'équipe du Turc n'aurait pas toujours cette chance.

Les ICBM exigent un entretien permanent. Il faut régulièrement changer le carburant et le comburant, procédure dangereuse, car les enveloppes des ICBM sont très fines et se déchirent facilement. Pour ce travail délicat, le technicien porte d'énormes clés de près d'un kilo à sa ceinture d'outillage, qui lui permettent de desserrer la liaison ombilicale du Titan II. Comme souvent, c'est l'oubli du plus menu détail qui risque de provoquer une catastrophe.

L'équipe de Tursi effectuait une telle opération de maintenance, lorsqu'un homme, qui avait oublié d'attacher ses outils, lâcha une clé, qui tomba dans le silo, rebondit sur la paroi et vola dans l'ICBM, perçant le réservoir de l'étage inférieur. Le carburant jaillit et s'accumula au fond du silo. Michael Tursi savait que l'explosion était imminente, pourtant il resta près de la tête et déconnecta le système électronique dans l'espoir de prévenir une catastrophe nucléaire.

Toute la base fut bouclée et mise en alerte rouge. L'équipe de Tursi évacua le silo en urgence. Michael attendit le dernier moment avant de filer dans la Jeep qui l'attendait. Quelques minutes après son départ, le silo explosa. Sous l'effet de la détonation, la porte de vingt tonnes vola à plus de huit cents mètres. La fumée et les débris se dispersèrent sur plusieurs kilomètres à la ronde, mais la tête nucléaire n'explosa pas.

S'il en avait été autrement, une bonne partie de l'Arkansas aurait été contaminée.

La presse n'eut pas le droit d'approcher à plus de quinze kilomètres de la base. Le personnel fut confiné dans l'enceinte ou arrêté à vue. Au lever du soleil, on avait retrouvé la tête nucléaire encore intacte, dans son enveloppe endommagée.

Aucune médaille ne fut distribuée, toute l'histoire fut étouffée et la véritable cause de l'incident ne fut jamais révélée. Un peu plus tard, la guerre froide prenait fin ; le Titan II, instable, fut démantelé, privant Michael Tursi de son emploi. Néanmoins, son sang-froid n'était pas passé inaperçu dans les services secrets de l'armée.

Deux jours après avoir quitté Little Rock, le Turc fut recruté par l'US Intelligence Community et affecté à la CIA.

***

Après avoir emprunté différents parcours, Michael Tursi remonte la rue pour la troisième fois avant de s'engager dans l'impasse. Sa camionnette est un véhicule de location, avec une plaque du Maryland, attribuée à un véhicule appartenant à Dubaï Ports World, une compagnie arabe basée à Baltimore qui avait acheté les six plus grands ports des États-Unis, moins de quatre mois après l'élection présidentielle de 2008.

Tursi ralentit et s'approche d'une maison à un étage, située sur un terrain biscornu. Une allée de béton conduit au garage fermé pour trois voitures que le propriétaire a reconverti en atelier. À l'arrière, le petit bois fait partie de la Shawnee National Forest. Au loin, on aperçoit les eaux saumâtres de Deer Lake. C'est la maison du professeur Eric Mingjuan Bi.

Expert en fission nucléaire, détenteur d'une chaire à l'université de l'Illinois, le professeur Bi, âgé de soixante-deux ans, est né à Qingdao, en Chine. Il a émigré aux États-Unis avec ses parents lorsqu'il avait dix ans. Son père, ingénieur en génie civil, avait travaillé sur de nombreux projets de barrages hydroélectriques en Chine. Sa mère japonaise, Adzumi, venait d'Urakami, une banlieue de Nagasaki. Lorsqu'elle était encore enfant, son grand-père et ses oncles possédaient une société d'import-export sur le port. Leur clan avait été « recruté » par la marine de l'Empereur, pour assurer la logistique des navires d'approvisionnement durant la Seconde Guerre mondiale.

Le 6 août 1945, l'Empire japonais fut terrassé lorsque la ville d'Hiroshima ne fut plus qu'une « flamme dans le ciel ». Après l'attaque américaine, le père d'Adzumi fit immédiatement quitter l'île à sa femme et ses enfants.

Trois jours plus tard, à 11 h 02, le 9 août, une bombe nucléaire plus puissante encore, au nom de code de « Fat Boy », tomba sur Nagasaki. La cible devait être Kokura, mais les nuages avaient obstrué la vision du pilote. La bombe explosa directement sur Urakami, pulvérisant la ville, ainsi que les quartiers nord de Nagasaki. Trente-neuf mille personnes disparurent en un éclair, deux fois plus agonisèrent pendant des semaines des suites d'une irradiation fatale, parmi lesquelles le père et les oncles d'Adzumi.

Adzumi avait dix-sept ans, lorsqu'elle s'installa en Chine après la reddition du Japon, et trente et un, lorsque son mari partit aux États-Unis avec sa famille pour étudier la sismographie. Enfant unique, Eric avait grandi en entendant sa mère raconter encore et encore ces histoires de guerre épouvantables qui incitèrent le garçon à trouver le moyen de dompter un pouvoir aussi invraisemblable. Après avoir passé son doctorat de physique, Eric passa trois ans au Laboratoire du DoE de New Mexico. Il travaillait sous la coupe de Wen Ho Lee, un savant accusé plus tard d'avoir vendu à la Chine des secrets militaires.

Wen Ho Lee avait été blanchi, et les soupçons d'espionnage s'étaient reportés sur le professeur Eric Mingjuan Bi.

***

Tursi entre dans l'allée en marche arrière et se gare à un mètre cinquante de la porte fermée du garage. Le Turc descend du véhicule, une petite boîte en carton sous le bras.

Le professeur Bi sort de sa cuisine en enfilant un manteau.

— Vous êtes en avance.

Tursi fait un signe de tête.

— Allons discuter à l'intérieur.

Eric Bi ouvre la porte latérale qui donne dans le garage et fait entrer l'agent du SSB. Une Ford Explorer noire est garée dans le garage du milieu. Un motoculteur et une déneigeuse sont rangés dans l'autre. Des outils divers sont accrochés à un mur. Rien de plus ordinaire, à part que le garage est chauffé et isolé.

Tursi donne la boîte en carton. Le professeur essuie ses lunettes embuées, ouvre le paquet et en sort des liasses de cent dollars sous plastique.

— Deux cents mille ?

— Tout y est. Vous compterez plus tard. Vous aurez le solde à la livraison. Bon, voyons votre colex.

Bi range les liasses de billets dans le carton et conduit Tursi vers un placard. Il tire une brouette, ôte le tapis sale, exposant un plancher de bois. Avec une manivelle accrochée à la porte, il soulève trois lattes et dévoile l'escalier qui mène au sous-sol.

Le Chinois entre le premier pour allumer la lumière, bientôt suivi de Tursi.

D'une hauteur de plafond de près de quatre mètres, la pièce mesure pas loin de cent mètres carrés, et les murs sont couverts de plaques de plomb. Un générateur de seize mille watts, alimenté au propane, occupe un angle de la pièce. Un container de plomb de la taille d'une petite machine à laver est posé contre le mur d'en face, à côté d'un récipient de plastique, de la même taille. Une combinaison NBC est étendue sur le dossier de plusieurs chaises.

Au centre du sous-sol, on voit un immense réservoir métallique rectangulaire, de près de deux mètres de haut, autant de large et trois mètres de long. Trente trous de la taille d'une balle de baseball percent le flanc gauche du réservoir, chacun portant un joint de caoutchouc en forme de doughnut. Le couvercle a été enlevé, révélant un étui de métal qui divise le réservoir en deux. L'étui est percé de trous de la taille d'une pièce de monnaie. Au fond, se trouve une série d'éléments de chauffage dont les fils électriques isolés sont connectés au générateur.

Un tuyau sort du côté droit et rejoint deux centrifugeuses de deux mètres cinquante de haut, dont l'une se déverse dans l'autre.

Michael Tursi regarde à l'intérieur du gros container, visiblement troublé.

— Je ne sais pas, Bi. Vous êtes certain que ça va marcher ?

— Bien sûr. Je vous en donne ma parole.

— Bon, bon, expliquez-moi un peu… la version pour les nuls !

— Ce que vous voyez, c'est un colex, une unité d'échange, conçue pour transformer l'uranium 235 en uranium 238, dit le professeur en montrant le côté gauche du réservoir. Les barres d'U-235 récupérées dans le réacteur iranien, seront placées dans ces trous et viendront enrichir l'uranium placé dans le réservoir. Il sera rempli d'eau lourde et d'un mélange d'acide nitrique, d'hydroxyde d'ammonium, d'acide hydrofluorique et de fluorine. En chauffant, les éléments vont faire monter la température de l'eau à cent vingt degrés, créant une réaction chimique, qui convertira l'U-235 en uranium hexafluorure, ou UF-6.

Le physicien indique les deux grandes centrifugeuses situées à côté du réservoir.

— La première centrifugeuse fera passer l'UF-6 à travers les parois poreuses, séparant l'U-238 de l'U-235 appauvri. Cette seconde centrifugeuse possède deux sorties. L'uranium enrichi va s'élever et être extrait de celle du dessus pour être stocké dans un réservoir de plomb, jusqu'à ce qu'on en obtienne assez pour notre petite recette. L'uranium 235 sera expulsé par le bas et stocké dans un endroit séparé. On répétera le processus jusqu'à ce qu'on obtienne le matériel nécessaire pour nos deux petits paquets.

— Combien de temps ça va prendre ?

— Chaque barre de combustible devrait produire un gramme d'uranium enrichi par jour. Trente barres, trente grammes par jour. Disons, environ six mois. Dans combien de temps vous livrez les barres ?

— Bientôt.

— Il faut que je puisse respecter les délais.

— Arrangez-vous simplement pour que le reste soit prêt.

Bi hoche la tête, pressé de voir disparaître cet homme inquiétant.

— Venez, je vais vous montrer où il faut placer les tuyaux.

Tursi suit le professeur dans le garage. Bi déverrouille un couvercle rectangulaire de dix centimètres au pied de la porte du garage.

— Mettez le tuyau par ici.

Le Turc sort du garage. Avec sa clé électronique, il déverrouille la camionnette et ouvre les portes arrière.

Le container de polyéthylène, d'une capacité de quatre mille litres, est rempli de l'eau lourde sortie frauduleusement de la centrale canadienne. Au fond, le robinet est relié à un tuyau de cinquante mètres.

Tursi attrape l'extrémité du tuyau et la passe dans le trou ménagé sous la porte du garage. À l'intérieur, le professeur Bi prend le relais. Quelques minutes plus tard, Bi tapote à la fenêtre, pour signaler qu'il est prêt.

Le Turc ouvre le robinet. Penché contre la camionnette, il allume une cigarette, sans se rendre compte que le moindre de ses mouvements est observé et enregistré.

***

Dans l'immeuble de deux étages, de l'autre côté de la rue, l'agent spécial du FBI, Elliott Green, travaille sur un bureau de fortune, dans la chambre dont les fenêtres donnent sur la maison du professeur Bi. Green, une petite quarantaine, a passé les deux dernières années assis à un bureau dans la brigade anti-pédophilie de Springfield, dans l'Illinois. Il rêvait depuis toujours d'intégrer une cellule antiterroriste, mais les nouvelles nominations étaient rares dans la section de Chicago. Sachant que son jeune agent commençait à s'impatienter, le supérieur de Green, un ancien flic nommé Charles Jones, lui avait proposé une mission sur le terrain, pour le DoE, ce que Green avait accepté avec joie.

Le travail « sur le terrain » s'avéra en fait être une mission de surveillance du professeur Eric Mingjuan Bi.

Depuis deux mois, Elliot Green s'était installé dans la maison juste en face de celle du physicien nucléaire qu'il avait acheté à sa véritable propriétaire, une femme de quatre-vingt-deux ans, par l'intermédiaire d'une fausse agence immobilière. Pour adoucir la transaction et hâter le départ de la vieille dame vers une maison de retraite, l'agence avait acheté la maison entièrement meublée.

Si Green apprécie sa nouvelle fonction, sa femme et son fils de six ans lui manquent beaucoup. Il a horreur de l'odeur de « vieux » qui plane dans l'air et refuse de s'asseoir sur les fauteuils ou d'utiliser la vaisselle poussiéreuse des placards de la cuisine, recouverts d'un décor de tournesol qui se décolle. Il n'occupe que la chambre de maître, fraîchement repeinte en blanc, avec sa nouvelle moquette et son home cinéma, dont l'écran plat est relié au circuit de caméras qui observent les activités de la maison d'en face.

Au bout de deux mois, l'agent du FBI sait à quelle heure Bi se réveille tous les matins, ce qu'il mange au petit-déjeuner, à quels moments il se rend à l'université, où il déjeune à midi et quels sont les collègues qu'il fréquente. Pour l'instant, il n'a rien remarqué d'extraordinaire, à part que Bi passe de longues heures dans son immense garage, qu'il utilise également pour ses hobbies… Rien, avant ce soir.

Green observe la scène diffusée sur son moniteur qu'il enregistre simultanément. Il fait un zoom avant sur le visage du petit homme trapu qui fouille à l'intérieur de la camionnette. Quelques secondes plus tard, les portes du véhicule de l'entreprise de décoration intérieure se referment et le chauffeur remonte à l'intérieur, laissant l'agent Green travailler tranquille.

*

Selon des sources militaires américaines qui ont communiqué les informations au FBI, les pirates de l'air présumés, responsables des détournements d'avions impliqués dans les attentats terroristes qui ont eu lieu ce mardi, auraient été entraînés dans des camps militaires américains hautement sécurisés, dans les années 1990. D'après un haut responsable du Pentagone, Mohammed Atta aurait peut-être suivi une formation dans la maîtrise des stratégies et des tactiques de guerre à l'Air War College de Montgomery, en Alabama.

Newsweek, *15 septembre 2001*

Il faut nous faire confiance, nous sommes des hommes d'honneur.

Richard Helmes, Directeur de la CIA

*

Extrait
À la porte de l'enfer : mes excuses aux survivants

Par Kelli Doyle
Conseiller à la sécurité
de la Maison Blanche (2006-2010)

Le prochain 11 septembre sera une attaque nucléaire. En un instant, avec une atrocité sans pareille, des millions d'Américains innocents seront réduits en poussière. Le sort de ceux qui auront échappé à l'explosion sera plus épouvantable encore. Aveugles, les chairs rongées jusqu'à l'os, ils vivront leur agonie pendant des heures ou des jours en priant pour que l'ange de la Mort vienne mettre fin à leur supplice.

Si vous vivez dans une des villes visées, vos jours sont peut-être déjà comptés ! Vous êtes en voyage d'affaires ? En visite dans la famille ? La vie est un jeu de hasard, sorti d'on ne sait où. Certains sont riches, d'autres attrapent le cancer, si c'est la volonté divine, qu'il en soit ainsi. Mais les 11 septembre et les attentats meurtriers n'ont rien à voir avec le Tout-Puissant. Non, ces morts font partie d'un schéma prémédité et financé par une minorité, convaincue qu'elle seule est destinée à accomplir la volonté de Dieu.

Je suis incapable de vous donner une date exacte ou un lieu précis, mais je peux éclairer les circonstances qui nous ont menés sur le chemin de la destruction... et vous dire ce que vous devez faire pour empêcher ce massacre.

***

Pour comprendre comment nous en sommes arrivés à ce point, il faut commencer par une brève leçon d'histoire intitulée : « Gloire et déclin de l'empire du Pétrole ».

Nous le consommons plus vite que nous ne pouvons l'extraire du sol. Le pétrole alimente l'économie, qui elle-même alimente les armées, et ce sont ces interactions qui ont donné naissance aux trois groupes qui cherchent à contrôler le Moyen-Orient : la Maison des Saoud, les néoconservateurs et les extrémistes islamiques. Tous trois ont joué un rôle essentiel dans les événements du 11 septembre, tous trois seront impliqués lorsqu'une déflagration nucléaire balayera une ville américaine.

Commençons par la Maison des Saoud.

Le roi Ben Abdul Aziz, (futur) septième chef d'Arabie Saoudite, est le dernier survivant des « sept Sudairi », les fils d'Hassa Ben Ahmed Sudairi, l'épouse favorite d'Abdul Aziz Ben Abdul Rahman al-Saoud, mieux connu sous le nom d'Ibn Saoud. Les livres d'histoire le dépeignent comme le fondateur du royaume d'Arabie Saoudite, un homme né pour être chef, dévoué à sa foi, un visionnaire sage qui avait réussi à unifier la péninsule Arabe et utiliser les ressources de la nation pour le bien du peuple.

Pourtant, Ibn Saoud n'avait rien d'un sage, ni même d'un descendant de la famille royale. C'était une brute sanguinaire qui ne devait son accession au pouvoir qu'au hasard : une découverte fortuite qui lui avait donné sa fortune imméritée, l'avait porté au pouvoir absolu, et avait divisé la nation.

L'histoire de la péninsule Arabe remonte à plus de cinq siècles, à l'époque des tribus sémitiques, ancêtres des Akkadiens, des Assyriens, des Hébreux et des Arabes. En ce temps-là, pour toute religion, les tribus arabes suivaient des formes différentes de paganisme, bien que de nombreux Arabes se convertissent au judaïsme, puis au christianisme. En 622 après Jésus-Christ, Mahomet, fils de la famille Banu Omar, enseigna une nouvelle religion monothéiste, qui respectait les enseignements d'Abraham et condamnait l'idolâtrie. Forcé de quitter sa maison de La Mecque avec ses disciples, Mahomet consolida son pouvoir à Médine et, huit ans plus tard, il revint prendre la ville. Il mourut deux ans après, et son beau-père Abou Bakr prit sa succession.

Stimulé par les conquêtes musulmanes, l'islam se répandit rapidement ; La Mecque devint vite la capitale spirituelle de l'islam, et Médine le centre administratif et culturel de cette religion. Pendant le millénaire suivant, différentes sectes musulmanes se disputèrent le contrôle de l'Arabie, ce qui allait conduire à l'apogée des Mongols et à l'essor de l'Empire ottoman, qui contrôla la région au XVe siècle.

En 1745, un homme ambitieux du nom de Muhammad Ben Saoud, émir de la ville de Dariya dans le Nejd (Arabie centrale), joignit ses forces à celles du théologien Muhammad ibn Abd al-Wahhab, qui prônait une interprétation violente et stricte de l'islam. Pendant soixante-dix ans, le mouvement wahhabite et la Maison des Saoud seraient à l'initiative d'un djihad (une guerre sainte) qui se propagerait dans toute la péninsule, pour être maîtrisé en 1818 par les Turcs ottomans et leurs alliés égyptiens.

Les Saoud et les wahhabites se réfugièrent à Riyad, qui devint leur capitale. En 1890, le chef fantoche de la Maison des Saoud, Abdul Rahman Ben Fayçal, fut chassé de Riyad et la famille Saoud dut s'exiler au Koweït.

En 1901, le fils d'Abdul Rahman, âgé de vingt et un ans, Ibn Saoud, succéda à son père et revendiqua les terres familiales. Un an plus tard, l'armée des Saoud reprit Riyad en assassinant le gouverneur Rashidi. Pendant les années qui suivirent, Ibn Saoud conquit la moitié du Nejd, pour être repoussé une fois encore lorsque l'Empire ottoman vint à la rescousse de l'ennemi juré des Saoud, la maison des Rashidi.

L'éclatement de la Première Guerre mondiale bouleversa la destinée d'Ibn Saoud et de tout le monde moderne.

Les intérêts britanniques ne cessaient de croître dans la Péninsule depuis la fin des années 1800. À la veille de la Première Guerre mondiale, les dirigeants britanniques comprirent la nécessité de dominer l'une des quatre familles qui régnaient sur la Péninsule, afin de ravir le contrôle de la région des mains des Turcs.

N'ayant aucune éducation ni aucun lien de parenté avec Mahomet, Ibn Saoud était la marionnette parfaite dont le Royaume-Uni avait besoin. De 1911 à 1914, Ibn Saoud usa le nouveau flux d'argent britannique et sa nouvelle amitié pour transformer ses frères Ikhwan – une secte de Bédouins wahhabites – en une troupe assoiffée de sang. Pendant que les dirigeants arabes tentaient de moderniser leur pays, grâce à l'agriculture et au commerce, la Maison des Saoud organisait de violentes razzias sur les tribus voisines. Encouragés par les Britanniques, les disciples sanguinaires de la Maison des Saoud brûlèrent des milliers d'individus, en décapitèrent des centaines, exhibant leurs crânes aux portes de la ville. Les femmes étaient réduites à l'esclavage par centaines et étaient souvent offertes aux alliés à titre de présent.

Travaillant au service des forces anglaises, Ibn Saoud envahit la région Ouest, attaqua les Hachémites et les autres familles. Il prit le Djebel Chammar en 1921, La Mecque en 1924 et Médine en 1925. Pendant ce temps, ses disciples Ikhwan pillaient des villes entières, assassinaient adultes et enfants et massacraient tous les imams qui ne partageaient pas leurs convictions wahhabites. Pour gagner en légitimité, Ibn Saoud alla jusqu'à engager un théologien égyptien afin qu'il lui dessine un arbre généalogique le liant à la famille du Prophète. En 1932, il baptisa la région qu'il avait conquise du nom d'Arabie Saoudite et s'en déclara roi.

Les wahhabites Ikhwan fanatiques aidèrent la Maison des Saoud à conserver le pouvoir. Réactionnaires et cruels, ils ne toléraient aucune des innovations du XXe siècle et n'acceptaient pas la présence de non-musulmans en Arabie Saoudite. Dans leur désir de prosélytisme, les Ikhwan massacrèrent plus d'un demi-million de personnes.

Tout en prétendant être un unificateur, Ibn Saoud n'avait aucun intérêt à unifier le peuple arabe. Mal organisé, sans éducation, le roi Ibn Saoud dirigeait son peuple sous sa tente et régnait sur une trentaine de tribus. Il avait des dizaines de femmes, encore plus de concubines et d'esclaves, et se vantait d'avoir défloré des vierges par centaines.

La Maison des Saoud dirigeait l'Arabie Saoudite avec une main de fer et s'arrangeait pour que le pouvoir reste au sein de la famille. Toutes les provinces, sans aucune exception, étaient dirigées par des membres de la famille. Pour contrôler les villes avancées du Hedjaz, Ibn Saoud fonda le Comité pour la propagation de la vertu, placé sous l'égide des wahhabites. Les gens étaient flagellés en public pour avoir porté du parfum, des bijoux ou des babioles occidentales, tous les hommes durent se laisser pousser la barbe. Si un homme du Comité désirait épouser une femme, il était impossible de la lui refuser. Le système juridique du Hedjaz fut abandonné au profit des lois wahhabites. Grâce à ses sbires wahhabites, à l'appui et au financement des Anglais, Ibn Saoud continua à régner sur son état policier bédouin.

En 1933, il se produisit des bouleversements radicaux.

Depuis longtemps, les géologues pensaient que la Péninsule arabe renfermait du pétrole, mais personne ne savait quelle quantité exactement. Ibn Saoud avait accordé la première concession à la Grande-Bretagne dès 1923, mais elle n'en avait pas fait grand-chose. En 1928, l'accord fut dénoncé et Standard Oil of California (SOCAL) entra dans la danse, en rachetant le contrat arrivé à expiration pour la modique somme de deux cent cinquante mille dollars.

Les gisements de pétrole en Arabie Saoudite de l'est sont situés sur des régions planes à très faible profondeur, si bien que leur exploitation est peu coûteuse. De plus, la proximité des voies maritimes fournit un moyen de transport idéal. Avec SOCAL dans la place, Harold Ickes, le secrétaire de l'Intérieur américain, commença à constituer un « lobby » en arrosant Ibn Saoud de subsides, qui allaient tous dans la poche du roi.

En 1936, SOCAL transféra sa concession à sa filiale, California Arabian Standard Oil Company, une entreprise installée en Arabie Saoudite qui deviendrait par la suite l'Arabian American Oil Company (Aramco). À la fin de la Seconde Guerre mondiale, Aramco produisait trois cent mille barils de brut par jour, et les États-Unis avaient officiellement repris la place de l'Angleterre auprès d'Ibn Saoud. Contrairement à la Grande-Bretagne, qui imposait la manière dont les profits devaient être réinvestis dans l'économie et le système éducatif, les États-Unis n'émirent aucune exigence. Des quatre cents millions de dollars reçus entre 1946 et 1953, Ibn Saoud ne rendit presque rien au peuple saoudien. Des dizaines de millions furent dépensées en palais somptueux. On utilisait des voitures luxueuses jusqu'à ce que le réservoir se vide et on les abandonnait sur le bord de la route plutôt que de refaire le plein. Les membres de la famille recevaient des subsides faramineux, et tout se réglait à coup de pots-de-vin.

Les riches s'enrichirent, les pauvres furent de plus en plus opprimés.

Se méfiant de ses voisins, Ibn Saoud utilisa les

profits du pétrole pour pousser les autres pays à la guerre. On incita l'Égypte à se quereller avec la Syrie, la Syrie à entrer en conflit avec l'Irak. Cette manœuvre destinée à assurer la suprématie de l'Arabie Saoudite sur la région se poursuivit pendant les sept décennies suivantes.

Ibn Saoud mourut à l'âge de cinquante-deux ans, laissant une centaine de femmes, quarante-deux fils, mille cinq cents princes et un pays sans aucune infrastructure, fondé sur le népotisme et un héritage d'immoralité. Sous son « règne », les citoyens avaient été confinés dans la pauvreté, l'ignorance, abandonnés sans soins médicaux sous la menace constante des imans wahhabites.

Son fils aîné, Saoud, un simplet encore plus corrompu que son père, succéda à celui qui s'était nommé roi. Il se maria encore plus souvent qu'Ibn, avait un appétit insatiable pour le grotesque et était connu pour satisfaire ses désirs sexuels avec de jeunes garçons. Il fut ensuite destitué, accusé d'avoir participé à un complot contre le président égyptien Nasser, dont la popularité croissait.

Pour choisir son troisième roi, la Maison des Saoud se tourna vers le second fils d'Ibn Saoud, Fayçal, qui, plus habile que son père, savait mieux cacher l'immoralité de son règne aux yeux du public. Fayçal abreuvait les journaux arabes de pots-de-vin pour qu'ils publient des récits factices sur ses prouesses, et, avec la complicité des États-Unis et grâce à la richesse de son pays, il encouragea le Yémen à s'opposer à Nasser, ce qui lui gagna les faveurs des musulmans.

Sur le plan de la politique intérieure, Fayçal continuait à opprimer le peuple. Sous le prétexte fallacieux de réduire les subsides accordés à la famille royale, il confisqua près de 95 % des terres publiques, qu'il attribua aux membres de la famille, en commençant par offrir une terre estimée à deux milliards de dollars à son épouse Iffat. Fayçal incita également les membres de la famille à se lancer dans les affaires, en utilisant les revenus du pétrole pour financer leurs entreprises. Aujourd'hui encore, aucun contrat gouvernemental ne peut être signé en Arabie Saoudite sans l'appui d'un prince.

Les États-Unis n'ignoraient rien de l'injustice du régime, mais leur dépendance vis-à-vis du pétrole incitait les dirigeants à détourner pudiquement le regard.

Quant à Fayçal, il devait maintenir l'équilibre entre la préservation de l'identité arabe et musulmane, tout en attisant les divisions au sein du Moyen-Orient. En 1973, lorsque Israël remporta une nouvelle victoire sur l'agresseur égyptien, le roi Fayçal s'attira brièvement le soutien de la communauté arabe en coupant les livraisons de pétrole à l'Occident. Son règne se termina deux ans plus tard, car il fut assassiné par un neveu pour venger la mort de son frère, exécuté sur ordre du roi, pour des motifs « religieux ». Il fut remplacé par le prince Khalid dont le premier acte de monarque consista à nommer trois des derniers sept des Sudairi à des postes de ministres-clés, Nayef, Sultan et Fahd. Les membres de la famille qui ne faisaient pas partie de la lignée des Sudairi furent écartés du pouvoir. C'était une sorte de coup d'État à l'intérieur de la Maison des Saoud qui engendra des règlements de comptes sanguinaires au sein de la famille.

En 1982, Khalid succomba à une crise cardiaque et Fahd, le prince de la couronne, reprit le flambeau. Auprès des hommes d'État et des diplomates occidentaux, il s'était forgé une réputation de paresseux inculte. Il était connu pour boire, jouer, et ses excès restaient sans précédents, même selon les critères de la Maison des Saoud. Son palais coûtait trois milliards de dollars, il possédait une flotte de vingt-cinq Rolls Royce et de cinq Boeing 747, et sa suite se déplaçait avec deux cents tonnes de bagages. Ses fréquents voyages en Espagne lui coûtaient cinq millions de dollars par jour, et il perdit huit millions de dollars à Monte Carlo en une seule soirée. Sous son règne, les principaux princes de la Maison des Saoud recevaient des subsides de cent millions de dollars par an, tandis que les membres les plus éloignés devaient « se contenter » de quatre millions. Fahd avait plus de cent femmes, d'innombrables courtisanes, et, lors d'un voyage à Los Angeles, avec sa suite, il dépensa plus de dix mille dollars de Viagra. Malgré les millions de pétrodollars, sous le règne de Fahd, l'État saoudien connaissait un déficit record.

Pour contrebalancer les dépenses, le roi Fahd inventa un nouveau moyen permettant à la famille royale de ponctionner de nouveaux milliards dans l'économie nationale. Sous prétexte de « protéger ses frontières », l'Arabie Saoudite commença à importer des armes, ce qui remplissait les poches des fournisseurs occidentaux, ainsi que celles des princes qui assuraient les transactions. Les commissions allaient de dizaines de millions à quelques milliards, pourtant, c'était un véritable gâchis sur le plan économique. L'armée saoudienne manquait de personnel et de la formation adéquate pour manier ces armes qui, de plus, venant des États-Unis, de France ou de Grande-Bretagne, étaient souvent incompatibles.

Dans le sillage de la Première Guerre du Golfe, la maison des Saoud acquit pour plus de cent milliards d'armement, par l'intermédiaire (et pour le plus grand bénéfice) du ministre de la Défense et futur roi, le prince Sultan. L'homme qui avait réussi à se procurer assez d'argent pour être l'homme « le plus riche du monde » acheta des F-15 américains, des Tornado britanniques, des véhicules de combat Bradley et des missiles sol-sol longue portée chinois. Sultan confia à la famille Ben Laden la construction de villes et de bases militaires, qui, aujourd'hui encore, sont quasiment désertes. On acheta plus de deux cents navires pour la marine saoudienne, dont huit sous-marins, une demi-douzaine de frégates, neuf bateaux de patrouille Peterson et quatre corvettes. Pourtant, le personnel de la marine ne pouvait fournir qu'une moyenne de vingt et un hommes par bateau ! Des centaines de véhicules militaires qui venaient d'être livrés rouillèrent dans le désert.

Les investissements militaires des rois Fahd et Sultan étaient en fait pure hypocrisie car ni l'un ni l'autre ne voulaient d'une armée forte. Bien que l'Arabie Saoudite soit entourée d'ennemis potentiels, c'est l'ennemi intérieur, le peuple opprimé, qui fait peser la plus grande menace sur le monopole de la Maison des Saoud. Malgré les centaines de milliards de pétrodollars, le chômage atteint 30 % de la population, le système de sécurité sociale n'est pas financé, et les services publics, tels que l'électricité ou le téléphone, sont sans cesse au bord de la rupture. Tandis que l'économie est presque en faillite, la famille royale s'enrichit et le peuple commence à se rebeller.

Pourtant, la révolution en Arabie Saoudite, ce n'est pas une mince affaire. Des milliers de membres de la famille occupent les postes-clés dans l'armée et au ministère de la Défense. Par crainte des détournements d'avions, seuls les princes ou les proches ont le droit de devenir pilotes. Et si la famille s'enrichit toujours avec les contrats d'armements, elle répugne à constituer une armée qui aurait la capacité de renverser le régime, préférant confier les armes sophistiquées aux mains des trente-cinq mille gardes nationaux bédouins wahhabites, placés sous la responsabilité directe du prince héritier. L'armée saoudienne, inférieure en nombre, reste basée à l'extérieur des grandes villes, afin de décourager encore toute velléité de révolte.

En cas d'actes subversifs, la répression est aussi expéditive que féroce. Les personnes suspectes de complot sont torturées, décapitées ou jetées des avions. Ceux qui se mettent en grève pour obtenir de meilleurs salaires sont emprisonnés. Certains chefs religieux sont exécutés. Les journalistes qui évoquent des opinions antigouvernementales disparaissent purement et simplement. N'importe qui peut être arrêté à tout instant pour avoir une attitude « suspecte ». Les organisations de défense des droits de l'homme se voient interdire l'accès aux prisons et ne peuvent pas enquêter sur les brutalités. Les tortures infligées dans les prisons, comme les ongles de mains ou de pieds arrachés et d'autres sévices sanguinaires, sont largement documentées.

Néanmoins, les États-Unis refusent d'intervenir, car, tant que l'Arabie Saoudite fournit du pétrole bon marché, la Maison des Saoud doit rester au pouvoir. Pourtant, la présence américaine dans le Golfe est une arme à double tranchant. L'islamisme fondamentaliste interdit toute présence étrangère en Arabie Saoudite, si bien que la Maison des Saoud est en conflit direct avec les gardes nationaux wahhabites. Pour apaiser les ulémas (théologiens de l'islam), les Saoud ont fondé des madrasas, des écoles où l'on enseigne l'islam radical, la haine des Américains, des juifs et des chrétiens. L'islam fondamentaliste se propage rapidement, et pas seulement en Arabie Saoudite. C'est toujours l'Iran qui fait peser la plus lourde menace dans la région, mais les fondamentalistes gagnent du terrain en Jordanie, au Koweït, au Soudan, en Égypte, au Maroc et surtout en Irak.

Ainsi tourne la roue de la folie.

Dépendant du pétrole, l'Occident se sert de sa puissance pour maintenir la Maison des Saoud au pouvoir.

Pour rester au pouvoir, la Maison des Saoud soutient

les islamistes fondamentalistes, au risque de devenir leur cible.

Pour donner de l'essor à leur mouvement, les islamistes ont juré de détruire l'Occident… en s'attaquant d'abord à l'Irak et à sa population chiite, tandis que le peuple d'Arabie Saoudite, longtemps sous la coupe de ses oppresseurs théocratiques, est incapable de conquérir la démocratie tant que la Maison des Saoud bénéficiera du soutien des États-Unis.

Pendant des décennies, ce cercle vicieux, alimenté par la cupidité et des politiciens, a continué à piétiner les droits de l'homme et à détruire les vies de milliers d'innocents. Ajoutez à cette équation les huit cent cinquante milliards de dollars que les Saoudiens ont investis dans les entreprises américaines, et vous obtenez un des plus grands leviers de l'économie américaine.

Comment se comportent les drogués lorsqu'ils sont en manque ? Que font les dealers lorsque les drogués se détachent de leur dépendance ? Les dernières pièces du jeu sont en place… un pion, déguisé en roi, va avancer, poussé par la main invisible du maître de l'échiquier… mettant la civilisation échec et mat.

*

Le premier détournement d'avion a été suspecté dès 8 h 20 et le dernier avion détourné s'est écrasé en Pennsylvanie à 10 h 06. Ce n'est qu'après que le troisième avion s'est écrasé sur le Pentagone à 9 h 38 qu'un avion de chasse a enfin décollé de la base aérienne US Andrews, située à une quinzaine de kilomètres de Washington DC. Pourquoi avoir autant tardé ? Il existait des procédures réglementaires d'interception en cas de détournement d'avion bien avant le 11 septembre. Entre septembre 2000 et juin 2001, l'armée américaine a fait décoller des avions de chasse pour intercepter des avions suspects à soixante-sept reprises. Dès qu'un avion dévie de façon significative de son plan de vol, la réglementation aérienne américaine veut que des chasseurs décollent pour procéder à des vérifications. Cette inertie est-elle due au manque de professionnalisme ou de compétence de certains des employés occupant des postes-clés ? À moins qu'elle ne résulte plutôt d'une entorse délibérée aux règles de la sécurité aérienne ?

Michael Meacher, ancien ministre de l'Environnement britannique. Extrait de « The War on Terrorism is Bogus »,
The Guardian, *6 septembre 2003*

Ben Laden est sous surveillance depuis plusieurs années maintenant : tous ses appels téléphoniques ont été placés sur écoute et les services de renseignements américains, pakistanais, saoudiens et égyptiens ont infiltré Al-Qaida. Il lui aurait dont été impossible de garder secrète une opération aussi complexe et qui requérait une telle organisation.

Mohammed Heikal, ancien ministre des Affaires étrangères.

*

Chapitre 14

Situé sur la 72e rue, le High-Rise offre à la plupart des occupants une vue imprenable sur Central Park. Jennifer Wienner y loue un appartement somptueux à un des étages les plus élevés, avec parquet, cheminée et balcon, pour la coquette somme de six mille dollars par mois.

En tenue de jogging, assise dans le dressing de la chambre, au milieu de grandes boîtes tiroirs, l'ancienne responsable de la stratégie du parti républicain se lance dans le rangement. Elle vient de remplir deux sacs de chaussures et reste abasourdie par cette quantité d'accessoires et de souliers accumulée au fil des ans… et elle n'a toujours pas commencé à ranger les bottes !

— Bon, c'est décidé, j'emménage en Floride. À partir de maintenant, je n'aurais plus besoin que de sandales !

La sonnette l'oblige à s'interrompre. Jurant à voix haute, elle se fraye un chemin dans le dédale de boîtes qui encombrent sa chambre et grimace en voyant les piles de vaisselle qui demandent encore son attention sur la table du salon.

Jennifer regarde par le Judas et ouvre.

— Ace, qu'est-ce qui t'amène ?

— J'avais quelques courses à faire, je pensais que nous pourrions bavarder un peu. Tu me fais entrer ?

— Oui, bien sûr, répond Jennifer, soudain consciente de sa tenue. Laisse-moi une minute, que je me change.

— Tu es très bien comme ça.

— Tu plaisantes ? Je ne suis même pas coiffée. Assieds-toi, je reviens tout de suite.

Elle se précipite dans la chambre. Ace entre au salon. Repérant vite les quatre télécommandes du home cinéma, il renonce à chercher quelle est celle de la télévision. Il allume l'écran manuellement et passe sur CNN.

« La grippe aviaire continue à se propager dans le Sud-Est asiatique. En politique intérieure, les caucus d'Iowa doivent se dérouler en fin de semaine, ils seront suivis par les primaires du New Hampshire, pourtant, il est toujours difficile de prévoir, parmi les huit candidats démocrates en lice, lequel affrontera le président McKuin. Nombreux sont ceux qui estiment que la sénatrice Clinton a les meilleures chances, mais sa campagne risque d'être entachée par les attaques que lui ont lancées les républicains durant les élections controversées de 2008. Espérant une bonne avance dans l'Iowa, le gouverneur Mitch Friedenthal emportera sûrement sa Pennsylvanie natale, l'un des quatre états pivots dans ces élections, cependant il est en retard sur Clinton dans l'Ohio et il passera sûrement derrière le sénateur Joe Mulligan du Delaware dans le Sud. Sur les cinq derniers candidats, seuls… »

Jennifer revient, ses cheveux d'ébène tirés en arrière, un soupçon de maquillage sur le visage.

— Bon, je me sens plus humaine comme ça. Que se passe-t-il ?

— Juste une question, dit Ace en indiquant la télévision, si tu étais embauchée pour diriger l'élection présidentielle, disons pour un candidat démocrate qui défend les énergies alternatives, comment tu t'y prendrais ?

— Je ne le ferai pas.

— C'est une simple hypothèse.

— Quoi, un démocrate retrouverait la Maison Blanche, et je n'ai même pas le temps de reprendre mes cours de politique de première année !

— Alors, ne perds pas de temps !

Elle lit la détermination dans le regard d'Ace. Attrapant une couverture de laine, elle s'y enroule sur le divan en face de lui.

— Comme tout le reste, les élections, c'est une question d'argent ! C'est l'argent qui fait passer les messages. Et ce sont les messages qui font élire les candidats. Pas la vérité, pas la politique, pas la carrière ni les médailles de guerre… la communication. En mettant leur bulletin dans l'urne, la majorité des Américains pensent voter pour celui qui partage leurs valeurs ou va le mieux répondre à leurs besoins. Avec, tout en haut de l'échelle, des thèmes comme les impôts et l'avortement, ou si on veut, dieu, le sexe et les armes… pas l'environnement.

— Pourquoi pas ? Le réchauffement de la planète est un sujet brûlant. Regarde tout ce qu'Al Gore a accompli.

— Gore a favorisé la prise de conscience du public. Il a initié quelques projets locaux. Les économistes le soutiennent pour obtenir une taxe sur les émissions de gaz carbonique… mais ils ne se présentent pas à la présidentielle… Les démocrates parlent d'environnement, mais ils n'ont strictement rien fait depuis la création de la taxe sur l'énergie, lors du premier mandat de Clinton. C'est d'ailleurs ce qui leur a fait perdre le Congrès !

— Les temps ont changé. Tout le monde sait qu'il est urgent de se débarrasser des énergies fossiles.

— Ace, vingt-sept députés démocrates représentent des états producteurs de charbon. Tu crois qu'ils vont laisser basculer leurs voix aux mains des républicains ?

— Alors, malgré la certitude d'un changement climatique, malgré la flambée des prix du gaz, malgré la pollution et les problèmes respiratoires… la pénurie de pétrole inéluctable à laquelle nous sommes mal préparés… rien ne va changer ?

— Pas à Washington. Ace, peu importe le problème, la seule chose importante, c'est le message. La plupart des politiques des candidats vont à l'encontre des intérêts de leurs électeurs. Ils sont élus sur le poids de leurs discours. Répète souvent les mêmes mensonges, et le public les prendra pour argent comptant. Donne-moi assez d'argent pour inonder les médias, et je te ferais élire Elmer, s'il voulait bien aller à la messe de temps en temps et faire des efforts pour articuler.

— Alors, explique-moi Bill Clinton.

— Clinton n'avait pas autant d'argent que Bush père, mais il avait un message clair. « L'économie, c'est idiot ! » Et le type avait du talent. Son adversaire, monsieur « 41 % », a perdu parce qu'il voulait augmenter les impôts. C'était la bonne solution pour l'économie américaine, mais c'était idiot pour quelqu'un qui voulait se faire réélire.

— Et les élections de mi-mandat en 2006 ?

— Ce n'est pas tant les démocrates qui ont gagné le Parlement et le Sénat, que les républicains qui les ont perdus. Pourquoi toutes ces questions ?

— Si un des candidats, disons le sénateur Mulligan, fondait toute sa campagne sur un programme de remplacement des énergies fossiles... Avant de protester, imagine une économie fondée sur une énergie propre. Plus de dépendance par rapport au Moyen-Orient, plus de guerres. Élimine le pétrole de l'équation, et on élimine 90 % des raisons de haïr l'Occident. Songe à tous les Américains morts en Irak.

— Ça ne compte pas.

— Bien sûr que si ! L'opinion publique a horreur de la guerre !

Jennifer hausse les épaules.

— D'accord. Si tu as raison, pourquoi McKuin a-t-il été élu après huit ans de Bush et de Cheney ? Selon ta logique, les démocrates auraient dû l'emporter haut la main, comme en 2006. Cela n'a pas marché. Pourquoi ? L'argent et la machine médiatique républicaine !

— Quoi ? Limbaugh et les nouvelles chaînes câblées ?

— En partie, oui. On commence par le message, quelque chose qui se vend bien. Peu importe qu'il soit vrai. Ensuite, on dépense des milliards de dollars en publicité, pour bien l'ancrer dans la tête des Américains. Il y avait deux bons candidats démocrates en 2008, Hillary et Obama. Rove et ses joyeux lurons se sont arrangés pour qu'ils dirigent leurs attaques l'un contre l'autre, comme l'avait fait l'administration Reagan en attisant le conflit entre les Iraniens et les Irakiens dans les années 1980. Diviser pour mieux régner... Les plaies étaient si béantes dans le camp adverse que les démocrates n'avaient plus une chance de tenir. La machine crée le message, l'argent alimente les médias, les médias serinent ce message dans les foyers jusqu'à ce que le subconscient du public associe le message avec le candidat. C'est comme le réflexe de Pavlov : on fait sonner la même clochette encore et encore, et le public se met à saliver.

— Alors, le fond ne sert à rien ?

— À rien. Sauf s'il est intégré par le public, dans ce cas, il signifie tout. Regarde l'invasion de l'Irak. Le mantra de Rove, en dehors des armes de destruction massive, c'était que le pétrole couvrirait tous les frais de guerre. Andrew Natsios, l'administrateur de l'US Agency for International Development, avait assuré devant les médias que la guerre ne coûterait pas plus d'1,7 milliard aux contribuables. Ce message fut asséné encore et encore, jusqu'à ce que le Congrès finisse par le croire. Et voilà, dix ans plus tard, nous avons dépassé le trillion de dollars !

« Des milliards sont directement partis vers les groupes d'insurgés, Al-Qaida en tête. Qui est responsable ? Si tu es au pouvoir, la réponse, c'est personne. Tant que tu as le contrôle de la Maison Blanche, mêmes les pires catastrophes sont amnistiées par la grâce présidentielle.

— Et c'est tout ? L'argent, le message, s'en prendre à son adversaire… c'est comme ça qu'on prend le pouvoir.

— C'est comme ça qu'on le garde, surtout si on est lié au monde des affaires. Ce trillion de dollars d'impôts dépensé en Irak, tu ne t'imagines pas que c'est pour construire des écoles, si ? Tu crois que les bases militaires américaines ont poussé toutes seules ? Et qui construit les bases américaines ? Les sociétés qui contrôlent le troisième producteur de pétrole dans le monde, Haliburton, Brown et Root, et les six grandes entreprises pétrolières. Elles amassent des milliards et redistribuent des milliards de donations. C'est comme ça qu'on obtient des contrats d'exclusivité ! Pour un Duke Cunningham malchanceux qui s'est fait prendre la main dans le pot de confiture, il y a une vingtaine de politiciens qui passent à l'as. Quant à Mulligan, sa base démocrate n'a tout simplement pas les moyens de résister sur le plan financier…

— McKuin n'était pas un néoconservateur.

— Exact, mais il n'a été nominé que parce qu'il s'est attiré les faveurs de Pat Robertson et de sa cohorte de bigots. Et il n'a emporté la Maison Blanche que parce qu'il a ajouté Prescott dans son panier, et que Prescott a mis la machine de guerre en branle. La peur, ça fait vendre. Les démocrates ont essayé d'y aller fort, mais ils auraient mieux fait de s'en prendre au message. Ils avaient fait la même chose en 2007 lorsqu'ils contrôlaient le Congrès. Bush voulait des crédits, et ils ont cédé, de peur de s'aliéner l'opinion publique. Sauf que dans l'opinion publique, ils sont passés pour une bande de dégonflés ! C'est pour ça que je travaillais avec les républicains. Ce sont peut-être des menteurs, mais au moins, ils jouent pour gagner.

— Si tout allait si bien, pourquoi es-tu partie ?

Elle brise le contact oculaire.

— Le pouvoir absolu engendre l'arrogance, et l'arrogance, ça vous mène en prison. Il était temps de partir.

Alors, tu démissionnes… au lieu de te rebeller. Tu choisis Clark Kent…

Ace se dirige vers le balcon et contemple Central Park, avec ses sentiers et ses ponts sous un camouflage de neige. De là où il se trouve, il devine l'endroit où sa femme s'est fait assassiner. Il entend de nouveau ses mots, comme si son message ne prenait de sens que maintenant : il fallait un changement radical…

— C'est pour cela que je déménage, dit Jennifer, interprétant mal son expression, je ne supporte plus cette vue.

Il se tourne vers elle, alarmé. Dans la lumière, pendant un instant, on aurait dit la sœur jumelle de sa femme, en brune… avant la chimio.

— Ace ? Ça va ?

— La nuit où Kelli est morte, elle essayait de me prévenir de quelque chose. Elle disait qu'il allait se produire des choses terribles.

— Tu en as parlé à la Sécurité du territoire ?

— Avant ou après le Taser ? Non, Jen, je n'y ai pas pensé. Pour ce que je sais, ils peuvent tout aussi bien être responsables de sa mort.

— N'exagère pas !

— Elle t'avait dit qu'elle écrivait un livre ?

— Quel genre de livre ?

— Des confessions. Elle ne me l'a jamais montré, mais je suppose qu'il y a certaines personnes à Washington qui n'appréciaient pas vraiment.

— Et tu crois qu'on l'a tuée pour ça ? Voyons, Ace, des dizaines d'anciens membres du gouvernement et des généraux écrivent des confessions tous les ans. Personne n'est jamais « sanctionné », comme tu le prétends.

— Kelli m'a dit qu'il allait y avoir un autre attentat, bien pire que le 11 septembre, une histoire avec les néoconservateurs et les islamistes. Elle voulait que je l'aide. Elle voulait dénoncer le complot.

— Comment ?

— Elle disait que c'était lié au pétrole. Pendant trois ans, mon équipe à PetroConsultants a cherché à avoir de nouvelles données sur les réserves. Le mois dernier, j'ai dit devant une assemblée de sénateurs qu'on allait connaître une pénurie dans cinq à sept ans. Et si je me trompais ? Si la fin était plus proche qu'on ne le croyait ?

— Tu as trop d'imagination.

— Tu crois ? Kelli travaillait pour le conseiller national à la sécurité, elle était agent de liaison avec le golfe Persique. Elle a noué des centaines de contacts au fil des ans. Elle était prête à publier les preuves.

— Quelles preuves ?

— Je ne sais pas. Tu te souviens, en 2000, quand Cheney a commencé à organiser toutes ces réunions secrètes ? Kelli y participait. Et si le 11 septembre et toute la guerre en Irak était liée à la pénurie de pétrole ?

— Ah, non, pas une autre théorie du complot !

— Écoute-moi, simplement…

— Honnêtement, Ace, je te crois beaucoup plus…

Elle se lève brusquement comme un diable sort de sa boîte, envoyant les livres voler dans toute la pièce.

— Pour une fois, Jennifer, tu pourrais te taire un peu et m'écouter avec l'esprit ouvert.

Jennifer s'accroche à sa couverture, hésitante. Elle connaît parfaitement le passé d'Ace. Elle sait qu'il a craqué sous la pression, à l'université. Le meurtre de Kelli. Le licenciement. L'arrestation. Dans cet état d'esprit, il est capable de n'importe quoi.

Ace inspire profondément, et se calme.

— Mon meilleur ami est mort dans la tour Nord. Il

travaillait pour une des sociétés d'investissement, dans les étages supérieurs. Il a laissé une femme et trois enfants.

— Je suis désolée.

— Pendant qu'ils grillaient comme des poulets avec ses collègues, les investisseurs étrangers ont fait de beaux profits, avec un peu de délits d'initiés. Il était arrivé de bon matin, car il voulait rattraper toute sa paperasse en retard de la veille. Je ne crois pas aux théories du complot, Jennifer, mais les conneries que nous raconte Washington ne tiennent pas debout. Tu te souviens de Payne Stewart, le golfeur ? Son avion privé avait été intercepté par l'Air Force dix minutes après qu'il se soit écarté de sa route, et un avion de ligne peut encore survoler Washington quatre-vingt-dix minutes après trois détournements sans qu'un seul chasseur ne l'intercepte avant qu'il ne s'écrase sur le Pentagone ? Mon ami est mort parce que des tas de gens se sont croisés les bras, ou en ont reçu l'ordre. Et maintenant, ma femme est morte à cause de ce qu'elle savait. Et toi, tu viens de m'expliquer que ceux qui étaient au pouvoir feraient n'importe quoi pour le garder ?

— Je n'ai jamais parlé de tuer.

— Tuer des gens, c'est ce qui arrive lorsqu'on envahit un pays étranger sous un prétexte fallacieux. Ta cousine est morte en croyant que cela allait de nouveau se produire, et tu vois, tout d'un coup, je la crois.

— Je crois que tu devrais partir. Je ne plaisante pas, Ace, va-t'en.

— Parfait.

Il se dirige vers la porte.

— Au fait, tu as tort sur un point. Tout n'est pas une question d'argent. Il a fallu que Kelli chope le cancer pour que je comprenne.

Il sort. Jennifer claque la porte derrière lui.

*

On ne demande pas à un entrepreneur de faire un travail parfait pour être en droit de recouvrer les frais qu'il a engagés.

Rhonda James, porte-parole du génie militaire américain à propos de la société Halliburton qui a récupéré la quasi-totalité de ses investissements, grâce à un contrat sans appel d'offres fort controversé de près de 2,5 milliards de dollars, pour la livraison de carburant et la réparation des équipements pétroliers en Irak.

Le président Bush a nommé Barbara Bodine à la tête de la région centrale de l'Irak. Au sein du gouvernement, nombreux sont ceux qui sont choqués par cette nomination, car Bodine est soupçonnée d'avoir bloqué l'enquête sur *l'USS Cole*, qui, d'après eux, aurait permis de déjouer les attentats du 11 septembre. Elle a toujours refusé de reconnaître son erreur ou de s'excuser.

Washington Times*, 10 avril 2003 (Bodine a été démise de cette fonction trois semaines plus tard pour manque de résultats)*

Si les démocrates sont capables de sortir victorieux de la lutte contre le terrorisme, alors j'irai chanter à la Star Académy !

Vice-président Dick Cheney, 24 mars 2006

Puis le quatrième ange sonna de la trompette. Le tiers du soleil fut frappé, ainsi que le tiers de la lune et le tiers des étoiles, de sorte qu'ils perdirent un tiers de leur clarté ; un tiers du jour et un tiers de la nuit furent privés de lumière.

Apocalypse **8**, *12*

*

Chapitre 15

BALTIMORE, MARYLAND, 9 JANVIER 2012,
19 H 07 (GMT – 5)

Le quartier résidentiel de Madison, la section du centre est de Baltimore, est constitué de trente-deux séries de bâtiments de brique accolés le long de rues étroites et d'impasses du début du XIXe siècle. On y trouve par endroits des écoles, des casernes de pompiers, quelques églises de pierre et des petites entreprises. C'est un quartier noir pour l'essentiel, à mi-chemin entre la décrépitude et la rénovation.

Jamal al Yussuf sort d'une épicerie avec deux sacs en plastique. Le regard des habitants lui fait bien sentir qu'il n'est pas à sa place. Le vent froid d'hiver qui transperce sa veste de mouton lui donne la même impression.

La sirène qui gémit au loin lui rappelle Bagdad.

***

Jamal est né dans un contexte difficile. La guerre entre l'Iran et l'Irak, longue et violente, lui avait volé un cousin et deux oncles, et avait décimé toute une génération. La menace américaine en 1991 avait semé la terreur dans sa famille qui, durant les dix années suivantes, avait dû se contenter du strict minimum.

Mais rien ne l'avait préparé à la violence à venir.

Jamal avait dix-neuf ans, lorsque Bush fils se mit à défier ouvertement Saddam. D'origine chiite, Jamal n'avait aucune envie de défendre le régime, mais les officiers militaires dont il dépendait menaçaient de tuer tous ceux qui ne se battaient pas contre l'envahisseur étranger. On lui donna un uniforme et une arme et on l'envoya à Safwan, un poste d'observation à quelques kilomètres de la frontière. Les rangs ne comptaient que peu de militaires professionnels, car les gardes sunnites étaient basés plus près de Bagdad.

Dès l'apparition des premiers avions américains, Jamal devint très nerveux, pourtant ils ne lâchèrent aucune bombe, ce jour-là, seuls des petits papiers blancs descendirent du ciel. Les tracts demandaient à l'armée irakienne de ne pas résister et de se rendre, puisque Saddam serait de toute façon vaincu.

Jamal n'avait aucune envie de se battre, néanmoins personne ne faisait confiance aux Américains. Bush père avait mis Saddam au pouvoir et, quelques années plus tard, il avait déclaré la guerre pour destituer le dictateur. Tout le monde savait pertinemment que les Américains voulaient contrôler la région et s'emparer du pétrole irakien. La plupart des Irakiens détestaient Saddam, sans vouloir d'Américains chez eux pour autant. Ils voulaient simplement diriger leur propre pays à leur façon, en dehors de toute ingérence étrangère.

Jamal était en service lorsqu'un tir de barrage assourdissant fit trembler son avant-poste. Les Marines ouvraient le feu avec leurs canons Howiter 155 mm. Jamal lâcha son arme et s'enfuit. Un instant plus tard, le poste d'observation explosa en une immense boule de feu.

La nuit se transforma en enfer lorsque les hélicoptères volèrent en rase-mottes pour lancer leurs missiles. Les bombes explosèrent pendant des heures d'affilée, partout des incendies se déclaraient. Jamal courait dans les rues jonchées de camions et de cadavres calcinés, les corps des soldats ayant littéralement fondu dans les explosions.

Ce n'était pas un combat, c'était un massacre, et Jamal refusait d'y prendre part. Il arracha les restes de son uniforme, vola une moto et rentra à Bagdad, au milieu des balles de mitrailleuses qui sifflaient dans l'air et des colonnes de fumée noire qui s'élevaient des bâtiments en ruine, tandis que, chancelant, les survivants couraient dans les rues, en brandissant des drapeaux blancs.

Jamal retrouva sa famille à l'aube, mais la guerre l'avait suivi jusque chez lui. Une bombe avait transpercé le toit, et son père était mort sous les décombres. Sa mère pleurait. Son plus jeune frère, gravement blessé, était éventré. Jamal prit l'enfant dans ses bras et courut à l'hôpital dans les décombres, avec sa seule main pour essayer de maintenir les organes de l'enfant à l'intérieur du corps. L'enfant mourut avant d'avoir pu être soigné.

Les jours suivants se perdirent dans un tourbillon d'avions et de bombes qui explosaient dans un monde de plus en plus fou. Il n'y avait ni eau ni électricité ; la nourriture manquait, le chaos régnait. Lorsque les bombardements régressèrent enfin, Jamal et ses cousins se mirent à hanter les rues pour piller les magasins, telle une horde de rats affamés.

À la fin de la semaine, les envahisseurs débarquèrent.

L'Irak est une nation communautaire composée d'Arabes, chiites ou sunnites, et de Kurdes, sunnites également, mais d'une autre origine ethnique. Sous le règne de Saddam, l'élite sunnite dirigeait le pays, bien que les chiites représentent 60 % de la population. L'invasion américaine bouleversa la donne, et les chiites s'arrangèrent vite pour prendre le pouvoir grâce à leur supériorité numérique.

Pour ajouter au chaos, les insurgés chiites iraniens virent l'occasion où jamais pour imposer leurs vues fondamentalistes dans le pays voisin. La stabilité de la nation était également menacée par Abou Mussab Al-Zarkaoui, un extrémiste sunnite, chef d'Al-Qaida en Irak. Il ne fallait pas oublier non plus les religieux extrémistes comme Moqtada al-Sadr, qui dirigeait sa propre armée de chiites et nourrissait un penchant pour la violence. Pendant que les États-Unis essayaient de maintenir l'ordre dans ce maelström de factions rivales, la population irakienne devait lutter pour sa survie.

En tant que chiite, Jamal et sa famille faisaient partie de la classe des travailleurs pauvres. Avant les premières heures de l'attaque, pendant lesquelles les bombes tuèrent trois des leurs, l'arrivée éventuelle des Américains était plutôt une bonne nouvelle pour eux. Dévastés par ces décès, ils essayèrent de survivre en disposant à peine d'un minimum de confort, dans une ville aux mains des vandales où régnait une insécurité totale.

Quelques mois après l'invasion, les habitants de Bagdad se virent imposer des restrictions d'énergie qui ne leur laissaient que deux heures d'électricité par jour. Par temps chaud, la température montait parfois à près de cinquante degrés. Pour ceux qui possédaient un générateur, il était presque impossible de trouver du fioul. Dans un pays possédant les deuxièmes réserves de pétrole du Moyen-Orient, les gens devaient faire la queue devant les stations-services. Pourtant, les milices américaines et les élites gouvernementales semblaient ne manquer de rien. De temps à autre, Jamal et ses amis se procuraient un peu d'essence au marché noir, à vingt fois le prix de l'époque Saddam.

Les Américains imposèrent un couvre-feu à six heures du soir et des restrictions à la circulation. Par manque d'électricité, la mère de Jamal en était réduite à préparer les repas sur le four à kérosène. On devait dîner à la bougie, se laver à l'eau froide. Le soir, Jamal racontait des histoires à ses frères et ses cousins, pour se lever ensuite à quatre heures et demie pour aller faire une queue atteignant souvent un kilomètre à la station-service. Il faisait extrêmement froid, et, souvent, la station manquait d'essence avant que son tour soit arrivé.

Les bons jours, il partait avec la voiture de son cousin, mais la plupart du temps, il devait marcher.

En faisant la queue, Jamal entendait parler des insurgés. Certains étaient convaincus que la pénurie était organisée par les Américains qui voulaient limiter le nombre de véhicules sur les routes. D'autres estimaient que les candidats aux élections locales faisaient des stocks pour apparaître comme les sauveurs plus tard.

On ne pouvait échapper aux avances alléchantes des insurgés iraniens qui offraient jusqu'à cinq cents dollars par mois aux chiites pour qu'ils attaquent les véhicules de patrouille et les chars américains au lance-grenades. Bien que tenté, Jamal se méfiait de cette offre.

Au fur et à mesure que les mois se transformaient en années, la vie à Bagdad montrait quelques vagues signes d'amélioration, mais un sentiment d'insécurité continuait à planer dans l'air, les habitants sachant que ce semblant de normalité pouvait s'effondrer d'une seconde à l'autre dans une explosion quelconque. Un jour, Jamal et sa famille se déplaçaient dans une rue jonchée de débris, lorsqu'ils ont vu un objet métallique dépasser du sol. Deux Américains le remarquèrent également et bientôt, la scène fut bouclée. La foule commençait déjà à s'agglutiner lorsque l'équipe de déminage arriva. Les soldats repoussèrent les civils de quelques centaines de mètres, juste avant la plus forte explosion que Jamal n'ait jamais entendue. Les vitres se brisèrent, les enfants hurlèrent. Mais lorsque la poussière retomba, Jamal s'aperçut que personne n'avait été blessé. En passant devant le cratère encore fumant, Jamal fit un petit signe de remerciement aux deux soldats.

Les élections apportèrent de nouvelles craintes. La liste de candidats était composée soit de personnes liées aux Américains, sous l'égide d'Ahmed Chalabi, personnage méprisé ; soit de chefs tribaux dont la soudaine apparition dans la politique irakienne menaçait de faire tomber une nation laïque dans le fanatisme religieux. De plus, toutes les listes devaient être accréditées par Ali al-Sistani, un ayatollah d'origine iranienne.

Se savoir confinées dans une ville vivant sous le contrôle permanent d'étrangers armés qui ne parlaient pas la langue créait un sentiment de malaise dans les populations locales. Nombre d'Irakiens étaient persuadés que, s'ils ne périssaient pas dans une explosion, les Américains ou les forces de sécurité irakiennes les tueraient. De plus, tous redoutaient d'être suspectés de terrorisme et emmenés dans la prison d'Abou Ghraib. Malgré les conflits montés en épingle, les sunnites et les chiites avaient cohabité pacifiquement en Irak pendant des siècles d'histoire, et les mariages mixtes étaient nombreux. Néanmoins, avec l'instabilité gouvernementale et l'insécurité, les groupes ethniques et religieux tendaient à se renfermer sur eux-mêmes pour se protéger, même s'il fallait pour cela s'associer aux éléments les plus extrémistes.

Le manque de sécurité semblait emprisonner la vie entre la promesse de la démocratie et la crainte du chaos. On pouvait s'enorgueillir de voir la construction de nouvelles boutiques et de quartiers résidentiels, pourtant, les structures gouvernementales, qui n'étaient plus que ruines, étaient tout aussi voyantes.

Le cœur de Jamal était partagé lui aussi, mais il craignait surtout de perdre d'autres membres de sa famille. Au fil du temps, son avenir s'éclaircissait. Ses cousins, qui vendaient leurs marchandises dans les rues, commençaient à bien gagner leur vie, et Jamal réussit à se faire embaucher dans un chantier de construction de nouveaux égouts. À la pompe, les queues commençaient à s'amenuiser, les périodes d'électricité s'allongeaient… la vie s'améliorait.

À la fin février 2006, des djihadistes étrangers déguisés en policiers irakiens installèrent des explosifs dans la mosquée chiite d'Al-Askari. Le dôme d'or de la mosquée, l'un des sites les plus sacrés de l'islam, fut détruit, ce qui déclencha des représailles contre les mosquées sunnites. Au milieu de cette violence, un groupe de jeunes de Bagdad tira sur un véhicule américain, qui dut s'arrêter. Des enfants en liesse s'attroupèrent, mais un hélicoptère américain qui survolait la scène tira sur la foule.

Deux des nièces de Jamal figuraient parmi les victimes, et Jamal avait été témoin du carnage. Ce fut un moment atroce, pire encore que le jour où il avait porté son frère mourant dans ses bras. Le règne de Saddam était tyrannique, mais il avait repoussé l'anarchie. À présent, tout s'effondrait, le sang d'enfants innocents se retrouvait sur toutes les mains, et Jamal al Yussuf ne supportait plus la situation.

Il devait réagir, faire quelque chose.

Deux jours plus tard, il se retrouva à Téhéran.

***

Quatre pâtés de maisons plus au nord, et deux à l'est, et il se est face à l'immeuble de grès, au fronton d'aluminium. Il monte les marches de ciment couvertes de neige et insère la clé. Jamal entre dans la cuisine et dépose ses commissions sur le comptoir couvert de linoléum sur lequel il trouve un mot.

Ce soir, 7 h 30. Dundalk marine Terminal 2700 Broening Highway.

*

Les hommes discutent, la nature agit.

Attribué à Voltaire

En 2012, il nous faudra, selon les estimations, cinquante millions de barils [de pétrole] en plus par jour pour répondre à nos besoins.

Vice-président Dick Cheney (cinquante millions de barils équivalent à un peu plus de six fois la production quotidienne de l'Arabie Saoudite en 2006)

Je veux bien admettre que les messages étaient... contradictoires.

Président George W. Bush, faisant référence au budget de l'État 2006, qui opérait une coupe de vingt-huit millions de dollars dans le financement de la recherche sur les énergies renouvelables, après qu'il eut déclaré, lors de son discours sur l'état de l'Union de 2006, que les sources d'énergie alternatives devaient faire l'objet de recherches plus approfondies. À l'inverse, grâce à un avantage fiscal du ministère de l'Intérieur, on estime que les compagnies pétrolières ont bénéficié d'une réduction de sept milliards de dollars sur le montant des loyers versés à l'État pour l'exploitation de concessions publiques.

*

Chapitre 16

MONTAUK, NEW YORK, 9 JANVIER 2012, 21 H 12 (GMT – 5)

Le genou encore douloureux de l'exercice précédent, et le dos raide d'arthrite, Ace se hisse en haut de l'escalier. Sur le palier, il entend les filles s'amuser dans la chambre de Leigh. Il se dirige vers celle de Sam et pousse la porte.

Son fils est endormi sur la couchette du bas, lumières et télé allumées. Son matériel de hockey, encore trempé de la sueur des deux heures d'entraînement de la soirée, traîne sur le sol.

Mieux vaudrait ranger tout ça avant que Kelli…

Ace se reprend. Ça lui arrive souvent. Son esprit n'est pas encore habitué à cette nouvelle réalité de parent isolé. Il s'attend toujours à voir sa femme sortir de leur chambre, dans sa tenue de sport favorite, ou à l'entendre ronchonner parce que personne « ne ramasse jamais rien dans cette maison » ou rire avec des amies au téléphone. Il regarde Sam, profondément endormi après sa journée épuisante et reconnaît les traits de Kelli sur le visage du garçon. Si Leigh, plus sage et introvertie, lui ressemble, Sam est avenant, comme sa mère, qui vit toujours en lui. Réconforté et attristé par cette pensée, Ace couvre l'enfant, éteint la télévision et sort de la chambre. Suivant les rires, il se dirige vers la chambre de Leigh. Il jette un coup d'œil à sa fille et à ses deux amies, agglutinées autour de l'ordinateur, qui gloussent en voyant arriver un message d'un autre groupe d'adolescents.

— Leigh ?

— Tout va bien, papa, on les connaît.

— Ce sont des garçons de notre classe, monsieur Futrell, dit la meilleure amie de Leigh, Adeena.

— Bien. N'oublie pas ce que je t'ai dit.

Ace referme la porte, heureux de voir que sa fille a trouvé un peu de distraction auprès de ses amies. Leigh intériorise son chagrin, mais le temps n'a pas encore commencé à cicatriser la blessure. Ce sont ses camarades qui apportent un élément stabilisateur dans sa vie.

Il se dirige vers son bureau. Allume la télévision et tombe sur les résultats du caucus de l'Iowa sur CNN.

«... avec 91 % de votants, 47 % des délégués de la convention ont accordé leur soutien à la sénatrice Clinton, 37 % au sénateur Mulligan du Delaware et un petit 11 % au gouverneur de Pennsylvanie. Nous avons en ligne notre analyste politique, Kira Gillean. Kira, Hillary Clinton remporte l'Iowa, mais avec une majorité plus faible que ce que l'on attendait. Que s'est-il passé ?

— John, la sénatrice Clinton a abordé les problèmes qui affectent directement la vie des gens dans l'Iowa : les coûts médicaux exorbitants, l'économie chancelante, l'éducation et, bien sûr, la guerre interminable en Irak. Néanmoins, je crois que ce sont les récentes attaques médiatiques qui ont affecté sa popularité.

— Soyons clairs, Kira. Ces attaques ne venaient ni des républicains, ni des autres démocrates.

— C'est exact. Elles venaient d'un groupe d'organisations exonérées d'impôts, grâce à l'article 527 du code des impôts, qui ne peut pas être amendé par les commissions électorales nationales ou régionales. En fait, il s'agit de deux groupes d'intérêts différents, qui ont fait entendre leur voix dans l'Iowa. D'abord, les « Mères pour une meilleure Amérique », organisation d'apparence assez inoffensive, qui cache cependant un groupe républicain conservateur dirigé par les mêmes acteurs que ceux qui ont été impliqués dans les « Parents pour la défense du mariage » en 2008 et les « Vétérans pour la Vérité » contre John Kerry en 2004. Les messages les plus virulents étaient commandités par un deuxième groupe, les « Chrétiens pour un avenir meilleur », un groupe anti-avortement, qui s'en est pris à la sénatrice pour avoir augmenté les fonds consacrés à la contraception à l'école et promu la pilule du lendemain.

— Kira, voici un extrait de ce spot publicitaire.

Ace regarde le clip, qui présente un fœtus se faisant aspirer, avec une croix de Jésus qui semble observer la scène sur le mur de la salle d'opération.

Il hoche la tête, incrédule. Les crédits des écoles coupés, des seniors qui se privent de nourriture pour acheter des médicaments, des soldats américains toujours embourbés dans l'enfer du Moyen-Orient... et ces idiots veulent débattre du mariage gay et de l'avortement ! Toujours les mêmes vieilles astuces de maître du bonneteau ! Distrayez les dupes avec un tour de passe-passe pendant qu'on fait disparaître le caillou de la vue !

— Kira, verrons-nous plus de publicités de ce genre à l'approche de novembre ?

— Très certainement. Un autre groupe conservateur, le « Progrès pour l'Amérique » a déjà acheté des espaces pour les primaires du Nevada, de Caroline du Sud et du New Hampshire. Ces publicités jouent la carte du terrorisme, en s'appuyant sur des images du World Trade Center, et de l'attentat déjoué au Royaume-Uni. Cette vidéo a été diffusée plus de trente mille fois durant les dernières semaines d'élections décisives, en 2008. Si ces groupes s'en prennent à la sénatrice Clinton, c'est parce qu'ils s'attendent à ce qu'elle remporte l'investiture des démocrates.

— Restez avec nous, nous avons la réaction de la sénatrice.

L'interview enregistrée a été tournée dans la rue.

« ... et personne n'a jamais encouragé l'avortement. J'ai toujours dit qu'il devait être légal et sans danger, mais le plus rare possible. Avec 66 % de jeunes filles de moins de dix-huit ans qui ont une vie sexuelle, il faut savoir gérer les grossesses non désirées. Qu'arrive-t-il à la jeune mère une fois qu'elle a donné naissance ? Où vit-elle ? Comment paye-t-elle son loyer ? Qui prend en charge son éducation et son assurance-maladie ? Peut-elle obtenir un emploi assez bien rémunéré ? Peut-elle même avoir un congé maternité ? Les études montrent que les femmes avortent surtout pour des raisons financières, car elles n'ont pas les moyens d'élever un enfant. Ce qui m'irrite, c'est que les groupes radicaux ne veulent jamais parler de ces problèmes. C'est un peu comme s'ils aimaient les fœtus et détestaient les enfants. Les républicains taillent dans les programmes vitaux pour ces jeunes mères, et une poignée de lobbyistes en sont encore à pinailler à propos de la pilule du lendemain, qu'ils considèrent comme une forme d'avortement, alors qu'il s'agit d'une simple contraception d'urgence. Cette propagande n'est pas seulement dangereuse, elle est scientifiquement erronée et ne sert qu'à attiser les émotions en pleine année électorale. »

Le téléphone du bureau sonne. Ace vérifie l'identité de l'appelant. Jeffrey Gordon.

— Alors, qu'est-ce qui se passe ?

— J'ai une envie folle d'aller manger une glace à la vanille, dit Jeffrey. Tu m'accompagnes ?

Ace s'assied, son niveau d'adrénaline monte en flèche.

— Oui.

— Je passe te prendre dans quinze minutes.

En permanence sous la surveillance étroite de la Sécurité du territoire, qui écoute ses conversations téléphoniques, traque ses courriels, Ace est obligé de recourir à des phrases codées afin de pouvoir échapper au spectre du contrôle de l'État.

Il attrape un vieux coupe-vent ivoire accroché à la porte et sort, sans oublier de jeter un coup d'œil dans la chambre de Leigh en passant dans le couloir.

— Ma chérie, Sam dort. Je vais faire un tour avec oncle Jeffrey. Je n'en ai que pour quelques minutes.

— Papa, t'as vu comment t'es fringué ?

— Quoi ? C'est pratique.

— C'est blanc ! Tu n'as pas cent ans ! T'as qu'à mettre le manteau de cuir que maman t'a acheté.

— Mais oui. Je reviens tout de suite. Tu t'occupes de tout, d'accord ?

Ignorant les conseils de mode de sa fille, il descend l'escalier, ferme son coupe-vent fourré et attend que son ami vienne le chercher.

***

À six cent quatre-vingts kilomètres au-dessus de leur tête, sur une orbite géostationnaire, le satellite espion Onyx observe. Dirigé par le National Reconnaissance Office (NRO), l'une des seize agences chargée des satellites espions des États-Unis, il est aussi gros qu'un autocar et pèse plus de quinze tonnes. Il possède un panneau solaire de cinquante mètres d'envergure et une antenne, logée autour du radar à synthèse d'ouverture, un système capable de générer sa propre lumière, ce qui permet d'exploiter les images de jour comme de nuit, dans les pires conditions atmosphériques. Faisant partie d'un programme d'imagerie hautement confidentiel, le satellite Onyx fut très critiqué par des membres de la Commission de contre-espionnage du Sénat pour son coût exorbitant (quarante milliards de dollars) et son incapacité à détecter les bunkers souterrains où l'Iran et la Corée du Nord dissimulent leurs installations nucléaires. Malgré ces objections, le programme fut financé par la Commission budgétaire du Sénat, contrôlée par les républicains.

***

De son laboratoire de la NRO situé à Chantilly, en Virginie, l'officier Garrett Matsuura regarde en temps réel une vidéo de son sujet, un certain Ashley Futrell, dit « Ace ». Immigré japonais de la quatrième génération, nommé à la surveillance d'Ace un mois plus tôt, il avait comparé ses observations avec celle de son homologue à la Sécurité du territoire. Matsuura ne sait absolument pas pourquoi son supérieur s'intéresse tant à l'ancien directeur de PetroConsultants, ni pourquoi ce dossier est classé Umbra « Secret défense », un niveau de confidentialité excessivement élevé pour la simple surveillance d'un citoyen américain.

Matsuura termine son dîner, tandis que son sujet s'installe sur le siège du passager d'une Chevrolet Astrovan, louée à Mme Gay Gordon, l'épouse d'un avocat de New York, ami du sujet. L'ordinateur identifie le chauffeur comme étant Jeffrey Gordon, l'homme qui a téléphoné à Futrell vingt minutes plus tôt.

Le satellite de reconnaissance reste braqué sur le véhicule qui se gare dans le parking d'un glacier. Les deux hommes restent bien en vue près du comptoir et passent commande.

Matsuura baille. Des gens ordinaires, qui mènent une vie ennuyeuse. Arrêtez les milk-shakes et les sundaes, les mecs, vous commencez à me raser !

Comme s'ils lui obéissaient, les deux hommes retournent

dans la camionnette avec leurs glaces. Quelques minutes plus tard, le véhicule sort du parking et prend la direction du nord avant d'aller à la station-service, trois rues plus loin. Pendant que Gordon fait le plein, Futrell contourne le bâtiment pour se rendre aux toilettes.

***

Ace ouvre la porte de métal rouillée et entre aux toilettes. Le directeur de la CIA est déjà à l'intérieur. David Schall ferme la porte derrière eux et lui tend une enveloppe jaune. Elle contient trois photos, en noir et blanc, prises au téléobjectif. Les mains tremblantes, Ace regarde le visage de l'assassin de sa femme.

— Il s'appelle Scott Santa, ça s'écrit « Santa », mais ça se prononce « Shanta ». Il est russe. Il est arrivé aux États-Unis adolescent, il a servi comme radio chez les garde-côtes, en tant que spécialiste du codage et du morse avant d'être promu officier de bord et d'être accrédité « secret défense ». Il a servi sur deux navires, un cuirassé de soixante-cinq mètres, au large de New Bedford et un baliseur de cinquante-cinq mètres au large d'Homer, en Alaska. C'était le premier navire à arriver sur place lors de la marée noire de l'*Exxon Valdez.*

— On l'a collé sur des trucs importants ?

— Il y a douze ans, il a quitté les garde-côtes et il est entré chez Vinnell. Il était chargé de l'entraînement de la garde nationale saoudienne.

— Vinnell ? Attendez… Ce ne serait pas une entreprise écran de la CIA ?

Schall hocha la tête, gêné.

— Vous imaginez que cela a éveillé mon intérêt et avant de vous entendre protester, non, ce n'est pas la CIA qui a donné l'ordre de se débarrasser de votre femme.

— Quelqu'un l'a fait. Où il est passé maintenant, votre gus ?

— On ne sait pas très bien. On suppose qu'il est retourné en Arabie Saoudite… après New York. On est quand même sûr d'une chose, il a quitté Vinnell depuis huit mois. Il travaille pas mal à Jeddah et Riyad. Commerce des armes de poings, ce genre de trucs.

Ace ôte son coupe-vent, et ouvre le compartiment secret sous la doublure. Il y glisse l'enveloppe, le referme et enfile le vêtement.

— Je suppose que nos chemins risquent de se croiser à nouveau lorsque je serai en Arabie Saoudite.

— Ce sont vos affaires, parlons plutôt des miennes.

Ace fouille dans la poche de son pantalon et en sort plusieurs pages dactylographiées. Il les tend à Schall qui les parcourt rapidement.

— Vous rigolez ! C'est une opération militaire de grande envergure !

— Ouais, on n'appelle pas ça le Quartier vide pour rien ! Le Rub' al-Khali couvre six cent cinquante mille kilomètres carrés, vous croyez qu'il va suffire d'allumer quelques bâtons magiques pour extraire les données ? Et puis, je vous préviens, c'est pas rigolo, là-bas. Une étendue de dunes de sables sans aucune piste, où on crève de froid la nuit. Il gèle souvent.

— Il n'y a pas moyen de concentrer les investigations ?

— C'est déjà fait. On ne s'intéresse qu'à la région la plus au Sud, la plus proche des gisements de Kidan, Shaybah et Ramallah. Et on va aussi regarder ce qui reste de Ghawar, le plus grand gisement du monde. Avec les données géologiques, je devrais pouvoir extrapoler et faire des estimations précises des véritables réserves saoudiennes.

Le directeur de la CIA fourre les feuillets dans sa poche.

— Vous vous rendez compte qu'il va me falloir des mois pour mettre tout en place ?

— Je pensais à la mi-avril.

Ace met la main sur la poignée, mais Schall le rattrape par le bras.

— Vous ne comprenez pas bien, mon ami. C'est maintenant que le président a besoin de ces informations, pas dans trois mois !

— Alors dites au président de demander au roi Sultan. Mieux, qu'il demande à Prescott de s'en charger, je crois que ce sont de vieux copains, tous les deux. Et pendant que vous y êtes, arrangez-vous pour que la Sécurité du territoire me lâche les basques, comme vous me l'avez promis, sinon, il n'y a plus d'arrangement qui tienne.

Libérant son bras, Ace ouvre la porte et sort dans la nuit.

*

Les intérêts pétroliers des entreprises américaines et le rôle qu'y jouait l'Arabie Saoudite ont constitué les principaux obstacles aux enquêtes sur le terrorisme islamiste. Toutes les réponses à nos questions et toutes les informations dont on a besoin pour démanteler l'organisation d'Oussama Ben Laden se trouvent en Arabie Saoudite.

John O'Neill, expert antiterroriste (O'Neill est mort dans les attentats du World Trade Center, le 11 septembre)

Même si les responsables de l'administration Bush se sont très largement répandus en invectives sur la Syrie et l'Iran pour l'aide que ces pays fournissent aux insurgés et aux milices qui attaquent les troupes américaines et les civils en Irak, c'est d'un troisième voisin, l'Arabie Saoudite, que provient le plus grand nombre de combattants étrangers et de kamikazes, selon des officiers supérieurs de l'armée américaine et des législateurs irakiens.

Ned Parker, Los Angeles Times, *16 juillet 2007*

Un haut responsable de l'administration Bush a confirmé samedi à CNN que les États-Unis mettaient actuellement sur pied un projet de vente d'armes destinées à l'Arabie Saoudite pour un montant total de vingt milliards de dollars sur les dix prochaines années ; ce projet vise à augmenter les capacités militaires du pays, face aux attaques iraniennes dans la région du golfe Persique. De toutes les clauses, c'est la vente pour la première fois aux Saoudiens, d'armes guidées par satellites, plus connues sous le nom de JDAM (Joint Direct Attack Munitions), qui sera certainement le plus sujette à controverse. Ce contrat pourrait inclure les versions d'un peu plus de 200 kg et de 900 kg de la bombe. Il comprend également, entre autres, des navires de guerre, des missiles air-air déjà utilisés par les États-Unis, ainsi que des missiles Patriot sophistiqués.

CNN.com, 28 juillet 2007

*

Chapitre 17

PORT DE BALTIMORE, MARYLAND
11 JANVIER 2012 – 8 H 25 (GMT – 5)

S'étendant sur soixante-dix kilomètres de front de mer, à l'embouchure de la Patapsco River, le port de Baltimore date du début du XVIIIe siècle, époque où il est devenu le point d'entrée officiel pour le commerce du tabac avec les colons. Avec quatre-vingt-dix quais de chargement qui accueillent cent soixante-quinze navires par jour, c'est aujourd'hui l'un des plus grands ports des États-Unis.

Jamal al Yussuf travaille au portique de sécurité du terminal de Dundalk, où il vérifie les identités et les bons de commande des chauffeurs de camions qui viennent charger ou décharger. Le jour, il répartit ses moments de prières sur plusieurs mosquées et implore Allah de lui donner la force. Il s'est inscrit à un club de gym où il s'entraîne trois fois par semaine. Il s'est fait quelques amis sur son lieu de travail, mais, comme au club, il ne laisse aucune familiarité s'installer. Il espère obtenir une promotion dans trois mois et pouvoir enfin vérifier le contenu des cargos en provenance de ports étrangers.

Jusque-là, il reste en sommeil et s'arrange pour être toujours ponctuel et très poli avec ses supérieurs.

Il est presque huit heures et demie du matin lorsqu'il

quitte son équipe de nuit, avec un long week-end devant lui. Quarante minutes plus tard, il arrive en bus devant chez lui où la camionnette blanche, à l'enseigne d'un magasin de décoration d'intérieur, est garée devant la porte.

À la place du chauffeur, Omar Kamel Radi attend, en salopette et veste de flanelle.

— Salut mon chien.

— Comment tu m'as appelé ?

— Chien. Chez les gens de couleur, c'est un terme affectueux.

— C'est une insulte dans la bouche d'un sunnite. Ne m'appelle jamais plus comme ça.

Jamal s'installe à la place du passager. Il essaie de basculer le dossier en arrière pour pouvoir dormir, mais les deux grands containers rangés à l'arrière le bloquent. Recroquevillé contre la porte, il tire sa casquette de laine sur ses yeux.

— Ne me réveille pas, chien sunnite, sinon je te refais le portrait à tel point que ta mère ne te reconnaîtra pas.

Omar roule des yeux et démarre. Une longue route les attend.

***

Omar Kamel Radi est né à Haditha, une ville agricole de quatre-vingt-dix mille habitants sur les rives de l'Euphrate, à deux cents kilomètres au nord-est de Bagdad. Si la capitale de l'Irak, avec sa zone verte fortifiée, a pavé le chemin d'une nouvelle Constitution, Haditha s'est transformée en place forte des insurgés.

Là, ce sont les moudjahidines qui décident qui doit être payé, quels vêtements les gens doivent porter, quelle musique ils peuvent écouter et, surtout, qui doit vivre ou mourir.

À l'aube, les insurgés iraniens conduisent les exécutions publiques à l'entrée de la ville, sur le pont de Haglanio, surnommé le « pont des Agents » en référence au nombre important d'agents américains qui y ont été décapités.

De petits groupes s'y rassemblent, chaque décapitation ou éventration est dûment filmée et les DVD sont distribués plus tard dans la journée au souk.

Qu'Haditha, qui faisait autrefois partie du triangle sunnite, soit tombée aux mains des chiites est l'un des plus grands échecs de l'intervention américaine. C'est là qu'Al-Tawhid, la branche irakienne d'Al-Qaida, continuait à rayonner. Être vaguement soupçonné d'aider les Américains équivalait à une condamnation à mort. Comme la plupart des habitants, Omar et sa famille sont sunnites, et, sans s'opposer aux insurgés, ils ne les supportaient pas.

Le 19 novembre 2005, tout avait basculé.

Il était un peu plus de 7 h 15 du matin. Quatre Humvee transportant des Marines de la compagnie Kilo, patrouillaient dans le quartier résidentiel lorsqu'une bombe explosa, tuant le caporal Miguel Terrazas, tout juste âgé de vingt ans. Les cinq suspects s'enfuirent dans un taxi.

Peut-être était-ce le stress généré par une situation impossible, les interminables tours de garde ou la vue permanente de bains de sang absurdes, quoi qu'il en soit, face à la mort de Miguel, plusieurs soldats américains pétèrent les plombs. Ouvrant le feu, les Marines tuèrent les cinq suspects, puis, allant de maison en maison, ils vandalisèrent les intérieurs et alignèrent contre les murs hommes, femmes et enfants, pour une exécution sommaire. La crise de folie meurtrière passée, ils avaient laissé vingt-quatre cadavres d'Irakiens, dont une vingtaine avait été arrachée de leur lit par le canon du fusil. Plusieurs enfants se trouvaient parmi les victimes, ainsi que la femme d'Omar, qui était enceinte. Pendant des mois, on cacha la vérité au public américain, bien que ce massacre ait déclenché des révoltes à Haditha qui se propagèrent bientôt dans tout le pays. Tragiquement, si choquante qu'ait été cette agression, elle fut vite noyée dans le bain de sang quotidien des attentats suicides, décapitations, enlèvements et déferlements de violence qui emportaient cinq cents Irakiens par semaine.

Pourtant, l'univers d'Omar Kamel Radi était anéanti à jamais. Les semaines de deuil finirent par se transformer en une rage glaciale.

Un jour, il tomba sur un vieux camarade de classe qui l'initia à l'islam. Au début, Omar était réticent, pourtant il trouva vite le réconfort dans les règles de cette communauté.

Au bout de trois semaines de formation, il récitait le *shahada*, la profession de foi, qui incarnait sa conversion et sa soumission à Dieu.

Se convertir à l'islam ne signifie pas se convertir au terrorisme, loin de là, pourtant, l'islam est une religion qui lutte entre deux interprétations, celles de la modération et celle de l'extrémisme. Et en Irak, c'est l'islam fondamentaliste qui s'oppose à l'impérialisme américain.

C'était un combat qu'Omar appréciait : que les Américains éprouvent la même douleur que lui, qu'ils goûtent donc à ce que leur gouvernement infligeait à son peuple ! Trois mois après que sa femme et son enfant à naître eurent été mis en terre, Omar Kamel Radi rejoignit les Qods, les commandos des Gardiens de la Révolution, en Iran.

Jeddah, Arabie Saoudite, 11 janvier 2012 – 14 h 37 heure locale

La ville portuaire de Jeddah se trouve au bord de la mer Rouge, à l'ouest de l'Arabie Saoudite, dans la région d'Hijaz. Vieille de plus de trois siècles, autrefois entourée de murs d'enceinte de terre qui protégeaient les habitants, Jeddah est aujourd'hui un centre commercial moderne, disposant d'un aéroport international et de grandes routes qui la relient aux autres villes arabes.

La plupart des habitants de la région sont des musulmans ashrafs, les descendants directs de Mahomet. Tous les ans, des dizaines de milliers de pèlerins empruntent les routes de Jeddah pour se rendre dans la ville sainte de La Mecque. Vivant des produits de la mer et du commerce, les habitants de la ville sont plus occidentalisés que leurs cousins bédouins.

La communauté tribale des Bédouins est dispersée beaucoup plus à l'est dans le Nedjd, région aride d'Arabie Saoudite, où se trouve Riyad, la capitale. Si l'on continue vers le sud et le sud-est, on arrive dans une région inhabitée, le Rub' al-Khali, surnommée le Quartier vide, où se trouve le plus grand gisement de pétrole du monde : Ghawar.

***

Le Palace de la mer Rouge est un hôtel de sept étages, situé dans le quartier commerçant de Jiddah. Scott Santa sort de l'ascenseur et traverse le grand hall pour se retrouver sous le soleil brûlant. Suivant une allée de béton, il se dirige vers la piscine tout en regardant de temps en temps l'écran numérique de sa montre Casio.

Douze heures trente-neuf.

Le grand Russe repère une chaise longue vide à l'ombre, orientée de telle manière qu'il peut voir les deux femmes asiatiques en bikinis rayés bleu et blanc près du bassin. Il commande une boisson au serveur et regarde de nouveau sa montre.

Douze heures quarante-deux.

Santa sort son téléphone de sa poche et l'allume.

Douze heures quarante-quatre.

Le téléphone sonne une seule fois. C'est le signal.

La voix américaine est d'une clarté surprenante, si l'on considère qu'elle vient de l'autre bout du monde.

— Il arrive. Première semaine d'avril.

— Pourquoi si tard ?

— On ne peut pas aller plus vite.

— Ça réduit considérablement notre marge de manœuvre.

— Débrouille-toi.

Santa sourit aux Asiatiques. L'une ricane, l'autre lui rend son sourire.

— D'accord, j'attendrai.

PRINTEMPS
2012

*

L'onde de choc de la nouvelle révolution islamique va bientôt se propager dans le monde entier.

Président iranien Mahmoud Ahmadinejad, 2006

Nous n'avons pas à craindre l'avenir car nous avons bien l'intention de modeler cet avenir.

Président George W. Bush

*

Chapitre 18

L'Iran dote ses missiles de têtes nucléaires

Associated Press, 19 avril 2012

Téhéran. L'armée iranienne vient d'annoncer aujourd'hui qu'elle avait doté neuf de ses missiles furtifs de têtes nucléaires. Ces missiles sol-sol sont capables de parcourir près de deux mille kilomètres sans être détectés par les missiles antimissiles. Le général Hossein Salami, chef des Gardiens de la Révolution, l'armée d'élite islamique, aurait déclaré : « Au premier signe d'une attaque, la grande nation de l'islam frappera ses ennemis jurés, rasera les villes sionistes et les bases occidentales hostiles, situées en Irak et en Arabie Saoudite. Allah akbar... Dieu est grand. »
Le porte-parole, Kris Hamilton, ancien officier de la marine américaine, a apporté une réponse ferme du gouvernement McKuin : « Le président considère ces dernières menaces avec le plus grand sérieux. Si les États-Unis n'ont jamais eu l'intention d'attaquer l'Iran, nous n'hésiterons pas à venir en aide à nos Alliés dans la région. Nous n'éliminerons pas non plus la possibilité de recourir à des armes nucléaires tactiques, en cas de menace sérieuse. »
Le Conseil de Sécurité des Nations unies a annoncé qu'il ne tolérerait aucune attaque nucléaire iranienne dans la région mais s'est une nouvelle fois refusé à envisager des sanctions.

Montauk, New York
21 avril 2012 – 9 h 37 (GMT – 5)

— Papa, la limousine de l'aéroport est arrivée !

— Je descends !

Ace fourre deux t-shirts supplémentaires dans sa valise déjà bourrée et force sur la fermeture éclair pour la fermer.

Leigh lui tend son passeport.

— Ne le perds pas !

— Non. Je ne pars que pour une semaine. Tante Jenny s'occupera de vous.

— Ne t'inquiète pas. Fais ce que tu dois faire, on se débrouillera.

— Papa, la limou…

— J'arrive, Sam !

Ace embrasse Leigh, et descend rejoindre Sam et Jennifer qui attendent en bas. Il donne sa valise au chauffeur.

— Je reviens tout de suite.

Son fils l'embrasse brièvement.

— Où est-ce que tu t'en vas encore ?

— Abou Dhabi.

— Ça n'existe pas.

— C'est dans les Émirats, regarde sur une carte.

— Tu m'apporteras un cadeau ?

— Si tu me donnes un baiser.

Le garçon s'exécute et remonte dans sa chambre jouer avec sa console, laissant son père seul avec Jennifer.

— Ne t'en fais pas.

— Je me bile toujours.

Il l'embrasse.

— Jen, écoute…

— Nous sommes de la même famille. Va-t'en avant de rater ton avion.

Il se penche et lui donne un baiser sur les lèvres, avant de s'écarter, gêné.

— Jenn, excuse-moi… la force de l'habitude.

Lisant la confusion dans le regard d'Ace, elle sourit tandis qu'il manque d'arracher la porte en se précipitant vers le taxi.

Carbondale, Illinois

Dans le bunker de béton, le grand réservoir bourdonne doucement. Sur le côté gauche, les trente barres de combustibles volées dans le réacteur iranien dépassent un peu.

Vêtu d'une combinaison NBC quelque peu obsolète, le Professeur Eric Bi extrait soigneusement une pâte poudreuse et humide couleur café de la sortie située au sommet de la seconde centrifugeuse. Doucement, il va vider l'uranium enrichi dans un grand container de plomb, dans un coin du sous-sol.

Une matière si délicate... Si puissante. Une force de la nature enfin maîtrisée par l'homme...

Le professeur de physique retourne vers le container, vide la sortie du fond, qui élimine les déchets d'uranium et les place dans un récipient en plastique destiné aux ordures.

Trente barres produisant chacune un gramme d'uranium 238 enrichi par jour... Trois heures de travail par semaine, sur six mois... Eric Bi retourne vers le container de plomb, et, à l'aide d'un instrument, pétrit les résidus d'U-235 pour en faire une pâte qu'il chauffera afin de la solidifier.

Cent quatre-vingts jours, trois heures par jour... Cinq cent quarante heures de travail... pour deux millions... ça fait trois mille sept cents dollars de l'heure... Pas mal pour un petit boulot ! La pâte devient malléable, comme de l'argile mouillée. Perdu dans ses pensées, Bi confectionne la première des deux boules de la journée, de la taille d'une balle de golf, à partir des résidus d'uranium enrichi qu'il a récolté pour l'instant.

Il faudrait songer à travailler sur le détonateur. Ils veulent le relier à un téléphone mobile... facile. Souder les fils du condensateur du téléphone au détonateur, cela devrait suffire à faire exploser le C-4. Il a les yeux brillants alors qu'il commence à travailler sur la deuxième boule de résidu.

Soixante-dix ans se sont écoulés depuis Nagasaki. La dernière bombe a mis fin à la guerre. La nouvelle en déclenchera une. Que dirait sa mère si elle était toujours en vie ? Serait-elle fière ou honteuse de son fils unique ? Néanmoins, ce n'est pas une histoire de passé ou de vengeance, mère, c'est une question d'avenir. C'est le seul moyen d'en finir avec la domination de l'Occident. Les vies d'un milliard et demi de personnes sont en jeu...

Non, mère, non ce n'est pas pour le Japon que je travaille, mais pour la Chine !

***

De l'autre côté de la rue, Elliot Green, l'agent du FBI, lit le journal du matin, en terminant son café et en beurrant son pain aux raisins. Sur l'écran plat de sa télévision, comme tous les matins depuis quatorze semaines, l'image du professeur Bi dans son garage défile en permanence.

La sonnerie de son portable brise la routine matinale.

— Allô ?

— Monsieur Green, M. Jones voudrait vous parler.

Elliott repousse son journal.

— Oui, bien sûr, passez-le-moi.

Un instant plus tard, Chuck Jones, le directeur du bureau de Springfield, est en ligne.

— Elliott, je suis désolé de n'avoir pu vous envoyer de relève pour l'instant, nous manquons de personnel.

— Oui, je comprends.

— Plus important. L'ordinateur a donné un résultat positif pour un de nos visiteurs. Je vous envoie le fichier aujourd'hui. Et je vais creuser l'affaire avec nos amis de Washington. Prévenez-moi, en cas de nouveau contact.

Washington ? Soudain, le cœur de Green se met à tambouriner. Les « visiteurs » étaient trois employés d'une maison de décoration d'intérieur de Decatur. Le « contremaître », qui était déjà passé dans la soirée du 3 janvier, avait envoyé deux ouvriers dans la résidence de Bi deux semaines plus tard, dans la même camionnette. Ils avaient déchargé des plaques de plâtres ainsi que de longs cartons marqués « étagères ». Tout avait été transféré dans le garage, et, avec profusion de grands gestes, le professeur avait expliqué au plus grand des deux hommes où il voulait qu'on installe le matériel.

Le travail avait pris deux heures... mais s'était effectué derrière la porte fermée. Les ouvriers étaient partis en emportant les vieilles cloisons ainsi que les cartons vides. Green avait attendu que le professeur parte pour l'université, le lendemain matin, avant de regarder par la fenêtre du garage. Un coup d'œil rapide lui avait prouvé qu'on avait bel et bien remplacé les cloisons et monté de nouvelles étagères. Sur le moment, il avait donc conclu que les lourds cartons contenaient les planches de bois.

Green avait envoyé le portrait des trois hommes à l'identité judiciaire de Springfield, et avait presque oublié l'incident.

Il ouvrit le courriel de Jones et téléchargea le fichier crypté. Rien sur les deux ouvriers, mais le visage du contremaître apparut, avec son état civil :

Nom : Michael Tursi

Diplômé avec les honneurs : technicien spécialiste de missiles balistiques, Base de Sheppard.

Diplômé avec les honneurs : spécialiste de missiles balistiques, niveau 2.

Affectation : Little Rock, Arkansas. Missiles nucléaires Titan II. Démobilisé avec les honneurs en août 1986.

Domicile actuel : Umbra.

Elliot Green n'en croyait pas ses yeux. Ce n'était pas tant la formation sur les missiles nucléaires qui l'ennuyait que la mention Umbra, le plus haut niveau du « secret défense ».

Quel que soit le travail que le professeur Bi accomplissait dans son garage, il bénéficiait de l'appui d'au moins une personne dans les services secrets.

Campus de l'Université de Los Angeles, Californie

Omar Kamel Radi traverse la partie sud du campus pour se rendre au centre d'activités. Bien qu'il assiste parfois à certaines conférences, il n'est pas étudiant. Il a souvent envie de s'inscrire, surtout lorsqu'il regarde l'équipe de foot s'entraîner. Il s'imagine dans le rôle du gardien de but et rêve de se promener main dans la main avec une belle pom-pom girl blonde.

Le studio d'Omar est à quelques minutes à pied du campus. Il s'étonne de voir que les étudiants peuvent s'offrir de tels loyers… une somme supérieure à trois mois de salaire en Irak. Même si, à présent, il n'a plus le moindre souci d'argent, il n'aurait jamais pu se payer un tel appartement avec son salaire actuel de technicien de surface de nuit à la US Bank Tower, au centre-ville de Los Angeles.

La vie est facile pour Omar, le campus lui procure un sentiment de paix qu'il n'a jamais connu à Nasiriyah. C'est la nuit que son âme le torture, lorsque ses rêves le replongent dans la réalité. Il longe Manning Avenue, en direction de l'est, s'arrête devant un petit club de remise en forme et observe le cours d'aérobic. Le professeur, une blonde athlétique d'une trentaine d'années, montre les exercices à un groupe de neuf femmes et deux hommes.

Le cours se termine quelques minutes plus tard.

Omar entre dans le club. Il attend que les élèves s'en aillent et s'approche de la femme.

— Vous êtes très douée. Combien ça coûte, pour prendre des cours avec vous ?

Le professeur d'aérobic s'essuie avec sa serviette, les yeux sur le grand oriental.

— Les cours coûtent vingt dollars de l'heure, mais vous devez vous inscrire au club. C'est pour vous seul, ou pour votre femme aussi ?

— Ma femme..., dit Omar, les larmes aux yeux. Il y a six ans qu'elle est morte. Un accident de voiture.

— Oh, mon Dieu... je suis désolée.

Elle lui tend la main.

— Susan Campbell.

— Omar al-Sadat.

— Sadat ? Vous êtes de la même famille que cet Égyptien...

— Vous avez entendu parler de mon grand-oncle, Anwar ?

— Celui qui s'est fait assassiner ?

— Oui.

— Oh. Écoutez, j'espère que vous viendrez vous inscrire. Je donne des cours tous les matins de 7 h 30 à 10 h 30, du lundi au vendredi.

— Merci, Susan Campbell. Je vous reverrai demain.

Elle lui sourit pour lui dire au revoir, attrape son sac et sort du club.

Le cœur d'Omar bat la chamade lorsqu'il la voit s'éloigner. Il va passer les heures suivantes au centre commercial, à acheter des vêtements de sport, de beaux habits et des nouveaux draps pour son lit.

*

Il y a assez de pétrole [dans le golfe du Mexique] pour remplir les réservoirs de quatre-vingt-cinq millions de voitures pendant trente ans.

Barney Bishop, lobby du pétrole

Leurs prévisions se sont avérées très mauvaises. Même au royaume des aveugles, les données fournies par l'OPEP sont considérées comme peu fiables ou excessivement sommaires. L'OPEP devrait fournir l'état de sa production gisement par gisement, ainsi que ses données puits par puits ; elle devrait communiquer des détails sur son budget ainsi que les rapports des autres entreprises d'équipement avec lesquelles elle travaille. Le monde entier estime que l'Arabie Saoudite est en mesure de satisfaire tous les besoins énergétiques de la planète à moindre coût. Si ce n'est pas le cas, il n'existe pas de plan B. Nos réserves mondiales de secours, c'est à présent toute l'Arabie Saoudite.

Matthew R. Simmons, président de Simmons and Company International, banque d'investissement spécialisée dans l'énergie

*

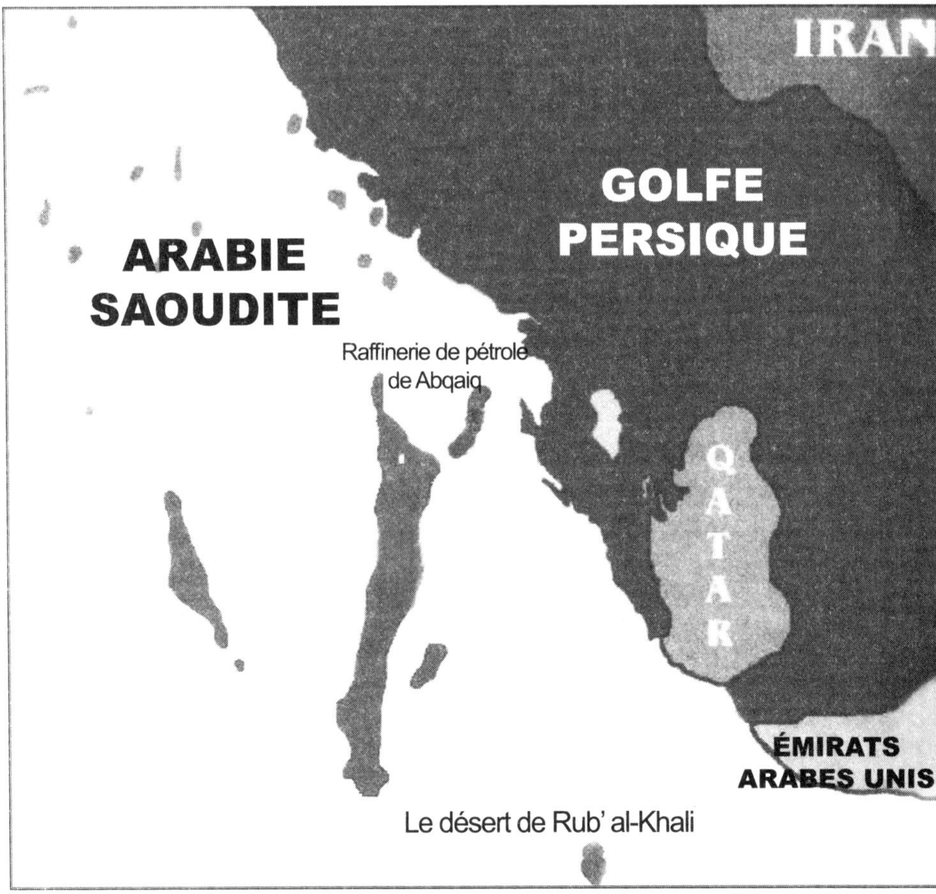

Carte des puits de pétrole
de l'Arabie Saoudite

Chapitre 19

ABOU DHABI, ÉMIRATS ARABES UNIS
23 AVRIL 2012 – 19 H 56, HEURE LOCALE

Les terres de l'Arabie Saoudite dominent la péninsule Arabe, ses rives occidentales s'étirant jusqu'à celles de la mer Rouge, ses rives orientales longeant le golfe Persique. Elle est bordée par les frontières de l'Irak et de la Jordanie au nord, et trois petits pays arabes forment une « botte » le long de la frontière sud, le Yémen, l'Oman et les Émirats arabes unis (EAU).

Les Émirats sont situés au sud du golfe Persique, près du talon de la « botte » saoudienne. Considérés comme l'une des nations arabes les plus modernes et les plus libérales, les Émirats sont constitués de sept nations indépendantes : Abou Dhabi, Dubaï, Ajman, Fujairah, Ras-al-Kahimah, Charjah et Umm al-Qawain. Un Conseil suprême, composé des sept émirs, nomme le gouvernement et le Premier ministre.

Abou Dhabi est le plus grand des sept émirats et ses terres (qui rassemblent près de deux cents îles) constituent près de 80 % de la surface des EAU. On y découvrit du pétrole pour la première fois dans les années 1950, et, en 1962, Abou Dhabi était devenu le premier des sept émirats à exporter son or noir. Pourtant, contrairement à ce qui se passait en Arabie Saoudite, en Irak et en Iran, le Cheikh Zayed, président des EAU, réinvestit la richesse de la nation dans le développement des sept émirats, transformant Abou Dhabi et la ville jumelle Al-Ain en cités occidentalisées, avec gratte-ciel, parcs et jardins, réseau routier et aéroport international. Pendant ce temps, Dubaï devenait une sorte de Mecque du tourisme qui attirait les célébrités du monde entier.

***

C'est à l'heure du crépuscule qu'Ace Futrell sort du hall climatisé de la tour Hilton de Baynunah, au centre d'Abou Dhabi, sa sacoche de cuir à la main. À peine a-t-il posé le pied sur le trottoir que l'humidité colle déjà sa chemise de toile à sa peau.

Une file de taxis attend devant l'entrée. Ace se dirige vers le dernier véhicule, dont le chauffeur penché sur son coffre lit le journal.

— Je voudrais un taxi.

— Il y en a d'autres, c'est ma pause.

— Je vais aux courses et je suis en retard.

Le chauffeur ne lève même pas les yeux.

— J'ai un tuyau pour la quatrième. Vous voulez parier pour moi ?

— OK.

Ace monte à l'arrière, le chauffeur insulte ses collègues en se précipitant dans la circulation.

***

Une heure plus tard, le ciel se fond dans la ligne d'horizon rose et or tandis qu'ils filent sur la nationale, le long de la côte. Sur sa droite, Ace voit le golfe Persique, avec ses lagons peu profonds qui se vident à chaque marée. Les récifs de corail sont couverts de mangroves et de tapis d'algues noires qui ressemblent à des taches de pétrole.

Sur la gauche, à l'intérieur des terres, on voit les sols salins, ou sabkha. Plus loin, ce sont de vastes étendues de dunes qui s'enroulent vers le sud-est, telles des vagues de couleur, poussées par les vents dominants du nord-ouest.

Le soleil disparaît, cédant la place à un ciel d'un noir de

velours et à des températures plus fraîches. Au loin, Ace aperçoit les lumières étincelantes des raffineries d'Arabie Saoudite.

Une pancarte indique que la frontière du Qatar se trouve à douze kilomètres. La route est presque déserte, en dehors de quelques véhicules épars.

Sans crier gare, le chauffeur s'arrête au milieu de la route et se retourne vers Ace.

— Descends.

— Ici ? Au milieu de nulle part ?

Une arme apparaît, canon pointé vers son visage.

— Traverse le sabkha jusqu'aux dunes, dit l'arabe, en lui indiquant la direction d'un geste. Dégage !

Ace attrape sa sacoche et sort. Le taxi fait aussitôt demi-tour et file, laissant son passager en plein désert, sur une route abandonnée.

Un vent glacial souffle de la mer, lui évoquant des souvenirs des plages de Montauk et de ses enfants. *Bouge, mon gars. Tu es à des millions de kilomètres de chez toi !*

Fermant son coupe-vent et remontant son col, il traverse la route et les sols salins en courants.

Il lui faut plus de quinze minutes pour atteindre la première dune. Il commence à grimper, maudissant le sable rugueux qui pénètre dans ses chaussures. L'effort consenti pour compenser la pente raide pèse lourdement sur son genou blessé. Des rafales de vent lui sifflent aux oreilles, le sable lacère les chairs exposées, telles des échardes de verre.

Arrivé au sommet, il contemple le désert qui s'étend à l'infini. Au loin, il aperçoit une minuscule oasis de lumière, la raffinerie d'Abqaiq, le plus grand complexe d'extraction de gaz et de pétrole au monde. Située à quarante kilomètres des rives du golfe Persique, Abqaiq est capable de fournir treize millions de barils de brut par jour. Ace sait que la production actuelle, qui atteint à peine la moitié des capacités, représente 80 % de la production de l'Arabie Saoudite, dont la plus grande partie vient du gisement géant de Ghawar.

S'étendant sur deux mille cinq cents kilomètres carrés, il est exploité par trente stations de pompage, alimentées par six générateurs qui transportent le pétrole brut à la raffinerie d'Abqaiq, grâce à un réseau de pipelines. Cette usine de séparation traite le pétrole brut, qui contient du sulfure d'hydrogène et du dioxyde de carbone, et filtre les impuretés. Une fois « adouci », le pétrole est envoyé à Ras Tanura, la plus grande raffinerie du golfe Persique, où il est préparé en vue de l'exportation. Abqaiq est une petite ville à elle toute seule, avec une population de deux mille deux cents habitants, composée d'Américains, de Saoudiens et d'autres nationalités. Extrêmement sécurisés, les lieux sont bien gardés, et seul le personnel d'Aramco et leurs proches peuvent y pénétrer.

Ace détourne le regard et se concentre sur la vaste étendue noire devant lui. Quelque part, par là, les secrets du gisement de Ghawar prennent le monde en otage.

Un mouvement au sol capte son attention. Ace baisse les yeux.

Abrité dans un trou, tel un immense scorpion noir, l'hélicoptère Apache AH64-D Longbow attend.

*

Au train où augmente la demande, dans dix ans, la Chine engloutira à elle seule la totalité des produits pétroliers actuellement disponibles sur le marché mondial de l'exportation.

Un responsable anonyme d'une compagnie pétrolière,
octobre 2005

Mon père faisait du chameau, je conduis une Rolls Royce, mon fils pilote un avion, et son fils fera du chameau.

Proverbe arabe

*

Chapitre 20

Désert d'Al-Khali, Arabie Saoudite
23 avril 2012 – 23 h 00, heure locale

Propulsé par deux moteurs de mille sept cents chevaux, l'hélicoptère militaire Apache vole à deux mètres au-dessus d'une mer de dunes, le nez pointé vers le bas, la queue en l'air, comme une guêpe. Installé dans le cockpit surélevé à l'arrière, le pilote, le lieutenant D. L. Garst, porte un casque intelligent, doté d'un dispositif de vision nocturne, lié à une tourelle rotative, située sur le nez de l'hélico. Lorsque Garst tourne la tête, la tourelle suit le mouvement, ses capteurs optiques retransmettant les informations visuelles sur une lentille monoculaire située devant l'œil droit du pilote. Avec l'œil gauche, il observe les cadrans intérieurs, dont un écran radar, relié au dôme situé au-dessus du rotor principal de l'appareil. Ce dôme transmet des ondes radios millimétriques dans toutes les directions, afin d'intensifier et de cibler tous les objets qui se trouvent dans le rayon d'action de l'hélicoptère.

Tandis que l'appareil se dirige vers l'intérieur des terres, les dunes se teintent d'un brun rougeâtre et commencent à s'élever comme des montagnes. Leur couleur sombre est due à la mince couche d'argile sur le sable, qui s'oxyde sous le climat aride.

En utilisant les commandes du plateau cyclique, le pilote modifie l'inclinaison des lames pour augmenter légèrement son altitude tout en continuant à voler en rase-mottes.

— Nous approchons du Nord du Quartier vide. Comment ça va ?

Ace Futrell est assis à l'avant, à la place du canonnier, entouré d'un armement suffisant pour détruire une petite ville.

— Bien, ça va… Qu'est-ce qui se passe si on tombe sur des indésirables ?

— On les évite.

— Parce que j'ai sacrément de quoi nous en débarrasser !

— Ce ne sera pas nécessaire, monsieur.

— Et les Bédouins ? On dit qu'ils tirent sur les avions.

— Monsieur, nous avons une carlingue en kevlar, assez épaisse pour arrêter du calibre de 12,7 mm. Détendez-vous et profitez du voyage.

Au loin, Ace distingue les petites lumières des stations de pompage du gisement de Ghawar, le plus grand gisement de pétrole de toute la planète.

***

Les hydrocarbures, pétrole et gaz naturel, se sont formés à partir des algues, de la matière organique et du plancton qui occupaient les mers du Jurassique, il y a dix millions d'années. Cette biomasse s'est lentement accumulée dans des trous d'eau stagnante et dans des roches sédimentaires. À la suite de réactions chimiques, elle s'est transformée en kérogène, une substance organique solide et pâteuse.

Sous le sol, la température augmente de sept degrés Celsius tous les trois cents mètres. Au cours des millions d'années, entre mille huit cents mètres et quatre mille cinq cents mètres de profondeur, le mélange de kérogène s'est converti en pétrole. Le gaz naturel, qui a besoin de plus de chaleur et de pression, s'est souvent formé aux mêmes endroits, mais à une plus grande profondeur.

Soumises à une forte pression, les réserves de pétrole sont restées intactes jusqu'à ce qu'on commence l'extraction. Lorsqu'on a creusé les premiers forages, la pression a fait monter le brut léger situé en superficie du gisement, jusqu'à la surface, le produit léger coulant plus facilement que les produits plus visqueux. Au fur et à mesure que le pétrole est pompé, la pression décroît, il faut donc injecter du gaz ou de l'eau dans le réservoir pour maintenir la production. Il arrive que le pétrole affleure naturellement à la surface – le puits de La Brea à Los Angeles, qui bénéficie de l'effet de l'activité tectonique de la faille de San Andreas étant un exemple parfait. De tous les gisements du monde, seuls quatre ont déjà donné plus d'un million de barils de brut par jour : Cantarell, au Mexique, Da Qing en Chine, Burgan au Koweït (dont la production a largement baissé en 2005) et Ghawar en Arabie Saoudite, avec une capacité supérieure aux trois autres réunis. Découvert en 1948, ce gisement géant, le plus vaste des six gisements arabes, est situé dans le quart sud-est du royaume d'Arabie Saoudite, près du Quartier vide et du golfe Persique. Avec sa forme de grande chaussette qui s'étend du nord au sud, il mesure près de trois cents kilomètres de long sur vingt à trente kilomètres de large. Bien qu'il s'agisse d'un gisement unique, il est séparé en six sections. Du nord au sud, on distingue Fazran, Ain Dar, Shedgum, Uthmaniyah, Haradh et Hawiyah.

La production, qui a commencé en 1951, a connu son pic en 1981 avec 5,7 millions de barils par jour, chiffre qui a ensuite été diminué pour des raisons « commerciales ». Depuis, Aramco, la compagnie nationale d'Arabie Saoudite, est obligée d'injecter de plus en plus d'eau de mer dans le réservoir pour récolter le brut. Cet apport d'eau était supérieur à 55 % en 2004, ce qui signifie que, pour plus de la moitié, le contenu du gisement est désormais constitué d'eau salée. On estime que la production de Ghawar, qui assure 60 % du pétrole d'Arabie Saoudite, décroît de 8 % par an.

***

L'Apache se pose derrière un escarpement rocheux près d'une dune, cette barrière naturelle servant de couverture à deux tentes de camouflage et une ambulance blindée. Le véhicule est un camion de l'armée destiné à soigner les soldats blessés à l'abri des tirs. Une croix rouge est peinte sur le camouflage de la carrosserie, une antenne satellite est fixée au toit.

Ace descend du cockpit, aidé par un soldat en tenue de combat.

— Monsieur, le commandant Watkin vous attend.

On le conduit à l'intérieur de la tente principale qui abrite deux générateurs portatifs, alimentant toute une série d'ordinateurs. Devant un des postes de travail, un technicien de l'armée surveille l'approche d'un satellite en orbite basse, tandis qu'un autre observe l'écran radar. Au-dessus de la console de commande centrale, l'immense carte GPS de l'Arabie Saoudite est gardée par un grand soldat en uniforme, aux cheveux coupés en brosse.

Le commandant Matthew Watkin, dit Swatkin, a commencé sa carrière aux États-Unis en 1994, comme ingénieur du génie militaire. Ce natif de la Virginie a passé deux décennies au Koweït, en Afghanistan, en Irak et en Arabie Saoudite, à coordonner des opérations commanditées par la SSB, avec l'appui de Kellogg, Brown et Root. Le commandant, qui consacre toute son attention à la carte et au talkie-walkie collé à son oreille, détourne à peine les yeux quand Ace entre dans la tente.

— Un instant, il vient d'arriver.

Le commandant se frotte les mains sur son pantalon kaki, sans prêter attention à la main tendue d'Ace.

— C'est vous, Futrell ?

— Oui, monsieur.

— Watkin, Matthew J. Félicitations, Futrell. Vous êtes maintenant en première position sur la liste de mes ennemis personnels. J'ai eu le malheur de passer les trois derniers mois à organiser la couverture de cette petite aventure à la noix, basée sur rien d'autre qu'un pacs.

— Un pacs ?

— Pari à la con d'un scientifique. Vous ne pouvez pas vous imaginer ce que vous m'avez fait endurer. J'ai cent cinquante hommes, dispersés sur des milliers de kilomètres carrés de désert, deux dizaines de drones et un satellite GPS qui se baladent quelque part au-dessus de ce désert abandonné, tout ça pour que vous puissiez collecter des donnés inutiles ! Trois lieux différents, sept cents charges, prévues pour sauter à dix secondes d'intervalle… Vous me prenez pour le chorégraphe de la cérémonie olympique des jeux d'Arabie Saoudite ?

La colère gonfle les vaisseaux du cou d'Ace.

— Ce n'est pas une fosse septique que nous cherchons à analyser, commandant, c'est le plus grand gisement du monde. Si vous divisez les explosifs par deux, vous aurez besoin de deux fois plus d'analystes. Alors, si vous avez un meilleur pacs pour effectuer ce qu'on m'a donné l'ordre de faire sans déclencher un djihad, je suis tout ouïe.

— Vous partez toujours au quart de tour ! dit le commandant avec un large sourire. Vous ne vous souvenez pas de moi ? Le match en Caroline du Sud ? Je vous ai fait bouffer la poussière deux fois avant que vous marquiez ce dernier *touchdown* avec une feinte d'enfer. Vous avez failli me planter le ballon dans le crâne, espèce d'enfoiré…

Ace sourit.

— Watkin… Swatkin Watkin, le linebacker numéro 57… Le plus méchant artiste du coup foireux de toute la région… Ce dernier coup était complètement illégal. Vous avez failli m'enfoncer votre casque dans l'estomac et me le faire sortir par le trou du cul. J'en ai encore mal chaque fois que je vais pisser !

— Tant que je produis mon petit effet… (Watkin lui tend la main.) Bienvenue au pays des merveilles, au pays des maboules. Dirigé par Mickey Mouse et sa bande de souris royales. On dispose de douze minutes avant le passage du satellite, tout juste le temps de vous expliquer ce qu'on a fait.

Watkin le conduit vers la carte informatisée du sud-est de l'Arabie Saoudite. Le gisement de Ghawar apparaît en vert foncé contre le désert noir, avec ses contours bordés par des points de lumière rouge sombre. Deux autres immenses zones vert olive de forme ovale irrégulière occupent le Quartier vide, un peu plus au Sud.

— Tout est en place, selon vos instructions ; deux cents explosifs sur les sites du Quartier vide, trois cents à Ghawar. Déployer notre équipe sur le gisement de Ghawar semblait être la partie la plus délicate, mais c'est ce qui a été le plus facile. On a déguisé nos types en employés d'Aramco, la plupart des ouvriers qui travaillent sur les champs sont des expatriés, de toute façon, alors, comment savoir. On a piqué deux de leurs camions et on a lâché les hommes à leur poste à la tombée de la nuit. Ils ont placé les charges et les géophones en moins de deux heures. Le Quartier vide… c'était l'enfer.

— Vous êtes sûrs qu'ils sont placés aux bons intervalles ?

— Tous les emplacements ont été déterminés par triangulation par les drones et vérifiés au GPS. Alors, maintenant, si vous voulez bien nous expliquer comment tout ça est censé marcher…

— C'est ce qu'on appelle une sismique réflexion. En fait, on utilise des explosifs pour créer une carte géologique informatisée en trois dimensions en s'appuyant sur l'écholocation. Les géophones mesurent le temps que l'énergie sismique dégagée par les détonations en surface met à se propager, un peu comme lorsqu'on jette un caillou dans une mare et qu'on regarde les rides sur l'eau. L'énergie sismique se réfracte sous la surface avant d'être renvoyée, ou réfléchie. Cette réflexion produit une image de la sous-surface géologique, en trois dimensions. Les données sont enregistrées par les sismographes, envoyées au satellite et transmises à l'ordinateur principal… ce qui me fait penser que je ferais mieux d'installer mon interface.

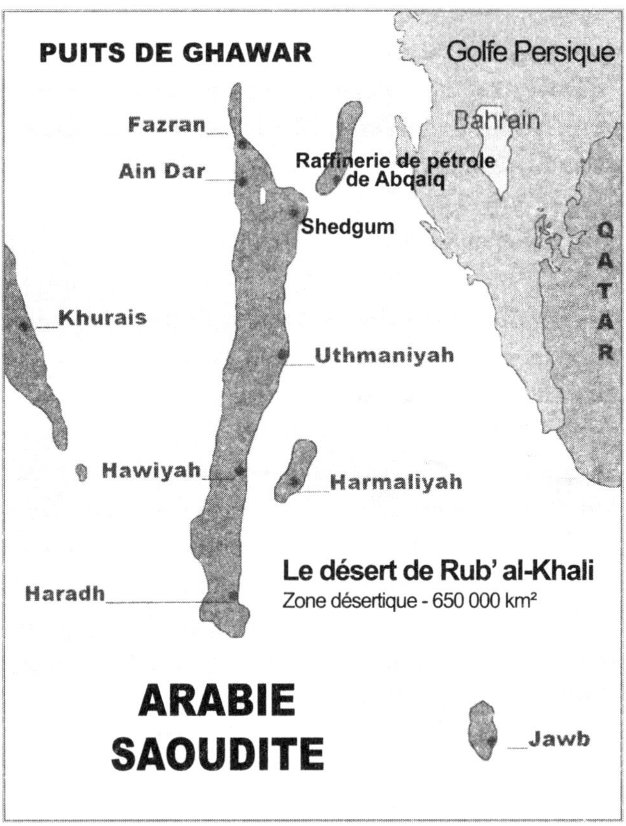

Carte des puits de pétrole de Ghawar

Ace ouvre sa sacoche et en sort son ordinateur portable. Il l'allume et le relie au mainframe avec un câble.

— Et ça va nous dire ce qu'il y a là-dessous ?

— Si tout se passe bien. Mon ordinateur analysera les données, les croisera avec la pression du flux de Ghawar, la production de pétrole et toutes les informations que mon équipe a rassemblées au cours de l'année écoulée. Cela devrait nous donner une idée assez précise des réserves de brut de Ghawar. Quant au Quartier vide, ou il y a un vaste réservoir, ou il n'y a rien... Quoi qu'il en soit, on connaîtra le fin mot de l'histoire.

Le soldat qui suivait le satellite annonça :

— Deux minutes.

— Reçu.

Le commandant Watkin entraîne Ace à l'écart.

— Les détonateurs sont réglés pour exploser deux minutes après la fin du passage. Nous laisserons derrière nous une série de cratères de la taille des chiottes, guère plus. Cependant, il est possible que notre centre de commandes connaisse quelques ratés.

— Quel genre de ratés ?

— Des interventions du côté des gentils... Il y a quelques années, quand Al-Qaida a commencé à lancer des attaques contre les raffineries d'Aramco, le DoD a décidé de positionner une dizaine d'escadrons de la SSB dans la province de l'Est. Lorsque le feu d'artifices aura commencé, les types de la SSB se rueront sur Ghawar comme des abeilles sur le miel. Notre présence peut se justifier, mais les Saoudiens savent parfaitement qui vous êtes. Ils ne mettront pas longtemps à additionner deux et deux. J'ai ordre d'attendre jusqu'à ce que vous envoyiez votre rapport à nos amis de Washington, et ensuite, on décampe fissa.

— Soixante secondes.

— Qu'est-ce qu'ils ont dans leurs bagages, ces types de la SSB ?

— Assez de missiles sol-air pour descendre un bataillon de 747. Ils tireront d'abord et vérifieront l'identité de l'avion plus tard.

— Rien ne vaut le travail d'équipe !

— Trente secondes.

— Commandant, toutes les équipes ont quitté la cible et donnent le feu vert.

— On y va.

— Radar OK.

— Dix secondes. Neuf… huit… sept…

Ace s'approche de la console, le cœur battant.

— Cinq… quatre… trois… deux…

À « un », une des paires de voyants rouges s'allume sur trois des sites indiqués sur la carte… puis une autre, une à l'est et une à l'ouest de la première paire, dix secondes plus tard… La séquence se répète toutes les dix secondes. Chaque explosion déclenche un front d'ondes sismiques qui font étinceler en vert les trois sous-sections des trois types de géologie souterraines sur la console de l'ordinateur principal.

— Radar ?

— Toujours clair.

Des données brutes s'affichent sur l'ordinateur d'Ace, pendant que trois images séparées se matérialisent, tel un IRM qui apparaîtrait lentement à l'écran. Les détonations parcourent rapidement les vingt kilomètres de large du Ghawar et poursuivent leur chemin vers le sud du gisement, sur les flancs est et ouest.

— Commandant, je détecte une activité à Abqaiq. Deux hélicoptères, d'Aramco.

Ace essuie une goutte de sueur sur son front.

Les détonations continuent à se propager tout autour de leur cible, le gisement de Ghawar, qui, avec un tiers d'explosifs en plus, s'affichent plus lentement.

— Les hélicos d'Aramco survolent Ghawar, commandant. Ils sont à quarante miles et s'approchent.

Le commandant fait un clin d'œil à Ace.

— Pas de soucis. Ce sont des fantoches. C'est ceux qu'on ne voit pas qui sont à craindre.

— Deux minutes…

Les deux cibles du Quartier vide transmettent simultanément les données sismiques, tandis que les explosifs du Ghawar continuent à se déclencher vers le sud. Rapidement, Ace tape une série de commandes, afin d'analyser les données brutes téléchargées sur le poste principal.

Les deux dernières explosions du site de Ghawar convergent l'une vers l'autre, avant de se rencontrer à l'extrémité sud du gisement.

— Ace ?

— J'ai les deux premières images, commandant, j'attends simplement que ça se termine.

— Les hélicoptères s'approchent rapidement. Quinze miles.

La dernière série d'explosifs détone toujours le long du Ghawar.

— Le pilote est prêt ?

— Oui, monsieur.

— Monsieur Futrell, ça va péter !

— Les données sont arrivées. L'ordinateur les analyse.

— Les hélicos ne sont plus qu'à huit miles !

— C'est bon ! s'exclame Ace en regardant le rapport.

Gisement de Ghawar
Ressources : 277 milliards de barils
Réserves récupérables estimées : 75 %, soit 208 milliards de barils.
Quartier vide
Ressources : 310 milliards de barils
Réserves récupérables estimées : 65 %, soit 201 milliards de barils.
Réserves prouvées globales : 409 milliards de barils.

Le commandant Watkin regarde par-dessus son épaule.

— Alors, le verdict ? J'investis dans un moulin à vent ou je continue à regarder les pornos sur la chaîne satellite ?

Ace écarquille les yeux, abasourdi.

— Les Saoudiens… Ils ne mentaient pas ! Les réserves sont immenses.

— Formidable ! dit Watkin, sarcastique. Encore vingt ans à passer dans le désert à regarder ces têtes de nœuds dilapider notre argent ! Envoyez votre rapport et on dégage, fissa !

Ace crypte les informations et les transfère dans un fichier sécurisé avant d'envoyer son courriel à David Schall. Il débranche son ordinateur, le range dans sa sacoche et, au pas de course, rejoint le commandant au pied de l'hélico.

Watkin lui donne une grande tape dans le dos avant qu'il monte dans le cockpit.

— J'ai été content de vous revoir. Et surtout, ne m'oubliez pas la prochaine fois que vous irez pisser !

Ace se retourne pour lui répondre, mais le commandant a déjà disparu.

Quelques secondes plus tard, Ace appuie sa tête sur son siège, les yeux fermés. Comment ai-je pu me tromper pendant toutes ces années ? Le Quartier vide ? Bien sûr, ça a toujours été une inconnue, mais Ghawar ? Aramco injecte cinq cents millions de barils d'eau de mer depuis 2004 pour maintenir suffisamment de pression afin d'extraire la moitié de cette quantité en brut. Le gisement doit s'écouler vers l'ouest, et pourtant, c'est à peine visible sur l'étude sismique. À l'origine, la colonne de pétrole mesurait quatre cents mètres d'épaisseur ; il y a six ans, elle n'en mesurait plus que cent cinquante. Comment Ghawar peut-il encore contenir…

Des alarmes retentissent à l'intérieur du cockpit, chassant ces pensées. L'hélico entame une rapide montée verticale.

— Missile sol-air, tiré de près, accrochez-vous !

Le pilote active le brouilleur, afin de perturber les fréquences infrarouges de la tête chercheuse du missile et de gagner de précieuses secondes, pendant qu'ils grimpent vers l'est avant de replonger en rase-mottes.

Ace s'accroche à la console… tandis que deux nouveaux missiles apparaissent sur l'écran.

L'Apache s'élève à la verticale ; la soudaine accélération plaque Ace sur son siège ; du vomi lui monte à la gorge tandis que son estomac se noue…

… et se soulage alors que l'hélico dessine un tonneau et plonge à nouveau… Tout tourne, les dunes se précipitent vers eux, telles les vagues de l'océan, des alarmes retentissent, les voyants du tableau de bord s'allument comme autant de glas.

— … C'est la merde, faut que je plonge. Accrochez-vous !

Ace se prépare au pire, toutes ses entrailles se nouent tandis que l'Apache frôle une dune, se met à tournoyer et s'écrase sur le flanc, se transforme en objet inanimé dans le noir absolu, tandis que la carlingue de kevlar s'effondre sur Ace, telle une vulgaire cannette d'aluminium cabossée.

*

Une fois l'assaut donné, si la victoire est longue à venir, les armes s'émoussent et l'ardeur des troupes se relâche. Si vous assiégez une ville, vous épuisez vos troupes et si la campagne se prolonge, l'État ne sera certainement plus en capacité de financer les dépenses de guerre. Mais n'oubliez jamais : lorsque vos armes seront émoussées, votre ardeur étiolée, vos forces épuisées et vos coffres vidés, d'autres chefs chercheront à tirer avantage de la situation. Alors, aucun homme, si sage soit-il, ne pourra empêcher l'inévitable de se produire.

Sun Tzu, l'Art de la guerre, *VIe siècle avant J.-C.*

Lorsque, jour après jour, on fait la sourde oreille aux voix qui appellent sans relâche à la destruction de son pays, on agit à ses risques et périls.

Caroline Glick, Senior Fellow, Center for Security Policy.

Je regardai encore, et j'entendis un aigle qui volait très haut dans les airs proclamer d'une voix forte : « Malheur ! Malheur ! Malheur aux habitants de la terre quand les trois autres anges vont faire retentir le son de leurs trompettes ! »

Apocalypse **8**, *13*

*

Extrait
À la porte de l'enfer : mes excuses aux survivants

Par Kelli Doyle
Conseiller à la sécurité
de la Maison Blanche (2006-2010)

Le prochain attentat terroriste sera une explosion nucléaire. La mort de millions d'innocents et une autre guerre au Moyen-Orient peuvent-elles être évitées ? Pour répondre à cette question, il nous faut comprendre comment notre rôle dans la politique du golfe Persique a évolué.

Avant l'avènement de la doctrine Bush-Cheney-Rumsfeld, l'Amérique avait toujours eu pour volonté de maintenir une certaine stabilité au Moyen-Orient, afin de ne pas entraver l'exportation du pétrole. Cette stabilité s'appuyait sur un équilibre de pouvoirs entre les Arabes et les musulmans, tandis que l'Occident et l'ancienne URSS tiraient les ficelles de leurs intermédiaires. Les communistes avaient pour alliés la Syrie et l'Égypte, et Israël, la seule démocratie du Moyen-Orient, devint le levier de l'Amérique dans la région, avec l'Arabie Saoudite, qui défendait nos positions au sein de l'OPEC.

Les premiers nuages apparurent à l'horizon lorsque l'Égypte et la Syrie, armées par les Soviétiques, attaquèrent Israël, le jour du Yom Kippour, en 1973. Prises par surprise au début, les forces israéliennes ripostèrent néanmoins, repoussant les deux envahisseurs au-delà des frontières de 1967. Cette défaite écrasante pour le monde arabe plaça les Saoudiens dans une position délicate vis-à-vis de leurs pairs. Pour sauver la face, ils acceptèrent un embargo du pétrole contre les États-Unis.

Bien que la crise du pétrole de 1973 ait été créée de manière artificielle, ses effets ont ébranlé l'économie américaine. Les longues queues devant les stations-services forcèrent les Américains à se tourner vers d'autres sources d'énergie. On plaça des panneaux solaires sur le toit de la Maison Blanche ; on effectua des améliorations visant à réduire la consommation des véhicules ; l'administration Carter encouragea les économies d'énergie. Ce moment charnière aurait pu bouleverser le cours de l'histoire, hélas, ce mouvement prit fin lorsque les Reagan-Bush prirent le pouvoir et que le pétrole recommença à couler à flots.

À peu près à la même époque, le dictateur pantin de la CIA, le shah d'Iran, fut remplacé par l'ayatollah Khomeiny. Le mouvement islamiste fondamentaliste bouscula les équilibres de pouvoir dans tout le Moyen-Orient, en encourageant les autres factions islamistes à se révolter contre l'Occident… ce qui constituait une menace directe à l'encontre des Saoudiens.

Avec son régime islamiste fondamentaliste, l'Iran était l'ennemi juré de l'Irak, état arabe laïc, dirigé par un Saddam Hussein tyrannique et son parti Baath panarabiste. Encouragé par l'administration Carter et des accords secrets avec l'Arabie Saoudite, Saddam déclara la guerre à l'Iran. Opposant ainsi le second producteur de pétrole au troisième. Tandis que la production de ces derniers déclinait, la Maison des Saoud augmenta la sienne, tout en maintenant des prix bas, ce qui ne fit que prolonger la guerre.

Alors l'administration Reagan-Bush entra en jeu. La Maison Blanche ne savait quel clan soutenir, l'Iran, dont les groupes islamistes avaient kidnappé des Américains, ou l'Irak et son dictateur sanguinaire. Une guerre prolongée aurait affaibli les deux pays, mais Reagan, qui avait publiquement déclaré vouloir combattre les islamistes, ne pouvait se permettre de secourir l'Iran. On mit donc au point une stratégie secrète : l'administration Reagan-Bush fournirait des armes à l'Iran, via Israël, et renverserait le régime de gauche du Nicaragua en apportant son soutien aux rebelles d'extrême droite, connus sous le nom de Contras.

Pour financer cette stratégie, la CIA s'est lancée dans le trafic de drogue.

La chambre des Représentants avait déjà voté à quatre cent onze voix contre zéro pour interdire tout financement des Contras, si bien que la CIA, comme le DoD, n'avait aucun moyen légal de s'impliquer dans une opération secrète à leurs côtés. Pour contourner cette interdiction, l'administration Reagan finança les Contras par le biais du National Security Council. Cet arrangement était supervisé par le colonel Oliver North, qui avait établi une relation de travail avec Manuel Noriega, un des barons de la drogue du Panama. Au cours de la décennie qui suivit, la CIA transféra vingt-huit avions cargo Hercule C-130 du DoD aux Services des Forêts, avant qu'ils ne passent entre les mains d'acheteurs « privés » et servent à importer des quantités monstrueuses de cocaïne, en provenance de Colombie, du Mexique, du Panama et d'autres pays producteurs, aux États-Unis. Les profits des milliards de dollars de cocaïne qu'on retrouvait dans les banlieues de villes comme Los Angeles alimentaient les Contras… et tuaient les enfants noirs et hispaniques.

Pour corser la situation, le roi Fahd d'Arabie Saoudite voulait être payé pour son rôle dans ce petit jeu sous forme de centaines de missiles Stinger. Contournant de nouveau le Congrès, l'administration Reagan invoqua des « mesures d'urgence » pour régler sa dette envers la Maison des Saoud. Pour payer des pots-de-vin illégaux, la CIA s'adressa à la Bank Of Credit and Commerce International (BCCI). Fondée par un banquier pakistanais, Agha Hasan Abedi, la BCCI était une entreprise multinationale, constituée d'un enchevêtrement inextricable de holdings, filiales, banques dans les banques et franchisés qui s'arrangeaient pour éviter les contrôles et les lois. Elle possédait des agences dans plus de cinquante pays du tiers-monde, avait des contacts avec les Premiers ministres, leurs femmes et leurs maîtresses, et opérait en dehors de tout contrôle gouvernemental. En 1977, la BCCI avait commencé à étendre son influence aux États-Unis en achetant la National Bank of Georgia des mains de son président, Bert Lance, ami personnel du président Carter. Grâce à ses diverses façades et ses filiales, la BCCI transférait secrètement fonds et armes. Elle possédait son propre service de renseignement et même sa branche paramilitaire, connue sous le nom de Black Network. La BCCI fournissait de faux documents et de fausses lettres de crédit afin d'acheter des armes, et c'est à travers ce réseau international que la Maison Blanche de Reagan a financé les Contras et envenimé la guerre Iran-Irak.

Cependant, c'est une autre opération secrète qui a eu des répercussions profondes au Moyen-Orient et dans le reste du monde.

En juillet 1979, le président Carter avait lancé une campagne secrète destinée à fournir un appui militaire aux Moudjahidines, les rebelles afghans qui combattaient les Soviétiques à Kaboul. Les Soviétiques mordirent à l'hameçon et franchirent la frontière afghane. Tout d'un coup, l'URSS se retrouvait avec son propre Viêtnam sur les bras ! La Maison des Saoud appuya aussitôt la guérilla, car elle défendait à la fois l'islam et l'Occident contre les Soviétiques athées.

Une fois le gouvernement Reagan en place, la Maison Blanche augmenta son aide aux « combattants de la liberté », ce qui poussa les Soviétiques à engager de nouvelles ressources dans le conflit.

Et qui était le chef de ces rebelles afghans ? Oussama Ben Laden, tout simplement !

En 1983, la situation n'était pas brillante pour Saddam, dont l'armée avait fait usage d'armes chimiques, achetées à l'Occident, contre les Iraniens. Pour maintenir l'équilibre de la région tout en prolongeant la guerre, l'administration Reagan commença à fournir en secret hélicoptères, bombes et véhicules de combat à Saddam, en violation directe de l'Arms Export Control Act. On lui procura également des combinaisons NBC, des systèmes de repérage sophistiqués, ainsi que des composants pour les usines chimiques. Conséquence directe, vers 1985, la guerre commença à pencher en faveur de l'Irak, ce qui incita la Maison Blanche à réagir et à vendre plus de cinq cents missiles TOW… à l'Iran, cette fois !

De nouveau, le pendule bascula et, de nouveau, la Maison Blanche réagit.

En février 1986, le gouvernement Reagan s'arrangea pour que la Maison des Saoud vende en secret des chasseurs britanniques à Saddam, avec mille cinq cents bombes MK-84, contenant mille kilos de charge utile, chacune. Cependant, les Irakiens n'étaient pas formés à l'utilisation de ce nouveau jouet, si bien que la Maison Blanche envoya le vice-président George H. W. Bush au Moyen-Orient, pour une mission de « pacification ». L'ancien directeur de la CIA et futur Président s'envola pour la Jordanie avec deux objectifs en tête : fournir des renseignements militaires à Saddam afin qu'il puisse utiliser sa force aérienne contre des cibles iraniennes ; obliger l'Iran à libérer les otages américains en échange de quatre mille missiles. En quarante-huit heures, il accomplit ses deux missions, et la guerre Iran-Irak franchissait une nouvelle étape sur le chemin de la destruction massive.

Pendant ce temps, la Maison des Saoud continuait à appuyer les opérations secrètes de la Maison Blanche. La famille royale, dont les revenus du pétrole dépassaient cent quinze milliards de dollars par an, avait placé plus de cent milliards de dépôts dans les institutions financières américaines. Les États-Unis se servaient de ce nouveau levier pour prêter de l'argent aux autres banques du tiers-monde. Des sociétés comme AT & T, Proctor and Gamble, et IBM en profitèrent pour emprunter des centaines de millions de dollars. Le commerce des armes entre les deux pays s'échauffait. La Maison des Saoud acheta des F-15, des missiles Stinger et des avions de transport C-130, opérations qui rapportaient des commissions conséquentes aux princes saoudiens qui supervisaient la signature des contrats. Les riches s'enrichissaient, les Iraniens et les Irakiens mouraient, le peuple saoudien haïssait de plus en plus la famille royale… et ses alliés américains.

En mars 1998, Saddam lâcha une bombe chimique sur Halabja, une ville irakienne sur un territoire détenu par l'Iran, tuant plus de cinq mille Kurdes. Ce n'était pas la première fois qu'il recourrait aux armes chimiques, mais cette fois, les Iraniens dépêchèrent des journalistes sur place, forçant le reste du monde à réagir. En août, un cessez-le-feu fut signé. Cinq mois plus tard, George H. Walker Bush entrait à la Maison Blanche.

La guerre Iran-Irak débouchait sur une impasse, cependant elle laissait aux mains de Saddam une armée d'un million d'hommes, disposant de matériel militaire américain de pointe. Le président Bush continua à utiliser la BCCI pour financer le dictateur irakien, lui permettant ainsi de se lancer dans un programme de recherche sur les armes chimiques, biologiques et nucléaires. En 1990, Saddam se vantait de posséder assez d'armes chimiques pour détruire la moitié d'Israël, déclaration qui obligea finalement Washington à réagir. La marionnette irakienne, à qui on avait fourni plus de cinq milliards d'aide militaire, devenait trop dangereuse, il fallait lui rabattre le caquet. Le Koweït servirait de prétexte.

Quelques jours après la fin de la guerre Iran-Irak, le Koweït se mit à mettre plus de pétrole sur le marché, en violation des accords de l'OPEP. Le prix du brut chuta, ce qui affectait directement Saddam, dont le pays avait terriblement besoin d'argent pour reconstruire ses infrastructures. Pour compliquer la situation, le Koweït pompait le pétrole des champs de Rumailla, en partie situés en Irak. Bien qu'il n'eût aucun besoin d'argent, le Koweït exigea soudain que l'Irak rembourse un prêt de huit milliards de dollars que Saddam avait contracté pendant la guerre... tout en rencontrant ouvertement à plusieurs reprises le ministre des Affaires étrangères iranien et des membres de la CIA.

Saddam n'ayant aucun moyen de rembourser sa dette, le Koweït revendit, largement à perte, les lettres de crédit, empêchant par là même l'Irak de contracter d'autres emprunts sur le marché international. Pendant les seize mois suivants, les Irakiens tentèrent de régler leurs conflits frontaliers, mais les Saoudiens s'opposèrent à l'organisation d'un sommet arabe. C'était une vieille recette qui forçait Saddam à se tourner vers son ancien allié, les États-Unis.

Tandis que les troupes irakiennes se rassemblaient le long des frontières du Koweït, le 25 juillet 1990, Bush envoya l'ambassadrice américaine, April Glaspie, en Irak pour qu'elle rencontre Saddam. Glaspie l'autorisa à augmenter le prix du pétrole, ce qui déclencha un conflit au sein des pays producteurs. Lorsqu'elle demanda au dictateur s'il désirait autre chose, Saddam lui répondit que son pays tenait à récupérer la région de Shatt al-Arab, désormais rattachée au Koweït. Glaspie répondit que « la question du Koweït n'avait rien à voir avec les États-Unis. » En substance, les États-Unis venaient de donner leur feu vert à l'invasion du Koweït.

Le 2 août 1990, l'Irak envahit le Koweït. Aussitôt, le roi Hussein de Jordanie convoqua les chefs d'État arabes, dans l'espoir d'éviter une nouvelle guerre. Saddam accepta de retirer vingt mille hommes du Koweït, et une solution pacifique semblait désormais à portée de main.

Ce fut là que le secrétaire à la Défense, Dick Cheney entra en jeu. Le 6 août, Cheney et son entourage rencontrèrent le roi Fahd et ses ministres et leur montrèrent des photos satellites prises par la CIA et le NSC qui indiquaient que deux cent mille hommes étaient en position d'attaquer l'Arabie Saoudite. Cheney demanda au roi la permission de faire atterrir des troupes dans son pays. Comme le prince de la couronne Abdullah s'inquiétait, Cheney insista, disant que l'Arabie Saoudite risquait de tomber entre les mains d'une coalition irako-yéménite et palestinienne.

Quatre jours plus tard, sous la conduite du roi Fahd et du président égyptien Moubarak, les chefs d'État arabes s'opposèrent mystérieusement à toute médiation dans le conflit entre l'Irak et le Koweït. La résolution des Nations unies qui suivit ne fit que repousser Saddam dans ses retranchements.

Loin d'être une démocratie, le Koweït est un riche producteur de pétrole, aux mains de l'oligarchie islamiste de la famille royale d'Al-Sabah, qui, comme la Maison des Saoud, ne cesse de violer les droits de ses propres citoyens. Sachant que l'opinion publique ne supporterait pas que les États-Unis prennent la tête d'une force de libération pour sauver un régime dictatorial, l'administration Bush fit appel à une société de relations publiques, Hill & Knowlton, qui reçut 10,7 millions dc dollars par l'entremise d'une organisation qui se faisait appeler « Les Citoyens pour le Koweït libre ». Craig Fuller, le président de la société, avait été chef de cabinet de George Bush lorsque ce dernier était le vice-président de Ronald Reagan. Après plusieurs flops, la firme inventa une nouvelle histoire sur la manière dont les soldats irakiens auraient arraché trois cent douze nouveaux nés de leur couveuse pour les laisser agoniser sur le sol de l'hôpital de Koweït City. La société dénicha même un témoin oculaire : une jeune fille de quinze ans qui témoigna devant la commission des droits de l'homme du Congrès. Ce témoin était en fait la fille de Saoud al-Sabah, l'ambassadeur du Koweït aux États-Unis.

Au cours des cinq semaines suivantes, le président Bush évoqua cette histoire de couveuse plus d'une demi-douzaine de fois dans ses discours. L'opinion publique américaine bascula totalement.

Le 16 janvier 1991, le président Bush lança l'opération Tempête du désert, destinée à « libérer » la monarchie koweïtienne.

Saddam se rendit le 27 février. George Bush avait obtenu ce qu'il voulait. L'Irak n'était plus une menace pour la Maison des Saoud. Néanmoins, le président Bush s'était arrêté à la frontière de l'Irak, ce qui n'avait pas manqué d'irriter les membres les plus conservateurs de son parti, parmi lesquels Dick Cheney, Donald Rumsfeld et Paul Wolfowitz.

Pendant ce temps, Oussama Ben Laden avait utilisé les sept cents millions d'assistance militaire américaine annuels pour construire un immense camp d'entraînement dans l'est de l'Afghanistan. Son armée était désormais constituée de vingt-cinq mille extrémistes islamistes bien formés, venant de plus de dix pays. Affaiblir l'Irak, le pays le plus laïc de toute la région, avait créé un vide, vite comblé par les extrémistes à la solde de Ben Laden, opposés à la présence américaine en Arabie Saoudite.

La politique étrangère des États-Unis avait indirectement donné naissance à la base populaire d'Al-Qaida.

*

Royal Dutch Shell a scandalisé ses investisseurs en annonçant que son estimation des réserves prouvées était revue à la baisse de 20 %.

Washington Monthly, juin 2005

Selon un rapport confidentiel publié par le journal d'entreprise *Petroleum Intelligence Weekly (PIW),* une revue de qualité, des rapports internes koweïtiens révèlent que les réserves de pétrole de la nation sont très en dessous des quatre-vingt-dix-neuf milliards de barils annoncés. Le communiqué du PIW avance que les réserves prouvées et les réserves probables du Koweït s'élèvent à environ quarante-huit milliards de barils, c'est-à-dire à 51 milliards de barils de moins que ce qui avait été précédemment déclaré. En d'autres termes, avec ces nouvelles données, les estimations des réserves mondiales de pétrole se voient chuter de 5 %... ce qui équivaut à un total de près de vingt mois en termes de cumul de production et de consommation à l'échelle mondiale, si l'on se base sur la consommation mondiale actuelle de pétrole de quatre-vingt-quatre millions de barils par jour.

Byron W. King, Energy Bulletin, 25 janvier 2006

*

Chapitre 21

La paralysie. De celle qui bloque les mouvements mais laisse la douleur affecter tous vos nerfs.

Aveuglement. Un noir intense… parsemé d'éclats de lumière lunaire.

Silence. Irréel… annihilé par le bruit qui résonne dans sa tête… un bourdonnement final qui cède la place…

Obscurité…

***

L'APRÈS-MIDI.

Ace entrouvre les paupières. Timidement, il bouge un bras. Il est dans le vestiaire, en Géorgie, allongé sur la table de massage. Penché sur lui, le médecin de l'équipe vérifie les constantes vitales.

— Ça va fiston ? T'as pris un sacré coup !

— C'est fini pour lui. Il est cuit !

— Non… je vais bien, coach. Je peux rejouer. Remets-moi sur le terrain.

— Sur le terrain ? Dis, tu crois pas que tu t'es assez amoché comme ça ?

Les deux hommes rient, le son de leur voix lui résonne encore aux oreilles.

***

— Hmmm ?

Ace ouvre les yeux. Il se trouve dans un sous-sol, allongé sur un matelas nu. Des rais de lumière filtrent à travers les planches au-dessus de sa tête, fournissant une faible lumière grisâtre. Un soulagement l'envahit lorsqu'il bouge les bras… jusqu'à ce qu'il s'aperçoive qu'ils sont attachés au sol de béton.

On lui a bandé la tête. Lorsqu'il s'assied, il est accueilli par une douleur sourde. Son regard se concentre sur le garde arabe, assis sur une chaise pliante. L'homme lui adresse un regard vide. Il tend le bras et frappe à la porte derrière lui. Un instant plus tard, un autre homme entre dans la pièce. Petit et mince, les yeux noirs et le teint mat, il est vêtu d'un *thobe, la* longue robe blanche de soie traditionnelle saoudienne.

— Comment vous sentez-vous ?

Son anglais lisse et aisé traduit une éducation occidentale.

— Qui êtes-vous ?

L'homme fouille dans une glacière et en retire une bouteille d'eau qu'il lance à Ace.

— Vous avez un léger traumatisme et quelques ecchymoses mineures. Le pilote s'est cassé le bras, et nous le soignons pour quelques brûlures. Il est sous tranquillisants, dans une autre pièce.

— Que voulez-vous de moi ?

— Ça, monsieur Futrell, cela dépend de vous.

L'Arabe sourit en lisant la surprise sur le visage d'Ace.

— Oui, je sais qui vous êtes. Je sais tout sur votre femme et vos enfants, votre maison à Long Island, vos jours de gloire à l'université et vos récents ennuis à PetroConsultants. Vous allez croire que je fais partie d'un service d'espionnage, et c'était la vérité, mais je tiens mes informations d'une source directe, d'une amie proche.

L'Arabe traverse la pièce et ôte une couverture qui dissimule un meuble, une télévision avec magnétophone, en fait. Il l'allume. Une image apparaît.

C'est sa femme ! D'après l'apparence de Kelli, la vidéo a dû être tournée au cours des dix-huit derniers mois, la chimio commence tout juste à lui voler ses cheveux et dix kilos de muscles. Elle est assise dans un salon, leur salon ! L'Arabe est assis à côté d'elle, en jean et sweat-shirt.

« Bonjour, mon chéri. Si tu regardes cette vidéo, il y a de grandes chances pour que… Pour qu'il me soit arrivé quelque chose de grave et que je ne sois plus là. Avant de tirer des conclusions hâtives ou de perdre tes fameux nerfs, laisse-moi te présenter un ami… un ami de confiance. Ramzi Iskander Karim. La famille de Ramzi est égyptienne, il a fait ses études aux États-Unis. Ramzi et moi, nous nous sommes rencontrés à Camp Peary. Il a rejoint l'agence en même temps que moi. Oui, Il appartient à la CIA… je veux dire, il appartenait à la CIA. Dans quelques instants, Ramzi va te communiquer des informations de la plus haute importance. Accorde-lui ta confiance, Ace. » Kelli fait un petit signe de tête à Ramzi, qui quitte aussitôt la pièce, la laissant à son intimité.

Le Ramzi en chair et en os s'occupe dans un autre coin du sous-sol. Sur l'écran de télévision, Kelli regarde Ace.

« C'est difficile, tu mènes ta vie, tu aimerais pouvoir remonter le temps, refaire les choses autrement… te racheter. Je suis désolée, Ace. Je suis désolée de ne pas avoir été à tes côtés lors de ta dernière année d'université lorsque tu vivais l'enfer. Je suis désolée de ne pas être là maintenant, de te laisser élever Leigh et Sammy tout seul. Et surtout, je suis désolée de te mêler à tout ça… Si… si tu avais fait un autre métier, entraîneur de football, prof… mais le problème, c'est que ton domaine est justement au cœur de tout ce qui se passe. J'ai besoin de ton aide. Je n'accorde pas ma confiance à grand monde, Ace, mais Ramzi en est digne. Écoute ce qu'il a à te dire et aide-le. Si ce n'est pour moi, fais-le pour les enfants. »

Elle marque une pause et tourne le regard pour essuyer une larme. Les yeux d'Ace s'embrument aussi.

« J'ai été impliquée dans de vilaines histoires. Le monde n'est pas toujours très joli et parfois, on se laisse engloutir dans toute cette laideur. Tu ne sais pas combien de fois j'ai regretté que nous ne nous soyons pas mariés juste après la fac. La situation aurait été différente. J'ai tellement de regrets, Ace, des choses que j'ai gardées pour moi pendant six ans… Pas étonnant que le cancer se soit installé… »

Un petit rire l'étouffe.

« Tu te demandes sans doute qui je suis et ce que j'ai fait de ma vie. Le cancer et ma quête spirituelle m'ont apporté une nouvelle perspective. Je sais que tu te moquais de moi quand j'ai commencé à étudier la kabbale, pourtant c'est ce qui m'a permis de regarder la vie en face. La kabbale dit que c'est notre énergie négative qui nous sépare de Dieu. Ce que tu as connu en Géorgie, le stress, la peur… tu t'es sans doute cru emprisonné. Je sais que mes propres choix m'ont enchaînée. Je crois à présent que chacun de nous est destiné à accomplir de grandes choses, des choses qui auront des conséquences positives sur le monde. C'est la clé qui nous permet de nous échapper de nos prisons, Ace, faire le bien. Nos moindres mots, nos moindres gestes ont de l'importance. Toutes nos actions, positives ou négatives, ont une influence sur le reste du monde. La kabbale nous enseigne que Dieu est lumière, et l'obscurité le résultat de nos désirs égoïstes, alors, soit nous allons vers la lumière, soit nous allons vers l'obscurité.

« J'ai été impliquée dans des horreurs, et maintenant, je dois absolument redresser la situation. Ace, le monde glisse sur une pente dangereuse. D'un côté, les sectes d'islamistes radicaux prennent de l'ampleur, de l'autre, un groupe de faucons capitalistes estime que seul le canon du fusil peut changer les choses. L'orgueil, la cupidité, la rigidité… Chaque camp pousse l'autre, chacun montre l'autre du doigt tout en faisant basculer le monde vers l'Apocalypse. Je sais que cela paraît terriblement dramatique, mais je me suis trouvée au cœur des événements, et je ferai tout mon possible pour que cela change. »

Elle s'approche de la caméra.

« Il va se produire des événements horribles, mon amour, sauf si on les dénonce avant et qu'on enraye la machine infernale. J'ai travaillé sur des solutions. Ramzi fait partie de ce combat. Pourtant, j'ai aussi besoin de ton aide. Je lui ai dit que tu y arriverais. Que tu étais fort. Tu es fort, Ace, n'en doute jamais. La situation va s'aggraver, pourtant, sous chaque pierre de malheur, se cache une nouvelle opportunité. Nous sommes tous les messagers de Dieu, Ace. Nous pouvons accomplir des actes divins. Ce sera le combat de ta vie, Ace, mais je resterai à ton côté, à chaque instant. Je t'aime, Ace. »

L'image disparaît.

Ace regarde l'écran noir, émotionnellement exténué. Tremblant de tout son corps, il essuie ses larmes.

Ramzi revient et éteint la télévision.

— Elle a enregistré ses mémoires sur un CD-Rom. Vous devrez les lire ici, ce serait trop dangereux de les avoir sur vous en voyage. Je suis désolé. Ça doit être très dur pour vous.

— Dur ?

Les mots s'arrêtent dans sa gorge nouée.

— Pourquoi Kelli a-t-elle été tuée ? Qui en a donné l'ordre ? Qu'est-ce que vous maniganciez, tous les deux ?

— On essayait d'empêcher l'Apocalypse.

Ramzi donne un ordre en arabe au garde. Il ouvre les liens d'Ace et quitte la pièce.

— Ace, vous avez déjà entendu prononcer le nom de « *shahid* » ?

— Non.

— Cela signifie mourir pour Dieu, c'est le véritable sens du djihad, qui incite à aimer le bien et à interdire le mal. Les musulmans sont élevés pour accomplir les tâches divines, ce sont les zélotes qui déforment les paroles du Prophète, tout comme les chrétiens fondamentalistes caricaturent les enseignements du Christ.

« Quand j'étudiais aux États-Unis, j'ai lu une histoire à propos de deux familles rivales, les Hatfield et les McCoy, qui se sont livrés une guerre sans merci. D'une certaine manière, cela me rappelle le conflit entre les chiites et les sunnites, deux familles qui ont tant de points communs, mais qui se font la guerre, non tant à cause de leurs conflits internes qu'à la suite de circonstances externes qui exacerbent la violence. Le Moyen-Orient reste divisé par ce conflit, et le reste du monde choisit le côté de celui qui lui fournit le plus de pétrole.

— Et où vous situez-vous ?

— Avec la majorité d'innocents qui ne désirent qu'une chose, vivre en paix.

Ramzi ouvre une bouteille d'eau et en engloutit la moitié.

— Ma famille est originaire d'Assouan, la plus belle ville d'Égypte, sur les rives du Nil. Mon père tenait un restaurant flottant. Tous les jours, les touristes arrivaient sur des bateaux à voile et venaient déguster du poisson frais, en écoutant de la musique nubienne au coucher du soleil. Quand j'avais neuf ans, un groupe de fanatiques a mis le feu à notre péniche, ils ont détruit toutes nos possessions. Une de mes sœurs fut gravement brûlée. Mon oncle paternel, qui était médecin, nous a invités à venir chez lui à La Mecque, pendant qu'on soignait ma sœur. On a donc quitté l'Égypte et on s'est installés dans le royaume dirigé par al Saoud.

« Mon père était très pieux. Sa famille faisait partie de la tribu d'Al-Hashem, les descendants directs du prophète. On les désigne collectivement sous le nom d'Ashraf, et les individus comme mon père sont des Shareef. Mon père était un homme d'affaires très puissant, néanmoins, il n'était pas préparé à ce qui nous attendait en Arabie Saoudite.

« Malgré ce qu'en pense l'opinion publique, les musulmans sont pacifiques, ce sont les extrémistes qui nous donnent mauvaise réputation. Les wahhabites se sont toujours farouchement opposés à tout ce qu'ils considéraient comme « *bida* », un terme péjoratif qui s'applique à tout ce qui s'éloigne de l'enseignement du Coran. Dans cette vision puritaine, ils condamnent tout ce qui vient de l'Occident, comme la télévision, la musique, le cinéma. Et pourtant, ce sont ces conservateurs qui ont servi de tremplin à la monarchie saoudienne. C'est leur autorité qui tient le peuple saoudien sous contrôle.

« En fait, en Arabie Saoudite, l'identité arabe est prise en otage par l'hypocrisie de la famille royale qui maintient sa domination grâce à la brutalité d'un clergé wahhabite qui détourne pudiquement les yeux lorsque les princes piétinent le Coran derrière les murs de leurs palais, en buvant, pariant, en menant une vie de débauche. Le contrôle, c'est la clé du pouvoir pour les extrémistes. C'est pour cela qu'au lieu d'enseigner la parole de Dieu dans les écoles et les mosquées, ils enseignent la haine. En Palestine, au Liban, en Iran et en Irak, les juifs sont l'incarnation du diable et les États-Unis, leurs sous-fifres. Les enfants arabes sont conditionnés dès leur plus jeune âge. Cette haine est un ingrédient indispensable pour que le gouvernement puisse maintenir son autorité sur une société qui vit en vase clos. Cette psychose de la violence est un substitut qui permet de faire oublier au peuple ses aspirations à la liberté.

« Lorsque ma sœur a été guérie, mon père, qui voulait rester au bord de l'eau, a ouvert un restaurant à Jeddah. Un jour, un prince saoudien est venu dans notre établissement, un homme qui avait la réputation de déflorer les vierges. Il a remarqué ma petite sœur de douze ans et a envoyé un de ses hommes pour en négocier le prix avec mon père. Mon père a craché à la figure du messager et a demandé à tout le monde de partir. Quelques heures plus tard, notre restaurant a eu la visite de la *mutawa,* la police religieuse. Mon père fut battu, arrêté et emmené en prison. Pour le faire revenir à la maison, ma petite sœur s'est offerte au prince qui l'a gardée dans son palais pendant six mois. Mon père a fini par être libéré, mais il avait été torturé pendant un an par un tortionnaire saoudien, Ali Shams. Il est cloué sur un fauteuil roulant pour le reste de ses jours.

« Quand j'ai eu dix-sept ans, j'ai rejoint le *Rai al-Nas,* un journal clandestin qui s'élevait contre les atrocités de la Maison des Saoud. Si on se faisait prendre, c'était la mort assurée. De peur de voir son seul fils décapité, mon père m'a envoyé faire mes études aux États-Unis.

— Alors, vous vous êtes enrôlé à la CIA pour combattre les Saoudiens ?

— Je me suis engagé, parce que je pensais que je pouvais faire évoluer la situation. J'avais tort. La CIA n'est qu'un outil qui permet à la famille royale d'être les garants du prix du pétrole. Comme leur fonction va bientôt devenir inutile, le monde se trouvera à la croisée des chemins. Sans pétrole, la Maison des Saoud ne sera plus rien. La question c'est de savoir qui va remplir le vide. La montée de l'islamisme radical les terrorise, mais plutôt que de lutter contre cette menace, les royaux préfèrent arroser les chefs de pots-de-vin, ce qui leur permet d'acheter des armes ! Les idéologies extrémistes ont le vent en poupe parce que les classes bourgeoises n'ont plus la volonté de s'y opposer, ou parce qu'entre deux maux, il faut choisir le moindre. Pour l'Arabe moyen, le fascisme américain est plus épouvantable que le fascisme islamique : tout le monde sait que les envahisseurs occidentaux n'en veulent qu'à notre pétrole. En envahissant l'Irak, les États-Unis se sont aliénés le seul peuple qui aurait pu rejoindre leur camp et s'opposer à l'islamisme radical. Si bien que le cancer s'est propagé d'Irak en Égypte, et d'Arabie Saoudite en Syrie et au Liban.

« L'Iran, c'est le loup dans la bergerie. Il ne défierait jamais les États-Unis ni Israël dans une guerre conventionnelle, mais avec le succès d'Al-Qaida et de l'Intifada, il entrevoit une nouvelle solution. La force des Américains et des Israéliens, c'est aussi leur faiblesse : contrairement aux terroristes, ils aiment la vie. Les hommes du Hezbollah se cachent parmi les femmes et les enfants pour lancer leurs attaques, forçant les Israéliens à réagir, et se servent ensuite de ces bains de sang pour rallier les gens à leur cause. Ce n'est pas la paix qu'ils cherchent, c'est l'éradication de tous les juifs et de tous les non-musulmans du Moyen-Orient. Pendant ce temps, Al-Qaida prépare son prochain attentat, pour bien faire comprendre au monde entier que l'islam peut écraser une superpuissance avec une petite troupe de combattants armés de cutters et d'objets de la vie quotidienne.

« Tout cela va bientôt changer. En enrichissant l'uranium, l'Iran ouvre la boîte de Pandore. Les services secrets de Washington ont peur, qu'avec l'aide de l'Iran, les extrémistes utilisent des armes nucléaires dans des petites valises pour déclencher un holocauste dans les villes américaines. Votre femme était impliquée dans un programme préventif : une explosion nucléaire dans une ville américaine, fomentée par une cellule terroriste, qui servirait de prétexte pour écraser le mouvement islamiste en Iran.

— Salopards de maboules…

— Kelli a contribué à mettre le plan au point avant de tomber malade. Comme elle vous l'a dit, sa maladie lui a apporté un nouvel éclairage… et elle a trouvé un moyen d'apaiser l'orage.

Ace observe Ramzi qui roule le tapis persan. Avec deux fines lames de rasoir, il libère une des plaques de béton du sol et la soulève, révélant un coffre-fort à la pointe de la technologie. Il compose un code puis place son front devant l'objet, pour qu'il soit analysé par le laser bleu.

Le coffre vérifie son identité et s'ouvre.

— Nous avons deux blocs terroristes qui doivent être neutralisés si nous voulons éviter un désastre nucléaire. Mon rôle consistait à offrir un troisième choix aux Arabes, une véritable démocratie, une démocratie venue de l'intérieur, une révolution en fait. Le mouvement Ashraf prône cette révolution. C'est un mouvement qui rassemble les classes moyennes et les pauvres, mais il ne réussira que s'il s'empare de la véritable arme de la famille royale : le pétrole saoudien et la fortune qu'elle a volée à son peuple.

L'ancien agent de la CIA soulève le couvercle du coffre et en sort une boîte de CD noire.

— Vous connaissez le programme appelé Promis ?

— Non.

— Promis, c'est l'œil qui voit tout. Il a été mis au point par un Américain appelé Bill Hamilton, il y a des années. Il avait déjà développé un programme de traduction du viêtnamien en anglais pour la NSA. Plus tard, il a travaillé sur quelque chose de totalement différent, un programme capable de pister les mouvements des individus dans le monde entier. Il a réalisé son rêve après avoir quitté la NSA, en rachetant Inslaw, une association à but non lucratif, qui développait des logiciels destinés à croiser les affaires judiciaires avec les éventuels témoins et leurs familles. En 1981, Hamilton avait perfectionné le système et pouvait potentiellement s'introduire dans tous les réseaux informatiques, les compagnies de téléphone, les compagnies aériennes et tous les autres services publics afin de suivre les déplacements d'un sujet, de connaître ses amis, sa famille, ses associés. Hamilton a essayé de vendre son programme à la Justice, sans grand succès.

« Ce qu'il ne savait pas, c'est que la Justice avait fait des copies pirates de Promis et les avait transmises aux services secrets américains. La CIA a vu là un moyen de démanteler les circuits de blanchiments d'argent de la mafia et un outil pour surveiller les barons de la drogue colombiens. Une copie du logiciel s'est retrouvée entre les mains d'Earl Brian, qui avait travaillé avec Reagan, quand il était encore gouverneur de Californie. Brian avait des contacts avec le Mossad... À l'époque, le Mossad s'embourbait dans la première Intifada palestinienne. Brian a été présenté à Rafi Eitan, un homme d'affaires israélien, qui a porté le programme Promis à un tout autre niveau. Promis est devenu un simple CD, utilisable dans tous les ordinateurs personnels, qui croisait les données à une vitesse incroyable. Plus ingénieux encore, Eitan y fit ajouter une porte dérobée... un sous-programme, indécelable par l'utilisateur, qui permettait aux services secrets israéliens de surveiller toutes les activités de celui-ci.

La société d'Earl Brian, Hadron, s'est mise à vendre son programme de sécurité à des gouvernements étrangers. La Jordanie fut la première à mordre à l'hameçon. Une fois le programme installé au quartier général militaire à Amman, Promis s'est connecté à un système de repérage français que les Jordaniens utilisaient pour surveiller les activités de l'OLP. Grâce à Promis, les Israéliens pouvaient désormais retrouver les chefs de l'OLP, ce qui a aidé le Mossad dans sa lutte contre l'Intifada.

« Les applications potentielles de Promis étaient infinies, mais les ressources d'Eitan et de Brian restaient limitées. Un nouvel acteur entra en jeu, Robert Maxwell, le PDG de Degem Computer, à Tel-Aviv. En utilisant les ressources de sa filiale d'Amérique du Sud, Maxwell commença à vendre Promis à des gouvernements et des chefs d'État étrangers, ainsi qu'au chef de l'OLP, Yasser Arafat. Du jour au lendemain, les Israéliens et les Américains eurent accès à toutes les données allant des services secrets du bloc soviétique aux mouvements de milliers d'individus soupçonnés de terrorisme et aux activités monétaires des institutions financières du monde entier. »

— Et Ben Laden ?

— Ah, Ben Laden ! Un agent du FBI, Robert Hanssen, avait utilisé ses contacts en Russie pour vendre le programme à Al-Qaida. Promis nous a ouvert une fenêtre sur les activités d'Al-Qaida, mais il a également donné à ce mouvement la possibilité d'obtenir des informations sur nos enquêtes et lui a fourni des outils financiers pour gérer son argent. Hanssen a été condamné pour espionnage par la suite, hélas le mal était fait.

— Et il y a eu le 11 septembre… La Maison Blanche devait être au courant !

— Bien sûr qu'ils savaient, comme pas mal de gens sans doute. Mais les mensonges ne se sont pas bornés à ça. En donnant accès à tous les ordinateurs, Promis permettait aussi d'altérer les données. Tous les ordinateurs, Ace, tous…

Soudain, Ace blêmit.

— Les élections présidentielles…

Ramzi hoche la tête.

— Les machines à voter, fabriquées par des sociétés qui soutenaient exclusivement les candidats républicains... La Floride en 2000, l'Ohio en 2004, la Virginie et la Pennsylvanie en 2008. Vous ne vous êtes jamais demandé pourquoi ces États avaient toujours refusé de revenir au papier, malgré les controverses ? Pour garder la mainmise, le pouvoir en place bloque et contrôle toutes les élections, et toutes ses décisions sont confortées par les juges, à la solde de ce même régime. La démocratie n'est plus qu'une illusion...

Allongé sur le matelas, Ace se sent pris de vertiges.

— Si Kelli avait accès à tout ce qu'elle voulait avec Promis, elle devait aussi connaître les données d'Aramco ?

— Pas seulement celles d'Aramco, celles de toutes les sociétés pétrolières du tiers-monde, elle connaissait les réserves de toute la planète. Cheney le savait déjà dès 2000. C'est pour cela qu'il refuse toujours de publier les comptes rendus de ses réunions sur l'énergie ! La CIA savait déjà que les gisements avaient connu leur pic depuis longtemps, tout comme les réserves iraniennes. Les rodomontades de l'Iran sur le nucléaire auraient pu être combattues depuis longtemps : au début, ce n'était qu'une posture, pour s'opposer à la construction de bases militaires américaines secrètes en Irak. C'est le premier exemple qui nous montre clairement comment les attitudes extrêmes engendrent des attitudes tout aussi extrêmes, dans le sens inverse.

Ace se redresse.

— Lorsque vous m'avez trouvé dans le désert, je venais de terminer une étude sismique complète. Mes données indiquaient que Ghawar avait toujours des réserves conséquentes. Le Quartier vide inexploité aussi.

— Quelles données ? Qui a effectué les tests ?

— Les militaires.

— Quelle branche ?

— La Strategic Support Branch.

— La SSB est une organisation créée par Donald Rumsfeld et utilisée par les néoconservateurs pour être les yeux et les oreilles des autres services de contre-espionnage. Comment l'étude était-elle conduite ?

— C'était une gigantesque opération militaire, impliquant

des centaines d'hommes pour effectuer sept cents explosions à intervalle précis, je ne vois pas comment…

— Des hommes vous dites ? Vous avez été témoin des explosions ?

Ace se sent mal à l'aise.

— Non, je n'ai vu que des points lumineux sur un écran d'ordinateur. Les salauds ! Ils m'ont piégé ! Il n'y a jamais eu d'explosions, c'est ça ? Simplement une série de données trafiquées qu'ils voulaient que j'envoie à Washington !

— Et une fois votre travail accompli, vous ne serviez plus à rien. Par chance, les Bédouins ne sont pas aussi efficaces avec leurs missiles que les Américains ! Qui vous a envoyé en Arabie pour collecter ces données ?

— Schall, le directeur de la CIA, mais la requête initiale venait de McKuin, du moins, c'est ce qu'on m'a dit. Le Président veut lancer une nouvelle politique d'énergies alternatives, une politique qui aurait du corps. Avant, il a besoin de connaître le véritable état des réserves.

— Et au lieu de ça, le marionnettiste vous a fait envoyer un rapport disant que les réserves de brut étaient abondantes. Qui bénéficie de la tricherie ?

— Les suspects habituels. Les compagnies pétrolières. La famille royale.

— Vous oubliez le vrai méchant. Il y a une autre faction qui tire les ficelles, le groupe qui a joué avec les événements du 11 septembre.

— Les néoconservateurs ? Qu'ont-ils à y gagner ?

— Le contrôle de la situation. Une fois l'Iran sous domination américaine, les autres pays qui hébergent des islamistes radicaux seront les prochains à se trouver dans la ligne de mire, en commençant par les pays qui ont les réserves les plus significatives.

— L'Arabie Saoudite.

Ace hoche la tête, abasourdi par ce qu'il entend.

— Des réserves importantes justifieraient une invasion… à condition que la famille royale soit complice de tout ce bazar…

— Hum, hum ! La menace iranienne a forcé la Maison des Saoud à faire confiance aux néoconservateurs. Kelli pensait qu'il y aurait des grèves préventives, peu après la prochaine élection présidentielle, qui permettraient aux républicains de jouer une fois de plus sur le registre de la peur.

— Où les bombes vont-elles exploser ? Dans quelles villes ?

— Nous ne le savons pas. Nous ne savons pas non plus comment les armes seront introduites dans le pays.

— Pourquoi les introduire ? Si les néoconservateurs ont accès à…

— Ce ne sont pas eux qui tirent les ficelles. Contrairement aux événements du 11 septembre, il s'agit d'une toute petite opération clandestine. Deux islamistes radicaux ont été choisis pour servir de mules… ainsi leur piste reliera les événements directement à l'Iran. Les résidus nucléaires serviront de preuve : on peut retrouver l'origine de l'uranium enrichi, en l'occurrence des barres de combustible provenant d'un réacteur nucléaire iranien. Kelli n'était pas dans la confidence, en ce qui concernait les détails techniques.

— Bon, alors, prévenons le FBI, qu'ils bouclent tous les ports.

— Il y a trois cent dix-sept ports aux États-Unis, la Sécurité du territoire inspecte à peine 7 % des chargements, et je ne parle que des ports officiels. Les yachts, les bateaux de croisière, les jets privés… même avec Promis, il est impossible de savoir comment les matériaux nucléaires vont entrer dans le pays.

Ace sent ses vaisseaux sanguins se contracter sous l'effet du stress.

— Bon, alors, quel est le plan ? Pendant que vous êtes en train d'essayer de fomenter une révolution, comment j'empêche ces fous furieux de raser une ville américaine ?

— On a deux choses à faire. D'abord, expliquer le complot, en publiant le mémoire de Kelli. On inonde l'Internet et les médias, on s'arrange pour que cela devienne un thème de la campagne.

— Vous ne croyez pas que la machine électorale des républicains va balayer ça d'un revers de main, comme s'il ne s'agissait qu'une millième élucubration sur la théorie du complot ? Si on se fie aux dernières élections, les démocrates ont trop peur d'une défaite cinglante pour toucher à ces questions.

— Il faut essayer. Ça incitera peut-être certains des acteurs impliqués à faire marche arrière.

— Exact. Et la deuxième chose à laquelle ma femme avait pensé ?

— C'est plus délicat. On s'attaque aux infrastructures financières des terroristes et des néoconservateurs.

— Comment ?

— Grâce à Promis. Le programme peut espionner n'importe quel ordinateur, y compris ceux des institutions financières. Kelli s'est servie de Promis pour retrouver l'argent sale des organisations terroristes. Quelques jours avant le 11 septembre, et jusqu'à l'instant où la première tour s'est effondrée, les traders avaient émis des puts à la baisse sur les entreprises victimes de l'attentat. Vous le saviez, n'est-ce pas ?

— Mon meilleur ami… Mark. Il est mort en régularisant ces transactions.

— Kelli a utilisé Promis pour retracer toute l'activité. Près de quinze milliards de dollars tachés de sang se sont retrouvés sur les comptes en banque des grandes entreprises, des institutions financières de la famille royale saoudienne, des barons de la drogue afghans, des lobbyistes et même de certains hommes politiques. Les biens des coupables se montent à plus d'un trillion de dollars.

Ramzi brandit la boîte de CD.

— Promis peut retrouver jusqu'au moindre centime, sur tous les comptes… c'était ça le plan de Kelli, utiliser cet argent pour financer la révolution. Les données sont stockées sur ce disque. Kelli m'a dit que vous aviez les moyens de mettre le plan en marche. Un de vos anciens équipiers, je crois… quelqu'un qui a les connaissances nécessaires pour accéder aux comptes et détourner les fonds…

Ace hoche la tête en voyant l'une des pièces du puzzle de sa femme qui se met en place.

— Oui, un ancien équipier. Un ami qu'elle a fait libérer sur parole. Décidément, pour quelqu'un qui se battait contre le cancer, elle en a tiré, des ficelles !

— Kelli était une véritable force de la nature, mais ne baissez pas la garde. Ce que votre femme a soulevé, c'est extrêmement dangereux. Les anciens contacts de Kelli à la SSB s'en sont déjà pris à vous et à votre famille. Vous ne pouvez pas vous permettre de vous balader avec Promis sur vous. Il faudra trouver un arrangement pour l'envoyer à un contact aux États-Unis. Vous voulez bien nous aider ?

Ace se frotte les yeux. Le plan d'action préventif dont parlait

Kelli était donc déjà sur les rails ? De toute façon, les terroristes n'hésiteront pas à utiliser des armes nucléaires. D'un côté comme de l'autre, cela signifie un massacre sans pareil. Pourtant, s'impliquer dans cette histoire, c'est mettre les enfants en danger. Je suis déjà sous surveillance... et les tirs contre l'Apache prouvent qu'on peut facilement se débarrasser de moi. Si je réagis, je pourrais peut-être modifier le cours des événements... Si je ne fais rien, qui dit qu'on ne va pas m'exécuter un jour, comme on a exécuté Kelli ?

— Avant d'accepter, je voudrais vous demander quelque chose. Il y a un ancien agent de la CIA, un certain Scott Santa, mi-russe, mi-américain. Il a travaillé pour Vinnell. Je suppose qu'il est toujours dans le golfe Persique. Je veux que vous le retrouviez.

— L'assassin de Kelli ?

Ramzi hoche la tête.

— C'est trop dangereux. Il vaudrait mieux qu'on s'en occupe nous-mêmes.

— Non, je dois m'en charger en personne. Je veux regarder cette ordure dans les yeux quand je lui reprendrai la vie qu'il m'a arrachée.

— Ace, l'homme que vous cherchez est un tueur professionnel, qui bénéficie du soutien de plusieurs agences de contre-espionnage. C'est trop risqué. Kelli ne serait pas d'accord.

— Ce n'est pas à elle que je posais la question.

Ramzi regarde Ace dans les yeux.

— Bon, très bien. Pourtant, il faut que vous sachiez... les néoconservateurs... Ils disposent de Promis, eux aussi. Vous serez suivi et observé à chaque instant. Vous avez des enfants, c'est votre talon d'Achille. Il faudra trouver une solution pour les mettre en sécurité. Vous ne devez pas savoir où on les emmènera. Vous comprenez bien ce que je vous dis ? Si vous vous faites capturer, ces gens savent comment extorquer des informations.

Ace hoche la tête. Il sent son pouls battre dans son cou en se souvenant des paroles de Kelli sur la vidéo.

Le combat de ta vie.

*

Une nation qui espère vivre dans l'ignorance tout en étant libre espère l'impossible. Un peuple ignorant ne vivra jamais en sécurité.

Thomas Jefferson

Par conséquent, chaque musulman et chaque non-musulman qui se respecte doit lutter contre les Américains, les Anglais et les Israéliens, et doit nuire à leurs intérêts, quels qu'ils soient.

Ayatollah Ahmed Jannati, Secretary Guardian Council, Iran

L'année dernière, Ion Sancho, (responsable des élections du comté de Leon en Floride) a découvert ce qui était prétendument impossible, c'est-à-dire que les écrans tactiles et les machines à lecture optique de la société Diebold Election Systems présentaient de sérieuses failles de sécurité. Sancho a mis des pirates informatiques au défi de violer ses machines à voter à quatre reprises, et, à chaque fois, ils ont réussi à déjouer les systèmes de sécurité. Sancho a tiré la sonnette d'alarme, mais Sue Cobb, la secrétaire d'État de la Floride nommée par Jeb Bush, a fait la sourde oreille. Le comté s'est ensuite vu retirer une subvention fédérale de 564 000 dollars destinée à installer des machines adaptées aux personnes à mobilité réduite.

Howard Goodman, Fort Lauderdale Sun-Sentinel,
26 mars 2006

*

Chapitre 22

Gary Lee Schafer, Directeur de l'Unité antiterroriste, section Moyen-Orient, FBI
24 avril 2012

Directeur Schafer,

Veuillez trouver ci-joint les rapports de surveillance de l'agent spécial Elliot Green (55-16533-17) qui confirme que le professeur Eric Mingjuan Bi (dossier #112-11292-377) est entré en contact avec un sujet classé Umbra (Tursi, Michael R.) le 3 janvier 2012. Leur rencontre avait pour prétexte l'installation d'une cloison et d'étagères de garage, qui servait sans doute à couvrir la livraison de deux grands containers non identifiés dans le garage du suspect quelques semaines plus tard. N'oubliant pas que Bi est un spécialiste de physique nucléaire mêlé à deux incidents distincts concernant des affaires d'espionnage dans le domaine nucléaire, je demande l'autorisation de conduire une perquisition dans le garage du suspect, selon les termes de la loi sur la surveillance des étrangers.

Charles Jones, Directeur du FBI, Springfield, Illinois

Gary Schafer peste intérieurement. Il relit le courriel pour la troisième fois, avant d'appuyer sur le bouton « répondre ».

Directeur Jones,

Merci de m'avoir transmis les rapports. Comme vous le savez, la mention « Umbra » exige des autorisations spéciales, qui dépassent largement votre champ d'action actuel. J'approfondirai les investigations et prendrai les mesures appropriées. Poursuivez votre surveillance rapprochée du sujet, et informez-moi directement de tous les nouveaux développements.

G. L. Schafer, Directeur

Schafer envoie le message. Il songe un instant à l'effacer mais se ravise et en fait un tirage qu'il glisse dans le dossier d'Eric Bi. Il décroche le téléphone et compose le numéro de son assistant, Jim Leary.

— Jim, rends-moi service, sors-moi le dossier de l'agent spécial Elliot Green. Je crois qu'il est affecté à Springfield, dans l'Illinois.

Bridgeview, Illinois
25 avril 2012 – 8 h 44 (GMT – 6)

Situé à l'ouest de Chicago, le village de Bridgeview abrite une population de quinze mille personnes, parmi lesquelles une communauté musulmane très active.

La plupart des familles ne cherchent qu'à préserver leur identité musulmane. Elles envoient leurs enfants à la madrasa locale, où garçons et filles sont séparés pour étudier le Coran. Dès l'adolescence, les jeunes filles portent le *hijab*, le voile traditionnel qui descend sous les genoux, même pendant la pratique du sport.

Pourtant, il est difficile de rester un musulman modéré lors de la prière à la mosquée de Bridgeview. Au fil des ans, elle a attiré de plus en plus d'Américains d'origine palestinienne, ainsi que des Frères musulmans, des militants qui condamnent la culture américaine, glorifient les martyrs des attentats suicides et ont une interprétation fondamentaliste de l'islam. Les Frères musulmans, qui ont participé à la fondation du Hamas, une organisation terroriste, dissimulent leurs véritables intentions en dirigeant des associations caritatives locales et en participant à des manifestations pacifiques.

Plus bruyants et plus réactifs que leurs coreligionnaires modérés, les Frères musulmans ont entrepris, depuis plusieurs années, une campagne de collecte de fonds et en appellent aux pays arabes pour qu'ils les aident à « empêcher la destruction de la société islamiste aux mains de l'Occident ». Ils ont déjà récolté plus d'un million de dollars en provenance du Koweït, du gouvernement saoudien et des communautés religieuses des Émirats. De plus, le ministre des Affaires religieuses jordanien leur a envoyé Masoud Ali Masoud, un Palestinien de cinquante-sept ans, pour qu'il dirige les prières à la mosquée. L'interprétation de l'islam s'est vite radicalisée, les femmes ont dû se couvrir la tête et rester à l'écart des hommes pendant les manifestations sociales.

Bien qu'il y ait plus de cinquante mosquées dans la région de Chicago, peu sont aussi populaires que celle de Bridgeview, dont l'enseignement fondamentaliste attire plus de deux mille fidèles lors de la prière du vendredi.

***

Le Chevrolet 2009 est garé devant la banque ; le chauffeur, Jamal al Yussuf, lit le Coran. Il attend.

Un second véhicule se gare à côté de lui. Omar Kamel Radi frappe à la fenêtre du passager du SUV. Jamal ouvre la porte, laissant entrer son ami irakien. Les deux hommes s'enlacent brièvement.

— J'arrive pas à y croire. Ça me fait du bien de te voir. Comment ça se passe à Los Angeles ?

— Bien. Il fait beau.

— Ce n'est pas le soleil qui te donne le sourire.

Omar acquiesce.

— J'ai rencontré une fille. Une blonde. Elle est professeur d'aérobic. Elle est très belle. Je lui ai dit que j'étais étudiant, que je participais à un programme d'échange, que je venais du Caire, que je faisais des études d'ingénieur. J'ai acheté des manuels. Je suis même les cours.

— C'est dangereux… Si nos chefs savaient…

— Mon chef est un fainéant. Il me laisse des mots, parfois, mais je ne le vois jamais.

***

Shane Torrence et Marco Fatigo sont dans la fourgonnette, de l'autre côté de la rue, en face de la banque. Les deux « traitants » de la SSB écoutent les conversations des deux Irakiens depuis qu'ils sont entrés aux États-Unis, neuf mois plus tôt.

— T'entends ça, Marco, ton gars te traite de fainéant !

— Je devrais peut-être lui montrer la cassette que j'ai prise de lui en train de baiser sa blonde décolorée, il pourra se regarder de derrière. Mieux, je la baise moi et je lui envoie la vidéo !

— T'es qu'un sadique ! Mon gars ne porterait jamais le regard sur une Américaine. Il est trop croyant.

— Ou c'est une tarlouze !

La porte latérale de la camionnette est ouverte. Michael Tursi tend un café à chacun des hommes et un sachet de beignets, gardant pour lui le dernier.

— Ah, j'ai raté votre petit couplet antimusulman.

— Arabe, corrige Torrence, en mordant dans le beignet au chocolat.

— Il y a des Arabes et des musulmans. Ceux-là, c'est deux Arabes.

— On peut être les deux à la fois, andouille.

— Le Turc a raison, dit Marco en avalant son café. Mais ton type, Shane, il est chiite, donc musulman. Omar, le mien il est sunnite. Saddam était sunnite et il détestait les musulmans. En fait, toutes ses histoires d'armes de destruction massive, c'était destiné à l'Iran, pas aux Américains. Il avait bien plus peur d'une invasion chiite que de nous.

— Ferme ta gueule ! dit Tursi en mettant une nouvelle balle dans son arme. Lis le dossier, Marco. Ton sunnite s'est converti à l'islam. Pour moi, ils ont tous les deux des têtes à balancer des bombes. Bon, restez ici, je vais faire une petite promenade.

Il sort de la camionnette et ferme la porte.

Marco fouille dans son sachet de beignets.

— Qu'est-ce qu'il a à être mal luné comme ça ?

— Le FBI l'a repéré sur une vidéo de surveillance en janvier, devant chez Bi.

— Merde ! Et Schafer, où il était ?

— Il n'était pas au courant. C'était une opération de la DoE, ça n'avait rien à voir avec l'antiterrorisme. Tu connais le Turc, il fermera pas l'œil tant qu'il aura pas éclairci l'histoire.

***

Dans la Chevrolet, la bonne humeur d'Omar tourne à la frustration.

— Tu peux pas comprendre, Jamal. Tu es chiite. Vous êtes des gens du désert, qui n'ont aucun respect pour Dieu. Vous êtes des mécréants qui vénèrent l'enseignement d'Ali, le neveu du Prophète. Aucun chiite ne dirigera jamais l'Irak !

— Et toi, tu n'es qu'un chien sunnite, rétorque Jamal. Tu crois que l'Irak était mieux sous Saddam ?

— Saddam était d'une cruauté excessive, je le reconnais, mais l'Irak ne restait uni que sous le règne de l'épée. Et je n'ai pas toujours méprisé ton peuple. Ce sont les Américains qui nous ont divisés. Dans l'armée qu'ils ont entraînée, il n'y avait que des chiites et des Kurdes. Aucun sunnite n'avait le droit d'obtenir un poste d'officier, comme si on allait ressusciter Saddam d'entre les morts !

— Si tu crois ce que tu dis, qu'est-ce que tu fiches ici ?

Omar observe la banque.

— L'occupation ne durera pas toujours. Quand les Américains partiront, les Iraniens prendront leur place. Je refuse que mon pays soit dirigé par des islamistes.

— Et pourtant, tu as rejoint les Gardiens de la Révolution islamiques.

— Parce que j'avais le choix, peut-être ? Haditha, Anna, Qaim, Rawa, Ramadi… tous étaient tombés entre les mains des rebelles islamistes, encore pire que les talibans. Les Américains ne savent même pas contre qui ils se battent, alors, ces salopards ils se permettent de tirer à vue. Si je n'avais pas besoin d'envoyer de l'argent à ma famille, je ne serais pas là.

— C'est pour cela que t'es venu ? L'argent ?

Omar se tourne vers Jamal.

— Au début, je voulais me venger, mais à présent, je veux quelque chose de mieux pour ma famille. C'est un crime ? Avec l'argent que je leur envoie, ils pourront quitter l'Irak.

— Pas moi, si je meurs *shahid*, je veux aller au ciel, avec les autres messagers de Dieu. Y a-t-il plus grande gloire ?

Omar ricane.

— Tu crois qu'Allah te laissera entrer au ciel après le massacre de femmes et d'enfants innocents ? Tu ne mourras pas *shahid*. Tu cherches à venger ton père et tes frères et tes jeunes cousins. La vengeance, cela ne fait pas partie de la loi islamique, ni le martyr, d'ailleurs, malgré ce que raconte Al-Qaida.

— Les imams qui m'ont recruté à Téhéran m'ont promis que cette mission donnerait un coup fatal au programme militaire américain. Et pour ça, je suis prêt à mourir.

— Jamal, c'est pas forcément une mission suicide.

— Mourir *shahid*, ce n'est pas un suicide. C'est ta blonde américaine qui te rend idiot et lâche ?

— Ferme ton bec et écoute. Quand je vivais à Téhéran, j'ai entendu de nombreuses rumeurs qui prétendaient que les dix-neuf Magnifiques[1] étaient toujours en vie. Mohamed Atta et Salem al-Hazni…

— Et Saeed Alghamdi, et les deux Alsherhi, oui, moi aussi, je l'ai entendu dire ! Au sein des Qods, ils étaient nombreux à s'interroger sur l'attitude d'Atta, à se demander s'il était bon musulman. On dit qu'il buvait et qu'il traînait dans les bars et les boîtes de striptease la veille de l'attentat. C'est notre chef qui nous l'a dit. Il nous a dit qu'Atta et les autres… ils sont même pas montés dans les avions. Ils voyageaient avec de faux passeports, on leur a donné l'ordre de s'enivrer en public, la veille de l'attentat et de hurler des insultes contre les infidèles pour attirer l'attention. On nous a dit qu'ils s'étaient pas laissés manipuler, qu'ils avaient fait exprès de laisser photocopier leurs permis de conduire, qu'ils avaient même utilisé des ordinateurs de la bibliothèque pour envoyer des messages en clair, rien que pour brouiller les pistes du FBI.

— Ouais, t'as raison ! s'exclame Omar. Leurs appartements… pourquoi ils auraient laissé toutes ses informations sur les détournements d'avion, comme s'ils avaient envie de se faire prendre ? La presse américaine en a parlé, et les infidèles ont tout gobé !

1. Les 19 membres des commandos suicides du 11 septembre (NdT).

— Omar, nos chefs… à nous aussi, ils ont bien dit de semer des fausses pistes derrière nous.

— Ah, l'ordinateur ! Oui, j'y ai déjà pensé. Et pourquoi on doit aller deux fois dans cette ville, juste pour envoyer du fric à nos familles, hein ?

Jamal regarde sa montre. La banque venait d'ouvrir.

— Tu veux passer le premier ? Ou tu préfères que ce soit moi ?

— Vas-y, le chiite. Les martyrs avant les rebelles ! Moi, j'ai toujours une bonne raison de vivre.

***

Hôpital américain, Dubaï, Émirats Arabes Unis 26 avril 2012 – 6 h 13, heure locale

La lumière des étoiles… éblouissante… éteinte… Éblouissante… éteinte.

— Il revient à lui…

Ace ouvre les paupières. À travers sa vision trouble, il discerne une pièce grise et une grande silhouette penchée sur lui, qui lui prend le pouls.

— Ah, nous y voilà ! Bonjour mon ami. Je m'appelle Gary Groves. Je suis médecin ici, à l'hôpital militaire.

— Aux États-Unis ?

— Non, désolé. Vous êtes à Dubaï. Infirmière, allumez les lumières, s'il vous plaît.

La pièce s'illumine, forçant Ace à cligner des yeux.

— La police locale vous a retrouvé près de l'autoroute. Un coup de chaleur, état de démence, sans pièce d'identité. Vous pouvez nous dire votre nom ?

— Futrell. Ashley Futrell.

— Bien, monsieur Futrell. Vous avez une vilaine blessure à la tête. On dirait qu'elle date d'hier. Vous devez avoir erré pendant pas mal de temps. Vous vous souvenez de ce qui s'est passé ?

— J'étais en taxi… la nuit. J'allais à… Aqua Dunya… je voulais voir le bateau de croisière, le *Desert Pearl*. J'avais oublié mon portefeuille à l'hôtel.

— Quel hôtel ? demande l'agent de police de Dubaï qui vient d'entrer dans la pièce.

— Le Baynunah Hilton.
— Et ensuite ?
— Le chauffeur était furieux, parce que je n'avais pas d'argent. Il s'est arrêté sur le côté de la route, au milieu de nulle part. Il voulait que je lui donne mon ordinateur. Mais comme j'ai refusé, on s'est battu. Ensuite, je ne me souviens plus de grand-chose.
— Qu'êtes-vous venu faire dans les Émirats ?
— Je suis géologue, spécialisé dans le pétrole. Je viens de perdre mon travail. Je suis là pour chercher un nouvel emploi.
— Je suis désolé pour tous ces ennuis, dit le policier. Avant qu'on vous laisse partir, il faudra que vous fassiez une déposition.
— Oui, bien sûr. Finalement, je crois que je préfère rentrer chez moi.

*

À la suite de l'incident avec la société Dubaï Ports World, l'administration Bush a fait appel à un conglomérat hongkongais pour la détection du matériel nucléaire dans des cargos en provenance des Bahamas faisant route vers les États-Unis ou d'autres destinations. L'administration reconnaît que le contrat sans appel d'offres signé avec Hutchison Whampoa Ltd. constitue une première, dans la mesure où aucune compagnie étrangère n'avait encore jamais utilisé de détecteur de radiations américain dans un port étranger, sans la présence d'agents de douane américains. Dans un rapport des services de renseignements de l'armée de terre de 1999, autrefois classé secret défense, Hutchison apparaissait comme une compagnie susceptible d'introduire illégalement des armes et d'autres produits illicites sur le territoire américain, à partir des Bahamas.

Associated Press, 23 mars 2006

La Maison Blanche fonctionne comme le métro, il suffit d'y introduire des pièces pour que les portes s'ouvrent.

Johnny Chung, lobby chinois

*

Chapitre 23

AIRPORT INTERNATIONAL JFK, NEW YORK,
28 AVRIL 2012 – 13 H 27 (GMT – 5)

Sous la responsabilité de l'État de New York et du New Jersey, l'aéroport international John F. Kennedy est situé dans le sud-est du Queens, sur le terrain de vingt kilomètres carrés de Jamaica Bay. Il y transite plus de passagers et de fret que dans tous les autres aéroports américains ; c'est la porte d'entrée de presque tous les étrangers, qui accueille entre cinquante et cent soixante avions par jour. Les équipes des douanes examinent près de six millions de bagages par an et confisquent de nombreux objets : produits de consommations, valeurs monétaires non déclarées, narcotiques surtout, avec près de huit cents saisies de drogues par semaine.

Comme des moutons, Ace et les autres passagers du vol 201 d'Émirats Airlines s'amassent devant le passage des douanes, fatigués de leurs quatorze heures de vol. Essayant de deviner quelle file serait la plus rapide, Ace se place derrière une dizaine d'Américains et attend... Ramzi a déposé Ace sur l'autoroute, près de Dubaï. Ils ont passé leur version au crible une bonne dizaine de fois, pour élaborer le scénario qui avait le moins de chances d'éveiller la curiosité des autorités américaines. Deux jours après l'arrivée d'Ace à New York, le pilote de l'Apache serait conduit dans une autre institution médicale avant d'être libéré.

La file avance, car on vient de faire passer une famille de cinq personnes derrière un rideau de la Croix Rouge. Ace se frotte le bras gauche, pour adoucir la douleur que le stress insuffle dans ses veines, un peu comme si on lui faisait une intraveineuse. *Ils voulaient ma mort… que va-t-il se passer maintenant ? La CIA croira-t-elle que j'ai erré dans le désert pendant des kilomètres après l'accident ? Schall a-t-il une quelconque responsabilité dans cette histoire ? Acceptera-t-il mon rapport sur les gisements ou a-t-il l'intention de me faire parader comme témoin devant le Sénat ? Savent-ils que Promis a été introduit en fraude dans le pays ?*

— Suivant.

Ace tend son passeport à l'inspectrice des douanes.

— Quelque chose à déclarer ?

— Non.

Elle tamponne le passeport.

— La deuxième cabine est libre. Ôtez votre veste et remontez votre manche.

— Pourquoi ?

— Vaccin contre la grippe aviaire.

— Attendez, pourquoi aurai-je…

Elle indique une pancarte en lui adressant le regard fatigué d'une personne qui répond à la même question quarante heures par semaine.

Toutes les personnes qui entrent aux États-Unis doivent recevoir un vaccin contre la grippe aviaire avant de franchir la frontière.

— Suivant.

Ace se dirige vers le deuxième des six rideaux à l'emblème de la Croix Rouge. Une infirmière, Beth Newman, d'après son badge, lui indique une chaise vide.

— Bonjour. Je vous la fais où ? Le bras ou la fesse ? demande-t-elle, une grosse seringue à la main.

— Vous n'avez pas de pilule ?

— La Sécurité du territoire dit y travailler. Ça me faciliterait sérieusement l'existence.

— Qu'est-ce qu'il y a là-dedans ? Comment être sûr que je ne risque rien ?

Elle lui tend un dépliant.

— Vous y trouverez toutes les explications nécessaires. Bon, maintenant, sauf si vous voulez retourner là d'où vous venez, je vous fais la piqûre. Alors, bras ou fesse ?

— Pour un salut officiel à la Sécurité du territoire, piquez-moi la fesse.

Il déboucle sa ceinture, laisse tomber son pantalon et regarde cérémonieusement l'infirmière qui lui enfonce l'aiguille dans la fesse gauche.

— Aïe ! C'est grave cette menace ? Cela fait des années qu'on nous parle de pandémie.

— Potentiellement, oui. Il y a eu une dizaine de percées en Asie et en Europe. La pire a touché un village en France. La moitié des personnes infectées sont mortes. Ce soir, quand vous irez vous coucher, vous pourrez remercier Dieu de l'efficacité de l'industrie pharmaceutique américaine.

Ace remet son pantalon et s'éloigne en boitillant, soudain mal à l'aise.

Carbondale, Illinois, 15 h 47 (GMT – 5)

Le coup brutal à la porte réveille Elliott Green de sa sieste.

L'agent du FBI vérifie sa montre, le professeur Bi ne rentrera pas de son concours de bowling avant une heure. Il descend l'escalier, son revolver bien en place à l'arrière de son jean.

Le réparateur de télévision à la peau olive et aux cheveux noirs arbore un soupçon de barbe.

Green ouvre la porte.

— Je peux vous aider ?

Shane Torrence lui montre la fausse carte du FBI.

— Seulement si vous êtes l'agent Green. Jerry Bobo. Je viens prendre la relève.

Il entre dans la maison et regarde tout autour de lui.

— Ça sent le vieux.

— À qui le dis-tu !

Green ferme la porte derrière eux.

— Je ne t'attendais pas avant mardi prochain.

— Je peux partir.

— Non, non, j'ai plus que ma dose.

Green le conduit vers la chambre à coucher, oasis pleine d'électronique et de linge sale.

— Désolé pour le désordre, comme je t'ai dit…
— Te bile pas.
L'agent de la SSB parcourt la pièce du regard et voit la boîte de rangement de CD.
— Tu dois être content de rentrer chez toi !
— T'imagines pas à quel point.
— Bon, briefe-moi un bon coup, et je te libère.

MONTAUK, NEW YORK
23 H 47 (GMT – 5)

Les enfants sont couchés après avoir supporté les embrassades de leur père et être passés à la question à propos de l'école. Il n'y a plus qu'Ace et Jennifer, seuls dans le salon familial.
— Quelle belle nuit, tu veux te promener au bord de l'eau ?
Elle sourit.
— J'aurais pensé que tu en avais un peu marre du sable. Laisse-moi prendre mon manteau.

***

Haut dans le ciel, la lune pleine au trois quarts luit derrière l'écran de nuage. Pendant un bref instant, Ace se retrouve dans le désert d'Arabie Saoudite, seul sur l'autoroute vide. Sa vie, autrefois composée d'un travail routinier, de voyages et de matchs de hockey en seconde division, a basculé dans une série d'épisodes chaotiques, tous liés à l'assassinat de son épouse.

Quatre mois et demi… déjà… Est-ce vraiment possible ? Depuis l'enterrement… tout ressemble à un vilain cauchemar. Quand vais-je me réveiller ? Comment puis-je surmonter mon chagrin alors qu'elle sort de sa tombe pour m'entraîner sur un sentier qui mène Dieu sait où. Comment être certain que cette histoire d'attentat nucléaire ait un quelconque fondement ? Parce qu'un de ses anciens collègues m'a montré un CD qui dénonce un complot totalement hypothétique ? Bon, d'accord, on va peut-être manquer de pétrole et, oui, un attentat terroriste nucléaire est toujours possible, mais l'Iran aurait-il effectivement le cran d'armer ces types ? Est-ce vraiment nécessaire de risquer ma vie, et de faire de Leigh et Sammy des orphelins ? Cette mission ressemble fort à une mission suicide.

Suicide.

Le mot le bouleverse. Il y a des années, après sa tentative, Ace s'était réveillé dans une chambre d'hôpital, les poignets bandés, les bras attachés au lit métallique. Il avait hurlé à s'en arracher les cordes vocales, se sentant seul et humilié. Kelli était en tournée, mais, toujours amical, sans le juger, Tet était resté à ses côtés.

— Bon, t'as merdé. Laisse tomber. Pense à autre chose, et continue. Tu te souviens de ce que disait l'entraîneur, lorsqu'il y en avait un qui déconnait : « Amenez-le, consolez-le, et concentrez-vous sur le prochain match. »

Suicide…

Le suicide, c'était une question de peur et de douleur. C'était un choix : l'angoisse de continuer ou une solution moins pénible. La vie et la mort. De nouveau, on lui demandait de choisir, de risquer sa vie et tout ce qu'il chérissait pour prévenir l'impensable.

— Ace ? Tu vas bien ? Tu n'as pas ouvert la bouche.

Il se tourne vers Jennifer qui le regarde.

— Oui, ça va. En fait, je voulais te parler…

Il regarde autour de lui. Ils sont seuls sur la plage, vulnérables sur la côte déserte.

— Allons-nous asseoir là-bas, près des dunes.

— D'accord.

Elle le suit sur la crête et s'assied à côté de lui, leurs silhouettes dissimulées derrière le sable et les touffes d'herbes.

— Alors, qu'avais-tu à me dire ?

— Ça doit rester entre nous. Ce que je vais te révéler va sans doute te troubler, mais je ne veux pas que tu réagisses. Laisse-moi finir.

Il lui raconte tout, de sa rencontre avec le directeur de la CIA aux véritables raisons qui l'ont conduit dans le golfe Persique. Il lui parle de la vidéo de Kelli, de Promis et du futur attentat orchestré par les néoconservateurs. Elle reste stoïque, néanmoins, elle a les mâchoires crispées et les dents serrées.

Lorsqu'il a terminé, elle contemple toujours l'océan.

— Jen ?

— Qu'est-ce que tu attends de moi ?

— Ton avis, pour commencer. Tu as travaillé avec Kelli… Butch et Sundance. Y a-t-il une once de vérité dans ce que je te raconte ?

Elle emet un petit rire, écarte une mèche de cheveux noirs et essuie une larme.

— Je suis vraiment une andouille. Moi qui croyais que tu voulais être seul avec moi… pour d'autres raisons. Et voilà que tu me bassines avec tes théories du complot !

— Tu veux dire que… Oh, non, je… enfin…

— Laisse tomber.

— Non, Jen, écoute. J'ai vraiment les idées embrouillées en ce moment et…

— Arrête !

Elle détourne le regard.

— Pour répondre à ta question, oui, il y a une certaine vérité dans ce que tu racontes, mais ce n'est pas ce que tu penses. Les éléments les plus radicaux de l'administration Bush, les gens de Rumsfeld, en avaient parlé à Kelli il y a des années. Ils lui avaient demandé d'identifier des zones de population-clé en Iran et en Arabie Saoudite. Mais c'était juste les cibles habituelles, en temps de guerre, rien de plus.

— Les cibles de quoi ?

— D'armes chimiques et biologiques pour l'essentiel. Des trucs capables d'éradiquer une population.

— Tout en laissant les infrastructures intactes !

Ace sent à nouveau une douleur dans son bras gauche.

— Ace, ce n'était qu'une conversation. C'est toujours comme ça au Pentagone. C'est comme la vidéo de Kelli. Ace, tu sais bien que ta femme n'était pas toujours très équilibrée, ces dernières années. Le cancer, la perspective de la mort, l'idée de vous laisser seuls, toi et les enfants, et son histoire de kabbale. Soudain, elle se sentait coupable à propos de n'importe quoi. McKuin est en poste, à présent, et il n'a rien d'un néoconservateur. La plupart de ceux qui ont fait le sale boulot du gouvernement Bush ont été amnistiés, cela m'étonnerait qu'ils compromettent leur liberté en risquant d'être accusés de trahison. Oublie tout ça, tu veux bien ? L'Iran sait que c'est du suicide d'armer une unité terroriste avec de l'uranium enrichi. Quant à cette histoire de pétrole, ça s'éclaircira tout seul.

— Tout seul ? Tu ne comprends toujours pas. Ce n'est pas une question de longues queues à la pompe ou d'essence à dix dollars le gallon. On parle de zéro pétrole. On n'est pas prêts pour ça. Nous n'avons aucun substitut. Nous aurions dû prendre un autre chemin dix ans plus tôt, vingt ans, même, probablement. Sans pétrole, on est incapable de faire pousser assez de nourriture pour les populations, sans parler d'apporter la marchandise sur les marchés. On ne pourra plus chauffer nos maisons, conduire nos voitures. Sans pétrole, toute l'économie s'écroule. Si le dernier pétrolier arrêtait de nous livrer demain, dans un mois, un million de personnes mourraient de faim ou de complications médicales dans la seule ville de New York. Le transport, l'électricité, l'économie... l'armée. Tes copains néoconservateurs savaient, Jen, la plupart travaillaient dans l'industrie du pétrole. Le pétrole répondait à un besoin, leur donnait une excuse pour envahir le pays. Depuis, ils se sont arrangés pour truquer deux élections, reprendre le contrôle des deux Chambres, de la Justice et de la Maison Blanche, tout en envahissant l'Afghanistan et l'Irak, et en se remplissant les poches au passage. Le problème, c'est qu'ils se sont détournés du véritable ennemi et qu'ils veulent entrer à nouveau dans le jeu en organisant un petit attentat nucléaire... afin de pouvoir riposter en tuant soixante-dix millions d'Iraniens. Mais c'est beaucoup moins que le nombre de morts qui résulterait de l'arrêt de la production de pétrole ! Là, c'est par milliards qu'on les compterait. Disons que c'est une logique purement comptable. Pour ces bâtards sans cœur, il n'y avait même pas à réfléchir.

— Arrête ! Tu es trop pessimiste. Et le président McKuin ne laisserait jamais faire une chose pareille !

— Il ne sera plus là. Tu verras. Il sera sacrifié, comme Kelli et Tet. Comme les Américains qui sont morts dans ces avions et dans les tours. C'est Prescott, le Brutus de McKuin. Même le président doit s'en douter.

Elle s'éloigne et reprend le chemin de la maison, le laissant à ses théories du complot qu'il a lui-même du mal à croire.

Beau travail, idiot ! Tout ce qu'elle voulait, c'était un peu d'affection, et toi, tu lui annonces la fin du monde !

*

Ils sont persuadés d'avoir toujours raison. C'est l'une des caractéristiques du fondamentalisme. J'ai raison parce que je suis proche de Dieu, tous ceux qui ne sont pas d'accord avec moi ont donc forcément tort et sont des êtres inférieurs.

Président Jimmy Carter, à propos de la droite chrétienne fondamentaliste

Halliburton a réussi l'impossible ! Ils ont signé un deuxième contrat pour le pétrole irakien encore plus désastreux que le premier qui avait été conclu sans appel d'offres.

Henry A. Waxman, député, dans un rapport montrant que Halliburton avait volontairement alourdi le montant de ses factures afin d'imputer des charges indues au gouvernement américain. Commission sur les réformes du gouvernement, 29 mars 2006

Ce ne sont pas les gens qui votent qui ont de l'importance, mais les gens qui comptent les votes.

Joseph Staline

*

Chapitre 24

Paul Cross Gymnasium, Carl McNeely Center
Shelbyville, Indiana
6 mai 2012 – 16 h 27 (GMT-5)

Christina Jordan, la directrice de campagne de McKuin, se penche vers son patron pendant que la maquilleuse applique du fond de teint sous ses yeux.

— L'important, c'est de maintenir notre présence, monsieur le Président. Les démocrates sont en retard, mais ils font l'objet de l'attention des médias vingt-quatre heures sur vingt-quatre. Nous ne pouvons pas avoir l'air d'un canard boiteux pendant qu'ils continuent à nous attaquer.

Les yeux fermés, clignant des paupières, le Président acquiesce d'un signe de tête.

Christina repousse la maquilleuse.

— Roxanne, il a l'air vidé. On dirait qu'on vient de lui faire une chimio, vous ne pouvez pas arranger ça ?

Roxanne Dunlap, qui a survécu à un cancer des ovaires, lui lance un regard mauvais.

— Il transpire. Je fais de mon mieux.

— Ce sont les lumières, réplique faiblement le Président.

— Il était déjà malade avant, tonitrue Mario Childress, le garde du corps des services secrets, d'un mètre quatre-vingt-dix et cent dix kilos. Il a dit qu'il avait mal à la tête.

— Ça va aller.

— Bien sûr, répond Christine en arrangeant ses cheveux blonds devant le miroir. La salle est comble. Les équipes TV sont en place. Un bref discours, et on est dans la limousine qui nous ramène à Air Force One en moins de deux heures.

— Je ne sais pas Tina, ajoute Roxanne. Il n'avait pas l'air dans son assiette, avant le maquillage.

— Dans son assiette ou pas, il y a vingt-sept délégués de la Convention républicaine de l'Indiana qui l'attendent. C'est un État-clé, monsieur le Président.

McKuin hoche la tête. Son cœur tambourine, il a la peau glacée et humide, et sa migraine se fait plus intense.

— ...à ce moment, je vous présenterai Luke Messer. C'est le secrétaire de la section de l'Indiana du parti républicain. Il représente le 57e district. C'est un supporter des Hoosier de la sixième génération, alors, je vous ai glissé quelques références footballistique sur le prompteur.

— C'est du basket, marmonne l'agent Childress.

— Ah bon ? De toute façon, Shelbyville, c'est aussi la ville natale de Thomas Hicks. C'était le vingt et unième vice-président des États-Unis sous Grover Cleveland et... Monsieur le Président ?

— Oh, mon Dieu...

Roxanne attrape la tête de McKuin qui tombe en arrière, vomissant une bile sanglante. En un seul geste, l'agent des services secrets attrape le président de la main gauche, tout en appuyant sur le bouton d'alarme situé sur son épaule de la main droite. Il repousse la maquilleuse, prend le président dans ses bras et l'allonge doucement sur le sol. Une dizaine d'agents se ruent dans la pièce, suivis de l'équipe médicale.

Atlantic City Expressway, New Jersey
17 h 07 (GMT – 5)

La Chevrolet Astrovan bleu marine emprunte la sortie d'Haddonfield qui donne sur la route 42-Sud. Ace regarde le compteur, son niveau d'adrénaline est au maximum. *Encore quinze kilomètres. Je ferais mieux d'arriver à temps !*

Il avait entamé le voyage tôt dans la matinée… un passage innocent à la teinturerie, suivi de courses au centre commercial. Il s'était garé dans le parking souterrain, avait fait un tour dans le magasin de sport afin d'acheter une crosse de hockey pour Sammy, avait avalé un café et un beignet à la va-vite avant de reprendre la voiture… de Gordon dont les clés étaient cachées sous le siège du passager. Pendant que son ami sortait du garage avec sa Corvette, Ace avait attendu encore quinze minutes avant de quitter le centre commercial.

Il avait pris la route du Sud, longeant la Turnpike avant de prendre l'Interstate 95 et de continuer en traversant Philadelphie. Le détour lui avait pris une bonne heure, mais il n'avait pas le choix, car les bornes de péage automatique de la Turnpike auraient enregistré le passage de la voiture de Jeff, et l'information aurait risqué d'être transmise à la Sécurité du territoire.

***

Le plan de Ramzi – dénoncer publiquement les projets du nouveau 11 septembre afin de déjouer l'attentat – ne convenait pas à Ace. Si les néoconservateurs avaient prouvé quelque chose, c'est qu'en contrôlant les lobbys adéquats et les médias, on pouvait impunément commettre les pures horreurs et contourner toutes les lois. On pouvait même allègrement piétiner la Constitution. Les affaires de pots-de-vin et de violations de la déontologie étaient balayées sous le tapis. On pouvait truquer les élections, couper le sifflet aux opposants. Le vice-président pouvait même tirer sur un homme sans être soumis à une enquête. Et si quelqu'un finissait par aller en prison, avant la fin de son mandat, le président signait simplement une grâce, proclamant que le coupable avait « fidèlement servi son pays et trouvé le moyen de se repentir de son erreur devant le Seigneur ».

Si Ace avait accepté la mission, c'était parce que Promis pouvait traquer et retrouver l'argent des salauds. Grâce aux informations de Kelli et à Promis, Ace pouvait jouer au Robin des Bois mondial, en utilisant l'argent sale pour financer des énergies alternatives qui nous permettraient d'échapper au chaos. Pour une fois, les coupables et les cupides devraient payer pour leurs crimes, dans tous les sens du terme.

Il devait bien ça à Mark.

***

Ace ralentit en passant devant la borne 37. Il fait un appel de phare à la voiture garée sur le bas-côté. Un barbu, bien bâti, en long short beige et pull vert des Eagles de Philadelphie, sort le nez de son capuchon et brandit le bras, comme s'il demandait de l'aide.

Ace s'arrête.

— Vous avez des ennuis ?

— Comment l'avez-vous deviné ?

Kenneth Franklin Keene Jr monte dans la camionnette et donne une grande tape dans l'épaule de son ancien coéquipier.

— Ça fait du bien de te voir, enfoiré !

Ace démarre. L'odeur âcre du tabac et de la sueur envahit la voiture.

— Dis donc, t'as pas l'air de te biler. Tu te laisses aller, mon vieux.

— J'étais en prison, nunuche !

— Je regarde la télé. En prison, vous n'avez pas droit à une salle pour pousser de la fonte et à des agrès dans la cour ? Je te prenais pour un athlète.

— Tu retardes de vingt ans, mec ! J'étais un sacré buteur. Et toi, tu te crois mieux ? Au moins, moi, je fais peur ! Toi, on dirait que t'as bouffé du stress au petit-déjeuner.

— Là-dessus, t'as raison. Jette cette cigarette, ce n'est pas ma voiture.

— Tu m'envoies une version néoconservatrice du monstre de Frankenstein, et tu voudrais m'empêcher de fumer ?

— Tu m'as l'air lessivé.

— Lessivé ? Mec, j'ai dépassé ce stade depuis une bonne semaine. La seule raison pour laquelle je suis là, c'est parce que ta nana s'est arrangée pour me faire sortir.

— Je croyais que tu aurais été fou de joie à l'idée de toucher le jackpot.

— Le fric, c'est bien si t'es encore là pour le dépenser. Kelli jouait avec le feu. Elle a dû retracer tous les parcours de la drogue, couvrir toutes les ventes d'armes et les opérations de blanchiment d'argent sur lesquelles les Feds ont mis la main depuis 1982 ! L'héroïne qui sort d'Afghanistan, les missiles vendus aux Saoud, donne-moi le nom d'une organisation terroriste, et je te dis qui la finance, ce qu'ils achètent, la liste de leur compte en banque et le nom des riches qu'ils enrichissent encore. Ce truc, c'est une véritable toile d'araignée, du genre méchant et puissant. Si tu balances ça au public, tu te fais bouffer tout cru au petit-déjeuner.

— Et mon plan ?

Keene sourit.

— Leur piquer leur pognon ?

— C'est le fric du sang. C'est une réappropriation.

— Quel joli mot ! Y'a pas mal de mes copains de cellule qu'étaient là pour ça, justement. Écoute, mec, je suis un hacker. Il n'y a rien à pirater là-dedans, Kelli s'en est chargée. Même avec Promis, tu ne peux pas faire transiter un trillion de dollars sans déclencher des sonnettes d'alarme un peu partout. Il faut agir en douce. Pratiquer des petites saignées, sur des semaines, des mois plutôt, en masquant chaque transaction, en effaçant les traces à chaque fois. Et puis, il faut inventer des fausses pistes. Créer un historique… quelque chose pour cacher l'existence de l'argent avant qu'on puisse le transférer sur des comptes légaux sans agiter des drapeaux rouges. Il faut un véritable artiste pour faire ça, un expert en Cobol.

— Cobol ?

— C'est un acronyme pour Common Business Oriented Language, c'est le premier langage informatique de gestion. Autrefois, les banques écrivaient tous leurs programmes en Cobol, la plupart des institutions financières s'en servent toujours, surtout dans les pays du tiers-monde où il y a pas mal de fric. C'est aussi le premier langage informatique utilisé par la Défense.

— Je suppose que tu as un nom en tête.

— Oh, que ouais, la reine du Cobol en personne ! Elle s'appelle…

— Non, ne me le dis pas, c'est mieux. Elle pourra faire le boulot ?

— Mec, c'est une artiste ! Pendant la crise de parano du bug de l'an 2000, elle s'est fait des couilles en or en écrivant des codes pour protéger les systèmes. Avec les infos de Kelli et Promis, elle programmera un ver en Cobol qui s'introduira dans tous les comptes et transférera les fonds à travers une matrice si complexe que Magellan n'y retrouverait pas son chemin ! Une fois le ver téléchargé dans le système central de la National Commercial Bank en Arabie Saoudite, on pourra...

— Waouh... il faut l'introduire à partir d'une banque saoudienne ?

— C'est le point d'insertion rêvé ! La NCB est la plus grande banque du Moyen-Orient. À un moment ou un autre, tous les dollars sales passent par là. C'est le point de ralliement de presque tous les fonds versés à Al-Qaida par les princes saoudiens ou la pétasse du roi, et on parle de centaines de millions... Télécharge le ver, et il se propagera comme un million de tentacules dans un million d'institutions financières et engloutira tous les millions de dollars sales... un de ces jours.

— Un de ces jours ?

— Encore une fois, c'est progressif. Juste de quoi inquiéter les analystes sans mettre la puce à l'oreille des Feds.

— Comment tu penses pouvoir entrer dans une banque saoudienne pour télécharger le ver ?

— Hé, ça c'est ton boulot, monsieur le quaterback, pas le mien !

— Tu t'imagines que je vais pouvoir entrer dans la plus grande banque d'Arabie, trouver la salle des machines et télécharger un programme ?

— C'est la seule possibilité. C'est peut-être ce que voulait faire ta nana. Il faudra que tu passes au moins vingt minutes devant le terminal, trente dans l'idéal. Une fois le ver introduit dans le système, il n'y a plus moyen de l'arrêter. Ça a un effet retard, et puis, l'argent domestique restera aux États-Unis, et les investissements étrangers resteront outre-mer. Comme ça, les économies ne s'effondreront pas, sauf dans les États qui financent le terrorisme. Ceux-là, on les saignera à vif.

— Et qu'est-ce que t'y gagnes ?

— Kelli avait prévu 15 millions, mais ma collègue et moi, on veut le double, sinon, ça ne marche pas.

— Trente millions ? Pour écrire un programme !

— Tu sais ce que ça implique ? On parle de dix mille heures de boulot, au moins ! Il faut que je trouve toute une équipe. Une boîte légitime avec des fondus de l'informatique pas très clairs qui savent tenir leur langue, même si on ne leur explique pas sur quoi ils bossent vraiment. Et puis, il faut bien payer le risque, et le risque, c'est la mort. Une fois que les autorités auront compris qu'on les dépouille, elles se lanceront à la chasse à l'homme, bille en tête !

— Et l'avance ? Vous avez besoin de locaux, d'ordinateurs, je pourrais sans doute vous filer vingt mille.

— Hé, mec, c'est de ça que je te parle. Sors plus de quelques centaines de dollars de ton compte, et t'as les Feds au cul ! Non, le fric dont on se servira, il est déjà dans un coffre, bien à l'abri dans la buanderie, sous la machine à laver. La combinaison, c'est le mois de ta naissance, de celle de Leigh et de Sammy, dans cet ordre.

Ace regarde Keene, abasourdi.

— Kelli me l'a dit le jour où j'ai été libéré sur parole. Elle ne m'a pas dit combien, et je suis trop malin pour avoir posé la question, mais visiblement, elle avait tout prévu depuis un moment.

— Visiblement.

— Alors, qu'est-ce que tu vas faire avec tout ce fric, Robin des Bois ? Tu as une liste ?

Ace fouille dans sa poche, en sort une disquette qu'il donne à Keene.

— Les premiers sept cents millions doivent être répartis sur cinq cent vingt-sept comptes, accessibles seulement pour Jennifer, la cousine de Kelli. La fournée suivante est destinée aux entreprises d'énergies alternatives. Ensuite, les programmes d'éducation et les associations caritatives. J'ai prévu quatre milliards pour la fondation contre le cancer de Lance Armstrong.

— Punaise ! Ça va lui en faire, des bracelets de solidarité !

— Même avant de tomber malade, Kelli devenait folle de

voir le Pentagone dépenser soixante-dix milliards par an en Irak alors que des centaines de milliers d'Américains mouraient du cancer. Armstrong a dépensé des millions pour mettre Bush à la Maison Blanche et il a récolté des clopinettes. Des clopinettes pour les malades, des dollars pour la guerre.

— Ça va lui faire un sacré petit Noël !

— Les familles victimes du 11 septembre ont droit à une belle petite somme aussi.

— Je suis sûr que la famille de Mark appréciera.

— Tu trouveras un autre nom familier sur la liste. Il y a cinq millions de prévu sur un compte au nom de Mitch Wagner. Assure-toi qu'il puisse récupérer les fonds sans ennuis.

— Wagner ? Comme notre Wags, un des ailiers ? Pourquoi tu lui files du fric ?

— Wags ne le sait pas encore, il va s'occuper de mes gosses, avec sa femme.

— Oh !

Pour la première fois, Keene prend conscience de l'importance de la conversation. Ils passent la borne 26 et une pancarte qui indique encore cinq miles avant le Frank S Farley Service Plaza.

— Ace, il y a autre chose. Kelli t'a laissé un message codé.

— Quel message ? Qu'est-ce qu'il dit ?

— C'était une carte. Un bled perdu, au Canada. Elle tenait absolument à ce que tu y ailles.

— Au Canada ? Pourquoi ?

— Elle voulait que tu trouves un certain Casper.

— Casper ? Le fantôme ? C'est une blague ?

— Je ne crois pas... elle m'a fait jurer sur « la tête des mômes ».

— C'est dingue. J'ai la Sécurité du territoire aux fesses. Comment veut-elle que je passe la frontière sans me faire repérer ?

— Elle... elle t'a laissé un faux passeport et un permis de conduire. J'ai tout mis sous plastique, Stephen.

— Stephen ?

— Stephen Murphy. C'est ta nouvelle identité. Tu es Canadien, tu vis à Melbourne, en Australie, tu travailles dans le pétrole.

Keene fouille dans sa poche de pantalon, sort un sachet de plastique de congélateur qui contient les faux papiers.

— Ta femme, c'était quelqu'un.

— Je n'imaginais pas à quel point.

Ace emprunte la bretelle de gauche qui mène au restoroute.

— Keene, je compte vraiment sur toi. Si on se lance là-dedans, on ne peut pas se permettre de merder.

— Hé, Cochise, avec moi, c'est du béton !

— Contre le Tennessee, c'était pas ça !

— Va te faire voir ! C'était qu'une mauvaise passe, et j'ai quand même atteint le poteau après une course de quarante yards… Et puis, de quel droit tu me donnes des leçons, monsieur trois interceptions et un micmac pas possible à l'Orange Bowl ! Occupe-toi simplement de savoir comment tu vas entrer dans la banque en Arabie Saoudite !

Ace se gare. Les deux anciens footballeurs sortent de la voiture sans même un au revoir et jouent chacun leur rôle pour les yeux qui les observeraient.

Keene se dirige vers la station d'essence et Ace entre dans le bâtiment principal pour aller aux toilettes. Devant la télévision, les visages du petit groupe en disent long.

« … pour ceux qui viennent de nous rejoindre, le président David Francis McKuin a été transporté par avion dans un hôpital de l'Indiana en début d'après-midi après avoir succombé à ce que les médecins définissent comme une grave crise cardiaque. Le vice-président Ellis Prescott a prêté serment et devient le quarante-cinquième président des États-Unis. Il devrait s'adresser à la nation dans la soirée… »

Ace reste figé devant l'écran, le visage cramoisi.

Les fumiers… La machine est en marche…

*

J'aimerais en appeler au monde arabe pour qu'il entre sans plus attendre dans la nouvelle ère pacifique de l'énergie nucléaire.

Amr Moussa, secrétaire général de la Ligue arabe.
29 mars 2006

Aujourd'hui, les forces défensives de la République islamique d'Iran ont franchi une étape remarquable puisqu'elles ont réussi le test de lancement d'un nouveau missile dont les capacités techniques et tactiques dépassent de loin celles précédemment atteintes.

Général Hossein Salami, chef des forces aériennes du corps d'élite des Gardiens de la révolution d'Iran, à propos du test de lancement d'un nouveau missile multi-ogives indétectable, capable d'atteindre Israël et les bases militaires américaines du Moyen-Orient.
1er avril 2006

*

Chapitre 25

Montauk, New York
6 mai 2012 – 23 h 51 (GMT – 5)

Ace conduit la corvette dans les rues sombres de son quartier. En tournant à gauche pour entrer dans son impasse, le cœur battant, il remarque la voiture noire dans son allée. *Les salauds, ils ont dû repérer Keene ! Et s'ils ont passé un accord ? Vous nous le donnez, et on vous libère ! Il est en conditionnelle, je n'aurais jamais dû lui faire confiance.*

Il ralentit et roule du côté gauche de la rue. Il baisse la fenêtre, prend le sachet contenant les faux papiers dans la main gauche. Devant la maison d'un voisin, il ouvre la boîte aux lettres, y place le sachet, le tout sans même avoir ralenti.

Il poursuit son chemin, contourne la berline et se gare dans son allée, ses pleins phares aveuglant momentanément le directeur de la CIA qui approche déjà sur l'allée de pierre en face de la grande porte.

Ace fait appel à sa mémoire lointaine… Kelli lui faisant une leçon sur les expressions faciales, le langage du corps et le regard. *La position de la tête est très parlante. Ne penche pas la tête, ne lève pas le menton. Regarde ton interlocuteur droit dans les yeux, ne détourne jamais le regard, quoi qu'il te balance à la figure.*

Il laisse ses phares allumés un peu plus longtemps, pour le seul plaisir d'embêter David Schall, et descend de la basse voiture de sport. En levant les yeux, il remarque Jennifer qui guette derrière un rideau, à l'étage supérieur. Elle observe toute la scène.

— Directeur Schall, vous ne dormez donc jamais ?

— Où étiez-vous aujourd'hui, Ace ?

— À la Gay Pride, à une réunion communiste, comme d'hab…

— Répondez à ma question.

Ace le regarde droit dans les yeux.

— Atlantic City. Il y a un splendide petit boui-boui sur Arctic Avenue. Ça vous plairait, ça s'appelle la Maison Blanche ! Mais là, au moins, le service est de qualité, pas comme à Washington !

— Vous voulez me faire croire que vous avez pris la voiture de votre ami pendant six heures pour aller manger un sandwich ?

— Un cheesesteak, les meilleurs de la planète ! Et leurs pâtisseries sortent toujours du four.

Ace plonge la main dans la voiture par la fenêtre ouverte et en sort un sac en papier brun, duquel dépassent deux immenses sandwichs au fromage et à la viande.

— Tenez, je vous en offre un, et pourtant, je ne vous aime pas.

— Vous avez pris la voiture de Gordon.

— Ah, parce que vous me filez toujours ? Je croyais qu'on avait un accord ?

Ace s'approche, les yeux toujours plongés dans ceux de Schall.

— Bon, ce n'est pas que cela vous regarde, mais Jeff devait recevoir un client important et se retrouvait avec la voiture de sa femme, alors, je lui ai proposé la mienne.

— Vous jouez un jeu dangereux.

— Un jeu ? Quel jeu ? Je suis allé faire votre petite commission, et j'ai failli me faire tuer. À ma grande surprise, il s'avère que le pétrole est loin de manquer en Arabie Saoudite. Qui sait, je vais même bientôt travailler pour Aramco !

— Comment avez-vous pu traverser cent kilomètres de désert ?

— Je n'ai rien traversé. L'hélico s'est crashé, et ensuite, je me suis retrouvé dans un hôpital à Dubaï. Quelqu'un a dû me sortir de l'épave. Je croyais que c'était un de vos types.

— Ramzi Karim ?

— Qui ?

Les yeux dans les yeux, ne détourne pas le regard !

— Vous n'êtes pas très bon menteur, Ace. Karim est un ancien de la CIA. Il nous cause pas mal d'ennuis dans le Golfe. Maintenant, vous savez que c'était un ami de votre femme. Un très bon ami. Du genre à passer pas mal de nuits ensemble. Du moins, c'est ce que je me suis laissé dire.

— Allez vous faire foutre, avec vos insinuations !

Ace le pousse et se dirige vers la porte.

— On a retrouvé le pilote de l'Apache, Ace. Il est mort. Une balle dans le cœur.

Ace se fige sur place.

— Vous déraillez complètement, mon ami. Je vous donne un conseil. Soyez raisonnable, suivez-le. Trouvez-vous un autre boulot, occupez-vous de vos gosses et sortez-vous de ce merdier avant qu'un autre de vos proches n'en souffre.

Ace avale la bile qui lui monte à la gorge. Il garde le silence, mais tous ses nerfs se tendent, tous ses muscles tremblent. Il refuse de bouger et, sans un mot, attend que la berline noire quitte son allée et s'en aille.

Carbondale, Illinois
7 mai 2012 – 10 h 12 (GMT – 5)

Elliott Green roule lentement devant la maison du professeur Bi et gare sa Subaru à deux maisons de la résidence dans laquelle il a passé les six derniers mois. Il descend de voiture, enlève sa veste de sport et la tend à sa femme.

— J'en ai pour une minute.

— Elliott, si on est en retard pour la cérémonie, ma sœur ne m'adressera jamais plus la parole et, ça, c'est ton arrêt de mort !

Carol Green tourne le rétroviseur vers elle et remet une couche de rouge à lèvres.

— C'était le couteau suisse de mon grand-père ! Je ne peux pas le laisser. D'ailleurs, je connais les habitudes de ce type. Il ne sera pas rentré avant des heures.

Green passe rapidement devant la maison du voisin et traverse la cour de la planque. Il frappe à la porte à plusieurs reprises, attends… Regarde de l'autre côté de la rue, chez Eric Bi.

Quelque chose a changé.

Il frappe à nouveau. Puis repère la clé de secours sous le pot de fleurs et entre.

— Salut !

Pas de réponse. Il dort peut-être ?

En hâte, il monte à l'étage : la porte de la chambre est ouverte. Le lit, les draps, le matériel de surveillance… tout a disparu.

Il dégringole l'escalier, évite de justesse une voiture en courant vers le garage du professeur Bi et regarde par la fenêtre. Plus de voiture, plus d'outils, tout est vide !

Jurant à voix haute, il traverse l'allée et se dirige vers la petite porte latérale qui donne dans la cuisine. Il ne voit rien.

Il retourne à sa voiture, ouvre la portière de sa femme, et fouille dans le compartiment à gants.

— Elliott, qu'est-ce que tu fais ?

— Ne bouge pas.

Il sort une longue tige de métal fine, courbée à l'extrémité, un peu comme un instrument de dentiste. Il repère un banal tournevis, l'empoche et prend son arme.

— Elliott, non ! Souviens-toi de ce qui s'est passé il y a six ans !

Sans l'écouter, il se précipite dans la rue, sa belle chemise déjà toute trempée de sueur. Il essaie la porte de la cuisine, vérifie qu'elle est bien fermée et insère le tournevis dans le trou de la serrure. En forçant un peu, il déloge une goupille, créant un peu de jeu qui lui permet de passer son pic. Doucement, il cherche à la faire glisser, soulève les autres goupilles, écoute le bruit familier de la goupille du haut qui se met en place dans le barillet et ouvre la porte.

Green entre, arme à la main.

— Il y a quelqu'un ?

Le cœur battant, il passe de pièce vide en pièce vide.

La porte principale s'ouvre. Green se protège de la lumière du jour aveuglante avec la crosse de son revolver.

— Aaahh !

Terrifiée, Denise « Daisy » Webb, renverse quelques gouttes de café Starbucks bouillant sur son bras, ajoutant un râle à son cri perçant.

— Où est Bi ?

— Ne tirez pas !

— Où est le professeur Bi ? Le type qui vit ici. Où est-il.

— Je vous jure, je ne sais pas… Ken, mon mari… il a acheté la maison la semaine dernière dans une agence… Monsieur, je vous en supplie…

La maison vendue… Bi parti ! T'as merdé, connard ! Green se donne une tape sur le menton et baisse son arme. Regarde tout autour de lui.

— Bon, votre agent immobilier, vous savez où…

Il hurle lorsqu'il reçoit le café brûlant dans la figure. Il jette son arme, haletant de douleur, et lève les yeux, juste à temps pour voir l'homme mi-italien, mi-indien qui le charge, tel un rhinocéros en colère.

— FBI ! FBI…

Il cherche sa carte, et se protège tandis que, furieuse, la femme le frappe et lui donne un coup de genou dans le menton.

FLAGSTAFF, ARIZONA

Située à deux mille mètres d'altitude, au cœur d'une région désertique, la petite ville de Flagstaff, dans le nord de l'Arizona, se niche entre les forêts de Ponderosa Pine et les sommets enneigés des montagnes volcaniques de San Francisco. Au centre, les galeries d'art, restaurants, auberges et boutiques d'artisanat sont très appréciés des touristes. La population permanente habite entre les routes Interstate I et 40, cette dernière étant plus connue sous le nom de Route 66.

Le bâtiment de moellons isolé est situé du côté est, non loin de l'Econolodge, de General Motors et d'une série de fast-foods. Ce garage spécialisé dans les boîtes de vitesse vient d'être loué à une société basée à Tampa, en Floride, bien qu'il soit difficile de le deviner en regardant la vitrine condamnée et les pancartes « défense d'entrer ».

Un seul véhicule est garé sur le parking, une camionnette blanche, présente tous les jours depuis une semaine. D'après le logo magnétique, elle appartient à la société Smith, spécialisée dans le chauffage et la climatisation. L'ouvrier, un Asiatique d'une soixantaine d'années, entre et sort, et va parfois acheter des plats à emporter dans les boutiques des environs. Un signe pourtant indique que le propriétaire va bientôt investir les lieux : de nouvelles caméras de surveillance ont été installées au-dessus des deux entrées verrouillées.

À l'intérieur, le professeur Eric Bi travaille dans l'une des fosses en combinaison NBC. Le plafond, autrefois ouvert pour accueillir l'ascenseur, a été fermé au niveau du sol par une plaque de plomb d'un centimètre d'épaisseur. Branchés dans le mur le plus éloigné, deux dessiccateurs absorbent l'humidité de l'air frais. Le coffre de la Buick Electra 1967 a été tapissé de plomb et transformé en unité de stockage.

Le physicien plonge ses mains dans une boîte à gants de plexiglas posée sur une paillasse. À l'intérieur du cube, se trouve une petite sphère qu'on croirait en mastic, de la taille d'un gros pamplemousse. Au cours des prochains mois, le professeur Bi se servira de ses instruments pour modeler et lisser les deux boules jumelles d'uranium enrichi, afin de préparer le matériel fissible pour sa destination finale, sa bombinette atomique Mk-54, de catégorie SADM, où elle rejoindra les autres composants pour ouvrir le chapitre le plus sombre de l'histoire moderne.

ETE

2012

*

Alors que les détails de la préparation des attentats du 11 septembre ne sont pas encore connus, nous ne savons pas encore si Moussaoui avait les connaissances nécessaires pour détourner un 747.

Harry M. Samit, agent du FBI du Minnesota pressant ses supérieurs d'entreprendre le plus rapidement possible des actions contre Zacarias Moussaoui, l'un des cerveaux des attentats du 11 septembre.

L'agent spécial Michael Maltbie, qui a refusé la demande de perquisition du domicile de Moussaoui émanant du Minnesota a été promu par la suite, au rang de superviseur.

www.salon.com, 3 mars 2003

Pasquale D'Amuro, le chef de la section antiterroriste de New York, avant le 11 septembre, a été promu au bureau national de l'antiterrorisme.

Time Magazine, *30 décembre 2002*

*

Chapitre 26

Lac George, New York
6 août 2012 – 23 h 51 (GMT – 5)

Le lac George, une étendue d'eau de cinquante kilomètres de long au nord-est de l'État de New York, s'est formé à la fin de l'ère glaciaire, lorsque des moraines ont fermé la voie à deux anciennes rivières qui coulaient du nord au sud dans la vallée des Adirondacks. Dix mille ans plus tard, la Reine des lacs, comme on le surnomme parfois, a joué un rôle stratégique dans les combats qui opposèrent les Algonquins et les Iroquois, les Français, les Indiens et les colons britanniques durant la Révolution américaine. Là où on avait versé le sang, les camps de vacances florissaient désormais et les familles profitaient des promenades, des musées, des plages, des parcs aquatiques et des bateaux de locations.

Les Futrell passaient leurs vacances au Lac George depuis la petite enfance de Leigh, même si le dernier séjour avait été interrompu par la séance de radiothérapie de Kelli. Après le décès de son épouse, Ace hésitait à relouer le cabanon, ne sachant pas comment Leigh et Sam vivraient leurs premières vacances sans leur mère. Finalement, il avait préféré opter pour un bungalow au bord de l'eau, à la place de celui qu'il louait sur l'un des nombreux îlots du lac.

Bien entendu, Ace avait prévenu Bruce et Sharon Doyle de ses intentions depuis longtemps. Persuadés qu'Ace n'avait plus toute sa raison depuis l'assassinat de leur fille, ils étaient à deux doigts de faire appel à un avocat pour demander la garde de leurs petits-enfants. Jennifer était venue les rassurer, leur expliquant qu'il fallait simplement lui remonter le moral, si bien qu'ils avaient fini par accepter pour ne pas mettre en péril la sécurité des enfants au cas où… il y ait eu un soupçon de vérité dans les élucubrations démentielles de leur gendre !

Quant à Jennifer, si elle avait brusquement changé d'attitude vis-à-vis des théories du complot d'Ace, c'était surtout, disait-elle, à cause des micmacs qui avaient entouré la mort du président McKuin, le mois précédent. Des sources confidentielles avaient montré qu'on avait procédé à quelques modifications subtiles dans la sécurité des quartiers résidentiels de la Maison Blanche et qu'on avait récemment changé l'infirmier qui s'occupait des médicaments anti-tenseurs de McKuin. La première dame avait insisté pour qu'on pratique une autopsie, mais, finalement, cédant à des « pressions internes », le nouveau président Ellis Prescott, n'avait pas perdu de temps avant de procéder à de profonds bouleversements au sein du cabinet, remplaçant les centristes fidèles à McKuin par des conseillers plus proches des néoconservateurs. Sur sa recommandation, Vanessa Shannen-Anderson, ancien cadre de l'industrie du pétrole, fut nommée vice-présidente et future colistière pour les élections de 2012. En quelques jours, le lobby du pétrole avait fait des donations record pour que le nouveau duo investisse la Maison Blanche en novembre.

***

À la fin d'une longue journée d'activité, pour le neuvième séjour de la famille au lac George, le nœud qui serre la gorge d'Ace Futrell depuis le début de la semaine ne fait que s'aggraver. En bateau, à la pêche ou pendant les trois heures de vol en ballon, il lui avait fallu des efforts considérables pour consacrer toute son attention à ses enfants. À un moment, Leigh avait failli s'apercevoir de la détresse de son père, qui s'en était sorti grâce à une pirouette, en racontant la première visite familiale au lac George.

Ce soir, ils ont cuisiné la pêche de la journée, avec des marshmallows grillés sur le feu de camp. Tout tremblant, Ace va embrasser ses enfants, puis s'excuse pour lire un peu pendant que les autres vont se coucher.

À présent, à onze heures passées, tout est silencieux, et Ace se sent au bord du gouffre. Des circonstances qui le dépassent semblent l'obliger à faire le grand saut... un acte qui l'empêchera peut-être de revoir ses enfants un jour. Il y réfléchit toujours, même si le tic-tac de l'horloge le presse de prendre une décision, alors que, chaussures à la main, il sort sur le porche sombre où Bruce et Sharon l'attendent. Sa belle-mère lui donne une froide accolade avant de rentrer à l'intérieur. Bruce attend près des marches pendant qu'Ace enfile ses chaussures.

— J'ai garé la voiture de location près de la route, comme tu l'as demandé. Ton sac de voyage est dans le coffre.

— Merci. Laisse quelques heures aux enfants avant de les réveiller. Surtout, n'oublie pas la lettre et l'argent. Ensuite, Jen annoncera la nouvelle, comme convenu, quand on ne risquera plus rien. Quant à mon ami, dis simplement aux enfants que c'est un cousin au second degré de mon côté. Laisse-lui trois heures d'avance, et ensuite, tu disparais avec Sharon. Quand je parle de disparaître, je ne plaisante pas. Allez dans un endroit où vous n'avez jamais mis les pieds, dont vous n'avez jamais entendu parler. Envoie bien tes cartes de crédit et ton permis à la boîte postale, comme prévu. Une fois sur la route, n'utilise que ta nouvelle identité et...

— ...Pas d'e-mails ni de coups de téléphone. Tu peux au moins nous dire où tu vas ?

— Non. Si tout va bien, je serai de retour dans une dizaine de jours. Mais si ça tourne mal...

— Si quoi tourne mal ?

Leigh se tient dans l'encadrement de la porte, derrière l'écran moustiquaire, en robe de chambre. Elle sort, faisant crisser les gonds rouillés.

— Papa, tu t'en vas ?

Ace est pris de sueurs froides.

— Ma chérie, c'est un simple voyage d'affaires.

— Tu t'en vas maintenant, en plein milieu de la nuit, sans dire au revoir ? Où tu vas ?

— Chut, ne réveille pas ton frère. Je ne peux pas entrer dans les détails mais…

— Tu as dit que cela pouvait mal tourner. Qu'est-ce qui va mal tourner ? C'est pour ça que t'es tout bizarre en ce moment ?

Bruce lui passe le bras autour des épaules.

— Grand-mère et moi, on va tout t'expliquer. Rentre…

— Non !

Elle repousse son grand-père.

— Papa, tu me fais peur. Où tu vas, et c'est pas la peine de mentir. Ça a un rapport avec ce qui est arrivé à maman ?

— Viens près de moi.

Ace prend sa fille dans ses bras et lui parle, la gorge serrée.

— Il faut que tu me fasses confiance, d'accord ? Il y a certaines choses qu'il vaut mieux que tu ne saches pas. Grand-père t'expliquera tout ce qu'il pourra. Je veux que vous l'écoutiez et que vous lui obéissiez, d'accord ?

Elle sanglote, de peur de ne plus le revoir.

— Tu vas revenir ? Tu ne vas pas nous laisser tomber ?

— Je reviendrai, Leigh, je te le promets.

Il la serre très fort et l'embrasse sur la joue.

— Prends bien soin de Sammy, OK ?

— OK.

Elle l'embrasse et rentre à l'intérieur.

Bruce met la main sur l'épaule d'Ace.

— Ça va aller. Fais ce que tu dois faire.

Les deux hommes s'embrassent.

Ace descend les marches et disparaît dans la forêt, dans un manteau d'obscurité.

Elsmere, Delaware
7 août 2012 – 9 h 08 (GMT – 5)

Jennifer sort la voiture de location de l'aéroport de Philadelphie en suivant les pancartes indiquant l'Interstate 95.

À sa demande, la rencontre a été programmée dans un endroit isolé, à l'abri des sondeurs, militants et autres regards curieux des équipes de télévision. Après quarante minutes de route, elle bifurque vers la 141 et traverse Elsmere. En suivant les indications du fax, elle se dirige vers le nord sur Kirkwood Highway et cherche un bâtiment avec un auvent bleu foncé. Cinq minutes plus tard, elle se gare dans le parking privé du cabinet d'avocats Doroshow, Pasquale, Krawitz et Bhaya.

Le bâtiment est un immeuble d'une cinquantaine d'années rénové en bureau. Jennifer laisse son nom à la réception et s'installe près d'une vieille cheminée de pierre dans la salle d'attente.

— Madame Wienner ?

Un Italien alerte d'une petite cinquantaine d'années la salue avec un sourire chaleureux.

— Bob Pasquale. Vous avez eu du mal à nous trouver ?

— Non.

Elle lui serre la main.

— Elsmere est une petite ville, mais nos clients préfèrent souvent nos locaux de Wilmington. Tout le monde est déjà dans mon bureau, si vous voulez bien me suivre.

Le juriste lui fait monter une volée d'escalier jusqu'au palier du premier étage, gardé par deux agents des services secrets en civil. L'un fouille son sac pendant que l'autre vérifie qu'elle ne porte pas d'armes avec un détecteur de métaux high-tech. Satisfaits, ils la laissent rentrer dans les bureaux.

Le sénateur Joseph B. Mulligan, candidat démocrate à la présidence, est assis sur un divan, cravate desserrée, manches de chemises roulées. Il écoute un homme chauve, portant une barbichette au fort accent de Géorgie qui parle du vote des communautés baptistes. Deux autres hommes en costume et une unique femme feignent de s'intéresser à ses propos, tout en finissant les restes du plateau du petit-déjeuner.

La femme, Susie Perlman, adresse un grand sourire à Jennifer.

— Alléluia ! La cavalerie arrive ! Sénateur Mulligan, je vous présente Jennifer Wienner, même si nous l'appelons tous Sundance.

Le sénateur se lève pour lui serrer la main.

— Merci d'être venue. Je vous présente notre directeur de campagne, Silas T. Whitener.

Le chauve lui écrase la main avec une force démesurée.

— Cesar Diaz, notre directeur régional…

— Oui, nous nous sommes déjà rencontrés à la convention de 2008.

— Mon chef de cabinet, Aaron Coombs.

Un autre grand costaud, mais à la poignée de main plus douce.

— Je crois que vous connaissez déjà Suzie ? Alors ?

— Alors, nous avons été un peu surpris de votre appel, intervient Whitener en lui indiquant une chaise vide. Nous ne sommes pas vraiment sûrs d'avoir besoin de votre aide, néanmoins, nous sommes tout disposés à vous écouter.

Le sénateur Mulligan lui adresse un regard réprobateur.

— Ce que Silas veut dire, c'est que nous sommes très heureux d'aller à la Convention. Je suppose que personne ne s'imaginait que nous pourrions battre la sénatrice Clinton !

— Désolée de jouer les rabat-joie, mais si vous avez gagné, c'est parce que les républicains voulaient que vous gagniez. Ils ont toujours voulu écarter Hillary et les autres candidats trop bien placés. Que cela vous plaise ou non, vous avez gagné par défaut. Et puis, il faut prendre en compte une autre réalité, au cas où vous ne liriez pas les journaux : Prescott possède le triple de votre trésor de guerre et dispose de sept points d'avance dans les sondages. Votre campagne bat de l'aile. Sauf si vous sortez un lapin de votre manche à la Convention, vous serez aussi mort que McKuin en novembre.

Whitener est sur le point de répliquer, mais ~~Prescott~~ Mulligan lui fait signe de se taire.

— Je vous crois. Pourtant, si nous sommes en si mauvaise posture, pourquoi ce soudain intérêt ? Je n'avais jamais entendu parler de re-naissance démocrate !

Jennifer sourit.

— Je ne suis pas démocrate, je suis réaliste. Nous entrons dans des eaux géopolitiques dangereuses, et les néoconservateurs préfèrent la force lorsqu'il faut du tact. L'Amérique doit entraîner le monde occidental sur une nouvelle voie, la question, c'est de savoir si vous avez assez de cran pour vous y lancer.

— Je suis tout ouïe.

— L'erreur des démocrates, c'est de se resserrer au centre pour tenter de conquérir des voix. Les Américains ont besoin de choix clairs, pas de pseudo-républicains. Vous devez transmettre un message d'espoir au peuple américain, et ce message c'est la fin du pétrole. En 2013, on se met au vert !

Mulligan observe les réactions négatives de son camp.

— Toute une campagne sur l'environnement. Je ne sais pas…

— Pas seulement l'environnement. L'énergie. Votre plateforme devra nous écarter totalement du pétrole. Si le Brésil y parvient, pourquoi pas nous ? Plus de pétrole, cela signifie bâtir une nouvelle infrastructure, créatrice d'emplois qualifiés qui resteront dans ce pays. De nouveaux emplois, cela signifie de nouvelles rentrées d'impôts qui nous permettront de réduire le déficit. On vous pose des questions sur l'Irak, vous répondez que nous y étions allés pour le pétrole, comme nous n'en aurons plus besoin, nos gosses pourront revenir à la maison. Et ceux qui refusent de voir rentrer nos enfants ne sont ni des patriotes ni des parents. Chaque fois que les rats de Rove vous jettent un nouveau Dieu, des homos, des fusils ou des grenades à la figure, vous répétez cette phrase : « Ces élections ont bien trop d'importance pour l'avenir de notre pays pour qu'on se laisse emmerder par les pièges républicains habituels. »

Du regard, le sénateur républicain fait le tour de la pièce.

— Emmerder ? Vous voulez vraiment que j'utilise ce terme ?

— Oui, parfaitement.

Cesar Diaz hoche la tête.

— Vous allez perdre la droite chrétienne.

— Vous ne l'avez jamais eue ! Laissez les Américains voir le garçon qui ne s'en laisse pas compter que vous êtes, pas cette espèce de mollasson au milieu du gué auquel on voudrait faire croire. Dites le fond de votre pensée, mais n'oubliez pas votre message. Si on vous parle de Kyoto, dites que vous signerez, même si la Chine refuse. Comme ça, vous isolerez les Chinois. Ils céderont, croyez-moi. Ils ne peuvent déjà plus respirer dans les grandes villes. Si on vous coince sur l'avortement, vous les regardez droit dans les yeux et vous dites : « Je suis pour l'interdiction de l'avortement, mais seulement si nous réussissons à donner une meilleure éducation à nos adolescents pour qu'ils évitent les rapports non protégés. » Si on vous attaque sur la guerre contre le terrorisme, vous retournez à votre message sur l'énergie et vous expliquez que c'est notre dépendance au pétrole, une dépendance accentuée par des lobbyistes comme Ellis Prescott et sa nouvelle vice-présidente qui ont compromis notre politique étrangère. Le message est simple : plus de dépendance. On peut faire un programme en douze points pour passer au vert. En 2013, on reprendra le pays à ces crétins. Vous répétez ça tous les jours, dans tous les entretiens, dans tous les débats, sur tous les autocollants, et vous entrerez à la Maison Blanche.

Suzie Perlman applaudit.

Cesar Diaz n'est pas aussi enthousiaste.

— Et l'argent ? Si on s'en prend aux grandes compagnies pétrolières et aux fournisseurs de l'armée…

— Et quoi ? Vous croyez que les miettes qu'ils vous jettent sont destinées à vous soutenir ? Réveillez-vous, amigo ! Ces fonds ne servent qu'à vous contrôler. Tenez-vous-en à votre message, et l'argent arrivera, parce que la majorité des Américains ressentent la même chose que vous. Simplement, ils attendent un candidat démocrate qui ait assez de couilles pour rassembler les troupes, pas une espèce de marionnette. Bill Clinton a fourré les siennes où il ne fallait pas dans le bureau Ovale, mais les sondages n'ont jamais plongé, car les Américains aiment les présidents qui en ont dans la culotte, et pas un jeune homme bien propre sur lui qui passe son week-end à faire de la voile. Et pas de photos avec les vedettes d'Hollywood, non plus. Croyez-vous que l'homme de la rue pourrait s'identifier à ces personnes ? Vous acceptez gentiment leur contribution, et vous leur dites que vous serez ravi de les recevoir au bal d'intronisation. En attendant, signez-moi les chèques, mais qu'on ne nous voie pas ensemble à la télé !

Jennifer regarde tout autour d'elle. Les hommes sont abasourdis, Suzie est radieuse.

— Des questions ?

Le sénateur Mulligan sourit.

— Vous commencez quand ?

*

Ceux qui espèrent récolter les fruits de la liberté, doivent, en homme, payer de lourds efforts le prix de la défendre.

Thomas Paine

La loi sur la limitation de la pollution de l'air remontait à treize ans. Bush a tout balayé d'un simple coup de crayon.

Député anonyme

Quand l'invraisemblable se produit… levez-vous et allez de l'avant.

Michael Gorbatchev

*

Chapitre 27

Lac George/Québec/Terre-Neuve/Hopedale
7 août 2012

La nuit avait été longue.

Le cœur gros, Ace avait enfin réussi à quitter ses enfants, à force de volonté, mais l'angoisse de ne plus les revoir était plus forte que l'excitation de ce qui l'attendait. Perturbé par ses émotions, il se perdit rapidement tandis que l'obscurité de la forêt engloutissait les lumières du cabanon. Il avait fini par retrouver un chemin, mais ce n'était pas le bon, et il déboucha sur la grande route, à près d'un kilomètre de l'endroit où était garée la voiture. Lorsqu'il avait enfin repéré le véhicule et quitté le lieu de villégiature sur l'Interstate 87, il était près d'une heure du matin.

En silence, il suivit l'autoroute d'Adirondack pendant plusieurs heures, en direction du nord, avec la frontière canadienne quelque part devant lui. Par moments, la colère et la souffrance le submergeaient, et secouaient tout son corps de rage, tandis qu'il donnait un coup de poing dans le volant. Il s'efforça de se contrôler à l'approche de la frontière. Il montra son faux permis et descendit de la voiture pour que le douanier puisse pratiquer une fouille exhaustive, en utilisant des miroirs attachés à de longs manches pour regarder sous le châssis. Après quelques questions de routine, on l'autorisa à franchir le poste et à s'engager sur l'autoroute 15, en direction de Montréal. Il arriva à l'aéroport au lever du jour, ce qui lui laissait trois heures de liberté en attendant son vol pour Halifax, avant se rendre à St. John's, à Terre-Neuve.

***

Définie comme l'un des quatre coins du monde par la Flat Earth Society, qui prétend que la Terre est plate, la côte nord-est du Canada est composée de deux masses de terre distinctes, l'île de Terre-Neuve, située dans l'Atlantique, à l'embouchure du Saint-Laurent, et la côte escarpée de la province du Labrador, sur le continent.

Formant l'angle est du bouclier canadien, le Labrador est une étendue de six cent cinquante mille kilomètres carrés de granit qui ont des terres et de la mer il y a plus de huit cents millions d'années. Sa côte accidentée a été formée par une succession de glaciers qui ont découpé de longs doigts dans la masse rocheuse. À l'intérieur des terres, le Labrador est une succession sans fin de lacs, de fjords, de vallées profondes… les terres les plus sauvages de la planète, traversées par trois grandes chaînes montagneuses : le Kaumajet volcanique, le Kiglapait, et l'impressionnant Torngat, les plus hautes montagnes à l'est des Rocheuses. La forêt boréale abrite assez de gibier pour nourrir une petite ville. Plus au nord, la ligne des arbres cède la place à la toundra, paysage dont on ne voit que de rares photos et dans lequel on s'aventure encore moins.

Il n'est guère surprenant que la civilisation ait évité cette région, au climat extrême, avec de longs hivers et des températures arctiques propices à la formation de la banquise. Les rares habitants résident dans six petites communautés situées sur la côte nord-est. Néanmoins, aucun de ces avant-postes n'étant reliés par des routes, les voyageurs doivent se déplacer en bateau et en avion en été, en motoneige et en traîneau en hiver. Malgré ces conditions hostiles, la population du Labrador est l'une des plus anciennes de l'Amérique du Nord, ayant précédé l'arrivée de Christophe Colomb de plus de quatre mille ans.

Ces aborigènes sont connus sous le nom d'Inuit. Les tribus

nomades venues d'Asie qui ont traversé le détroit de Béring se sont installées dans cette région arctique ainsi qu'au Groenland. Le terme « *Inuit* » signifie « personne réelle » et le terme *Innu* « être humain ». Ces appellations sont aujourd'hui préférées aux références indiennes ou eskimos. Bien que la population se soit dispersée sur les régions arctiques du Canada, ses traditions ont résisté à l'épreuve du temps. Les tribus vivent toujours de la terre, où elles chassent le caribou en hiver, pour se tourner vers la mer les mois d'été et se consacrer à la pêche ainsi qu'à la chasse aux phoques et aux baleines. Si, lors des migrations, les Inuits habitent dans des igloos de neige ou des tentes faites de peau de morse ou de phoque, leurs résidences permanentes sont construites en pierre ou en bois de dérive, sur une charpente d'os de baleine, et couvertes de mousse ou d'herbe. L'adaptation à la culture occidentale s'est faite lentement. Néanmoins, pour avoir droit à la parole quant à leur avenir au Labrador, les Inuits se sont adaptés à la culture canadienne et occupent désormais des villages permanents comme à Sheshatshiu, à l'embouchure de Goose Bay, et Natuashish, sur la côte nord, près d'Hopedale.

***

Il était plus de trois heures de l'après-midi lorsque l'avion d'Ace toucha la piste de St. John's, la plus grande et la plus ancienne ville de Terre-Neuve. Kelli lui avait donné pour consigne de prendre ensuite un avion pour Hopedale, un village isolé, à huit cents kilomètres à vol d'oiseau, le long de la côte nord du Labrador. Épuisé de ne pas avoir dormi pendant trente heures, Ace réserva une place sur le vol charter de dix heures vingt et prit une chambre d'hôtel pour la nuit.

***

Allongé sur son lit, Ace regarde l'horloge. Huit heures trente-cinq. L'odeur de la moquette bon marché et du couchage moisi accentue son désespoir. Il voudrait parler à ses enfants, les rassurer, leur dire que tout va bien, mais avec le plan qu'il a concocté, il n'a aucun moyen de savoir où ils se trouvent exactement ni comment les contacter. Ses paupières se ferment de fatigue, son corps le fait souffrir, pourtant, malgré l'épuisement, il ne parvient pas à s'endormir ; son esprit refuse de cesser son incessant bavardage.

Que fais-je ici ? Kelli est morte. Ma vie est sens dessus dessous, et je poursuis des fantômes. Et si Schall avait raison ? Si ce n'était qu'un piège ? Si ce n'était même pas Kelli sur cette vidéo ? Quel genre de père abandonne ses enfants aux mains d'étrangers, huit mois après la mort de leur mère ?

Et si, et si, et si... C'est absurde. Insensé. Tu n'arriveras jamais à entrer dans une banque saoudienne, et encore moins à télécharger le ver Promis. Les Saoudiens t'arrêteront, t'enfermeront, te tortureront jusqu'à ce que tu avoues ou que tu meures, dans un ordre ou un autre. Et qui est ce Casper d'Hopedale ? Pourquoi est-ce si important de le rencontrer ? Il est au courant pour l'attentat nucléaire ? Il peut m'aider à l'empêcher ?

Rentre et retrouve ta famille, Ace. Arrête de vivre dans la folie de la vie de Kelli. C'est toi, la folie...

— La ferme ! La ferme ! La ferme !

Ace jette son oreiller et s'arrache les cheveux... la pièce rétrécit, les murs se referment sur lui...

Sors-toi de là... Je n'arrive plus à respirer !

Il s'habille et se retrouve à l'extérieur, moins d'une minute plus tard, à inspirer de grandes bouffées d'air frais. Il dégringole l'escalier de fer et descend dans la rue. Il se dirige vers le port, pourtant, il fait bien trop froid, si bien qu'il coupe par une ruelle, un chemin incliné, qui mène au pub, le Duke of Duckworth. Désespéré, il entre et se retrouve face à un mur d'inconnus qui ont les yeux rivés sur lui, un mur d'amis peut-être, d'amis qu'il ne connaîtra jamais.

Inutile, continue ton chemin.

Dans la nuit, il marche vers l'est en direction du centre-ville de St John's, incapable d'échapper au sentiment de vide qui l'envahit. Il tourne dans Military road, perdant tout repère ; l'hôtel n'est plus que le fruit de son délire, dû à l'épuisement. Comme Alice, il tombe dans le trou du lapin, englouti par un monde étrange. Ce n'est plus qu'un pauvre hère, réfugié sur une terre mystérieuse, sous une fausse identité, avec son âme qui se noie un peu plus à chaque pas.

Une église catholique de pierre se dresse devant lui. Chancelant, il s'approche du triple portail, l'esprit agité par toute cette fatigue.

Fermé.

Fermé.

Le dernier battant s'entrouvre, l'invitant à entrer dans le lieu de prière. Ace n'est plus croyant depuis des années, mais il n'y a plus d'athée dans les tranchées, et lui, il y est embourbé jusqu'au cou.

L'église est vide, les cierges seront bientôt tous consumés.

Il s'agenouille. Baisse la tête dans ses mains. Il bredouille « donne-moi la force » avant de s'écrouler sur le prie-Dieu.

***

— Mon fils ?

Ace ouvre les yeux. La lumière du matin filtre à travers les vitraux. Il se redresse, après avoir dormi dix heures sur le banc de bois.

Le prêtre a le visage tanné et rougi.

— Mon fils, vous ne pouvez pas rester là, il y a une mission… au bout de la rue.

— Je sais, mon père, je m'en vais.

Springfield, Illinois

Il est près de midi quand Elliott Green arrive chez lui après son entretien avec Charles Jones, le directeur du FBI de Springfield. Sa femme, Carol, ouvre la porte avant même qu'il glisse la clé dans la serrure.

— Ça a été vite. Bonnes ou mauvaises nouvelles ?

Il roule les yeux et passe devant elle.

— Comme si cela ne suffisait pas que je sois obligé d'écouter ces sérénades à propos du nez cassé et de la côte fêlée… il a fallu que j'entende Chuck se faire enguirlander au téléphone par Adrian Neary.

— Le directeur de Chicago ? En quoi cela le concerne ?

— Il dirige la section antiterroriste de l'Illinois. Ce salopard de Gary Schafer au quartier général lui en a fait voir de toutes les couleurs hier, alors, forcément, il se venge sur Chuck.

— Attends... Je croyais que Chuck avait envoyé un mémo à Schafer à propos de ton type classé Umbra ? Comment peuvent-ils te reprocher de...

— La merde, ça dégouline toujours vers le bas... Le Département de l'énergie est furax, Schafer se couvre, et Chicago fait retomber le chapeau sur Springfield parce que je me suis laissé duper par mon soi-disant remplaçant. En un mot, le QG reprend l'affaire Bi en main, et moi, je suis en dehors du coup. Ah, oui, j'ai aussi reçu un blâme officiel qui restera dans mon dossier pour avoir laissé filer le suspect.

Il se dirige vers la cuisine. Elle le suit.

— Si tu te rappelles, je t'avais déconseillé d'entrer par effraction dans cette baraque. Si tu m'avais écoutée, ton dossier serait toujours impec et je n'aurais pas raté le mariage de ma sœur.

— Tu ne comprends pas ? Bi a fichu le camp ! Il a dit à l'université que son frère venait de mourir, il a pris des vacances pour passer un peu de temps avec sa famille à Pékin. Le seul problème, c'est qu'il n'a pas de frère. D'ailleurs, il n'a pas quitté le pays, ce qui signifie que, s'il manigançait quelque chose, il continue, mais maintenant, on l'a perdu. Je l'ai perdu. Et en plus, il a des accointances avec un type classé Umbra, armé d'un fusil.

— On le retrouvera.

— Ces types sont des spécialistes des explosions nucléaires, Carol. Toute la famille maternelle de Bi a été lessivée à Nagasaki, et je suis sûr qu'il en garde toujours rancœur. Si une bombe sale explose dans un centre commercial, devine à qui le FBI va s'en prendre pour avoir merdé...

— Eh bien, retrouve-le.

— Tu m'as écouté ? Je ne suis plus sur le coup.

— Alors, prends une permission, et trouve-le tout seul. Tu es doué pour retrouver les gens. Tu te souviens du pédophile, celui qui avait ouvert un cabinet de pédopsychiatre ? Il s'était tiré, lui aussi, tu l'as quand même retrouvé à Vancouver. Il t'a fallu six semaines, mais tu l'as coincé.

— Huit. Et j'avais eu l'aide du Bureau. Cette fois, je suis coupé de tout.

— Coupé de tout, par qui ? Chuck Jones ? Adrian Neary ?

— Non, cette fois, ça vient directement de Schafer. La grosse huile.

— Et pourquoi le chef de la section antiterroriste du FBI s'intéresserait à un sous-fifre comme toi ? À moins qu'il ait peur que tu découvres une sale histoire dans laquelle il est mouillé.

Elliott écarquille les yeux.

— Ouais, t'as raison.

— Hum, hum ! disons que je considère ça comme un merci, dit-elle en allant au salon.

St. John's/Terre-Neuve/Labrador/Hopedale

Le bimoteur rebondit deux fois avant de décoller de la piste de Torbay Airport, l'aéroport le plus à l'est d'Amérique du Nord. Ace, qui fait partie des trois passagers à bord, est assis sur le côté gauche du minuscule avion, qui semble être en service depuis les jours où Terre-Neuve était encore une colonie anglaise.

Il a le dos fourbu d'avoir dormi sur le banc d'église, mais la nuit de sommeil a fait un bien fou à son moral. Il ne s'inquiète plus pour ses enfants. Il les sait en sécurité. Tout son esprit se concentre sur la mission qui l'attend.

L'avion grimpe à deux mille pieds, avant de virer vers le nord, en suivant la côte époustouflante de Terre-Neuve, en direction du Labrador et de Hopedale. Il survole Old Battery, un petit village de maisons délabrées accrochées à la colline qui surplombe la mer. Un instant plus tard, il se trouve au-dessus de Harbour Grace et de Conception Bay, dont les eaux bleues sont parsemées des petits points blancs des voiliers. Plus à l'est, l'océan se déchaîne et les vagues s'écrasent sur le cap Bonavista, un plateau rocheux qui héberge le phare.

L'avion monte encore plus haut, tandis que le vent hurle le long des ailes d'aluminium. Au-dessus des nuages, les rares trouées permettent de voir une masse tapissée de pins, tandis qu'ils survolent l'Anse au Meadows, la communauté la plus septentrionale de Terre-Neuve, zone autrefois investie par les Vikings.

La côte du Labrador l'accueille à Henley Harbour, une voie d'eau encombrée d'icebergs dans les mois plus froids. Au-dessus de Saint-Louis, les falaises sont de moins en moins hautes, la forêt disparaît et le paysage toujours rocailleux est soudain dénudé. Georges Cove, Bateau Harbor, Grady Island, Cutthroat Island… chaque territoire les rapproche un peu plus de la toundra, tandis qu'ils poursuivent leur vol vers le nord.

Les habitations aussi se raréfient. Les anciens villages de pêche florissants, les villes côtières du Nord se sont étiolées en 1992, avec le moratoire sur le cabillaud. Les petits bateaux indépendants ont été remplacés par de gros navires industriels, capables de voyager sur des centaines de milles au large, à la recherche de crevettes et de crabes. Les ports autrefois vivants sont aujourd'hui dépassés.

Ace boucle sa ceinture car l'avion commence sa descente houleuse. Hopedale se trouve là, quelque part, au loin.

***

Situé au Nord où de vastes baies ouvrent sur la mer du Labrador, Hopedale a été fondée en 1782, par les Inuits. Originellement baptisée Agvituk, un terme signifiant « endroit où vivent les baleines », le village fut appelé Hopedale par des missionnaires venus d'Allemagne. Aujourd'hui, la population de moins de six cent cinquante habitants est à 90 % inuit, mais l'anglais est la langue dominante. Les Inuits appelaient leur communauté les Natuashish, ce qui signifie « beau ». C'est l'une des deux communautés organisées du Labrador, l'autre étant Sheshatshiu, située un peu plus loin à l'intérieur, en direction de Goose Bay, qui abrite la plus grande base aérienne d'Amérique du Nord.

Ace s'accroche au bras du fauteuil tandis que les roues de l'avion glissent sur la petite piste de gravier qui semble se terminer trop vite. Par miracle, l'avion s'arrête juste avant de tomber à l'eau, et, un instant plus tard, les portes s'ouvrent, laissant pénétrer une rafale d'air arctique qui fait osciller l'avion sur son train d'atterrissage. Ace ferme son manteau de cuir et descend les marches, salué par le sourd grondement des vagues qui se fracassent contre les rochers. La mer du Labrador étincelle sous un ciel bleu sans nuage.

Le pilote sort les bagages et le courrier de la soute. Ace attrape son sac, passe la bandoulière sur son épaule, et se dirige vers la route principale, un chemin de terre qui contourne un champ caillouteux et mène à Hopedale, à près de deux kilomètres de là. Il n'y a ni voitures ni taxis, rien que deux adolescentes à bicyclette, inuits, toutes les deux, avec le regard familier des Asiatiques eskimos, les cheveux d'un noir de jais, des joues de chérubin et de chaleureux sourires. Un petit side-car est fixé à chacune des bicyclettes.

— Vous allez à Hopedale, monsieur ? demande la plus jeune qui doit avoir l'âge de Leigh. Ma sœur peut vous emmener. Peut-être vous lui donnerez un bon pourboire ?

Ace examine l'engin rouillé.

— Vous êtes sûr que ça tiendra ?

— Bien sûr monsieur. Très solide.

Il monte dans le side-car qui oscille sous son poids. L'aînée des filles lutte un peu pour prendre de l'élan, mais ils finissent par descendre une petite pente.

— Vous pouvez peut-être gagner un plus gros pourboire. Je cherche quelqu'un. Il s'appelle Casper.

La fille continue à sourire et à pédaler sans rien dire.

— Je sais, c'est un drôle de nom. Vous avez déjà entendu parler de lui ?

Toujours pas de réponse.

Ils arrivent aux abords du village qui semble tout droit sorti d'un western spaghetti. Ils passent devant des maisons de bois blanchies à la chaux, espacées les unes des autres, et une église protégée par une palissade de bois. Sur un terrain jonché de rocs, l'école ressemble à une série de petits entrepôts. Ace entend les enfants qui jouent dehors, les voix portant loin sur le paysage plat. Les hommes bordent la côte, dont les rives rocheuses abritent toute une colonie de cabanons de bois délabrés d'une seule pièce, construits parfois si près de l'eau que leur occupant pourrait pêcher par une fenêtre ouverte.

Les Inuits sont partout ; des hommes réparent les filets, d'autres sortent leur pêche du matin de leurs petits bateaux.

Les enfants jouent près de la maison tandis que leurs mères nettoient le poisson et les peaux de phoques. Certaines regardent Ace, quelques-unes lui font même un petit signe.

D'autres habitants d'Hopedale se préoccupent beaucoup moins de ces corvées. Des Inuits sont allongés sur le porche, ivres, ou se rassemblent par petits groupes pour boire et fumer. Certains ne sont que des adolescents, alors que d'autres sont des hommes et des femmes d'âge mûr. Ils regardent Ace, les yeux vides… l'âme perdue.

Sa jeune conductrice freine devant un grand bâtiment de deux étages, dont l'enseigne annonce Amaguk Inn.

— Ça va ? Dix dollars, s'il vous plaît.

Ace descend du side-car, pose son sac sur le chemin de terre et sort son portefeuille. Il lui tend un billet de dix dollars, et lui en montre un de vingt.

— C'est pour toi, si tu me dis où je peux trouver Casper.

— Demandez au chef. Il sait tout.

Elle lui arrache le billet de vingt dollars des mains et s'en va, soulevant un nuage de poussière.

— Qujannamiik !

— Oui, merci, merci mille fois. Pas de reçu, hein ?

Sac à la main, il monte les quatre marches de bois, franchit le porche et entre dans l'auberge.

Cela ressemble plus à un pavillon de chasse qu'à un hôtel. Les murs lambrissés son couvert de tableaux de scène de chasse, de pêche, de meutes de chiens. Devant un établi de bois, le propriétaire, mi-blanc mi-inuit, répare un four portatif. Ace s'approche.

L'homme ne se donne pas la peine de lever les yeux.

— Je suppose que vous êtes notre ami australien. Frank Nasuti, le propriétaire.

— Murphy. Stephen Murphy. Je suis originaire du Canada, en fait.

— Ah bon ? Qu'est-ce qui vous amène ?

— J'habite au Québec, mais un de mes amis qui a passé un long moment ici me chante sur tous les tons que c'est l'endroit idéal pour la pêche au saumon. Comme j'étais à St John's pour affaires, j'en ai profité pour aller voir son guide. Il s'appelle Casper.

— Je connais pas de Casper, mais on peut vous installer gentiment. Vous restez combien de temps ?

— Je ne sais pas encore. Quelques jours, peut-être.

— Vous voulez une chambre ?

— Ce serait parfait.

— C'est dommage, j'ai douze chambres, elles sont toutes occupées. La prochaine fois, réservez à l'avance.

— Vous avez faim ?

— Faim ? Oui, bien sûr.

— La salle est ouverte, mais c'est réservé aux résidents. Essayez chez Sylvia. Des plats à emporter, là-bas, au bout de la rue. Et puis, il y a aussi l'épicerie.

— D'autres hôtels en ville ?

— Non, mais j'ai un ami dont la femme est morte l'été dernier. Il acceptera sans doute de partager son lit avec vous.

— L'offre est tentante...

— Pensez-y en mangeant. Vous pouvez laisser votre sac au salon.

Ace jette un coup d'œil dans la petite pièce ou plusieurs hommes âgés sont installés devant une télévision en couleurs.

— Merci, je crois que je vais acheter un sandwich. Au bout de la rue, c'est ça ?

— Sur la gauche.

Ace fait un signe, se dirige vers la porte...

... et se retrouve parmi une mare d'enfants, quatorze en tous, de trois à huit ans. Deux femmes les écartent en souriant et en s'excusant pour eux, dans le vacarme assourdissant de l'explosion du mur du son, au passage d'un escadron de chasseurs qui survole le village en chemin vers la base de l'OTAN de Goose Bay.

Ce contraste des cultures n'échappe pas à Ace... le nouveau monde fait taire l'ancien, son influence éradiquant peu à peu des traditions millénaires. Et pourtant, bientôt, il le sait, cela pourrait être l'inverse... seules les anciennes cultures survivraient...

La boutique de Sylvia est en fait un minuscule comptoir avec quelques tables pour les jours d'été. Ace commande une assiette de poulet à une jeune fille et s'installe à la table d'angle, feignant de s'intéresser aux prospectus affichés sur un tableau.

Un homme, la soixantaine, entre. Il est grand, mince, blanc, avec des cheveux blancs retenus en queue-de-cheval, une barbe et une moustache épaisses sur son teint tanné. Son pull marron est si taché que l'insigne du collège qu'il arbore est illisible. Il n'entre pas dans la boutique, en fait, il l'envahit, chacun de ses pas dans ses chaussures de l'armée couvertes de poussière fait trembler le sol, chacun de ses mots vibre dans l'air.

— Duke, comme d'hab. Vite, vite, je suis pressé. Et que du frais, hein ? Tu sais que je m'en apercevrais. Garde tes cochonneries congelées pour les *takungartut.*

Il se tourne vers Ace, plissant les yeux, comme s'il regardait à travers lui.

— Eh bien, regarde ce que le chat a ramené… de la viande fraîche.

Il s'approche, nonchalant. Il prend une chaise, la retourne et s'assied.

— Richard Lawrence, les amis m'appellent Dick. Mécano de métier, solitaire de cœur. Et toi, t'es qui, gringo ?

— Stephen Murphy. Je suis dans le pétrole. Côté sécurité. J'ai pris quelques jours pour voir si la pêche est aussi miraculeuse qu'on le dit.

— Je peux arranger ça. J'ai un douze mètres, sur lequel on peut coucher à cinq. Je le sors dès que j'ai avalé ma pitance. T'es le bienvenu si ça te chante. J'ai pas trop l'occasion de rencontrer des blancs, par les temps qui courent.

— J'aimerais bien, mais j'ai plus ou moins promis à un ami de le prendre pour guide. Vous le connaissez peut-être. On l'appelle Casper.

— Casper, comme le fantôme ? Bien sûr que je le connais, c'est les Amerloques qui l'appellent comme ça. Il est métis, moitié Inuit, moitié européen. Il a passé pas mal de temps sur Nain, le village plus au nord. Il chasse la baleine et le phoque tout l'été et part à la chasse au caribou pendant le reste de l'année. Je ne suis pas sûr qu'il ait le temps de t'emmener à la pêche, à moins que tu t'intéresses aux mammifères.

— Non, mais j'aimerais quand même bien le voir.

— C'est comme si c'était fait. Hé, Duke, emballe le plat de mon ami, il part avec moi.

— Merci. Au fait, ce mot que vous avez utilisé tout à l'heure…

— *Takungartut.* Ça veut dire étranger. T'inquiète pas, ces gens traitent tout le monde en ami. C'est nous qui les avons emmerdés. On les a obligés à vivre au XXIe siècle. On s'est mis à contrôler leur gibier, à balayer leur culture. Bon Dieu, ces gens, ils étaient là bien avant que nos ancêtres aient construit leur premier bateau ! Ça nous a pris un moment, mais on a réussi à les détruire. Volez la culture d'un peuple, et vous lui volez son âme. Introduisez de nouveau gadgets, et vous leur donnez la corde pour se pendre. Littéralement. Natuashish, ça va encore, car c'est assez nouveau, à Sheshatshiu, près de la base aérienne, là, ils ont de sérieux problèmes ! Du chômage, un sentiment d'impuissance. Les Inuits n'ont pas l'habitude de se sentir inutiles, et il n'y a rien de mieux pour attirer les âmes perdues que l'alcool. Et je parle d'alcoolisme sérieux. Les gosses voient les parents se noyer dedans, ça les déprime et ils se mettent à sniffer de l'essence ! Ils risquent leur peau. Le taux de suicide chez les Inuits est l'un des plus élevés du monde. La situation s'améliore doucement, mais il faut du temps… tout prend du temps… même notre saloperie de bouffe. Hé, Duke, ça vient ? On a un espoir avant le coucher du soleil à l'automne prochain ?

***

Le Wellcraft 360 permet à trois personnes de s'asseoir à l'avant, en dehors du barreur, avec six autres places assises à l'arrière. En dessous, la cabine offre tout le confort, un salon, une chambre, une salle des moteurs avec deux Cummins TW de six cents chevaux. Ace détache les amarres et monte à bord, tandis que Dick Law s'éloigne du quai et prend la direction du nord, en longeant la côte. La proue fend le fort clapot de près d'un mètre, les embruns glacés aspergent Ace, le repoussant vers l'un des sièges capitonnés à l'abri, à côté de son hôte.

— Alors ! hurle Lawrence, de quelle partie du Canada tu viens ?

— Du Québec, au sud de Montréal.

— Je connais bien le coin. Tu vas souvent à Little Italy ?

Le pouls d'Ace commence à s'accélérer.

— Plus beaucoup ces neuf dernières années.

— Comment ils appellent le quartier, les Français ?

— Je pourrais pas dire. Ma famille est anglaise, nous pas parler français, si tu vois ce que je veux dire.

— J'entends ça, ouais !

Ace regarde derrière lui la côte qui disparaît rapidement.

— Je croyais qu'on allait longer la côte jusqu'à Nair ?

— Casper ne rentre que tard le soir. Je pensais qu'on allait pêcher un peu avant. Je connais un endroit super, pas loin d'ici. Tu sais, si on continuait comme ça pendant quelques heures, on filerait droit au Groenland.

Ace sourit, mais des petites sonnettes d'alarmes retentissent dans sa tête. Il s'accroche car les vagues de plus en plus fortes font sortir les trois quarts du bateau hors de l'eau.

— Si tu trouves que ça tape, tu devrais venir en hiver. Des vagues énormes, des icebergs et un froid... incroyable. J'ai travaillé sur des cargos. De la glace se forme sur la coque, à l'extérieur, une sacrée épaisseur. Tout est moulé dedans, le navire devient dangereusement lourd, c'est pas terrible par gros temps. La première fois que je suis sorti, le capitaine nous a donné des gros maillets de bois et nous a demandé de casser la glace. Tu t'imagines, sur le pont à des températures pas possibles, avec le vent qui hurle, des vagues de six mètres, en train de briser des tonnes de glace qui couvrent les parois pendant que tu te ramasses la gueule sur le pont.

— Personne ne tombe jamais ?

— C'est arrivé. L'eau est si froide qu'elle commence à te ronger les organes en moins de deux minutes. Un jour, un type est tombé, il nous a fallu quelques minutes pour le trouver. Mais quand on l'a ramené, c'était fini.

— Et en été ? L'eau est froide en ce moment ?

— Bonne question !

Lawrence ralentit le bateau et coupe les moteurs, tout en gardant la proue face aux vagues.

— C'est là, ton coin ?

— Oui. Attends ici, je vais chercher le matos.

Lawrence descend.

Ace s'accroche, car la houle frappe le bateau encore plus fort. *Kelli, dans quelle galère m'as-tu fourré ?*

Dick Lawrence revient avec une longue corde et un fusil.

— Qu'est-ce que vous faites ?

— T'es un mauvais menteur, mec. J'ai pas mal de questions à poser et pas de temps à perdre, alors, on va faire comme ça. Tu te fous à poil, t'attaches cette corde à ton cou et tu vas boire la tasse pendant que je t'interroge. Quand tu m'auras dit ce que je veux savoir, tu pourras sortir. Tu disposes de trois à cinq minutes avant de servir de barbaque aux poissons.

— Vous êtes fou !

Le coup de fusil retentit à travers l'eau tandis que la charge explose sur les vagues.

— Tu peux aller te baigner avec ou sans trou dans le corps, comme tu voudras.

Ace regarde le canon du fusil encore fumant puis ouvre son manteau et l'enlève. Il ôte lentement ses chaussures, tous ses muscles tremblant de froid et de peur. L'air arctique lui mord les chairs tandis qu'il se débarrasse de son pantalon et de ses chaussettes, puis de sa chemise et de ses sous-vêtements.

Lawrence lui envoie une des extrémités de la corde.

— Attache-la bien autour de ta taille. J'aimerais pas te perdre dans la gueule d'une orque.

En suffoquant d'angoisse, Ace attache la corde autour de sa taille et la passe sous les bras. L'esprit bouillonnant, il essaie de se préparer au choc.

— Allez, vas-y !

Ace s'approche de la rambarde. Passe une jambe de l'autre côté, puis l'autre. Il hésite une longue seconde, regarde le canon de l'arme toujours pointé sur sa tête… et saute.

L'eau glacée enserre son corps soudain pris de spasmes, lui coupe la respiration et lui fait pousser une sorte de cri primal, tandis qu'il se débat pour rester à la surface d'une mer qui dépasse à peine les trois degrés Celsius. Il a l'impression que son sang se transforme en plomb pendant que des milliers d'aiguilles lui arrachent la peau à vif.

— Première question. Comment tu t'appelles ?

— Aaace Fuuuutrelll.

Ses doigts et ses orteils le brûlent, comme si Neptune en personne les grillait avec une torche.

— Qui t'envoie chercher Casper ?

— Maaa feeemmme Ke… Kelli Doyle.

— Où est-elle, monsieur Futrell ?

— Mooorte. Assa… assassinée…

Le sang s'échappe vers les extrémités, ses membres bougent avec une extrême lenteur, son corps s'enfonce.

Lawrence tire sur la corde.

— Ça fait deux minutes. Ça va devenir de plus en plus facile au fur et à mesure que tu vas t'engourdir.

Lawrence regarde l'horizon, comme s'il s'ennuyait.

Ace écarquille les yeux, il claque des dents.

— C'est fini ?

— Qui a assassiné ta femme ? Tu soupçonnes quelqu'un ?

— Agent…

Ace ne sait plus si son corps bouge encore.

— Un agent fédéral ? Intérieur ou extérieur ?

— CIA…

Ses poumons comprimés parviennent à peine à faire sortir sa voix.

— Comment tu le sais ?

— Longue histoire.

— Ouais, j'imagine.

Lawrence regarde sa montre.

— Six minutes. T'es costaud. La plupart des gens se seraient évanouis au bout de trois. Trente secondes.

Trente secondes ? La voix de Lawrence résonne dans sa tête. Trente secondes. Trente secondes. OK, les gars, on a encore le temps de passer deux actions, si on peut sortir. Allez les Dawgs, allez ! Ace s'extirpe de la mêlée. Se tient au centre.

Et la tactique. Merde, j'ai oublié la tactique. Et pis merde, trouve l'ouverture. Signal de départ ? Je n'arrive plus à penser… Emmm emmm…

Quand Dick Lawrence sort Ace de l'eau, il a la peau grise et racornie. Il le porte à demi dans la cabine où de la vapeur chaude sort par la porte de la salle d'eau. Gentiment, il allonge l'homme nu sur le sol de la douche et laisse l'eau chaude le ranimer lentement.

*

Pendant le demi-siècle qui va suivre, il sera indispensable que l'espèce humaine prenne toute une série d'initiatives, souples, globalement équitables et coordonnées sur le plan international afin de réduire la population mondiale d'au moins 80 %.

J. Kenneth Small, professeur d'anthropologie, dans Confronting The 21st Century's Hidden Crisis : Reducing Human Numbers by 80 Percent, mai 1995

Les nations du monde devront développer des programmes destinés à réduire la population mondiale de six milliards d'individus à environ deux milliards.

David et Marcia Pimental, professeurs d'écologie et d'agriculture dans Food, Energy and Society, *2000*

La population mondiale vit largement au-dessus de ses moyens et inflige à l'environnement des dommages qui pourraient dépasser le point de non-retour, selon un rapport capital des Nations unies. Les changements climatiques, la vitesse d'extinction des espèces et le défi qu'il faudra relever pour nourrir une population toujours plus importante mettent l'humanité en danger.

James Kanter
The New York Times, *27 octobre 2007*

*

Chapitre 28

HOPEDALE, LABRADOR,
9 AOÛT 2012 – 19 H 23 (GMT – 3)

Ace prend la tasse de chocolat que Dick Lawrence lui tend à deux mains, car il ne contrôle pas encore tout à fait ses gestes. De nouveau habillé, il tremble encore, bien qu'il soit emmitouflé dans plusieurs couvertures.

Lawrence a navigué vers Nain et mouillé dans une crique reculée. Il est plus de sept heures du soir, mais le soleil flotte toujours à l'horizon, dans cet été arctique.

— Hypothermie sérieuse. Elle devient critique si la température du corps descend en dessous de trente-deux degrés. Le corps se bloque, la démence s'installe. Si je devais partir, c'est le moyen que je choisirais.

— Surtout, ne me laissez pas vous en empêcher !

Lawrence esquisse un demi-sourire.

— J'avais de bonnes raisons d'agir ainsi. D'abord, je devais découvrir ce que vous saviez. Et surtout, vous avez un traceur microscopique dans le sang. Il fallait que je le neutralise.

— Un traceur ? De quoi vous parlez ?

— Du dernier gadget du gouvernement pour violer nos droits individuels. Tous les citoyens auxquels on s'intéresse, tous les étrangers sont pistés. Les Américains aussi, s'ils sont sur la liste noire de la Maison Blanche, sur laquelle vous figurez visiblement.

— C'est stupide, je n'ai aucun dispositif de traçage sur moi !

— Bien sûr que si ! On vous l'a injecté lorsque vous avez franchi la douane à l'aéroport !

— Injecté ? Non, c'était un vaccin contre…

— …la grippe aviaire ? Bien sûr ! Et vous en êtes certain parce que vous avez fait analyser le liquide ? Pour quelqu'un qui a été marié à un ancien espion, vous êtes bien naïf.

Lawrence lui reprend la tasse vide.

— Suivi d'information total, SIT, un autre sigle pour un des programmes du Defence Advanced Research project Agency, le DARPA, ou plutôt Big Brother. C'était considéré comme un crime lorsque la Constitution protégeait encore le citoyen, avant la promulgation de la loi antiterroriste. Mais cela ne leur suffisait pas de surveiller vos comptes en banque, vos courriels, vos coups de téléphone, vos voyages en avion. Non, les Feds voulaient pénétrer à l'intérieur de votre biologie. Et voilà la petite puce Mu, un minuscule envahisseur, de la taille d'un grain de sable. Il permet au gouvernement de vous suivre à la trace et de déterminer avec quels matériaux dangereux vous êtes entré en contact. À la prochaine génération, Mu permettra à Washington d'écouter vos pensées. Fascinant, n'est-ce pas ?

— L'eau froide l'a désactivé ?

— Ouais. La puce est conçue pour s'encastrer dans la paroi d'une artère. Elle est alimentée par la chaleur corporelle. Lorsque la température descend en dessous de 34 degrés, le dispositif se met en court-circuit. Cela fait des mois que les Feds vous pistent. Ils se servaient de vous pour me retrouver. Au fait, Casper, c'est moi. Le nom, c'est votre dame qui y a pensé. Et je suis sincèrement désolé. C'était une femme bien. Sans elle, je ne serais plus là.

Exténué physiquement, effondré moralement, Ace repose la tête contre le dossier molletonné.

— OK, Casper. Je vous crois. Qui êtes-vous ?

— Peu importe qui je suis. Ce qui compte, c'est ce que j'étais… mais…

Lawrence se dirige vers le bar de la cabine et se sert un verre.

— Je vous en offrirais bien, mais c'est une idée fausse de croire que l'alcool élève la température corporelle.

— Répondez à ma question.

— J'étais microbiologiste. Je dirigeai un laboratoire spécialisé dans les vaccins antiviraux. En 1997, nous avons commencé à nous intéresser à la grippe aviaire, qui touchait les oiseaux. Les oiseaux sauvages transportent le virus dans leurs intestins ; la salive, les selles, les sécrétions nasales des oiseaux contaminées sont chargées de virus. On dénombre plus d'une dizaine de types de grippes aviaires, mais le virus n'avait jamais touché gravement les hommes. Le type A néanmoins évolue sans cesse, et, en 1997, nous avons commencé à connaître des cas de contamination humaine. Le coupable était le H5N1, un sous-type qui avait traversé la barrière de l'espèce et tuait près de 70 % des personnes infectées, des enfants en bonne santé ou de jeunes adultes, pour la plupart. Un truc terrifiant. Si le H5N1 avait acquis la faculté de se propager facilement de personne à personne, on courrait le risque d'une pandémie majeure.

« Bon, de toute façon, en mars 2000, mon équipe de recherche a été reprise par l'ARPA, l'Avanced Research Project Agency, sous la tutelle du DoD, et, je cite : « Pour la conduite ou la réussite de projet aussi avancé dans le champ de la recherche et du développement, le ministère de la Défense doit, de temps à autre, choisir un projet individuel ou catégoriel... » Donc l'ARPA ou le DARPA, selon la personne qui siège à la Maison Blanche, a décidé que mon équipe devait travailler sur l'évolution du virus H5N1. En un mot, ils voulaient qu'on crée un virus capable de générer une pandémie.

— Mais pourquoi ?

— Le DARPA prétendait vouloir nous aider à trouver un remède, en cas de besoin, mais d'une manière très perverse. Ça leur donnait la capacité de jouer les bons dieux. Jouer avec du matériel létal, cela n'a rien de nouveau, et nous disposions de tous les moyens nécessaires pour éviter la propagation du virus. Venant du DoD, la requête donnait des frissons. Un an plus tard, lorsque des biologistes ont commencé à mourir dans le monde entier, notre paranoïa s'est transformée en peur bel et bien réelle.

— De la maladie ?

— Non, non ! Assassinés. Des sanctions ciblées. Le premier, c'était le 4 octobre 2001, moins d'un mois après l'attentat du

11 septembre. Le vol Sibir 1812 a quitté Israël, en route pour Novossibirsk, en Sibérie, mais l'avion a été abattu par ce qu'on désigna plus tard comme un missile sol-air qui se serait dérouté d'une centaine de kilomètres. Tous les passagers ont été tués, dont cinq étaient des microbiologistes les plus réputés du monde. À la même époque, deux scientifiques israéliens ont été assassinés, par des terroristes arabes, a-t-on raconté.

« Huit jours plus tard, Benito Que, un biologiste cellulaire de l'université de Miami, a été découvert mort devant son service d'hématologie. La police a évoqué un crime crapuleux, mais Que n'avait pas son portefeuille sur lui au moment des faits. Quatre jours plus tard, Donald C. Wiley, l'un des microbiologistes les plus éminents, qui avait reçu le prix Albert Lasker en 1995 pour son travail sur les vaccins antiviraux, a disparu après avoir assisté à un dîner à l'hôtel Peabody de Memphis. Son corps a été retrouvé suspendu à un arbre, près du pont Hernando de Soto. Les enquêteurs ont conclu à un accident de la circulation, même si sa voiture avait été retrouvée abandonnée sur le pont, intacte.

— Mon Dieu...

— Ce n'est pas tout... Le 23 novembre, Vladimir Pasechnik, un transfuge soviétique, spécialiste du séquençage d'ADN a été retrouvé mort devant chez lui. Le lendemain, c'est un autre avion, appartenant à la Swissair, cette fois, qui s'est écrasé. À son bord, il y avait Avishai Berkman, Amiram Eldor et Yaacov Matzner... les directeurs du service d'hématologie à l'hôpital Ichilov, en Israël, l'hôpital universitaire de la faculté de Tel-Aviv. Deux semaines plus tard, le 10 décembre, Robert Schwartz, membre fondateur de l'Association de Biotechnologie de Virginie et directeur du département de la recherche au Center for Innovative Technology de Virginie, a été retrouvé mort chez lui. Moins de vingt-quatre heures plus tard, le Dr Set Van Nguyen y est passé. Il est censé avoir succombé après être entré dans une salle réfrigérée de Geelong, en Australie, sans se rendre compte qu'il venait justement de s'y produire une fuite de nitrogène liquide toxique. Vous pouvez vérifier sur Google, si ça vous chante. Dites-moi si je me trompe.

— Je crois avoir compris.

— Oh, je suis loin d'avoir fini, aboie Lawrence. Le 8 février, Victor Korshunov, chef d'un service de microbiologie à l'université de médecine russe, est mort d'un traumatisme crânien. Trois jours plus tard, c'était au tour d'Ian Langford. La police britannique a prétendu ne rien avoir relevé de suspect, bien que le corps de Langford ait été retrouvé recroquevillé sous une chaise et que sa maison ait été mise à sac. Tanya Holzmayer a été tuée par balle à Mountain View, en Californie le 27, alors qu'elle ouvrait la porte au livreur de pizzas. Cette même nuit, dans une autre région de Californie, le microbiologiste Guyang Huang a reçu une balle dans la tête en faisant son jogging à Foster City. Dix-neuf scientifiques morts en quatre mois, tous virologues ! Aucune arrestation, avec un bon gros couvercle sur l'affaire. Coïncidence ou théorie du complot ? C'est à vous de voir. Ah, j'oubliais… il s'est avéré que la plupart de ces experts en biochimie travaillaient pour des instituts de recherche qui recevaient des subsides gigantesques de… l'Institut médical Howard Hughes, s'il vous plaît, un groupe qu'on « soupçonnait » depuis longtemps de financer des recherches biomédicales occultes pour le compte de la CIA. Et tout cela, juste après le 11 septembre… Au moment où de l'anthrax a été volé à Fort Detrick, dans le Maryland, un complexe dont la sécurité fait ressembler Fort Knox à un supermarché ! Si vous vous en souvenez, c'était à peu près à l'époque où l'administration Bush essayait de faire avaler la loi antiterroriste au Congrès, alors que les démocrates avaient la majorité, à une voix près, grâce à Jim Jefford passé des républicains aux indépendants. Il y avait deux démocrates influents qui étaient prêts à faire capoter la loi, Tom Daschle et Patrick Leahy, comme par hasard, ce furent les seuls à recevoir des enveloppes d'anthrax, au Capitole. La poudre retrouvée venait du lot volé à Fort Detrick, et pourtant John Ashcroft a refusé de suivre cette piste lors de l'enquête… une tactique si grossière qu'on aurait pu la croire dictée par la mafia ! Mais faites pas gaffe, après tout, je ne suis qu'un pauvre théoricien du complot.

— Kelli avait compris tout ça ?

— Votre femme a découvert le petit complot des néoconservateurs, qui voulaient mettre en place une politique de sécurité préventive plutôt radicale pour lutter contre le grand chambardement, la fin du pétrole. Je sais que je prêche pour ma chapelle, mais c'est avant tout un problème mathématique. Même avec du pétrole, la planète ne peut nourrir que deux milliards d'individus. On s'en tire en ce moment parce que quatre milliards de nos congénères meurent lentement de faim en Afrique et en Asie. Ça laisse environ un milliard de chanceux qui mènent la belle vie, mais les règles du jeu vont changer lorsque le pétrole sera épuisé. Il faudra diviser en six milliards le peu de nourriture et de ressources énergétiques qui resteront après le Grand Chambardement, alors qu'elles suffiront à peine pour nourrir cinq cents millions d'individus, à quelques centaines de milliers près ! Sans substitut pour le pétrole, pas de problème, on attend et on laisse mourir cinq milliards et demi de personnes. Ah, oui, mais les gens civilisés, eux, ils n'attendent pas tranquillement que leurs amis, leurs enfants et leurs grands-parents meurent de faim, ils deviennent fous avant. L'anarchie est un véritable problème pour les nantis de ce monde, alors, on a besoin d'un plan de prévention... au cas où ça merderait pour de vrai. Quand il faut réduire le troupeau, on ne peut pas se contenter de balancer une dizaine de bombes nucléaires ni de se lancer dans une guerre traditionnelle, pas sans pétrole. Alors, quelle est la solution au chaos général ? Devinez... une pandémie. Avec la gracieuse contribution du DARPA... un beau virus H5N1 amélioré...

Ace avale l'acidité qui remonte de son estomac.

— Les biologistes...

— Oui, ceux qui sont morts étaient capables de trouver un remède. Quand vous vous donnez tant de mal pour déclencher une pandémie, vous n'avez pas envie qu'un Jonas Salk[1] vous gâche votre belle petite maladie. Alors, autant les tuer avant qu'ils trouvent le vaccin. Kelli a réussi à me joindre juste à temps. Elle a sauvé quelques-uns de mes collègues aussi. Elle nous a fourni de nouvelles identités, ce qui nous a permis de rester en vie. Si la pandémie finit par se déclencher, un petit groupe d'industries pharmaceutiques bien choisies empochera cinq cents milliards supplémentaires et concoctera un antidote. Ah, mais on ne sauvera pas tous les Américains. Si vous êtes blanc, hétéro,

1. Jonas Edward Salk (1914-1995), inventeur du vaccin contre la poliomyélite (NdT).

chrétien et que vous croyez en Jésus... félicitations, votre avenir semble prospère. Les Noirs et les Hispaniques... pas terrible. Les Juifs ? Pour l'instant, c'est bon, mais seulement parce que le Nouveau Testament dit qu'on a besoin d'Israël pour accomplir l'Apocalypse. Homosexuel ? Désolé, mec. Selon notre cher télévangéliste, Pat Robertson, Dieu veut votre mort. Mais dans ce cas, Dieu, c'est un sale néoconservateur qui passe une loi l'autorisant à vous injecter une micro-puce destinée à réguler votre biochimie personnelle ! Et à la fin, devinez qui rira le dernier, hein ? Et bien c'est celui qui se trouve tout en haut de l'échelle. Dieu Tout-Puissant lui-même. Vous voyez, ces bigots hypocrites qui prêchent l'amour du fœtus, mais haïssent la recherche cellulaire, auront toujours besoin de pétrole, pourtant n'imaginez pas qu'ils vont utiliser le vent ou le soleil. Non ! Ils préfèrent le charbon. Pour faire tourner les roues du commerce. Le seul problème : le charbon augmente les rejets de dioxyde de carbone, et les lobbyistes auront beau prétendre le contraire, l'atmosphère terrestre est déjà proche du point de non-retour, en termes de gaz à effet de serre. Encore un peu plus de charbon, et les capacités d'absorption de la planète seront dépassées. Les glaces arctiques fondront comme dans un four à micro-ondes, et toute cette eau douce bloquera le courant de l'Atlantique Nord, mettant un terme définitif au système d'échange thermique des océans. L'Amérique du Nord et l'Europe se transformeront en magnifique palais de glace et adieu à l'homme blanc, mais pas de panique, la race humaine continuera, grâce à des gens comme les Inuits et les Mayas, les cultures primitives qui ont toujours respecté la terre et n'ont jamais eu besoin d'électricité ! Une justice poétique ? L'homme blanc vole les terres des Indiens et exploite leurs ressources, et le règne de l'homme moderne se termine dans l'ignorance et l'autodestruction... Qu'avait dit Jésus ? « Et les pauvres hériteront de la terre ? » Pas idiot, ce type !

Ace bouscule Dick Lawrence, et se précipite aux toilettes, juste à temps pour vomir son déjeuner.

*

Pour mettre à exécution les ordres du président Bush, qui avait promis de protéger la Nouvelle-Orléans avant la saison des ouragans de 2006, le génie militaire installa des pompes anti-inondations défectueuses, malgré les avertissements de ses propres experts qui avaient déclaré qu'elles ne résisteraient pas à une tempête. Les pompes de canaux de drainage furent spécialement fabriquées pour moins de vingt-six millions six cent mille dollars après un appel d'offres remporté par Moving Water Industries Corp de Deerfield Beach, en Floride. MWI appartient à J. David Eller et fils, ancien partenaire de Jeb Bush, dans une joint-venture appelée Bush-El MWI pomps. Eller apportait plus de cent vingt-huit mille dollars de donations à des hommes politiques, républicains pour la plupart, si l'on en croit le Center for Responsive Politics.

Cain Bureau, Associated Press, 14 mars 2007

Vous vous souvenez de JFK ? Lorsque John F. Kennedy s'était présenté à l'élection présidentielle, il avait dû convaincre les électeurs qu'il laisserait sa foi catholique à l'église. Aujourd'hui, les hommes politiques doivent afficher leur religion car « Jésus sait qui il veut bombarder ».

Randi Rhodes, 6 juin 2007

Les fascistes islamistes haïssent notre liberté, ils nous haïssent. Comment pensez-vous pouvoir négocier avec l'Iran ? On ne négocie pas rationnellement avec une secte religieuse qui ne pense qu'à nous détruire !

Todd Schnitt, The Schnitt Show, *6 juin 2007*

*

Chapitre 29

CONVENTION DÉMOCRATE, SUPERDOME,
NOUVELLE-ORLÉANS, LOUISIANE
25 AOÛT 2012

Le Superdome de la Nouvelle-Orléans est un palais d'acier et de béton de deux cent dix mille mètres carrés qui a servi de refuge aux milliers de sans-abri après le passage de Katrina. Sous le gigantesque dôme, aujourd'hui restauré, qui avait failli être soufflé par les vents de plus de deux cents kilomètres heure, les dizaines de milliers de délégués ne font qu'un seul corps. La foule bourdonne d'excitation en attendant leur candidat, qui, espèrent-ils, va porter l'estocade dont la campagne présidentielle a désespérément besoin, lors de ce discours qui risque d'être le plus important de toute sa vie politique.

De son perchoir, dans l'une des tribunes de la presse, Jennifer Wienner ouvre son ordinateur, prête à analyser en direct l'impact du discours du sénateur Mulligan, grâce à un programme de simulation électorale en temps réel.

— Mes chers concitoyens, voici le sénateur Joseph Bryan Mulligan, le futur président des États-Unis.

Le sénateur sort de derrière son rideau en faisant de grands signes à son public. Il serre la main des huiles qui se trouvent sur l'estrade et avance vers le podium. Il attend que les applaudissements s'essoufflent pour prendre la parole.

— Edward Young, le poète anglais du XVIIIe siècle a dit : « Tous les hommes savent que les hommes sont mortels, à l'exception d'eux-mêmes. » Mesdames, messieurs, cette élection n'a rien à voir avec les préférences religieuses ou les positions sur l'avortement. Le problème n'est pas de défendre le port d'armes ou le mariage homosexuel. Peu importe de savoir quel candidat va le plus souvent à l'église ou qui est le plus télégénique. La question n'est pas de savoir si on va vivre dans un État rouge ou un État bleu. Le problème n'est même pas de savoir si on va vivre aux États-Unis. Cette élection n'a qu'un seul but : notre survie. Notre survie en tant qu'espèce, la survie du monde que nous voulons laisser à nos enfants. Nous avons le choix entre deux solutions, deux chemins, deux destins et, d'une manière ou d'une autre, votre vote aura un impact majeur sur la voie sur laquelle s'engagera l'humanité. Une des voies nous mène à l'espoir, l'autre à notre perte. L'une engendrera une économie indépendante, propre et florissante, l'autre accentuera notre dépendance vis-à-vis des pays étrangers, laissera une planète en proie au réchauffement climatique et léguera à nos enfants un chaos effroyable.

« Notre pays, fondé sur les principes de liberté et d'indépendance, est pris en otage par un groupe de politiciens et d'hommes d'affaires égocentriques, qui usent de leur influence pour piétiner nos libertés individuelles et brader notre liberté. Depuis les trois dernières élections présidentielles, nous, le peuple, les garants du présent et les responsables de l'avenir, nous sommes restés trop longtemps silencieux, pendant que le pouvoir débridé de quelques-uns s'est associé à la cupidité des autres pour nous spolier de nos espoirs et de nos rêves. Ce sont les entreprises, et non les électeurs, qui dictent notre politique, aux dépens des besoins de la nation. Les membres du Congrès, désignés par le peuple américain qui leur fait confiance pour édicter des textes qui protègent nos familles, ont, encore et encore, promulgué des lois qui ne servent que leurs propres intérêts. Les Américains courageux et travailleurs ont regardé avec horreur et dégoût les pirates de Wall Street piller les sociétés et les fonds de pensions qui vous appartiennent. Les lobbyistes de l'industrie pharmaceutique ont fait pression sur le Capitole pour qu'il promulgue des lois leur permettant de réaliser des profits mirobolants, pendant que nos malades et nos personnes âgées se serrent la ceinture pour payer leurs médicaments. Il y a douze ans, notre pays était un roc sur le plan économique, où régnait le plein-emploi et qui générait des excédents budgétaires. Aujourd'hui, trois administrations républicaines plus tard, nous sommes endettés sur plusieurs générations, nos emplois sont délocalisés, nos fonds de pensions asséchés, notre pays est empêtré dans une guerre qui tue et mutile nos enfants, tout en enrichissant les guignols qui nous gouvernent ! Aujourd'hui, je me dresse devant vous et je dis : « Ça suffit ! »

Les applaudissements vont crescendo.

Jennifer regarde la courbe qui monte sur son écran. Elle tape quelques notes.

— En 1973, le monde arabe nous avait déjà donné un avant-goût de ce que signifiait la dépendance à une autre nation, ou à un groupe de nations, pour faire avancer nos voitures et nourrir nos citoyens, pour chauffer nos maisons et faire fonctionner notre économie. Au lieu de profiter de l'occasion, au lieu d'investir dans des technologies qui nous auraient menés sur la voie d'une énergie domestique, propre et bon marché, nos dirigeants ont laissé passer cette opportunité, ils ont laissé croître notre dépendance par rapport au pétrole. Si nous pouvions remonter le temps et prendre ce chemin, nous ne serions pas en guerre au Moyen-Orient aujourd'hui, nous ne subirions pas la menace du terrorisme. Nous ne connaîtrions ni déficit budgétaire, ni réchauffement planétaire. Nous aurions semé les graines d'une nouvelle infrastructure verte, et nous récolterions les fruits de notre travail, au lieu d'envoyer nos armées dans le désert pour qu'elles pompent les dernières gouttes de pétrole brut du golfe Persique.

« Imaginons un instant ce que le monde aurait pu être, et les changements auxquels j'ai l'intention de procéder lorsque je serai votre nouveau président. Je promulguerai une loi pour que les voitures fonctionnent à l'éthanol E85, sans rejet à effet de serre, fabriqué à base d'alcool de grain. En investissant dans l'E85, non seulement nous réduirons notre dépendance par rapport à l'étranger, nous diminuerons les émissions de CO2, mais nous donnerons un nouvel élan au secteur agricole, qui joue un rôle clé dans notre économie. Ce ne sera qu'un début. Imaginez une promenade le long de nos côtes, où pousseraient des millions d'éoliennes rétractables, des éoliennes qui canaliseraient la furie de la nature pour alimenter nos maisons et nos usines avec une électricité propre et bon marché. Des éoliennes dont l'aluminium et l'acier seraient forgés par des ouvriers américains, des éoliennes dont les turbines seraient construites par des techniciens américains et installées par des employés américains. Et quand mon administration édictera des lois qui exigeront que toutes les nouvelles constructions soient équipées de panneaux solaires, ce seront des Américains qui assembleront les cellules photovoltaïques, ce seront des familles américaines qui bénéficieront d'une électricité propre et bon marché. J'ai besoin de pouvoirs pour transformer ce rêve en réalité, j'ai besoin de votre engagement total pour transformer notre infrastructure, pour la libérer de sa dépendance au carbone, et créer une société verte... Et c'est pourquoi je me présente devant vous !

Les applaudissements tonitruants font trembler le Superdome.

— Mes compatriotes, il ne suffit pas d'être visionnaire. Vous avez déjà entendu ce discours, hélas, les intentions sont restées lettre morte, les actions, inexistantes. Il ne suffit pas de parler, il faut retrousser nos manches et faire que cela arrive. Pour changer le monde, nous devons changer de direction et, pour changer de direction, nous devons débarrasser notre nation de tous les élus qui veulent nous barrer le chemin, nous livrer, pieds et mains liés, à l'industrie du pétrole ; nous débarrasser de tous ceux dont la candidature est financée par le sang de nos enfants. Pendant les soixante-dix jours qui nous restent, il nous faudra identifier les hommes et les femmes qui sont à nos côtés et ceux qui sont vendus à l'industrie fossile. Il n'y aura plus ni bleu, ni rouge, il ne restera que du vert.

Applaudissements sauvages. Jennifer sourit de plaisir, car les projections électorales grimpent encore.

— Nous savons ce que pense Ellis Prescott et sa clique. Nous savons d'où viennent ses financements de campagne, nous connaissons les compagnies pétrolières qui signent les chèques, les zélotes qui nourrissent les attaques immondes diffusées par les organisations qui bénéficient d'avantages fiscaux indus... Des organisations dont la seule stratégie consiste à proférer des mensonges éhontés et à les répéter, encore et encore, jusqu'à ce qu'ils apparaissent comme la vérité. Ne laissez pas ces messages de haine être les slogans de ces élections. Ne perdez pas votre objectif des yeux, mesdames et messieurs, lorsque mon adversaire ressasse, encore et encore, sa rhétorique de la peur. Cette élection n'est pas une élection en faveur de Dieu, des homos ou des armes. Ne vous laissez pas berner par le démon qui vous dépouille de vos votes aussi vite qu'il vous prive de votre retraite. Préparez-vous à une guerre des mots, car, plus la date de l'élection approchera, plus mon adversaire se fera virulent. Vous devez comprendre la différence entre la vérité et ce que le serpent du pétrole veut faire passer pour la vérité.

« Tous les amateurs de golf savent ce qu'est un mulligan, dit le sénateur en souriant sous les applaudissements, et pour ceux qui ne le savent pas, disons que ce terme signifie que j'ai raté mon coup et que j'aimerais avoir le droit de recommencer. Eh bien, mes amis, en tant que nation, nous avons raté notre coup. Les démocrates ont raté leur coup, parce qu'ils n'ont pas été aussi puissants et aussi déterminés qu'ils auraient dû ; les républicains ont raté leur coup, parce qu'ils ont laissé leur parti tomber entre les mains des éléments d'extrême droite. Nous avons tous raté notre coup, parce que nous avons fait confiance à notre gouvernement et que nous avons cru qu'il mettrait en place des digues solides, qui nous protégeraient de toutes les catastrophes naturelles. À présent, nous devons faire confiance à notre cœur et décider quel sentier mène vers la gloire et quel sentier mène sur un chemin pavé de mensonges et de supercheries, de douleurs et d'angoisse, de dépendance vis-à-vis de pays du tiers-monde qui ne nous aiment pas particulièrement. Le jour des élections, votre bulletin sera le catalyseur du changement. Plus d'états rouges, plus d'états bleus. Ce soir, j'accepte cette nomination au nom de tous les Américains qui estiment que nos dirigeants doivent être tenus pour responsables de leurs actes.

Le sénateur marque une pause en attendant que les applaudissements cessent.

— Dans toutes les élections, l'environnement se retrouve sur le tapis, mais les candidats et les médias concentrent notre attention sur la guerre, l'avortement, l'homoparentalité et le port d'arme. Ils nous martèlent que notre économie est plus importante que la qualité de l'air que nous respirons ou la nourriture que nous mangeons. Ils nous répètent à l'envi que les impôts pèseront plus sur nos familles que le réchauffement climatique... ce que prétendent toujours certains membres du parti républicain et leurs soutiens pétroliers. Et pourtant, un changement radical dans la manière dont nous exploitons l'énergie de notre planète pourrait éteindre la flamme de la haine que nous voue le Moyen-Orient. Un engagement total en faveur des énergies renouvelables ouvrirait de nouveaux marchés du travail, qui boosteraient notre économie. Placer l'énergie propre en première ligne de notre programme, c'est aussi mettre en première ligne le bien-être de nos concitoyens. Bien sûr, nous avons déjà entendu maintes fois ces promesses, et il ne s'est rien passé. Nous avons entendu les discours sur l'état de l'Union, nous disant que nous devions limiter notre dépendance vis-à-vis du pétrole étranger. Et de nouveau, rien ne s'est passé. Pis encore, nous avons laissé filer de plus en plus de fonds entre les mains de ces compagnies pétrolières en « difficultés ». Il y a cinquante ans, le président John Kennedy avait donné pour but à notre nation d'envoyer un homme sur la lune et de le ramener sur terre en vie. Ce défi a permis à l'Amérique de donner le meilleur d'elle-même. Nous avons besoin d'objectifs qui soulèvent l'assentiment de tous, mais un objectif qui n'est pas suivi d'action n'a aucune chance de se réaliser, tout comme une loi qui n'obtient pas la majorité des voix à la Chambre et au Sénat n'est jamais promulguée. Ce soir, je propose un plan d'action à l'Amérique ; ce soir, je me pose en leader du parti Vert, un parti politique composé de démocrates, de républicains et d'indépendants qui veulent mettre fin à notre dépendance vis-à-vis des énergies fossiles pour les remplacer par des énergies propres.

Des applaudissements frénétiques... Les caméras se braquent vers les personnalités en vue qui discutent entre elles, surprises, sans doute, par les déclarations de leur candidat.

— Chaque candidat qui sera prêt à soutenir ce programme devront se déclarer candidat vert avant le 15 septembre. Ainsi, nos hommes politiques seront tenus responsables et devront se plier à la volonté du peuple américain. Ne faites aucune erreur, chacun de vous sera responsable lui aussi, car chaque électeur aura le devoir de voter. L'inaction est inexcusable lorsque la survie de notre pays est en péril. En bons Américains, nous aimons notre patrie, et si vous aimez vraiment cette grande et superbe nation, le 8 novembre, vous aurez votre chance : un bulletin de vote qui permettra d'agir. Ensemble, nous pouvons corriger nos erreurs, et nous pouvons le faire efficacement. Mes compatriotes, laissez-moi être votre mulligan !

Sur l'écran de Jennifer, les trois aiguilles de couleur montent jusqu'en haut de l'échelle, tandis que l'arène se lève dans un concert d'applaudissements sur l'air des Who, *I'Won't be Fooled Again*[1].

Océan Atlantique, 12 miles nautiques au nord-est de Portland, 4 h 28 (GMT – 5)

Les reflets de la lune dansent dans la houle sous la proue du bateau. Ace s'étire sur le siège du barreur, profitant de la tranquillité de l'instant.

Ils ont passé deux semaines en mer à suivre la côte du Labrador vers le sud, en direction du détroit de Belle Isle, puis en longeant le Québec et en traversant le détroit de Cabo avant d'entrer dans les eaux agitées de Nouvelle-Écosse.

Dick s'est servi des éléments naturels et du mal de mer d'Ace, pour lui donner un entraînement militaire.

— Lorsque je t'ai plongé dans l'eau, tu étais trop concentré sur la manière de soulager ta douleur. Il aurait été trop facile de t'extraire des informations.

— Je n'avais rien à cacher.

— Et si les Saoudiens te capturent ? Si tu veux que ton plan à la noix ait une chance de succès, il va falloir que tu croies en ton alibi et que tu tiennes le plus longtemps possible.

— Et comment je m'y prends ?

— Tu dois t'entraîner à placer ton esprit dans un endroit qu'ils seront incapables d'atteindre. Tu dois dissocier ton esprit de la torture physique.

1. « On ne m'aura plus ! » (NdT).

— Torture… à quoi tu penses, exactement ?

— Je ne vais pas te mentir. Si ces types te font prisonnier, la mort, c'est ce qui pourrait t'arriver de mieux. Les militaires chiliens, financés par les États-Unis, mettaient leurs prisonniers au supplice avant de les tuer. Décharges électrique ou acide sur les parties génitales, baïonnettes enfoncées dans l'anus ; des parties du corps mutilées ou percées, des doigts, la langue ou les oreilles arrachées… Les femmes sont violées sous les yeux des membres de leur famille, on leur met des rats dans le vagin ou dans la bouche…

— Arrête !

— Je te raconte tout ça pour te préparer. Tu es venu me voir avec une couverture pleine de trous. Tu n'avais pas le bon accent et pas la moindre connaissance de base. Il faut que tu bosses, Ace. Tu dois connaître ta nouvelle identité sur le bout des ongles. Si on t'appelle « Ace » à l'autre bout de la pièce, il faut que tu sois conditionné pour ne pas tourner la tête. Il faut que tu deviennes une nouvelle personne. Parce que, s'ils arrivent à démasquer la ruse, ils te feront subir le supplice. Ils te garderont en vie, jusqu'à ce qu'ils t'aient extirpé tout ce qu'ils veulent savoir. C'est pour cela qu'il faut que je te prépare. Si tu demandes la vie sauve, tu es mort. Mais s'ils pensent que tu veux mourir, ils ne te tueront pas. C'est de l'esprit de contradiction pur et simple, pourtant ça s'avère souvent vrai.

La tactique de la peur avait fonctionné. Ace avait étudié, s'était créé des souvenirs avec sa nouvelle personnalité, avait répété comment il devait se présenter à la douane, la manière dont il s'introduirait dans la banque saoudienne, ce qu'il dirait, comment il réagirait. Sachant que sa fausse identité ne résisterait pas à un interrogatoire poussé, avec l'aide de Lawrence, il avait trouvé une bonne raison de demander l'aide d'un banquier saoudien. Son nouvel alibi était plus solide, et son entraînement lui donnait un peu de confiance en lui, comme vingt ans plus tôt, sur le terrain de football. Au bout de quinze jours, il se sentait prêt pour affronter le « Superbowl ».

***

L'horizon flamboie tandis que le soleil se dirige vers l'aube. Des mouettes crient au loin, on aperçoit de nouveau la ligne de la côte. Ils seront à Gloucester, Massachusetts, avant midi, ce qui laissera à Ace amplement le temps de prendre un taxi pour l'aéroport de Logan. La réservation est prise au nom de Stephen Murphy, un billet touristique, via la France. Il a réservé une chambre d'hôtel à Paris pour deux jours. Les associés de Dick Lawrence à Paris ont organisé une rencontre avec un homme d'affaires français qui connaît le directeur de la banque nationale à Riyad.

Dans cinq jours, Ace Futrell retournera dans le royaume d'Al Saoud pour se lancer dans le match le plus important de sa vie.

*

Une enquête fédérale concernant les comptes bancaires de l'ambassade saoudienne à Washington a retrouvé plus de vingt-sept millions de transactions « suspectes », parmi lesquelles des centaines de milliers de dollars versés à des organisations caritatives musulmanes, à des institutions financières et à des étudiants saoudiens particulièrement surveillés pour leur participation éventuelle à des activités terroristes. On a également dénombré de multiples transferts électroniques outre-mer, effectués par l'ambassadeur aux États-Unis, le prince Bandar Ben Sultan. Ces transactions ont incité Riggs of Washington, la banque de l'ambassade saoudienne de longue date, à renoncer à son ancienne clientèle de l'ambassade, car les Saoudiens n'avaient pas réussi à « fournir une explication satisfaisante » déclare une source proche de l'événement.

Newsweek, 12 avril 2006

Les Saoudiens sont très actifs à tous les niveaux de la chaîne du terrorisme, de la planification au financement, des cadres dirigeants aux hommes de main, des idéologues aux prosélytes. L'Arabie Saoudite soutient nos ennemis et attaque nos alliés.

Laurent Murawiec, Analyste, Rand Corporation

*

Chapitre 30

L'Iran menace le monde de représailles, avec l'appui du Hezbollah

Associated Press, 28 août 2012

Les tensions entre le Moyen-Orient, les États-Unis et l'Iran continuant à monter, les experts de la Sécurité du territoire craignent que les nouvelles capacités de l'Iran en matière d'armement nucléaire ne donnent lieu à des attaques sur le sol américain.

« L'Iran apporte son soutien au Hezbollah, basé au Liban, qui a, tout comme Al-Qaida, des cellules aux États-Unis, a déclaré Patrick Blanchard, un des directeurs du service antiterroriste. Le gouvernement iranien considère le djihad comme une extension de sa propre politique intérieure. Contrairement aux attentats du 11 septembre, qui ont demandé une organisation complexe, un ou deux hommes armés de dispositifs nucléaires pourraient être déployés sans que cela exige de grande préparation.

Le président Prescott a abordé ce sujet dans son discours d'hier à Cleveland. « Nous vivons une époque dangereuse. Je crois que le public américain comprend pourquoi les deux dernières administrations républicaines se sont montrées aussi intransigeantes face au terrorisme, et ce n'est pas le moment de relâcher notre effort. À mes yeux, rien n'est plus important que la sécurité de notre pays, et je considère que concentrer toute son attention sur les problèmes de l'énergie comme le fait mon adversaire est une grave erreur. Si je crois, moi aussi, à la nécessité d'investir dans les énergies propres, je pense que nous n'avons pas droit à un "mulligan" lorsqu'une bombe nucléaire ou une bombe sale explose. Je crois qu'en novembre la plupart des Américains auront envie d'élire à la Maison-Blanche un homme qui protégera leurs familles et non un bâtisseur de moulins à vent. »

Washington, 29 août 2012

Gary Schafer, le directeur du FBI, avance dans le parking de la boutique de beignets, vérifie qu'il est toujours en avance et entre.

Un peu plus loin, Elliott Green gare sa voiture le long du trottoir. Depuis onze jours, l'agent du FBI suspendu suit Schafer à la trace. Aujourd'hui, pour la première fois, le directeur a quitté son boulot pendant les heures de travail, et sûrement pas pour s'empiffrer de sucreries !

Quelques instants plus tard, Schafer sort de la boutique, un café à la main. Au lieu de retourner à sa voiture, il se dirige vers la cabine téléphonique installée sur la façade extérieure du bâtiment de briques.

Bingo ! Le cœur battant, Green sort une petite antenne parabolique de la taille d'un petit frisbee, par la vitre du passager. Le dispositif électronique collecte les sons, les amplifie et les dirige vers le petit micro ultra sensible, au centre de la parabole. Elliot met les écouteurs sur ses oreilles pour écouter la conversation, tout en l'enregistrant simultanément.

— C'est moi. Où on en est ?

Une pause.

Green attrape son appareil photo de sa main libre et règle le téléobjectif. Rapidement, il prend quelques clichés.

— Pourquoi ce retard ?

Une pause.

— Maintenant, cela n'a plus d'importance. Les pouvoirs en place parlent d'avancer la date.

Pause.

— Parce que notre ami est à la traîne dans les sondages, voyons, tu ne lis pas les journaux ou quoi ?

Longue pause.

— Six semaines, neuf au maximum. Tiens-toi prêt. Je t'appelle la semaine prochaine pour te faire part de leur décision.

Green rassemble son matériel, tandis que Schafer remonte dans sa voiture et sort du parking. Il attend encore trente secondes avant de courir vers la cabine téléphonique. Il compose un numéro.

— Green, Elliot. Matricule 155-16533-17. J'ai besoin du dernier numéro composé à partir de cette cabine et de l'adresse correspondante.

Aéroport international de Riyad, Arabie Saoudite - 1er septembre 2012

Le vol Air France entame sa descente au-dessus du gigantesque désert brunâtre, avec, à sa périphérie, les pentes escarpées de la montagne de Jabal Tuwaiq. Au loin, l'oasis de béton et de verre de l'aéroport international du roi Khalid s'étend sur deux cents kilomètres carrés de plaine.

Ancienne ville du désert, Riyad est aujourd'hui la plus grande ville d'Arabie Saoudite. La capitale de la nation s'enorgueillit d'avoir les plus grandes universités du pays : l'université du roi Saoud, et l'université islamique de l'imam Muhammad Ibn Saoud, ainsi que le plus grand centre médical du pays. Riyad héberge également la Saudi Arabian Monetary Agency (SAMA), qui fonctionne comme une banque centrale et joue le rôle d'autorité financière.

L'avion se pose et roule lentement vers son terminal. Ace prend son attaché-case rangé dans le compartiment au-dessus de sa tête, suit les autres passagers sur la passerelle moquettée avant de descendre l'escalier mécanique qui mène aux douanes et aux guichets de l'immigration. Le soleil filtre par le gigantesque toit composé de soixante-douze panneaux triangulaires. De l'eau coule en cascade sur des fontaines carrelées avant de retomber dans de grands bassins. Des figuiers poussent dans les jardins intérieurs. Plus de sept cent cinquante plantes et trois cents variétés d'arbres, de buissons et de fleurs ont été importées pour décorer le terminal, le centre commercial et les boutiques ainsi que la mosquée capable d'accueillir cinq mille fidèles. On se croirait au jardin d'Éden !

— Vous êtes ici pour les loisirs ou les affaires, monsieur Murphy ?

— Les deux, j'espère.

On lui tamponne son passeport, l'agent des douanes l'autorise à aller chercher ses bagages. Le chauffeur de la limousine l'attend, avec une pancarte sur laquelle est écrit « Stephen Murphy ».

Vingt minutes plus tard, ils sont sur l'autoroute, en route pour le centre-ville de Riyad.

***

— Bon sang ! Pourquoi tu m'appelles ?

Scott Santa est assez fier d'avoir fait monter la pression sanguine de David Schall.

— Notre ami vient juste d'arriver à Riyad. Je pensais que tu aimerais le savoir.

— Quoi ? Un instant… reste en ligne.

Santa entend le directeur de la CIA qui passe dans une autre pièce, pour plus de discrétion.

— Tu en es sûr ?

— Tu as oublié ? J'ai toujours des gens qui travaillent à la douane. Il voyage sous pseudo, avec un passeport canadien. Les nouvelles caméras de sécurité ont analysé son visage, et j'ai eu une réponse positive à une alerte que j'avais placée en mars. J'ai demandé à mon contact de le laisser passer.

— Pourquoi diable ?

— S'il tient toujours à me retrouver, je préfère savoir où il est !

— C'est un électron libre. Je te conseille…

Le Russe américain ferme son téléphone portable, coupant le sifflet au directeur de la CIA irrité. Installé dans le hall de l'hôtel Intercontinental de Maazar Street, Santa observe avec un amusement secret Ace Futrell qui s'enregistre à la réception.

***

— Bienvenue à l'Intercontinental, monsieur Murphy. Votre chambre est au septième étage. Tous les frais sont déjà réglés. Puis-je faire quelque chose pour vous ?

— Oui, j'attendais un paquet.

L'employé fouille sous son bureau, lui tend une enveloppe de Federal Express qui contient le CD-ROM sur lequel est gravé le ver Promis.

— Voilà, monsieur. Bon séjour.

GARY, INDIANA
1ER SEPTEMBRE 2012

Située sur les rives sud du Lac Michigan, à quarante kilomètres de Chicago, la ville de Gary doit son nom à Elbert H. Gary, le président d'U.S. Steel, bien qu'elle soit surtout connue pour être la ville natale de la famille de Michael Jackson.

Mitchell Wagner, l'ancien coéquipier d'Ace, est vice-président des Gary Southshore Railcats, une petite équipe régionale de baseball inscrite à la ligue du Nord, qui fait autorité dans les états du Middle West et les provinces canadiennes de Manitoba et de l'Alberta. Wagner introduit Leigh et Sammy Futrell dans son bureau, dont la porte vitrée donne sur le stade de l'US Steel Yard où s'entraînent les Railcats, d'une capacité de six mille places.

— Bon, ce n'est pas le Yankee Stadium, mais on s'y amuse bien. Vous pourrez regarder les matchs d'ici ou des places réservées. Qu'en penses-tu, Sam ? Je peux même te pistonner pour un poste de ramasseur de balles.

— Je veux rentrer chez moi.

Leigh prend son petit frère dans ses bras.

— Quand est-ce qu'on va renter ?

— On en a déjà parlé. Dès que ton papa me dit que tout est OK, je vous colle dans le prochain avion pour New York. En attendant, il faudra prendre votre mal en patience.

— Et l'école ? La rentrée est dans quelques semaines.

— J'embaucherai un précepteur. Mais je suis sûr que votre papa reviendra bientôt.

— Et s'il ne revient pas ?

Leigh fixe Wagner qui lui aussi se montrait hésitant à propos de ce statut de tuteur légal qu'Ace venait de lui assigner, sur un coup de tête.

— S'il arrive quelque chose ? S'il ne revient jamais ?

Sam verse quelques larmes.

— Je dois jouer avec les poussins. Moi et Matthew Cubit, on est déjà dans les titulaires.

— Les Bears ! J'ai des billets pour toute la saison.

Wagner fouille dans son tiroir et en tire une enveloppe.

— Sam, tu pourras venir avec moi. Qu'est-ce que tu en dis ? Et Leigh, madame Wagner t'emmènera faire du shopping. Tu es déjà allée à Chicago ? C'est une grande ville, avec des musées et des tas de centres commerciaux. Ça te dirait ?

Sam s'essuie le visage.

— J'aime pas les Bears. Je préfère les Jets.

— Les Jets...

Wagner consulte le calendrier de la saison.

— Euh, on ne joue pas contre les Jets, cette année. Et les Packers ? Ou les Vikings ?

L'enfant renifle.

— Un instant. Et les Giants ? Regarde là, les Bears contre les Giants de New York, et c'est un lundi soir. C'est bien, non ? Tu seras sans doute de nouveau avec ton père, mais disons qu'on ira, tous les quatre. On passera la journée en ville, et ensuite, grande soirée football. Tu les aimes bien, les Giants, Sam ?

Sam regarde sa sœur qui hoche la tête.

— Parfait !

Wagner entoure la date, se demandant quand le père des enfants virera les fonds promis... ou s'il est toujours en vie.

National Commercial Bank
Khalid Ben Waleed Street, Riyad, Arabie Saoudite
3 septembre 2012 – 10 h 27, heure locale

Fondée en 1953, c'est la première banque installée en Arabie Saoudite, en application d'un décret royal édicté par feu le roi

Abdulaziz Ben Abdul Rahman Al Saoud. Avec près de deux cent soixante-dix agences et un capital supérieur à 1,6 milliard de dollars, c'est l'institution financière la plus puissante du Moyen-Orient.

Comme la plupart des agences de la NCB, celle de Riyad est séparée en quatre secteurs distincts. Le bâtiment comprend un vaste hall, équipé de services électroniques qui permettent aux clients de faire des dépôts, des retraits ou de payer leurs factures. La deuxième section est réservée aux clients privés de la banque ; la troisième est ouverte aux clients occasionnels, et la dernière est celle où doivent se rendre les femmes.

Ace pénètre dans l'immeuble climatisé, le dos de sa chemise déjà trempé de sueur sous son costume fauve. Il donne le nom de Stephen Murphy à la réception et prend un siège dans le hall, en gardant son attaché-case à côté de lui. Il se sent plus excité que nerveux.

Dix-sept minutes s'écoulent avant que l'assistant, M. Ibrahim al-Kuwaiz, vienne l'accueillir. L'homme robuste, à la barbichette grisonnante et aux sourcils broussailleux, conduit Ace dans son bureau personnel.

Ace referme la porte derrière lui et repère aussitôt le terminal de l'ordinateur.

— Donc, monsieur Murphy, je crois savoir que vous connaissez notre ami et client, M. Daniel Pernini.

— Disons que c'est un partenaire. M. Pernini m'a dit le plus grand bien de votre établissement. Ma société envisage d'étendre son activité au golfe Persique, mais je voudrais discuter de certains points auparavant.

— Comme ?

— Tout d'abord, j'aimerais savoir si vous pouviez me créer un compte immédiatement.

Ace lui tend un chèque d'entreprise en blanc, avec les codes banques et le numéro du compte imprimé en bas.

Al-Kuwaiz entre ses informations personnelles sur l'ordinateur ainsi que les données qu'Ace vient de lui communiquer.

— Hum. Yankee Clipper Products. Qu'est-ce que vous vendez, monsieur Murphy ?

— Vous avez entendu parler des Yankees, l'équipe de baseball de New York ? Eh, bien, c'est nous qui fabriquons tous les produits dérivés. Les souvenirs, les programmes… Deux milliards par an.

Ace ouvre sa mallette et en sort une casquette des Yankees.

— C'est pour vous.

— C'est très aimable.

Le directeur la repousse sur le côté.

— J'ai un autre présent. Quelque chose de très particulier. J'aimerais avoir votre opinion. C'est très important. Le directeur de la banque à Paris a beaucoup aimé, mais les goûts saoudiens ne sont pas toujours identiques à ceux de l'Occident.

Ace sort un paquet de chewing-gums à l'effigie des Yankees. Il en tire un et le propose à M. Al-Kuwaiz.

— C'est un nouveau parfum. Essayez-le, dites-moi ce que vous en pensez.

— Je ne suis pas très porté sur les chewing-gums.

— Vous êtes un homme d'affaires, malgré tout. Quelques mâchonnements et vous avez l'haleine la plus fraîche de toute la banque.

Al-Kuwaiz le déballe. Il hésite un instant et met le rectangle jaune dans sa bouche. Sa barbiche se tortille pendant qu'il mâche.

Ace regarde les paupières qui commencent à s'alourdir, la mâchoire qui s'arrête à mi-mouvement. Le chewing-gum est mêlé à de la burundanga, une poudre soluble mieux connue en Colombie sous le nom de « poussière de zombie ». Fabriquée à partir de *brugmansia*, c'est l'une des drogues les plus dangereuses, car elle laisse ses victimes dans une sorte de coma virtuel et les rend incapables d'enregistrer le moindre souvenir avant que l'effet ne se dissipe, quelques heures plus tard.

— Monsieur Al-Kuwaiz ?

Pas de réponse.

Ace sort le CD du coffret orné de la jaquette des tubes de John Lennon, ainsi que l'almanach des Yankees. Il approche sa chaise de celle d'Al-Kuwaiz, feint de lire le texte au directeur comateux pendant que ses yeux restent braqués sur l'ordinateur. D'un geste leste, il se penche sous le bureau, ouvre le plateau du CD. Il y place le disque qui contient Promis et referme le tiroir.

Une commande en arabe apparaît à l'écran. Il fait un double-clic sur la souris et attend, le cœur battant, que la barre d'achèvement des tâches lui signale que le téléchargement est en cours.

Ace regarde sa montre : 10 h 38.

Penché sur l'almanach des Yankees comme si c'était le Coran, il feint de signaler des passages-clés à son zombie arabe, en priant silencieusement pour que la barre progresse plus vite… sans se rendre compte qu'au-dessus de sa tête, une caméra de sécurité accrochée au plafond enregistre toute la scène.

***

Portant des lunettes noires et un Panama beige, Scott Santa entre dans la banque. Il sourit au réceptionniste en feignant de signer le registre et s'arrête sur le nom de Stephen Murphy.

— Monsieur, puis-je vous aider ?

— Oui, mais je dois me brancher à l'Internet d'abord.

Le réceptionniste le guide dans un box libre, le long du mur d'en face.

— Il est à votre disposition.

***

« … et George Steinbrenner fut finalement forcé de vendre l'équipe après avoir agressé physiquement le directeur à la suite d'une défaite sévère face aux Red Sox. Bien sûr, ce fut aussi la dernière année où nous avons eu la chance d'être qualifiés pour les demi-finales, si bien que tout le monde voulait le retour de King George… »

Ace regarde de nouveau sa montre : 11 h 14. Il a les yeux fixés sur la barre qui atteint enfin les 100 %.

L'écran s'éteint, l'ordinateur redémarre.

— Oui, c'était très intéressant, mais je dois vraiment y aller.

Ace reprend son CD, qu'il glisse dans les pages de l'almanach, attrape son attaché-case et sort du bureau.

Tous les ordinateurs de la banque ont redémarré, agaçant personnel et clients. Ace s'efforce de ralentir en arrivant dans le hall et quitte la banque…

… suivi par l'assassin de sa femme.

Ace s'éloigne de l'entrée et bifurque à droite. Il marche le long d'un immeuble et tourne au coin tandis que ses doigts cherchent le CD-Rom dans l'almanach. Il s'arrête et l'écrase volontairement, le brisant en une dizaine de morceaux. Il ramasse les éclats et les jette tous, sauf un, dans une poubelle proche avant de héler un taxi.

***

En moins de vingt minutes, il est de retour à l'hôtel Intercontinental, encore tout tremblant sous l'excès d'adrénaline. Sa vessie le turlupine pendant qu'il traverse le hall pour rejoindre les ascenseurs. L'ascenseur se remplit, s'arrête pour laisser sortir d'autres résidents et le conduit enfin au septième étage. Il ouvre sa chambre, se précipite à la salle de bains pour se soulager, enlève son costume et enfile des vêtements plus confortables. Il range son costume dans son sac, jette le dernier morceau du CD-ROM dans les buissons par la fenêtre ouverte et sort de la chambre.

Il n'y a aucun taxi devant l'hôtel. Il fait un signe à un employé et attend en s'appliquant à observer à la lettre les conseils de Dick Lawrence. Ne te précipite pas ! Fonds-toi dans la masse.

Un taxi s'arrête devant l'entrée de l'hôtel. Ace attend que le couple d'âge mûr descende avant de monter et de claquer la portière.

— À l'aéroport, s'il vous plaît.

Le taxi se faufile dans la circulation.

Mon vol dans moins de deux heures. Passer la douane, prendre un sandwich en vitesse et embarquer. Dans trois heures, Paris. Et ensuite home, sweet home. Non, merci, j'ai déjà été vacciné contre la grippe aviaire et j'ai fait une allergie. Bon, si vous n'y voyez pas d'inconvénients, j'aimerais retrouver mes enfants.

Demain, à trois heures de l'après-midi, tu seras à New York, avec un peu de chance juste à temps pour passer ta petite annonce dans les messages personnels du *New York Times* :

Game over, score sept à trois. Wagner appellera la cabine à 19 h 30, heure de New York. N'oublie pas le mot de passe, donnant le OK. Mercredi soir, Leigh et Sammy seront de nouveau dans mes bras… et ensuite, la rançon du succès !

Il fredonne une vieille chanson de Diana Ross… « Back in my arms again… »

— Quelle compagnie, Monsieur ?

— Air France.

Le chauffeur le dépose au terminal international. Il traverse le jardin d'Éden et se place derrière la longue file de la douane.

Vingt-cinq minutes s'écoulent. Il devient très nerveux.

Et si on découvre le directeur de la banque avant que l'effet de la drogue ne se dissipe ? Tu aurais peut-être dû passer par Jeddah ? Ou traverser la frontière israélienne ? Non, trop dangereux.

— Passeport, s'il vous plaît.

Ace présente son passeport.

— Merci, monsieur. Vous avez été sélectionné au hasard pour un contrôle de sécurité. Si vous voulez bien suivre l'agent et vous rendre salle numéro six.

Au hasard. Pas de panique. Cela m'arrive tout le temps.

Il suit l'officier des douanes et entre dans la pièce bien éclairée.

Cela arrive tout le temps à Ace Futrell… pas à Stephen Murphy !

Ils sont quatre. La barbe du policier de la *mutawa*, la police religieuse, est longue, sa robe blanche, dix centimètres trop courte. Les trois autres sont des agents saoudiens. Il ne voit pas le cinquième, celui qui lui assène un coup sur le crâne.

*

Vous nous volez nos richesses et notre pétrole que vous achetez à un prix dérisoire en usant de votre influence internationale et de votre force de persuasion militaire. C'est véritablement le plus grand pillage que l'Histoire du monde ait jamais connu.

Oussama Ben Laden, « Lettre au peuple américain »

Le président Bush et le vice-président Dick Cheney auraient autorisé le conseiller personnel du vice-président (I. Lewis Libby) à réagir face aux critiques de certains membres du gouvernement sur la politique menée en Irak en divulguant des informations confidentielles à des journalistes, si l'on croit le témoignage de ce dernier devant la Justice, dans l'affaire des fuites à la CIA.

Associated Press, 6 avril 2006

L'extrémisme, il n'y a rien de plus simple… il suffit d'aller assez à droite pour rencontrer exactement les mêmes imbéciles que ceux qui viennent de la gauche.

Clint Eastwood

*

Chapitre 31

Philadelphie, Pennsylvanie,
4 septembre 2012 – 16 h 27 (GMT – 5)

Le centre industriel est situé sur Grant Avenue, le grand axe nord-est de Philadelphie qui mène à l'aéroport national. Comme tous les autres, le bâtiment 22 est un immeuble d'affaires de trois étages de brique sombre, divisé par de rares fentes rectangulaires étroites qui servent de fenêtres.

L'étage supérieur du 22 a été entièrement loué à une certaine « Fondation Johnson ». La plaquette de présentation affirme que cette association est destinée à « unir les efforts de tous les pays du monde, pour mettre un terme à la souffrance des enfants ». On voit une photo d'un enfant africain mal nourri au ventre ballonné en première page, et une adresse au dos, où les contributeurs peuvent adresser leurs dons, déductibles des impôts. En revanche, le montant du capital n'est pas précisé, pas plus que la liste des bénéficiaires.

Charles Wallace, connu de ses employés sous les initiales CW, inspecte le « Toril », sept rangées de huit terminaux d'ordinateurs. Chaque poste est administré vingt-quatre heures sur vingt-quatre, par trois équipes d'ingénieurs en informatique. L'équipe d'« ouverture », celle du matin, crée de nouveaux comptes en banque dans diverses institutions financières, situées dans des pays qui ne sont pas marqués d'une croix rouge. Les hommes de l'équipe d'après-midi placent des petits capitaux d'amorçage, qu'ils font aller et venir, afin d'animer le compte. L'équipe de « fermeture », qui travaille la nuit, relie des séquences aléatoires de comptes les unes aux autres, qu'ils envoient aux « liquidateurs » (situés dans un autre bâtiment) qui s'arrangent pour que les « donations » parviennent à leur destinataire final.

Chaque ordinateur est doté d'une petite boîte noire de la taille d'un paquet de cigarettes. En cas de problème, Wallace compose un numéro préprogrammé sur son téléphone cellulaire, ce qui efface instantanément tous les fichiers de la base de données de chacun des ordinateurs.

Au rez-de-chaussée du bâtiment 22, deux étages en dessous de la Fondation Johnson, se trouve l'agence Brewer Travel. Elle a tout juste de quoi occuper son seul agent de voyage, Betti Fortier, âgée de quarante ans et mère de quatre enfants. Betti apprécie les horaires allégés et le bon salaire, mais elle se demande jusqu'à quand sa patronne pourra se permettre de garder l'agence ouverte. La faiblesse du chiffre d'affaires ne semble pourtant pas gêner Lynn Brewer, qui passe presque tout son temps devant l'ordinateur de son propre bureau, à boire du Pepsi light à la vanille derrière ses rideaux vénitiens fermés.

Brewer, qui se définit comme une Irlandaise hyperactive et solide, est une ancienne analyste informatique qui a passé les dix dernières années à aller d'un sous-traitant pour la défense à un autre, en fonction de la paie qu'on lui offrait. En vingt ans, elle a à peu près tout fait, de l'écriture des programmes à la chasse aux pirates, mais elle est surtout spécialisée dans les systèmes bancaires. Depuis vingt-trois jours, la « Reine du Cobol » administre Promis et attend que le programme espion qu'elle a conçu fasse surface. À 16 h 53, son ordinateur émet un bip.

— Yesss !

Elle repousse le roman de quatre sous qui lui fait passer le temps et tape rapidement une série de mots de passe et de commandes.

L'écran change d'apparence et fait défiler des listes de données entrantes.

Un sourire de satisfaction sur les lèvres, Brewer compose un numéro.

— Monsieur Keene ? C'est Lynn Brewer, de Brewer Travel. Si vous êtes toujours intéressé par le voyage à Maui, il ne faudrait pas tarder, le prix des vols est en train de flamber.

Centre d'interrogatoire de Mabaheth, Riyad, Arabie Saoudite

La cellule n'a aucune fenêtre. Une ampoule nue pend au plafond, au-dessus d'une table de bois et de quelques chaises pliantes. Le dos droit, Ace est assis les bras derrière le dossier, les mains menottées. Il a encore très mal à la tête, là où le bâton l'a frappé. La chaise est maculée de sang séché. On lui a ôté ses chaussures et ses chaussettes, il a les pieds nus sur la table, retenus dans des entraves.

Un garde est penché derrière lui, appuyé sur une épaisse canne de bambou. Le policier continue de le harceler de questions.

— Pour qui travaillez-vous, monsieur Murphy ?

— Je vous l'ai déjà dit. Je fais pas mal de trucs. Le pétrole, une société de produits dérivés.

— Que faisiez-vous à la National Bank ?

— Je lance une nouvelle ligne au Moyen-Orient. Un ami m'a conseillé de transférer une partie de mes biens dans cette banque. C'est un crime ?

— Qu'avez-vous fait au directeur, M. Al-Kuwaiz ?

— Rien. On discutait lorsque tout d'un coup, il est tombé sur moi. Il a fait une crise cardiaque ?

Le policier hoche la tête. Il avance de quelques pas. Il sourit à Ace tout en lui frappant la plante des pieds avec sa canne.

Ace sursaute et hurle de douleur, son corps est pris de convulsions.

L'enquêteur poursuit calmement.

— Vous avez inséré un CD dans l'ordinateur. Qu'est-ce qu'il contenait ?

— Un jeu vidéo, des échantillons de ma collection. Il a… Il avait demandé à les voir.

De nouveau, le garde bloque les jambes d'Ace sur la table, la canne fouette la plante des pieds ; Ace hurle de nouveau, les os de ses doigts de pieds manquent de se briser sous les coups, il est au bord de la syncope.

— On appelle ça la *Falanga*. À côté de ce qui vous attend, ça a la douceur d'un baiser de femme. Qu'on soit bien clair, monsieur Murphy, vous êtes accusé d'espionnage, vous n'avez aucun droit, aucun avocat, et votre ambassade ne saura pas où on vous a emmené. Personne n'intercédera en votre faveur, et vous n'aurez pas droit à un procès. La sentence pour espionnage, c'est la mort par décapitation. Pour l'instant, vous avez deux possibilités : ou vous répondez à mes questions et vous vous évitez des souffrances épouvantables, ou vous continuez à jouer les idiots, et vous nous donnerez quand même les informations que nous voulons, au fur et à mesure que vous perdrez vos membres.

Ace crache un jet de salive mousseuse sur le sol.

— Je ne suis pas… un espion.

L'interrogateur l'attrape par les cheveux et le regarde dans les yeux.

— Très bien. Vous avez connu le paradis, monsieur Futrell, à présent, cela va être l'enfer !

Il fait un signe au garde.

— Lavez-le pour le transfert à Inakesh. Je le veux à Jeddah avant la nuit.

***

Le trajet dure six heures. Ace dort la plupart du temps. Le véhicule roule en direction de l'est, le long d'une route à deux voies qui traverse la plaine désertique. Dehors, il fait sombre, plus sombre que dans les pires cauchemars d'Ace.

Réveillé de force, perclus de douleur, il s'assied juste à temps pour voir les hauts murs de ce qui ressemble à un palais. Pourtant, lorsqu'ils s'approchent, il s'aperçoit que les murs sont en béton et qu'il s'agit d'une prison. Le lourd portail de métal s'ouvre, laissant entrer le fourgon. Les projecteurs de sécurité fendent la nuit du désert, tandis qu'ils escortent le véhicule qui s'engage dans le chemin circulaire vers l'entrée d'un immeuble rectangulaire à trois étages.

On fait sortir Ace du véhicule et on l'aide à monter les marches de granit de l'imposant immeuble de pierre. Les gardes, lourdement armés, le déshabillent. On lui jette un uniforme de prisonnier taché et on le conduit vers le couloir du sous-sol en bas d'un escalier de quatorze marches. Des ampoules nues sont accrochées au plafond du couloir qui pue la sueur et les excréments humains. Il se demande si les cellules, à droite et à gauche, sont occupées.

Ils s'arrêtent devant l'avant-dernière porte sur la gauche. Le garde ouvre la cellule, révélant une minuscule pièce d'un mètre cinquante de large sur deux mètres de long, aux murs de béton, avec un matelas nu sur le sol. Le lavabo, sans siphon, se vide directement dans le trou ménagé dans le sol. L'odeur des toilettes rudimentaires est oppressante.

Un gros anneau de métal est fixé dans le mur, près de la porte, à hauteur de chevilles. Le garde, un Bédouin à la peau sombre et à la carrure de lutteur professionnel, ouvre la menotte gauche d'Ace et l'attache à l'anneau de métal.

Il s'en va en claquant la lourde porte métallique derrière lui.

Le corps tremblant de peur, de manière incontrôlable, Ace Futrell se roule en boule sur le matelas moisi. Il ferme les yeux pour ne pas voir cette cellule froide, éclairée par une ampoule qui pend au plafond, à six mètres de haut.

Les sons cèdent la place à un lourd silence. Des pattes d'insectes grattent le sol, juste à côté de lui. Un moustique bourdonne tout près de sa tête. Des murmures en arabe lui parviennent vaguement par la trouée grillagée de la porte d'acier. Les sanglots des condamnés se mêlent aux gémissements des malades mentaux.

Ace est entré au purgatoire…

… l'enfer l'attend.

*

Nous détenions d'excellentes informations sur la structure générale de l'organisation terroriste Al-Qaida, ainsi que sur ses stratégies. Nous savions qu'Al-Qaida préparait un attentat de grande envergure et nous en avions averti les autorités.

James Pavitt, Directeur adjoint du service des opérations de la CIA

Oussama Ben Laden n'a pas compris que ses actions servaient les intérêts américains... Si l'on regarde la carte des grandes bases américaines créées pour les besoins de la guerre, il est saisissant de voir qu'elles suivent le parcours du projet d'oléoduc afghan qui devrait aller jusqu'à l'océan Indien. Si je croyais à la théorie du complot, je dirais que Ben Laden est un agent américain. Mais comme c'est loin d'être le cas, je peux seulement m'étonner de cette étrange coïncidence.

Uri Averny, ancien membre de la Knesset, désormais chroniqueur pour le journal israélien Ma'ariv, *14 février 2002*

*

Extrait
À la porte de l'enfer : mes excuses aux survivants

Par Kelli Doyle
Conseiller à la sécurité
de la Maison Blanche (2006-2010)

Les prémices du 11 septembre, l'invasion irakienne de 2003 et l'attaque nucléaire qui ne manquera de venir prennent tous leur source dans une même série d'événements convergents : l'arrivée de la crise du pétrole et la fin de la Première Guerre du Golfe.

En 1992, le président George H.W. Bush terminait son premier et unique mandat à la Maison Blanche, lorsque le sous-secrétaire d'État, Paul Wolfowitz, un jeune néoconservateur, révisa la première mouture d'une nouvelle politique intitulée « Defense Planning Guidance » (DPG). Rédigé, entre autres, par I. Lewis Libby, ce document détaillait la manière dont l'Amérique devait accroître son avantage militaire dans le monde entier, pour empêcher l'émergence d'une nouvelle superpuissance. Ce guide alla jusqu'au plus haut niveau des officiels du Pentagone, avant qu'une « fuite » dans la presse n'oblige le secrétaire à la Défense, Dick Cheney, à « adoucir » certaines positions. Les Alliés cités dans ce document et considérés comme des rivaux potentiels n'étaient guère heureux, si bien que le Congrès le qualifia de « hautement exagéré ». Avec une élection qui l'attendait, le président Bush refusa de l'implémenter.

Bill Clinton remporta la Maison Blanche et le document fut enterré par le nouveau gouvernement qui préférait réduire le budget de la défense, après la chute de l'Union Soviétique.

Au cours des six années suivantes, les rapports de contre-espionnage soumis à mon département à la CIA (le golfe Persique) finirent par me faire entrer dans la famille d'un groupe de néoconservateurs purs et durs, dirigé par Dick Cheney, Paul Wolfowitz, Richard Pearle, Jeb Bush et Donald Rumsfeld, tous membres d'une organisation appelée « Project for a New American Century » (PNAC). Se servant du DPG comme d'un document de base pour l'Amérique future, le groupe créa son propre manuel de stratégie militaire intitulé « Rebuilding America's Defense », « Reconstruire la défense de l'Amérique ». Critiquant le gouvernement Clinton pour avoir adhéré au traité de 1972 limitant le nombre de missiles balistiques et réduit le budget militaire, ce plan mettait en œuvre une stratégie à grande échelle, qui cherchait à profiter de la nouvelle position des États-Unis qui étaient devenus la seule superpuissance. Afin de bloquer tous les défis futurs, tout en réduisant la menace que posaient des nations comme l'Iran, l'Irak et la Corée du Nord, qualifiées plus tard d'« Axe du mal » par le président Bush, le rapport préconisait un renforcement immédiat de la puissance militaire, centré sur la modernisation et l'expansion des forces nucléaires, le développement de plateformes spatiales de missiles antimissiles, le redéploiement des bases dans le golfe Persique, l'augmentation du nombre des troupes et l'amélioration de leur efficacité. D'après ce document, les États-Unis ne devaient rendre de comptes à personne, ni à l'Otan, ni aux Nations unies, et devaient en permanence assurer la sécurité du golfe Persique.

Armés de leur programme militaire, les néoconservateurs visèrent les élections présidentielles de 2000 en engageant toute leur influence et leurs forces financières derrière George W. Bush. Avec l'aide de Jeb Bush, frère de George et gouverneur de Floride, et d'une Cour suprême conservatrice, les républicains réussirent à se débarrasser d'Al-Gore et à remporter la Maison Blanche.

Quelques mois plus tard, le vice-président, Dick Cheney, montait des réunions de travail secrètes sur l'énergie, avec les acteurs majeurs (et investisseurs) de l'industrie pétrolière et nucléaire. Lors de ces réunions, mon rôle consistait à fournir les cartes des gisements de pétrole et de gaz irakiens, à déterminer la position des pipelines, des raffineries et des terminaux. Bien sûr, il n'était pas seulement question de plans post-invasion. Ken Lay, de chez Enron, poussait le gouvernement à assouplir les normes antipollution dans l'industrie, alors que les cadres de l'industrie pétrolière, se partageaient le parc national Arctique comme s'il leur appartenait.

Mais le sujet qui passionnait tous les participants, c'était la mer Caspienne.

Après la chute du régime soviétique en 1991, les grandes compagnies pétrolières américaines, dont Texaco, Unocal, BP Amoco, Exxon Mobil, Shell et les centrales Enron, avaient dépensé des milliards de dollars en investissements (et pots-de-vin !) pour garantir leurs droits sur le pétrole et le gaz dans les pays d'Asie centrale, Turkménistan, Ouzbékistan, Kazakhstan. La clé, pour récolter ces réserves, qui restaient encore à évaluer mais devaient rapporter plus de six trillions de dollars au bas mot, c'était de construire et de sécuriser un pipeline qui traverserait l'Afghanistan et le Pakistan.

L'Afghanistan est un pays montagneux qui exporte essentiellement de l'héroïne. À l'époque, le pays était contrôlé par les barons de la drogue et les talibans, qui, avec l'aide de l'Arabie Saoudite, avaient pris Kaboul en 1996. Dix ans plus tôt, Oussama Ben Laden et ses adeptes avaient élaboré tout un système de grottes dans les montagnes, afin de mettre les Soviétiques en échec. Ce réseau, construit par le Binladin Group, d'Arabie Saoudite, avait été partiellement financé par la CIA.

En décembre 1997, des représentants d'Unocal rencontrèrent des représentants talibans au Texas, pour finaliser un contrat de pipeline d'une valeur de deux milliards de dollars. La condition : que les États-Unis reconnaissent le régime taliban. Malgré les requêtes du vice-président d'Unocal, le Congrès refusa. Peu après, Al-Qaida bombarda des ambassades américaines en Tanzanie et au Kenya. Le pipeline était parti en fumée.

Passons vite à mai 2001 : le vice-président Cheney publia son programme national pour l'énergie qui prévoyait que les États-Unis iraient chercher des « réserves de pétrole non traditionnelles » pour répondre aux besoins grandissants de la nation… même face à la résistance étrangère. Les forages de la mer Caspienne étaient loin de produire la quantité de pétrole et de gaz que les compagnies américaines avaient espéré, tandis que les négociations entre Unocal et les talibans, soutenus par Al-Qaida, étaient totalement rompues.

Comme nous l'avons signalé plus haut, l'Afghanistan est le plus gros producteur d'opium, la base de l'héroïne. On estime que les champs de pavots rapportent plus de cinq cents milliards de dollars par an, mais la drogue finit dans les rues américaines et occidentales, et les bénéfices sont éparpillés dans le système bancaire dans le monde entier.

C'est simple comme bonjour : la drogue finance des comptes truqués et la dette mondiale.

Au début 2001, les talibans ont décidé de répliquer et de frapper les économies occidentales en détruisant leurs propres champs d'opium. À la fin de l'été 2001, le Dow Jones était tombé en dessous de sept mille trois cents points. Tandis que les marchés financiers s'écroulaient, les services de renseignements du monde entier commençaient à nous prévenir de la possibilité d'une attaque imminente d'Al-Qaida sur le sol américain.

Le 2 août 2001, Christina Rocca, directrice du département des Affaires asiatiques, rencontra secrètement un ambassadeur taliban, sans réussir à boucler le contrat de pipeline. Trente-cinq jours plus tard, les avions percutaient le Pentagone et le World Trade Center.

L'Afghanistan fut envahi et le régime des talibans tomba en quelques mois. L'un des premiers gestes de la CIA consista à libérer de nombreux barons de la drogue qui acceptaient de « coopérer » avec les troupes américaines, qui, à leur tour, avaient pour consigne de détourner les yeux pendant que les champs de pavots refleurissaient. En un an, les exportations d'héroïne passèrent d'un petit cent quatre-vingts tonnes en 2001 à plus de trois mille sept cents tonnes en 2002. En 2003, la récolte atteignit des records, ce qui rapportait plus d'argent à l'Afghanistan que toute l'aide étrangère. Hamid Karzaï, un ancien employé d'Unocal, devint président, tandis qu'un autre cadre d'Unocal, Zalmay Khalizad fut nommé représentant des États-Unis en Afghanistan. Quelques mois plus tard, Bush, avec l'aide de ses conseillers néoconservateurs, usa de preuves fallacieuses pour relier les événements du 11 septembre à Saddam et ordonner l'invasion de l'Irak.

Automne 2012

Le cinquième ange sonna de la trompette. Je vis une étoile qui était tombée du ciel sur la terre. La clef du puits de l'abîme lui fut donnée. Elle ouvrit le puits de l'abîme. Il monta du puits une fumée comme la fumée d'une grande fournaise ; le soleil et l'air furent obscurcis par la fumée du puits.

Apocalypse **9**, *I-2*

*

Nous allons œuvrer pour aider l'Afghanistan à mettre en place une économie qui lui permettra de subvenir à ses besoins alimentaires.

Président George W. Bush, avril 2002. (La Maison Blanche avait omis de proposer un plan de financement pour la reconstruction de l'Afghanistan dans sa proposition de budget de janvier [oubli auquel le Congrès a remédié]. L'administration Bush n'a ensuite accordé que 40 millions de dollars de subvention au Département d'État sur les 75 millions de dollars qu'il demandait pour aider l'Afghanistan à lutter contre les narcotiques.

L'Afghanistan est aussi instable qu'avant l'intervention de la coalition américaine. À l'heure qu'il est… peu de choses laissent penser que la situation est en voie d'amélioration.

Tamara Makarenko, expert criminel d'Asie Centrale, Université de St. Andrews, en Écosse

L'Afghanistan a accru sa production d'opium de façon très significative en 2006 puisque celle-ci a accusé une hausse correspondant à près de 50 % de sa production de 2005, ce qui a porté la production mondiale à son niveau le plus élevé, selon un rapport des Nations unies. Les chiffres laissent penser que l'Afghanistan pourrait connaître une forte hausse de sa production en 2007.

Veronika Oleksyn, Associated Press

*

Chapitre 32

Paghman, Afghanistan, 5 septembre 2012

La ville de Paghman est située sur les collines des environs de Kaboul. Elle est dirigée *de facto* par Abdul Rabb al Rasul Sayyaf, un islamiste ultraconservateur, lié à des groupes extrémistes saoudiens. Ancien moudjahidine qui a combattu les talibans aux côtés des États-Unis, Sayyaf constitue aujourd'hui une force politique qui ramène l'Afghanistan à l'Âge de pierre. Pour l'Occident, il reste un homme d'influence susceptible de mener son pays vers une nouvelle constitution. En fait, ce n'est qu'un hors-la-loi qui décime son propre pays. Presque tout le système judiciaire afghan est à sa botte, tandis que ses sous-fifres extorquent et kidnappent les gens dans toute la région de Kaboul. Personnage-clé dont le président Karzaï en personne redoute la loi, Sayyaf prône une interprétation wahhabite de l'islam, enfermant les femmes sous les mêmes contraintes que celles imposées par les talibans qu'il a chassés du pouvoir. Devant les journalistes étrangers, il prêche les vertus de la démocratie pendant que ses hommes interrompent les mariages où l'on passe de la musique et s'en prennent aux citoyens qui écoutent des cassettes. Comme la famille royale saoudienne, il vit dans la plus totale hypocrisie, tout en s'offrant pléthore de serviteurs, de véhicules et de luxueuses demeures.

Tout cela va bientôt faire partie du passé.

Étourdi, Sayyaf chancelle dans le jardin, derrière les grilles du portail, une main ensanglantée tenant toujours le pistolet, l'autre accrochée à sa barbe épaisse. Les corps encore chauds des morts et des blessés sont toujours entassés dans la maison ; le sang inonde les tapis persans, macule le sol de céramique. Les cadavres sont ceux des malheureux serviteurs qui n'ont pas réussi à échapper à sa colère ou des lieutenants qu'il croit passés à l'ennemi depuis longtemps. Deux sont des Pakistanais, membres de l'ISI, les services d'espionnage, tirés de leur lit de bon matin, dès que la nouvelle du scandale financier a été annoncée.

Tout a disparu ! Près de deux cents millions de dollars vidés de ses comptes en banque, l'argent s'est littéralement évaporé. Est-ce un coup de Karzaï et des Américains ? Est-ce les Nations unies ?

Il a senti la présence militaire avant même d'entendre la première Jeep arriver. En quelques minutes, ils avaient cerné la maison pour le prendre vivant.

Sayyaf hausse les épaules à cette idée et ouvre le portail rouillé pour aller affronter les forces armées. Il vise le premier homme qu'il voit, déclenchant des tirs en rafale qui sifflent de tous côtés. Son corps lacéré entame une étrange danse avant de s'écrouler en une masse ensanglantée dans l'allée de pierre.

Ijamsville, Maryland

À cinquante kilomètres au nord de Washington, le Whiskey Creef Golf Club, l'un des soixante-douze terrains du championnat, propose à ses clients haut de gamme une vue magnifique sur les monts Catoctin, tandis qu'ils passent des fairways bordés de pins aux greens pittoresques.

Scott Swan y a invité James Raue et son fils aîné, Adam, président-directeur général d'une aciérie de Grand Rapids, dans le Michigan, ainsi que Jeffrey Allen, un des lobbyistes des assurances, qui travaille chez Mitchell, dans le Nebraska. Les quatre jouent les neuf derniers trous et posent leur tee sur le douze, un long fairway de quatre cent dix mètres, de par quatre, qui tourne vers la gauche.

Grâce à son prestige, et non à ses prouesses sur le dernier trou, le sénior Raue a l'honneur de frapper le premier. Il fait un coup saqué plutôt maladroit, la balle dévie au bout de cinquante mètres avant de disparaître dans les branches.

— Flûte !

— Prenez un mulligan, propose Scott, vous y avez droit !

— Oui, je crois... J'espère que je ne vais pas me transformer en démocrate pour autant !

Les autres rient à la plaisanterie.

Le téléphone de Scott vibre. Le cadre de chez Tech-Well va chercher l'appareil dans la voiturette et s'écarte du groupe pour répondre.

— Swan. Vaudrait mieux que ce soit important.

— C'est Brian Westly, à la banque. Euh, n'y aurait-il pas une information que vous auriez omis de me transmettre ?

— Westly, je suis un peu occupé...

— Vous venez de transférer quatre cent quarante-huit millions et vous êtes trop occupé pour...

Le cœur de Swan s'arrête soudain.

— Mais, qu'est-ce que vous me racontez ?

— Le transfert électronique de ce matin. Si c'était pour acheter des nouveaux 747 à vos amis arabes, vous n'aviez sûrement pas besoin d'autant de liquidités...

— Westly, qu'est-ce que...

Il marque une pause, sourit, et fait un petit signe amical au groupe avant de tourner le dos et de baisser la voix.

— Quel transfert ? Je n'ai autorisé aucun transfert.

— Quatre comptes de Carlyle différents. L'argent a été transféré avec votre autorisation et votre mot de passe.

— Je n'ai jamais demandé aucun transfert... Appelez Carlyle...

— C'est fait. Ils ne me l'ont pas dit ouvertement, mais il semblerait que d'autres comptes aient été ponctionnés également.

— Eh bien, Westly, vous feriez mieux de retrouver ce fric !

— L'argent a disparu. Nous avons suivi sa piste jusqu'à un

compte au Groenland, sur lequel il est resté environ deux nanosecondes avant de s'évaporer dans le cyberespace. Vous devriez revenir, Scott, c'est grave…

Jeddah, Arabie Saoudite

Dans cette cargaison, les filles, toutes américaines, ont moins de vingt ans pour la plupart, les plus précieuses en ont à peine douze. On les a plus ou moins droguées pendant le voyage en jet privé et on les a habillées avec des vêtements arabes suggestifs pour les faire défiler devant un groupe de princes saoudiens, choisis parmi les plus grands acheteurs d'esclaves de l'élite du royaume.

Si, à un moment de leur histoire, tous les pays se sont adonnés à l'esclavage, seuls l'Arabie Saoudite et une poignée de pays islamistes continuent à le pratiquer. L'islam ne condamne pas cette pratique, pas plus que les dirigeants des pays musulmans. Bien qu'il ait publiquement réprouvé le trafic d'êtres humains, le président Bush s'est toujours refusé à appliquer des sanctions contre l'Arabie Saoudite. Quant au président McKuin, il n'a pas même abordé le sujet pendant toute la durée de son premier mandat.

Pourtant, le trafic d'esclaves par les Saoudiens est parfaitement connu dans les cercles du pouvoir à Washington qui détournent pudiquement les yeux sur des crimes qui se perpétuent depuis que le roi Fahd et ses fils ont organisé leurs premiers réseaux pédophiles dans leurs demeures privées de Beverly Hills. Grâce à un réseau de pornographes et de maquereaux, des jeunes filles américaines et parfois de jeunes garçons sont recrutés par des agences de mannequins et des petites annonces de presse proposant des postes de danseurs ou d'accompagnateurs. On réalise alors des vidéos du sujet qui sont ensuite envoyées aux acheteurs potentiels. Les adolescents sélectionnés sont invités à faire des essais dans les hôtels ou carrément kidnappés dans les centres commerciaux, les boutiques de jeux vidéo et les autres lieux fréquentés par les adolescents. Quant aux plus jeunes, qui ont beaucoup plus de valeur, ils sont tout simplement enlevés sur le chemin de l'école. Avant même que la police locale ait le temps d'ouvrir un dossier de disparition d'enfant, on les embarque dans des jets privés saoudiens, où toute perquisition est interdite.

De nombreuses organisations de protection de l'enfance refusent d'admettre l'existence de cette activité, de peur de perdre leurs financements fédéraux. Lors des rares occasions, où un prince saoudien ou l'un des neveux du roi sont pris en flagrant délit, un représentant du département d'État intervient pour les libérer immédiatement, pour cause d'immunité diplomatique. Si par hasard, un des réseaux de la famille royale est démantelé, Washington évite toute poursuite aux suspects en leur accordant une immunité diplomatique rétroactive. Frustrés et furieux, les parents des victimes se heurtent aux obstacles posés par le département d'État qui contrôle toutes les enquêtes concernant l'Arabie Saoudite.

Les yeux fermés de Washington… un autre pacte avec le diable pour que le pétrole continue de couler à flots.

***

Il faut moins d'une heure pour que les jeunes filles soient choisies par leurs nouveaux maîtres. Les plus chanceuses finiront en épouses passives, la loi islamique permettant à un homme d'épouser ses esclaves. Mais auparavant, les princes doivent passer un accord avec la « banque ».

Le trésorier, un Bagowi étranger embauché par la famille royale pour faire le sale boulot, calcule la somme que lui doit le prince, puis accède à son compte en banque. Il fait une seconde tentative. Puis une troisième. Il pâlit. Le prince, un cousin du roi Sultan au second degré, s'impatiente.

— Quoi ?

— Votre altesse, je ne comprends pas… Vos fonds…

Le prince regarde l'écran. Son compte, normalement crédité de plus de sept cent quatre-vingt-deux millions, est tombé à zéro.

— Sale chien ! Qu'as-tu fait de mon argent ?

— Votre altesse… Je vous jure que je n'ai rien fait !

Fou de rage, le prince arrache le couteau d'un des gardes du palais et poignarde le trésorier dans le cou et la poitrine ; le sang éclabousse le sol de marbre poli.

PALM BEACH, FLORIDE

Le grand bâtiment administratif est situé au centre-ville sur une étendue de terre entre l'océan Atlantique et L'Intercoastal Waterway. Le quartier général des Citoyens pour une société verte, une association à but non lucratif, occupe l'essentiel du treizième étage.

De son bureau d'angle, Jennifer Wiener aperçoit une brume d'océan bleu dans le lointain. Elle lève rarement les yeux, tant elle est absorbée par la carte des États-Unis qui couvre tout un mur, avec des pointes de couleur représentant les candidats aux élections. Les vertes désignent les hommes politiques qui se sont déclarés membres du nouveau parti de Mulligan, les bleus, les démocrates et des républicains qui ne se sont pas encore engagés. Les rouges, ce sont celles des ennemis, les ultraconservateurs de droite ou les démocrates qui ont peur de se démarquer du centrisme.

Comme tous les jours depuis le début de sa mission à la mi-août, Jennifer étudie sa carte. Sur son bureau, les seize scénarios de deux pages, des spots publicitaires de soixante secondes, attendent d'être mis en production. Elle a collé au mur une liste de villes cibles ainsi que les tarifs des chaînes de télévision locales qui doivent les diffuser. Une photo d'elle et de Kelli, prise six ans plus tôt, trône en bonne place sur l'étagère, près de la fenêtre.

Il ne se passe pas un jour sans qu'elle ne parle à cette photo, pas une heure sans qu'elle ne pense à Ace, sans qu'elle se demande ce qu'il lui est arrivé et s'il est toujours vivant.

En silence, elle maudit sa cousine et lève les yeux lorsque son assistant, Collin Bradley, frappe à la porte. Bradley est un ancien officier de police du Capitole qu'elle a rencontré quelques années auparavant, lorsqu'il travaillait au Sénat. Comme il est autorisé à porter une arme à feu, Bradley lui sert également de garde du corps.

L'homme sourit.

— La banque vient d'appeler. Elle reçoit des virements électroniques. Par centaines.

Jennifer se tourne vers son ordinateur et se connecte à l'Internet. Elle vérifie le solde de son compte en banque.

Les dépôts arrivent rapidement, des virements de vingt à cinquante mille dollars pour l'essentiel, bien qu'elle repère au moins huit montants à six chiffres. En quelques instants, le solde dépasse les cinq millions de dollars.

— Contacte Ken Ashe, à Matchframe. Dis-lui de lancer les tournages. Ensuite, passe-moi les gens des filiales de la Fox et d'ABC à Cleveland.

Elle lui fait un clin d'œil.

— On dirait que le parti vert est lancé !

*

Les États-Unis condamnent la torture et prendraient les mesures qui s'imposent s'ils avaient connaissance de cas de torture ; ils n'ont pas transporté de détenus d'un pays à un autre pour les interroger sous la torture.

Condoleeza Rice, secrétaire d'État américaine

Pour moi, il ne fait aucun doute que la philosophie générale ainsi que la latitude accordée dans la mise en œuvre venaient du bureau du vice-président des États-Unis. Dans cette affaire, [le secrétaire à la Défense] Donald Rumsfeld et le ministère de la Défense qui ont été chargés d'appliquer les décisions n'ont été que des exécutants.

Larry Wilkerson, ancien colonel de l'armée de terre à la retraite, chef de cabinet de l'ancien secrétaire d'État Colin Powell, s'exprimant sur la politique des États-Unis face à la torture. CNN.com, 20 novembre 2005

Je peux vous faire un cours sur la torture mais un jour ou l'autre vous devrez y avoir recours... Il vous faudra vous y mettre et vous livrer vous-même à l'exercice... La douleur requise, à l'endroit requis, avec l'intensité requise pour obtenir l'effet désiré.

Chef de mission de l'Office of Public Safety (OPS), lors d'un cours sur l'art de la torture. Uruguay, 1981

N'aie aucune peur de ce dont tu vas souffrir. Le diable va jeter quelques-uns d'entre vous en prison, pour que vous soyez mis à l'épreuve : vous connaîtrez la détresse pendant dix jours. Sois fidèle jusqu'à la mort, et je te donnerai la couronne de la vie.

Apocalypse **2**, *10*

*

Chapitre 33

Prison d'Inakesh, Arabie Saoudite

Son esprit se perd dans des mares de délire fiévreux, tandis que les monstres continuent à aspirer son sang et à le dévorer. Il sent les griffes qui s'enfoncent dans son corps, le long de son dos, pesant de tout leur poids contre sa colonne vertébrale disloquée pendant que les dents arrachent ce qu'il reste de chair…

***

Ils sont déjà venus le chercher une dizaine de fois dans ses rêves avant que les gardes bédouins n'ouvrent de nouveau la porte. Le plus petit des deux braque son pistolet automatique vers Ace tandis que l'autre lui fixe des entraves aux chevilles, avec un instrument spécial pour serrer les fers. Une fois l'opération terminée, le garde lui ôte les menottes, qui lient son poignet gauche au mur de la cellule, et lui fait signe de revêtir la tenue de prisonnier dont Ace se sert comme couverture.

Il enfile la longue chemise de nuit par la tête ; le lourd tissu tombe sur ses sous-vêtements et descend jusqu'à ses chevilles. Pieds nus, il suit les deux gardes hors de la cellule.

Chaque pas lui coûte, la chaîne est trop lourde, les anneaux de métal mordent la chair de ses chevilles. En boitant, il passe devant la rangée des cellules et aperçoit les prisonniers qui l'observent ; des visages sombres, fermés, des yeux vides qui le guettent à travers les judas rectangulaires de leur porte.

Au bout du couloir, Ace monte lentement les marches et en compte quatorze avant d'arriver sur le palier. Le plus grand des gardes lui fait franchir le portail et le tire dans la lumière aveuglante. Deux *mutawa* l'observent d'un œil froid. Une rafale de vent chaud le fait frissonner, tandis qu'il traverse la cour et entre dans un autre bâtiment.

L'allée pavée recouverte de poussière se termine devant une lourde porte de chêne. Un des gardes frappe, attend qu'on lui murmure une réponse en arabe et pousse Ace à l'intérieur.

La salle a la taille d'un petit gymnase avec un sol de ciment tâché de sueur et de sang. Un tuyau d'arrosage est attaché au robinet. Des fouets de cuir et des cannes de bambou de différentes longueurs et épaisseurs sont accrochés au mur de stuc. Un plateau contenant de fines broches de métal est posé sur une table d'aluminium. Les deux chaises sont fixées au sol. Celle qui se trouve près de la table d'aluminium et de la potence à perfusion a de larges bras d'où pendent des bandes Velcro. L'autre, à côté d'une série de batteries de voiture, paraît terrifiante : le siège a été découpé.

Sur la table centrale, on voit plusieurs aiguilles creuses, destinées à injecter des fluides dans les cavités corporelles. On voit aussi de grosses pinces aux extrémités aplaties pour arracher les ongles ainsi qu'une petite pile de serviettes d'invités propres. Sur un autre mur, pendent des cordes de toutes tailles et une paire de menottes, attachée à une chaîne reliée au plafond par une poulie.

À la vue de cette chambre de torture, Ace a la nausée. *Simple tactique d'intimidation, pense à autre chose !*

Les gardes le font passer à travers une autre porte qui conduit au bureau climatisé du directeur. Un homme en uniforme kaki, la tête rasée de près, à l'épaisse moustache poivre et sel broussailleuse, est assis derrière un bureau de métal bon marché.

La femme se tient derrière lui, légèrement sur le côté.

Beauté orientale à la peau sombre, elle a les pommettes hautes, les lèvres pleines et une magnifique chevelure noire dissimulée sous une écharpe noire. Grande et élégante, elle porte le *hijab* traditionnel des femmes saoudiennes. Ce sont ses yeux qui la rendent si particulière, des yeux de feu, vert noisette, bordés d'éclats d'or, qui étincellent comme ceux d'un animal consumé par une rage intérieure.

Ses yeux restent fixés sur lui tandis que les deux gardes installent Ace sur une chaise pliante, face à l'homme en uniforme.

C'est elle qui prend la parole, avec sa voix de velours glacé à la pointe d'accent britannique.

— Je vous présente le général Abdul Aziz. C'est le directeur de la prison d'Inakesh. Je suis votre interprète.

Un des gardes fait rouler une petite desserte d'aluminium vers la chaise d'Ace. Il sort un détecteur de mensonges de l'unique tiroir. Il lui remonte une manche et place un brassard autour de son bras, pour prendre sa tension, tandis que son collègue ajuste les deux fils du polygraphe, l'un autour de sa poitrine, l'autre contre son abdomen. On lui fixe des capteurs sur l'index et le majeur, qui sont en fait des galvanomètres, destinés à mesurer le niveau de transpiration.

La partie commence ! Ace ferme les yeux, s'efforce de garder son calme. Aucune machine ne détecte le mensonge : le polygraphe est un dispositif qui mesure les réactions physiologiques involontaires qui se produisent en situation de stress.

Je m'appelle Stephen Murphy. Je m'appelle Stephen Murphy. Je m'appelle Stephen Murphy.

Le général donne un ordre en arabe et demande à la femme de traduire.

— Votre nom, s'il vous plaît ?

— Stephen Murphy.

— Vous êtes américain ?

— Canadien.

— Qu'est-ce que vous faites ?

— Je travaille dans le pétrole, entre autres.

— Que faisiez-vous à la National Bank ?

— Je transférais des fonds.

Les réponses toutes faites coulent aisément, car elles s'ancrent sur une trame de vérité. *Avec un peu de chance…*

— Qu'y avait-il sur le CD que vous avez mis dans l'ordinateur ?

— Un jeu vidéo. Sur une idée que j'ai développée moi-même, c'est une des raisons pour lesquelles je voulais me lancer au Moyen-Orient. Le directeur voulait voir le jeu, mais ça n'a pas marché. Apparemment, il n'était pas compatible avec son matériel.

Le plus petit garde qui surveille le polygraphe lui murmure quelques mots.

Le général fait un signe de tête.

Avant qu'Ace ait le temps de réagir, une main épaisse lui serre la gorge et entraîne la chaise sur laquelle il se trouve toujours dans la chambre de torture... pendant que le deuxième garde baisse les entraves attachées à la poulie du plafond, lui attache les poignets...

— Attendez !

... et arrache sa robe de prisonnier et son boxer-short.

Entièrement nu, il est debout devant la femme, les bras au-dessus de la tête, le visage pourpre d'humiliation. Aucun détail ne semble échapper au regard de feu, mais l'expression du visage reste froide et dure.

— Tous les prisonniers doivent apprendre que les mensonges sont du poison et que seule la vérité peut les libérer de la souffrance que vous allez bientôt endurer.

Les têtes se tournent car le tortionnaire vient d'entrer. C'est un Bédouin trapu, proche des soixante-dix ans, à la longue barbe grise frisottante, avec les petits yeux noirs et perçants d'un requin. Il est dans son élément, sa seule présence apporte une sensation de danger, chacun de ses mouvements incarne une tradition qui remonte à des décennies.

C'est le diable personnifié, un éventreur arabe sadique qui terrifie jusqu'aux gardes.

Ses petits yeux de cochon observent Ace, évaluant sa capacité de résistance. Se tournant vers le mur, le maestro choisit un large fouet de cuir. Il le teste d'un geste expert du poignet, ôte cérémonieusement sa tunique, découvrant un sous-vêtement à manches courtes, serré contre sa taille bedonnante par une bande élastique. Il attrape une serviette, essuie le manche du fouet, replie le tissu à son goût, le pose sur une chaise rembourrée et fait un signe aux gardes.

Les entraves se mettent en mouvement, relâchant un tsunami de douleur, aussi incroyable qu'il est soudain. Ace est soulevé du sol par les poignets. La souffrance qu'il ressent dans les bras et les épaules lui coupe le souffle. Ses vertèbres craquent, tandis que les muscles de son dos et de ses omoplates sont pris de spasmes violents, menaçant d'arracher les ligaments.

À travers les cris et les larmes, il bredouille.

— Ça suffit ! Je vais parler… Je vais tout vous dire.

Le marchand de mort s'approche et jette son souffle rance à la figure d'Ace en le retournant lentement pour qu'il se retrouve face au mur noir maculé de sang séché.

Oh, mon Dieu… Il respire par saccades, ses muscles torturés tremblent sous la charge d'adrénaline.

Le fouet déchire l'air et les chairs. Le cri d'Ace explose de sa trachée, la sueur ruisselle par tous les pores, tandis que la peau de son dos se lacère. Son corps se balance au milieu des airs, tandis que le deuxième coup lui gifle le grand dorsal, déchirant la peau de sa cage thoracique.

Non, plus de cri. Plus de cri…

— Aaaaah… !

Il danse au bout de sa chaîne, tel un morceau de viande crue ; son sang éclabousse le mur noir, encore et encore, à chaque nouveau coup de fouet. Ses cris ne sont plus que des grognements, ses grognements de simples gémissements… jusqu'à ce qu'on n'entende plus que le sifflement du fouet.

Le boucher s'arrête. Il essuie sa propre sueur, puis tourne son trophée face aux autres.

Parfaitement conscient, Ace a le regard qui se remet en place. Ses iris bruns plongent dans ceux de son bourreau.

— C'est tout ce que tu sais faire, gros porc ?

Les deux gardes échangent des regards, incrédules. Les yeux écarquillés, le directeur se tourne vers le sadique exaspéré qui a déjà la main sur un autre fouet.

Ace se retourne ; la colère et l'adrénaline alimentent sa volonté retrouvée, son esprit se détache de la douleur, son orgueil refuse de sombrer dans l'inconscience. *Whip !*

Le nouveau fouet, plus mince, a une piqûre plus acérée, qui fait de nouveau monter les larmes.

Whip, whip, whip !

Allez, vas-y, gros porc ! Tu ne peux rien contre moi. Je suis déjà mort.

Dix-sept coups plus tard, il s'évanouit…

… pour être réveillé de force par la vague d'un seau d'eau froide. Le sadique envoie le seau valdinguer contre le mur, en jurant en arabe. Les deux gardes s'éloignent.

La femme parle, d'une voix visiblement troublée.

— Votre nom ?

— Ashley Futrell.

Sa voix est méconnaissable.

— Vous êtes américain ?

Hochement de tête.

— Qu'est-ce que vous faites ?

— Je suis géologue, spécialiste des gisements de pétrole.

— Que faisiez-vous à la National Bank ?

— C'était pour l'argent. Les Feds… ils menacent de tout me prendre…

— Le CD ?

— Des fonds, un transfert…

Le général crache une salve de mots arabes.

— Le général Abdul Aziz dit que vous mentez. Que vous êtes un espion.

Ace regarde le directeur à travers ses paupières gonflées.

— Dites au général d'aller se faire foutre.

Ces mots déclenchent un délire de fou rire… tandis que le fouet lui lacère l'abdomen, manquant de peu ses parties génitales. Le corps pris de convulsions, il sombre dans l'inconscience pour fuir la scène et se réfugier dans le noir.

***

Ace ouvre les yeux, et repousse ses monstres.

Il est de retour dans sa cellule, de nouveau vêtu de la tenue de prisonnier. Son corps fiévreux est tout tremblant. Il a la nausée mais n'ose pas vomir, de peur de perturber les blessures pesantes et brûlantes qui ravagent son dos, comme de l'essence en feu.

Une nouvelle vague de douleur le saisit et le fait sombrer à nouveau.

***

— Buvez, ça calmera la fièvre.

Penchée sur lui, la beauté aux yeux de feu lui verse un liquide transparent dans la bouche. Ace déglutit, s'étouffe et boit de nouveau.

Elle sort un stéthoscope dissimulé sous son *hijab* et l'examine.

— Vous avez de la chance d'être encore en vie. Aucun prisonnier n'est resté conscient après autant de coups de fouet. Votre force a rendu Ali Shams furieux. Je dois nettoyer vos blessures. Ça va faire mal.

Soigneusement, elle écarte le tissu trempé de son dos et grimace en voyant l'étendue des blessures.

— Laissez-moi mourir.

— Si Allah le veut. J'ai ordre de vous garder en vie. Si vous mourez, c'est moi qui serai prisonnière à votre place.

D'une poche, elle sort un petit pot de baume et en met un peu sur ses doigts.

Ace se tord de douleur tandis qu'elle étale la crème.

— Je suis désolée, mais il faut le faire.

— Attendez !

Les doigts tremblants, Ace met sa manche dans sa bouche et mord très fort.

La vague de douleur le fait sursauter et plonger dans une mer d'obscurité.

***

Ace ouvre les yeux.

Il a la tête sur ses genoux. Son corps est entouré de gaze, la cruauté de la douleur a disparu, remplacée par une intense pression, comme si un poids était accroché aux plaies béantes.

Il se redresse, s'assied, rampe vers le trou aménagé dans le sol et vomit, encore et encore, jusqu'à ce que les convulsions ne soient plus que des hoquets stériles.

Exténué, Ace se roule en boule sur le matelas nu, le corps tremblant de manière incontrôlable.

Elle s'allonge près de lui, son dos contre sa poitrine et met son bras autour de sa taille « pour lui tenir chaud. »

Il appuie son visage contre la nuque de la femme et s'évanouit.

***

Ace se réveille. De nombreuses heures se sont écoulées. La fièvre a disparu, la fille aussi. La douleur est tolérable s'il ne bouge pas. Précautionneusement, il approche la bouteille d'eau à moitié vide de quelques centimètres et bois son contenu. Son estomac vide lui fait mal.

Il perçoit des bruits à l'extérieur de sa cellule. Des clés tintent dans la serrure.

Elle entre.

— Vous êtes restés inconscient pendant deux jours. Personne ne croyait que vous en réchapperiez.

Elle s'agenouille près de lui et lui prend le pouls.

— Bien, il est plus régulier.

— Vous êtes… médecin ?

— Non, mais j'ai reçu une formation médicale. Vous pensez pouvoir manger un peu ?

— Pas encore.

Il avale un peu d'eau.

— Comment vous vous appelez ?

— Nahir.

— Vous êtes splendide, Nahir.

Ace se rallonge sur le dos. Ferme les yeux.

— Pourquoi une si belle femme dans un endroit si laid ?

— Oui je suis belle, et c'est une malédiction. Pendant des années, mon père a été chauffeur pour un des princes. Au début, il s'est montré généreux avec notre famille. Il payait bien mon père, on avait une vie agréable, il pouvait m'envoyer à l'école. Pendant trois ans, j'ai suivi les cours de l'Université de Cambridge, en prépa médicale. Pendant l'été de ma première année, je suis rentrée chez moi, pour passer un peu de temps avec ma mère malade. Lorsque le prince m'a vue, il s'est entiché de moi et a décidé de me prendre pour épouse. Il avait déjà des dizaines de femmes et encore plus d'esclaves, et j'avais un fiancé à Londres. J'ai dit à mon père que je ne voulais pas me marier avec le prince. Pour nous châtier, il a fait battre mon père et l'a jeté en prison. Je n'ai accepté d'épouser le prince que s'il voulait bien le libérer.

« Plusieurs années se sont écoulées. Le prince, qui était très ambitieux, a décidé de comploter pour conquérir le trône et a tenté d'empoisonner son frère. La manœuvre a échoué et la famille royale l'a condamné à dix ans de prison. Les royaux ne vont pas en prison, M. Futrell. C'est moi qui ai été désignée pour accomplir la sentence à sa place.

« Lorsque le général Abdul Aziz a appris que je parlais anglais, il a fait de moi son interprète officielle. C'était il y a trois ans. Le directeur a été très généreux. J'ai une chambre à moi, juste à côté de la salle d'interrogatoire, et j'ai toute liberté de mouvement, à l'intérieur de la prison. Dans les grandes occasions, j'ai même parfois le droit de sortir, accompagnée, bien sûr.

— Les gardes vous laissent seule ?

Les yeux noisette se détournent.

— Et si je meurs, vous mourez ?

— Al Saoud a peur de vous, je ne sais pas pour quelles raisons. Pourquoi ont-ils peur, M. Futrell ?

— Je n'en ai aucune idée.

*

Sur une période de deux ans, [le journaliste indépendant Daniel] Hopsicker a non seulement apporté des informations complémentaires sur l'entraînement militaire des pirates de l'air du 11 septembre, mais il a aussi établi que certains de ces pirates, qui entretenaient des liens avec de riches habitants de la Floride, étaient également en relation avec le milieu du contre-espionnage et la famille Bush. Hopsicker a également confirmé que, dans les quelques heures qui ont suivi les attentats, Jeb Bush, le gouverneur de Floride, avait fait envoyer un avion de transport militaire Hercules C-130 à l'aéroport de Venice [en Floride] pour y récupérer un camion de location qui avait été rempli en toute hâte des registres de la compagnie d'aviation Huffman Aviation (dans laquelle Atta, Alshehri et d'autres s'étaient entraînés). Le C-130 avait ensuite immédiatement décollé vers une destination inconnue.

Crossing the Rubicon : The Decline of the American Empire at the End of the Age of Oil, Michael C. Ruppert

Ne cherchez pas à ce qu'on vous éclaire sur des choses qui, lorsqu'elles vous seront expliquées, pourraient devenir sources d'ennuis pour vous.

Le Coran

*

Chapitre 34

Promenade des Anglais, Nice
11 septembre 2012

La Côte d'Azur est un des lieux de villégiature les plus luxueux et les plus chers du monde. Réputée pour ses rives azurées, ses femmes somptueuses, ses plages seins nus, ses yachts gigantesques, ses marinas huppées, sa vie nocturne, ses restaurants cinq étoiles et ses casinos incomparables, c'est la destination privilégiée des milliardaires et des stars, qui se précipitent à Cannes dès le printemps pour le célèbre festival de cinéma.

Scott Swan se fraye un chemin parmi les couples en tenue de soirée et smoking le long de la promenade des Anglais pour se rendre à l'hôtel Negresco. Construit en 1912, le palace au dôme rosé qui domine la Baie des Anges offre des suites, toutes décorées différemment dans le style Renaissance et Louis XIII.

Le directeur général déprimé entre dans le grand hall et, passe sous un immense lustre auparavant créé pour un tsar russe. Jetant un coup d'œil à sa montre, il opte pour un petit arrêt pipi et se dirige vers les toilettes.

Le 11 septembre… vraiment pas un jour pour un rendez-vous avec ces zigotos !

Les toilettes semblent tout droit sorties de l'ère napoléonienne, avec les appliques faites de casques et les lavabos en forme de torses d'officiers. Il observe une scène de guerre murale en utilisant l'urinoir.

La décadence européenne. Moi, je préfère le Hilton d'Hawaii !

Sans accorder un regard au préposé, il sort et prend un ascenseur pour l'étage panoramique.

Swan est accueilli par deux agents de la police nationale. L'un s'assure qu'il n'est pas armé pendant que l'autre scrute son passeport et vérifie qu'il a bien rendez-vous en appelant sur le téléphone intérieur. On le conduit vers une double porte, à l'extrémité du couloir qui mène à la suite royale.

Un membre de la garde nationale saoudienne l'escorte jusqu'à un vestibule décoré dans le style baroque du XVIIe siècle. Swan le suit et entre dans la salle à manger.

Ils sont installés autour d'une immense table en merisier, éclairée par un lustre à dix branches au poli cuivré. Sur les murs tapissés de rouge satin, un portrait de Napoléon trône dans son cadre doré.

En costume sombre, la tête ornée de la coiffe blanche traditionnelle, le roi Sultan Ben Abdul Aziz est installé en tête de table. Son fils, le prince Bandar Ben Sultan, ambassadeur aux États-Unis, se trouve à sa droite et le ministre des Finances, à sa gauche. Choqué, Swan s'aperçoit que le ministre a perdu sa main gauche et a encore le poignet entouré de bandages ensanglantés.

Les autres chaises sont occupées par trois généraux en uniforme. Swan se glisse sur la chaise vide, en face du roi. L'homme a le teint gris et une expression si sévère que Swan sent la sueur perler sur son propre front. Ses contacts au groupe Carlyle lui ont envoyé des rapports quotidiens sur les troubles qui agitent le royaume saoudien, ce qui explique sans doute pourquoi le roi a choisi la Côte d'Azur pour ses longues vacances.

— Vous êtes en retard, M. Swan. Qu'avez-vous à dire ?

— Toutes mes excuses. Mon avion a eu du retard... les consignes de sécurité...

— À propos de mon argent !

Swan contrôle sa respiration.

— Le groupe Carlyle a ouvert une enquête sur ces transferts. Le problème est assez complexe, car on a utilisé les bons identifiants et les bons mots de passe et l'argent a transité par la National Bank avant d'être dispersé. Je comprends que six cent quatre-vingts millions, cela fait une somme…

— Six cent quatre-vingts millions ! Vous croyez que je perdrais mon temps pour de telles peccadilles ?

Sultan se tourne vers le prince Bandar.

— Dis-lui !

Bandar ouvre un dossier et lit un registre.

— Au cours des vingt-deux derniers jours, un total de quatre cent quatre-vingt-treize milliards de dollars ont disparu des comptes saoudiens, dont un tiers venait d'institutions américaines.

Tout le sang quitte le visage de Scott Swan.

— Où est M. Baker ? Où est M. Bush ? Pourquoi ne répond-on pas à mes appels ? Si je n'étais pas aussi bien informé, monsieur Swan, je croirais que votre pays prépare une invasion.

— Votre altesse… je vous en prie. Je suis aussi choqué que vous par toute cette affaire. Mes propres comptes ont…

— Vous me prenez pour un idiot !

Le roi Sultan se lève, et contourne la table ovale pour s'approcher de son invité américain.

— En 2001, deux jours avant le 11 septembre, l'administration Bush nous a communiqué un document top-secret de vingt-sept pages, détaillant le plan de bataille de l'invasion irakienne. Existe-t-il un tel document pour l'Arabie Saoudite ?

— Non, affirme Swan.

— Les détournements ont un effet désastreux sur toutes les institutions financières du royaume, déclare le prince Bandar. Les banques saoudiennes parlent de pertes approchant les cinq cents milliards. Soixante-treize pour cent de ces fonds appartiennent directement à la famille royale, 18 % à des entreprises privées. Le Ben Laden Group s'est déclaré en faillite la semaine dernière, après avoir vu vingt-sept milliards détournés des comptes de ses holdings. Notre économie est au bord de la rupture. Si cela continue…

Le roi Sultan se dresse au-dessus de Swan.

— Trois quarts de trillions de dollars disparus sans laisser de traces, monsieur Swan, et la Banque Mondiale reste muette, les États-Unis sont muets. Et pourquoi se mouilleraient-ils, dites-moi ? Wall Street n'a pas souffert, pas pour l'instant, du moins. Alors, voici le message que j'adresse au président Prescott. Le Trésor des États-Unis et le Département de la Défense vont unir leurs forces pour que cesse le piratage de nos comptes et vont s'assurer que tous les dollars manquants soient restitués à la Maison des Saoud, avec intérêts, bien entendu. Si ces conditions ne sont pas satisfaites le 15 octobre, l'OPEP déclarera un embargo sur tout l'Occident. En même temps, nous exigerons que toutes les troupes américaines quittent l'Arabie Saoudite, pour être remplacées par une force permanente dirigée par la Chine. Si la Maison des Saoud s'écroule, monsieur Swan, elle vous entraînera dans sa chute.

Bureau ovale, Maison Blanche, Washington
17 septembre 2012

— Les comptes n'ont pas été choisis de manière aléatoire, déclare Leonard Snyder, le conseiller économique du président. Plus de la moitié d'entre eux ont été alimentés par les commissions encaissées par la Maison des Saoud sur des contrats d'armements… Des missiles Patriots, des F-15, des AWACS, des frégates canadiennes Halifax, des torpilleurs français Helec, les contrats Yamama britanniques… et les ventes d'armes officieuses qui remontent jusqu'aux années Reagan. Le ver s'est également attaqué aux comptes du Hamas et du Hezbollah, ainsi qu'aux réseaux satellites utilisés par les musulmans pour propager leur haine d'Israël et de l'Occident. Bien sûr, la France et les Européens n'ont pas tardé à accuser Israël d'être à l'origine du complot. Ils n'ont fait marche arrière que lorsqu'on s'est aperçu qu'Israël aussi avait perdu des milliards dans l'affaire.

Le directeur de la Sécurité du territoire, Howard Lowe, intervient.

— Les fonds ont continué à être subtilisés, même après que les banques eurent transféré les montants sur de nouveaux comptes et de nouvelles identités sociales. Quelle que soit la nature de ce ver, il est capable de verrouiller sa cible et de la pister dans n'importe quel système informatique. Les PDG des industries militaires sont si paranoïaques qu'ils convertissent en liquide toutes leurs actions, obligations, fonds de pension… Cela ébranle toute la communauté financière.

— Je ne comprends pas, crache Prescott. Comment des trillions de dollars peuvent-ils ainsi disparaître ?

— Ils n'ont pas disparu, rétorque Snyder. Ils ont été transférés électroniquement, et toutes les traces ont été effacées avant qu'on les redistribue on ne sait où. Celui qui a monté le coup s'est montré très malin, car en volant Pierre pour habiller Paul, il s'est arrangé pour que les transactions restent toujours équilibrées, c'est pourquoi la plupart des institutions financières sont toujours indemnes. C'est une opération très complexe, magnifiquement orchestrée. Peut-on retrouver les fonds ? J'en doute fort, du moins pour l'instant.

David Schall appuie sur sa carotide où il sent battre son pouls à toute vitesse. *Promis… Futrell… c'est forcément…*

Prescott regarde le directeur de la CIA.

— Directeur Schall, avez-vous quelque chose à ajouter ?

— Je suis désolé, monsieur le président, je réfléchissais… Ces voleurs, qui qu'ils soient, se sont arrangés pour viser les circuits de blanchiment des organisations terroristes et des cartels de la drogue. La situation des Saoudiens mise à part, on peut peut-être penser que c'est une bonne chose.

— Vous insinuez que le Groupe Carlyle, les Haliburton Brown et Root de ce monde sont des organisations terroristes ?

— Non, monsieur, bien sûr que non. Je voulais seulement dire…

— Laissez-nous, M. Schall. Nous aurons une petite conversation en privé quand nous aurons terminé.

Écarlate, David examine l'assemblée, mais les regards lui confirment bien qu'il vient de retomber du piédestal qu'il occupait au sein du groupe. Sans le moindre mot, il quitte le bureau Ovale.

Le secrétaire à la Défense, Kendle, fait un signe de tête au président, tandis que les autres soupirent de soulagement.

— Bonne idée, monsieur le président, je n'avais jamais eu confiance en lui.

— Sa démission sera rendue publique après l'élection. Retournons aux problèmes qui nous intéressent. Wall Street a subi un choc, mais il semblerait que les affaires rebondissent. Le plus gros problème, c'est le risque d'embargo sur le pétrole. Vanni, qu'allons-nous faire avec les Saoudiens ? demande Prescott en se tournant vers sa nouvelle vice-présidente, son amie de confiance depuis sa première candidature au poste de gouverneur, en 1994.

Sans faire partie des néoconservateurs, Vanessa Shannen-Anderson, parfaitement introduite dans le milieu des énergies fossiles, est un pilier de la stabilité au Moyen-Orient... absolument incontournable.

— L'Arabie Saoudite doit faire face à deux grandes menaces : son économie est en danger et la famille royale est contestée par son peuple. Cela ne laisse que deux possibilités : ou nous négocions un prêt ou nous laissons l'inévitable se produire. Sauf si nous arrivons à arrêter ses pirates, négocier ne servirait à rien car les détournements risquent de recommencer. Néanmoins, si on laisse la famille royale s'effondrer, on risque de créer un dangereux vide du pouvoir dans lequel s'engouffreront aussitôt les islamistes radicaux, l'Iran et l'Ashraf. Comme la famille royale y perdrait de toute façon, on peut lui offrir l'occasion de rester en place, en tant que gouvernement de façade, pendant qu'on stabilise les frontières, à l'intérieur comme à l'extérieur.

— Cela ne marchera jamais ! s'exclame Leonard Snyder. La Maison des Saoud rend les États-Unis responsables de ses pertes financières.

— Nous pouvons quand même en discuter, dit Prescott, en se tournant vers Joseph Kendle. Il peut se passer beaucoup de choses en trente jours, vous ne croyez pas ?

— Si, monsieur le président, reconnaît le secrétaire à la Défense.

Flagstaff, Arizona – 22 h 03 (GMT – 7)

Michael Tursi décroche violemment le téléphone de la cabine dès la première sonnerie.

— J'écoute.

— La patiente est en salle de travail.

— Déjà ?

— Elle a perdu les eaux en avance. Répondez par oui ou par non : le docteur est prêt ?

— Oui. J'ai entendu parler de jumelles. Quel hôpital ?

— Sainte-Marie.

— Sainte Marie, c'est très cher. Qui paie la note ?

— Tout est pris en charge.

La communication est coupée.

Le Turc sort de la cabine.

— Merde !

***

« … Merde ! » L'appareil électronique enregistre le dernier mot, tandis qu'Elliot Green ramène sa petite antenne parabolique à l'intérieur. Rusé, l'agent du FBI a mis la cabine sur écoute depuis qu'il est arrivé dans l'Arizona, le 2 septembre, et, ce soir, il a touché le gros lot.

Grâce à son téléobjectif, Green prend une autre photo de la plaque minéralogique de Tursi lorsque la voiture s'éloigne. Il attend que la poussière du parking retombe avant de démarrer, se repassant intérieurement toute la conversation.

La patiente est en salle de travail… L'opération doit être imminente.

— Bouge ton cul, ne perd pas ce type !

Il s'engage sur la route et poursuit son suspect.

*

Des enquêteurs [du GAO (un organisme chargé d'évaluer les actions gouvernementales, *NdT*] ont acheté les composants radioactifs nécessaires à la fabrication d'une bombe sale et ont réussi à les introduire sur le territoire américain malgré les contrôles de sécurité à la frontière. Quand les détecteurs de radiations des agents de la Sécurité intérieure se sont mis à sonner, les enquêteurs ont présenté de fausses autorisations ainsi que de faux récépissés portant l'estampille du gouvernement aux agents de la douane et de la protection des frontières. Ces derniers ont fouillé les véhicules, examiné les documents et ont finalement autorisé les enquêteurs agissant sous couverture à entrer sur le territoire américain avec leur matériel.

USA Today, 28 mars 2006

Il n'existe ni alliés ni ennemis permanents, il n'existe que des intérêts permanents.

Lord Palmerston, homme politique britannique du XIXe siècle

*

Chapitre 35

Il n'y a ni nuit ni jour en isolement, rien que la douleur et l'angoisse… un néant sensoriel qui vous brise un homme plus vite encore que les blessures. Pour Ace Futrell, la solitude est devenue un vide, de durée indéterminée, et, si les plaies des coups de fouets se sont refermées et ont guéri, son esprit s'affaiblit de jour en jour. Il s'endort entre les accès de fièvre et rêve souvent de ses enfants, mais chaque rencontre est perturbée par un accès de violence… Une bombe explose au bord de la route, détruisant le centre commercial, une vague géante déferle sur leur petite plage, une tornade brise leur maison en mille morceaux. Kelli est toujours là, en témoin éloigné, jamais dans le rôle de sa femme pourtant, et, son visage se transforme en celui de Jennifer, chaque fois qu'il veut la regarder.

Ace se réveille alors, totalement désorienté, en criant parfois. Tous ses sens sont pris dans le capharnaüm dans lequel vivent les prisonniers vingt-quatre heures sur vingt-quatre : cris et jurons en arabe, coups sur la porte et les murs, odeur permanente d'excréments, dont certains se dessèchent dans les aspérités des murs de béton. Parfois, il croit entendre des murmures. Son esprit s'égare et, à certains moments, il est heureux d'être en prison. Au moins, il y est en sécurité, ici, personne ne le bat.

On le nourrit une fois par jour d'un plat de riz accompagné d'une viande méconnaissable. Il pouvait à peine l'avaler la première semaine, mais peu à peu, il s'est efforcé de manger. Il n'avait plus revu la femme avant le seizième jour… le jour où ils sont revenus le chercher…

***

Elle l'attend dans la chambre de torture, ses yeux de feu pénétrant les siens, comme la première fois. De nouveau, les gardes l'ont dénudé, mais cette fois, on l'a installé sur le siège évidé, avec ses parties génitales qui pendent dans le vide. Ses mains et ses chevilles sont attachées.

L'Ange de la Mort traduit tandis que le sadique qu'elle appelle Ali Shams passe le bras sous la chaise et emballe ses testicules dans un tissu humide.

— Je vais vous poser quelques questions sur vos affaires dans le royaume saoudien. Les réponses sincères ne seront pas punies.

Une vague de nausée lui secoue tout le corps, de l'entrejambe à la gorge, la sueur perle par tous les pores de sa peau, tandis qu'on fixe les pinces métalliques.

— Un mensonge, monsieur Futrell, vous apportera une douleur immense.

Le directeur entre. Assis sur une chaise pliante, à côté de Nahir, il observe.

Concentre-toi. Tiens-toi à ton histoire. Il faut tenir bon. Fais-le pour Leigh et pour Sam, fais-le pour…

— Comment vous appelez-vous ?

— Ashley Futrell.

Il a la tête qui tourne, pris de vertige, il n'arrive pas à reprendre son souffle.

— Qu'avez-vous fait à la banque ?

— Un transfert… je voulais transférer mes biens… aaaaaahhhhh !

Des épées, des flammes, dans ses parties génitales en feu… une douleur… si profonde… chauffée à blanc… Impossible de respirer. Euurk… Du vomi sort de sa bouche et tombe sur le ciment. Il s'effondre sur sa chaise, malgré les attaches son corps glisse sur le côté, ses muscles sont pris de spasmes, ses nerfs à vifs restent incontrôlables…

Soudain, il est réveillé en sursaut par le sadique qui l'arrose avec le tuyau.

Ace gémit, sa tête oscille d'un côté à l'autre, ses nerfs fragiles sont toujours en feu, son corps tout tremblant fait danser ses extrémités, sa vision est brouillée par des taches violacées. *Pauvre marionnette, tu es leur jouet… C'est un jeu pour les hommes, toi, tu n'es qu'une mauviette, tu ne gagneras jamais, tu ne peux même pas te défendre.*

— Comment tu t'appelles ?

Ses paupières battent, les mots assiègent son esprit piégé dans une marée de fièvre.

— Ace Fu… Ace Futrell.

Ton fils Sam sera vaporisé…

— Quoi ?

Leigh aussi. On sait où ils se trouvent…

— Qu'est-ce que tu fichais à la banque ?

Sam et Leigh mourront d'une mort affreuse.

Il ouvre soudain les yeux.

— Qu'est-ce que vous dites ?

Elle est prise de court par son ton furieux.

— Je vous ai demandé ce que vous faisiez à la banque.

— Vous avez parlé de mes gosses. Qu'est-ce que vous avez dit ?

— Rien.

Elle regarde le directeur, hésitante.

— Putain ! Qu'est-ce que tu as dit ?

Le général l'attrape par le bras, lui hurle un ordre en arabe.

— Monsieur Futrell, qu'étiez-vous venu faire à la banque ?

— Taille-moi une pipe ? Tu sais ce que ça veut dire, salope ? Ça veut dire rampe sous la chaise et suce-moi ! Vas-y, traduis ça à ton général.

Elle écarquille les yeux, terrifiée.

— Allez, dis-lui !

Le coup qu'il reçoit au visage lui brise le nez mais lui éclaircit les pensées. Il se tourne vers Ali Shams et crache du sang sur la chemise blanche de l'Arabe.

— La partie commence, connard ! C'est ça, souris, pauvre con. Tu crois me faire peur ? Je n'ai plus peur. La mort ne me fait pas peur, la douleur ne me…

Ace saute sur sa chaise, manquant d'arracher ses liens de ses bras et de ses jambes, tandis que le courant semble le soulever dans l'air. Son esprit est pris dans le rouleau d'une déferlante, son corps est maintenu sous la vague, il est incapable de respirer, il tourne et tourneboule dans une haie de milliers d'aiguilles qui le déchirent.

Fin.

Il s'évanouit, plus mort que vif.

Cette fois, le tuyau ne le réveille pas.

Le général hurle un ordre à la femme. Elle se précipite vers lui. Lui soulève la paupière, lui prend le pouls, fais non de la tête.

Ali Shams la repousse et attrape Ace par les cheveux.

Le directeur ordonne au tortionnaire enragé de partir.

***

La mer s'est calmée. Il flotte sur le dos. Le soleil étincelle, parfois voilé par un nuage. Il sent ses rayons qui lui réchauffent le corps. Quelqu'un lui parle.

Non… laissez-moi flotter.

Une vague le déséquilibre et le réveille.

Ace ouvre les yeux.

Il est de retour dans sa cellule, allongé sur le matelas. Son poignet gauche est attaché à l'anneau de fer, son bras droit est tendu, paume de la main vers le haut. La femme maintient son bras avec son pied nu, tandis qu'elle enfonce l'aiguille de l'intraveineuse. Elle relie la poche au tuyau et commence la perfusion.

Trop faible pour protester, il s'allonge. Il éprouve une sensation d'apaisement, au fur et à mesure que le liquide pénètre dans ses veines.

— Qu'est-ce que c'est ?

— Une solution électrolyte.

Il ferme les yeux.

— Laissez-moi mourir !

— Vous n'êtes pas homme à avoir envie de mourir. Vous êtes un taureau, toujours prêt à combattre. Vous devez vous calmer, sinon, la prochaine fois Ali Shams vous tuera.

— Bien. Autant mourir là-bas que crever ici !

— Combien d'enfants avez-vous, monsieur Futrell ?

De nouveau, il ouvre les yeux, son regard est un avertissement.

— Je suis désolée, je ne voulais pas vous choquer. Je vous l'ai dit, moi aussi, je suis prisonnière.

— Ce n'est pas pour cela que j'ai confiance en vous.

Elle se dresse au-dessus de lui, son regard de feu le défie.

— Quand Ali vous déshabille devant moi, cela vous humilie. Je le vois dans vos yeux. Je peux soulager votre embarras.

Sous ses yeux, elle défait son *hijab* laissant retomber ses longs cheveux noirs. Elle détache sa *jilbab* et sort de son vêtement, complètement nue. Elle a un corps musclé et bien dessiné dans une enveloppe de peau de velours, avec des petits seins fermes. Elle tient sa main devant son sexe.

Ace s'assied, le cœur battant dans sa poitrine.

Elle recule d'un pas et se tourne lentement, révélant un réseau de larges cicatrices blanches en croisillons sur son dos.

— Nous appartenons au même monde, à présent.

— Oui.

Les muscles tremblants, il se rallonge pendant qu'elle se rhabille.

— Je déteste Al-Saud, M. Futrell. Je lui en veux pour ce qu'il m'a fait, je suis en colère pour ce qu'il a fait à mon père. Pourquoi Allah nous interdit-il d'être libres ? Pourquoi accorde-t-il du pouvoir aux méchants ?

— Je ne sais pas. C'est la même chose dans mon pays. Les riches deviennent de plus en plus puissants, les pauvres sont opprimés, et les masses acceptent sans broncher.

— Vous n'êtes pas un espion.

— Non.

— Alors, pourquoi…

Il prend une profonde inspiration et lutte pour se concentrer, malgré la douleur.

— Mon expertise dans le pétrole. J'ai été embauché pour évaluer les réserves d'Aramco. Les hommes qui m'emploient ont des relations. Si je ne rentre pas aux États-Unis avant l'élection présidentielle, ils publieront un rapport qui affirmera que les réserves saoudiennes seront épuisées dans cinq ans.

— Et ce n'est pas vrai ?

— Non, ment-il. Les réserves sont saines pour l'instant.

— Et la banque ?

— Une manœuvre risquée. Je devais être payé par des fonds blanchis d'un associé au Moyen-Orient. Le transfert n'a pas fonctionné. Maintenant, je suis en prison et je n'ai même pas été payé.

— Les hommes pour qui vous travaillez… ils ont des relations dans les milieux politiques ?

— Oui.

— Si je peux en parler à l'ambassade américaine, si je peux vous faire sortir d'Inakesh… vous m'emmènerez avec vous ?

— Oui, sans problème.

Elle marque une pause, pour peser le pour et le contre.

— Alors, je vous aiderai.

*

À cinquante-cinq ans, Richard Bergendahl lutte contre le terrorisme à Los Angeles pour dix-neuf mille dollars par an ; il fait partie de la légion de gardes privés mal payés et mal formés, chargés d'assurer la protection de cibles terroristes potentielles. Bergendahl, qui est chargé de la surveillance d'un gratte-ciel de cinquante-deux étages près de l'U.S. Bank Tower, nous a confié que sa formation se limitait à écouter plusieurs fois par an un directeur d'agence immobilière lui lire les consignes de sécurité à respecter. Les exercices d'entraînement d'évacuation du bâtiment sont rares. Quelques conseils pratiques : « Avoir sa veste boutonnée et des chaussures bien cirées. »

Larry Margasak, associated Press, 30 mai 2007

*

Chapitre 36

US Bank Tower, Los Angeles
27 septembre 2012 – 13 h 33 (GMT – 8)

Cet immeuble de soixante-treize étages, souvent surnommé Library Tower, à l'ouest de Chicago, est le bâtiment le plus haut d'Amérique du Nord, qui figure parmi les vingt-cinq plus hauts du monde entier. Quelques années plus tôt, le public a appris (après coup) qu'initialement, il était visé par les attentats du 11 septembre 2001 et avait fait l'objet d'une tentative déjouée en 2002. Les mesures de sécurité sont draconiennes pour les visiteurs, et les entreprises sont invitées à mener des enquêtes de moralité sur tous leurs employés.

Pour Omar Kamel Radi, on a confié cette démarche à une société de sous-traitance bidon dirigée par Jeff Anders, le supérieur de Marco Fatiga, à la SSB.

Omar enlève son uniforme souillé, insère sa carte dans la pointeuse et se dirige vers le grand hall.

Susan Campbell l'attend.

— Tu as passé une bonne journée ?

— Le travail, c'est toujours pareil.

Il embrasse la jeune monitrice d'aérobic.

— Je devrais peut-être prendre une douche avant d'aller au restaurant ?

— Allons chez moi. On prendra une douche ensemble.

Main dans la main, ils passent devant Marco Fatiga qui observe toute la scène.

Prison d'Inakesh, Arabie Saoudite
28 septembre 2012 – 7 h 45 heure locale

Réveillé par les voix des hommes qui fulminent devant sa porte, il se gratte la barbe pleine de vermine, et s'assoit douloureusement au moment où la clé s'enfonce dans la serrure. Le gardien, un grand Bédouin nommé Hasan, ouvre ses fers, et lui jette une pile de vêtements à la figure : le costume qu'il portait à la banque.

Ils me relâchent ! Nahir a réussi !

Le cœur battant, il s'habille rapidement, se laisse remettre les fers par-dessus son pantalon et menotter les poignets derrière le dos. Pourtant, tandis que, le pas lourd, il sort de sa cellule, son enthousiasme éphémère se noie dans une vague d'angoisse.

Trois prisonniers attendent dans le couloir, deux hommes et une femme. En vêtements civils, ils sont tous agenouillés et prient leur gardien de les ramener dans leur cellule. Les gardes répliquent en leur assénant des coups de bambou avant de les hisser sur leurs pieds et de leur faire monter de force les escaliers de ciment.

Ace se tourne vers son grand garde. Hasan le regarde… sourire aux lèvres.

***

Sous un soleil de plomb et un ciel sans nuage, on le conduit dans la cour, sous une chaleur paralysante. Les autres ont déjà été chargés à l'arrière d'une camionnette. L'un des gardes recouvre la tête d'Ace d'une cagoule noire qu'il lui enfonce sur le visage, avant de lui nouer un bandeau sur les yeux.

Ace sent toutes les forces s'échapper de son corps, si bien que le garde est obligé de le porter à demi dans le fourgon et de le pousser brutalement à l'intérieur. Aveugle, agenouillé, Ace se guide avec sa tête vers un banc et s'assoit à côté d'un autre prisonnier tandis que le véhicule accélère et sort de la cour.

C'est la femme. Elle sanglote, les hommes prient.

— *Marhaba.* Quelqu'un parle anglais ?

Un des hommes répond.

— Américain ?

— Oui, murmure Ace. Vous savez où ils nous emmènent ?

— Aujourd'hui, c'est vendredi. Ceux qui sont choisis le vendredi sont emmenés à Jeddah, pour une exécution publique. Aujourd'hui, nous allons mourir.

Ace s'affaisse sur son siège. Chaque aspérité de la route cabossée résonne dans sa tête et fait trembler les parois d'aluminium. Des larmes mouillent son bandeau et ruissellent sur sa nuque, non parce qu'il a peur de mourir mais parce qu'il a de la peine pour ses enfants. Ils ont perdu leur mère, leur père les a abandonnés et pour quoi ? L'émotion lui noue les entrailles tandis qu'il se remémore la dernière nuit passée au lac George, où il avait promis à sa fille de revenir quelques semaines plus tard, en la serrant dans ses bras.

C'était il y a quarante jours, plus peut-être.

Tu lui as menti. Tu t'es menti à toi-même.

Il cogne sa tête contre la paroi d'aluminium, il grince des dents et maudit jusqu'à son existence. Je le savais ! Je n'aurais jamais dû les quitter. Pourquoi l'ai-je écoutée ? Je te hais, Kelli, je te hais… je te hais !

***

Le fourgon s'arrête. Un instant plus tard, la portière arrière s'ouvre. Il attend jusqu'à ce que les gardes le fassent sortir du véhicule et se joint à la petite procession tandis qu'ils passent devant la haie de curieux qui les observent dans le parking. Les muscles de ses jambes tremblent, tandis qu'il trébuche dans l'escalier de pierre. D'après la direction du bruit, il comprend qu'on les entraîne sur une vaste place de marché.

Il reconnaît la voix du général Abdul Aziz qui beugle des ordres. On lui enlève le bandeau et la cagoule. Il voit une estrade de trois mètres de haut, au milieu d'une place bondée. De l'autre côté de la rue, les résidents d'un hôtel observent les festivités de leurs petits balcons. Des gens arrivent et se joignent aux centaines de spectateurs déjà présents.

À quelques mètres de là, le bourreau est déjà prêt, avec sa large épée d'acier lisse et étincelante. C'est un grand homme aux petits yeux noirs de psychotique, avec une moustache épaisse et une barbiche. Son uniforme kaki est taché de sueur, le foulard blanc qui lui couvre la tête est trempé lui aussi. Il joue avec la foule, il est évident que son travail l'amuse un peu trop.

Mon Dieu, fais de moi ce que tu veux. Prends soin de mes enfants, c'est tout ce que je te demande. Ace ferme les yeux, et bloque ses pensées, son corps devient insensible.

Le général approche, désigne l'homme assis à la droite d'Ace. Deux gardes le tirent par le bras et l'entraînent vers le bourreau. L'homme tombe à genou lorsqu'un juge islamiste, du culte wahhabite, énumère la liste des accusations dans un micro.

Soudain, le silence règne sur la place, l'air chaud et lourd s'emplit d'une soif de sang primale. Les gens grimpent sur le toit des voitures pour mieux voir.

Le condamné sanglote, tête baissée, face à La Mecque. Ace ouvre les yeux. Il n'a aucune envie de voir ça, mais il ne peut s'en empêcher. Le bourreau lève la lourde épée au-dessus de sa tête et, en un arc descendant puissant, plonge la lame dans la base du crâne de l'homme.

La foule se pâme, les premiers rangs sont aspergés de sang, tandis que le corps tombe d'un côté et que la tête roule de l'autre. Pris de nausée, les entrailles secouées de spasmes, Ace détourne le regard.

On lit une autre liste d'accusations. La femme assise à sa gauche sanglote contre son épaule. Le général la hisse sur ses pieds, l'exhibe devant la foule et lui tire deux balles dans la tête, aspergeant les spectateurs d'une brume de sang. Le corps de la femme s'effondre aux pieds d'Ace.

Des slogans emplissent les airs. Il reste deux prisonniers et la foule vocifère, elle veut l'Américain.

De son balcon du deuxième étage, Scott Santa commente le drame dans son portable pour le bénéfice du directeur de la CIA, David Schall.

On hisse Ace sur ses pieds. Son corps de plomb est mis à genou devant le bourreau. Tous les sons se taisent. Ses muscles tremblent de manière incontrôlable.

De nouveau, il entend les hurlements de la foule, et soudain, il se surprend à murmurer la chanson de l'équipe des Dogs de Géorgie. « Qui vient par là sur la piste, ces braves types en rouge et noir… »

Le bourreau marque une pause, surpris.

Ace chante plus fort. « Rien ne vaudra jamais un bon vieux fan des Dogs, sale, méchant et bourré à mort ! Allez les Dogs, allez les Dogs… »

Soudain, une voix de femme murmure à son oreille. Pendant un instant, il croit entendre la voix de Kelli, mais elle s'exprime en arabe. Comme dans un nuage, il se tourne vers sa gauche. Nahir le montre du doigt et parle rapidement au général.

Le bourreau hurle de rage. Il repositionne la tête d'Ace. Les ombres se meuvent tandis que l'épée se soulève…

*

> Je crois en Dieu, mais pas en un être unique, pas en ce vieil homme qui veillerait sur nous depuis les cieux. Je vois plutôt ce que les hommes désignent sous le nom de Dieu comme une partie de chacun d'entre nous. Je crois que tout ce qu'ont dit Jésus, Mohammed, Bouddha et les autres prophètes est vrai. C'est simplement l'interprétation qui en a été faite qui est erronée.
>
> *John Lennon*

> Ceux qui s'affichent comme de fervents chrétiens et qui votent en faveur de mesures non charitables sont les pires hypocrites qui soient.
>
> *Charlie Melancon, représentant démocrate de Louisiane, s'exprimant après le refus de la Chambre des représentants de financer la réparation des digues à la Nouvelle-Orléans*

*

Chapitre 37

Gary, Indiana
29 septembre 2012 – 1 h 27 (GMT – 5)

Le cri brise la nuit, arrachant Mitchell Wagner de son profond sommeil. Il faut presque deux longues minutes à ce géant pour s'extirper de son lit et rejoindre sa femme dans la chambre d'amis. À présent, les deux enfants Futrell pleurent.

Près du lit de la fille, Yvonne serre Leigh contre son cœur. Sammy pleure de voir sa sœur si inquiète.

— Que s'est-il passé ?

— Elle a fait un cauchemar. Emmène Sam boire un verre de lait en bas.

— De quoi as-tu rêvé ?

— Sammy, va avec oncle Mitch. Il y a des brownies dans le réfrigérateur.

— Tu as fait un cauchemar ?

Yvonne fronce les sourcils, ordre silencieux intimant à son mari de sortir. Leigh lève les yeux, les paupières bordées de rouge.

— Papa est mort.

Jeddah, Arabie Saoudite

Nahir est seule à l'arrière du fourgon, ses bras menottés derrière son dos lui font mal. Son foulard noir s'est desserré, elle secoue la tête et s'en libère. La portière arrière s'ouvre…

… On jette Ace Futrell à l'intérieur.

Elle attend que le véhicule accélère avant de s'approcher de lui.

— Ashley ?

— Nahir ?

Agenouillée, elle se tourne dos à lui et défait le bandeau qui l'aveugle avec ses doigts.

Ace la regarde, repoussant ses larmes.

— Vous m'avez sauvé la vie.

— Comme vous sauverez la mienne.

Il se redresse douloureusement et se tortille dans ses fers. Nahir se penche vers lui jusqu'à ce que leurs joues s'effleurent, que leurs lèvres se rapprochent et se lancent dans un baiser farouche, inspiré non par la passion mais par un violent besoin de contact.

Le fourgon vire soudain, les séparant. Elle se rapproche de lui, pourtant, cette fois Ace s'écarte. Arraché au seuil d'une mort acceptée, il est émotionnellement éreinté, et des vagues de nausées le submergent toujours.

— Nahir, non, je ne peux pas ! Je vous suis très reconnaissant, mais je ne sens que le goût de la mort.

— J'ai besoin d'être près de vous, Ashley, ne serait-ce que pour un moment.

— C'est impossible.

— Vous auriez préféré mourir ?

— Je suis déjà mort. Je suis mort pour ceux qui me sont chers.

— Vous m'êtes cher.

— Je sais… Qu'avez-vous dit au général ?

— Je lui ai répété ce que vous m'aviez dit dans la cellule. Je savais que cela ne le laisserait pas indifférent. Certains disent qu'une révolution est imminente, d'autres pensent qu'au contraire, le pays sera envahi. Ceux qui sont liés à la Maison des Saoud redoutent la vengeance. Je ne sais pas exactement ce que fera le général, mais je suis sûr qu'il voudra en savoir plus. Finalement, je ne vous ai peut-être pas rendu service. Il aurait peut-être mieux valu que vous mouriez.

Il s'approche, câline sa joue.

— Je suis vivant pour l'instant, c'est la seule chose qui compte.

Flagstaff, Arizona
3 octobre 2012 – 3 h 20 (GMT – 7)

Les deux camionnettes blanches s'éloignent du parking d'EconoLodge, Shane Torrence et Michael Tursi dans l'un des véhicules, Marco Fatiga au volant de l'autre.

Elliott Green attend trente secondes avant de quitter sa chambre d'hôtel et de suivre les deux camionnettes dans sa voiture de location. Les deux véhicules blancs se dirigent vers la ville et font quelques détours avant de s'engager dans le parking désert d'un atelier de mécanique automobile désaffecté, dont les trois baies sont fermées. Michael Tursi descend du côté passager et ouvre la baie du milieu, pour laisser le passage aux camionnettes. Le Turc regarde autour de lui et ne voit personne. Satisfait, il entre à l'intérieur du garage et referme derrière lui.

Dans la supérette ouverte vingt-quatre heures sur vingt-quatre, Elliott Green observe la scène avec ses jumelles à vision nocturne. À l'intérieur du garage, le professeur Eric Mingjuan Bi sort de son bunker personnel tout au bout, à droite, et monte maladroitement l'échelle dans sa combinaison NBC.

— Vous êtes en avance, vous aviez dit quatre heures.

Tursi ne tient pas compte de la remarque.

— Où sont les jumelles ?

Bi ôte son capuchon et ses gants et active le monte-charge de la baie de droite. Les plaques de plomb qui avaient scellé le souterrain ont été enlevées pour laisser l'ascenseur monter au niveau du sol.

Trois caisses sont fixées sur le support métallique.

Torrence hésite.

— Et les radiations ? Nous ne sommes pas équipés.

— Les caisses de plomb limitent les radiations. Il n'y a aucun danger.

— Aidez-moi !

Les quatre hommes s'associent pour prendre les deux caisses de soixante kilos et la troisième caisse un peu plus petite posées sur le monte-charge. Le physicien soulève les couvercles des deux premiers conteneurs, révélant des valises vertes de l'armée de la taille d'un petit tiroir à chaussures. Une antenne de téléphone cellulaire de vingt centimètres sort de chacune des bombes.

Le professeur Bi sourit fièrement.

— Comme promis, voici vos deux munitions atomiques tactiques de démolition. Des SADM, si vous préférez.

Tursi sort l'une des valises de la caisse de plomb et défait les attaches pour observer son contenu.

À l'intérieur, se trouve un objet en forme de cloche, qui héberge une boîte cylindrique, un peu plus petite. Des fils électriques relient la tête de ce dispositif à l'arrière d'un téléphone mobile.

— La batterie du téléphone, explique Bi, est reliée à un détonateur, situé dans la grande boîte en cloche. Lorsqu'on compose le numéro, la sonnerie envoie une décharge au détonateur, qui fait sauter le C-4 à l'intérieur. Cela fait exploser une partie de l'uranium enrichi et déclenche la réaction en chaîne qui finit en explosion nucléaire.

Torrence semble inquiet.

— Et si une agence de télémarketing composait un faux numéro ?

— Les téléphones sont coupés tant que vous n'êtes pas prêts à faire sauter le dispositif. Personne d'autre n'a accès à ces numéros.

— Où sont-ils, ces numéros ?

Le professeur Bi ouvre sa combinaison et sort une enveloppe de sa poche de pantalon qu'il remet à Tursi.

— Mon numéro de compte en banque et les coordonnées de la banque. Dès que mon dernier paiement sera arrivé, je vous téléphone pour vous les communiquer.

Fou de rage, le Turc est cramoisi.

— Et pourquoi devrions-nous vous faire confiance ?

— La question est : pourquoi devrais-je *vous* faire confiance. Je vous ai livré les jumelles, j'ai même ajouté un troisième container d'éléments radioactifs pour que vous puissiez créer votre fausse piste. Le succès de cette mission repose sur le fait que nous puissions tous disparaître dans l'ombre. J'ai envie que cette mission réussisse. N'oubliez pas, c'est votre peuple qui a éradiqué le mien. Mais je ne veux pas vous laisser la chance de me supprimer, pas si vous voulez faire sauter vos jumelles !

Le scientifique a le cœur qui bat très fort, mais il tient bon. L'atmosphère reste tendue pendant que Tursi réfléchit, en observant le professeur.

— Demain, midi. Et il vaudrait mieux que j'aie ces numéros dans les deux minutes qui suivent le transfert.

— Aucun problème.

Tursi se tourne vers Torrence et Fatiga.

— Allez, chargez-moi ça. On dégage.

Les quatre hommes portent les lourdes caisses vers les camionnettes, une SADM fixée à l'arrière du véhicule de Fatiga, l'autre dans celui de Torrence, avec la plus petite caisse.

Tursi s'adresse à Marco Fatiga en aparté.

— J'ai reçu la confirmation de nos gens à Bagdad. Ils ont pris les frères et sœurs d'Omar ce matin, les hommes de main étaient habillés en soldats américains. Ton type apprendra la nouvelle par les Frères musulmans dans quelques jours.

— Ça lui apprendra à tomber amoureux au beau milieu d'une mission !

Le professeur Bi jette son costume NBC dans la poubelle de la baie de droite.

— J'ai bourré le sous-sol de TNT et d'essence. J'attends vingt minutes avant de détruire les preuves.

Tursi hoche la tête.

Torrence et Fatiga ouvrent les portes de la baie de gauche et de celle du milieu.

— Un instant, s'il vous plaît !

Le professeur Bi se précipite vers Tursi qui ouvre la portière du passager du véhicule de Torrence.

— Les cibles… Ce sont quelles villes ?

Le Turc sourit, sans répondre.

— Donnez-moi au moins le prénom des jumelles !

Michael Tursi monte dans la camionnette et referme la portière. Shane Torrence démarre, accélère et sort du bâtiment en marche arrière. Le véhicule de Fatiga suit quelques secondes plus tard.

Prison d'Inakesh, Arabie Saoudite

Ace Futrell a les yeux exorbités, toutes les veines de son cou sont tendues. Nahir détourne ses yeux de feu.

— Le général Abdul Aziz vous a laissé la vie sauve. À présent, il veut savoir qui était votre contact dans le golfe Persique.

Ali Shams resserre encore la corde. Elle s'enfonce dans son cou, s'enroule autour de ses bras, maladroitement coincés derrière le dos, avant d'être accrochée à la poulie du plafond. Une deuxième corde est placée autour du pénis d'Ace, pour l'empêcher d'uriner. Sa vessie est prête à exploser. Il a le visage cramoisi. Ace gémit derrière ses dents serrées. La tension de la corde diminue. Il inspire une bouffée d'air.

— Le nom de votre contact ?

— Santa, dit-il dans un souffle rauque. Scott Santa. Mi-russe, mi-américain. Il vit à Jeddah, il travaille à Riyad. Desserrez mes liens, je vais tout vous dire.

Nahir traduit. Le général hoche la tête.

Ace retombe sur ses genoux lorsqu'on libère la corde. Les doigts tremblants, il tourne le dos à Nahir pour délier la corde attachée autour de son pénis, laissant échapper une urine teintée de sang qui forme une petite mare sur le sol de béton.

— Le général attend.

— Il est plus grand que moi. Blanc, les cheveux noirs, les sourcils épais. La dernière fois que je l'ai rencontré, c'était à New York, juste avant Noël. Il travaillait pour Vinnell, il entraînait la Garde saoudienne. Il s'est mis à son compte, maintenant, il travaille sûrement pour la CIA. Moi, je connais bien le pétrole. Santa, lui… il connaît tout.

*

Quand on ne détient pas la clé de la vérité, on a peur du débat ; quand on ne détient pas la clé de la vérité, on a peur de la liberté de parole.

Li Datong, rédacteur en chef du journal Bingdian *(Freezing Point), s'exprimant sur la fermeture de son magazine par les autorités chinoises.*

Quand un mauvais gouvernement accède au pouvoir, on peut dire qu'il est élu par les braves gens qui ne se sont pas rendus aux urnes.

Anonyme

*

Chapitre 38

Auditorium McAlister, Université de Tulane, Nouvelle-Orléans
3 octobre 2012 – 20 h 04 (GMT – 5)

Dans une Nouvelle-Orléans totalement revitalisée, l'université de Tulane vous souhaite la bienvenue à tous. Je m'appelle Katie Couric, de CBS, et je suis heureuse de vous accueillir pour le premier débat politique avant l'élection présidentielle de 2012 entre le président Ellis Prescott, le candidat républicain, et le sénateur Joseph Mulligan, le candidat démocrate. Le débat de ce soir, qui durera quatre-vingt-dix minutes, suivra les règles déterminées à l'avance par les représentants des deux candidats. Nous parlerons surtout de politique étrangère et de sécurité du territoire. C'est moi qui poserai toutes les questions et je vous promets qu'elles n'ont pas été présentées aux candidats à l'avance. Chaque question fera l'objet d'une réponse de deux minutes, suivie d'une discussion de quatre-vingt-dix secondes, et, si je le juge nécessaire, d'une prolongation d'une minute pour creuser le sujet. Comme il en a été décidé, les candidats ne sont pas autorisés à se poser directement des questions. Le débat se terminera par une déclaration de deux minutes chacun. Sénateur Mulligan, puisque vous avez gagné le tirage au sort, c'est à vous que revient la première question.

« Sénateur Mulligan, les attentats d'Al-Qaida sur le sol américain remontent à onze ans. Depuis, nous avons déjoué trois autres attentats visant à détourner des avions de ligne, et il y a eu deux nouvelles bombes, dont l'une, hélas, a explosé dans le métro. Depuis une quinzaine de jours, des extraits d'un texte sont postés sur l'Internet, il s'agit de mémoires non publiées de feu Kelli Doyle, une ancienne conseillère à la sécurité sous l'administration Bush, assassinée en décembre dernier. Elle fait allusion à une éventuelle explosion nucléaire sur notre sol, qui déclencherait une invasion de l'Iran. J'aimerais donc savoir, sénateur Mulligan, si vous accordez un quelconque crédit à ces mémoires et pourquoi vous estimez que vous pourriez, mieux que le président Prescott, empêcher un tel drame de survenir ?

— Merci Katie. Tout d'abord, laissez-moi dire qu'au Capitole que nous sommes tous concernés par ces informations, tout comme par les accusations qui visent le mouvement néoconservateur. Qu'une bombe sale ou une bombe biologique tombe entre les mains des terroristes fait partie de nos plus grandes inquiétudes, et tout individu qui œuvrerait en faveur d'un scénario aussi horrible serait immédiatement jugé et pendu pour haute trahison. Quant aux informations proprement dites, il est difficile d'accorder une quelconque crédibilité à un rapport dont l'auteur n'est plus là pour présenter ses preuves. Mme Doyle appartenait au mouvement conservateur, il pourrait s'agir d'une simple tactique destinée à éveiller une psychose pour faire basculer l'opinion, et nous avons entendu beaucoup trop d'histoires de ce genre depuis le 11 septembre. Est-ce que je me sens capable de faire mieux que le président Prescott pour empêcher un tel attentat ? Bien entendu. Les deux dernières administrations républicaines ont prononcé des discours très durs mais ont refusé de renforcer la sécurité de nos ports et de nos frontières. Oussama Ben Laden est mort sans jamais avoir été capturé. Le golfe Persique est toujours une dangereuse marmite et la situation ne fait qu'empirer depuis que nous avons envahi l'Irak. En tant que président, mon premier objectif sera d'assouplir les tensions. Tout d'abord, je m'engagerai dans une stratégie de retrait des troupes américaines de ce qui est devenu pour l'essentiel une guerre civile entre sunnites et chiites ; ensuite je libérerai l'économie américaine de notre dépendance vis-à-vis des énergies fossiles, une bonne fois pour toutes. L'invasion de l'Irak n'avait rien à voir avec les armes de destruction massive ou les événements du 11 septembre. C'était une manœuvre des néoconservateurs qui avaient pour but de prendre le contrôle du Moyen-Orient et de ses réserves de pétrole. En envahissant l'Irak, nous n'avons fait qu'aggraver la menace représentée par les islamistes radicaux. Les deux derniers présidents n'ont cessé de parler du financement des énergies alternatives lors du discours sur l'état de l'Union, pourtant rien n'a été fait. Le prix du pétrole continue à flamber et les compagnies pétrolières amassent des dizaines de milliards de dollars de profits chaque semaine. Eh bien, mon programme est tout à fait différent et je n'ai pas l'intention de m'engager dans une rhétorique interminable. Ensemble, nous entreprendrons les démarches nécessaires pour libérer notre pays du pétrole et c'est cela, Katie, qui rendra notre pays plus sûr.

— Président Prescott ?

— Si notre pays n'a pas subi d'attentats majeurs depuis le 11 septembre 2001, c'est pour une bonne raison. Et cette raison, ce sont les lois que l'administration Bush a fait voter avec l'appui d'une Chambre et d'un Sénat républicains, lois qui lui ont permis de poursuivre les coupables, tout en garantissant la sécurité de notre nation. Le président McKuin s'était inscrit dans cette même démarche, mais il n'a pas pu renforcer la sécurité à un niveau supérieur, parce que les démocrates contrôlaient et la Chambre des Représentants et le Sénat. Néanmoins, un seul attentat dans le métro en onze ans… Il est difficile de discuter de ce genre de résultat. Mon adversaire ainsi que d'autres démocrates de gauche prétendent que les écoutes téléphoniques et les cartes d'identité ne sont rien d'autre qu'une atteinte à la vie privée, que la loi antiterroriste est une entrave à notre droit de vivre dans une société libre. Si vous en êtes convaincus, le 8 novembre, vous déposerez dans l'urne un bulletin en faveur des démocrates. Personnellement, en tant que citoyen respectueux de la loi, cela me rassure de savoir que mon gouvernement fait tout son possible pour empêcher un autre attentat et que les républicains étaient au pouvoir au moment où Al-Qaida a frappé. Quant aux récentes rumeurs, Kelli Doyle a servi son pays honorablement, et il est un peu trop facile de coller ce genre de propos dans la bouche d'une personne défunte, à quelques semaines d'une élection présidentielle. Pour ma part, je crois que cette information a été lancée par une association liée à l'aile gauche du parti démocrate. Quand je lis qu'un attentat nucléaire pourrait être provoqué par un groupe de patriotes américains… Ça me rend malade de savoir que des membres de notre parti et leurs familles sont exposés à de telles manipulations politiques.

— Sénateur ?

— En matière de manipulation politique, c'est Karl Rove qui a rédigé le manuel et les républicains qui l'ont publié ! Quant à la loi antiterroriste, nous n'avons pas le moindre commencement de preuve indiquant qu'elle a empêché un quelconque attentat ou favorisé l'arrestation d'un seul terroriste. En revanche, elle a transformé notre Constitution en une vaste farce. Si les Américains savaient exactement ce qui était écrit dans ce Patriot Act qu'il est si difficile de se procurer, une gigantesque manifestation marcherait sur Washington ! Pour s'exprimer simplement, cette loi a légalisé des mesures dignes de la Gestapo et a permis au gouvernement fédéral d'enquêter sur n'importe qui, avec ou sans preuve, et si jamais vous faites l'objet d'une telle enquête, une clause vous interdit même d'en parler. En fait, cette loi a été votée par les membres du Congrès avant même qu'ils aient eu le temps de la lire et, depuis, la Maison Blanche s'en sert pour exercer un pouvoir absolu.

— Président Prescott ?

— À nouveau, le sénateur nous montre la différence entre une vision libérale de la société et les actions nécessaires pour protéger notre démocratie contre ceux qui nous attaquent. La situation est aussi simple que terrifiante : nous vivons dans un monde où une poignée d'islamistes extrémistes sont prêts à se barder de bombes pour nous tuer et ce n'est pas en limitant notre consommation de pétrole que nous nous en débarrasserons ! Cela ne me plaît pas plus qu'à vous, mais ces extrémistes sont à nos portes. Nous savons parfaitement de quoi ils sont capables, nous avons assisté à leurs tueries et à leurs destructions insensées. Ajoutez à cela une puissance tyrannique comme l'Iran qui enrichit de l'uranium pour fabriquer une bombe nucléaire, et vous avez la recette d'un beau désastre. N'oubliez pas que c'est à nous de relever le défi et de nous montrer parfaits à chaque fois, car eux, ils n'ont besoin de réussir qu'une seule fois. La loi antiterroriste est un outil qui nous permet de les poursuivre, point final.

— Question suivante, pour le président Prescott, cette fois. Monsieur le président, comme nous l'avons déjà vu, le sénateur Mulligan fait de l'abandon des énergies fossile la clé de voûte de sa campagne. Quelles sont les réserves mondiales, et devons-nous, de manière urgente, bouleverser nos infrastructures, comme il le suggère ?

— Katie, avant sa fin tragique, le président McKuin a commandé une nouvelle enquête sur les réserves mondiales. J'ai vu ce document top-secret et je peux vous assurer, que, étant donné la consommation actuelle, nous aurons assez de pétrole jusqu'en 2035, voire plus loin. Ceci dit, je crois que la plus élémentaire prudence exige que nous continuions à explorer toutes les sources d'énergies renouvelables possibles. Cependant, contrairement à mon adversaire, je ne brandis pas le spectre de la peur sur lequel il fonde toute sa campagne.

— Sénateur Mulligan ?

— Je n'ai aucune idée de ce que contient ce document top-secret, pas plus que les autres membres du Congrès, d'ailleurs. Que nous ayons moins de dix ans de réserves de pétrole, comme l'affirment certains experts, ou vingt ans, là n'est pas la question. Les énergies fossiles s'épuisent, les énergies fossiles commandent notre politique étrangère, les énergies fossiles nous font dépendre de nations du tiers-monde qui hébergent et financent le terrorisme ; les énergies fossiles accélèrent le réchauffement climatique, qui nous met dans une situation très dangereuse, malgré tous les efforts que les deux précédentes administrations ont déployés pour nous faire croire le contraire. Katie, si j'ai un message à faire passer aux électeurs américains, c'est que cette élection nous permet de choisir quel monde et quelle économie nous voulons léguer à nos enfants.

En concentrant nos recherches sur les énergies renouvelables, nous réduirons le réchauffement de la planète, nous nous libérerons de notre dépendance vis-à-vis de régimes hostiles, nous créerons de nouvelles industries sans faire appel aux délocalisations, et nous éliminerons la corruption engendrée par le lobby du pétrole depuis soixante ans. La seule raison pour laquelle la majorité républicaine continue à bloquer ces initiatives année après année, c'est parce que leurs campagnes sont financées par les entreprises qui entretiennent cette dépendance. Si le Brésil peut passer à l'éthanol E85 et se libérer de sa dépendance vis-à-vis du pétrole, pourquoi pas nous ? Le peuple américain mérite mieux que cela.

— Président Prescott ?

— Changer les infrastructures d'un pays comme le Brésil n'est pas la même chose que changer l'infrastructure de l'économie la plus florissante du monde. Nous devons déjà faire face à des déficits incommensurables, où trouverions-nous l'argent ?

— Sénateur ?

— En plus des nombreuses pertes en vies, nous avons déjà dépensé un trillion de dollars pour une guerre qui n'aurait jamais dû commencer, somme qui augmente de quatre-vingts milliards de dollars par an. Vous êtes-vous déjà demandé où passait tout cet argent ? Il remplit les poches des entreprises qui font le commerce des armes et des industries qui tiennent à maintenir notre dépendance vis-à-vis des énergies fossiles. Ce que je veux, c'est ramener nos hommes et nos soldats, hommes et femmes, à la maison et utiliser ces quatre-vingts milliards de dollars par an pour planter les graines d'une nouvelle économie verte, d'une économie écologique. La prospérité des masses populaires doit passer avant la cupidité de quelques-uns. Trop, c'est trop.

— Sénateur Mulligan, vous dites vouloir lier votre politique intérieure comme votre politique étrangère à de profonds bouleversements dans les infrastructures de notre pays, afin de nous libérer des énergies fossiles. Plus concrètement, que ferez-vous durant les cent premiers jours de votre mandature ?

— Katie, tout d'abord, je gèlerai les émissions de CO2 et je demanderai un moratoire, pour suspendre l'implantation de toute nouvelle usine alimentée au charbon qui ne serait pas dotée de système de récupération du CO2. Notre objectif est de réduire les émissions de dioxyde de carbone de 90 % dans les trente prochaines années. Ensuite, je supprimerai la taxe sur les salaires pour la remplacer par une écotaxe sur le carbone, chose pour laquelle le vice-président Al Gore milite depuis 2007. Le principe, c'est de créer un fonds antipollution, pour que les entrepreneurs investissent dans les nouvelles technologies, destinées à éliminer la pollution, tout en réalisant des profits en revendant leurs économies de CO2 sur le marché. Je demanderai aussi qu'on fasse des voitures plus économiques en carburant, pour finir par interdire les véhicules qui utilisent plus de 50 % de carburant fossile.

— Sénateur, ces bouleversements ne risquent-ils pas de coûter très cher ?

— Un trillion de dollars, Katie, c'est ce que nous a coûté la guerre au Moyen-Orient pour l'instant. Tous les Américains devraient se poser une question : aurions-nous vraiment dépensé tout cet argent pour envahir l'Irak s'il n'y avait pas eu de pétrole ? Lorsque vous dites que mon programme est trop cher, nous en avons déjà payé le prix, et c'est sans compter le coût humain. Une fois en place, nos programmes écologiques nous rapporteront beaucoup plus, tout en réduisant les émissions de dioxyde de carbone et en luttant contre le réchauffant climatique. Si nous attendons encore, nous laisserons quelques industriels cupides continuer à préserver leurs propres intérêts financiers, tout en dissimulant les preuves qui montrent qu'il faut agir maintenant. Sinon, le prix à payer sera encore beaucoup plus élevé, et cette fois, nous n'en aurons plus les moyens.

Smokey Hills, Kansas, 6 h 49 (GMT – 7)

L'agent spécial Elliot Green fait le plein de sa Honda à la station Exxon, ses yeux injectés de sang braqués sur la camionnette blanche qui entre dans l'allée du McDonald. Il aimerait faire un petit passage aux toilettes, mais la camionnette est déjà devant le guichet.

Non, tant pis...

Il rebouche le réservoir, range la pompe, remonte dans sa voiture de location où il augmente le volume de la radio pour écouter le débat présidentiel.

De l'autre côté, la camionnette sort du McDonald et s'engage sur l'autoroute 83, en direction du sud. L'agent du FBI suit, sept voitures plus loin.

***

Elliott Green suivait la camionnette de Tursi et Torrence depuis plus de seize heures. Après avoir quitté le garage de Flagstaff, les deux suspects étaient sortis d'Arizona par la route 40. Une fois au Nouveau-Mexique, Green avait pris son téléphone pour contacter le FBI de Phoenix.

Phoenix n'est pas le poste le plus proche de Flagstaff, mais c'était un de ceux auxquels Green faisait confiance. En juillet 2001, deux mois avant le 11 septembre, Kenneth Williams, un agent spécial de la brigade antiterroriste, avait alerté le quartier général, à propos d'un groupe d'extrémistes islamistes qui prenaient des cours de pilotage. Adressé à Robert Mueller, le mémo de Williams mentionnait spécifiquement la possibilité d'un détournement d'avion. Sa requête, demandant une étude urgente sur les écoles d'aviation, afin de voir si cela ne cachait pas un complot de grande envergure, fut rejetée. Par la suite, Mueller classa le mémo secret-défense et refusa de le présenter à la commission d'enquête du Sénat sur le 11 septembre.

Green avait communiqué à Phoenix les coordonnées du garage désaffecté, ainsi que le numéro de plaque minéralogique de la camionnette. Il mentionna également le coup de téléphone du directeur du FBI, Schafer, à Michael Tursi.

Tandis que la camionnette filait vers le Colorado, en empruntant le chemin des écoliers avant de s'engager sur la route 70, le directeur de Phoenix appela Green pour lui signaler que le garage avait explosé et totalement brûlé. Comme l'agent Green était suspendu, le directeur de Phoenix était dans l'obligation de transmettre l'information à ses propres supérieurs.

Mercredi, en fin d'après-midi, la camionnette blanche franchit la frontière du Kansas. Pendant un instant, elle sembla vouloir poursuivre sur la 70, jusqu'à ce que les suspects prennent la 83, vers les « Badlands », les « Mauvaises Terres ».

Elliot est exténué. Depuis des semaines, il n'a pas dormi plus de deux heures d'affilée, de peur de perdre la trace de Michael Tursi. Il tient à coup de caféine, d'adrénaline et de peur... la peur qu'une détonation nucléaire soit imminente, que la moindre erreur de sa part provoque la mort de millions d'innocents.

Il s'est repassé la conversation entre le directeur Schafer et Michael Tursi des dizaines de fois, tout en conduisant, dans l'espoir de percer le code.

« La patiente est en salle de travail. » *L'attaque est imminente.*

« Quel hôpital ? »

« Sainte-Marie. »

« Déjà ? » Le nom de l'hôpital doit déterminer la date de l'attaque.

« Oui ou non, le docteur est prêt ? »

« Il est prêt. J'ai entendu parler de jumelles. »

Bi a fabriqué deux bombes, prêtes à être livrées sur les lieux choisis.

Deux camionnettes, deux bombes. Pour empêcher la seconde d'exploser, il devait arrêter la première.

***

Son envie d'uriner devient pressante. La vessie prête à exploser, Elliot remue les jambes. Il s'apprête à s'arrêter lorsque la camionnette vire soudain à gauche, vers Jayhawk Road.

Ils se trouvent dans une région isolée, appelée Smoky Hills, les « collines enfumées », la première région classée au Patrimoine national par le Département de l'intérieur pour son intérêt historique. Ces régions plates remontent à la période du Crétacée, il y a plus de cent millions d'années, lorsque le Kansas était encore recouvert de mers dangereuses, peuplées de gigantesques plésiosaures et autres monstres préhistoriques. Désert fossilisé, la vallée possède des formations calcaires qui se dressent parfois jusqu'à vingt mètres de haut, entre des buttes et des arches de grès impressionnantes.

Elliott jette un coup d'œil au calendrier qu'il a acheté trois arrêts plus tôt.

« La patiente est en salle de travail. » Y aurait-il des vacances, bientôt ?

Il regarde le calendrier.

Halloween, peut-être… Un instant, lundi, c'est Columbus Day… Est-ce que cela pourrait être si tôt ? Quel est le rapport entre Christophe Colomb et Sainte-Marie ? Attends voir… 1492, trois bateaux, comment s'appelaient-ils ? *La Niña, la Pinta* et…

— … la *Santa Maria !* L'hôpital Sainte-Marie ! L'attaque est prévue pour lundi !

Il manque de quitter la route, car la camionnette tourne encore, vers le sud, cette fois. Green suit et se retrouve soudain sur une portion de route déserte, avec la camionnette et lui pour seuls véhicules.

Fais gaffe, Elliot ! Il ralentit mais n'a aucun moyen de se cacher.

Des nuages de poussière se soulèvent tandis que la camionnette s'arrête sur le bas-côté de la route.

Merde ! Ils t'ont repéré… Trop tard, continue, tu les laisseras repasser à la première occasion.

Green planque son matériel électronique et le dossier qui implique Schafer sous son siège. Il accélère en laissant la camionnette sur sa gauche et regarde droit devant lui… sans voir l'homme agenouillé sur le côté droit de la route.

Une rafale de balles fait éclater la vitre du passager, la tête d'Elliot Green asperge le tableau de bord. La voiture de location se déporte vers la gauche, continue sur une cinquantaine de mètres à travers champ avant de s'immobiliser.

Shane Torrence traverse le macadam en courant et rejoint Michael Tursi. Les deux agents de la SSB s'approchent du véhicule accidenté, armes à la main.

Tursi ouvre la porte du chauffeur et remet le cadavre sur le siège. De l'urine s'écoule de l'entrejambe.

Torrence regarde le visage ensanglanté de l'homme aux yeux toujours ouverts.

— Et merde !

— Quoi ? Tu le connais ?

— C'est l'agent du FBI, celui qui surveillait Bi.

— Schafer ?

— Qui veux-tu que ce soit d'autre ?

— Espèce d'abruti incompétent !

Le Turc tire encore quatre autres coups dans la poitrine de Green, Torrence recule, pour le couvrir.

— Du calme, le Turc !

Avec le canon de son arme, Torrence explore les vêtements de Green, sent le téléphone portable dans une poche de pantalon. Il le sort avec précaution, essuie le sang avec un morceau du t-shirt de l'agent décédé.

— On vérifiera ses appels sortants, on verra avec qui il est en contact.

— Bonne idée.

Tursi regarde autour de lui. La plaine désertique s'étend de tous côtés, interrompue parfois par une excroissance rocheuse. Il indique le sud-est.

— Envoie-le faire une petite balade pendant que je change nos plaques.

Torrence hoche la tête et observe le sol. Il ramasse quelques grosses pierres pendant que Tursi retourne vers la camionnette. D'une grande enveloppe sous le siège, il retire de nouvelles plaques, enregistrées dans l'Ohio, cette fois. Avec le tournevis de la boîte à gants, il démonte les vieilles plaques et installe les nouvelles, tandis que Torrence fait redémarrer la voiture de l'agent du FBI et bloque le volant en direction du sud-ouest. Il pose les pierres sur la pédale d'accélérateur, enclenche le levier de vitesse et envoie Elliott Green valdinguer au cœur de la plaine désertique, vers une destination inconnue.

*

« Que faisait l'armée ? » Le général Richard Myers [président du Comité des chefs d'état-major interarmées] et Mike Snyder, [porte parole de la NORAD (North American Aerospace Defense Command)], ont tout deux déclaré qu'aucun avion militaire n'avait reçu l'ordre de décoller avant l'attaque du Pentagone [9 h 38]. Pourtant, le vol 11 American Airlines présentait deux des signes caractéristiques d'un détournement dès 8 h 15. Cela signifie que les procédures qui permettent habituellement d'intercepter un avion suspect en une dizaine de minutes n'avaient toujours pas été déclenchées au bout de quatre-vingts minutes. Cet énorme retard laisse penser qu'on a très certainement donné l'ordre aux avions de rester au sol et, de ce fait, de ne pas appliquer les procédures réglementaires.

Professeur David Ray Griffin, The 9/11 Commission's Incredible Tales

Un rapport de Kenneth Mead, inspecteur général au ministère des Transports, indique que le responsable du centre de contrôle du trafic aérien de New York avait demandé aux aiguilleurs du ciel de témoigner devant une caméra quelques heures après les attentats, pensant que leur expérience serait précieuse pour les forces de l'ordre. Selon ce même rapport, entre décembre 2001 et janvier 2002, un directeur du service qualité de la FFA, dont l'identité reste inconnue, a brisé les cassettes de ses propres mains et a découpé les bandes en petits morceaux avant de les éparpiller dans différentes poubelles. Le responsable a déclaré avoir détruit les cassettes parce qu'il estimait que cette procédure était contraire aux règles de la FAA qui exigeaient un rapport écrit chaque fois qu'un contrôleur avait affaire à un accident d'avion ou tout autre incident grave.

Leslie Miller, Associated Press Writer, 6 mai 2004

*

Chapitre 39

Hôtel de la mer Rouge, Jeddah, Arabie Saoudite
6 octobre 2012 – 1 h 26, heure locale

Une brise légère souffle par les fenêtres ouvertes du balcon qui donne sur la mer Rouge. Affalé bras en croix sur l'un des deux grands lits de la chambre, Scott Santa termine de fumer son joint, les yeux braqués sur la retransmission en direct du débat présidentiel. Les deux prostituées asiatiques sont allongées sur l'autre lit, imbriquées l'une dans l'autre, comme des cuillères. Il augmente le volume car l'une des deux se met à ronfler. Deux petits coups à la porte.

— Service d'étage.

— Il serait temps !

Il écrase son joint, enfile son boxer et ouvre la porte. La police saoudienne s'engouffre à l'intérieur, armes pointées vers son visage.

— À genoux !

— Américain ! Je suis américain ! Mes amies travaillent pour…

— La ferme !

Un des policiers le frappe sur la tête avec un bâton.

Les deux femmes nues se couvrent tandis que leur client est menotté et entraîné hors de la chambre.

Raffinerie d'Abqaiq, Arabie Saoudite, 4 h 16, heure locale

— Ce soir, nous allons changer le cours de l'histoire. Tout d'abord, nous allons reprendre les ressources qu'on nous a volées, et ensuite, nous reprendrons le pouvoir sur notre nation.

Quatre mille travailleurs, dont la moitié de nationalité étrangère, acclament la retransmission Internet en direct du prince Al-Walid Ben Talal et de ses frères d'armes, les membres du mouvement Ashraf.

Depuis 2005, Al-Qaida et les autres groupes islamistes ont lancé une dizaine d'attaques contre la raffinerie d'Abqaiq, le site le plus sécurisé de toute l'Arabie Saoudite. L'assaut de ce soir, exécuté sans verser une goutte de sang, marque l'apogée de huit mois de propagande intensifs auprès des travailleurs qui ont toujours méprisé la Maison des Saoud, associés à trois semaines de travail sans salaire, suite à des « problèmes techniques » à la National Bank.

À présent, quelques heures après la prise de contrôle, les ouvriers arrivent sur les lieux par centaines, armés pour la plupart, et ovationnent l'armée saoudienne et ses véhicules militaires. En Arabie Saoudite, c'est la Garde nationale, composée de Bédouins fidèles, qui est chargée de la protection de la famille royale et de la sécurité des grandes villes. Les Forces armées saoudiennes, inférieures en nombre, sont basées en dehors des grands centres administratifs, pour qu'il leur soit plus difficile de renverser le régime.

Mais l'isolement de ces soldats mécontents a permis aux dirigeants d'Ashraf de les faire pencher de leur côté. Avec la prise du complexe d'Abqaiq, les militaires se sont mobilisés et sont arrivés à la raffinerie avec leurs vieux Bradley, inactifs depuis longtemps, et les véhicules de transport de troupes blindés, tandis que, dans le bâtiment administratif, Ramzi Karim se réunit avec les conseillers militaires qui coordonnent la révolution.

— Le complexe est sécurisé, annonce le général Al-Jaber. Sept blessés légers, tous membres du ministère de l'Intérieur. Les ingénieurs américains seront confinés dans les dortoirs, comme convenu. Les employés d'Aramco restés fidèles à la famille royale ont été séparés des autres et sont sous bonne garde à la cafétéria.

— Et les infrastructures ? demande Ramzi en hochant la tête.

— Toutes les stations de séparation et les unités de gaz naturel sont bardées d'explosifs, annonce Mohammed Zayed, un responsable d'Aramco grincheux. Les équipes de démolition se dirigent vers les stations de pompage à présent.

— Arrangez-vous pour que les télés filment tout dès leur arrivée. Les bases militaires ?

— Le commandement de Dhahran dit que la ville est sécurisée.

— Le commandement nord Hafr al-Batin aussi. Quatre pilotes saoudiens ont été arrêtés, les autres royaux n'ont pas repris leur service depuis que leurs comptes en banque ont été vidés.

Ramzi sourit.

— Et les bases de Tabuk et Khamis Mushayt ?

— Les centres de commandement du Nord-Ouest et du Sud sont sous contrôle. Mais on savait que les bases ne poseraient pas de problème. Comment va réagir le clergé ?

— Il va attendre de voir comment ça tourne.

— Nous avons toujours la surprise de notre côté, rappelle le général. On devrait peut-être en profiter pour marcher sur Riyad. Avec le roi et ses ministres en France…

Ramzi fait non de la tête.

— Marcher sur Riyad maintenant, c'est comme si on invitait l'armée américaine à entrer dans l'arène, et nous n'avons vraiment pas besoin d'une confrontation directe. La raffinerie est notre navire de guerre, c'est aussi notre seul champ de bataille, et nous avons quelques problèmes à régler aux États-Unis avant de passer à l'étape suivante. La dernière chose que nous voulons, c'est apparaître comme des extrémistes islamistes. Laissons la famille royale manifester son désespoir. Notre but premier est de gagner la bataille de l'image dans les médias occidentaux et la confiance de notre peuple.

Boca Raton, Floride, 7 h 40 (GMT – 5)

Jennifer Wienner longe la route panoramique A1A en direction du sud, avec l'Atlantique d'un bleu limpide sur sa gauche, et les hauts bâtiments sur sa droite. Assez contente de sa campagne, elle est pourtant loin d'être satisfaite.

Selon les derniers sondages, le sénateur Mulligan l'emporterait par 52 % contre 44 %. De plus, l'opinion publique approuve le retrait immédiat des troupes américaines du Moyen-Orient ainsi que les efforts en faveur d'une économie verte.

Les sondages ne veulent pourtant rien dire quand on a affaire à un parti républicain prêt à tout pour gagner et capable de sortir une « surprise d'octobre » à n'importe quel moment.

***

La première « surprise d'octobre » remonte à l'élection présidentielle de 1980. Pour assurer la réélection de Jimmy Carter, son gouvernement préparait une deuxième opération commando pour libérer les otages américains en Iran, au cas où les négociations seraient rompues.

Lorsque les responsables de la campagne Reagan-Bush entendirent parler de cette opération, ils lancèrent une vaste campagne tendant à faire croire que le président Carter projetait une « surprise d'octobre », manœuvre destinée à lui faire remporter les élections. Pendant ce temps, l'ancien directeur de la CIA, George Bush, et d'autres membres de l'équipe Reagan rencontraient des hauts responsables iraniens et israéliens dans un hôtel parisien, pour passer un accord secret selon lequel ils fourniraient des armes et du matériel militaire à l'Iran à condition que les otages américains ne soient pas libérés avant l'élection.

Le 21 octobre, l'Iran rompit publiquement les négociations avec Carter et dispersa les otages sur différents sites dès le lendemain, afin d'empêcher toute nouvelle opération de sauvetage. Deux jours plus tard, un avion chargé de pneus de F-4 en provenance d'Israël atterrit en Iran, à l'insu du gouvernement Carter. Reagan remporta l'élection, et les otages furent libérés le 21 janvier 1981, quelques minutes après que le nouveau président républicain eut prêté serment.

***

Quittant l'A1A à Palmetto Park Road, Jennifer se gare en face d'un fast-food. Elle commande un sandwich et un café à emporter, et reprend l'A1A pour se rendre dans un petit pavillon sur le front de mer et manger tranquillement.

Il y a une dizaine de bancs sous la structure légère, dont l'un est occupé par un couple de soixante-dix ans, et un autre par une femme en tenue de sport très mini qui dorlote son caniche nain. Près de la balustrade, des adolescents observent les surfeurs qui profitent des rares grosses vagues. Un peu plus loin sur la plage, une classe de yoga termine sa méditation au lever du soleil.

Regrettant de ne pas avoir la plage à elle seule, elle grignote son sandwich. Vingt minutes s'écoulent.

— Vous permettez ?

Sans attendre la réponse, Kenneth Keene Junior s'assied à l'extrémité de son banc, ôte son casque de cycliste et sort une bouteille d'eau et un fruit de son sac.

— Pause potassium, dit-il.

— Vous êtes en retard.

— Il y a une série de spots publicitaires sur le sénateur Downing toutes les heures. On dirait une horreur de série à l'eau de rose. Je ne pouvais pas rater ça. Le dernier montre le dossier médical de la fausse couche de sa femme il y a six ans, sauf que ce n'était pas sa femme, mais une danseuse exotique !

— Un homme qui base sa campagne sur l'interdiction de l'adoption pour les homosexuels devrait peut-être s'arranger pour que sa vie soit irréprochable, non ?

— Ça m'étonne quand même, la manière dont ils sortent ça juste en ce moment… C'est comme si… comme s'ils pouvaient lire dans les pensées.

— Et sur notre homme ?

— Des ragots. Rien de tangible. On va arrêter bientôt. Ça devient difficile.

Elle contemple l'océan.

— Avant que vous renonciez, il faut que vous me retrouviez quelqu'un. Il s'appelle Armond Proctor, on le surnomme Dale. Blanc, la cinquantaine bien tassée, c'est un ancien marine qui travaillait dans les explosifs sur les plateformes pétrolières offshore pour Dresser Atlas, en Louisiane. Il est parti travailler pour la NSA, comme analyste informatique en 1994. Il a passé cinq ans dans les services de contre-espionnage avant d'être embauché par Diebold. Il a disparu pendant la campagne électorale de 2000.

— Vous êtes sûre qu'il est toujours en vie ?

Elle se lève, lui lance la moitié de son sandwich.

— Il est vivant. Je veux qu'on le trouve… avant l'élection.

Washington Monument, Washington, 7 h 38 (GMT – 5)

Le gigantesque obélisque blanc, qui se dresse à cent soixante-dix mètres de haut, se reflète dans les eaux étincelantes de la baie qui s'étend jusqu'au mémorial Lincoln. Scott Swan repère Howard Lowe qui lit le journal sur un banc. Le directeur de la Sécurité du territoire ne prend pas même la peine de lever les yeux tandis que le représentant de la Défense s'approche à portée d'oreille en faisant semblant de parler dans son portable.

— J'écoute.

— J'ai des informations, dit Lowe, mais ce n'est pas gratuit.

— Donnez votre prix. Sultan est désespéré.

— Ce n'est pas Sultan qui doit payer, c'est vous. Deux cents plaques.

— Deux cents millions de dollars ? Vous êtes fou !

Lowe poursuit sa lecture.

Swan peste dans son téléphone.

— Bon, qu'est-ce que vous avez ?

— On a comptabilisé au moins trois trillions de dollars de fonds détournés. De l'argent sale pour l'essentiel, c'est pourquoi les institutions financières restent discrètes. En Occident, du moins. Dans d'autres pays, les banquiers se retrouvent dans des sacs à viande.

— Comment transitent les fonds ?

— Promis. Quelqu'un a fabriqué un ver très intelligent. Vous vous souvenez de Kelli Doyle ?

— La fille de la SSB ? Je croyais qu'on l'avait éliminée.

— Oui, mais avant, apparemment, elle a confié Promis à son mari. Un sacré malin, celui-là. On lui a mis la main dessus deux fois, on l'a d'abord perdu au Canada et ses mômes ont disparu sans laisser de traces. Il y a sept semaines, on le retrouve à la National Bank, à Riyad.

— Bon sang. Vous avez la moindre idée…

— Oui.

— On peut inverser le processus ? On peut retrouver les fonds ?

— Pas sans le ver.

— Où est le mari de Doyle à présent ?

— Ce sont les Saoudiens qui le détiennent. Ils ne savent pas qui il est ni ce qu'il a fait.

— Dites-moi simplement où il est !

— Inakesh.

*

Nous avons découvert le point faible des juifs : ils aiment la vie. Puisqu'ils aiment la vie, nous allons la leur prendre. Notre victoire est assurée, car ils aiment la vie comme nous aimons la mort.

Cheik Hassan Nasrallah, chef du Hezbollah. (L'Union européenne a fermement refusé de faire figurer le Hezbollah dans la liste des organisations terroristes.)

Nous ne sommes pas parvenus à faire aimer la vie à nos enfants. Nous leur avons appris à sacrifier leur vie pour Allah, mais nous ne leur avons pas appris comment vivre pour honorer Allah.

Abd Al-Hamid Al-Ansari, ancien doyen du département de droit islamique de l'université du Qatar, 2005

Il existe un noyau dur très déterminé. Ils reviendront à l'attaque encore et encore chaque fois qu'ils trouveront une bonne idée.

Steven Simon, ancien membre du Conseil de sécurité national de la Maison Blanche, auteur de The Next Attack, *Newsweek, 21-28 août 2006, à propos d'Al-Qaida et des moudjahidines, après leur attentat manqué contre un avion de ligne américain qui venait de décoller de Londres*

*

Chapitre 40

Prison d'Inakesh, Arabie Saoudite
6 octobre 2012 – Samedi

Le visage émacié de l'étranger est triste, ses yeux sont profondément enfoncés dans les orbites. Ses cheveux sont plus longs, les tempes plus grisonnantes. La moustache et la barbe noire en broussaille sont parsemées d'étranges fils argentés.

Ace contemple son propre reflet dans le miroir de la salle de bain et hausse les épaules. Le garde lui tend un rasoir et lui fait un signe avec son fusil.

Calme-toi. Tu as survécu à un autre vendredi. La main tremblante, Ace se rase.

***

Vingt minutes plus tard, il sort de la salle de bains, fraîchement douché pour la première fois depuis près de deux mois. Les cicatrices de ses blessures sont dissimulées sous une chemise parfaitement repassée. Sans l'entraver, on le conduit dans la cour et dans les différents bâtiments administratifs dont l'un est réservé aux visiteurs.

Il capte les effluves d'une lotion après-rasage européenne familière juste avant d'entrer dans la petite salle de réunion.

Un garde, qui a l'air de s'ennuyer, se tient près de la porte. Le directeur observe derrière un miroir sans tain.

À l'autre bout de la table, l'assassin de Kelli Doyle fume une cigarette. L'homme lève les yeux vers Ace et s'efforce de sourire.

— Ah, vous voilà ! On dirait qu'on a perdu quelques kilos, mon grand. Je parie que vous êtes ravi de retourner aux États-Unis.

Ace ne répond pas, mais il fusille du regard l'assassin de sa femme, l'adrénaline envahit tout son corps et le fait trembler.

Des tics nerveux distordent la bouche de Scott Santa.

— J'ai parlé avec la police saoudienne. Ils ont généreusement accepté vos aveux. Je suis là pour vous faire sortir. Ne faites pas l'idiot et dans quelques heures, vous serez dans un avion et vous pourrez retrouver Leigh et Sammy.

À la mention de ses enfants, Ace se sent comme soulevé dans les airs et saute par-dessus la table. Il renverse Santa sur sa chaise, il a les mains sur la gorge de l'assassin, ses pouces s'enfoncent déjà dans la chair et compriment le larynx.

Bureau Ovale, Maison Blanche, Washington, 9 h 46 (GMT – 5)

Le directeur de la Sécurité du territoire, Howard Lowe, entre dans le bureau Ovale. Le président Prescott s'y trouve déjà en compagnie de Joseph Kendle. Le secrétaire à la Défense a étalé les dernières photos de reconnaissance satellite prises au-dessus de l'Arabie Saoudite.

— Vous connaissez la nouvelle ?

— J'ai écouté CNN. Que veulent ces rebelles ashrafs ?

— Une démocratie débarrassée de la famille royale.

— Bande d'enfoirés !

— J'ai eu Sultan au téléphone toute la matinée. Il veut que nous envoyions des troupes américaines, sinon, il ferme les vannes...

— Sauf qu'Ashraf contrôle la plus grande raffinerie, termine le secrétaire à la Défense. On fait le moindre geste, et ils font sauter toute l'infrastructure... Il faudra des années pour tout reconstruire.

Prescott fait signe à Lowe de s'approcher et baisse la voix.

— Nous pourrions négocier avec Ashraf s'il se produisait quelque chose qui compromette la Maison des Saoud. Et si... vous savez...

— Les choses avancent normalement, d'après ce que je sais.

Le président se tourne vers son secrétaire à la Défense.

— Joe ?

— D'une pierre, deux coups ? Vite fait bien fait ?

— Alors, je n'ai plus qu'à contacter les médias. Leur parler d'Ashraf. Planter les premières graines...

— Non, monsieur.

— Monsieur le président, nous sommes samedi. Allez à Camp David, laissez votre porte-parole se charger de cela. Vous avez discuté avec Sultan. Sa garde nationale maîtrise la situation. Nous soutenons nos alliés, le bla-bla habituel, mais il n'est aucunement nécessaire d'envoyer des troupes pour l'instant.

— Bon... Vous avez raison. J'ai besoin de repos. Il y a de beaux matchs ce week-end. Les Redskins contre les Cow-boys.

Lowe hoche la tête.

— Essayez de vous reposer, monsieur. La semaine va être dure.

Port maritime de Dundalk,
Baltimore, Maryland
23 h 25 (GMT – 5)

Le Trail Blazer Chevrolet franchit le portail de sécurité, son occupant montre son badge au gardien de service. Jamal al Yussuf emprunte le chemin de derrière qui conduit au fleuve et se gare dans le parking du personnel. Il travaille dans l'équipe de nuit depuis deux mois.

Ce soir, c'est son dernier jour dans ce port maudit.

La « livraison » est arrivée deux heures plus tôt, dans une camionnette blanche, sous un pont de l'Interstate 95. Jamal s'est trimballé les deux valises et le gros sac marin jusqu'à sa voiture, sans oublier l'exemplaire du Coran que son « contact » lui a laissé.

Il choisit une place proche de son objectif et sort le sac marin de la banquette arrière, sentant sa chaleur interne lorsqu'il le passe sur son épaule. Il allume une cigarette pour se calmer et se dirige vers une digue ouverte au-dessus de la mer.

Le container jaune vif est arrivé la veille. La grue l'a déchargé, sur les instructions de Jamal, qui a demandé au portiqueur de le laisser dans un endroit qu'il savait plutôt très calme, pendant le service de nuit.

Le container d'acier de douze mètres de long sur deux mètres cinquante de large et autant de haut a une capacité maximale de vingt tonnes. Il est situé tout en bas d'une pile de quatre. Les autorités qui voudraient retracer son parcours apprendront qu'il vient de Téhéran et qu'il a été chargé à bord dans la république islamiste d'Iran au port de Khomeiny, dans le golfe Persique. Il a ensuite été transféré sur le navire d'une compagnie sino-indienne qui a fait escale à Hong Kong et Singapour avant d'arriver aux Philippines, où les documents officiels ont été échangés contre des fausses factures. De là, le container a traversé le canal de Panama avant de remonter la côte Atlantique jusqu'à Baltimore, sa destination finale.

Jamal vérifie que personne ne rôde dans les parages avant d'ouvrir la porte du container. L'intérieur est entièrement rempli de cartons, qui montent jusqu'au plafond d'un côté, et de longs tapis persans emballés dans des bâches de plastique, de l'autre. Il commence à dégager les cartons légers, comme convenu, et se fraye un chemin jusqu'au centre du container où il trouve la boîte de plomb, fixée au sol. Il ouvre le couvercle et regarde à l'intérieur.

Vide.

Jamal ouvre son sac de marin, verse son contenu dans la boîte de plomb : fils électriques, sacoches, emballages plastique, crochets métalliques, tous couverts de résidus radioactifs.

Il ferme le couvercle et laisse les cartons vides, comme on le lui a ordonné, avant de se précipiter vers le quai et de jeter le sac vide dans le Patapsco, où il le regarde se remplir et sombrer.

Une heure plus tard, Jamal se dirige vers le nord sur la Route 83 avant d'emprunter la Turnpike.

Venice Beach, Californie,
7 octobre 2012 – dimanche, 11 h 15 (GMT – 8)

La promenade romantique est bordée de grands palmiers, la foule s'arrête pour admirer les artistes des rues, s'extasie devant les hommes et les femmes en maillot de bains, qui se prélassent sous le soleil californien.

Main dans la main, Omar Kamel Radi et Susan Campbell déambulent sur le front de mer. La monitrice d'aérobic de trente-six ans aux yeux verts passe le bras autour de la taille de son petit ami régulier depuis deux mois. Elle se rend compte qu'il est très tendu.

— Omar, quelque chose ne va pas ? Tu ne dis rien.

— J'ai eu des nouvelles de chez moi. Deux de mes sœurs ont été tuées par des soldats américains.

— Oh, mon Dieu !

Elle s'arrête !

— Comment peut-il encore se produire des choses pareilles. Elles étaient au Caire ?

— Bagdad.

Il se tourne, essuie une larme.

— Je ne suis pas égyptien, Susan, je suis irakien. Cela t'ennuie ?

— Cela m'ennuie que tu m'aies menti.

— Les gens jugent toujours.

— Je ne te juge pas. Mon cousin, il est là-bas, en ce moment, il se bat pour la liberté de ton peuple.

Les yeux d'Omar rétrécissent sous l'effet de la colère.

— La liberté ! Tu sais de quoi tu parles ? Franchement, ça m'étonnerait !

— On ne devrait peut-être pas parler de cela maintenant.

— Si, il faut en parler.

Les gens se retournent sur eux. Susan s'éloigne, Omar la rattrape.

— Tu ne sais même pas ce que nous voulons, Susan ! On n'a jamais demandé votre aide, on n'a jamais demandé la liberté, on veut simplement vivre en sécurité. On veut simplement vivre en paix.

— Calme-toi.

— C'est peut-être ton cousin qui a tué mes sœurs, hein ? Il a peut-être cru qu'elles étaient dangereuses.

— Arrête ! Arrête tout de suite ! Mon cousin ne tirerait jamais sur une jeune fille sans défense.

— Comment tu le sais ? Vos soldats lancent des bombes qui tuent des familles entières, c'est ça, la liberté dont tu parles ? Les chiites prennent le contrôle de nos villes, ils tuent des civils, c'est ça, la liberté que tu veux ? Tu n'y connais rien. Tu n'es qu'une ignorante qui a toujours mené la belle vie… tu danses, tu conduis ta voiture, tu fais du surf… Dans quel bain de sang tu l'as eue, ta liberté ? Qu'est-ce que tu serais prête à sacrifier pour la garder ?

— J'aime mon pays et…

— Tu aimes ton pays et, moi, j'aime le mien. Qu'est-ce que tu ferais, Susan, si des soldats entraient chez toi et tuaient tes parents ? Tu sourirais aux libérateurs qui tuent ta petite sœur ? Ou ton grand-père, sur sa chaise roulante ? Tu les remercierais, les bouchers qui touchent une prime de deux mille dollars pour chaque membre de ta famille mort ?

Elle a les yeux remplis de larmes.

— Omar, je suis désolée, je ne savais pas…

— Non, tu ne voulais pas savoir ! Tant que cela ne te concerne pas, tant que tu as de l'essence pour ta voiture et de l'électricité pour ton climatiseur, le prix de la liberté en Irak n'est pas trop cher…

Elle cherche à s'approcher de lui, mais il recule. Il s'étrangle sur les mots…

— Je t'aime… mais cela ne peut pas durer. Il s'est passé trop de choses. Il y a eu trop de morts.

Il court sur quelques pas avant de se retourner, les yeux pleins de fureur.

— Tu veux savoir ce que c'est, la liberté, Susan Campbell ? La liberté, c'est le pouvoir d'imposer la justice à tes ennemis, c'est ça, la liberté !

Il lui adresse un dernier regard et part en courant sur la plage.

Washington, dimanche, 16 h 17 (GMT – 5)

Et les Cow-boys trébuchent sur les Redskins sur la ligne des trente-cinq yards. Et cela…

Les piliers de bar sifflent, la foule se disperse pour éviter les encombrements de la fin d'après-midi.

Howard Lowe donne une tape sur l'épaule de Gary Schafer.

— La partie est terminée, allons marcher un peu.

***

Les deux hommes longent la rive du bassin le long du mémorial de Jefferson, sur la promenade bordée de centaines de cerisiers, offerts par le gouvernement japonais en 1912.

Le chef du FBI masse la raideur de sa nuque.

— Quand ton ami t'a-t-il contacté ?

— Hier soir. Gary, tu n'aurais pas dû me parler de Springfield. Les ordres du colonel étaient très clairs.

— Howard, je te jure que je croyais avoir la situation en main.

— Ce n'était pas le cas. Green a contacté Phoenix. À présent, ils sont sur le coup, ce qui nous force à agir. On doit faire un sacrifice pour protéger ton service… Et nous tous.

— Je t'écoute.

Le directeur de la Sécurité du territoire s'arrête pour cueillir une fleur de cerisier.

— Gary, tu te souviens du film le *Choix de Sophie ?* Le personnage de Meryl Streep qui avait survécu à l'Holocauste ? Elle était extraordinaire dans le rôle.

— Oui. Elle devait faire un choix, n'est-ce pas. Entre deux de ses enfants.

Lowe hoche la tête.

— Une des jumelles survit, l'autre meurt. Contacte notre ami pour lui faire part de ta décision. Et ensuite, sauve l'enfant… Personnellement.

*

Je suis outré, moi aussi, que ces prisonniers aient été traités ainsi.

Président George W. Bush, à propos des actes de torture à la prison d'Abou Ghraib. (Bush a ensuite menacé d'opposer son droit de veto à un amendement du projet de loi des finances – Military Appropriation Bill – d'un montant de 450 milliards de dollars, en faveur des Conventions de Genève sur la prohibition de la torture.)

Dans une note du 19 janvier 2002, le secrétaire à la Défense Donald Rumsfeld a donné l'ordre au président du Comité des chefs d'état-major interarmées d'informer les officiers en opération que « ni les membres d'Al-Qaida, ni les Talibans, ne peuvent avoir le statut de prisonnier de guerre dans le cadre des Conventions de Genève de 1949 ». L'ordre précisait que les « commandants devaient » les traiter humainement, en accord avec les Conventions de Genève, dans la mesure où les nécessités militaires le permettaient. Ils avaient donc toute liberté de s'affranchir des accords de Genève, si, à leur avis, la situation militaire l'exigeait.

International Law of War Association

*

Chapitre 41

Prison d'Inakesh, Arabie Saoudite

Vous comprenez ce que je vous dis, Ashley ? Cet homme est un ami d'Al Saoud. C'est vous qui serez torturé à mort, pas lui.

De nouveau, Ace se retrouve dans la chambre de la mort. Il est nu, ses bras et ses jambes sont attachés à la chaise évidée.

Agenouillée près de lui, Nahir le supplie de parler. Il regarde droit devant lui et fixe le général Abdul Aziz, qui, dans son bureau, accueille les deux princes en visite accompagnés de leur cohorte de gardes du corps. Les royaux vilipendent le directeur, le maudissent et exigent des réponses… Ace comprend chacun des mots.

Depuis neuf semaines, il fait l'imbécile, l'ancien ingénieur pétro-géologue n'a jamais laissé soupçonner qu'il parlait arabe. À présent, alors que les princes se lamentent sur les milliards envolés, il entend un mot qui lui fait comprendre que tout est perdu, un mot qui sort de la bouche du prince…

Promis.

Ils savent. Quelqu'un leur a parlé et ils savent…

Les muscles de ses jambes tremblent sous les lanières de cuir, chaque inspiration est chargée de stress.

— Ashley, je sais de quoi Ali Shams est capable. Il va commencer par vous arracher les ongles, un par un, et ensuite, il fera la même chose avec vos yeux. Dites-leur ce qu'ils veulent savoir et vous aurez une mort douce.

Ils savent ce que j'ai fait. Que pourrais-je le raconter ?

— Ashley, vous avez déjà résisté deux fois, mais à présent, les règles du jeu ont changé. Je vous en prie, Ashley…

Ils veulent récupérer leur argent. Ils me tortureront jusqu'à ce qu'ils comprennent que l'argent a disparu pour de bon, et ils me garderont en vie aussi longtemps que possible… À moins que…

— Ça ne changera rien, Nahir.

— Dites-moi la vérité, je m'arrangerai pour qu'ils vous croient.

Enrobe le mensonge avec la vérité…

— L'homme que j'ai essayé d'étrangler, Scott Santa, il travaillait avec ma femme. Elle s'appelait Kelli Doyle. Autrefois, elle était conseillère en sécurité, elle travaillait à la CIA. Elle a été assassinée il y a neuf mois. Scott Santa est venu me voir et m'a dit qu'elle avait été tuée par les Saoudiens, des membres de la garde royale. Il m'a dit qu'il connaissait un moyen de me venger, que si je téléchargeais un programme spécial qu'il avait écrit dans un terminal de la National Bank de Riyad, je serais vengé.

— Qu'y avait-il sur ce CD ?

— Je ne sais pas. Il n'a pas voulu me le dire.

— Vous l'avez agressé, pourquoi ?

— En prison, j'ai eu le temps de réfléchir. À présent, j'ai compris qu'il m'avait utilisé, que ce n'était pas les Saoudiens qui avaient tué Kelli. C'était lui… lui, l'assassin de la CIA.

— Ashley, vous en êtes sûr ?

Il la regarde dans les yeux.

— Oui.

Elle s'éloigne, se précipite dans le bureau du directeur. Elle frappe à la porte ouverte et parle rapidement, en montrant Ace du doigt. Les hommes écoutent attentivement. Le général compose un numéro sur son téléphone. Quelques minutes plus tard, on amène Scott Santa dans la pièce. Son torse couvert d'ecchymoses est bandé.

— Et maintenant ? Prince Turki. Bien. Vous pourrez peut-être expliquer…

Les gardes forcent Scott à s'asseoir devant le directeur. Un homme lui attache un brassard pour prendre sa tension, tandis que l'autre relie les capteurs du détecteur de mensonges.

— Prince Turki ! Est-ce ainsi qu'on traite un ami ? Prince Turki !

Le directeur donne un grand coup sur la table.

— Santa, Scott J. Je suis citoyen américain, détaché à la Maison des Saoud pour former…

Le directeur lui coupe la parole avec une rafale de mots arabes.

— Sa femme ?

Santa regarde vers Ace par-dessus son épaule, son visage s'allonge tandis qu'il hésite avant de répondre.

— Oui, je la connaissais.

Le gardien qui gère le polygraphe fait un signe approbateur de la tête, tandis qu'Ali Shams entre dans le bureau et fait les cent pas, tel un fauve en chaleur.

Le général Abdul Aziz lui pose une autre question.

Le Russe américain regarde le tortionnaire saoudien, et son regard s'emplit de terreur lorsqu'il voit les pinces plates dans sa main.

— Un CD ? Quel CD ?

Le garde hoche la tête.

Ali Shams sourit.

Ace a les yeux qui s'écarquillent lorsqu'il voit le sadique qui attrape la main gauche du Russe, sépare le majeur des autres doigts en mettant son instrument en place…

— Aaahhhh. Espèce de salopard ! Futrell, espèce de connard…

D'autres propos en arabe…

— Non, attendez… j'étais bien dans la banque ce jour-là, mais je n'ai rien à voir avec la disparition de votre argent… Non… non… Je vous en prie…

Ace détourne les yeux tandis que les cris de douleur lui transpercent les tympans.

***

Au cours des quatre milliards d'années d'histoire de la Terre, seule une espèce a infligé douleur et souffrance à ses congénères. Conséquence de l'évolution ? Résultat du développement de l'intelligence ? Si nous sommes faits à l'image de notre créateur, est-ce que cela fait de Dieu un tyran ?

Pour la mère qui est obligée de regarder son enfant mourir de faim, il n'y a pas de Dieu. Pour la famille exterminée par des fanatiques religieux, plus rien n'est sacré. Pour la mère de soldats qui a perdu la vie dans une bataille injuste, aucun drapeau sur le cercueil n'apportera jamais le réconfort.

Pour ceux qui doivent affronter les traitements inhumains, seule la mort est humaine.

Pour Ashley Futrell, il n'y a ni logique, ni espoir, ni aucune raison de prier, il ne reste que la promesse du soulagement qui arrivera après une mort atroce.

Tandis que les cris de Scott Santa résonnent dans la pièce, l'esprit d'Ace bouillonne ; il recherche désespérément un souvenir lointain auquel il pourrait s'accrocher… un radeau sur cette mer de folie.

Il est dans son jardin, enfant. Il joue au football avec son père, Brownie…

Il est plus âgé à présent, avec la blonde sucrée de quinze ans qu'il a rencontrée en camp de vacances… le premier baiser.

Le lycée… sa première véritable tenue de joueur… Ce premier match…

L'excitation au moment où il effectue ce dernier *touchdown* de la victoire…

Les cris se font plus violents, effaçant ses souvenirs.

L'école, pense à l'école. Le lycée… non, va directement à l'université… La vie sur le campus. Avec l'équipe, comme remplaçant… Le premier match… les cris des supporteurs enthousiastes… les deux *touchdowns*… La rencontre avec Kelli… le coup de foudre. Le premier restaurant au Tasty Word, des Margarita géants à cinq dollars au Blind Pig. Les premiers ébats sur le siège de la vieille Chevrolet Malibu…

Des hommes hurlent. Des injures en arabe perturbent de nouveau ses pensées.

Concentre-toi sur Kelli, tu la verras bientôt. Elle sera peut-être de nouveau jeune ? Plus de cancer, plus de douleur…

Il a gardé les yeux fixés sur la table d'aluminium à quelques centimètres de son poignet gauche, sans rien voir… en voyant tout. À présent que les hurlements de Scott Santa envahissent ses oreilles, sa vision se concentre sur le plateau d'instruments d'acier, à côté de lui, sur cet immense pic destiné à infliger la douleur…

… ou à libérer son âme. Il regarde les trois cicatrices blanches dans le sens de la longueur sur son poignet gauche, trois cicatrices qui lui rappellent le passé.

Suicide… Allez, c'est la meilleure solution !

Rassemblant ses dernières forces, il tourne et tortille son bras gauche dans les lanières maintenues par du Velcro, gagnant un peu de mou… Il tire et il pousse jusqu'à ce qu'il puisse libérer son poignet. Le reste de son bras est toujours fermement attaché à la chaise, mais ses doigts peuvent désormais atteindre le plateau, le rapprocher, attraper l'un de ces précieux instruments… Il en coince un entre l'index et le majeur, le laisse échapper… En prend un autre… Doucement, Ace…

Ça y est !

Avec l'index, il attrape un pic, son majeur le fait glisser dans la paume, le rapproche un peu de la chaise.

En pliant le bras, il parvient peu à peu à desserrer la lanière qui retient son coude, juste assez pour atteindre son cou… pour plonger l'instrument dans sa carotide.

Le Russe crie de nouveau.

Fais-le ! Penche-toi, et enfonce-le !

« C'était il y a longtemps, Leigh. Tu n'as pas à t'inquiéter. » Ace s'immobilise.

« Je reviendrais, Leigh, je te le promets. Prends bien soin de Sammy, OK ? »

Ace craque, incapable de poursuivre, incapable de briser la promesse qu'il a faite à sa fille.

D'accord, ma chérie, il y a peut-être un autre moyen. Les cris cessent.

Ils viennent te chercher. Cache-moi ça !

Il contemple les trois cicatrices blanches. Grinçant des dents, il fait tourner la pointe d'acier acérée pour qu'elle pénètre dans la chair tendre, sous son poignet, faisant couler quelques gouttes de sang tandis qu'il utilise les lanières comme un levier, pour l'enfoncer plus profond, sous la surface de la peau, jusqu'à ce que le pic de douze centimètres disparaisse dans son bras.

Ace remet son poignet gauche à l'intérieur de la bande de velcro et tourne son bras paume vers le bas tandis qu'on porte le corps ensanglanté de Scott Santa hors du bureau du directeur.

À présent, c'est son tour.

Encore un effort, Ace, encore un petit tic-tac de l'horloge. Dieu te donne une nouvelle chance de prononcer un « Je vous salue Marie », de retourner dans le jeu... tout ce que tu as à faire, c'est survivre un peu plus longtemps.

*

Demain, c'est le jour J.
La partie va commencer.

Messages arabes interceptés par l'Agence de sécurité nationale (NSA) le 10 septembre 2001 et traduits le 12 septembre 2001

[Ils vont] perpétrer un attentat d'une ampleur inimaginable.

Paul Stephenson, sous-préfet de police de Londres, à propos des islamistes qui avaient tenté de faire exploser des avions de ligne au-dessus de l'océan Atlantique.

Le sixième ange sonna de la trompette. Alors j'entendis une voix venant des quatre cornes de l'autel d'or qui est devant Dieu ; elle disait au sixième ange qui avait la trompette : Détache les quatre anges qui sont liés sur le grand fleuve, l'Euphrate. Alors les quatre anges qui étaient prêts pour l'heure, le jour, le mois et l'année, furent déliés pour tuer le tiers des humains.

Apocalypse **9**, *13-15*

*

Chapitre 42

PHILADELPHIE, PENNSYLVANIE,
AÉROPORT INTERNATIONAL
LUNDI 8 OCTOBRE, COLOMBUS DAY,
10 H 37 (GMT – 5)

Aruba, Jamaica... ooh, I wanna take you to Bermuda, Bahama... come on, pretty mama... Key largo, Montego... baby why don't we go and snort some blow... way down in Kokomo !

Michael Tursi se moque de lui-même en tapotant le volant au son des Beach Boys, tandis qu'il suit les pancartes pour aller rendre la voiture de location. Il sourit à l'hôtesse Avis, laisse sa place dans le bus qui l'amène au terminal à une maman afro-américaine et ses deux jeunes enfants et souhaite le « bonjour » aux gardes de sécurité de l'aéroport.

Comme il a une heure et demie d'avance pour son vol vers les îles Caïmans, il achète un bagel, du fromage à la crème, et un exemplaire du *Philadelphia Inquirer* avant de s'asseoir porte E-22, pour déguster son petit-déjeuner.

Quelques instants plus tard, trop excité et l'esprit trop encombré pour lire, Tursi repousse son journal. Vingt-deux millions à la banque, et tout va comme sur des roulettes. Le spectacle va commencer, si ce vieux Rummy m'avait écouté il y a dix ans, il y aurait un McDonald à tous les coins de rues à Bagdad aujourd'hui.

Tel un enfant le matin de Noël, il ouvre son ordinateur et se connecte à l'Internet, pour vérifier une fois de plus son compte en banque. Il entre son nom d'utilisateur et son mot de passe.

Regarde le solde : zéro, virgule zéro.

— Qu'est-ce...

Il recommence, et donne un grand coup de poing dans la chaise d'à côté lorsqu'il obtient le même résultat.

Les têtes se tournent vers lui.

Agité, Tursi rallume son portable, et compose le numéro du service client de la banque sur son cellulaire. Il maudit l'automate, compose le numéro de son compte lorsque la voix le lui demande, appuie sur zéro, encore et encore, le front dégoulinant de sueur, tandis qu'une voix mâle du service client en Inde lui répond enfin.

— Bonjour, que...

— Mon compte, je veux connaître le solde immédiatement.

— Je peux vous répondre. Il suffit que je vous pose quelques questions, pour la sécurité.

Il donne son nom, son numéro, le nom de jeune fille de sa mère.

— Merci, monsieur Tursi, je vois que le solde est à zéro.

— Mais qu'est-ce que vous racontez, Gandhi ? Regardez vos dossiers ! Vous ne voyez pas un récent dépôt de vingt-deux millions ?

— Oui, monsieur. Et un transfert ce matin d'un montant de vingt-deux millions trois cent quarante-sept mille huit cent quatre-vingt-dix dollars, comme vous en avez donné l'ordre.

— Je n'ai donné aucun...

Il baisse la voix car deux agents de police approchent.

— Je n'ai pas transféré le moindre centime, vous m'entendez, espèce de demeuré !

Il coupe la ligne.

Tursi jure et compose le numéro de téléphone portable de Gary Schafer. Un répondeur lui annonce que la ligne a été coupée. Il manque d'en vomir son petit-déjeuner.

Il se précipite aux toilettes, entre dans la cabine réservée aux handicapés et se passe de l'eau sur le visage, les mains tremblantes.

Réfléchis, le Turc, réfléchis… Je n'arrive pas à joindre le colonel et, de toute façon, il ne m'aurait jamais doublé. Jamais ! Il ne reste que Schafer. Ce connard incompétent. Il couvre ses fesses, et il me laisse dans la merde !

Le Turc regarde son visage blême dans le miroir. La partie n'est pas terminée, mon ami, loin de là !

Michael Tursi sort des toilettes et trottine vers le comptoir où il change son billet pour une autre destination.

Chicago, Illinois, 12 h 15 (GMT – 6)

— Je vous l'avais bien dit, les enfants, Sue est le plus grand Tyrannosaure du monde !

Mitch Wagner guide Leigh et Sam Futrell dans le musée de Field de Chicago, tandis qu'Yvonne, sa femme, s'occupe des billets.

— Sammy, qu'est-ce que tu en penses ? C'est chouette, non ?

— Bof, c'était bon il y a vingt ans, avant *Jurassic Parc !*

— Tu ne veux pas venir jeter un coup d'œil ?

— Je suis déjà venu.

— Moi aussi, deux fois, même.

Yvonne les rejoint.

— OK, on est prêt.

— Ils ne veulent plus y aller.

— Qu'est-ce que c'est que cette histoire ? Je viens juste d'acheter les billets pour Mission grande profondeur, la fosse des Mariannes ! Il paraît que c'est fantastique.

— On l'a vu l'an dernier en classe nature. Je l'avais dit hier à oncle Mitch…

— Oui, c'est vrai, nous les crétins d'adultes, on souffre d'une maladie… La JSR, je me souviens de rien !

— Mitch !

Yvonne prend Sam par l'épaule.

— Va rendre les billets avec ton oncle, pendant qu'avec ta sœur on réfléchit à ce qu'on va faire avant le match.

Los Angeles, Californie, 13 h 45 (GMT – 8)

Susan Campbell entre dans son appartement, en légère hypoglycémie après les quatre cours qu'elle a donnés depuis sept heures ce matin. Elle prend une bouteille de jus d'orange dans le réfrigérateur, boit quelques gorgées avant de remarquer le mot collé sur la porte.

> Susan,
>
> Je te demande pardon. Je n'aurais pas dû me mettre en colère. Il y a des choses importantes dont je dois parler avec toi. S'il te plaît, retrouve-moi au zoo de San Diego à 17 h 30, devant la cage aux gorilles. Je t'expliquerai tout. Prends quelques affaires pour dormir, j'ai une surprise pour toi.
>
> *Je t'aime, Omar.*

South Bend, Indiana, 17 h 37 (GMT – 5)

Shane Torrence redresse le volant d'une main et vide le reste de son soda de l'autre, dans l'espoir que la caféine et le sucre lui fourniront le coup de fouet dont il a tant besoin en cette fin d'après-midi. L'agent de la SSB est fatigué d'avoir suivi Jamal al Yussuf pendant près de douze heures et huit cents kilomètres, dont les cinq derniers sur l'Interstate 80. Se dirigeant vers l'ouest, la Turnpike contourne les frontières Nord de l'Ohio et de l'Indiana, avant d'entrer dans Chicago… encore deux heures dans les embouteillages…

Torrence a deux téléphones portables sur lui, qui ont tous deux le numéro du détonateur des deux Mk-54 dans leur mémoire. De plus, il a appris le numéro de téléphone par cœur, au cas où…

En passant la pancarte indiquant South Bend, instinctivement, il revoit le compte à rebours. La détonation doit avoir lieu à 8 h 11 (GMT – 5), il reste trois heures et demie, largement le temps de prendre la 65 vers le sud à la sortie de Gary, malgré la circulation. À moins d'un accident. S'il y a un accident, c'est foutu. Mais il faut que ce soit un grave accident, qui immobilise la circulation pendant des heures. Et le vent ? Si les vents dominants soufflent vers le sud, je pourrais recevoir des radiations. Quand même, je serai loin à ce moment-là, à Indianapolis au moins, cela devrait suffire.

Il accélère et se rapproche à six voitures du véhicule de Jamal.

Quel imbécile ! Je me demande s'il croit toujours qu'il s'agit simplement d'une valise piégée. Abandonne le véhicule, couvre-toi, et admire le spectacle... Ah, s'il savait... L'explosion nous débarrassera de Masoud Ali Masoud, de toute la communauté musulmane de Bridgeview... avec un sacré bonus !

Salopards d'islamistes !

Soldier Field, Chicago, Illinois, 17 h 05 (GMT – 6)

Doug Dvorak manœuvre sa voiturette de golf au milieu des voitures, tout en surveillant les supporteurs qui seraient un peu trop éméchés. Le commandant de la police d'Aurora est responsable de la sécurité des matchs des Bears depuis trois ans, tout en travaillant secrètement pour la Sécurité du territoire.

Il n'a encore jamais été de service un lundi soir, mais on lui a dit que la foule des soixante mille spectateurs attendus était bien plus agitée que celle du dimanche.

Doug regarde sa montre : 17 h 15.

Encore trois heures avant le coup d'envoi et c'est déjà l'enfer.

Il accélère le long de la rangée de campeurs et se dirige vers le sud pour surveiller le parking de Waldron Drive, où les voitures circulent pare-chocs contre pare-chocs.

US Bank Tower, Los Angeles, Californie, 15 h 37 (GMT – 8)

La camionnette blanche conduite par Marco Fatiga entre dans le parking souterrain du bâtiment. L'agent de la SSB suit la rampe qui conduit à l'étage inférieur et entre en marche arrière dans un espace proche de la rangée de poubelles. Il sort du véhicule, déverrouille la portière arrière et s'approche d'une Lincoln garée un peu plus loin. Il entre dans le véhicule avec la clé, s'enfonce sur le siège du conducteur, tout en surveillant l'ascenseur de service. Les embouteillages seront épouvantables à la sortie de la ville, il faut compter une bonne heure. Encore deux heures pour se rendre à San Diego… Ça risque d'être ric-rac. Où est-il passé ?

Quinze minutes s'écoulent avant que les portes de l'ascenseur ne s'ouvrent, laissant sortir Omar, qui pousse un chariot de ménage. Il jette plusieurs sacs-poubelles dans la benne à ordures et va ranger sa charrette à l'arrière de la camionnette blanche. Il regarde tout autour de lui. Il ouvre les portières arrière.

Un instant plus tard, l'Irakien sort le lourd Mk-54 du véhicule. Il l'emballe dans une triple couche de sacs-poubelles, avant de le placer au fond de sa charrette et de le couvrir avec d'autres sacs pleins.Omar fait rouler son chariot vers l'ascenseur de service, et appuie sur le bouton d'appel. Lorsque l'ascenseur arrive, la Lincoln argentée a disparu.

Soldier Field, Chicago, Illinois,
18 h 22 (GMT – 6)

Jamal al Yussuf a le cœur qui tambourine en quittant la Dan Ryan Expressway pour s'engager sur Lake Shore Drive. Éberlué, il contemple l'immense stade qui se dresse devant lui, avec ses lumières étincelantes qui créent une sorte de halo dans le ciel du crépuscule.

Ce soir, je mourrai en martyr. Ce soir j'irai aux cieux, et je prendrai place à côté des autres messagers de Dieu. Et même si je meurs, mon corps ne refroidira pas. Ce soir j'irais au paradis ou soixante-douze vierges m'attendent et combleront tous mes désirs pour l'éternité.

Sans tenir compte du coup de klaxon d'un chauffeur irrité, Jamal récite le Coran, la sourate Al 'Imran, verset 169 : « Ne crois pas que ceux qui ont été tués dans le sentier d'Allah, sont morts. Au contraire, ils sont vivants, auprès de leur Seigneur, bien pourvus et joyeux de la faveur qu'Allah leur a accordée… »

***

Deux voitures plus loin, Mitch Wagner donne un nouveau coup de klaxon, car la circulation ralentit encore.

Yvonne lui lance un regard en coin.
— Qu'est-ce que tu fiches ?
— À ton avis ! J'essaie de garer cette fichue bagnole !
— Je t'avais dit que nous aurions dû partir plus tôt.
— Ça valait même pas le détour ! Il y a tout ce qu'on veut dans le stade… je te l'avais dit.
Sur le siège arrière, Sammy regarde sa sœur, l'air perdu. Leigh lui serre la main.

US Bank Tower, Los Angeles, Californie, 15 h 37 (GMT – 8)

L'ascenseur de service s'arrête au 52e étage. Omar pousse son chariot dans le hall ; les vingt étages supérieurs ne sont accessibles que par d'autres ascenseurs.
— Hé, vous !
Omar se retourne et se trouve face à son contremaître, Cleve Wilson.
— Où étiez-vous passé ? Ça fait vingt minutes que je vous appelle sur le talkie-walkie. Descendez à l'agence immobilière au 36e ; un extincteur s'est vidé, il faut tout nettoyer.
— Oui, monsieur.
Omar dirige son chariot vers l'ascenseur de service.
— Voyons, laissez votre chariot ici, on a besoin de vous tout de suite !
— Je voulais juste le ranger !
Sans attendre la réponse, il emmène son chariot dans un couloir latéral, près des toilettes. Il ouvre un placard de rangement avec la clé, fouille dans son chariot, en sort la lourde valise qu'il range dans le placard.

Aéroport international de Los Angeles, Californie, 16 h 43 (GMT – 8)

L'avion Learjet du FBI atterrit, freine et roule rapidement vers l'hélicoptère militaire qui l'attend. Un instant plus tard, les portes s'ouvrent, et le directeur Gary Lee Schafer descend la passerelle.

Le directeur de l'agence de Los Angeles, J.C. Rodriguez serre la main de son supérieur qu'il conduit vers l'appareil.

— Nous avons bouclé tout un quartier, personne n'entre ni ne sort... Vous êtes certain que...

— Nous suivons les suspects depuis dix mois, nous avons retracé leurs activités grâce à des messages en provenance de Téhéran que nous avons interceptés. On a dû attendre de savoir quand et où les bombes arriveraient. Elles sont arrivées par bateau, il y a deux jours, à Baltimore. On a raté les suspects à vingt minutes !

— Bordel !

Les deux hommes montent dans l'hélicoptère et mettent un casque pour pouvoir communiquer lorsque l'appareil décollera.

— Monsieur, excusez-moi, mais vous êtes certain de l'heure de l'explosion ? Parce qu'on peut procéder à une évacuation partielle...

— Il est 6 h 11 ici, c'est-à-dire 9 h 11, heure de New York, et oui, on en est presque sûr. Nous avons intercepté une communication à ce sujet, il y a moins de deux heures. Il vous faudrait au moins douze heures pour évacuer Los Angeles avec toute cette circulation.

— Oui, monsieur, et la deuxième bombe ?

Stade de Soldier Field, Chicago, Illinois, 19 h 26 (GMT – 5)

Au pas, Jamal al Yussuf fait avancer la camionnette Chevrolet et baisse sa vitre pour s'adresser à l'agent de la circulation.

— S'il vous plaît, j'aimerais me garer par là.

— Le parking est complet, essayez le parking sud.

— Je dois...

— Le parking sud ! Par là-bas. Avancez, vous bloquez tout le monde !

À une dizaine de mètres, Doug Dvorak regarde le conducteur du Trail Blazer et sent une soudaine montée d'adrénaline.

C'est lui, l'Irakien !

Doug s'approche de quelques pas, le chauffeur replonge dans la circulation en direction du sud sur Lake Shore Drive.

— Hé, vous ! un instant !

Doug se tourne vers le policier.

— Où va-t-il ?

— Parking sud.

Doug retourne à sa voiturette de sécurité au pas de course en se débattant avec sa radio.

— Central. Unité un. Code rouge. Le suspect est un Oriental, vingt-cinq ans environ, au volant d'un Trail Blazer noir. Repéré pour la dernière fois sur Lake Shore Drive, en direction du parking sud, vraisemblablement. Gros risque d'activité terroriste. Je répète, code rouge ! Code rouge !

Dvorak accélère et s'engage sur une voix piétonnière, tous phares allumés, la main sur le klaxon.

— Unité Un. Ici Sept. Je me dirige vers l'entrée sud. J'attends.

— Central, ici unité Un. Contactez la police de Chicago ! Envoyez une équipe de déminage au parking sud.

— Un, ici Sept. Je suis à la porte sud. Pas de Chevrolet noir. Il a dû prendre un autre chemin.

— Merde !

US Bank Tower, Los Angeles, Californie, 17 h 48 (GMT – 8)

Seul dans l'ascenseur, Omar regarde sa montre.

Il est en retard, car il a dû passer une heure à nettoyer la neige carbonique du 36e étage.

L'ascenseur s'arrête au niveau du toit. Omar pousse son chariot de nettoyage sur l'héliport, dont le périmètre est marqué par une grande couronne de verre que les lumières illuminent la nuit. Il se précipite vers une série d'antennes paraboliques situées de l'autre côté du toit et sort la lourde valise du chariot.

— Bonsoir.

Michael Tursi sort de l'ombre d'une des paraboles, son silencieux pointé vers Omar.

— Tu es en retard.

Trois petits éclairs de lumière jaillissent du canon et touchent Omar en pleine poitrine.

Éberlué, l'Irakien regarde la tâche rouge qui macule son uniforme. Puis, ses jambes se replient sous lui tandis qu'il s'écroule sur le sol en une masse informe.

Le Turc crache sur le cadavre.

— Les Arabes ne font jamais rien correctement !

Soldier Field, Chicago, Illinois,
19 h 56 (GMT – 6)

— À toutes les unités. Code rouge. Nous recherchons un Oriental, vingt-cinq ans, au volant d'un Trail Blazer Chevrolet. Toutes les forces de police et tout le personnel de sécurité du stade doivent ratisser les parkings et les rues adjacentes dans un rayon de cinq cents mètres autour de Soldier Field.

Dans le parking sud, à cinq cents mètres de l'entrée sud du stade, Doug Dvorak observe une dizaine de flics qui courent à pied entre les rangées de voitures. S'il y avait quelque chose, il aurait dû le trouver maintenant. Réfléchis… En admettant qu'il s'agisse d'une bombe sale, il faudrait tuer le plus de personnes possible… ce qui signifie…

— Il a dû faire demi-tour pour se rapprocher du stade !

Dvorak appuie sur le champignon de sa voiturette le long de Museum Campus Drive.

***

Le Trail Blazer est garé en double file près d'une bouche d'incendie, à côté du stade, la calandre face à l'est, face à La Mecque. Jamal al Yussuf regarde sa montre : 20 h 04. Plus que sept minutes… Il prie à voix haute.

***

— Ces quatre-là, les enfants, dit Mitch Wagner en montrant les sièges vides. Au niveau de la ligne des trente-cinq yards. Pas mal, n'est-ce pas, Sammy ? Je suis sûr que ton père aurait adoré !

— Mitch !

Sam a les larmes aux yeux.

— Allez, dit Wagner en prenant le garçon par l'épaule. Je ne voulais pas te faire de peine, je suis sûr qu'on reverra ton papa très bientôt.

***

À cent cinquante kilomètres au sud, Shannon Torrence quitte l'autoroute pour aller sur une aire de repos, se préparant à passer un coup de téléphone qui changera le cours de l'histoire.

***

— Sors de la voiture ! Maintenant !

Doug Dvorak appuie le canon de son revolver contre la vitre du conducteur, visant Jamal al Yussuf.

Incrédule, l'Irakien regarde le commandant de police, la bouche tordue dans une sorte de grognement, il découvre les dents.

Dvorak tire dans la fenêtre, envoyant des éclats de verre sur tout le siège. En un seul geste, il extirpe le suspect de la voiture, l'allonge sur le sol et lui menotte les poignets derrière le dos.

— Unité Un à central. J'ai un suspect. Museum Campus Drive. À cent mètres au nord de Waldron.

Doug regarde le siège avant, hisse le prisonnier sur ses pieds et le pousse sur la banquette arrière, sous les yeux de la foule qui s'approche.

— Restez en arrière !

Doug ouvre le hayon arrière. Il attrape l'Irakien par le col, lui balance la tête contre le montant de la voiture, l'assommant à demi, ce qui lui laisse le temps d'examiner l'arrière du véhicule.

Les témoins poussent des cris d'effroi. Plusieurs sortent leurs téléphones portables pour photographier la bavure. Doug voit immédiatement la valise de plomb, fixée au sol. Il plonge les mains à l'intérieur et sort le lourd MK-54 de son logement.

— Un à central, j'ai besoin d'une unité de déminage ! Immédiatement !

— C'est une bombe !

La rumeur se propage. Les curieux se dispersent rapidement.

Dvorak laisse la bombe près de la porte arrière et pointe le canon de son arme vers le visage de l'Arabe.

— Il y a une minuterie, ou c'est commandé par radio ? Comment ça doit exploser…

— Que le ciel…

20 h 09.

Des hurlements des spectateurs s'élèvent du stade. Les Giants lancent le coup d'envoi face aux Bears.

Doug Dvorak observe l'engin nucléaire. Voit le téléphone…

20 h 10.

… et l'éteint instinctivement.

US Bank Tower, Los Angeles, Californie, 18 h 09 (GMT – 8)

Michael Tursi tire le corps inerte d'Omar Kamel Radi à l'écart, ouvre le Mk-54, et éteint le téléphone portable. Il referme la valise, la traîne vers le chariot de nettoyage…

… tandis que le grondement des rotors emplit le ciel, dans toutes les directions.

Le Turc lève les yeux. Les sombres silhouettes débarquent à toute vitesse, en provenance du sud-ouest. Il les discerne à peine dans le soleil couchant.

— Bouge !

Il remet la valise dans le chariot et le pousse aussi vite que possible de l'autre côté de l'héliport.

Le poids du Mk-54 mal réparti renverse le chariot sur le côté… les sacs-poubelles tombent de tous côtés.

— Merde !

Il prend la valise, lorsque quelque chose le pique au mollet droit. Il essaie de tirer la lourde valise, mais soudain il se retrouve par terre, face contre terre, au milieu d'une mare de sang…

… au moment où l'hélico atterrit, faisant voler les sacs-poubelles comme de vulgaires fétus de paille.

Les minutes s'écoulent. Une lourde botte le fait rouler sur

lui. Il lève les yeux et voit un cercle de visages, parmi lesquels ceux de Gary Lee Schafer et Marco Fatiga.

Les membres de la brigade d'intervention discutent avec l'agent du SSB, pourtant Tursi n'entend que le vacarme des rotors. Un par un, ils reculent pour examiner la bombe. Seul Marco Fatiga s'agenouille près du visage de Tursi.

Le Turc crache du sang.

— Pourquoi ?

Marco murmure à l'oreille du mourant.

— Appel de dernière minute. Une des jumelles doit survivre, l'autre meurt. Je me suis dit que j'allais jouer les héros. Qu'est-ce que tu fiches ici ?

— Schafer... il nous a doublés... Il nous a piqué notre fric.

Le visage de Fatiga prend une couleur de cendres.

Les experts de la brigade d'intervention ouvrent précautionneusement la valise de métal.

— Ce n'est pas une simple bombe sale. C'est un engin nucléaire ! Il est rattaché à un téléphone cellulaire ! Éteignez vos radios, je n'ai pas envie que ça nous pète à la gueule !

— Attendez ! Je m'en occupe, dit Marco Fatiga qui passe à travers la brigade spéciale. Puis, sans regarder, il appuie sur un bouton du téléphone... ce qui l'allume !

Gary Schafer regarde Michael Tursi qui lui adresse un sourire ensanglanté...

... les doigts de la main droite fouillent dans sa poche et composent le numéro préprogrammé du téléphone.

Des regards terrifiés se tournent vers le téléphone du Mk-54 qui sonne, juste une fois... une seule fois...

*

Alors le septième ange sonna de la trompette. De grandes voix retentirent dans le ciel... Il y eut des éclairs, du tonnerre, un tremblement de terre et une forte grêle.

Apocalypse **11**, *15-19*

*

Chapitre 43

Los Angeles, Californie, 18 h 14 (GMT – 8)

La vie est conçue en un instant, la naissance ne dure qu'un instant, tout comme la mort ; la vie n'est que les précieux moments qui séparent l'un de l'autre.

Au premier millième de seconde, c'est la conception de la SADM, le déclic de la sonnerie du téléphone, qui fait exploser la charge de C-4, déclenchant une réaction en chaîne qui se propage à la vitesse de la lumière et envoie une minuscule portion de l'uranium enrichi dans un plus gros volume d'U-238, donnant à son tour naissance à dix trillions de calories d'une énergie intense et à un éclair de lumière aveuglante, cinq mille fois plus brillant qu'un soleil de midi en plein désert. L'asphalte fond, la peinture brûle sur les murs, le métal se gondole jusqu'au…

… premier souffle officiel de la fission, une première bouffée, une milliseconde plus tard, qui capture la moindre molécule d'air dans un rayon de trente kilomètres. Les arbres et les poteaux téléphoniques sont déracinés, les vitres volent en éclats, tandis que le centre de Los Angeles, aspiré dans un immense vortex, se transforme en un gigantesque champignon violacé au cœur rouge étincelant, une boule infernale qui atteint brièvement cent millions de degrés Celsius, plus de cinq fois la température du cœur du Soleil.

La fission, le premier cri du nouveau-né, c'est l'impulsion électromagnétique générée lorsque les radiations gammas de l'explosion nucléaire frappent les molécules de l'air et délogent les électrons « libres », produisant de puissants champs électromagnétiques qui endommagent tous les systèmes électroniques avec lesquels ils entrent en contact, y compris ceux des avions de ligne qui décollent ou atterrissent à des kilomètres de là, à l'aéroport de Los Angeles.

***

— Mesdames, Messieurs, ici le commandant de bord. Nous entamons notre descente sur Los Angeles. Le temps est clair, les vents modérés, et la température au sol est de vingt-deux degrés. Je vous remercie d'avoir voyagé sur US Airways et j'espère vous retrouver bientôt. Nous devons atterrir très prochainement.

Holly Owen, institutrice, attache sa ceinture et jette un coup d'œil vers le passager nerveux assis à côté d'elle. L'Asiatique transpire abondamment depuis qu'ils ont décollé de Phoenix, mais à présent, il est blême.

— Monsieur, vous allez bien ?

— Hein ?

— Nous arrivons à Los Angeles dans quelques minutes.

Le regard terrifié, le professeur Eric Mingjuan Bi se tourne vers la petite femme.

— J'ai été idiot. J'aurais dû passer par San Francisco, mais il y avait une escale de trois heures.

Elle le regarde, perplexe, hausse les épaules et retourne à ses copies.

De leur point de vue privilégié dans le cockpit, Ian Primosch et le copilote, Robert Slack, ont une vue magnifique sur la côte Pacifique. L'aéroport international se trouve à l'est, les pistes sont déjà en vue, tout comme la ville, nichée un peu plus au nord, au pied des monts San Gabriel.

FLASH…

L'explosion de lumière transforme le ciel en un écran blanc brillant qui aveugle instantanément les deux pilotes, qui ferment les yeux, les rétines brûlées. Une seconde plus tard, le 727 bascule sur le côté, comme s'il était pris dans les vents d'une tornade. Courageusement, le commandant essaie de manœuvrer les commandes qu'il ne voit plus et parvient à activer le pilote automatique, sans se douter que l'impulsion électromagnétique a déjà détruit tous les systèmes électroniques de l'avion.

Le moteur s'arrête.

Pendant de longues secondes, l'avion plane dans un néant silencieux. Un instant plus tard, un chœur de hurlements emplit la cabine tandis que le jet tombe à pic, tel un oiseau d'acier blessé.

***

L'enfance. Elle commence dès le deuxième millionième de seconde : une mince pellicule de gaz haute pression se forme avant d'exploser en une boule de feu de plus de huit cents mètres de diamètre. Elle vaporise la Bank Tower, qui n'est plus qu'un cratère de trente mètres, tandis que le monstre se propage à plus de mille kilomètres heure, en une conflagration de vents qui enflamment tous les objets dans un rayon de trois kilomètres, à l'exception de quelques structures de béton, et les réduit en cendres surchauffées. Plus loin, les voitures volent dans les airs, telles des feuilles emportées par le vent, transformées en bombinettes, alors que les ondes de l'enfer brisent le mur du son et submergent bientôt le campus universitaire, Koreatown, le stade Dodger et Hollywood, sous une vague de chaleur qui consume jusqu'aux cercueils et aux corps enterrés dans les cimetières.

Aveuglés par le flash, les promeneurs de Miracle Mile hurlent de douleur, tandis que leurs cheveux s'enflamment et que leur peau carbonisée se détache du corps. Sur La Brea Avenue, les anciens puits de bitume crachent une fumée noire qui transforme le jour en nuit. Les véhicules s'empilent les uns sur les autres, comme des dominos en flammes sur l'Interstate.

Dexter Khan et sa femme, Brenda, roulent sur l'autoroute de Santa Monica lorsque la voiture d'un couple de Trinidad et Tobago prend feu instantanément et se retrouve projetée hors de la route, tout comme dix mille autres passagers et cinq mille voitures… Tous les corps sont réduits en cendres avant que les véhicules embrasés ne retombent sur le sol calciné.

Les secondes se transforment en minutes tandis que la

fission se poursuit, nourrie par l'abondance de l'énergie thermique. Les banlieues s'enflamment. Beverly Hills et Watt, l'université, Cal State, Sherman Oaks et Hollywood... des dizaines de kilomètres carrés sont dévorés par l'enfer. Au fur et à mesure que les énormes volumes d'air surchauffé s'élèvent, l'air frais du Pacifique est aspiré, créant un phénomène de pompe, qui génère des vents de la force d'un ouragan, qui vont encore intensifier l'orage de feu. Les bâtiments s'écroulent, apportant une nouvelle matière inflammable au brasier de Los Angeles.

À l'aéroport, un P.J. Walther halluciné contemple les vestiges de la tour de contrôle 277, sur le tarmac en feu. Les vitres par lesquelles il regardait quelques secondes plus tôt ont volé en éclats ; autour de lui, tout se consume. Le contrôleur de la FAA a pratiquement perdu l'ouïe, pourtant, le vacarme de l'explosion se renouvelle chaque fois qu'un des avions garé sur les pistes ou devant portes d'embarquement explose en une cascade de tonnerre, qui fait vibrer une atmosphère noire de fumée. Walther a la peau lourde et brûlante... En état de choc, il ne se rend pas compte qu'il est brûlé au troisième degré et carbonisé à tel point qu'il en est méconnaissable. Tous ses collègues sont déjà morts ou mourants sur le sol. Il les rejoindra avant la fin du jour.

Beaucoup plus loin, hors de la zone d'impact de l'onde électromagnétique, les autres avions à destination de Los Angeles ont modifié leur route, les pilotes ont engagé la procédure d'urgence et sont montés à une altitude supérieure pour s'éloigner du champignon menaçant qui continue à s'élever, tel un mauvais génie, et envahit tout l'horizon.

À Venice Beach, les surfeurs ont été expulsés de leur planche par une matrice de molécules surchauffée, qui englobe maintenant les restes de centaines de vacanciers. Theron Thurman est sous l'eau, car il a été renversé par une vague quelques secondes avant que le vent ait frappé. Il ressort et assiste à une scène qui semble tirée de *Terminator*... La côte est jonchée de corps charbonneux, la promenade et les infrastructures des environs ne sont qu'une tornade de flammes, à l'est, l'horizon n'est plus qu'une masse de fumée noire qui gonfle à vue d'œil. La chaleur est si intense que de grandes étendues de sable sont transformées en verre.

Sur la jetée de Santa Monica, Sharon Harris-Hill contemplait la mer, lorsque le ciel s'était soudain illuminé d'un blanc fatal. Horrifiée, elle a hurlé en voyant le jet plonger dans le Pacifique à moins d'un kilomètre. Sa dernière pensée… que des terroristes avaient envoyé un missile sur l'avion… avait pris la mesure de l'horreur, lorsque cette mère de trois enfants, avait vu le champignon s'élever sur la ville, une fraction de seconde avant qu'un mur de gaz brûlant, propulsé par des vents violents ne l'emporte dans la mer, avec toute la jetée, comme un vulgaire fétu de paille.

***

À deux heures au sud de Los Angeles, Susan Campbell attend devant la cage aux gorilles. Cela fait plus d'une heure qu'elle attend Omar et, à présent, son impatience devant la promesse d'une escapade s'est transformée en fureur. Elle compose le numéro sur son portable – toujours pas de réponse – sans se douter que le nuage d'orage à l'horizon emporte les restes de son petit ami.

***

Les instants se sont transformés en minutes, la fission approche l'adolescence. Depuis sa création, il y a douze minutes, plus d'un million de personnes ont été carbonisées. À présent, l'onde de choc s'est propagée, et un autre million d'êtres torturés gît dans des douleurs atroces, dans les limbes de la mort. Beaucoup sont aveugles, tous souffrent horriblement, leur peau n'est plus qu'un amas de cloques et de plaies sanguinolentes. Pour ces victimes, aucun soulagement n'est possible, autour d'elles, il ne reste plus qu'un désert de débris radioactifs. Elles n'auront aucune aide, le personnel médical, mal équipé, n'osant pas s'aventurer dans la zone de radiation. Avec leurs organes brûlés et contaminés par des particules radioactives, les plus chanceuses vont sombrer dans un coma plus ou moins profond jusqu'à ce que la mort les délivre enfin de cet infâme châtiment.

À présent, une heure plus tard, le mauvais génie nucléaire atteint l'âge adulte. Les Californiens terrifiés qui se trouvent en dehors de l'onde de choc sortent de leurs maisons, pour contempler bêtement le maelström atmosphérique… et se faire prendre dans sa pluie violette… de particules radioactives, de poussières et de déchets qui descendent des cieux... Une pluie qui leur brûlera la peau, irritera leurs yeux et emplira leurs poumons de toxines. Pour ces pauvres hères, la mort viendra dans vingt-quatre à soixante-douze heures, pour d'autres, le cancer les rongera lentement pendant toute une vie, dramatiquement écourtée.

Ground zero est réduit en cendres.

Los Angeles est une ville morte.

Le monstre de la fission a frappé l'Amérique, laissant son héritage... une radioactivité qui perdurera pendant les décennies à venir.

*

> Les quelques hommes qui détiennent le pouvoir sont des hommes comme vous et moi. Ils ne sont dotés d'aucun talent particulier dans l'art de gouverner. Ils sont seulement maîtres dans l'art d'obtenir un poste et de le conserver le plus longtemps possible.
>
> *H. L. Mencken*

> Le président Bush, dont les allégations plus que spécieuses sur la menace nucléaire que représentait l'Irak avaient pour but de justifier cette guerre totalement désastreuse, a conclu un marché avec l'Inde - en violation manifeste des accords internationaux ainsi que du système bipartite ayant cours aux États-Unis depuis des décennies - qui lui donne la possibilité de doubler, voire tripler, sa production annuelle d'armes nucléaires.
>
> *Bob Herbert,* New York Times, *11 mars 2006*

> Si je devais qualifier la politique actuelle des États-Unis face aux armes nucléaires, je dirais qu'elle est immorale, illégale, inutile militairement, et extrêmement dangereuse.
>
> *Robert McNamara, ancien secrétaire à la Défense, extrait du magazine* Foreign Policy, *mai/juin 2005*

> Les flocons de neige ont beau faire partie d'une avalanche, ils ne s'en sentent pas pour autant coupables.
>
> *Anonyme*

*

Chapitre 44

WEST PALM BEACH, FLORIDE
8 OCTOBRE 2012 – 21 H 22 (GMT – 5)

Dans son bureau, Jennifer visionne une série de cinq cents nouveaux spots publicitaires lorsque son assistant entre en trombe, arrête le DVD et branche la télévision sur CNN.

« … un engin nucléaire a explosé à 6 h 14, heure locale, il y a à peine huit minutes, détruisant presque toute la ville de Los Angeles. »

Jennifer reste pétrifiée.

« Pour l'instant, le président Prescott, n'a pas encore réagi, mais notre correspondante, Teri Smith, est déjà devant la Maison Blanche. Teri, le président est-il au courant de l'explosion ? »

La journaliste aux cheveux roux a l'air d'avoir pleuré.

— Katherine, on nous a dit que le président avait été informé, qu'il allait être mis en lieu sûr avec sa famille et qu'il s'adresserait à la nation dès qu'il en saurait plus.

— Savons-nous si Al-Qaida est à l'origine de l'attentat ?

— La seule chose que nous savons, c'est qu'il s'agit d'un attentat terroriste, impliquant vraisemblablement des ressortissants étrangers et que…

— Teri, un instant… Nous venons d'apprendre qu'un second attentat aurait été déjoué à Chicago. Bill West est déjà sur place… Bill ?

Le correspondant se trouve sur un îlot de sérénité, juste à côté du stade où des dizaines de milliers de supporteurs évacuent Soldier Field.

— Katherine, nous attendons toujours des précisions, mais pour l'instant, voilà ce que nous savons : vers 17 h 30, heure locale, un agent de la Sécurité du territoire a reconnu un suspect que le FBI voulait interroger. Il s'agit d'un Oriental âgé de vingt-cinq ans environ. L'officier a retrouvé le véhicule du suspect, l'a arrêté, et aurait désactivé une sorte de détonateur. Nous ne savons pas s'il s'agissait d'un engin nucléaire, néanmoins nous sommes sûrs que tout danger est écarté. Par mesure de précaution, le match de football qui opposait les Bears et les Giants a été reporté, mais la foule avait commencé à se disperser dès que la nouvelle de l'attentat de Los Angeles s'est propagée sur l'Internet.

— Bill, restez avec nous, nous avons réussi à joindre par satellite notre spécialiste des questions terroristes de San Diego, le Dr John Rogers. Docteur Rogers, vous êtes à deux heures au sud de Los Angeles. Avez-vous assisté à l'explosion ?

— Non, j'étais à mon bureau à ce moment-là, mais certains de mes voisins ont vu le champignon. Pour l'instant, si vous regardez derrière moi, au nord, tout l'horizon est couvert d'une fumée noire venant des incendies qui se déclarent un peu partout. Comme les vents dominants viennent du nord-est, nous allons être évacués le plus loin possible vers l'est, pour nous mettre à l'abri des retombées nucléaires.

— Docteur, nous venons juste d'apprendre que Chicago vient d'échapper à un attentat similaire. Nos villes sont-elles en état de siège ?

— Je n'ai pas entendu parler de Chicago… Si c'est vrai… alors oui, c'est possible.

Soudain, l'analyste semble pâle, désarmé.

— Monsieur, au cours des derniers mois, des blogs et des rapports anonymes, diffusés sur l'Internet, qui prévoyaient ces attentats, en rejetaient la responsabilité sur le mouvement néoconservateur et ses soutiens au Moyen-Orient.

— Katherine, je crois qu'il est prématuré d'accuser qui que ce soit avant de connaître les faits. Pour l'instant, notre première responsabilité, c'est de nous assurer que nos villes sont sûres, et que nos ports sont bien protégés.

— Avec tout le respect que je vous dois, n'aurait-on pas dû agir depuis 2001 ?

— Oui, tout à fait. Les experts demandent de telles mesures depuis des années, mais le Congrès a toujours refusé de faire face à la situation et de financer correctement la sécurité des ports, préférant concentrer tous ses efforts sur la guerre en Irak. Ce soir, apparemment, nous avons payé très cher ce manque de lucidité.

— Dernière question, Dr Rogers, je sais que vous devez partir… avez-vous une idée de la taille de cet engin nucléaire et savez-vous combien de personnes ont péri dans l'explosion ?

— Tant que nous ne pourrons pas inspecter la zone dévastée, il n'y a aucun moyen de savoir quelle était la mesure de l'engin. Mais, pour avoir un point de comparaison, la bombe lâchée sur Hiroshima avait une puissance de quinze kilotonnes, et celle qui a détruit Nagasaki était de vingt kilotonnes. Vingt kilotonnes, c'est l'équivalent de vingt mille tonnes de TNT. Si on compare cela à nos bombes à hydrogène modernes d'une puissance de cinquante millions de tonnes de TNT, on se rend compte du danger potentiel que représente une guerre nucléaire. Si on se fie à ce qu'on a pu voir, je dirais que l'explosion de Los Angeles est comparable à la bombe d'Hiroshima. N'oublions pas que les bombes avaient explosé dans l'air après avoir été lâchées d'un avion. Ici, nous avons affaire à une explosion au sol, si bien que les effets et la concentration des radiations sont totalement différents. Quant au nombre de victimes… Elles se compteront en millions.

Bluemont, Virginie

L'hélicoptère qui transporte le président Prescott, la première dame, le directeur de la Sécurité du territoire, Howard Lowe, et le très réactionnaire secrétaire à la Défense, Joseph Kendle, survole Bluemont et la route 601, en Virginie. Au loin, des feux d'atterrissage guident l'appareil vers le terrain barricadé.

Nous sommes à Mount Weather, une base militaire top-secrète à soixante-quinze kilomètres de Washington. Placé sous la responsabilité de la Sécurité du territoire, le terrain de trente-cinq hectares est une sorte de ville souterraine, avec des appartements privés et des dortoirs, une cafétéria, un hôpital, un centre d'épuration de l'eau, un tout-à-l'égout, une centrale électrique, un système de communication interne, un accès à la télévision et même un lac souterrain. Si aucun membre du Congrès n'a jamais publiquement trahi l'existence de ce complexe, de nombreux députés seniors sont en fait des membres titulaires de ce « gouvernement supplétif » souterrain. Neuf ministères fédéraux ont leur réplique à l'intérieur du complexe, ainsi que cinq agences fédérales. Des membres du cabinet, nommés secrètement, ont des mandats illimités, sans aucun accord du Congrès, et sans que le public en soit informé. Ils ont pour mission de gouverner les États-Unis en cas de conflit nucléaire.

L'hélicoptère se pose. Prescott et sa suite sont escortés jusqu'au bâtiment sécurisé. Sa femme est dirigée vers un ascenseur, Prescott et son équipe, vers un autre.

L'ascenseur plonge dans les entrailles du complexe.

Prescott a les yeux rouges d'émotion. Il salue à peine les députés en sortant de l'ascenseur et laisse de directeur Lowe le conduire dans l'équivalent du bureau Ovale. Joseph Kendle ferme la porte derrière lui.

— On m'avait parlé d'une bombe sale, aboie le président, pas d'un engin nucléaire de dix kilotonnes !

— Une bombe sale aurait impliqué Al-Qaida. Notre cible, c'est l'Iran.

— On aurait pu relier les points… établir un lien.

— Après tout ce que Bush et Cheney ont subi ? Monsieur, une bombe sale n'aurait pas été suffisante pour justifier notre riposte. Nous n'avions pas d'autre solution.

Prescott fait les cent pas, hoche la tête.

— C'est affreux. On parlerait de deux millions de morts… toute la ville de Los Angeles…

Kendle et Lowe échangent des regards.

— Monsieur, laissez-moi vous rappeler quels sont les enjeux. Les régimes islamistes extrémistes contrôlent les réserves de pétrole, fournissent aux terroristes des dizaines de bombes comme celle qui a frappé Los Angeles. Imaginez New York, Chicago, Miami, Philadelphie... Toutes nos grandes villes en feu, comme Los Angeles. Notre économie s'écroulerait, les Américains mourraient de faim dans les rues... Ce serait l'anarchie. En réagissant avec un tour d'avance, nous empêchons ce désastre de se produire ; nous changeons une fois pour toutes le visage du Moyen-Orient. Aujourd'hui, nous nous sommes coupé un bras, mais nous avons sauvé le malade.

— Un bras ? Je ne crois pas que les familles des victimes apprécieraient cette analogie, et vous, Kendle ?

— Ce que voulait dire le secrétaire, monsieur, c'est que ce soir, l'Amérique a sacrifié un million d'âmes pour en sauver cent millions. En frappant avant que nos ennemis ne s'en chargent, nous avons pris le contrôle de la situation, à présent, nous maîtrisons les variables... Nous pouvons les supprimer de l'équation. Bien sûr, c'était une décision très difficile à prendre, mais l'histoire reconnaîtra que nous n'avions pas d'autre solution.

Prescott hoche la tête, les larmes aux yeux.

— Nous avons fait ce que nous avions à faire.

— Oui, monsieur. Sous votre mandat, la nation a été sauvée.

Le président observe la pièce aveugle.

— J'ai horreur de cet endroit. Laissez-moi au moins m'adresser à mon pays dans le véritable bureau Ovale.

Lowe fait signe que non.

— Nous faisons l'objet d'une attaque, nous suivons le protocole. La dernière chose dont nous avons besoin, c'est d'un nouveau *My Pet Goat*[1] ! Les Américains ont besoin de voir un homme en possession de tous ses moyens, qui prend le sort de la nation en main. Un président qui suit la procédure est un président responsable. Les Américains ont besoin de savoir que vous êtes un homme fort.

1. C'était le titre du livre pour enfants que George Bush lisait dans la classe maternelle lorsqu'on lui a annoncé la nouvelle de l'attentat du 11 Septembre. Il a continué à le lire pendant sept minutes sans réagir.

— D'accord. Je me sens mieux.

Il regarde Kendle.

— Pourquoi Los Angeles ?

— Franchement, je n'en ai aucune idée. Ce devait être Chicago.

— Los Angeles, c'est mieux, dit Lowe. Chicago contrôle d'importants secteurs de nos marchés financiers. La ville est plus vitale pour notre économie. Avec Los Angeles, on perd l'industrie du cinéma avec tout un creuset d'intellectuels de gauche par la même occasion.

— Hum... Je ne veux plus entendre ce genre de propos. Aujourd'hui, nous sommes une nation unie, point final. Et je ne veux pas me laisser aveugler par quoi que ce soit d'autre.

Howard Lowe lui pose la main sur l'épaule.

— Faites-moi confiance, monsieur, nous avons la situation bien en main.

Arabie Saoudite

À quatre pattes, Ace rampe dans le désert... en plein délire... à deux doigts de la mort. Le sable brûle ses pieds gonflés et écorche ses mains à vif. La chaleur lui donne de la fièvre, des ampoules se forment sur la peau de son dos nu exposé aux rayons impitoyables. Son bras gauche cuit littéralement, comme dans de l'acide.

— Futrell !

Non... laissez-moi mourir en paix.

— Futrell !

***

Ace ouvre les yeux, de nouveau dans sa cellule. Sa main droite est couverte de bandages ; la douleur le lance car on lui a arraché trois ongles avec des pinces.

— Futrell ? Je sais que vous êtes vivant, je vous ai entendu gémir.

La voix de l'homme vient de l'autre côté du mur.

— Allez en enfer !

— On y est déjà !

Scott Santa est allongé sur un matelas dans la cellule d'à côté. Il a les deux mains bandées, l'orbite vide de son œil gauche est désormais remplie d'une gaze ensanglantée.

— Je ne l'ai pas assassinée, Futrell.

— J'étais là ! Je vous ai vu.

Ace examine son bras gauche. Le pic y est toujours enfoncé. En grinçant des dents, il commence maladroitement à le retirer de la blessure.

— Écoutez-moi… Elle m'a payé pour le faire ! Cela faisait partie de son plan… C'était une mise en scène pour que vous emmeniez le ballon sur la ligne de but. Ce sont ses propres mots.

Ace se raidit, sont pouls se précipite.

— Elle était mourante, Futrell. Elle avait des métastases au cerveau, ce n'était qu'une question de jours, d'une semaine peut-être. Elle ne voulait pas que sa mort soit inutile. Elle voulait vous motiver, vous provoquer, pour que vous acheviez le travail qu'elle avait commencé…

— Non !

Ace arrache le pic de sa chair, puis roule sur ses genoux et crie, face au mur.

— Elle ne m'aurait jamais utilisé comme ça ! Vous mentez !

Scott Santa ferme son œil encore valide, étourdi.

— Réfléchissez ! Elle savait comment les avoir, elle savait comment les vaincre. Elle a tout organisé. Promis. Ramzi. Sa propre mort. Elle a même commencé à tirer les ficelles il y a plusieurs années, pour vous faire monter dans la hiérarchie chez PetroConsultants.

— Quoi ?

— Vous ne le saviez pas ?

Santa s'arrête, pris d'une quinte de toux. Ace s'effondre à genoux. Il se tape la tête contre le mur. Se souvient de la manière dont il avait obtenu une promotion « miraculeuse ». C'était Kelli qui lui avait conseillé de postuler, il n'avait jamais vraiment eu envie de voyager autant, mais elle avait insisté, l'occasion était trop bonne pour la laisser filer.

Des pensées désordonnées lui reviennent en mémoire.

— Sa cousine… Jennifer… Elle était dans le coup ?

Santa gémit.

— Butch et Sundance ! Elles ont tout manigancé !

Des larmes roulent sur ses joues.

— Les femmes ? Malignes comme des chats, et aussi vicieuses ! Il faut le leur reconnaître, elles ont voulu nous faire entrer dans la danse et elles y sont parvenues. Grâce à vous, la Maison des Saoud s'effondre, mais à la fin, toutes les cartes seront entre les mains des néoconservateurs. L'Iran sera rayé de la carte à coups d'armes chimiques, ce qui nous débarrassera des ruches extrémistes, si bien que le pétrole et les gisements saoudiens seront tous à nous.

Ace est trop faible, trop bouleversé pour répondre.

— Vous et moi, nous sommes pires que morts… Ils vont nous garder en vie, nous torturer pendant des semaines et des semaines. Le gros… Il est sacrément doué. Et la fille…

La voix de Santa retombe.

L'agent de la CIA marmonne quelques paroles incompréhensibles avant de s'évanouir de douleur.

— Quoi, la fille ?

Ace observe longuement le pic d'acier. Finalement, il essuie le sang de l'instrument et se met à travailler sur la serrure de la porte.

*

L'esprit politique est le résultat de l'expérience d'hommes qui, au cours de leurs mandats, ont été doublement pervertis : ils ont été pervertis par les éloges et ils ont été pervertis par les insultes. Avec eux, le naturel n'existe pas, tout n'est qu'artifice.

Président Calvin Coolidge

Cette question touche à un domaine hautement sensible classé secret-défense... Puis-je, avec tout le respect que je vous dois, vous demander de laisser cette question en suspens pour le moment ? Si nous souhaitons aborder ce point, je suis certain qu'il sera possible de mettre en place une session in camera à cet effet.

Sénateur Daniel Inouye, président de la Commission Iran-Contra, en réponse aux questions du député du Texas, Jack Brook, posées à Oliver North à propos d'un plan secret élaboré par l'administration Reagan et le Conseil national de sécurité, selon lequel, en cas d'urgence, la loi martiale se substituerait à la Constitution américaine et le commandement militaire prendraient la tête des États fédérés et de l'administration locale. Décembre 1986

À tous ceux qui tentent d'effrayer les hommes pacifiques avec le spectre d'une liberté perdue, je ne dirai qu'une chose : vous ne faites que servir la cause terroriste.

John Ashcroft, ministre de la Justice américain

*

Chapitre 45

DISCOURS DU PRÉSIDENT, MOUNT WEATHER
8 OCTOBRE 2012 – 23 H 17 (GMT – 5)

Et, si nous avons tiré une leçon du 11 septembre 2001, c'est que les terroristes savent utiliser nos libertés pour les retourner contre nous. Ce soir, nos ennemis ont visé deux de nos plus grandes villes. Grâce à nos services de contre-espionnage et aux pouvoirs que donne la loi antiterroriste, un des attentats a pu être déjoué.

« Malheureusement, c'est loin d'être suffisant. Nous aurions dû en faire beaucoup plus pour éviter cette catastrophe. Lorsqu'il s'agit de combattre nos ennemis, nous devons nous montrer impitoyables. Je vous promets que nous retrouverons tous les responsables de ces horreurs et qu'ils seront punis comme il se doit. En attendant, notre première priorité est d'assurer la sécurité de notre nation. C'est pour cela que nous sommes désormais en alerte rouge. Jusqu'à nouvel ordre, toutes les frontières américaines et tous les ports sont fermés, tous les containers seront vérifiés. Tous les avions sont cloués au sol. La loi martiale est désormais décrétée, ainsi qu'un couvre-feu à partir de vingt-deux heures, sur tout le territoire national. L'armée va établir des barrages sur les grandes voies de circulation, et tous les véhicules pourront être soumis à la fouille. De plus, en accord avec les décrets 11310 à 11921, les élections nationales du 8 novembre prochain sont annulées jusqu'à ce qu'un niveau de sécurité acceptable soit rétabli. Le sénateur Mulligan est un patriote et je ne doute pas qu'il accepte et soutienne ces mesures, afin que nous puissions continuer à avancer, comme une seule nation unie, dans les jours et les semaines à venir, afin d'assurer la sécurité et le bien-être de tous les Américains. Merci à tous, que Dieu bénisse les États-Unis d'Amérique. »

West Palm Beach, Floride

Jennifer balance son réveil de bureau dans la télévision, faisant éclater l'écran de plasma, sous les yeux de son assistant qui cherche à se protéger.

— Enflures de néoconservateurs !

— Du calme, patronne, dit Collin Bradley en enlevant des particules de verre de ses cheveux.

— Ce sont ces enfoirés qui ont organisé l'attentat ! C'est un coup monté !

— Vous avez lâché l'info, les médias ne leur laisseront aucun répit.

Elle se tourne vers lui, du venin dans le regard.

— Tu ne comprends rien, les décrets que Prescott vient de brandir lui permettent de faire ce qu'il veut ! Le premier oblige le département de la Justice à valider tous les pouvoirs que le président accorde à la Sécurité du territoire, et le dernier empêche le Congrès d'enquêter sur les actions du président pendant six mois, au moins.

— Bon, d'accord. On rassemble Mulligan et les démocrates et on marche sur Washington !

— Cela ne peut marcher qu'en temps normal, Collin, pas sous la loi martiale, en alerte rouge. Si tu t'imagines que les suites du 11 septembre ont été terribles, ce n'était rien à côté de ce qui nous attend. Cette fois, les opposants ne seront pas sifflés, ils seront arrêtés et enfermés dans des camps de détention secrets, en commençant par les hommes politiques qui auront l'audace de s'opposer à ces criminels ! Avant la fin de la semaine, la Maison Blanche aura présenté son beau paquet-cadeau bourré de mensonges au peuple américain, et bien avant que tous les feus de Californie soient éteints, on aura déversé des armes chimiques sur l'Iran et déclaré la guerre à un milliard de musulmans.

Elle hoche la tête, incrédule.

— Nous sommes les témoins de l'histoire, Collin... nous assistons à la mort de la démocratie... et à la naissance de la World Company américaine !

FBI, Chicago, Illinois – 9 octobre 2012

La limousine blindée fend la foule ; l'escorte policière accompagne le véhicule le long de la rampe qui mène à un garage souterrain.

Le directeur du FBI, Adrian Neary, salue le directeur de la Sécurité du territoire, Howard Lowe, d'une chaleureuse poignée de main.

— Monsieur, je suis content de vous voir. Comme vous voyez, la foule a appris que le suspect était entre nos mains, et nous faisons tout notre possible pour la contenir.

— Nous le transférerons dans un lieu plus sûr dès que possible. Je vous présente l'agent spécial Shane Torrence. Il est détaché chez nous par le FBI, il a suivi les déplacements des deux suspects, en coordination avec le directeur Schafer.

Neary serre la main de Torrence.

— Je suis désolé, pour ce qui est arrivé à Gary.

Torrence hoche la tête.

— Parfois, la vie ne tient qu'à un fil. Les derniers rapports dont nous disposons nous signalaient qu'une brigade d'intervention de Los Angeles venait de tuer un suspect sur le toit de l'immeuble. Gary avait organisé l'arrestation. Il voulait y assister en personne.

Lowe prend le bras de Torrence.

— Il est mort en héros. Faisons notre possible pour qu'il ne soit pas mort en vain.

Neary conduit les deux hommes à l'intérieur.

— Le suspect est en cellule, nous pouvons l'emmener en salle d'interrogatoire.

— Inutile. L'agent Torrence va interroger le prisonnier pendant que je vais parler au commandant Dvorak.

***

En uniforme d'apparat, Doug Dvorak attend dans le bureau du directeur Neary. Il n'a pas dormi depuis trente-six heures, et la montée d'adrénaline des douze dernières heures a été remplacée par des vagues de terreur sur ce qui aurait pu se passer, tandis qu'il regarde les images d'épouvante à la télévision.

Des satellites de reconnaissance, dotés de capteurs thermiques qui photographient à travers l'épaisse couche de fumée, révèlent des images fantomatiques de ground zero. Le gigantesque cratère est parfaitement visible, sa signature thermale, toujours radioactive, brille intensément. Tout autour, une zone de deux cent vingt kilomètres carrés a été réduite en poussière, on ne distingue plus que quelques squelettes de béton ou de métal qui surgissent dans cette forêt urbaine pétrifiée. Les hélicoptères, qui jettent d'énormes quantités d'eau, se concentrent sur les puits de bitume de La Brea toujours en feu, tandis que des canadairs inondent la périphérie sur une quarantaine de kilomètres pour tenter de contenir la propagation des incendies.

Les images les plus terrifiantes sont peut-être celles des hôpitaux de campagne, installés dans des zones intermédiaires entre le lieu de l'explosion et les populations toujours en vie. Le personnel médical, protégé dans des combinaisons antiradiations, soigne des milliers d'enfants, de femmes et d'hommes en état de choc ou à demi mourants en si grand nombre que les victimes sont alignées le long des pelouses calcinées, où on leur injecte des perfusions de morphine et de penthotal de sodium, un anesthésique qui minimise également les effets des radiations. Lorsque l'objectif de la caméra se braque sur le visage d'un enfant brûlé… Doug coupe la télévision, incapable d'en supporter davantage.

Dans quel monde vivons-nous ? Quel genre d'animaux…

— Commandant Dvorak ?

Le directeur Neary entre dans le bureau avec son invité.

— Je vous présente Howard Lowe, le directeur de la Sécurité du territoire.

— Je suis ravi de vous rencontrer, commandant. Je vous en prie, asseyez-vous.

Il fait un signe à Neary qui quitte la pièce.

— Ce que vous avez fait… notre pays a une dette immense envers vous. Nous aimerions que vous nous rejoigniez à Washington, où le président vous remettra la médaille d'Honneur.

Doug fond en larmes.

— Je sais, c'est difficile de penser à des choses pareilles face à tant de morts, mais votre présence nous aiderait beaucoup.

Doug hoche la tête.

— Il faut aussi que je vous pose quelques questions… à propos de Jamal al Yussuf.

***

Des agents du FBI, lourdement armés, montent la garde à un portique de sécurité. On prend l'arme de Shane Torrence, et on passe son corps au détecteur de métaux. Un écran de télévision à circuit fermé montre l'intérieur d'une cellule de rétention dans laquelle un homme est allongé sur le ventre.

Un agent du FBI conduit Torrence le long du corridor menant à la cellule.

— Les produits que nous lui avons injectés l'ont rendu bavard au début. Il nous a parlé de son entraînement en Iran, il a mentionné sa participation à une cellule dormante à Baltimore, mais ensuite, il l'a bouclé. Nous étions prêts à aller plus loin, lorsque Washington a donné l'ordre de cesser immédiatement.

Torrence fait un signe de tête.

— Nous estimons qu'il est plus efficace de recourir aux mêmes interrogateurs. En général, les suspects forment une chaîne.

— Compris.

L'agent du FBI s'éloigne.

Torrence prend une chaise.

— Jamal, lève-toi, souris !

Jamal s'assied. Il porte un uniforme de prisonnier orange. Ni chaussures, ni chaussettes, ni ceinture. Le matelas est fixé au sol. Il n'y a aucun miroir devant le lavabo.

— Soixante-douze vierges t'attendaient au paradis, Jamal. Tu avais le bonheur à portée de main. Tu allais entrer au paradis, Jamal, mais tu as échoué.

***

— Et vous êtes certain que le suspect n'a pas parlé ?

Dvorak se frotte les yeux, essayant de se souvenir.

— J'étais concentré sur la bombe. Au moment où je l'ai désactivée, la police de Chicago est arrivée. On a immobilisé le suspect et on a bouclé la zone, on n'a pas eu le temps de l'interroger.

Le directeur Lowe sourit… soulagé.

— Vous avez parfaitement réagi. Rentrez chez vous, allez vous reposer un peu. Je vais prendre toutes les dispositions avec le directeur Neary pour qu'on vous emmène à Washington en avion privé.

***

Jamal s'approche des grilles et se tient à quelques centimètres de Torrence.

— Comment vais-je pouvoir mourir *shahid,* maintenant ?

— On meurt *shahid* en empêchant les Américains de t'interroger, en transformant tes paroles en mensonges.

— Je veux mourir, tu veux bien m'aider ?

Torrence se lève, utilisant son corps pour dissimuler ses gestes à la caméra de surveillance. Il déchire la doublure de sa veste, en sort une seringue vide. Il la passe à travers les barreaux.

— Attends quelques heures, remplis la seringue d'air et injecte-la-toi dans les veines. Recommence à plusieurs reprises, et ensuite enfonce la seringue dans le matelas en dehors du champ de la caméra. Quand tu ouvriras les yeux, tu seras au paradis.

Bureau Ovale, la Maison Blanche, Washington

Le roi Sultan Ben Abdul Aziz et son fils, le prince Bandar, sont assis inconfortablement sur un divan face au président et à son nouveau secrétaire d'État, Richard Diefendorf. L'ancien procureur de l'Arizona, cadre supérieur chez United Standard Oil, adresse un sourire hypocrite à ses hôtes.

— Votre altesse, ce qui a toujours distingué le royaume saoudien des autres nations arabes, c'est votre capacité à manifester une grande souplesse pendant les conflits. C'est cette souplesse qui a permis à nos deux nations d'être des partenaires efficaces depuis plus de soixante-dix ans...

Sultan le coupe d'un geste de la main, et adresse sa réponse à Prescott.

— La Maison des Saoud s'est fait voler près d'un trillion de dollars. Les rebelles contrôlent nos plus grandes raffineries, ce qui paralyse encore un peu plus notre économie. Quel genre d'associé laisse de tels événements se produire ? Je suis là à votre demande, monsieur le président, mais ma patience est à bout. Si les États-Unis ne veulent pas remédier à la situation, la Chine s'en chargera.

Diefendorf reprend.

— Votre altesse, les États-Unis ne sont pas responsables des transferts illégaux qui ont affecté notre nation, tout autant que la vôtre. Sept des quinze de nos sous-traitants les plus importants dans le domaine militaire, ainsi qu'une dizaine de grandes institutions financières et d'innombrables entreprises privées ont également été spoliées. Toutes nos agences de renseignement travaillent sur ce problème, en collaboration avec les banques. Ce que nous proposons apportera une aide financière à votre pays, tout en permettant à la monarchie saoudienne de rester en place pour les générations à venir, sans avoir à redouter une invasion islamiste hostile.

— Je vous écoute.

— Les États-Unis riposteront aux attentats de Columbus Day, en bombardant les installations militaires iraniennes, les camps d'entraînement terroristes et les centrales nucléaires. Nous nous attaquerons également aux rebelles Ashrafs qui contrôlent vos raffineries. La nature de notre réponse n'endommagera aucune infrastructure. La compagnie saoudienne, Aramco, reprendra l'exploitation des gisements iraniens et vendra le brut aux États-Unis à quarante-cinq dollars le baril.

Le prince Bandar écarquille les yeux.

— En échange d'un prêt de cent milliards de dollars, dont 70 % devront être introduits directement dans l'économie saoudienne, la Maison des Saoud réservera 80 % de sa production de gaz naturel et de pétrole aux États-Unis. La durée du prêt et de ce contrat s'étendra sur vingt ans, avec un plafond négocié sur le prix du pétrole.

Diefendorf s'adosse à sa chaise et attend la réponse à la proposition qu'il vient de mettre sur la table.

Sultan hoche la tête, ses joues de chérubin tremblent d'émotion.

— Vous volez notre argent, vous volez notre pétrole, et en échange, vous nous offrez une concession de vingt ans sur notre propre royaume ?

Le secrétaire d'État passe une main manucurée sur les bosses qui illuminent son crâne parfaitement rasé.

— Avec tout le respect que je vous dois, votre altesse, nous n'avons pas volé votre argent, nous avons acheté votre pétrole, nous avons fait de vous des milliardaires, nous vous avons vendu des armes de pointe, en permettant aux princes d'empocher des milliards de commissions illégales. De plus, nous avons gentiment détourné le regard pendant que vous refusiez les droits humains les plus fondamentaux à votre peuple et que vous financiez des groupes islamistes qui attaquaient notre peuple. Ce que nous vous offrons aujourd'hui, ce n'est pas une concession de vingt ans, mais une solution finale qui éliminera l'Iran de l'équation du Moyen-Orient… le dernier opposant à votre souveraineté…

Le prince Bandar échange quelques mots en arabe avec le roi Sultan.

— C'est une insulte ! Attendez que les Chinois viennent nous courtiser, vous ferez d'autres propositions.

Diefendorf se penche en avant, et, du ton de l'homme d'affaires, répond en arabe.

— L'offre risque effectivement de changer, votre altesse, pas dans le sens que vous croyez, cependant. Dès que vous rencontrerez les Chinois, nos services de renseignements publieront des preuves qui impliqueront la Maison des Saoud dans la fourniture de l'uranium utilisé dans la bombe qui a détruit Los Angeles. Nous reconnaîtrons les rebelles ashrafs comme les fondateurs d'une nouvelle démocratie saoudienne, pendant que vous et votre famille serez accusés de la mort de millions d'individus.

Diefendorf se penche en arrière, s'amusant des expressions consternées des deux Arabes.

— Des décennies et des décennies de pouvoir, ou bien l'exécution sur la place publique. Réfléchissez bien, votre altesse. Le président va s'adresser au monde entier dans six heures, nous avons besoin de connaître votre décision avant que vous ne quittiez cette pièce.

Prison d'Inakesh

Le front dégoulinant de sueur, Ace continue à tripatouiller la serrure de sa cellule avec le pic, se demandant à quoi cela va lui servir, puisque le verrou refuse de bouger. Vingt minutes plus tard, il abandonne, tant sa main droite lui fait mal.

Ne renonce pas ! Si tu ne peux pas forcer la serrure, trouve un autre moyen.

Il examine la lourde porte de métal. Se concentre sur les gonds.

Peut-être…

Il regarde tout autour de lui, cherchant un objet qui pourrait lui servir de marteau. Mais il ne voit rien, ni caillou, ni bloc de ciment, rien que le trou des chiottes et le lavabo.

Il s'approche du lavabo, saute en l'air sans cérémonie et retombe les fesses sur le bord, manquant de peu de décrocher le bol de porcelaine du mur. De l'eau froide gicle d'un tuyau de métal, qui empêche le lavabo branlant de tomber sur le sol. Il prend le tuyau à deux mains, tire, et comme l'objet offre trop de résistance, il s'allonge sur le dos, appuie ses pieds contre le mur pour faire levier, et détache le lavabo.

Le lavabo est sur son ventre, l'eau dégouline du tuyau arraché. Il laisse le lavabo par terre, s'approche de la porte et regarde à travers les grilles du judas.

Rien. Silence. Tout est clair.

Il retourne vers le lavabo, le soulève au-dessus de sa tête et le jette sur le sol de ciment.

Il se fracasse en une dizaine de morceaux.

Il en prend un plat de la taille d'une balle de baseball, vérifie de nouveau le couloir et commence à s'attaquer à la charnière du milieu en insérant le pic d'acier dans la partie creuse puis le fait remonter petit à petit, avec des petits coups de son marteau de fortune.

Rouillé, le gond refuse de bouger, mais, peu à peu la tête de la partie mâle se détache du haut. Une dizaine de coups supplémentaires, et il est dégagé !

Ace a le cœur battant lorsqu'il s'intéresse au gond du bas. Il frappe encore et encore, jusqu'à ce que le gond se soulève.

— Futrell !

La voix du Russe le fait sursauter.

— Qu'est-ce que vous fabriquez ?

— Je grave mes initiales pour la postérité. Ne parlez pas si fort.

Ace continue à travailler sur le gond inférieur jusqu'à ce qu'il saute avant de s'intéresser au dernier, celui du haut, qui l'empêche encore de sortir de sa cellule.

— Futrell, emmenez-moi avec vous.

Ace ne l'écoute pas. Il tape et il tape, pour libérer le gond.

— Vous aurez besoin de mon aide. Je peux nous trouver un endroit sûr.

Ace libère le dernier gong. N'étant plus maintenue que par le verrou, la lourde porte vacille. Il pousse la partie libre et ouvre la porte… et la rattrape juste avant qu'elle ne tombe dans le corridor.

Scott Santa observe par les barreaux de sa propre porte.

— Fantastique ! Maintenant, libérez-moi !

Ace ramène la porte à l'intérieur de sa cellule et vérifie le couloir une fois de plus avant de s'approcher de celle de Santa.

— Je n'ai pas de clé. Et même si j'en avais, pour quelles raisons je vous aiderais ?

— Vous n'êtes pas encore libre. À deux, on a plus de chances que seul. Et je sais comment vous conduire à Ramzi.

Des pas. Quelqu'un descend l'escalier au bout du couloir. Ace se précipite dans sa cellule. Tout en se tenant à moitié accroupi, prêt à bondir, il replace la porte dans son cadre, tenant de la main gauche les barreaux de la petite fenêtre pour la maintenir en position, sa main droite agrippant le morceau de porcelaine pour s'en servir d'arme.

Les pas s'approchent. Le garde s'arrête devant sa porte. Insère la clé de cuivre dans la serrure.

Maintenant !

Ace écrase la porte sur le garde et la jette dans le couloir, entendant le bruit sourd du contact. Il renverse la porte et se rue sur l'Arabe avec son morceau de porcelaine.

— Nahir ?

Elle porte sa *jilab* noire et son *hijab*, son nez brisé saigne.

Ace la redresse.

— Nahir ? Ça va ?

— Tu n'as pas de temps à perdre avec ça. Prends ses clés, et libère-moi.

— La ferme !

Nahir ouvre les yeux, toujours un peu étourdie.

— Ashley ?

— Nahir, on s'évade.

Les yeux noisette retrouvent leur acuité.

— Comment avez-vous fait ?

— Je vous expliquerai plus tard. Où sont les gardes ? Ils sont postés en haut ?

Nahir retrouve ses esprits et s'écarte lentement d'Ace.

— Futrell, ne lui faites pas confiance ! Vous ne voyez pas qu'elle est avec eux ? dit Santa, le visage collé aux barreaux.

Ace regarde les yeux noisette de Nahir qui se transforment soudain en des yeux de prédateurs… nerveux.

— Nahir ?

Elle affronte son regard, puis se tourne et court.

— Arrêtez-la !

Sans réfléchir, Ace fait volte-face et lance le morceau de

porcelaine en plein milieu de sa tête voilée. Elle tombe, comme si on lui avait tiré dessus.

— Bien joué. Les clés !

Ace soulève la porte couchée, trouve le trousseau et libère Santa.

— Comment le saviez-vous ?

— C'est un vieux truc. Utiliser les femmes pour gagner la confiance du prisonnier.

Ace s'agenouille près de Nahir. Vérifie qu'elle respire.

— On l'emmène.

— Vous êtes fou ! On aura de la chance si on arrive dans la cour.

— Je dis qu'on l'emmène.

— Bien, faites le grand seigneur, Galaad, si ça vous amuse, mais si elle vient, préparez-vous à la réduire au silence, sinon, je m'en chargerai.

Ace prend la fille sur son épaule, la porte à l'autre extrémité du corridor. Santa lui fait signe d'attendre pendant qu'il monte les marches pour voir ce qu'il y a en haut.

Le Russe revient un instant plus tard.

— La chance est peut-être de notre côté. Il fait nuit, il doit être tard. Il n'y a qu'un seul garde à la porte qui est restée ouverte. L'autre fait sa ronde. Il est à deux bâtiments de là. Cela nous laisse de trois à cinq minutes. Il y a plusieurs fourgonnettes garées à une cinquantaine de pas de l'autre bâtiment, mais elles sont sur un terrain découvert et on ne peut pas y arriver autrement qu'en traversant la cour. Des idées ?

Ace se trouve devant l'entrée de la prison, face à la cour. Il a revêtu la *jilab* de Nahir et son *hijab*, mais le vêtement ample est trop court de trente bons centimètres et un peu étroit aux épaules, à la poitrine et aux bras. Il attend que le garde entre dans le bâtiment adjacent avant de sortir de l'ombre. Les mains dans les poches de la *jilab*, tête baissée, il approche de la camionnette, en essayant de marcher bas pour dissimuler ses pieds nus et ses mollets exposés. Il est à mi-chemin du véhicule le plus proche lorsqu'un homme en chemise de nuit sort de ses quartiers de l'autre côté du terrain.

Ali Shams allume une cigarette.

Ace continue à marcher, se faisant aussi petit, aussi discret que possible.

Le tortionnaire le voit.

— Nahir, vient ici, il faut que tu me marches sur le dos.

Vingt mètres... Ace feint de ne pas avoir entendu.

— Nahir, sale petite garce, réponds quand je te parle !

Ali Shams s'approche des voitures, chancelant.

— Nahir !

Ace accélère. Arrive près du premier véhicule. Ouvre la porte du conducteur.

— Espèce de pute à la cervelle de moineau. Qu'est-ce que tu fiches ?

Regarde le contact. Pas de clé. Cherche derrière le pare-soleil, sous le siège, par terre.

— Tu veux le fouet ?

Ali Shams est à dix pas de la porte du passager lorsqu'il comprend que quelque chose ne tourne pas rond.

— Qu'est-ce qui se passe ?

Ace ouvre le cendrier... et attrape les clés !

Il monte et démarre.

— Hé...

Il enclenche une vitesse, appuie son pied nu sur la pédale d'accélérateur fait demi-tour, et, dans le nuage de poussière soulevé par les pneus arrière, fonce vers la prison... puis ralentit au moment où Scott sort de l'ombre, portant le corps à demi nu de Nahir. Le Russe balance la fille par la porte arrière ouverte tandis qu'Ace accélère de nouveau dans la cour de la prison, soudain inondée de lumière.

Ali Shams court vers l'entrée de l'enceinte, hurlant au garde de rester près du portail principal, tandis que les phares du véhicule qu'Ace vient d'allumer illuminent la chemise de nuit du gros Arabe. Ace le poursuit et colle le pied au plancher pour s'approcher de son tortionnaire...

... qui se retourne juste au moment où la fourgonnette le percute à quatre-vingts kilomètres heure... le pare-chocs lui rompt les organes internes et lui brise la cage thoracique avant de l'empaler, tel un ornement de capot...

... paralysant sur place le garde qui, du coup, tire sur son chef avec son Ak-47.

La camionnette tourne vers le garde abasourdi, bifurque vers le portail ouvert et défonce l'enceinte de barbelés.

Ali Shams crache un jet de sang et de vomi sur le pare-brise avant de glisser hors du capot, pour être tiré sur une dizaine de mètres avant de tomber... et de passer sous le pneu avant gauche.

Ace s'accroche au volant tandis que le véhicule roule sur le crâne du tortionnaire, faisant sauter l'amortisseur avant gauche. Libéré du corps encombrant, Ace accélère le long d'une route goudronnée qui mène vers l'autoroute, en direction de l'est.

*

La démocratie n'est pas viable à long terme. Ce mode de gouvernement ne fonctionne que jusqu'au moment où les électeurs s'aperçoivent qu'ils peuvent s'acheter les largesses du Trésor public grâce à leur vote. À partir de là, la majorité des électeurs vote pour le candidat qui lui promet le plus d'avantages fiscaux, si bien qu'avec cette politique fiscale démagogique, la démocratie s'effondre et la dictature reprend le dessus. L'âge moyen des plus grandes civilisations est de deux cents ans. Ces nations ont toutes évolué selon ce même schéma : de l'esclavage à la foi religieuse, de la foi religieuse à un grand courage, du courage à la liberté, de la liberté à l'opulence, de l'opulence à l'égoïsme, de l'égoïsme à l'apathie, de l'apathie à la dépendance, de la dépendance à l'esclavage.

Alexander Fraser Tytler, extrait de The Decline and Fall of the Athenian Republic, *publié en 1776.*

Tous la redoutaient, tous ont cherché à l'éviter... la guerre a éclaté.

Abraham Lincoln

*

Chapitre 46

Monsieur, madame la vice-présidente, mesdames et messieurs les députés, mes chers concitoyens, le 11 septembre 2001, les ennemis de la liberté ont commis un acte diabolique contre notre pays et contre les valeurs que nous défendons. C'est ainsi qu'a commencé la guerre contre la Terreur, une guerre qui nous a coûté les vies de milliers d'Américains, hommes et femmes, et près d'un trillion de dollars, une guerre que nous ne pouvons pas nous permettre de perdre. Aujourd'hui, tout le monde a compris pourquoi. Il y a quatre jours, en un jour dédié à l'explorateur courageux qui a découvert notre grande nation, l'ennemi a frappé de nouveau. Quatre jours plus tard, alors que le monde entier est encore sous le choc, je viens vous apporter quelques réponses.

Les deux hommes impliqués dans les atrocités du Columbus Day étaient des djihadistes islamistes radicaux, recrutés en Irak et entraînés par des membres des Qods iraniens. Jamal al Yussuf est arrivé aux États-Unis au début février 2011, Omar Kamel Radi l'a suivi quelques mois plus tard. Les deux hommes se sont rencontrés à la fin septembre 2011 à Aurora, dans l'Illinois, où ils ont été informés et financés par des cellules dormantes iraniennes. Grâce à ce soutien logistique, Jamal al Yussuf a obtenu un emploi dans les services de sécurité du port de Baltimore tandis qu'Omar Kamel Radi est allé s'installer en Californie pour travailler à l'US Bank Tower de Los Angeles, le site de l'attentat.

« Laissez-moi insister sur le fait que les deux hommes responsables des massacres étaient entraînés par les Gardiens de la révolution iraniens, connus sous le nom de Qods. Ces Irakiens ont été choisis, de préférence à des ressortissants iraniens car ils venaient d'un pays à présent libre de toute oppression, ce qui leur a permis d'entrer aux États-Unis sans éveiller les soupçons. Dans les camps iraniens, ils ont subi un lavage de cerveau destiné à leur faire croire que la mort de millions d'Américains innocents serait une bénédiction pour leurs compatriotes. Pendant qu'ils s'entraînaient dans les camps, le gouvernement iranien a fait fabriquer deux engins nucléaires à base d'uranium 238 enrichi, récupéré dans des barres à combustible de centrales nucléaires civiles.

« Nous avons en notre possession le second engin retrouvé à Chicago avant l'explosion, ainsi que des débris radioactifs de la bombe qui a détruit Los Angeles. Dans un cas comme dans l'autre, l'uranium enrichi correspond à celui du réacteur nucléaire iranien. Nous savons désormais que ces bombes de fabrication amateur sont arrivées par le port de Baltimore le 5 octobre. Nous avons découvert le container dans lequel elles ont été transportées où se trouvaient encore des résidus nucléaires. Nous avons retracé le parcours du cargo qui est parti d'un port iranien. Nous n'avons aucun doute sur les personnes qui sont à l'origine de l'attentat, et, au vu des preuves, n'importe quel procureur vous dirait que l'affaire est limpide et bouclée. Et nous avons tous vu les films montrant la liesse du peuple iranien dans les rues de Téhéran alors que Los Angeles brûlait dans les flammes de l'enfer.

« Les deux Irakiens responsables des attentats n'étaient que les pions d'un sinistre complot gouvernemental ourdi par un pays de l'axe du mal que le président Bush avait dénoncé après les attentats du 11 septembre. La nation iranienne s'en est prise à l'Amérique bien avant ce 8 octobre. Sa haine envers notre pays remonte à 1979, époque où des étudiants iraniens, qui servaient de bras armés à l'ayatollah, ont attaqué notre ambassade et enlevé trente-six de nos concitoyens.

« Au cours des sept dernières années, le président Mahmoud Ahmadinejad et son clergé fanatique ont ouvertement défié le monde en mettant au point des armes nucléaires. De plus, les dirigeants iraniens ont menacé de les utiliser contre l'État d'Israël, les États-Unis, l'Angleterre et nos alliés du Moyen-Orient et d'Europe. Aujourd'hui, ils ont mis leurs menaces à exécution.

« Comment nous, nation civilisée, allons-nous réagir face à un régime dictatorial qui emploie ses éléments les plus radicaux pour massacrer des innocents ? Comment préservons-nous notre nation et nos citoyens afin qu'une telle horreur ne se reproduise jamais ?

« D'abord, nous devons éliminer les scories du laxisme de gauche qui impose des limites à nos services de renseignements. Ce soir, nous avons l'honneur d'avoir près de nous le commandant Douglas Dvorak, de la police d'Aurora. Le commandant Dvorak et les agents de la Sécurité du territoire de Chicago ont sauvé des millions de vies en arrêtant Jamal al Yussuf quelques minutes avant qu'il ne fasse détonner son engin nucléaire. Commandant, approchez, c'est un grand honneur de vous avoir près de nous. »

Les caméras se braquent vers un Doug Dvorak embarrassé, qui fait un petit signe sur son siège, à côté de la première dame, tandis qu'il reçoit une standing ovation de soixante secondes.

Sacrés politiciens… Voilà qu'il m'utilise pour distiller son venin de serpent !

— Comme ces deux poseurs de bombes ne figuraient pas sur notre liste de terroristes connus, ils ont pu opérer à l'intérieur de nos frontières librement, sans la moindre restriction. Si la loi antiterroriste, qui autorisait la NSA à écouter les coups de téléphones suspects, avait toujours été en vigueur, nous aurions pu déjouer les attentats de Los Angeles. Aux démocrates qui continuent à dénigrer les services de renseignements, je dis : à quoi sert la liberté si nous avons peur de vivre dans nos grandes villes ? À quoi sert la liberté, si nos lois ne peuvent pas empêcher l'ennemi de franchir nos frontières ?

« Pour que nos concitoyens ne connaissent plus jamais d'attentats nucléaires, je vais donner au Congrès une liste de décrets qui devront être intégrés à la loi antiterroriste, afin de combler les lacunes de notre système et de permettre à la Sécurité du territoire de travailler correctement. Méfiez-vous de ceux qui s'opposeraient à ces mesures, car leur complaisance expose directement vos familles au danger.

« Je demande à tous les Américains d'apporter leur soutien aux victimes de cette tragédie et de prier pour elles. J'implore votre patience face aux contraintes qui vous sont imposées. Même si la loi martiale est un jour levée, il vous faudra supporter les retards et les inconvénients dus à des mesures de sécurité plus strictes.

« Notre économie était florissante avant le 8 octobre et elle redeviendra florissante. À cet égard, nous avons l'honneur d'accueillir avec nous le roi Sultan Abdul Aziz, d'Arabie Saoudite, et son fils, le prince Bandar. Le roi a accepté de relancer l'économie américaine en nous vendant le pétrole à un prix très compétitif, jusqu'à ce que nous puissions surmonter les épreuves infligées par les attentats de Colombus Day. Je remercie le roi Sultan qui a toujours été un allié et un ami fidèle.

Le roi esquisse un petit geste devant la foule qui applaudit.

— Enfin, je m'adresse à la nation qui a fomenté ce complot et ordonné le meurtre de deux millions des nôtres : Citoyens d'Iran, vos dirigeants et vos mollahs vous ont égarés ; en acceptant leurs règles, vous leur avez permis de vous guider sur un sombre chemin qui mènera à votre propre destruction. Dressez-vous à présent contre vos oppresseurs ou soyez prêts à affronter les conséquences de leurs actions.

La chambre des Représentants applaudit.

*

Une réunion jusqu'alors tenue secrète a rassemblé, l'année dernière, les plus anciens conseillers du président Bush sur la sécurité nationale ; il a été question, pour la première fois au plus haut niveau, de réécrire les règles de la guerre froide... Parmi les sujets à l'ordre du jour, on a discuté de l'opportunité d'annoncer au reste du monde que, dans le cas où une arme nucléaire exploserait sur le territoire américain et où l'enquête remonterait la piste des matériaux nucléaires dont elle serait issue, les États-Unis considéreraient le pays source « totalement responsable » des conséquences engendrées par l'explosion.

David E. Sanger et Thom Shanker, New York Times, *8 mai 2007*

*

Chapitre 47

La majorité des Américains en faveur d'une riposte nucléaire

Associated Press, 13 octobre 2012

Selon un récent sondage, la majorité des Américains serait en faveur d'une frappe nucléaire sur l'Iran en réponse aux attentats terroristes de Los Angeles. « L'Iran a entraîné ces gens, l'Iran a envoyé le matériel et, à mon avis, l'Iran mérite une riposte nucléaire. Je sais qu'il y a des innocents en Iran, des familles, mais on ne peut pas rester les bras croisés et laisser notre gouvernement autoriser de telles atrocités », dit Lynn McDonald, un professeur d'Houston, au Texas.

L'Iran prêt à lancer des missiles nucléaires en cas d'agression

New York Times, 14 octobre 2012

Téhéran.
À la suite du discours du président Prescott, le président Iranien Mahmoud Ahmadinejad a menacé de lancer des missiles sur Israël et l'Arabie Saoudite, en cas d'agression américaine. « La grande nation de l'Islam n'est aucunement responsable de la destruction de Los Angeles. Si les États-Unis s'imaginent pouvoir inventer de nouveaux menson-

ges pour justifier une nouvelle invasion comme ils l'ont fait en Irak, ils commettent une grave erreur. Dès le premier signe d'une agression, nous lancerons des missiles à têtes nucléaires Shahab sur les villes sionistes ainsi que sur la zone verte américaine à Bagdad. »
Le Premier ministre israélien a répondu aux menaces iraniennes en disant que le système de défense est doté depuis deux ans de missiles balistiques Arrow 3, et que le lancement du premier missile, qu'il arrive ou non à son but, déclencherait des représailles immédiates.
Les missiles Arrow 3, au nom de code de Homa ou Fence, sont déployés en deux batteries, une située à Tel-Aviv, l'autre au sud d'Haïfa. Ces missiles antimissiles ont déjà réussi seize tests d'interception. On estime que les Iraniens sont en possession d'une douzaine de missiles nucléaires opérationnels, alors que l'arsenal israélien en dénombre plus de deux cents.

Base militaire d'Al Udeid, Qatar
17 octobre 2012 – 19 h 22, heure locale

La base d'Al Udeid, au Qatar, est le quartier général avancé du centre de commandement américain (CENTCOM), l'unité de combat en charge du déploiement rapide des troupes au Moyen-Orient, en Afrique orientale et en Asie centrale.

Le commandant de cette unité, le général Mike Tristano a commencé sa carrière militaire au sein des forces spéciales. Contrairement au président et au secrétaire d'État à qui il doit rendre compte, l'homme de terrain estime que les plans d'invasion de l'Iran sont bien trop ambitieux, surtout à un moment où les forces de combat sont déjà dispersées à l'extrême. Il sait qu'une option nucléaire est sur la table, mais il n'a pas encore été briefé.

Tristano entre dans la cellule de crise, où il rejoint le chef de cabinet, le major Gene Ben Serviss, son adjoint, le vice-amiral Brandon Herbert, responsable des opérations navales dans le golfe Persique, et le général de division, Cynthia J. Zizzi, en charge des opérations au sol, qui est aussi la femme la plus haut gradée de toutes les forces armées.

Des cartes détaillées du Moyen-Orient ornent les murs. En

face de la table de conférence, se trouve l'élément-clé de la pièce, un panneau numérique transparent de deux mètres cinquante de haut, qui retrace en temps réel les mouvements des troupes amies et ennemies, la position des supports aériens, les conditions atmosphériques et l'emplacement du porte-avions *USS Ronald Reagan* et de son groupe de combat qui fait route en direction du nord-ouest dans le golfe Persique.

Le général s'installe à la tête de la table.

— Avons-nous une liste des cibles ?

— Oui, monsieur.

Le général Zizzi tape quelques touches sur son ordinateur, une liste apparaît sur le panneau numérique, classée par catégories de sites nucléaires.

Sites nucléaires :
Centrale de Bushehr
Centre de traitement de l'uranium d'Ispahan
Mines de Saghand Uranium
Centre d'enrichissement de l'uranim de Natanz
Centre de traitement de l'eau lourde d'Arak
Centrale de radio-isotopie d'Arak
Centre de combustible nucléaire d'Ardekan
Centre de conversion de l'uranium d'Ispahan
Centre de recherches nucléaires de Téhéran
Centre de recherches sur le molybdène, l'iode et le xénon de Téhéran
Laboratoires de Jabr Ibn Hayan, de Téhéran
Compagnie électrique de Kalayle
Unité d'enrichissement de l'uranium de Lashkar Abad
Centre de stockage des déchets radioactifs de Karaj
Centre de stockage des déchets radioactifs d'Anarak

Garnisons des Qods :
Garnison Ramadan (Kermanchah)
Garnison Nabi-Akram (Zahedan)
Garnison Hamza (Orumieh)
Garnison Ansar (Machad)

Arabie Saoudite :
Raffinerie d'Abqaiq
Rampes de lancement de missiles :

Cibles A-G (golfe Persique)
Cibles H-M (mer Caspienne)

Bases militaires :
Base aérienne de Mehrabad
Parchin
Khorramabad
Pessyan
Borujerd
Zagheh
Malayer
Sahneh
Kangavar

Centre d'entraînement des Qods :
Camp d'entraînement Imam Ali (Téhéran)
Camp d'entraînement Khomeiny (Téhéran)
Base de Bahonar (route de Chalous, près du barrage de Karaj)
Nahavand (à 45 km de Nahavand, dans l'ouest de l'Iran)
Université Beit ol-Moghadas (dans la ville de Qom)
District de Farahzad (Téhéran)
Base du Hezbollah (Varamin, sud-est de Téhéran)
Base Madani de Dezful (sud-ouest de l'Iran)
Base Bisotoun de Kermanchah (ouest de l'Iran)
Base Tangeh Kenesht de Kermanchah (ouest de l'Iran)
Base Ghayour d'Ahwaz (sud-ouest de l'Iran)

Le général Tristano enlève sa casquette et masse sa nuque tendue.

— Je vais être franc, les gars, le secrétariat à la Défense nous laisse toujours dans le noir, et ça commence sérieusement à me chauffer. Des frappes aériennes, des frappes nucléaires, personne ne dit rien. Mais toute cette opération a des relents de 2003… La Maison Blanche saute à pieds joints avant de réfléchir…

— Ce n'est un secret pour personne que Prescott et sa clique intriguent en faveur d'une attaque nucléaire contre l'Iran, dit le major Serviss. Kendle a servi en Irak, il sait parfaitement que nous n'avons pas les forces en hommes nécessaires pour maîtriser une nation hostile.

Le vice-amiral confirme.

—Prescott n'a aucunement l'intention d'occuper l'Iran. On parle de massacres à grande échelle, quelle que soit la manière dont on le découpe. Même sans recours au nucléaire, bombarder un réacteur avec des armes conventionnelles reste une aventure périlleuse. Général Zizzi, vous avez été en contact avec Los Alamos, qu'en disent les huiles ?

— Ils sont d'accord pour dire qu'un bombardement massif, ou même un seul tir de Tomawak sur une centrale nucléaire pourrait créer un nuage radioactif équivalent à celui de Tchernobyl. L'océan Indien est toujours en période de mousson, et une tempête, même modérée, entraînerait des retombées sur les villes côtières du sud-est de l'Inde. Calcutta, Rangoon, Dhaka, Bombay, Chennai et Colombo seraient exposées, d'autant plus que le fort degré d'humidité aurait des effets aggravants. La situation serait pire encore si Prescott lançait une arme nucléaire tactique sur Téhéran. Les retombées toucheraient le Pakistan et l'Inde, se propageraient en Chine et en Russie, et même jusqu'au Japon. Le gouvernement de Musharraf est déjà très instable au Pakistan, une frappe nucléaire entraînerait sa chute, et il serait vraisemblablement remplacé par des islamistes radicaux. Cela engendrerait une riposte militaire de la part de l'Inde. On risque aussi de graves représailles de la part des chiites en Irak, dès les premiers signes d'invasion.

— Major Serviss, comment les Rens sont-ils sûrs d'avoir recensé tous les sites capables de lancer les Shahab ?

— À ce point, notre indice de confiance n'en est qu'à 75 %. Le Shahab III a une portée maximale de mille trois cents kilomètres. S'ils arrivent à les lancer, leurs cibles les plus probables seraient la base de Camp Doha au Koweït, la base aérienne d'Al-Seeb dans le sultanat d'Oman et de nombreuses cibles en Arabie Saoudite, ainsi que les villes de Tel-Aviv, Eilat, Haïfa, Beersheba, et le complexe nucléaire de Dimona. Les Israéliens disposent du système de défense Arrow, mais les autres sites sont vulnérables. Ah, oui, j'oubliais… notre base, ici, au Qatar.

— Et les Chinois ?

— Je pense qu'il faut nous attendre à une réaction. L'Iran est leur deuxième fournisseur de pétrole au Moyen-Orient, et ils utilisent également les terminaux iraniens pour importer le gaz naturel du Turkménistan. Une invasion à grande échelle signerait la mort de l'OTAN.

— Imbéciles de politiciens ! Qu'ils aillent au diable !

Le général Tristano vérifie l'heure locale : 20 h 12.

— Je dois de nouveau m'entretenir avec le secrétaire à la Défense Kendle à neuf heures. On en reparlera à ce moment-là.

Le chef de cabinet quitte la salle.

Le général Tristano attrape l'amiral par le bras pour échanger quelques mots.

— Qu'est-ce que vous savez vraiment, et ne me prenez pas pour un con, Brandon, ça va beaucoup trop loin.

— J'ai parlé avec Fisher, le commandant du *Ronald Reagan.* Un cargo a effectué une livraison dans la matinée. Sur les ordres de Kendle.

— Quel genre de livraison ?

Golfe Persique
17 octobre 2012 – 22 h 28, heure locale

Le porte-avions *Ronald Reagan* (CVN-76) sillonne les eaux du golfe Persique à une vitesse régulière de quinze nœuds. Avec ses trois cents mètres de long et ses quatre-vingt-dix-sept tonnes, la forteresse d'acier se dresse à une hauteur de vingt étages au-dessus de la surface de l'eau sur l'horizon arabe, telle la silhouette de l'ange de la mort.

Seize navires de combat escortent le porte-avions, dix navires de soutien ainsi que deux sous-marins d'attaque classe *Los Angeles.* Il est également flanqué de deux navires de guerre Ticonderogas, tous deux équipés de THAAD (Système de défense haute altitude de théâtre d'opération), une arme très sophistiquée destinée à le protéger de toute attaque. Ces navires sont également munis de missiles de croisière longue portée Tomahawk, capables de détruire une cible à plus de mille six cents kilomètres.

Le capitaine Scott James Fisher, commandant du porte-avions, a passé les dernières vingt-quatre heures ou presque au central opérations, le système nerveux du navire. Dans cet antre fortement climatisé, des dizaines de techniciens se concentrent sur leurs écrans tactiles, dirigent les positions du groupe de combat, surveillent les zones de défense et guettent toutes les émissions électromagnétiques émanant de forces hostiles.

À l'extérieur, le commandant semble solide comme le roc, mais ses pensées sont toutes pour sa famille, ses parents et ses sœurs, qui vivaient à Ventura, en Californie... tous portés disparus.

Tony Ordonez, l'officier en second, se fraye un chemin entre les ordinateurs, une enveloppe scellée à la main. Il tend le message codé à son commandant.

Fisher jette un coup d'œil sur l'ordre de mission.

— Rassemblez les officiers.

Dix minutes plus tard, le commandant rejoint ses officiers dans la petite salle de réunion adjacente au central opérations. La liste des cibles a été divisée géographiquement, chaque zone s'étant vue assigner un avion.

— On a les ordres. La première vague de sorties s'effectuera à zéro trois zéro zéro, la seconde suivra six heures plus tard. Des questions ?

— La charge de la seconde vague... commandant, c'est une charge nucléaire ?

Le commandant Ordonez vient de poser la question qui est sur toutes les lèvres.

Fisher hésite.

— Officiellement, la décision ne sera pas communiquée tant que les bureaucrates continuent à marchander avec les Nations unies, mais d'après mes sources, il n'est plus question d'une attaque nucléaire sur Téhéran. Les répercussions des retombées seraient trop périlleuses.

Fisher regarde ses officiers dans les yeux.

— Nous irons avec des armes chimiques, des gaz neurotoxiques VX. Les rebelles qui ont pris en otage la raffinerie saoudienne auront droit à y goûter dès zéro trois zéro zéro.

Les officiers hochent la tête, les niveaux d'adrénaline sont au maximum.

Fisher baisse la tête.

— Ce qui s'est produit à Los Angeles… ce qui a failli se produire à Chicago… nous affecte tous. Personne n'aime la guerre, messieurs, mais lorsque nous sommes attaqués, lorsque l'ennemi noie notre pays dans un bain de sang…

Le commandant regarde ses hommes, des larmes se mêlant à l'ardeur de son regard.

— Ce soir, nous donnerons une bonne leçon à nos ennemis… la vengeance est une garce…

Raffinerie d'Abqaiq, Arabie Saoudite,
1 h 07, heure locale

Depuis des semaines, la garde nationale saoudienne est en position devant les portes fortifiées de la raffinerie d'Abqaiq, face à un peloton de combattants ashrafs, armés jusqu'aux dents. Aucun coup de feu n'a été tiré, les rebelles ont assuré leur sécurité en plantant des explosifs tout autour des pipelines et des citernes hautement inflammables.

À l'intérieur de l'enceinte, des chars légers Bradley et Abrams, volés dans les propres dépôts militaires de la Maison des Saoud, surveillent le périmètre, les bâtiments administratifs et les dortoirs. Le mouvement révolutionnaire, qui avait pris de l'ampleur, commence à perdre ses soutiens depuis l'attentat de Los Angeles, qui a permis à la Maison des Saoud de faire passer la rébellion ashraf pour un mouvement terroriste.

***

Une secousse réveille Ace de son sommeil agité. Pendant plusieurs longues secondes, il scrute son environnement avant de comprendre qu'il est à l'infirmerie.

Neuf jours se sont écoulés depuis qu'Ace, Scott Santa et la femme saoudienne se sont évadés de la prison d'Inakesh. Ils ont foncé vers l'est sur l'autoroute de Riyad avant de s'arrêter à une station-service pour changer de véhicule. Santa avait volé une voiture en trafiquant le démarreur pendant qu'Ace retenait Nahir.

À l'aube, ils étaient arrivés aux abords de la raffinerie.

Les hommes de Ramzi avaient interrogé Nahir. Santa avait raison. Elle avait menti. Quelques années plus tôt, elle avait été arrêtée par les Saoudiens pour avoir participé à un trafic d'alcool, ce qui lui avait valu les cicatrices dues à une flagellation en public. Son père, le général Abdul Aziz, le directeur d'Inakesh, s'était arrangé pour commuter sa peine, en échange de quelques services rendus à la prison. Il avait ainsi constitué une équipe très efficace, Ali Shams dans le rôle du tortionnaire sadique et la belle Nahir, une épaule compatissante sur laquelle le prisonnier pouvait se consoler en avouant ses péchés. Même l'exécution du vendredi n'était qu'une mise en scène, destinée à gagner la confiance d'Ace.

Elle était encore enfermée sur place.

Jour après jour, les plus graves blessures d'Ace ont commencé à guérir. Il est désormais capable d'avaler de la nourriture solide, les perfusions ont eu raison des infections et de la fièvre qui s'étaient déclarées après l'arrachage de trois de ses ongles.

En plus de son fardeau, il doit supporter les scènes de dévastation en provenance de Los Angeles, d'autant plus terrible qu'il sait que ses enfants auraient pu souffrir ou même mourir, si la seconde bombe n'avait pas été désamorcée. Malgré ses efforts, malgré les tortures qu'il a endurées, les pires craintes de sa femme sont devenues réalité. L'Amérique est en état de siège, un état de siège organisé de l'intérieur par les néoconservateurs, qui maintiennent le pays sous leur joug ; l'attaque sur l'Iran n'est plus qu'une question de temps ; la rébellion Ashraf ne sera bientôt plus qu'un souvenir.

Il regarde l'heure : 1 h 22. Incapable de dormir, il lace les chaussures de combat que lui ont donné les rebelles, enfile la veste de la même provenance et sort. La lune est haute sur la plaine du désert, sa lueur baigne d'une lumière féerique les véhicules blindés. Il lui faut plusieurs instants avant de s'apercevoir que la situation a quelque chose d'anormal… Les gardes saoudiens ont décampé !

***

Ace repère Ramzi Karim dans le sous-sol d'un des bâtiments administratifs. Le dirigeant ashraf discute du retrait des forces saoudiennes avec son commandement militaire. Scott Santa figure parmi les présents, il écoute, fumant cigarette sur cigarette, avec un « œil de pirate » sur son orbite gauche vide.

— Le retrait de la garde saoudienne signifie que les Américains attaqueront dès ce soir, récapitule Ramzi, pour le bénéfice d'Ace. Il faut nous y préparer.

— Ils ne bombarderont pas la raffinerie, rétorque l'un des jeunes rebelles, ils ne peuvent pas se permettre de la perdre.

— S'ils n'ont pas recours aux explosifs, Khaled, ils utiliseront des armes chimiques ou biologiques. Il y a des milliers de femmes et d'enfants dans les logements. Si nous restons sur place, ils nous balaieront.

— Nous disposons d'une douzaine de combinaisons NBC, rappelle un général. Donnez-les à mon peloton, nous monterons la garde. Les autres, vous n'aurez qu'à organiser l'exode dans le désert.

Ramzi hoche la tête.

— Khaled, organise l'évacuation. Il faut que tout le monde soit parti avant l'aube. Je resterai avec le général.

— Attendez !

En boitillant, Ace s'approche du groupe.

— Vous survivrez peut-être à l'attaque, mais cela ne changera rien. Vous manquerez bientôt de nourriture et, visiblement, la Maison des Saoud a passé un accord avec Prescott. Combien de temps allez-vous pouvoir tenir, d'après vous ?

— Plus nous résisterons, plus notre image se renforcera aux yeux des gens. La rébellion ne réussira que si le peuple se dresse comme un seul homme. Nous étions proches du succès, l'attaque américaine nous permettra de resserrer les rangs.

— Les martyrs ne sont pas les guides de la révolution, Ramzi. Si vous voulez reprendre votre pays en mains, il faut dénoncer Prescott et sa machination. Il faut relier tous les points, exposer le complot aux médias, prouver l'implication de la Maison Blanche dans l'attentat de Los Angeles. On mouille Prescott et ses va-t-en-guerre, et on donne au peuple américain les éléments nécessaires pour organiser sa propre rébellion.

— Ace, les mensonges de Prescott sont bien plus puissants que toutes les preuves qu'on pourrait fournir. Ces gens ne jouent pas avec les mêmes règles du jeu, ils feraient n'importe quoi pour rester au pouvoir.

N'importe quoi pour rester au pouvoir...

Ça lui rappelait quelque chose... Ace ferma les yeux, s'efforçant de remonter dans ses lointains souvenirs. *N'importe quoi pour rester au pouvoir...*

Jennifer... ce jour-là, dans son appartement.

— Et puis, si le 11 septembre était le plus beau fiasco des services de renseignements de tous les temps, comment se fait-il que personne n'ait jamais perdu son poste ?

— Mon ami est mort parce que des tas de gens se sont croisés les bras, ou ont reçu l'ordre de se croiser les bras. Et maintenant, ma femme est morte à cause de ce qu'elle savait. Et toi, tu viens de m'expliquer que ceux qui étaient au pouvoir feraient n'importe quoi pour le garder ?

— Tu veux savoir ce qui fait gagner les néoconservateurs ? Ce n'est pas la vérité, pas la politique, pas les curriculum vitae ou les médailles de guerre... rien que le message...

— Ramzi, nous n'avons pas besoin de preuve, il faut simplement faire passer le bon message. Le meurtre de Kelli, la piste de l'argent, la mort de McKuin... laissez-moi parler devant les médias, je vous assure que je me ferai comprendre !

— Cela n'empêchera pas l'invasion.

— Non, mais cela obligera les médias américains à aborder le problème, cela jettera un doute dans l'esprit du public quant à savoir qui sont les véritables responsables. Après le 11 septembre, personne n'a osé mettre Bush en cause, et ceux qui lui ont posé des questions ont été publiquement disgraciés, accusés de traîtrise. Mais si on passe en force, si on joue avec les éléments dont on dispose et dont on a déjà semé des graines partout grâce à l'Internet,...

Ramzi regarde ses lieutenants.

— Où sont les équipes de journalistes ?

— Parties. Les gardes nationaux les ont obligées à quitter les lieux.

— Je crois avoir un moyen de les faire revenir.

*

« Un exercice de situation d'urgence » simulant le crash d'un petit avion d'entreprise sur un bâtiment officiel, est programmé pour 9 h 00 le matin du 11 septembre. Il doit être dirigé par le National Reconnaissance Office (NRO) de Chantilly, en Virginie, qui se situe à un peu plus de six kilomètres de l'aéroport international de Dulles, à Washington, aéroport d'où le vol 77 a décollé, et à un peu moins de quarante kilomètres du Pentagone. Les employés de la NRO sont recrutés parmi les membres de la CIA et de l'armée. L'avion est censé rencontrer plusieurs problèmes mécaniques avant de s'écraser sur une des quatre tours de la NRO. Afin de simuler les dégâts engendrés par l'accident, des cages d'escalier et des issues ont été condamnées, forçant ainsi les employés de la NRO à trouver d'autres moyens pour évacuer le bâtiment. Cependant, d'après le témoignage du porte-parole de l'agence, « dès que les véritables événements ont commencé, l'exercice a été aussitôt annulé ». Après l'attentat, la quasi-totalité des trois mille employés ont apparemment été renvoyés chez eux.

Associated Press, le 21 août 2002

Les dix grandes sociétés de production de l'énergie manquent de brut pour reconstituer leurs stocks.

Wood Mackenzie, consultant en pétrole, Times, *janvier 2004*

Cherchez l'argent.

W. Mark Felt, informateur du FBI, alias « gorge profonde » dans l'enquête qui visait à destituer le président Nixon

*

Chapitre 48

Smokey Hills, Kansas, 6 h 32 (GMT – 7)

L'hélicoptère de la police soulève un nuage de poussière en se posant près d'une caravane. L'assistant du shérif, Caleb Kennedy-Smith attend que la tourmente se calme avant de sortir de l'appareil pour rejoindre les deux couples qui attendent au pied d'un piton de grès.

La calandre de la Honda accidentée est encastrée dans la roche. L'agent observe la dépouille en décomposition de l'agent Elliot Green et grimace.

— Bon, qui nous a prévenus ?

Un motard costaud lève la main.

— Kevin Graham. Moi et ma femme, on se baladait quand on a vu la caisse. Je lui ai dit de toucher à rien, mais elle a peut-être laissé une ou deux empreintes sur la porte.

— Bien, M. Graham, attendez-nous près de la caravane, je viens prendre votre déposition dans une seconde.

Le député parle dans sa radio.

— Central, ici 902, je suis à Smokey Hill, à environ dix kilomètres au nord de Jayhawk road. On a un cadavre. Un homme, blanc, une bonne quarantaine. De nombreuses blessures par balles. J'ai besoin du FBI sur ce coup.

À BORD DU *RONALD REAGAN*, GOLFE PERSIQUE
1 H 37, HEURE LOCALE

Le capitaine Fisher se trouve dans l'armurerie, une pièce hautement sécurisée, dans les entrailles du sous-marin. Comme le secrétaire à la Défense lui en a donné l'ordre, le commandant supervise en personne une équipe triée sur le volet, qui prépare une dizaine de bombes chimiques. Une fois le travail terminé, elles seront placées sur les appareils désignés pour la sortie qui doit attaquer la raffinerie Abqaiq et ses extrémistes rebelles.

Bien alignées, des centaines de ces armes de destruction massive n'attendent qu'à être lâchées sur unc autre cible : la population iranienne.

RAFFINERIE D'ABQAIQ
1 H 43, HEURE LOCALE

L'explosion dégage une onde de choc qui se propage sur tout le domaine, transformant la nuit en feu d'artifice qui étincelle à des kilomètres à la ronde. Des détonations secondaires suivent, par un effet de dominos, au fur et à mesure que les poches de gaz liquide s'enflamment, projetant de furieux brasiers rouges dans le ciel. Sur l'un des fairways du terrain de golf du domaine, six hommes, vêtus de combinaisons NBC, observent. Ramzi ôte son capuchon pour parler avec Ace.

— On sent la chaleur d'ici ! Imaginez, si on avait fait sauter toute la raffinerie !

— Ça ira pour l'instant. Et ce coup de téléphone ?

Ramzi fouille dans une poche extérieure et lui tend un portable.

— N'oubliez pas que la NSA contrôle tout. Vous n'avez pas plus de trois minutes avant qu'ils n'interceptent l'appel.

Ace compose un numéro à l'international.

— Jen ?

Jennifer Wienner manque de peu de quitter la route.

— Ace ? Comment tu vas ? Où es-tu ?

— En Arabie Saoudite. À la raffinerie d'Abqaiq. Jen, écoute-moi. Où est le sénateur ?

— À une réunion de crise, avec les membres du Congrès. Ils veulent obliger Prescott à faire des concessions.

— Oublie les concessions. Prescott va tomber ce soir. Quelle heure il est, chez vous ?

— Presque neuf heures.

— Contacte Mulligan. Arrange-toi pour organiser une grande conférence de presse pour dix heures. Dis-lui que je passerai en direct pour fournir des preuves liant les néoconservateurs aux attentats de Los Angeles. Et ensuite, appelle notre ami d'Atlantic City. Jen ? Allô ?

La ligne est coupée.

À BORD DU *RONALD REAGAN*, GOLFE PERSIQUE
02 H 54, HEURE LOCALE

Après avoir été débriefée, l'équipe de pilotes va rejoindre l'immense capharnaüm du pont d'envol. Les équipes sont reconnaissables à leur couleur : des chemises vertes pour les mécaniciens, jaunes pour les marins chargés des catapultes, rouges pour les techniciens à l'armement... On y communique grâce à des signes manuels, car c'est l'endroit le plus dangereux et le plus bruyant du monde. Le lieutenant Rudi Anger monte dans son F-35C Joint Strike Fighter, une machine à tuer qui a coûté plus de vingt-huit millions de dollars, équipée des dernières avancées en matière d'avionique, de système de propulsion et de puissance de feu. Le cockpit panoramique est illuminé par une matrice d'écrans à cristaux liquide, tous reliés au système de vision du casque.

Tandis que le pilote passe la check-list en revue, les techniciens à l'armement chargent une des bombes dans les deux points d'emport parallèles à l'avant du train d'atterrissage. Un mécanicien lui fait signe d'allumer les moteurs. On ferme la verrière, on effectue une dernière vérification. Des signaux avertissent les membres d'équipage pour qu'ils se méfient de la chaleur des gaz d'échappement, tandis que le « chien jaune » donne l'autorisation de décoller.

Quelques secondes plus tard, le chasseur grimpe à la verticale dans la nuit. À cinq mètres, il passe en postcombustion, et fonce vers l'est, en direction de l'Arabie Saoudite.

Raffinerie d'Abqaiq
02 h 57, heure locale

L'équipe de CNN est la première sur les lieux.

Rebecca St Croix effectue sa première mission de grand reporter au Moyen-Orient. Son cameraman, Larry Kelli, est aussi son directeur, alors que Sean, son frère, est ingénieur du son. Tandis que Larry film l'incendie, les portes de la raffinerie s'ouvrent, et, toujours en combinaison NBC, Ramzi Karim avance à la rencontre de l'équipe.

— Je m'appelle Ramzi Karim, je suis un ancien de la CIA et un des dirigeants d'Ashraf. J'ai avec moi un citoyen américain qui possède des preuves de l'implication du président Prescott et d'une faction de néoconservateurs dans les attentats de Los Angeles et de Chicago.

Les grands yeux bleus de Rebecca s'écarquillent.

— Où est-il ? Est-ce que nous pourrons l'interviewer ?

— Oui, mais, il faudra que cela se passe en direct. Vous pouvez arranger ça ?

Avant même qu'elle puisse répondre, Larry Kelli compose un numéro sur son portable.

***

Toujours en combinaison, lui aussi, Ace entre dans le sous-sol du bâtiment administratif où Nahir Abdul Aziz est retenue dans une pièce verrouillée. Ace ouvre la porte.

Elle est assise sur un fauteuil rembourré, sa *jilab* est remplacée par un costume orange d'ouvrier. Ses longs cheveux nattés retombent sur son dos. Les yeux noisette s'adoucissent lorsqu'elle le voit entrer dans la pièce.

— Ashley, vous êtes venu me tuer ?

— Non.

— Vous savez que je n'avais pas le choix. Les femmes saoudiennes n'ont aucun droit. Pour les femmes comme moi, c'est le fouet…

— Je comprends.

— Inakesh est un lieu horrible, moi aussi, j'étais prisonnière.

— J'ai dit que je comprenais. Nahir, quelles que soient vos motivations, je vous dois la vie, c'est vous qui avez soigné mes blessures. Au milieu de toute cette folie, vous étiez ma seule lueur d'espoir. Pendant un moment, en fait, je vous...

— Aimais ?

— Je ne sais pas, peut-être.

— Cela fait partie de l'illusion, Ashley. Croyez-moi, je ne mérite pas votre amour.

— Les gens peuvent changer.

— Je n'en suis pas sûre.

— Dans ce cas, la civilisation n'existerait peut-être déjà plus.

Il lui tend une clé.

— Je suis venu vous libérer. Les Ashrafs abandonnent le terrain, et les chasseurs vont arriver. Vous pouvez suivre les autres dans le désert.

— Et vous ?

— Je reste ici. Des journalistes arrivent. Je vais essayer d'empêcher un holocauste nucléaire.

— Si vous voulez bien, je reste avec vous.

Elle lui prend la main et lève les yeux au moment où Scott Santa entre dans la pièce, en tenue NBC.

— On conspire avec l'ennemi ?

— Qu'est-ce que vous voulez ?

— Un mot. En privé.

Ace fait un signe à Nahir, qui sort.

— Réfléchissez à ce que vous faites, Futrell. Pensez aux répercussions.

— J'y ai pensé.

— Non, je ne crois pas.

Santa fait le tour de la table de conférence, son œil valide rouge et irrité est agité de tics nerveux.

— Vous allez annoncer au monde entier que le président des États-Unis a autorisé la mort de millions d'Américains afin d'avoir un bon prétexte pour bombarder l'Iran ?

— Le monde doit connaître la vérité.

— La vérité ? Vous ne connaissez pas la vérité ! Vous ne comprenez même pas pourquoi on se bat !

— Le pétrole.

— Le pétrole, c'est un bénéfice secondaire. Il s'agit de deux idéologies différentes, une société ouverte qui promeut le commerce et la liberté et une société fermée dominée par des fanatiques religieux capables de tuer n'importe qui pour contrôler leur propre peuple. Ces gens vivent pour mourir, Futrell. On leur inculque la haine depuis leur naissance, et c'est tout ce qu'ils connaissent. On ne peut pas discuter avec des terroristes convaincus que tuer des innocents leur ouvrira les portes du paradis. Écoutez-moi.

Ace entend un sourd grondement. Des bombes explosent dans le lointain.

— Ça a commencé, dit Santa. Ce soir, nous couperons les têtes de l'islamo-fascisme. Faites votre petit discours, et vous déshonorerez la mort de tous les Américains qui ont donné leur vie pour un monde meilleur.

— La fin ne justifie pas toujours les moyens. Quel genre de démocratie permet au président et à ses conseillers de faire usage du pouvoir absolu pour éliminer des populations entières parce qu'ils ont décidé que ce serait mieux ainsi ?

— Il n'est pas question de démocratie, il est question de guerre... de guerre contre la terreur...

— Les Iraniens ne sont pas tous des terroristes. Il y a des innocents ici, des familles qui se moquent de vos conflits et de vos conceptions de la démocratie et veulent simplement vivre en paix. Ce sont des modérés, qui veulent mener une vie civilisée, c'est notre manière d'agir qui les pousse au fanatisme. Conquérir leur cœur, c'est la clé de la défaite des islamistes. Nous devrions les soutenir, pas les assassiner.

— Pendant les guerres, des innocents meurent parfois. Ce que l'Histoire retient, c'est la cause.

— Quelle cause ? Le capitalisme ? C'est ça, votre justification pour le massacre de millions d'innocents ?

Santa hoche la tête.

— Vous ne savez rien du monde réel. Des millions d'individus meurent tous les jours, sans faire les gros titres. Ils meurent à la guerre, ils meurent de mauvais traitements, ils meurent de faim ou de maladie. Les Américains regardent ailleurs et se consacrent à une nouvelle cause soutenue par une célébrité. Ma famille est originaire de la Russie tsariste. Vous ne savez pas ce que cela veut dire de vivre sous un régime oppressif. J'ai travaillé à la CIA pendant vingt-six ans. Ce qui pour vous est un meurtre, pour nous, c'est libérer une société. Et c'est ce que nous allons faire ce soir. Oui, le prix à payer est très élevé, mais si nous ne faisons rien, nous paierons cent fois plus cher. Pensez-y ! Le monde fourmille de régimes dictatoriaux. Les islamistes radicaux n'hésiteront pas une seconde à assassiner autant d'Occidentaux qu'ils le peuvent. Qu'est-ce qui se passera quand un cinglé comme Ahmadinejad ou ses amis du Hezbollah lanceront une véritable bombe de destruction massive, pas une bombinette de dix kilotonnes, mais une ogive nucléaire de cinquante mégatonnes ? Ils transformeront peut-être Israël en parking, ou peut-être toute l'île de Manhattan. Qu'est-ce que vous direz, alors ?

Ace dégrafe les velcros du haut de sa combinaison.

— Je suis d'accord, il y a une véritable menace, mais nous ne faisons que l'aggraver. L'Afghanistan, c'était une nécessité, mais en envahissant l'Irak, nous avons obligé des musulmans modérés à choisir leur clan, au lieu d'isoler les extrémistes. Ce que nous allons faire aujourd'hui marquera le lancement officiel d'une guerre qui mettra fin à la destruction de la civilisation. La violence ne met jamais fin à la violence, seule la paix en est capable.

Santa a une moue méprisante.

— La paix ? La paix est une illusion. C'est le bien contre le mal. C'est le noir ou le blanc, et ceux d'entre nous qui voient le monde tel qu'il est ne peuvent pas se permettre de s'aventurer dans les zones grises de la complaisance.

Ace regarde par-dessus l'épaule de Santa, puis fixe l'œil froid de l'homme.

— Qui a imaginé de bombarder une ville américaine ? Prescott ?

— Prescott savait qu'il y avait quelque chose sur le gril, les présidents ne sont jamais impliqués directement, ils ne veulent rien savoir, simplement que le travail soit fait. Les hommes avec lesquels je travaille… Ce sont des hommes qui ont une vision, qui comprennent le rôle leader de l'Amérique dans le monde industrialisé. Ils ont compris depuis longtemps que les forces militaires des États-Unis s'étaient peut-être affaiblies, qu'en esquivant nos responsabilités, nous avions en fait favorisé la montée du fondamentalisme. Ce sont les entreprises qui font avancer le monde Futrell, pas les militants pacifistes. Ceux que vous qualifiez de néoconservateurs, ce sont eux qui font le monde, ce sont eux qui contrôlent les événements avant que les événements ne nous contrôlent.

— Et le 11 septembre ? Comment vous expliquez ça ?

— On aurait pu l'empêcher, mais il y aurait eu d'autres attentats. En laissant les avions se faire détourner, nous avons changé les règles. Si vous voulez déplacer le troupeau, faites appel au loup. Prescott utilisera l'attentat de Columbus Day pour éradiquer la menace nucléaire en Iran. Sans le support de l'État, l'islam radical disparaîtra.

— Et la Maison des Saoud ?

— On s'en occupera le moment venu.

— Vous avez oublié le Venezuela.

Le Russe écarquille les yeux, puis lui adresse un sourire sournois.

— Comme matériel de guerre, le pétrole est un catalyseur, un moyen pour arriver à ses fins. Le pays de Chavez sera considéré comme le pilier de la guerre antidrogue. Il doit être contrôlé.

— Comme les barons de la drogue que la CIA contrôle en Afghanistan ? Vous voyez, le problème avec vos théories, c'est que cela déraille toujours au moment de la mise en œuvre. Vous n'éradiquez pas le mal, vous troquez simplement un régime oppresseur contre un autre et vous n'hésitez jamais à pactiser avec le diable. L'héroïne est en fleurs, les bénéfices flambent... Vous faites un travail de cochon, mon pote... La liberté en marche... mon cul ! Vous êtes une bande d'hypocrites qui se fichent complètement de la démocratie. La seule cause que vous comprenez, c'est l'argent. L'argent et le pouvoir.

Santa fouille à l'intérieur de sa veste, en sort le semi-automatique 9mm.

— Votre femme partageait les mêmes idéaux que le PNAC, vous le savez ? C'est le cancer qui l'a fait changer d'avis. Cela l'a rendue faible. Un cœur tendre de gauchiste. J'ai pris beaucoup de plaisir à abréger ses souffrances.

L'agent pointe son arme vers la tête d'Ace...

... Son œil valide explose dans une gerbe de sang et d'éclats d'os tandis que la balle lui transperce le crâne.

Ace lève les yeux, les membres tout tremblants. Ramzi se tient dans l'encadrement de la porte, accompagné de Nahir et de l'équipe de CNN, tous en combinaison NBC.

— Mon Dieu ! Ramzi, c'était moins une...

Ramzi range son arme.

— L'interview n'en sera que meilleure...

Le cameraman de CNN continue à filmer, pendant que l'ingénieur du son console la femme, toujours en état de choc. Elle reprend ses esprits.

— Monsieur Futrell, Rebbecca St Croix, CNN. Monsieur, pouvez-vous me dire qui était cet homme ?

Ace prend une profonde inspiration, pour se ressaisir.

— Il s'appelait Scott Santa. Il a assassiné ma femme, Kelli Doyle, une ancienne conseillère à la sécurité pour les gouvernements Bush et McKuin. Ils étaient tous les deux impliqués dans un plan de prévention... Qui permettait aux terroristes de faire usage d'un engin nucléaire sur une ville américaine afin que nous puissions accuser l'Iran, et le désarmer... Ma femme a tout noté, nous envoyons certains éléments de preuve aux grands médias par Internet. Le Congrès doit prendre des mesures immédiates pour obtenir la destitution de Prescott avant que lui et sa bande de cinglés nous déclarent une Troisième Guerre mondiale.

***

Le chasseur Joint Strike Fighter surgit au-dessus du désert et se précipite vers l'infrastructure en feu, dans le lointain. Son système de visée automatique Lockheed Martin verrouille les cibles, le point d'emport s'ouvre... éjectant sa charge.

***

Ace, Nahir, Ramzi et l'équipe de CNN lèvent instinctivement les yeux tandis que les bombes explosent à cent mètres au-dessus de la raffinerie, baignant la petite ville dans des gaz neurotoxiques VX.

*

Des responsables de la NORAD ont affirmé qu'au tout début ils ont pensé que les détournements faisaient partie des exercices du programme Vigilant Guardian prévus ce matin-là. Même si une certaine confusion a pu régner, lorsque le vol 11 a percuté le World Trade Center à 8 h 45, tout le monde aurait dû comprendre qu'il ne s'agissait pas d'un entraînement... Faire décoller un avion sur alerte signifie simplement qu'un avion part en reconnaissance, cela ne signifie en aucun cas qu'un avion va être abattu. Cette procédure a été suivie soixante-dix-sept fois avant le 11 septembre. En l'absence d'un ordre express des autorités militaires, il est inconcevable que cette procédure standard élémentaire n'ait pas été appliquée de 8 h 28 - heure à laquelle le vol 11 s'est dérouté de cent degrés au sud de son plan de vol - à 9 h 38, heure à laquelle le Pentagone a été touché. L'ordre, ou les ordres, à l'origine de cette « confusion » était peut-être effectivement intégré dans le scénario de l'exercice de ce matin-là. Nous ignorons si c'est effectivement le cas et il semble que la Commission du 11 septembre n'ait pas cherché à élucider ce mystère.

Michael Kane, extrait de Elephants in the Barracks : The Complete Failure of the 9/11 Commission

Les chefs de la majorité républicaine à la Chambre des représentants ont discrètement réduit la portée des mesures destinées à limiter l'influence politique des groupes de pression. Ils ont ainsi renoncé à la proposition selon laquelle les lobbys devraient divulguer le nom des législateurs et des conseillers avec lesquels ils ont pris contact, et expliquer comment ils ont réussi à rassembler des fonds pour les politiques.

USA Today, mai 2006

*

Extrait
À la porte de l'enfer : mes excuses aux survivants

Par Kelli Doyle
Conseiller à la sécurité
de la Maison Blanche (2006-2010)

La solution envisagée par les néoconservateurs pour éradiquer la menace nucléaire iranienne coïncidait avec un nouveau problème mondial qui pointait à l'horizon : la fin du pétrole.

Lorsque l'écosystème humain est concerné, l'énergie est au centre de tout ; en fin de compte, les sociétés réussissent ou périssent selon leur manière d'utiliser l'énergie. Ce n'est pas une simple coïncidence si l'explosion démographique coïncide avec la révolution industrielle ; les deux sont intimement liées, conséquence de l'impact des énergies fossiles et du pétrole en particulier.

Petite leçon aussi rapide que vitale : c'est le pétrole et ses sous-produits qui permettent aux machines d'accomplir des tâches préalablement exécutées par la force musculaire, animale ou humaine. Au siècle dernier, les chevaux et les hommes vivaient des terres qu'ils cultivaient ; la dimension des terres qu'ils pouvaient exploiter était limitée. C'est l'avènement des machines à moteur et leur introduction dans l'agriculture qui ont soudain permis de labourer, planter et récolter d'immenses étendues de terrain rapidement et de manière économique, si bien qu'aujourd'hui 2 % de notre population suffisent pour nourrir tout le pays… et permettre l'avancée de la civilisation.

Sans pétrole, les marchandises ne pourraient pas être transportées par camions dans les coopératives ou les usines, ni distribuées dans les villes et les régions isolées. Imaginez la vie dans les régions désertiques comme l'Arizona ou le Nouveau-Mexique ou encore les régions froides du Minnesota et du Wisconsin sans énergie pour climatiser ou chauffer les maisons, nourrir la population, fournir du matériel et d'autres services. Avec le pétrole, tout cela devient possible.

Ce que la plupart des gens ont du mal à comprendre, c'est qu'il faut de l'énergie pour fabriquer de l'énergie, du pétrole pour creuser des puits et exploiter le pétrole, de l'électricité pour fabriquer des panneaux solaires. Pouvons-nous remplacer le pétrole ? L'énergie nucléaire est très coûteuse et produit de dangereux déchets radioactifs. Le vent, s'il offre une source d'énergie alternative efficace dans certaines régions, est incapable de fournir du carburant aux camions pour qu'ils alimentent les marchés. Les panneaux photovoltaïques, qui ont longtemps manqué de financement, sont toujours très chers. L'hydrogène n'est pas une source d'énergie, c'est un moyen de stocker l'énergie, et la production d'hydrogène exige des énergies fossiles. Le gaz naturel, lui aussi en voie d'épuisement, ne suffirait pas à faire fonctionner une économie.

Voici donc la dure réalité : quand on analyse la production d'énergie et le taux de profit, rien ne vaut le pétrole. C'est pourquoi l'Amérique a refusé d'investir dans les autres sources d'énergie alternative. Ajoutez à cela la toute-puissance de l'énergie pétrolière qui utilise ses milliards de bénéfices pour influencer les hommes politiques, et vous vous retrouvez face à une gigantesque montagne à escalader avant d'obtenir le moindre changement.

Que le pétrole soit en voie d'épuisement n'est un secret pour personne, même si les spécialistes se perdent en conjectures quant à savoir à quelle date la dernière goutte sera extraite. Contrôler l'arrivée de cette dernière goutte a toujours été au centre de la problématique des néoconservateurs ; cependant, en comprenant soudain que les réserves irakiennes, tout comme les autres, avaient largement été surévaluées, la droite radicale a dû réviser ses plans et se pencher sur une autre dure réalité : à combien pouvons-nous vivre sur cette planète simultanément sans énergies fossiles ?

La loi des fournitures d'énergie constantes implique qu'une économie en pleine croissance finira par consommer plus d'énergie qu'elle ne peut en produire. Le pic pétrolier a eu lieu en 2003 et, depuis, la consommation n'a cessé d'augmenter si bien que l'on brûle la chandelle par les deux bouts. Les effets s'en font déjà ressentir. Plus de trois milliards de personnes sont mal nourries et vivent en dessous du seuil de pauvreté. La production de céréales et le niveau des terres arables par tête diminuent régulièrement depuis 1984, tout comme la production de poissons et d'engrais, essentiels pour la consommation alimentaire. Inversement, le niveau de pollution de l'eau, de l'air et des sols n'a cessé d'augmenter, avec le réchauffement planétaire. Comme l'a souligné l'US National Academy of Sciences, l'humanité est au bord du point de rupture.

Pendant des décennies, les capacités nourricières de la Terre ont été artificiellement gonflées grâce à l'abondance de pétrole, pétrole qui alimentait l'agriculture et permettait des avancées technologiques importantes dans des secteurs-clés comme le transport, la médecine, la santé publique. À présent que notre première source d'énergie s'épuise plus rapidement que prévu, nos dirigeants se retrouvent face à une réalité terrifiante : avec les réserves actuelles, la population mondiale est simplement trop nombreuse pour qu'on puisse nourrir et héberger tout le monde.

C'est une simple question mathématique : nous sommes six milliards aujourd'hui, et ce nombre doit être réduit d'environ 66 % dans les vingt prochaines années sinon, les famines induites par la fin du pétrole feront le travail à notre place.

Il reste donc quatre milliards de personnes à éliminer de manière stratégique afin d'éviter l'anarchie.

Ainsi, les ogres de la société ont inventé un plan de prévention, un plan qu'il n'était pas vraiment possible de publier sur l'Internet. Au lieu d'user de leur influence sur les majorités de la Chambre des Représentants et du Sénat, sur l'exécutif et le judiciaire pour désengager l'Amérique de sa dépendance vis-à-vis des énergies fossiles et investir dans des alternatives propres et les infrastructures qui auraient pu les mettre en place (au risque de s'aliéner leur électorat), ils ont décidé de chercher une nouvelle méthode pour élaguer le troupeau.

Pour réduire efficacement des populations, les deux meilleurs moyens restent encore la guerre et les pandémies. Tandis que j'écris ces lignes, des épidémies génétiquement modifiées sont en cours de développement dans des laboratoires contrôlés par l'État, ainsi que les remèdes qui seront administrés, de manière sélective bien entendu, par des alliés-clés de l'industrie pharmaceutique. Quant à ces fâcheux scientifiques qui auraient pu malencontreusement découvrir un remède à ces futures pandémies, ils ont, pour la plupart, déjà été éliminés.

Après l'occupation de l'Irak et les conflits qui s'en sont suivis, et face à l'affaiblissement des forces armées américaines, une nouvelle doctrine républicaine a été créée. En essence, elle se fonde sur un principe : « Le moyen le plus économique d'envahir et de contrôler un pays étranger est de commencer par utiliser des méthodes qui diminueront radicalement sa population tout en préservant ses infrastructures. »

Traduction : au lieu d'envoyer les troupes, utilisons des armes chimiques tactiques afin d'anéantir la volonté de notre ennemi… et de son peuple.

Quand il s'agit d'assassiner des hordes d'êtres humains tout en laissant intacts bâtiments et forages, rien de tel qu'un bon agent neurotoxique ! Les neurotoxiques interrompent la transmission de cholinestérase, une enzyme dont le corps a besoin pour éliminer l'acétylcholine, la substance chimique qui fait que les muscles et les glandes se contractent. En l'absence de cholinestérase, les muscles du diaphragme se contractent de manière incontrôlable, entraînant une mort rapide par suffocation.

Les neurotoxiques les plus dangereux sont les gaz de la série V, des agents dix fois plus toxiques que le sarin. Le VX est le pire de tous. C'est un gaz incolore et sans odeur, légèrement gras qui ne s'élimine pas facilement. Une dose minime de VX sur la peau ou inhalée cause des convulsions sévères et une paralysie respiratoire entraînant la mort en quelques minutes.

Comme le VX est très dangereux, le département de la Défense le déploie dans des ogives doubles, conçues avec des chambres séparées, chacune contenant l'un des deux précurseurs chimiques du VX. Lorsque la bombe est lâchée en altitude, l'accélération brise la paroi qui sépare les deux capsules et le mélange s'effectue avant de tomber sur les victimes.

La fin du pétrole.

Un Iran doté de l'arme nucléaire et dirigé par des islamistes extrémistes.

La menace de l'islamisme radical, alimenté par la haine de l'Occident.

Le désir de contrôle absolu des néoconservateurs.
Toutes les variables de la destruction sont en place, la partie d'échecs est bientôt terminée… et avance vers le dernier coup fatal…
… la civilisation telle que nous la connaissons est échec et mat.

*

Le président dispose de plusieurs prérogatives : il peut confisquer des biens, prendre possession des moyens de production, saisir des marchandises, envoyer les troupes à l'étranger, mobiliser jusqu'à deux millions et demi de réservistes, instaurer la loi martiale, réquisitionner tous les moyens de transport, interférer dans les entreprises privées, limiter les déplacements sur le territoire et contrôler la vie des Américains grâce à une pléthore de mesures. Ces lois constituent une source potentielle de pouvoir absolu pour le président, s'il décide de les appliquer. Rien n'empêcherait un futur président d'exercer les pleins pouvoirs s'il voulait imposer un régime autoritaire aux États-Unis. Même si la mise en place d'une dictature sous couvert de moyens légaux nous semble aujourd'hui impossible, l'histoire est là pour nous rappeler qu'il n'y a pas si longtemps Hitler s'arrogeait les pleins pouvoirs en déclenchant l'état d'urgence, prévu par les lois de la république de Weimar.

Sénateurs Frank Church (sénateur démocrate de l'Idaho) et Charles McMathias (sénateur républicain du Maryland), 30 septembre 1973

Le vice-président Dick Cheney a défendu avec vigueur un programme secret qui permettait de consulter les relevés bancaires de citoyens américains ou non en utilisant une base de données internationale ; il a violemment critiqué les médias pour avoir révélé une opération qu'il qualifiait de tout à fait légale et « absolument essentielle » dans la lutte antiterroriste.

New York Times, *24 juin 2006*

*

Chapitre 49

WASHINGTON
17 OCTOBRE 2012 – 22 H 06 (GMT – 5)

Les poings serrés de colère, le sénateur Mulligan se tient devant le podium, tandis que l'émission en direct montrant Ace Futrell et Scott Santa est soudainement coupée… quelques secondes avant l'interview d'Ace !

Le candidat démocrate se tourne pour parler au groupe de journalistes qui arrivent rapidement.

— Prescott était au courant, il a autorisé les attentats de Los Angeles ! Ce soir, j'en appelle à tous les membres du Congrès, pour qu'ils se rendent à une réunion d'urgence au Capitole afin d'ouvrir une enquête sur les membres de cette administration qui sont directement impliqués dans le massacre de Columbus Day. Ce soir, j'en appelle au Sénat, pour qu'il reprenne le contrôle de notre nation des mains d'une administration qui abuse dangereusement de ses pouvoirs.

BASE AÉRIENNE D'AL UDEID, QATAR,
3 H 51, HEURE LOCALE

Le général Mike Tristano écoute l'amiral Brandon Herbert qui hurle des ordres dans le micro de vidéoconférence au capitaine James Fisher, à bord du *Ronald Reagan*.

— Combien de ces bombes chimiques le secrétaire de la Défense a-t-il fait charger à bord ?

Le capitaine Fisher semble pâlir à l'écran.
— Un peu plus de trois cents, monsieur.
Le général Tristano jure dans sa barbe.
— Capitaine, sous mes ordres, aucune bombe VX ne doit être chargée sur aucun avion, compris ?
— Monsieur, le secrétaire à la Défense Kendle vient juste de nous donner l'ordre contraire.
— Capitaine, le secrétaire à la Défense Kendle est soupçonné de trahison, aboie l'amiral. Si jamais il s'adresse à vous, vous me transférerez l'appel. Je me suis bien fait comprendre ?
— Oui, monsieur.
— Major général Zizzi, quel est le statut des cibles de la phase I ?
— Les cibles nucléaires ont été détruites. La force aérienne iranienne est clouée au sol. Quatorze sorties sont en approche des camps d'entraînement.
— Capitaine Fisher, vous terminez la phase I de la mission, ensuite, vous attendez les ordres du centre de commandement !
— Oui, monsieur.

West Palm Beach, Floride, 23 h 35 (GMT – 5)

Jennifer Wienner regarde CNN sur son téléphone cellulaire lorsque son assistant l'appelle.
— Jen, passe sur CBS… ils annoncent un autre truc !
Elle change de chaîne et tombe sur une scène diffusée en direct à partir du quartier général du FBI de Chicago, où le directeur Adrian Neary répond à une avalanche de questions de la presse.
— …le suspect, Jamal al Yussuf a été retrouvé mort il y a deux heures environ. Les premiers résultats de l'autopsie indiquent qu'il s'agit d'une crise cardiaque.
— Monsieur, le suspect avait à peine trente ans. Comment est-il possible…
— Comme je viens de vous le dire, nous explorons toutes les pistes, y compris la piste criminelle.

— Quelqu'un a-t-il rencontré le suspect avant sa mort ?

Neary réfléchit longuement à sa réponse.

— Je suis désolé, je ne veux faire aucun commentaire pour l'instant.

— Tu viens de le faire, enfoiré !

Jennifer serre son assistant dans ses bras lorsqu'il entre dans la pièce.

— Collin ! Ça y est ! Tout s'écroule comme un château de cartes !

Le Capitole, Washington, 0 h 12 (GMT – 5)

La présence policière est impressionnante. Les agents de la Sécurité du territoire arrêtent tout dissident qui oserait ne serait-ce que porter un t-shirt marqué d'un slogan pacifiste. Les médias sont tenus à l'écart, aucune caméra n'est autorisée dans un rayon de cinq cents mètres autour du Capitole.

À l'intérieur, le sénateur Joseph Mulligan, profondément choqué, regarde l'amphithéâtre vide tandis qu'un assistant approche.

— Dix-sept démocrates, trois républicains et c'est tout. La Sécurité du territoire arrête tout le monde, monsieur.

Les portes s'ouvrent brusquement, trois hommes en armes avancent vers eux dans l'aile centrale.

— C'est une bien triste journée, dit le sénateur Mulligan. Une bien triste journée pour la démocratie.

— Sénateur Mulligan, vous êtes en état d'arrestation, pour haute trahison. Selon les termes de la loi antiterroriste, vous n'avez pas droit à la présence d'un avocat. Vous êtes sous contrôle judiciaire jusqu'à nouvel ordre.

Base aérienne d'Al Udeid, Qatar, 4 h 22, heure locale

La police militaire fait une entrée en force, armes en position de tir.

Le général Mike Tristano lève les yeux, bouillonnant de fureur.

— Qu'est-ce qui se passe ici ? Rangez vos armes !
— Je suis désolé, monsieur, vous êtes en état d'arrestation.
— En état d'arrestation ? Et sur les ordres de qui ?
— Le président des États-Unis.

Raffinerie d'Abqaiq, 6 h 47, heure locale

Les premières lueurs révèlent un paysage de mort... Des milliers de cadavres gisent sur le sol, les mourants poussent leur dernier souffle alors que leurs poumons sont incapables d'inspirer, les corps des défunts sont encore secoués de spasmes nerveux.

Dans leurs combinaisons de protection, les journalistes de CNN avancent précautionneusement au milieu de ce carnage... des pères, des fils, des mères qui s'accrochent à leurs bébés... les derniers partis, dans un exode commencé trop tard.

Ace hyper ventile derrière la visière de plastique de sa combinaison NBC tandis que, submergé par ses émotions, par sa fureur devant cet acte insensé qu'il a été totalement incapable d'empêcher, il avance, chancelant, sur le domaine de la raffinerie. Nahir est à côté de lui, dans la combinaison de Scott Santa.

Ramzi Karim passe d'un corps à un autre, prend les enfants suffocants dans ses bras, les emmène à l'intérieur d'un bâtiment... acte de désespoir bien trop tardif contre cette toxine inventée par l'homme.

D'autres équipes de télévision arrivent, toutes en combinaison NBC. Dans quelques heures, ces images de désolation seront diffusées dans le monde entier.

Bureau Ovale, Maison Blanche, Washington

Le président Prescott regarde les images télévisées de la raffinerie.

— Est-ce vraiment dramatique ?
— Oui, monsieur, répond Howard Lowe, en baissant le son.
— Nous contrôlons les dommages, répond Jim Miller, le

nouvel attaché de presse de Prescott. On relie ça à Los Angeles, on fait un rapprochement entre Ashraf et l'Iran. On dit au public américain que c'étaient des rebelles entraînés par les Qods.

Prescott lève les sourcils.

— Ça va marcher, n'est-ce pas ?

Le secrétaire à la Défense Kendle entre.

— Nous avons repris le contrôle du Centre de commandement de l'armée. J'ai été obligé d'arrêter le général Tristano.

Miller est livide.

— Vous ne pouvez pas faire une chose pareille sans en informer le président !

— Tristano a commis un acte d'insubordination, il a annulé la phase II.

— En quoi consistait-elle ?

— C'était notre réponse aux attentats de Los Angeles, répond Lowe. La destruction des grands centres de population iraniens.

— La destruction ? Par quels moyens ?

— Des gaz VX.

Jim Miller vacille, l'ancien champion olympique de baseball se demande soudain ce qui lui a pris d'accepter ce poste d'attaché de presse.

— Monsieur le président, avec l'arrestation de Mulligan, ces images d'enfants morts à la raffinerie... Je vous conseille fortement de différer cette attaque...

— C'est hors de question !

Le secrétaire à la Défense toise l'attaché de presse, qui n'a même pas la moitié de son âge.

— J'ai seize navires de guerre dans le golfe Persique.

— Qui ont réussi à détruire les bases militaires iraniennes et les installations nucléaires... La menace est éliminée. Mission accomplie. Arrêtez la guerre maintenant, et nous gagnerons la bataille de la politique nationale. Massacrez des millions de civils iraniens, et on déclare la guerre à un milliard de musulmans.

— Ça suffit ! crache Kendle. Vous n'êtes qu'un porte-parole, pas un décisionnaire. Des gens qui ont beaucoup plus d'expérience que vous ont consacré la meilleure partie de leur carrière à élaborer un plan...

— Un plan qui consiste à envahir l'Iran après avoir neutralisé sa population ? Tout le monde le sait, c'est posté partout sur l'Internet… Tuez les radicaux, volez le pétrole… Fantastique… Eh bien, cela n'a pas marché en 2003 et…

— Silence !

Le directeur de la Sécurité du territoire indique l'écran de télévision et monte le son.

C'est un reportage de CNN, en direct de Phoenix.

Le directeur régional du FBI, Marc McDuff, s'exprime sur le podium…

— … qui coordonne l'enquête, avec les agents du Kansas, nous avons pu identifier le corps de l'agent du FBI Elliott Green. L'agent Green menait une investigation sur un physicien nucléaire, le professeur Eric Mingjuan Bi. En fouillant le véhicule, les agents du FBI ont découvert un enregistrement de conversations téléphoniques entre le directeur du FBI, Gary Lee Schafer, et un homme suspecté de terrorisme que nous n'avons pas encore identifié. Il faut également signaler que le directeur se trouvait en fait sur les lieux de l'explosion à Los Angeles quelques minutes avant la détonation de l'engin nucléaire et qu'il a succombé lors de l'attentat.

Ellis Prescott fixe l'écran de télévision, le cœur battant. Sa peau est luisante de transpiration, son bras lui fait mal, tant les vaisseaux se contractent…

— Monsieur le président ? Monsieur ? Vous allez bien ?

Un poids écrasant cloue Prescott sur son fauteuil, comme s'il avait un éléphant sur la poitrine.

— Il fait une crise cardiaque ! Allez chercher le médecin !

Une semaine plus tard

*

Ce ne serait vraiment pas rendre justice aux musulmans ouverts, démocrates, modernes aspirant à une vie civilisée, que de les mettre dans le même sac que ces barbares, car ils sont du bon côté et ont, en outre, beaucoup à nous offrir dans le combat que nous menons contre l'Islam fanatique.

Daniel Pipes, fondateur du cercle de réflexion
Forum du Moyen-Orient

*

Chapitre 50

BASE AÉRIENNE DE DOVER, DELAWARE
24 OCTOBRE 2012 – 9 H 38 (GMT – 5)

Le monstrueux C-5 Galaxy, un avion de transport stratégique de soixante-quinze mètres de long, survole la base aérienne de Dover pour son approche finale avant l'atterrissage. Ace Futrell est installé sur le pont supérieur, avec soixante-deux soldats blessés ainsi qu'une rangée de cercueils ornés du drapeau américain.

Les sept derniers jours se sont déroulés dans un tourbillon de débriefings et d'accords plus ou moins secrets. La suite de l'action militaire américaine dans le golfe Persique a été annulée après que l'armée eut réussi à détruire les installations nucléaires iraniennes, ses bases militaires et les camps d'entraînement des Qods. Au bout d'une semaine de négociations vingt-quatre heures sur vingt-quatre, le Conseil de sécurité des Nations unies a annoncé un cessez-le-feu, puisque l'Iran avait accepté d'interdire toutes les sectes islamistes fanatiques et de couper son aide militaire aux insurgés irakiens. L'Iran et la Syrie ont également accepté de mettre fin à leur aide militaire au Hezbollah et aux autres organisations terroristes, les Nations unies étant chargées de veiller au strict respect des délais fixés.

C'était la version officielle.

Dans le sillage du massacre de la raffinerie d'Abqaiq, le mouvement Ashraf avait repris de l'ampleur, ce qui avait donné des vagues de manifestations à Jeddah et dans les provinces de l'Est. La famille royale continuait à s'accrocher au pouvoir... Pour l'instant.

Aux États-Unis, tous les « prisonniers politiques » avaient été libérés, l'état d'alerte rouge était passé à l'orange. Le président des États-Unis était toujours dans un état critique, mais stable, après sa crise cardiaque. Néanmoins, au cours des séances de débriefing, Ace avait appris que le président avait accepté de se mettre en retrait ; en échange, on enterrerait des indices critiques qui compromettaient les membres de son gouvernement.

Quant à Ace, il avait lui aussi passé un accord avec les pouvoirs en place et accepté de démentir les thèses du mémoire de Kelli en échange de sa vie. Si par hasard un accident fâcheux ou une intervention divine lui prenait la vie ou celle d'un membre de sa famille, les joyeux compagnons d'Ace, divulgueraient alors toutes les informations dont ils disposaient sur l'Internet.

En rentrant au pays, il est toujours choqué par les informations qui ont transpiré. Il n'arrive pas à concevoir l'étendue des dévastations à Los Angeles. Il est profondément perturbé par l'implication de son épouse dans ce complot ; par moments il la méprise, à d'autres, il se demande si ses efforts ont réussi à changer le monde. Il est physiquement et mentalement exténué et, désormais, peu lui importe le pétrole, la politique, le chaos dans lequel se débat le monde, le naufrage de sa vie. Il ne se demande plus pourquoi il a été épargné dans la chambre de torture à Inakesh, ni pourquoi il est toujours en vie. Lorsqu'il se regarde dans le miroir, il reste abasourdi devant la personne qu'il voit en face lui.

Nahir n'est plus qu'un lointain souvenir. Libérée de sa vie à la prison, elle a décidé de retourner en Inde où réside la famille de sa mère. Ace l'a laissée partir, préférant clore ce chapitre de sa vie.

***

Le taxi militaire traverse le tarmac et s'arrête devant la porte d'un des hangars. Par le hublot, Ace regarde la foule des familles et des êtres aimés, des blessés et des morts.

Il est revenu de l'enfer, mais pour des millions d'individus, le voyage n'est pas terminé.

Il pense à ses enfants, il se demande comment il va pouvoir reprendre contact avec eux après une si longue absence. Vont-ils le reconnaître ? Vont-ils lui pardonner ?

Une limousine noire officielle s'arrête derrière la foule. Ace reconnaît David Schall, le directeur de la CIA, qui sort du véhicule et se dirige vers le C-5, accompagné de deux hommes de la police militaire, lourdement armés.

Ah, c'est comme ça que ça va se passer…

Neuf mois plus tôt, quand Ace était sorti de l'avion à New York, il n'était qu'un homme impatient de voir sa femme, merveilleusement inconscient de l'orage qui s'amoncelait à l'horizon. À présent, l'orage a frappé, laissant derrière lui un paysage dévasté.

Comment ramasser les morceaux ?

En descendant de l'avion, il observe les veuves qui attendent les corps de leurs maris, les enfants qui n'auront plus de père, les pères qui ont perdu un fils. Les vétérans qui ont sacrifié un membre… Il retient ses larmes, se sentant honteux.

David Schall l'accueille au pied de la passerelle.

— Venez avec moi.

— Est-ce que j'ai le choix ?

David Schall voit la fureur qui se cache dans le regard. Il congédie la police militaire et conduit Ace vers la limousine officielle.

— Il fallait que je sauve les apparences… Cela n'avait rien de personnel. Quant à ce qui s'est passé en Arabie Saoudite, je n'y étais pour rien. Je voulais que vous le sachiez.

Ace ne répond pas.

— Votre femme et moi étions amis. Vous étiez en voyage d'affaires lorsque Kelli a découvert à quel point son cancer s'était propagé. Elle a décidé de garder le secret. Elle ne vous a probablement jamais dit que j'étais allé la voir le jour où on lui a appris qu'elle était condamnée. Je me souviens encore de son regard absent, c'était le même que le vôtre, maintenant.

Il marque une pause, et prend Ace par le bras.

— Un homme n'est pas terminé quand il est vaincu, il est terminé quand il abandonne. Savez-vous qui a dit ça ? Nixon. Après le Watergate.

— Vous m'avez fait venir pour me donner une leçon d'histoire ?

— Je suis venu pour tout vous expliquer. Ces dix-huit derniers mois... Elle savait qu'elle avait perdu la bataille, mais elle n'a jamais renoncé. Elle a continué à se battre, elle s'est arrangée pour que chaque jour compte.

Ace plisse les yeux.

— Vous étiez dans le coup, c'est ça ? Son plan ?

— À votre avis, qui lui a donné accès à Promis ?

Ace continue à avancer. Sa pression sanguine augmente fortement. Schall l'accompagne de l'autre côté de la porte de débarquement.

— Je lui ai donné ce dont elle avait besoin... Une cause. Un second souffle. Ce pays est un véritable capharnaüm, Ace, mais au moins, nous voyons les problèmes tels qu'ils se posent, et c'est déjà un grand pas en avant... Ce que vous avez accompli tous les deux... C'est une excellente chose.

— Une excellente chose ?

Ace se retourne vers lui, le repousse.

— Dites aux centaines de milliers de victimes du cancer qui souffriront jusqu'au jour de leur mort que c'est une excellente chose ! Dites-le aux familles des victimes, vous verrez ce qu'ils en pensent. Je ne crois pas qu'ils soient d'accord.

— Je ne peux pas vous contredire, mais cela aurait pu être pire. Il fallait désamorcer la situation.

— Vous savez quel est le problème, avec vous, Kelli et Prescott et le reste de la bande ? Peu importe que les choses tournent mal, peu importe que vous foiriez tout, les crétins comme vous sont toujours persuadés d'avoir raison. Eh bien, devinez quoi ? Il n'y aurait aucun islamiste extrémiste si nous n'étions pas dépendants du pétrole, il n'y aurait pas d'Al-Qaida si nous n'avions pas financé la résistance afghane contre les Soviétiques, Saddam n'aurait jamais été une menace si nous ne l'avions pas armé jusqu'aux dents, pas plus que l'Iran ou tous les régimes fantoches que la CIA a installés au pouvoir afin de tirer les ficelles ! Nous, les États-Unis, nous sommes censés être les gentils, Schall ! Et si nos dirigeants avaient insisté sur les droits de l'homme et la responsabilité du pouvoir dans des pays comme l'Arabie Saoudite, en échange du pétrole ? Mieux encore, si le Congrès et la Maison Blanche avaient uni leurs efforts pour nous débarrasser une bonne fois pour toutes des énergies fossiles... Au diable le pétrole, au diable l'industrie automobile, réinventons la roue et repartons du bon pied... Imaginez à quel point nous vivrions dans un monde différent aujourd'hui. Je vous jure que Los Angeles serait beaucoup plus vert...

Ace passe devant la limousine et se dirige vers la sortie...

— Papa !

Il s'arrête et se retourne. Son cœur saute dans sa poitrine tandis que Sam sort de la limousine par la porte arrière et se précipite dans ses bras. Des larmes de joie coulent sur les joues d'Ace qui enlace son fils ; le vide de son âme est soudain submergé par l'émotion. Leigh approche, hésitante.

Sam entoure le coup de son père de ses bras.

— Papa, on t'a vu à la télé... Papa, on t'a vu au journal télévisé...

Sa fille le regarde, se sentant toujours trahie.

— Papa ! Qu'est-ce qu'ils t'ont fait ? On dirait qu'un train t'est passé dessus.

— Disons que j'ai eu un petit accident. Les enfants, je suis désolé de vous avoir abandonné. Je promets de ne plus jamais recommencer. Plus jamais. Vous voulez bien me pardonner ?

Sammy hoche la tête.

Leigh éclate en sanglots et serre son père dans ses bras.

— Tout va bien, mon lapin. Papa est rentré à la maison.

... Je suis rentré à la maison.

*

Alors je vis un ciel nouveau et une terre nouvelle ; car le premier ciel et la première terre avaient disparu, et la mer n'était plus.

Apocalypse **21**, *1*

Les années soixante ont été synonymes d'ouverture et de responsabilisation. Elles n'ont pas apporté de solution, mais elles nous ont donné un aperçu de ce qu'il était possible de faire.

John Lennon

*

Épilogue

Montauk, New York, 15 mars 2012

Le camion de déménagement est chargé jusqu'au toit, les déménageurs embarquent les derniers objets. Leigh et Sam disent au revoir à leurs amis. Les grands-parents, encore à l'intérieur, discutent avec l'agent immobilier.

Jennifer se gare dans l'impasse. Elle jette une écharpe autour de son cou avant de s'avancer vers la maison.

— Bonjour les enfants, où est votre papa ?

— Il fait ses adieux, où veux-tu qu'il soit !

***

Un vent de mars cinglant souffle sur l'Atlantique, transformant la surface de l'océan en une infinité de vagues écumeuses. Ace remonte son col et contemple la mer… prêt à partir.

Avec sa famille, il avait passé presque tout le mois de novembre à Washington, pour témoigner devant la commission d'enquête du Sénat sur les attentats de Colombus Day. Comme prévu, les vastes investigations publiques avaient démontré l'implication de l'Iran et de la Maison des Saoud dans la destruction de Los Angeles… Évitant ainsi que l'anarchie ne s'installe aux États-Unis ou que le monde arabe ne déclenche les hostilités.

Sept membres de la Strategic Support Branch avaient ensuite été condamnés pour avoir « été incapables de protéger les citoyens des États-Unis ». Le directeur de la Sécurité du territoire, Howard S. Lowe et le secrétaire à la Défense, Joseph Kendle, se retirèrent de la vie politique pour des « raisons familiales ». On ne publia jamais aucun détail sur la manière dont les bombes avaient pu entrer aux États-Unis ni comment Jamal al Yussuf et Omar Kamel Radi avaient été recrutés.

Les dirigeants démocrates minoritaires acceptèrent cet arrangement pour « préserver l'état de l'union » en échange de profonds bouleversements dans le processus électoral. Les donations de campagne étaient à présent interdites ; les fonds seraient désormais tirés d'un financement fédéral divisé équitablement entre les parties et leurs candidats, en se basant sur des montants prédéterminés selon les postes auxquels ils se présentaient. Une nouvelle loi fut promulguée pour que les compagnies privées ne raflent pas tous les profits en temps de guerre. D'autres changements étaient à l'horizon, dans l'attente des futures élections présidentielles.

Fin décembre, à la suite d'une dénonciation anonyme, un certain Armond Dale Proctor avait été arrêté aux îles Caïmans par des agents de la CIA. Proctor avait ensuite fourni des preuves contre deux fabricants de machines à voter qui avaient permis de falsifier le comptage en Floride, dans l'Ohio et en Pennsylvanie. Le témoignage de Proctor avait engendré un autre règlement, qui imposait que toutes les machines à voter puissent émettre un reçu écrit correspondant aux bulletins de vote.

Le 22 février, jour anniversaire de la naissance de George Washington, le sénateur Joseph Mulligan fut élu vingt-sixième président des États-Unis. Sa première mesure consista à faire voter une loi sur l'agriculture et l'énergie destinée à remplacer systématiquement l'essence par de l'éthanol E-85 avant la fin de 2013 ; la deuxième à retirer les troupes du Moyen-Orient. Une force de paix des Nations unies reprit les bases militaires américaines en Arabie Saoudite, afin d'aider l'ancienne royauté à préparer ses premières élections démocratiques. En attendant, le nouveau gouvernement intérimaire, dirigé par Ramzi Karim, fonctionnait grâce aux six cents milliards détournés, qu'on avait retrouvés dans les banques privées du monde entier.

La famille royale, qui avait accepté un « petit arrangement », abandonna ses palais et s'installa en Europe.

Les mollahs les plus fanatiques ayant été obligés de renoncer au pouvoir, les étudiants iraniens recommencèrent à organiser des manifestations pacifiques contre le gouvernement en place. Un peu plus tard, le président iranien mourut de ce qu'on dit être une grave crise cardiaque.

***

— Ace !

Jennifer vient le rejoindre, les oreilles rouges de froid.

— On gèle, ici ! Réchauffe-moi !

Elle glisse son bras sous le sien et remet la main dans sa poche, s'abritant du vent derrière le corps d'Ace.

— Tu as entendu la dernière ? Ils ont décidé de transformer Los Angeles en un parc de séquoias ! Cela devrait réduire les radiations de manière significative.

Ace reste muet, les yeux toujours rivés sur la ligne d'horizon.

— Le sud de la Floride, alors ? Nous serons voisins. Qu'est-ce qui t'a décidé…

— La centrale Vent du Sud, ils m'ont offert une place. Je pensais que cela ne me ferait pas de mal de changer d'air.

— Et moi ? Je fais partie du changement ?

Ace avale le nœud qui se forme dans sa gorge.

— Ace… cette nuit-là, sur la plage… J'étais sincère… à propos de mes sentiments pour toi. Tu crois que lorsque tu seras en Floride…

— Tu feras toujours partie de la famille, Jen.

— Rien de plus ?

— À ton avis ?

Il se tourne vers elle.

— Toi et Kelli… Toutes les deux… vous m'avez piégé.

— C'était l'idée de ta femme, pas la mienne.

— Mais tu étais d'accord, tu m'as menti.

— Oui, oui, tu as raison. Je suis désolée. Je suis désolée pour tout ce que tu as traversé… Crois-moi, si j'avais su…

— Ça suffit !

Ils continuent à contempler l'océan en silence. Une traînée de soleil traverse le nuage gris, projetant ses rayons sur les vagues.

— Ace, je suis vraiment désolée…

Il a du mal à déglutir.

— À l'université, la première fois que j'ai vu Kelli, la première fois que je l'ai rencontrée, ça a été le coup de foudre. Je crois qu'un premier amour a toujours quelque chose de particulier. Quand nous nous sommes retrouvés, des années plus tard… Je cherchais peut-être quelque chose que j'avais perdu, nous cherchions peut-être tous les deux quelque chose.

Il écarte une mèche de cheveux bruns du village de Jennifer.

— Je ne cherche plus rien, Jen, cette personne-là a disparu depuis longtemps. Tu comprends ce que je veux dire ?

Elle hoche la tête, les larmes aux yeux.

— Fais bon voyage…

Elle noue son écharpe et repart sur la plage.

Ace la regarde s'éloigner et contemple de nouveau la mer.

Leur nouvelle maison est située sur le même océan, mille cinq cents kilomètres plus au sud. L'eau y est différente, l'Atlantique s'y teinte d'un azur profond. Bien sûr, comme son beau-père le lui avait dit, on devait parfois affronter des ouragans, mais aucune mer ne reste calme indéfiniment, aucun paradis ne reste sans tache. Montauk lui manquera, ainsi que la maison dans laquelle il a vécu avec sa femme.

C'est dur de changer…

L'entreprise dans laquelle il va travailler est l'une de celles que Kenneth Keene a créées avec l'argent de la Maison des Saoud. Ace est directeur associé.

Des puits de pétrole aux éoliennes… parfois, le changement a du bon.

Les verts ont le vent en poupe, aux États-Unis, sous l'influence, sans aucun doute, de la catastrophe nucléaire de Los Angeles. On prévoit qu'à la fin 2014, l'éthanol remplacera officiellement l'essence dans toutes les stations-service américaines. Un an plus tard, les nouvelles éoliennes de pointe devraient border toutes les côtes de l'Atlantique, du golfe du Mexique et de l'océan Pacifique. En 2017, ces nouvelles machines hautement perfectionnées fourniront une électricité propre et alimenteront près de la moitié des foyers américains. Les scientifiques s'attendent à voir les niveaux de dioxyde de carbone baisser de manière non négligeable, réduisant ainsi les effets du réchauffement planétaire, tout en améliorant la qualité de l'air qui provoquait de sévères maladies respiratoires chez les enfants vivant près des mines de charbon.

Certains spécialistes estiment que l'on pourra se passer totalement des énergies fossiles vers 2033.

Ace se souvient de ses derniers moments avec sa femme, au mémorial John Lennon.

Imagine…

Essuyant une larme, il jette un dernier regard vers l'est et retourne vers son ancienne maison, impatient de commencer sa nouvelle vie.

*

Nous n'allons pas prendre des mesures irresponsables simplement parce que quelques fanatiques dans ce pays placent ce qu'ils nomment la fierté nationale au-dessus de la raison d'État. Croyez-vous que je veux avoir sur la conscience le poids des massacres gratuits d'enfants dont nous avons été témoins ce soir ? Croyez-vous que je vais être à la source d'une riposte nucléaire ? Pourquoi ? Parce qu'on m'aura forcé à faire quelque chose qui ne me semblait ni juste, ni justifié ? Eh bien, si qui que ce soit est prêt à croire une chose pareille, c'est qu'il a vraiment perdu la raison.

Président John F. Kennedy

Ce que j'essaie de vous dire, c'est qu'il faut que vous portiez le changement ! Personne d'autre ne le fera à votre place. Les hommes politiques sont paralysés. Notre démocratie a connu des jours meilleurs… c'est mon opinion. Nous avons commis pas mal d'erreurs, mais ce serait bien trop facile et partisan d'en rejeter la responsabilité politique sur l'administration Bush-Cheney. Nous avons des pouvoirs et des contre-pouvoirs, l'indépendance de la justice, la liberté de la presse, un Congrès… Ont-ils failli à leur mission ? Avons-nous *tous* failli à notre mission ?

Ancien vice président Al Gore, 2007

Incarnez ce changement que vous souhaitez tant voir dans le monde.

Mahatma Gandhi

*

Extrait
À la porte de l'enfer : mes excuses aux survivants

Par Kelli Doyle
Conseiller à la sécurité de la Maison Blanche (2006-2010)

Où serez-vous quand le monde changera ? Quand, aux stations-service, les files d'attente s'étendront sur des kilomètres ? Quand les étagères des épiceries seront vides ? Que ferez-vous ? Avez-vous des terres, pour cultiver vos propres récoltes ? Avez-vous les moyens de les protéger ?

Comment réagirez-vous quand les bombes sales remplaceront les avions de ligne et que le premier champignon nucléaire montera vers les cieux ? Serez-vous pris dans le maelström ? En voyage d'affaires ? Chez vous, près des êtres chers ? Quelque part en goguette ? Si vous habitez dans une grande ville, resterez-vous sur place ou essayerez-vous de vous enfuir ? Vite, les affaires dans la voiture et on fonce vers l'autoroute pour se retrouver pare-chocs contre pare-chocs dans les embouteillages…

Ferez-vous encore confiance à vos élus ?

Vous sentirez-vous un jour en sécurité ?

Que ferez-vous quand la civilisation et le bon sens s'évanouiront dans un nuage radioactif, quand tous ceux qui pourraient ressembler à un Oriental à la peau mate seront entraînés dans les rues et flagellés à mort ? Quand le couvre-feu à neuf heures du soir sous le regard de Big Brother sera devenu la norme ? Quand nos frontières seront définitivement fermées, sauf à quelques privilégiés de l'élite ?

Comment vous sentirez-vous, quand l'heure de la vengeance aura sonné ? Quand soixante-dix millions d'Iraniens paieront le prix fort pour être nés sous un régime dictatorial… pour avoir été nourris de mensonges dès la naissance, endoctrinés par une religion qui a la haine pour seul Dieu ? Les pluies acides suffiront-elles à anéantir la menace ? Est-ce que le monde s'arrêtera là ?

Saura-t-il tirer les bonnes leçons ?

Kelli Doyle-Futrell, 9 décembre 2011

Réalité ou fiction ?

Même si *La conspiration de l'or noir* reste une œuvre de fiction, certains des passages les plus troublants et certaines des informations tissées dans la trame du récit sont tirés de faits réels. Je ne peux bien évidemment pas détailler d'où provient chaque référence de l'œuvre (les études et les articles publiés représentent à eux seuls plus de six cents sources), mais vous trouverez ci-dessous des commentaires sur certaines des références les plus controversées du roman. En tant qu'auteur, je me suis réservé le droit de sélectionner les sources (et les points de vue) qui me permettaient de faire avancer le récit, mais à la différence de la Maison Blanche sous la présidence de Bush, qui choisit ses sources selon les critères qui servent ses propres intérêts, les textes cités sont au service de la vérité et non d'intérêts cachés.

J'entends par « nombreuses sources » que les informations sont bien trop abondantes pour être toutes mentionnées et qu'elles sont facilement accessibles sur l'Internet ou ailleurs. La « Bibliographie » reprend la liste des livres qui se sont avérés essentiels dans mes recherches. La notion « confidentiel » renvoie à des sources personnelles dont la position exigeait le respect de l'anonymat.

Je recommande vivement la lecture de *Crossing the Rubicon* de Michael C. Ruppert à ceux d'entre vous qui souhaiteraient de plus amples précisions sur la fin de l'ère du pétrole et l'implication des hauts fonctionnaires de l'État dans les attentats du 11 septembre. C'est un récit déconcertant mais très bien documenté qui expose au grand jour les coulisses ténébreuses du pouvoir. Pour ceux d'entre vous qui ont encore des commentaires à faire ou des questions à formuler, mon adresse électronique personnelle est disponible sur le site www.SteveAlten.com

Prologue

« En 2005, j'avais signalé que Ben Laden s'était réfugié dans l'Hadramaout, au Yémen, et qu'il bénéficiait désormais de la protection des tribus sayyids. » Source : confidentielle. Même si aujourd'hui, en juin 2007, il est impossible de vérifier cette information, je suis persuadé que les musulmans du Moyen-Orient qui me l'ont transmise étaient certains de me dire la vérité.

« Les réservistes et la garde nationale ? Surprise, surprise, on ne leur a pas dit que la mission ne commençait qu'au moment où ils posaient les pieds dans le sable et que les six mois passés en garnison comptaient pour du beurre ! » Source : soldats américains.

Note de l'auteur : Le fait que les soldats américains qui reviennent d'Irak et d'Afghanistan ne bénéficient pas d'une période de soins appropriés avant de retourner dans la société est aussi troublant que le nombre de dépressions et de suicides signalés. Cette négligence dangereuse pèse sur nos vétérans et leurs familles alors que ce problème mérite mieux que d'être balayé sous le tapis.

Roosevelt savait pertinemment que les Japonais préparaient une attaque sur Pearl Harbor, et devinez quoi… il a laissé faire ! Source : de nombreux historiens.

Chapitre 1

« Je ne suis pas sûr que nous soyons en reste. Après tout, sur les dix milliards d'aide accordés à la Nouvelle-Orléans, combien ont été secrètement détournés pour reconstruire les puits de pétrole endommagés par Katrina ? » Source : confidentielle.

Chapitre 3

Les ouvrages consacrés aux énergies alternatives et au pétrole sont innombrables.

« … le pétrole synthétique n'est rien d'autre qu'une niche inventée par une poignée de compagnies cupides ayant trouvé là le moyen de profiter des incitations fiscales votées par le Congrès dans les années 1980. » Source : voir suite du texte.

Chapitre 4

« C'était une initiative des néoconservateurs, sous l'influence de Dick Cheney, qui croyait que l'affaire de l'Iran-Contra avait échoué parce que la CIA et le Pentagone étaient impliqués et ne savaient pas garder leur langue. » Point de vue exprimé par Jim Mullins, Senior Fellow au Center for International Policy, de Washington, le 21 mars 2007, et confirmé par de nombreuses sources.

Chapitre 5

« La scène d'ouverture, filmée par une caméra tenue à l'épaule, montre une salle de classe d'enfants arabes âgés de cinq à sept ans en train de chanter. Neary écoute attentivement et traduit les paroles. "Les Arabes sont les bien-aimés, et les Juifs sont des chiens." » Source : Obsession : Radical Islam's War Against the West.

Chapitre 7

Information du Groupe Carlyle : *House of Bush, House of Saud,* par Craig Unger, ainsi que de nombreuses sources.

Chapitre 8

« La Sécurité du territoire n'a plus besoin de mandat, dans les affaires où l'on cherche à intimider ou à opprimer des populations civiles. » Source : Patriotic Act (loi antiterroriste).

Kelli Doyle : extrait

« Puis, le jour de l'attentat, sous la direction du vice-président Cheney, les militaires décidèrent de mener cinq exercices séparés qui allaient volontairement éloigner les chasseurs du corridor aérien, tout en insérant délibérément des fausses alertes sur les radars afin de simuler… devinez quoi… des détournements d'avion ! Les chasseurs militaires, d'ordinaires capables d'intercepter des avions de ligne en quelques minutes, furent retardés de quatre-vingts minutes fatales. La plupart n'entrèrent même pas en jeu. » Source : *Crossing the Rubicon : The Decline of the American Empire at the End of the Age of Oil,* Michael C. Ruppert et nombreuses autres sources.

« La veille des attentats, de nombreux investisseurs nationaux et étrangers ont placé des puts (des options à la baisse) sur les compagnies aériennes et les industries qui allaient subir des pertes dramatiques, les transactions atteignant parfois quatre-vingt-dix fois le trafic d'un jour normal. Elles se montèrent à plus de quinze milliards de délit d'initiés, qui firent l'objet d'une vague enquête, vite abandonnée tant par les investigateurs que par les médias, manipulés, quant à eux, par le gouvernement Bush qui choisissait quelles étaient les affaires à creuser et celles à étouffer. Pendant ce temps, les membres-clés du Congrès qui s'opposaient aux projets de l'administration recevaient des lettres saupoudrées d'anthrax, qui, comme on le découvrit plus tard, ne provenaient pas d'outre-Atlantique mais de laboratoires de la CIA. » Sources : *Crossing the Rubicon : The Decline of the American Empire at the End of the Age of Oil,* Michael C. Ruppert et nombreuses sources.

« Afin de contrecarrer les chiites en Irak comme au Liban, dans le plus grand secret, l'administration Bush a commencé à inonder de milliards de dollars les groupes de résistants sunnites, plus connus sous le nom d'Al-Qaida, sous prétexte de participer à la "reconstruction" du pays. » Sources : articles du *New Yorker* du 5 mars 2007, de Seymour Hersh.

Chapitre 10

« Loi antiterroriste, article 213 : tout agent fédéral peut entrer dans votre domicile votre lieu de travail en votre présence ou non, que vous en soyez informés ou non, et saisir tous les indices qui pourraient vous inculper. L'article 202 autorise les agents fédéraux à lire les courriels ; l'article 216 leur permet d'intercepter les conversations téléphoniques. » Source : Patriotic Act (loi antiterroriste).

CHAPITRE 11

« Toutes les informations concernant Meir Kahane, la cellule terroriste islamique qui avait planifié son assassinat, les projets du premier attentat contre le World Trade Center qui aurait pu être déjoué sont véridiques et confirmées par de nombreuses sources. »

CHAPITRE 13

L'incident de la base aérienne de Little Rock, qui a failli détruire une grande partie de l'Arkansas est lui aussi véridique. Source : confidentielle (un des techniciens qui a été témoins des faits).

Kelli Doyle : extrait

Les informations sur Ibn Saoud, ainsi que sur l'histoire de la Maison des Saoud, y compris celles qui concernent l'achat d'armement américain, sont véridiques et confirmées par de nombreuses sources, dont *The House of Saud,* de Said K. Aburish.

CHAPITRE 14

« Le mantra de Rove, en dehors des armes de destruction massive, c'était que le pétrole irakien couvrirait tous les frais de guerre. Andrew Natsios, l'administrateur de l'US Agency for International Development, avait assuré devant les médias que la guerre ne coûterait pas plus d'1,7 milliard aux contribuables. Ce message fut asséné encore et encore, jusqu'à ce que le Congrès finisse par le croire. Et voilà, dix ans plus tard, nous avons dépassé le trillion de dollars ! » Source : nombreuses.

Note de l'auteur : Aujourd'hui (en 2007), les dépenses de guerre ont dépassé les 200 millions de dollars. L'argent public consacré aux victimes de l'ouragan Katrina : 6,9 milliards (il manque encore 2 milliards). Somme qui aurait été nécessaire en 2005 pour consolider les digues et prévenir les dégâts : 11 millions, plus 22,5 millions pour des travaux supplémentaires). Budget prévisionnel pour l'aménagement des digues après le passage de Katrina : 9,5 milliards. Somme attribuée par le Congrès républicain : 2 milliards. Sommes supplémentaires demandées par le gouvernement Bush : 2 milliards. Source : Environmental News Service, 31 mars 2006.

CHAPITRE 16

« Faisant partie d'un programme d'imagerie hautement confidentiel, le satellite Onyx fut très critiqué par des membres de la Commission de contre-espionnage du Sénat pour son coût exorbitant (quarante milliards de dollars) et son incapacité à détecter les bunkers souterrains où l'Iran et la Corée du Nord dissimulent leurs installations nucléaires. Malgré ces objections, le programme fut financé par la Commission budgétaire du Sénat, contrôlée par les républicains. » Source : nombreuses sources et revues spatiales.

Chapitre 17

Massacre de Hadith : *Time magazine* et nombreuses autres sources.

Kelli Doyle : extrait

Informations sur l'Iran-Contra, la guerre Iran-Irak, le Koweït, etc. Source : nombreuses sources.

« Lorsqu'elle [April Glaspie, l'ambassadrice américaine en Irak] demanda au dictateur s'il désirait autre chose, Saddam lui répondit que son pays tenait à récupérer la région de Shatt al-Arab, désormais rattachée au Koweït. Glaspie répondit que "la question du Koweït n'avait rien à voir avec les États-Unis". En substance, les États-Unis venaient de donner leur feu vert à l'invasion du Koweït. » Source : nombreuses sources.

Chapitre 21

Les informations sur Promis sont véridiques. *Crossing the Rubicon : The Decline of the American Empire at the End of the Age of Oil,* Michael C. Ruppert et nombreuses sources.

Chapitre 22

« Plus bruyants et plus réactifs que leurs coreligionnaires modérés, les Frères musulmans [communauté musulmane de Bridgeview, Chicago] ont entrepris, depuis plusieurs années, une campagne de collecte de fonds et font appel aux pays arabes pour qu'ils les aident à « empêcher la destruction de la société islamiste aux mains de l'Occident ». Ils ont récolté plus d'un million de dollars en provenance du Koweït, du gouvernement saoudien et des communautés religieuses des Émirats. De plus, le ministre des Affaires religieuses jordanien leur a envoyé Masoud Ali Masoud, un Palestinien de cinquante-sept ans, pour qu'il dirige les prières à la mosquée. L'interprétation de l'islam s'est vite radicalisée, les femmes durent se couvrir les cheveux et rester à l'écart des hommes pendant les manifestations sociales. » Source : nombreuses sources et Obsession : Radical Islam's War Against the West.

« Quand je vivais à Téhéran, j'ai entendu de nombreuses rumeurs qui prétendaient que les dix-neuf Magnifiques étaient toujours en vie. Mohamed Atta et Salem al-Hazni…

On dit qu'il buvait et qu'il traînait dans les bars et les boîtes de striptease la veille de l'attentat. C'est notre chef qui l'a dit. Il nous a dit qu'Atta et les autres… ils sont même pas montés dans les avions. Ils voyageaient avec de faux passeports, on leur a donné l'ordre de s'enivrer en public, la veille de l'attaque et de hurler des insultes contre les infidèles pour attirer l'attention. On nous a dit qu'ils s'étaient pas laissés manipuler, qu'ils avaient fait exprès de laisser photocopier leurs permis de conduire, qu'ils avaient même utilisé des ordinateurs de bibliothèque pour envoyer des messages en clair, rien que pour brouiller les pistes du FBI. »

Licence de l'auteur : cette analyse ne s'appuie sur aucun fait précis. Des avis similaires ont été exprimés sur de nombreux sites et de nombreux blogs comme www.WhatReallyHappened.com et www.MadCowMorningNews.com.

« Même avec du pétrole, la planète ne peut nourrir que deux milliards d'individus. On s'en tire en ce moment parce que quatre milliards de nos congénères meurent lentement de faim en Afrique et en Asie. Ça laisse environ un milliard de chanceux qui mènent la belle vie, mais les règles du jeu vont changer lorsque le pétrole sera épuisé. Il faudra diviser en six milliards le peu de nourriture et de ressources énergétiques qui resteront après le Grand Chambardement, alors qu'elles suffiront à peine pour nourrir 500 millions d'individus, à quelques centaines de milliers près ! » Source : Confronting The 21st Century's Hidden Crisis : Reducing Human Numbers by 80 Percent, J. Kenneth Smail et Food, Energy and Society, David et Marcia Pimental, professeurs d'écologie et d'agriculture, 2000.

Chapitre 28

« Et voilà la petite puce Mu, un minuscule envahisseur, de la taille d'un grain de sable. Il permet au gouvernement de vous suivre à la trace et de déterminer avec quels matériaux dangereux vous êtes entré en contact. À la prochaine génération, Mu permettra à Washington d'écouter vos pensées. » Sources : nombreuses sources.

« Dix-neuf scientifiques morts en quatre mois, tous virologues ! Aucune arrestation, avec un bon gros couvercle sur l'affaire. » Tous ces faits sont réels. Sources : nombreuses sources, dont *Crossing the Rubicon : The Decline of the American Empire at the End of the Age of Oil*, Michael C. Ruppert.

« Il y avait deux démocrates influents qui étaient prêts à faire capoter la loi, Tom Daschle et Patrick Leahy, comme par hasard, ce furent les seuls au Capitole à recevoir des enveloppes d'anthrax. La poudre retrouvée venait du lot volé à Fort Detrick, et pourtant John Ashcroft a refusé de suivre cette piste lors de l'enquête… »

Toutes les enveloppes d'anthrax provenaient de programmes de recherches dirigés par la CIA, à l'intérieur des États-Unis. Sources : nombreuses sources, dont *Crossing the Rubicon : The Decline of the American Empire at the End of the Age of Oil*, Michael C. Ruppert.

Kelli Doyle : extrait

« ...un groupe de néoconservateurs purs et durs, dirigé par Dick Cheney, Paul Wolfowitz, Richard Pearle, Jeb Bush et Donald Rumsfeld, tous membres d'une organisation appelée "Project for a New American Century" (PNAC). Se servant du DPG comme d'un document de base pour l'Amérique future, le groupe créa son propre manuel de stratégie militaire intitulé "Rebuilding America's Defense", "reconstruire la défense de l'Amérique". Critiquant le gouvernement Clinton pour avoir adhéré au traité de 1972 limitant le nombre de missiles balistiques et réduit le budget militaire, le plan mettait en œuvre une stratégie à grande échelle, qui cherchait à profiter de la nouvelle position des États-Unis qui devenait la seule superpuissance. » Sources : nombreuses sources, dont les deux documents cités.

« Quelques mois plus tard, le vice-président, Dick Cheney, organisait des réunions de travail secrètes sur l'énergie, avec les acteurs majeurs (et donateurs) de l'industrie pétrolière et nucléaire. Dans ces réunions, mon rôle consistait à fournir des cartes des gisements de pétrole et de gaz irakiens, à déterminer la position des pipelines, des raffineries et des terminaux. » Licence de l'auteur : ne s'appuie sur aucun texte, mais je vous le signalerai si Dick Cheney avoue !

« ... l'Afghanistan est le plus gros producteur d'opium, la base de l'héroïne. On estime que les champs de pavots rapportent plus de cinq cents milliards de dollars par an, mais la drogue finit dans les rues américaines et de l'Occident, et les bénéfices sont éparpillés dans le système bancaire dans le monde entier. C'est simple comme bonjour : la drogue finance des comptes truqués et la dette mondiale. » Sources : nombreuses sources, dont *Crossing the Rubicon : The Decline of the American Empire at the End of the Age of Oil*, Michael C. Ruppert.

Note de l'auteur : selon un rapport du Fonds monétaire international de 1996, l'argent du blanchiment de la drogue représente de 2 à 5 % du Produit intérieur brut mondial, soit de 800 milliards à 2 trillions de dollars.

Chapitre 32

« Pourtant, le trafic d'esclaves par les Saoudiens est parfaitement connu dans les cercles du pouvoir à Washington qui détournent pudiquement les yeux sur des crimes qui se perpétuent depuis que le roi Fahd et ses fils ont organisé leurs premiers réseaux pédophiles de leurs demeures privées de Beverly Hills. » Sources : nombreuses sources, que le Département d'État a toujours démenties.

Chapitre 33

Prison d'Inakesh, Arabie Saoudite. Sources : *The Defilers : Sowing the Seeds of Terrorism,* El Sirgany.

Chapitre 34

« Plus de la moitié d'entre eux [les comptes bancaires] ont été alimentés par les commissions encaissées par la Maison des Saoud sur des contrats d'armements… Des missiles Patriots, des F-15, des AWACS, des frégates canadiennes Halifax, des torpilleurs français Helec, les contrats Yamama britanniques… et les ventes d'armes officieuses qui remontent jusqu'aux années Reagan. » Sources : *The House of Saud*, Said K. Aburish ainsi que de nombreuses sources concomitantes.

Chapitre 39

« La première "surprise d'octobre" remonte à l'élection présidentielle de 1980, lorsque la libération des otages américains d'Iran devait quasiment assurer la réélection de Jimmy Carter dont le gouvernement préparait une deuxième opération de sauvetage, au cas où les négociations seraient rompues.

« Lorsque les responsables de la campagne Reagan-Bush entendirent parler de cette opération, ils lancèrent une vaste campagne tendant à faire croire que le président Carter projetait une "surprise d'octobre" dans le seul but de remporter les élections. Pendant ce temps, l'ancien directeur de la CIA, George Bush, et d'autres membres de l'équipe Reagan rencontraient des hauts responsables iraniens et israéliens dans un hôtel parisien, pour passer un accord selon lequel il fournirait des armes et du matériel militaire à l'Iran à condition que les otages américains ne soient pas relâchés avant l'élection. » Sources : nombreux articles et livres publiés sur ce sujet.

Note de l'auteur : ce point fort controversé et partisan a donné lieu à plusieurs enquêtes dont les résultats sont partagés. Les démocrates pensent que cela s'est vraiment produit, les républicains crient « au complot ». À mon avis, les deux bords ont probablement essayé de tirer la couverture à eux afin de remporter les élections. Reagan a gagné. À vous de juger.

Chapitre 45

« … ces décrets que Prescott vient de brandir, ils lui permettent de faire ce qu'il veut ! Le premier oblige le département de la Justice à valider tous les pouvoirs que le président accorde à la Sécurité du territoire et le dernier empêche le Congrès d'enquêter sur les actions du président pendant six mois, au moins. » Source : décrets 11310 et 11921.

Bibliographie

Aburish, Said K., *The House of Saud*, New York, St. Martins Press, 1994.

Brock, David, The Republican Noise Machine : Right-Wing Media and How it Corrupts Democracy, New York, Crown Publishers, 2004.

Campbell, C. J., *The Coming Oil Crisis*, Essex, UK, Multi-Science Publishing Company & PetroConsultants SA, 1988.

Diamond, Jared, Collapse, How Societies Choose to Fail or Succeed, New York, Penguin, 2005.

El Sirgany, Emad, *The Defilers : Sowing the Seeds of Terrorism*, Summer Publishing House, 2004.

Hall Jamieson, Kathleen, *Deception, Distraction, and Democracy*, New York, Oxford University Press, 1992.

Heinberg, Richard, *The Partys Over : Oil, War and the Fate of Industrial Societies*, Gabriola Island, BC, New Society Publishers, 2003.

Heinberg, Richard, *Powerdown : Options and Actions For a Post-Carbon World*, Gabriola Island, BC, New Society Publishers, 2004.

Johnson, Chalmers, The Sorrows of Empire : Militarism, Secrecy, and the End of the Republic, New York, Metropolitan Books, 2004.

Kane, Michael, "Elephants in the Barracks : The Complete Failure of the 9-11 Commission." Centre for Research on Globalisation, 27 mars, 2004.

http://globalresearch.ca/articles/KAN403A.html.

Klare, Michael T., Resources Wars : The New Landscape of Global Conflict, New York, Henry Holt, 2001.

Kunstler, James Howard, The Long Emergency : Surviving the Converging Catastrophes of the Twenty-first Century, Boston, Atlantic Monthly Press, 2005.

Mooney, Chris, *The Republican War on Science,* Jackson, TN, Perseus Book Group, Basic Books, 2005.

Packer, George, *The Assassins' Gate : America in Iraq*, New York, Farrar, Straus & Giroux, 2005.

Pimental, David and Marcia, "Food, Energy & Society," *Bioscience,* May 2000.

Ruppert, Michael C., Crossing the Rubicon : The Decline of the American Empire at the End of the Age of Oil, Gabriola Island, BC, New Society Publishers, 2004.

Smail, Kenneth J., "Confronting the Twenty-first Century's Hidden Crisis : Reducing Human Numbers by 80 Percent", *NPG Forum Series*, Kenyon College, mai 1995.

Unger, Craig, House of Bush, House of Saud, The Secret Relationship between the World's Two Most Powerful Dynasties, New York, Scribner, 2004.

Webb, Gary, *Dark Alliance*, New York, Seven Stories Press, 1998.

Yergin, Daniel, The Prize: The Epic Quest for Oil, Money & Power, New York, Free Press, 1991.

Sites et multimédia

http://www.aspo-usa.com http://www.TheOilDrum.com

Obsession: Radical Islam's War Against the West (www. ObsessionTheMovie.com).

Glossaire des sigles

BCCI : Bank Of Credit and Commerce International.
BMAT : Ballistic Missile Analyst Technician ; technicien d'analyse de missiles balistiques.
CANDU : abréviation de Canada Deuterium Uranium.
CERA : Cambridge Energy Research Association ; Association de recherché sur l'énergie de Cambridge.
CSIS : Center for Strategic and International Studies ; Centre d'études stratégiques et internationales.
DARPA : Defense Advanced Research Projects Agency; Agence de recherché avancée pour la Défense.
DoD : Department of Defense; ministère de la Défense.
DoE : Department of Energy; ministère de l'Energie.
DGP : Defense Planning Guidance ; guide de planification de la Défense ; mis au point par l'aile droite des républicains.
EIA : Energy Information Administration ; Centre d'Information de l'énergie.
FAA : Federal Aviation Administration, Administration fédérale de l'aviation.
FISA : Foreign Intelligence Surveillance Act ; loi sur la surveillance des étrangers.
ICMB : InterContinental Balistic Missile ; missile balistique intercontinental/
ISI : InterService Intelligence ; service d'espionnage pakistanais
JDAM : Joint Direct Attack Munitions , armes guidées par satellite.
NBC : Nucléaire-biologique- chimique
NORAD : North American Aerospace Defense Command. Centre de défense de l'espace aérien du Nord.
NSA : National Security Agency ; Agence de S écurité nationale.
NSC : National Security Council ; Conseil de sécurité national.
PNAC : Projet for the New American Century ; projet pour le nouveau siècle américain, mis au point par l'aile droite des républicains.
SADM : Special Atomic Demolition Munition, arme de demolition atimique.
SSB : Strategic Support Branch US Defense intelligence organisation ; Services spéciaux de la Défense, chargé des problèmes ultra-secrets.
UMBRA : Code pour secret défense qui marque le plus haut niveau de sécurité.

Remerciements

C'est avec honneur et grand plaisir que je remercie tous ceux qui ont contribué à l'élaboration de *La conspiration de l'or noir.*

Tout d'abord, un très grand merci à mon ami et agent littéraire Danny Baror de l'agence Baror International ; à mon agent Matthew Snyder de l'agence CAA ; à mon manager et producteur Belle Avery ; à mon sensationnel agent publicitaire Lissy Peace de Blanco & Peace. Un très grand merci également à mon avocat Joel McKuin de Colden, McKuin & Frankel et au grand maître de la publicité, Trish Stevens de United Representatives.com.

Je remercie tout particulièrement les gens qui, dans la maison d'édition Cedar Fort, ont cru en ce projet et créé une nouvelle collection pour le mener à bien. Je remercie Lyle Mortimer et Lee Nelson, le directeur des ventes, Tim Schulte, qui s'est battu pour ce livre et l'éditeur, Erin Seaward.

Bien qu'il ne s'agisse que d'une fiction, cet ouvrage s'inspire de faits réels. Je suis reconnaissant à ceux qui ont généreusement accepté de me faire part de leur propre expérience au travers de récits qui m'ont permis de rendre cette histoire plus riche et plus authentique encore. Un très grand merci à Richard Lawrence, Charles Jones, Nathalie Tarabadi (Enyotic Designs Ltd.), Dino Garner, Ian Primosch, Mike Worley (www.PolicePractices.com), aux services sismiques Greg Croft et à Kevin Lasagna. Même si mes recherches se sont inspirées de plus d'une quarantaine d'ouvrages ainsi que de nombreux travaux, je tiens à citer deux sources exceptionnelles : le livre *Crossing the Rubicon : The Decline of the American Empire at the End of the Age of Oil*, de Michael C. Ruppert et le documentaire *Obsession : Radical Islam's War Against the West* (www.ObsessionTheMovie.com).

Je remercie tout particulièrement les personnes qui, même si elles ont préféré garder l'anonymat, m'ont donné des informations et des conseils très précieux ; elles ont toute ma gratitude.

Mes remerciements à mon assistante Leisa Coffman, pour le talent et la compétence dont elle a fait preuve dans la mise à jour de mon site personnel ainsi que pour s'être investie dans le programme « Adopt-An-Author » ; mes remerciements également à Erik Hollander pour son génie artistique dans l'élaboration de la jaquette américaine, dont les illustrations sont absolument fabuleuses.

Enfin, mes remerciements à ma femme et ma plus fidèle amie, Kim, pour l'amour et le soutien qu'elles m'apportent ; à mes parents qui ont toujours été à mes côtés pour m'aider à avancer et à mes lecteurs : merci pour votre soutien, vos lettres et vos contributions. Vos commentaires sont toujours les bienvenus, vos idées me sont chères et vous restez mon meilleur atout.

N’oublie jamais

par James W.Hall

A l’origine, ce n’était qu’un simple cliché pris lors du mythique match de boxe qui opposa Cassius Clay à Sony Liston en 1964. Quarante-deux ans plus tard, alors que cette photographie, a priori anodine, est exposée dans une galerie d’art de Miami, elle déclenche une série de meurtres. Et lorsqu’une ultime copie du cliché tombe dans les mains de Thorn, il devient à son tour la proie des tueurs. Car cette simple photographie en noir et blanc en dit long sur le rôle de la CIA et de ses acolytes dans le Miami des années 60, l’époque ou un certain Castro narguait l’Amérique depuis la baie des Cochons...

Pour protéger ses proches et sauver vie, Thorn, se lance dans une course contre la montre pour identifier les cinq personnes de la photo et découvrir le secret qui les relie...

Un thriller noir par l’un des meilleurs auteurs américains, sur les traces d’un Michael Connelly ou d’un Robert Crais.

ISBN : 978-2-35288-140-7